读客®

全球顶级畅销小说文库

全球文化，尽收眼底；

顶级经典，尽入囊中！

JODI PICOULT

小心轻放的爱

HANDLE WITH CARE

［美］朱迪·皮考特 著
林劭贞 译

北京联合出版公司
Beijing United Publishing Co.,Ltd.

献给

玛荷丽·罗丝，

感谢她让花朵在舞台上绽放，

为我提供半个地球之外的八卦消息，

而且知道我一定得带环保袋，才算穿着整齐。

永远最好的朋友

序　幕

是的，我得到了。

那么你想要的是什么？

我想称自己是为人所爱的，我想要感觉到自己在这世界上是被爱的。

——节录自美国短篇小说家雷蒙德·卡佛《晚期的断章》

夏洛特
二○○二年二月十四日

凡事皆会破裂。玻璃、碗盘、指甲，汽车、合约、薯片。你可以破纪录，你可以破除事物的本质，或是破开整钱。你可以化解尴尬，主动“破”冰。时间可以中断。监狱的防守可能会被突破。破晓，破浪，破音。链接会破裂。沉默也可被打破，狂热也是。

在我怀孕的最后两个月里，我列出这些事物的清单，原本是希望能让你的出生更容易些。

承诺会被打破。

心会破碎。

你出生前一晚，我从床上坐起，想在清单里加一点东西。我在床头桌上胡乱抓找纸与笔，但西恩把他温暖的手放在我腿上。夏洛特？他开口问。一切都还好吧？

我还来不及回答，他便把我拉进怀中，紧贴着他，于是我觉得很有安全感，再度睡着，忘了写下我之前梦到的事情。

直到几个星期后，当时你已出生，我才想起那晚我是梦见什么而醒来：断层线。地球就是从这些地方四分五裂的。这些都是地震的起源，也是火山爆发之处。换句话说：世界正在我们脚下崩裂，我们脚下根本不是坚实的土壤，那只是错觉。

你在没人预测得到的暴风雪中出生。后来气象员说那是东北暴风雪，本来应该是往北吹向加拿大的季风，却突然转向成为暴风雪，侵袭新英格兰海岸。本来新闻正在播报一段爱情背后的动人故事——一对高中时期的男女朋友，数十年后在养老院里重逢且再婚。结果电视台暂停这则专题报道，开始不断报道暴风雪的强度，以及因冰雪袭击而停电的小区。艾米莉亚当时正坐在厨房餐桌旁，把色纸剪成情人节卡片，我则望着六英尺高的风雪拍打着玻璃落地窗。电视播出好几部汽车滑出路面的画面。

我眯着眼盯着屏幕上巡逻警车发出的蓝色闪光，那部警车停靠在一部翻覆的汽车后面。我想知道驾车的警官是不是西恩。

落地窗发出一声尖锐的声响，吓了我一大跳。“妈咪！”艾米莉亚大哭，她也被吓到了。

我连忙回头，看见一颗冰雹第二度袭击，在大片玻璃上敲出一个和我指甲差不多大小的裂缝。就在我们眼前，它扩散成一张像我拳头般大小的碎玻璃网。“爸爸一会儿会修理。”

我的羊水就在这时破了。

艾米莉亚低头望着我双腿之间。“你尿裤子了。”

我摇摆着走到电话旁。西恩没有接电话，于是我打给值班警员。“我是西恩·欧基夫的太太，”我说，“我快生了。”值班警员说他可以派一部救护车，但可能需要一点时间——所有的救护车都派去汽车事故现场了。

“没关系，”我想起我生你姐姐时历经很长的分娩时间，“我也许还能撑一阵子。”

突然，一阵强烈的阵痛让我痛得蜷身向前，话筒掉出手中。我看见艾米莉亚注视着我，瞪大了眼睛。“我没事，”我撒谎，努力保持微笑，直到双颊发酸，“电话滑掉了。”我伸手捡起话筒，这次我打给派普，她是我在这世界上最相信的人，她一定可以救我。

“你现在不能生，”她说，虽然她再清楚不过了——她不只是我最好的朋友，也是我的妇产科医生。“你的剖腹是排在星期一。”

“我想，我肚里的孩子不可能看到你的留言。”我倒抽一口气，咬紧牙，抵抗另一波阵痛。

她并没有说出我们两人心里都在想的事：我不能自然生产。“西恩人在哪里？”

“我……不……知——噢，派普！”

“深呼吸，”派普立刻说，于是我开始呼气，呼呼吸吸，就像她之前教我的那样。“我会打电话给吉安娜，告诉她说我们马上过去。”

吉安娜是戴尔索医生，她是专攻母胎医学的产科医师，八个星期前在派普的要求之下，她才加入。“我们？”

“难道你打算自己开车吗？”

十五分钟后，我为了打发你姐姐不停的提问，只好把她安置在沙发上，打开《蓝色狗狗》卡通节目。我坐在她身旁，穿着你爸爸的厚外套，这是我现在唯一穿得下的衣服。

我第一次去医院生孩子的时候，打包了一个袋子，站在门边等候。那时我拟了一套生产计划，还录了一卷可在产房里播的音乐。我知道分娩很痛，但得到的报偿将会是无价的奖品：我等候了好几个月的孩子。我第一次去医院生孩子时，是那么兴奋。

这次，我的心情很平静。你在我体内会比生出来更安全。

就在此时，门突然被打开，派普洪亮的声音及她那件亮粉色的大衣占满整个空间。她的丈夫罗伯跟在后头，抱着手上正把玩着一颗雪球的埃玛。“《蓝色狗狗》？”罗伯说，然后坐到你姐姐身边，“你知道吗？这是我最爱的节目……仅次于《杰瑞脱口秀》。”

他是来帮忙照顾艾米莉亚的。我压根儿没想到我去医院生你时要由谁来照顾她。

“现在开了几指了？”派普问。

我现在每隔七分钟阵痛一次。就在另一波阵痛像狂涛般袭卷我时，我紧抓着沙发的扶手，数到二十。我把注意力放在玻璃门上的裂缝。

冰霜的轨迹从裂缝的中心点呈旋涡状向外散开。它美丽但同时又很吓人。

派普坐到我身旁，握住我的手。“夏洛特，一切都会没事的。”她承诺。因为我是傻子，所以我相信了她。

急诊室里挤满了人，都是在暴风雪的汽车事故中受伤。年轻人按在头皮上的毛巾染满鲜血，小孩在担架上哼哼唧唧。派普将我快速推过这些人身边，直达妇产科，戴尔索医生已经在走廊上踱步。不到十分钟，我就被打了麻药，推往产房进行剖腹。

我和自己玩一个游戏：如果走廊天花板上的荧光灯是奇数，那么西恩就会及时赶到；如果电梯里的男性多于女性，那么医生告诉我的一切最后都会是个错误。不必我开口要求，派普已经戴上手套，以取代西恩成为我的陪产人。“他会赶到的。”她低头望着我说。

金属质感的产房看上去冰冷无情。一名碧眼的护士撩起我的袍子，在我肚子上擦抹碘酒。（我之所以会注意到这名护士的绿色眼睛，是因为在口罩与护士帽之间，只看得见她的眼睛。）当他们把消毒棉片放好时，我开始紧张。万一麻药不够麻醉到我的下半身，我可以感觉那些手术刀把我切开，那怎么办？我如此盼望你出生，但万一你没有活下来，那该怎么办？

产房的门突然打开了。西恩冲进产房，带来一股冬天的冷风，他把口罩拉到脸上，手术袍胡乱塞一通。“等等，”他大叫。他来到担架床的前头，碰触我的脸颊。“宝贝，”他说，“对不起。我一听到消息就赶来了……”

派普拍拍西恩的手臂。“两人是伴，三人是乱。”她说，然后退开，但在离开之前，她最后一次拧了一下我的手。

戴尔索医生举起手术刀时，西恩在我身边，他温暖的掌心按压在我肩头，他的低语转移了我的注意力。“你吓死我了，”他说，“你和派普在想什么？你们居然敢自己开车？”

“因为我们不想在厨房地板上生小孩啊！”

西恩摇摇头。“万一发生可怕的事情怎么办！”

我感觉白色被单底下有一阵拉扯，于是吸了一口气，把头别到一边。就在这时，我看见放大的二十七周超声波影像，我看到你的七根断骨，你那纤弱的四肢往内蜷缩。可怕的事情已经发生了，我心想。

接下来，你哭出声了，虽然他们抱起你的样子，仿佛你是棉花糖做成的。你大哭，但不是新生儿的哭声。你在尖声哭叫，仿佛被四分五裂似的。“慢慢来，”戴尔索医生对那名产房护士说，“你必须把她整个身子都托住……”

我听到啪的一声，就像爆破的泡泡，虽然我没想过有这个可能，但你哭叫得更大声。“噢，天啊，”那名护士说，她的声音歇斯底里，“那是断骨的声音吗？是我弄断了吗？”我试着把你看清楚，但我只隐约看得见你的嘴巴，以及你涨得红通通的脸颊。

围绕在你周围的医生与护士团队都无法停止你的哭泣。我心想，在我听见你哭的那瞬间之前，一部分的我本来已经相信所有的超声波、检验以及医生说的话都是错的。在我听见你哭之前，我一直在担心我不知道该怎么爱你。

西恩从那群人身后望着你。“她很完美。”他说，然后转向我，但是他话语的结尾像小狗的尾巴般蜷缩起来，仿佛在等候旁人的附和。

完美的婴儿不会哭得这么用力，让人几乎觉得自己的心被从中撕裂。完美的婴儿不仅从外表看起来完美，而且体内也会一样完美。

“不要抬起她的手臂。”一名护士低声说道。

另一名护士说：“如果我不能碰她，我要怎么用毛巾把她包起来？”

整个过程中，你不停哭叫，那种音调是我从来没听过的。

薇罗，我低声说着，这是你爸爸和我都同意的名字。我好不容易才说服他。我才不叫她那个名字呢，他说。薇罗听上去像在哭。然而我想要给你一个祝福，所以我选择有“柳树”意思的薇罗，柳树能弯曲而且不会折断。

薇罗，我再度低唤。在医护人员的杂音、机器的噪音以及你疼痛的激动之中，你似乎听见我的低唤。

薇罗，我大声叫出你的名字，你转向我的声音，仿佛这个名字是我的臂弯。薇罗，我说，就这样，你停止了哭泣。

当我怀孕五个月时，接到了一通从前工作的凯普斯餐馆打来的电话。甜品厨师的母亲摔断了臀骨，但那天晚上《波士顿全球报》的一名美食评论家刚好要来餐厅用餐，虽然甜品厨师知道这要求对我来说太冒昧，而且时机可能不太对，但他问我是否可以回餐厅去做一些巧克力千层派，就是那种用香料巧克力冰激凌、酪梨和香蕉布蕾做成的千层派。

我承认，我很自私。我觉得自己既迟缓又肥肿，我想提醒自己，除了陪你姐姐玩钓鱼游戏，以及把待洗衣物分成白色与深色之外，我还有其他要干的事情。我把艾米莉亚留给一名少女保姆照顾之后，便开车到凯普斯餐馆。

我离开这家餐馆后的这几年来，厨房并没有什么改变，除了新厨师把橱柜里的物品换了位置。我立刻清出我的工作区域，开始准备做酥皮。大约做到一半时，我把一条奶油掉到地上，我弯下腰把它捡起来，免得有人踩到滑倒。但是这一次，当我弯身向前时，我清楚地意识到我只能弯到腰部，就再也无法往下弯了。我感觉你偷了我的呼吸，就像我偷你的呼吸一样。“抱歉，宝贝。”我大声说，然后我再度挺直身子。

现在我不禁纳闷：你的七根断骨是不是在那个时候发生的？当我努力防止别人受伤时，我是否伤了你？

我在下午三点钟过后不久生产，但我直到晚上八点才再度见到你。每半个小时，西恩就会离开我身边去打听最新情况：她正在进行X光照射。他们正在给她抽血。他们认为她的脚踝可能也断了。就在六点钟时，他带回了目前为止最好的消息：她得的是成骨不全症第三型，他说。她有七根正在愈合的裂骨，以及四根刚断的骨头，但她的呼吸正常。我躺在病床上，无法控制地微笑起来，我很确定自己大概是产房里唯一会对这样的消息感到高兴的母亲。

这两个月来，我们已经知道你会带着成骨不全症出生，英文缩写是OI（Osteogenesis Imperfecta），这两个英文字母会跟着你一辈子。这是因为胶原不足而导致骨头脆弱，可能跌倒、扭转或打个喷嚏，骨头就会断了。成骨不全症有好几种型态，但是只有两种会在子宫里显现出裂骨，就像我在超声波显影里看到的一样。但是放射科医生仍无法确定你究竟是出生时就有致命危险的第二型成骨不全症，或者是严重且会渐渐变形的第三型。现在我已经知道你在未来几年可能会有几百根断骨，但这不重要了：至少你可以有一生的时间来忍受这些断骨。

暴风雨稍微停歇时，西恩回家去接你姐姐，好让她见见你。我看着杜卜勒气象扫描仪追踪着暴风雪向南移动的轨迹，转变成冰雨，有可能使华盛顿的几个机场瘫痪三天。这时有人敲我的门，我挣扎着稍微坐起身，尽管这个动作使我刚缝合的伤口像着火般疼痛。“嗨，”派普进入病房里来，坐在我的床沿，“我听到消息了。”

“我知道，”我说，“我们实在很幸运。”

她稍微迟疑了一下，然后微笑并点头。“她马上就能下来了。”派普说完，一名护士便推着一个婴儿床车进来。

“这是你的妈妈喔。”她的声音颤抖。

你仰躺着，睡得很熟，他们在你睡着的小塑料床四周围了一圈波浪泡棉。你小小的手脚以及左脚踝上缠着绷带。

当你年纪大一点，成骨不全的症状就很明显了。知道这种病症的人只要看一眼你手脚弯曲的状况、你脸上的三角突起，以及你永远无法长到超过三英尺的事实，就知道是怎么一回事了。然而就在我见到你的那一刻，虽然你身上缠着绷带，看起来仍然完美无瑕。你的肤色就像最白皙的桃子，你的嘴巴像一颗小小的覆盆莓。你的头发轻柔，金黄色。你的眼睫毛和我的小指指甲一样长。我伸出手，想碰触你，但突然想起不能碰你，于是又把手抽回来。

我一直忙着祈求你能存活下来，我几乎没有想过你的存活会带来什么样的挑战。我生了一个漂亮的小女孩，像肥皂泡泡一样易碎。身为你的母亲，我本该保护你。但万一我努力了，却只为你带来伤害，那该怎么办？

派普与那名护士互望了一眼。“你不想抱她吗？”她说，然后她把手臂伸到泡棉底下，而护士则把边缘拉起来，形成一双可以支撑你手臂的翅膀。她们缓慢地把泡棉塞进我的臂弯里。

嗨，我低声唤着，把你抱近一些。我的一只手撑在你身子底下，感觉到泡棉不规则的边缘。我很好奇，我究竟要等多久，才能感受到你真实的重量，感觉你的皮肤与我相贴？我想起艾米莉亚刚出生时的情景，我是怎么在床上哄她，让她躺在我的臂弯里睡觉，老是担心我翻过身会不小心压伤她。但是现在，就连把你从婴儿床里抱出来都很危险。就连抚摸你的背，也有危险。

我抬头望着派普。“也许你应该抱着她……”

她在我身边坐下，手指沿着你脑门上的隆丘游走。“夏洛特，”派普说，“她不会因为这样而断骨的。”

我们两个都知道那是谎言，但我还来不及反驳她，艾米莉亚就已经奔进房内，她的手套和羊毛帽上还沾着雪花。“她在这里，她在这里。”你的姐姐哼着。我告诉她你将诞生的那一天，她就问我你是否赶得及一起吃午餐。当我告诉她必须再等五个月，她说等太久了。于是她假装你已经到来，带着她最爱的洋娃娃到处跑，称呼它“妹妹”。有时候，当艾米莉亚觉得无聊或分心时，会把娃娃的头摔在地上，而你爸爸会大笑。还好这个娃娃只是练习版的妹妹，他说。

艾米莉亚爬上我的床、坐上派普的大腿，准备发表意见，这时西恩出现在门口。“她还太小，不能和我一起溜冰。”艾米莉亚说，“而且为什么她打扮成木乃伊？”

“这些是绷带，”我说，“就像礼物的缎带。”

这是我第一次为了保护你而撒谎，你仿佛知道似的，居然选在这个时候醒过来。你并没有哭，也没有扭动。“她的眼睛怎么了？”艾米莉亚惊呼。当时我们全都注视着你的病历卡：你的巩膜本应是白色，但却泛着明亮、像有电流般的蓝色。

半夜的时候，夜班护士来巡房。那名护士进来时，你和我都熟睡着。我好不容易醒来，注意到她的制服、她的名牌，还有她卷曲的红发。“慢着，”我说，当时她正要碰触包覆着你的被毯。“小心。”

她恣意地微笑。“放轻松，妈妈。我检查尿布的经验有上万次了。”

这是我学会替你发声之前发生的事。她打开被毯时，拉扯得太快了。你翻到侧边去，开始尖叫——不是像先前你肚子饿时的呜咽，而是你出生时我听到的那种尖声哭叫。“你伤到她了！”

“她只是不想在大半夜里醒来而已……”

我无法想象比你的哭喊更糟糕的事，但这时你的肤色变得像你的眼睛一样蓝，你的呼吸变成一连串的倒抽气息。那名护士弯身向前，使用听诊器。“怎么回事？她发生什么事了？”我质问道。

她用听诊器听着你的胸腔，皱着眉。突然间，你变得软绵无力。护士按了一下我床头后方的一枚按钮。“蓝色警戒。”我听到她这么喊。即使现在仍是大半夜，小小的病房里突然挤进许多人。大家七嘴八舌地喊叫：血氧过低……动脉血液气体分析……百分之四十六的二氧化硫……注射吸入氧。

“我要开始进行胸部按压。”某个人喊道。

“这名婴儿有成骨不全症。”

“活着比断几根骨头重要。”

“我们需要先做胸腔摄影。”

“我们开始急救时，左侧就没有呼吸声。”

“现在等候X光摄影没什么用处。她可能有扩张性气胸。”

在这些人移动的身影之间，我看见一筒针管插进你的肋骨间，过了一会儿，一支手术刀切进你的胸腔，血珠，夹钳，管子，全都挤进你的胸腔。我看着他们把管子插定位，而管子的另一端则从你的侧边流窜出来。

西恩抵达时，眼神发狂且慌乱，这时你已经被移进新生儿加护病房。“他们把她切开。”我啜泣着，这是我唯一能挤出来的话。当他把我拉进怀中，我终于放声大哭，在此之前，我吓得不敢哭。

“欧基夫先生太太吗？我是罗德斯医生。”一名看起来像高中生的年轻人探头进房内，西恩紧握住我的手。

“薇罗还好吗？”西恩问。

“我们可以见她吗？”

“快了，”医生说。我心里的那个结消失了。“照过X光之后，确定断了一根肋骨。她有几分钟的时间出现血氧过低的情形，导致扩张性气胸，纵膈移位，以及呼吸心跳停止。”

“请用我们听得懂的话说，”西恩大吼，“拜托。”

“她缺氧了几分钟，欧基夫先生。因为她的胸腔里充满了空气，导致她的心脏、气管，以及主要血管都移到身体的另一侧。我们插入胸腔导管，好让那些器官回到原来的位置。”

“没有氧气，”西恩的话梗在他的喉间，“你是说脑部会受损。”

“有可能。我们要过一阵子才会知道。”

西恩弯身向前，他的双手握得很紧，手指关节突出，呈现亮白色。“但是她的心脏……”

“现在她的情况已经稳定了，不过还是很有可能再度发生心血管衰竭。我们就是不确定她的身体会对我们的急救做出怎样的反应。”

我哭出眼泪。“她不能再经历一次刚才那样的治疗。我不能让他们那样对待她，西恩。”

那名医生看起来很受挫。“你们也许想考虑签署放弃急救同意书，这份文件会放进她的医疗档案夹里。基本上它的用意是说，当这次的情形再度发生时，你们不希望采取额外措施将薇罗救活。”

我在怀孕的最后几个星期里，一直都在为最糟的情形做打算，结果事情根本远超过我所预期的。

“仅供参考。”那名医生说。

也许，西恩说，她本来就不应该留在我们身边。也许这是上帝的旨意。

那么我的意愿呢？我问。我要她。我一直都要她。

他抬头望着我，神情很受伤。你以为我不想要她吗？

透过窗户，我可以看见医院草坪的斜坡，覆盖着刺眼的白雪。今天的天气像刀斧般耀眼闪亮，令人几乎睁不开眼睛。你完全想象不到，几个小时前还有暴风雪肆虐。一名很有心的父亲为了不让他的儿子觉得无聊，把一个餐厅托盘带到户外。那个男孩坐在托盘上，滑下斜坡，雪花在他身后喷溅成一道弧弯，他开心地大叫。他站起来，向医院的方向挥手，那里一定有人从窗户内望出去，就像我一样。我很好奇他母亲是否在医院里生另一个孩子。她是否就在隔壁房，看着她儿子滑雪？

我的女儿，我失神地想着，永远都不可能像那男孩一样滑雪。

当我们在新生儿加护病房里低头望着你时，派普紧握我的手。胸腔导管仍然从你被蹂躏过的肋骨间流窜出来；绷带紧紧缠住你的手脚。我站着的双腿微微摇晃。“你还好吗？”派普问。

“你不需要担心我。”我抬头望着她，“他们问我们是否想签放弃急救同意书。”

派普睁大了眼睛。“谁问的？”

“罗德斯医生……”

“他是实习医生，”她不屑地说，“他是个无情的纳粹。”

“他连怎么去餐厅都还不清楚，更别说如何面对一名亲眼看见自己的宝贝经历心跳停止的母亲。没有任何小儿科医生会向新生儿的家属建议放弃急救同意书，除非脑部检验证明发生无可挽救的损害……”

“他们在我眼前把她切开，”我的声音颤抖，“当他们试着抢救她的心跳时，我听见她的肋骨断裂。”

“夏洛特……”

“如果是你，你会签吗？”

她没有回答，于是我走到婴儿床车的另一侧，好让你像个秘密般介于我和派普之间。“我剩余的人生都要像这样度过吗？”

好长的一段时间，派普都没有回答。我们倾听着围绕着你的那些机器声，嗡嗡，哔哔。我看到你被吓了一跳，小小的脚趾头弯曲起来，你的双臂张开。“不是你的人生，”派普说，“是薇罗的人生。”

那天稍后，我签下了放弃急救同意书。当时，派普的话不断在我耳际回响。这是一份请求怜悯的白纸黑字，直到你能体会字里行间的意思：这是我第一次撒谎，说我希望你不曾出生。

I

大部分的事物都会破碎，包括心。
生活教给我们的不是智慧，而是痂与茧。

——华莱士·史泰格纳

回火：缓慢加热

“temper”这个英文单词，指的是脾气，也就是迅速发怒。然而“tempering”在烹饪里的意思是“回火”，指的是花时间让味道更浓。例如，你如果要将蛋回火，就一次加一点热的液体，重复几次。这么做的目的是要提高蛋的温度，但又不导致蛋凝固。最后你就可以得到奶蛋，可用来制作甜点酱汁，或是加进精致点心里。

有趣的一点是：不论你用什么样的液体来加热，都不会影响最后成品。使用愈多蛋，最后成品就会愈浓稠。

换句话说，决定最后成果的，是你一开始所使用的物质。

卡士达奶蛋酱

2杯全脂牛奶

6个蛋黄，维持室温状态

5盎司的糖

$1\frac{1}{2}$盎司的玉米粉

1小匙的香草精

将牛奶置于非铝制的平底锅中煮沸。在不锈钢碗中，混合蛋黄、糖与玉米粉。用牛奶将蛋汁回火。把牛奶与蛋汁放回炉上，不时搅拌。当酱汁快要变浓稠时，加快搅拌速度，直至沸腾，然后从炉火上移开。加入香草精，倒进不锈钢碗里。撒进一点糖，用保鲜膜直接覆盖起来。放进冰箱冷却，直到取出食用。卡士达奶蛋酱可以拿来当作水果蛋挞、意大利酥饼、奶油泡芙、闪电泡芙等甜点的馅料。

艾米莉亚
二〇〇七年二月

我这一生，从来都没有出去度假。我甚至从来没有离开过新罕布什尔州，除非把我和你还有妈妈去内布拉斯加州的那次算进去。你必须承认，陪你去史林纳儿童医院做检查时，坐在病房里三天，看着老掉牙的《汤姆猫与杰利鼠》卡通，根本不像去海边或大峡谷玩。所以你可以想象，当我得知我们全家人要去迪士尼乐园玩时，我有多么兴奋。我们将在二月份学校放假时去。我们住宿的饭店正中央，会有单轨电车通过。

妈妈开始列出一些我们会去玩的游乐设施，包括“小小世界”“小飞象丹波”“小飞侠彼得潘的飞行”。

“这些都是给小婴儿玩的。”我抱怨。

“这些都是安全的。”她说。

“我要玩太空山。”我建议。

“只能玩加勒比海盗。”她回答。

“这下可好了，”我大叫，“我终于有了生平第一次度假，可是却一点也不好玩。”然后我气冲冲地冲回我们的房间。虽然我已经离开楼下了，我还是可以想象得出他们在说什么：“艾米莉亚又来了，又在闹脾气了。”

好玩的是，每次这种事情发生（事实上，常常发生），妈妈都不会补救。她总是忙着确定你没事，于是弥补的任务落到爸爸肩上。呃，你懂吧。还有另一件事是我所嫉妒的：他是你真正的爸爸，但他只是我的继父。我不认识我的爸爸，早在我出生前，他就和妈妈分开了。妈妈说，他不在对我来说是最好的。西恩领养了我，虽然他表现出对我的爱没有差别，但我脑中常常出现黑色、扭曲的时刻，不断提醒我这不可能是真的。

“艾米，”他走进我房里时叫我（我只让他一个人这样叫我。这样的称呼让我想起钻进面粉里弄坏面粉的虫，但是爸爸这么唤我时，却不会给我那种恶心的联想），“我知道你已经可以玩那些大孩子的玩意了，但我们只是想确保薇罗也玩得很开心。”

因为只要薇罗玩得开心，我们全家都会很开心。他不必说出来，我也知道他要说什么。

“我们只是想要全家人一起度假。”他说。

我犹豫了一下。“旋转咖啡杯呢？”我听见自己这么说。

爸爸说他会尽力为我争取，可妈妈坚决反对——万一你碰撞到咖啡杯的厚塑料墙，该怎么办？——他说服她，我们可以把你围在中间，这样你就不会受伤了。然后他对我咧嘴一笑，为了成功达成协商而洋洋自得，但我实在不忍心告诉他，我一点儿也不喜欢旋转咖啡杯。

我之所以会突然想到旋转咖啡杯，是因为几年前在电视上看到迪士尼的一则广告。广告里，奇妙仙子像一只蚊子般飞过魔幻王国，底下有许多游客在欢呼。某个家庭有两个女儿，和你我的年纪相同，他们就坐在《爱丽斯梦游仙境》里疯狂帽子商的咖啡杯上。我看得目不转睛——大女儿甚至有着像我一样的棕发。如果你眯起眼睛，会觉得里面的爸爸很像我们爸爸。那一家人似乎很快乐，我看着那幅景象，看到胃都疼了起来。我知道广告里的那家人搞不好并不真的是一家人——那个妈妈与爸爸可能是两名单身的演员，他们说不定当天早上抵达广告拍摄现场时才见到饰演他们女儿的小女孩——但我当时很希望他们真的是一家人。我想要相信他们正在大笑与微笑，即使他们旋转得几乎快失控了。

挑选十个陌生人，把他们塞进一个房间，问他们觉得我们两个谁比较可怜——你，或是我？我们都知道他们会选谁。一般人很难不注意到你的石膏矫正器。虽然你已经五岁了，身材却像个两岁婴孩。如果你当天身体状况不错，可以行走，臀部仍会有奇怪的扭动。我不是说你日子比较好过。我只是觉得我比较惨，因为每次我觉得自己的生命烂透了的时候，一看到你，就会恨自己当初为什么会觉得自己的生命烂透了。

以下这些片刻，能让你更了解身为我是什么感觉：

艾米莉亚，不要在床上跳，你会伤到薇罗。

艾米莉亚，要我告诉你几百遍，不要把袜子丢在地上，薇罗有可能被绊倒。

艾米莉亚，把电视关掉（虽然我只看了半小时，而你已经像僵尸般盯着电视看了整整五小时）。

我知道这么说会让人觉得我很自私，但是话说回来，我明知道这样不对，却又无法抵挡这种感受。我也许只有十二岁，但请相信我，我已经知道我们家和别人家不一样，而且永远不会一样。打个比方：哪个家庭会另外打包一整箱的急救绷带及防水的矫正器，只为了以防万一？哪个妈妈会花好几天的时间研究迪士尼乐园附近的医院？

我们出发的那天，爸爸正把行李搬上车，你和我坐在厨房餐桌旁玩着剪刀石头布。“出拳，”我说。我们两个都出剪刀。我早就知道你会这样，你永远都是出剪刀。“出拳，”我又说。这一次我出了石头。“石头砸碎剪刀。”我说，我用拳头敲打你的手背。

“小心一点。”老妈说，虽然当时她面对的是另一个方向。

“我赢了。”

“每次都是你赢。”

我嘲笑她。“那是因为你每次都出剪刀。”

“达·芬奇发明了剪刀。”你说。你通常都知道一些没人知道或关心的信息，因为你老是在阅读，或是在网络上搜寻，或是听着让我昏昏欲睡的历史频道节目。你把大家都吓坏了，一个五岁小女孩居然知道马桶冲水的声音是降E调，或是知道最古老的英文词是“town”。但是妈妈说很多患成骨不全症的小孩都从很小就开始阅读，语言能力比同龄小孩更进步。我猜，这就像肌肉一样：你身体的其他部分常常断裂，所以你的大脑比你身体其他部分使用得更多。难怪你听起来像个小艾米莉亚因斯坦。

“我是不是把东西都带齐了？”妈妈问道，但她其实是喃喃自语。她再次浏览那份清单，这已经是第八百万遍了。“那封信，”她说，然后她转向我，“艾米莉亚，我们需要医生开的那份证明。”

那是罗森布雷德医生写的信，信中说得很清楚：你有成骨不全症，在儿童医院接受他的治疗——这是为了因应紧急状况，事实上，你的紧急状况接二连三，算是很精彩。那封信放在车上副驾驶座的置物箱里，旁边放着丰田汽车车主手册，还有一张破破烂烂的马萨诸塞州地图、一张捷飞络加油站收据，以及一片剥了包装纸、已经糊掉的口香糖。老妈付油钱时，我已经检查了一次清单。

“如果那封信在车上，那么你为什么不等我们开车去机场时再拿就好了？”

“因为我会忘记。”老妈说。老爸这时走进屋里来。

“我们的行李已经都上车了，”他说，“怎么样，薇罗？我们是不是该去拜访米老鼠啦？”

你对他咧嘴一笑，仿佛米老鼠是真实的，不是某个少女为了暑假打工而戴上巨大的塑料头套。“米老鼠的生日是十一月十八日，”你大声宣布。老爸协助你从椅子上爬下来。“刚刚玩剪刀石头布的时候，艾米莉亚赢了我。”

“那是因为你每次都出剪刀。”老爸说。

老妈最后一次皱着眉头检查清单。“西恩，你有没有带止痛药？”

“两瓶。”

“照相机呢？”

“糟糕，我把它拿出来了，但放在楼上的五斗柜上……”他转向我，“小甜心，你可不可以帮我去拿？我把薇罗抱到车上。”

我点点头，跑上楼。我拿着照相机下楼时，老妈独自站在厨房里，缓慢地绕着圈圈，仿佛薇罗不在她身边她就不知道该怎么办。她关了灯，锁上前门。我走到车旁。我把相机交给老爸，然后坐到你旁边的座位，替我自己系上安全带。我大方承认，虽然十二岁的孩子仍对去迪士尼乐园感到兴奋实在很奇怪，我确实是很兴奋的。当时我心里想着的都是阳光、迪士尼歌曲，以及游园小火车，完全没有想起罗森布雷德医生的那封信。

这表示，所发生的一切，都是我的错。

我们甚至还来不及去坐那愚蠢的旋转咖啡杯。飞机降落后，我们抵达饭店时，已经将近傍晚了。我们开车到主题乐园，才刚踏上园区入口的美国大街——灰姑娘的城堡全景就在眼前——此时完美的风暴便来袭了。你说你肚子饿，于是我们转进古早味的冰激凌铺子。爸爸握着你的手排队，妈妈则拿着餐巾纸走到我坐着的桌子旁。“你看。”我指着一名尖叫的小婴孩手里抓着的高飞狗。就在同时，妈妈手中的一张餐巾纸飘落地面，爸爸松开你的手，伸手去掏他的皮夹，你快步走到窗边，想看我指给你看的东西，结果你踩到那张小小的方形纸巾，滑倒了。

我们全都看着这一幕以慢动作进行，你的双脚从你身子底下往前伸出来，于是你便一屁股重重地坐在地上。你抬头望着我们，你眼珠子上的白点泛着蓝光，一如每次你骨头断了的情况。

迪士尼乐园里的人仿佛都预期这件事会发生似的。妈妈一告诉那个挖冰激凌球的男子说你跌断脚，立刻就有两个人从医护室扛来了一副担架。在老妈发号施令之下（她总是这样指使医生），他们努力把你弄上担架。你并没有哭，不过说回来，你每次跌断了骨头，其实也几乎没哭。有一次，我在学校玩绳球时，不小心把小指头割破了，当伤口变成鲜红色，肿得像个气球时，我简直吓坏了。然而，那次你跌断手臂，骨头从皮肤穿了出来，你居然完全没哭。

“你不痛吗？”我小声地说，这时候他们正把担架抬起来，轮子突然长出来。

你紧咬着下嘴唇，点点头。

当我们抵达迪士尼大门口时，已经有一辆救护车在等我们。我看了美国大街最后一眼，看了太空山的金属圆顶，我望一望那些在园里奔跑而不是离开游乐园的孩子，然后我爬上某人为我们安排好的车子，让爸爸和我可以跟着你和妈妈去医院。

前往我们不熟悉的急诊室，实在很诡异。在我们当地医院里，每个人都认识你，医生们全都乖乖听老妈的交待。然而在这个地方，没有人注意她。他们说股骨断裂的伤口不止一个，而是两个，而且可能表示有内出血。妈妈陪着你进去检验室做X光扫描，留下我和爸爸坐在候诊室里的绿色塑料椅上。“我很抱歉，艾米，”他说，而我只是耸耸肩。“也许情况不严重，我们明天就可以回去迪士尼乐园了。”迪士尼乐园有个穿黑西装的男子告诉爸爸说如果我们想要改天再回去，可以免费入场。

当天是星期六晚上，来到急诊室的人们远比电视节目更有趣。有两个孩子年纪看起来大到像在读大学了，他们流血的伤口是在前额同样的位置，他们每次彼此对望，就忍不住大笑。有个老人穿着有圆铜片装饰的裤子，捧着他胃部右侧。一名只会讲西班牙语的女孩抱着两名哭叫的双胞胎婴儿。

突然间，妈妈从右边的双层隔门冲出来，一名护士追着她和另一名女子，这名女子穿着紧身细条纹裙，踩着红色高跟鞋。“那封信，”她大叫，“西恩，你把那封信拿到哪里去了？”

“什么信？”西恩问，但我已经知道她在说什么，我立刻觉得自己快要吐出来了。

“欧基夫太太，”那名女子说，“拜托。让我们在更隐秘的地方处理这件事。”

她碰触老妈的手臂，接下来，我只能这么形容——老妈折成一半了。我们被领进一个房间，里头有一张红色破沙发、一张小小的椭圆桌子，以及插在一个花瓶里的假花。墙上画了两只熊猫，还挂了一幅画，我盯着那幅画看。穿着窄裙的女子和爸爸妈妈在谈话。她说她叫唐娜·罗曼，是儿童与家庭部门的人。“莱斯医生和我们联络，因为他很担心薇罗所受的伤，”她说，“她手臂的弯曲状态，以及X光照相显示，这不是她第一次跌断骨头了。”

“薇罗患有成骨不全症。”爸爸说。

“我已经告诉她了，”妈妈说，“她就是不听。”

“如果没有医生开具的证明，我们就必须介入调查。这是标准程序，是为了保护孩童……”

“我会保护我的孩子，”老妈说，她的声音锐利得像一把刀刃，“你们得让我回到急诊室，好让我保护我的孩子。”

“莱斯医生是专家……”

“如果他真的是专家，那么他就应该知道我说的是实话。”老妈反驳。

“就我所了解，莱斯医生正在联络你女儿的医生，”唐娜·罗曼说，“但因为现在是星期六晚上，他联络不上。所以我要请你签同意书，让我们可以替薇罗做完整的检查，也就是全身骨骼检查与神经检查。我们也可利用这个时间稍微聊一下。”

“薇罗根本不需要再做什么检查……”老妈说。

“听着，罗曼女士，”爸爸插话了，“我是警官。你不会真的相信我对你说谎吧？”

“我已经跟你太太谈过了，欧基夫先生，我待会儿也会找你谈谈……但首先我想和薇罗的姐姐谈一下。”

我的嘴巴张了又闭上，但吐不出半个字。妈妈直盯着我，仿佛她正在运用超能力心电感应。我低头望着地板，直到看见那双红色高跟鞋停在我前面。“你一定就是艾米莉亚，”她说。我点点头。“我们去走走好吗？”

我们要离开时，一名看起来像爸爸上班时打扮的警官走进走廊。“把他们两个分开。”唐娜·罗曼说。那名警官点点头。然后她带我到走廊另一端的点心贩卖机。“你喜欢什么？我喜欢巧克力，不过你可能会想吃薯片吧？”

爸妈不在场时，唐娜对我非常和善，于是我立刻指着士力架巧克力棒，我打算趁机占一点便宜。“我想，这一切和你所期望的假期一定很不一样吧？”她说，我摇摇头。“薇罗以前也发生过这种事吗？”

“是啊。她断了很多骨头。”

“怎么断的？”

这个女人应该很聪明，可惜她似乎不太聪明。大家的骨头都是怎么断的？“我想她是跌倒，或是被什么东西打到。”

“她被东西打到吗？”唐娜·罗曼重复我的这句话，“或者你的意思是被某人打？”

有一次在幼儿园里有个小孩在游戏区里撞到你。你天生就很会闪躲，但是那天你的动作不够快。“这个嘛，”我说，“有时候这种情况的确也会发生。”

“薇罗这次受伤时，谁和她在一起呢，艾米莉亚？”

我回想起冰激凌铺子，回想起当时老爸正握着你的手。“我爸爸。”

她把嘴巴压得扁扁的。她把钱币投进另一部贩卖机，一瓶水掉出来。她旋开瓶盖。我很希望她能把那瓶水给我，但我不好意思开口要求。

“他心情不好吗？”

我想起当我们跟着救护车赶到医院时他的表情。当我们等候有关薇罗最新断骨的消息时，他的双拳放在他的大腿上。“是啊，他心情非常不好。”

“你觉得他这么做是因为他对薇罗很生气吗？”

“他做了什么？”

唐娜·罗曼跪下来，为了要直视我的眼睛。“艾米莉亚，”她说，“你可以告诉我到底发生什么事。我保证他不会伤害你。”

突然间，我明白她误会我的意思了。“我爸爸并没有对薇罗生气，”我说，“他并没有打她。那是个意外！”

“那样的意外是可以避免的。”

“不……你不了解……那是因为薇罗……”

“无论如何，孩子都不应该受虐待。”唐娜·罗曼低声喃喃说着，但我听得很清楚。这时候她正走回爸妈所在的那个房间，尽管我大叫，试着要她听我说，但她根本不听。“欧基夫先生太太，”她说，“今天我们要对你女儿进行保护监管。”

“我们回警局去谈谈吧。”那名警官对爸爸说。

妈妈的手臂环抱着我。“保护监管？什么意思？”

唐娜·罗曼用一只强而有力的手，再加上那名警官的协助，想要把妈妈和我拉开来。“我们只是想保护孩子们的安全，直到我们把事情厘清。薇罗会留在这里过夜。”她开始把我拉离房间，但是我死命抓住门框。

“艾米莉亚，”老妈慌张地说，“你刚刚说了什么？”

“我试着告诉她真话！”

“你要把我女儿带去哪里？”

“妈！”我尖叫，想伸手抓住她。

“来吧，亲爱的。”唐娜·罗曼说，她拉开我的手，直到我不得不放开，直到我又踢又叫地被拖离医院。我奋力挣扎了五分钟，直到我完全瘫软无力，直到我了解为什么你再痛都不哭：有些痛苦，是无法嘶喊出来的。

我曾经在我看的书和电视节目里看过也听过寄养家庭这个字眼。我以为寄养家庭是给孤儿，以及住在市中心那些父母是毒贩的儿童——寄养家庭不应该是给我这样的小女孩：住在舒适的房子里，每年都拿到很多圣诞礼物，从来不曾饿肚子上床睡觉。不过我发现，这间临时寄养家庭的华德太太居然和一般的妈妈没什么两样。她把照片贴满墙上，像在贴壁纸一样。从这些照片判断，我猜她曾经是个妈妈。她在门边迎接我们，穿着一件红色浴袍，脚上踩着一双像粉红猪的拖鞋。“你一定是艾米莉亚。”她说，然后她把门稍微拉开一点。

我本来以为这里会有一群孩子，结果居然只有我和华德太太在这间屋子里。她带我去厨房，那里弥漫了洗洁精与煮面条的气味。她把一杯牛奶与一盘奥利奥巧克力夹心饼干放在我面前。“你可能饿坏了。”她说。虽然我的确很饿，可是我摇摇头。我不要接受她任何东西；如果拿了，感觉就像屈服了。

我的卧室里有一个梳妆柜、一个小床，还有一件上面印满樱桃图案的棉被。房间里也有电视和遥控器。爸妈从来都不让我在房间里看电视，妈妈说电视是“万恶之源”。我把这件事告诉华德太太，她大笑。“也许确实如此，”她说，“但话说回来，有时候《辛普森一家》卡通是最佳良药。”她打开一个抽屉，拿出一条干净毛巾，以及一件对我来说大了好几号的睡衣。我很好奇，上次某个女孩穿着这件睡衣、睡在这张床上，究竟是多久以前的事了？

“如果你需要我，我就在走廊尽头的房间，”华德太太说，“你还需要任何东西吗？”

我妈妈。

我爸爸。

你。

家。

“要多久？”我努力挤出口，这是我在这间屋子里所说的第一句话。“我必须在这里待多久？”

华德太太悲凉地微笑。“我也说不准，艾米莉亚。”

“我爸爸妈妈……他们也住在寄养家庭吗？”

她踌躇了一下。“类似的地方。”

“我想见薇罗。”

“明天一早，”华德太太说，“我们就去医院看她。好吗？”

我点点头。我想相信她，非常想。她的这个承诺，让我就像抱着家里的麋鹿布偶般，可以一觉睡到天亮。我可以说服我自己，一切都会好转。

我躺下来，试着回想每晚我们睡觉前你叨念的那些无用的信息，每次我都叫你闭嘴：青蛙必须闭上眼睛才能吞咽。一支铅笔可以画一条三十五英里长的线。克利夫兰的英文Cleveland，倒着顺序拼回来，就变成了“脱氧核糖核酸第C级。”

我开始了解你为什么要记住这些愚蠢的事实，就像其他孩子抓着安全被毯睡觉般——如果我一直重复这些信息，感觉真的好多了。我只是不确定这是因为它在我人生似乎充满一个大问号时帮助我了解某件事，或者因为它让我想起你。

我仍然觉得饥饿，或者空虚，我分辨不出来。华德太太回到她自己房间之后，我蹑手蹑脚爬出床。我打开走廊上的灯，下楼到了厨房。我打开冰箱，让冰箱里的灯光与冷气落在我的光脚上。我盯着用保鲜膜包起来的现成肉片，我盯着蔬果箱里一堆苹果和桃子，我盯着盒装柳橙汁与牛奶像一排士兵般排列着。我听到楼上发出声响，赶紧抓了一把食物：一条面包，一盒烹煮过的意大利面，一把巧克力夹心饼干。我跑回房间，关上门，把我的宝物摊在我面前的床单上。

一开始，我先吃了巧克力夹心饼干。但是后来我的肚子饿得咕噜咕噜叫，于是我把意大利面吃光光——我用手抓着吃，因为我没有叉子。我吃了一片面包后，又一片，再一片，不一会儿，就只剩塑料袋了。我是怎么了？我心想。我瞧见自己在镜子里的影子。刚刚吃了一整条面包的人是谁？我的外观已经够恶心的了——呆板的棕发，因为坏天气而毛毛躁躁的，双眼分得太开，一颗前排牙齿长得歪歪的，还胖得把牛仔裤撑得鼓起来——然而我的内在更糟糕。我想象它是一个大黑洞，会把一切吸进它的中心，就像我们去年在自然课里学到的一样。我们老师称它为虚无的真空。

大家期待我内在的美好和善良，都被另一部分的我所荼毒，我曾经在夜里最黑暗的缝隙中许愿，希望我可以有个不一样的家庭。真实的我，是个卑劣的人，想象着没有你的人生。真实的我，在看着你被送进救护车时，有那么半秒钟，偷偷希望自己可以留在迪士尼乐园。真实的我，是个深不见底的灵魂，可以在十分钟内吃掉一整条面包，却还是觉得不饱。

我痛恨自己。

我不能告诉你，是什么让我走进我房间隔壁的浴室，把手指伸进喉咙。那浴室里有着印满粉红玫瑰的壁纸，洗手台旁小碟子里放着造型香皂。也许是因为我觉得有毒物质正渗入我的血流里，而我要它离开。也许这是惩罚。也许是因为我想控制不受控制的那部分的我，这样我其他的部分就会听话了。鼠类无法呕吐，你曾经告诉我；如今这个信息突然跃进我脑海。我用一只手抓着头发，朝着马桶呕吐，直到我吐干净，满身大汗，感觉净空且轻松，然后我明白，是的，至少我可以把这件事做对，即使它让我感觉变得更糟。我的胃纠结，苦涩的胆汁留在舌根，我觉得糟透了——但这一次我至少可以拿生理原因来当借口。

我虚弱无力地蹒跚走回床上，寻找电视遥控器。我的双眼感觉像砂纸，喉咙很痛，但是我睡不着。我快速浏览电视频道：居家装潢节目，卡通，夜间脱口秀，“铁人厨师”烹饪比赛。“尼克的夜间生活”频道正在播老旧的情境喜剧《迪克凡戴克秀》，大约进行到第二十二分钟时，迪士尼广告出现了——就像一个笑话、一个讽刺、一个警告。我感觉像是肚子被揍了一拳：奇妙仙子出现了，那些快乐的人们出现了，还有坐在旋转咖啡杯的那一家人，本来我们一家人应该在咖啡杯上的。

万一爸妈永远不回来，该怎么办?

万一你没有好转，该怎么办?

万一我必须永远待在这里，该怎么办?

我开始哭，我把枕头的一角深深塞进嘴巴，以免华德太太听到我的哭声。我按下了电视遥控器上的静音键，我看着那家人在迪士尼乐园里不停地转圈圈。

西恩

直到事情发生在你身上，你才会百分之百确定你对这件事的看法。这实在很好笑，不是吗？就像逮捕某人一样——非执法人员如果知道有可能发生错误逮捕的情形（即使逮捕时理由正当），一定会觉得很惊人。如果发生那种情形，警察能做的就是释放那个人，告诉他说你也只是尽你的职责。我以前常说，这总胜过于冒着让罪犯逍遥法外的风险，去他的人道主义者，他们根本不晓得被一个痞子吐痰在脸上的滋味是什么。这是我从前打从心里相信的一切，直到我因为疑似虐待儿童的理由而被带到迪士尼乐园附近的美景湖警局。只要看一眼你的X光照片，看到数十根正在愈合的断骨，看到你原本应该是直的却变弯曲的右前臂，那些医生立刻紧张起来，打电话给儿童福利部门。罗森布雷德医生几年前给了我们一张证明，本来应该可以当作保释卡。很多成骨不全症孩子的父母如果无法出示孩子的医疗记录，常常被控虐待儿童。夏洛特把那张证明随时带在迷你休旅车上，以防万一。然而今天，我们记得一切该打包的东西，却忘了那封信，结果被带回警局讯问。

“这真是扯鬼，”我大叫，“我女儿在公共场所跌倒。至少有十个目击证人。你们怎么不把他们拖进来？没有别的真正的案子让你们忙吗？”

我一直都交替扮演好警察与坏警察的角色，结果证明，当你在一个陌生的辖区对抗另一名警官时，两种角色都不管用。此时是星期六将近午夜，这表示要等罗森布雷德医生把事情厘清，必须等到星期一。自从我们被带进警局讯问之后，我就再没见到夏洛特——在这种情况下，我们警察会隔离父母，以防串供。问题是，事实怎么听都很疯狂。一个孩子踩在餐巾纸上，结果两边股骨都碎了好几处？你不必像我一样干警察工作十九年，也会对这个说辞起疑。

我想象夏洛特此时一定崩溃——当你正在受苦时却无法在你身边，再加上不知道艾米莉亚在哪，这会让她发疯的。我一直想到艾米莉亚向来很痛恨睡觉时关灯，每次我都必须等她睡着后，在半夜里溜进她房里关灯。你会害怕吗？我曾经问过她，她说她不怕。我只是不想错过任何事情。我们住在新罕布什尔州的班克顿镇，这是一个小镇，你开车在街上，每个人认出你的车子都会朝你按喇叭。你在这里的杂货店买东西时万一忘了带信用卡，结账的女孩会让你把食物带回家，稍后再回来付账。这并不是说我们不需要遵守生活规范——警察通常都看得见白色栅栏与擦得光亮的大门后面的内幕，那里充满了各种被隐匿的噩梦：受人尊敬的地方士绅却痛揍妻子，模范生吸毒，学校老师的计算机里有儿童裸照。然而，身为警官，我部分的目标是把这些事情都留在警局，确保你与艾米莉亚在快乐单纯的气氛中长大。但此刻发生了什么事？你看着佛罗里达警察来急诊室把你父母带走。艾米莉亚被送到寄养家庭。这次失败的度假经验，会对你们两个造成什么样的创伤？

经过两回合的讯问之后，警官留我独自一人。我知道这是他为了逼供的招术——他以为他在两回合的讯问所得的信息，就足以让我吓得坦承我弄断你的腿。

我想知道艾米莉亚是否在这幢楼的某处，在另一个侦讯室里，或者在一间牢房里。如果他们想把我们留在这里过夜，他们必须先逮捕我们——他们有充分的理由可以这么做。你的一个新伤发生在佛罗里达这里，那个新伤加上X光照片里的旧伤，便足以构成逮捕的理由，直到某人可以佐证我们的解释。但是，可恶，我实在受够了等待。你和你姐姐需要我。

我站起身，在玻璃镜子上猛敲，我知道那名警探正在玻璃后面观察我。

他回到侦讯室里来。他很瘦，红头发，满脸青春痘，他不可能超过三十岁。我的体重是一百零二公斤，全身肌肉，身高一米九。过去三年来，我在我们局里的年度体能测试中都赢得过非正式举重比赛。如果我要，可以立刻把他折成两半。这让我想起他当初为什么侦讯我。

“欧基夫先生，”那名警探说，“让我们再把这件事说一遍。”

“我要见我太太。”

“现在不可能。”

“你至少告诉我她还好吗？”

我在说最后一个字时破音，这已经足以使那名警探的态度软化了。“她很好，”他说，“她现在正由另一名警探讯问。”

“我想打一通电话。”

“你并没有被逮捕。”警探说。

我大笑。“是吗，才怪。”

他指指桌子中央的电话。“外线电话先拨九。”他说，然后他往后靠在椅背上，双臂交叉，仿佛是想表明他不打算给我任何隐私。

“你知不知道我女儿医院的电话？”

“你不能打电话给她。”

“为什么？我并没有被逮捕，不是吗？”我重复。

“现在很晚了。没有哪位好父母会在这个时候把孩子叫醒。但话说回来，你并不是一个好父母，对吧，西恩？”

“没有哪位好父母会把害怕且受伤的孩子独自留在医院里。”我反驳。

“让我们把该办的事情办完，也许到时候你还来得及趁你女儿睡觉前跟她通上电话。”

“在没有和她说到话之前，我不会再说半个字，”我讨价还价，

“给我医院的电话号码，我会告诉你今天到底发生什么事。”

他盯着我瞧了一分钟——我也知道这个招术。当你从事这个行业像我一样久，你可以看着某人的眼睛就知道事情的真相。我很好奇他在我眼里看到什么。也许是沮丧。我是一名警察，却无法保护你的安全。

那名警探拿起电话，开始拨号。他询问你的房间，与接电话的护士低声交谈。然后他把话筒递给我。“你只能讲一分钟。”他说。

你很无力，被那名护士摇醒。你的声音小到足以让我收藏在裤子的后口袋。“薇罗，”我说，“我是爸爸。”

“你在哪里？妈妈呢？”

“我们会回去接你，亲爱的。我们明天一大早就会去看你。”我不晓得这会不会成真，但我不想让你觉得我们遗弃了你。“一到十？”我问。

这是每次你断了骨头时我们玩的小游戏——我给你一个疼痛指数量表，你告诉我你有多勇敢。“零。”你低声地说，这个回答仿佛给我重重一击。

我应该让你知道一件事：我通常不哭的。自从我父亲在我十岁那年过世之后，我就不曾哭过。让我告诉你实话，我曾经差点哭出来。例如你出生差一点当场死掉时；或者当你两岁时臀骨裂伤，在戴了五个月的石膏矫正器后，你必须重新学习如何走路，当时我看到你脸上的表情，也差点哭出来；以及今天当我看到艾米莉亚被拉走时。我并非不会崩溃，只是必须有人要坚强，如此一来，你们三个才不必坚强。

于是我振作精神，清了清嗓子。“告诉我一件我不知道的事，宝贝。”

这是我们两人之间的另一个游戏：每次我回家，你会把你那天学到的事情都背给我听——说实话，我从来没见过哪个孩子像你那样吸收信息。你的身体也许在各方面都背叛你，但是你的大脑却弥补了所有的不足。

“一个护士告诉我，长颈鹿的心脏有十一公斤重。”你说。

“那可真大，”我回答。我自己的心有多重呢？“薇罗，现在我要你躺下来，好好睡一觉，这样明天早上我去接你时，你才会很有精神。”

“你保证？”

我咽了一口口水。“一定，宝贝。你好好睡觉，好吗？”我把话筒交还给那名警探。

“真是感人啊，”他的音调冷漠。他把话筒挂上，“好吧，我洗耳恭听你的真相。”

我把双肘架在我们之间的桌子上。“我们才刚进入园区，入口处附近有个冰激凌铺。薇罗肚子饿，所以我们决定先在冰激凌铺停留。我太太去拿餐巾纸，艾米莉亚坐在桌子旁，薇罗和我正在排队。她姐姐看到窗外某个东西，薇罗跑过去瞧，结果却跌倒，摔断她的股骨。她患有一种病叫作成骨不全症，意思是她的骨头很脆弱。每一万个孩子里有一个孩子出生就有这种病。你究竟还想知道什么事情？”

“这和你一小时前说的一模一样。”那名警探把笔丢到桌上，“我以为你要告诉我到底发生什么事。”

“我已经说了。我只是没有说出你想听的事情。”

那名警探站起来。“西恩·欧基夫，”他说，“你被逮捕了。”

星期天早上七点不到，我在警局的等候室里踱步。我以自由之身，等候夏洛特被释放。把我从拘留室里放出来的值班警员在我身边坐立不安。“我相信你会体谅的，”他说，“在那种情况之下，我们也只是善尽本分。”

我咬紧下颌。“我的大女儿在哪里？”

“儿童福利部门的人正把她带过来。”

我已经被告知，在班克顿警局确认我的警察身份的那名值班警官，还告诉他们说你得了一种病，导致你的骨头容易断裂，但是儿童福利部门在没有经过医疗专家证实之前，不愿意解除对你的保护。于是我大半夜都在祈祷，虽然我必须承认，我认为让我们得以被释放的功劳多半来自你妈妈，而不是耶稣。夏洛特平常看了很多《法律与秩序》节目，她知道一旦警官向她宣读她被逮捕之后的权利，她便获准打一通电话——令我惊讶的是，她并没有用这通电话来联络你。她反而是打给她最好的朋友，派普·芮斯。

说真的，我喜欢派普，我真的喜欢。天知道我最爱她的一点，就是她能动用关系，在周末凌晨三点把马克·罗森布雷德医生叫起床，要他打电话到你就医的医院。我的婚姻也要归功于派普——她和她丈夫罗伯介绍我给夏洛特认识。然而尽管如此，有时候派普却……有一点太超过了。她很聪明，有主见，而且大部分时候都是对的。我和你妈妈大部分的吵架，多半都源自于派普灌输给她的想法。问题是，派普身上的那种自以为是与信心，到了夏洛特身上，似乎略逊一筹，就好像一个小孩在她妈妈的更衣室里穿妈妈的衣服。你妈妈比较安静，多了一点神秘。她的优点都是慢慢让人感觉到，而不是一下子就被人注意到的。派普是你走进房间就会注意到的人，她的金发剪成男生的发型，长腿，笑容很灿烂。夏洛特则是令人在离开之后发现自己还在想念的人。但是话说回来，派普那种精明干练虽然令人不敢恭维，却成功地把我弄出美景湖警局的拘留室。我想这意味着，不论如何，我还有其他要感谢她的地方。

一扇门突然打开了，我看见夏洛特——她茫然而苍白，棕色的卷发从马尾橡皮筋下垂了下来。她正在对那位护送她的警官咆哮：“如果我数到十，艾米莉亚没有回到这里，我发誓我会……”

天啊，我真爱你妈妈。在重要的事情上，她和我的想法一致。

接着她注意到我，便停止咆哮。“西恩！”她大叫，然后奔进我怀里。

我真希望你能了解找到自己失落的部分是什么感觉，那会使你更坚强。对我来说，夏洛特就是我失落的那部分。她个头很小，只有一百五十七厘米，但是在她的青筋之下（她的青筋常常会突出来，因为她不像派普一样穿四号尺寸的衣服），却是令人惊讶的肌肉，她之所以练出这些肌肉，是她担任甜品厨师多年，不停地搅面粉，后来则是为了抱你，以及扛你所使用的那些器具。

“你还好吗，宝贝？”我贴着她的头发，喃喃地说。她闻起来像苹果及防晒乳液。在我们还没有离开奥兰多机场时，她就逼我们全家人擦上防晒乳液。为了安全，她说。

她并没有回答，只是贴着我的胸膛，点点头。

走廊上传来了一声哭声，我们两个及时抬头，看见艾米莉亚正跑向我们。“我忘了，”她啜泣着，“妈，我忘了带医生的那张证明。我很抱歉。我非常抱歉。”

“这不是任何人的错。”我跪下来，用双手的大拇指擦掉她的眼泪，“我们离开这里吧！”

值班警员说要用巡逻车载我们到医院，但我请他替我们叫一辆出租车。我希望他们因为错误判断而受心理煎熬，而不是试图补偿我们。当出租车停在警局门口时，我们三个一起走出前门。我让夏洛特和艾米莉亚坐进出租车后，自己才上车。“到医院。”我告诉司机。然后我闭上眼睛，把头往后靠在椅子的靠垫上。

“谢谢老天，”你妈妈说，“谢谢老天，一切都结束了。”

我甚至没张开眼睛。“还没有结束，”我说，“有人必须付出代价。”

夏洛特

可以说，回家的一路上，大家都不好过。你被放进人字形石膏护套里——这绝对是医生们所发明的最大刑具之一。你从膝盖到肋骨都覆上半壳型的石膏。你呈半躺的姿势，因为这样你的肋骨才能连接愈合。人形石膏护套把你的双脚撑开，好让你的股骨可以回到正确的位置。我们被告知：

一、你必须穿着这个人形石膏护套四个月；

二、然后这个护套会被切成两半，你有好几个星期的时间会坐在这个护套里，就像生蚝在蚌壳里一般，试图重新建立你的胃部肌肉，好让你有朝一日可以再度坐直；

三、他们会在你肚子部位的石膏上切出一个小方块，让你在吃东西时，胃部可以扩张；

四、你双腿之前会开一个口，让你可以上厕所。

我们没有被告知的是：

一、你无法完全坐直，也无法完全躺下；

二、你不能以正常的飞机座椅飞回新罕布什尔州；

三、你甚至无法在一般的车子后座躺下；

四、你无法长时间舒服地坐在轮椅上；

五、你的衣服塞不下护套。

因为这一切原因，我们没有立刻离开佛罗里达。我们租了一部雪佛兰厢型车，里头有三排长座椅，我们把艾米莉亚安置在后座。你占据了中间一整排座椅，我们在座椅上铺了从沃尔玛大卖场买来的毯子。我们也在那里买了男用汗衫及四角短裤——那种短裤的腰部具有松紧带，可以拉开包住护套，如果把多余的布料拉到侧边，还可以用发圈绑起来。如果不仔细看，看起来几乎像短裤。这种打扮一点也不时髦，但却可以遮住你的裤裆，你的裤裆因为护套的位置而被撑开了。

接下来，我们开始了长途开车的归途。

你睡着了。他们在医院给你服用的止痛药仍在你的血液里窜流。艾米莉亚一下子做填字游戏，一下子问我们到家了没，在两者间反反复复。我们选择不必下车点餐的餐厅用餐，因为你无法坐直在桌旁吃东西。

经过七小时的路程之后，艾米莉亚在后座晃动着身子。“你们知道葛雷老师每次都要我们写些度假时发生的酷事吗？我打算写写你们是怎么试着想办法把薇罗弄到马桶上去尿尿。”

“你可千万别这么做。”我说。

“可是我如果不这么做，我的作文就会非常短。”

“我们可以让剩下的路程有趣些，”这时我建议，“到孟菲斯市时，在猫王的老家停一下，或是在华盛顿特区停一下……”

“或是我们直接开回家，尽快结束路程。”西恩说。

我瞄了他一眼。黑暗中，仪表板上反射出一道绿色的光，像一副眼罩般映在他眼睛部位。

“我们可以去白宫吗？”艾米莉亚坐直了身子问道。

我想象着此刻的华盛顿又湿又热，我想象我们吃力地扛着你，爬上太空博物馆的台阶。车窗外的黑色道路像一条缎带般，在我们前方无尽地延展，我们根本看不到尽头。“你爸爸说得对。”我说。

当我们终于到家，消息早就传开了。派普在厨房流理台上留了一张字条，里头记录一连串名单，都是听到消息后送来焗烤通心粉的人。派普把这些食物都放进冰箱，还制作了一个量表：五颗星（先吃这锅）、三颗星（比罐头意大利面酱做出来的还好吃）、一颗星（要小心可能会有罐头肉品中毒的意外）。因为你的情况，我老早就学到一件事，那些试着表现善意的人宁可送来一份焗烤通心粉，也不想涉入太深。只要送来一道菜，责任便完了，不需要涉及情感，而且良心不会不安。食物变成援助的代币。

大家常常问我还好吗。但事实是，他们并不真的想知道。他们看着你的护套——迷彩的，或桃红色，或霓虹橘色。他们看着我把车上的东西搬下来，架起你的助步器。你的助步器底部还装上了网球，好让我们可以缓慢地走过人行道。在此同时，那些人的孩子们在我们身后吊单杠、玩躲避球，做一切对他们而言稀松平常的事，而这些事情却可能导致你骨折。他们对我微笑，因为他们想表现礼貌或政治正确，但他们心里其实都在想：谢谢老天。幸好是她，而不是我。

每次我这么说时，你爸爸总说我不公平。他说有些人开口问候时，是真的想伸出援手。我告诉他说如果他们真想伸出援手，他们不会只送焗烤通心粉来，而是自愿带艾米莉亚去摘苹果或溜冰，如此一来，即使你不能出门，艾米莉亚还是可以出去透透气。或者每次风暴过后，屋子四周的水沟塞住时，他们可以帮忙清理水沟。而且如果他们真的想帮忙，他们可以打电话给保险公司，花四小时在电话上争论有关账单的事情，这样一来我就不必做这件事。

西恩并没有领悟到，大部分的人伸出援手，其实是为了让他们自己好过，而不是为了我们。说实话，我并不怪他们。这是迷信：如果你援助了需要帮忙的家庭……如果你把盐往肩后撒……如果你不要踩在地板裂缝上，那么也许你可以免疫。也许你可以让自己相信，这种坏事永远不会发生在自己身上。

别误解我的意思：我并不是在抱怨。其他人看着我，心里想着：那个可怜的女人，她的孩子是残障。但我每次看着你，我只看到眼前的这个小女孩：三岁就熟记皇后合唱团《波希米亚狂想曲》的歌词。每次有雷阵雨时总会爬到我床上来跟我挤——并不是因为你害怕，而是我会害怕。你的笑声总是像音叉般在我自己体内振动。我永远不会希望自己拥有的是个正常的孩子，因为那个孩子就会是另外某个人，而不是你。

隔天早上，我花了五小时在电话上和保险公司交涉。我们的保险项目并不涵盖救护车运送。然而，佛罗里达的医院还是要向穿着人形石膏护套的人索费，除非那人本来就搭救护车来来去去。这是个进退两难的困境，但我是唯一能处理这件事的人，而这引发了一场像是荒谬剧的对话。“让我把事情搞清楚，”我说，对方已经是我当天交涉的第四位主管了。“你是说，当时我并不需要搭救护车，所以你们不会理赔救护车的费用？”

“没错，女士。”

你躺在沙发的抱枕上，用马克笔在石膏护具上画着条纹。“你能告诉我还有其他办法吗？”我问。

“显然，当时你可以把病人留在医院里。”

“你知道她必须戴这个护具四个月。你是建议我把女儿留在医院里那么久？”

“不，女士。我是说，留到交通已妥善安排为止。”

“但是医院允许我们搭乘离开的交通工具是救护车啊！”我说。这时，你腿上的石膏看起来已经像一支拐杖糖。“你们的保险项目会涵盖额外的住院费用吗？”

“不会，女士。像这样受伤住院的情况，理赔的最多住院天数是……”

“是的，我们刚刚已经都说过了。”我叹了一口气。

“我觉得，”那名主管刻薄地说，“你有权选择多付几天的住院费用，或是选择不在理赔范围内的救护车费用，你并没有什么好抱怨的。”

我感觉双颊像着了火般发烫。“我觉得，你是个大混蛋！”我大吼，然后把话筒摔下。我转过身，看见你，马克笔从你的手中滑出，极贴近沙发椅垫。你像蝴蝶脆饼般纠结，你在护具里的下半身仍朝前方，你的头往后转，这样才能看见窗外。

“脏话罐子。”你喃喃地说。你有一个罐子，用彩虹色的包装纸盖起来，每次西恩在你面前骂脏话，你就丢进二十五分钱的硬币。光是这个月，你就累积了四十二美元——从佛罗里达回家的一路上，你都在计算这些硬币。我从皮包里拿出一个硬币，放进旁边桌上的罐子里，可是你并没有看到。你的注意力仍在窗外，你看着草坪边缘那个结冰的池塘，艾米莉亚正在上头溜冰。

你姐姐从你这个年纪时就开始溜冰。她和派普的女儿埃玛一起上课，每星期两次。你最想做的事情，就是学你姐姐。然而，很不巧，溜冰是你永远都不可能尝试的运动。有一次，你穿袜子，用一只脚在厨房地板上假装溜冰，结果弄断了你的手臂。

“我和你爸爸如果继续轮流说脏话，你很快就能存钱买到离开这里的机票了，”我开玩笑，试着转移你的注意力，“你想去哪里？拉斯维加斯？”

你的视线从窗外移开，转过头来注视着我。“那会很傻，”你说，“我要满二十一岁才能玩二十一点。”

西恩已经教你玩二十一点了。他还教你玩红心扑克、得州扑克、梭哈。起初我吓坏了，直到我后来才明白，如果要你一次连玩好几个小时的翻牌配对游戏，可说是一大折磨。“那么，去加勒比海好吗？”

仿佛你可以毫无阻碍地自由旅行似的，仿佛你可以完全忘却这次糟透了的假期而再度去旅行似的。“我打算买一些书，例如苏西博士的书。”

虽然你的同学都还在学习英文字母的发音，你却已有六年级的阅读能力。这是成骨不全症病患的少数优点之一：当你被迫行动不便时，只能埋首书堆，或是上网。事实上，当艾米莉亚想要惹恼你时，她都叫你“维基百科全书”。

“你想读苏西博士的书？”我说，“真的？”

“不是我要看的。我想我们可以把那些书寄去给佛罗里达的那家医院。他们能读的唯一图书是《小波狗跑哪儿去？》，可是那本书读了五六遍就很腻了。”

我哑口无言。我努力想忘掉那间愚蠢的医院，想诅咒它害得我必须面对保险理赔的噩梦，也气它害你必须穿戴人形石膏四个月——而此时的你却已度过了自怜自艾的阶段。就因为你有充分的权利自怜自艾，并不代表你一定要这么做。事实上，有时候我很确定——当人们盯着你的助步器与轮椅时，并不是因为你的残障，而是因为你具有他们梦寐以求的能力。

电话又响了——短短的几秒间，我幻想着那是保险公司的总经理亲自打来道歉。但打电话来的是派普，她来探问情况。“现在方便说话吗？”

“其实不太方便，”我说，“你干脆几个月后再打来？”

“她是不是很痛？你打电话给罗森布雷德医生了吗？”派普问道，“西恩在哪里？”

“是，她很痛。不，我没有打给罗森布雷德医生。我希望我们赚的钱足够支付这个月的信用卡账单，付的还是我们根本没享受到的假期。”

“听我说，我明天带埃玛去上溜冰课时，会顺道去接艾米莉亚。你可以不必操心这件事。”

操心这件事？我根本不知道艾米莉亚去练习溜冰了。这件事不仅不是被压在我的记忆库底层，而是根本不在我的记忆库里。

“你还需要什么？”派普问道，“生活用品？汽油？约翰尼·德普？”

“我本来想说抗焦虑剂……但现在我可能想选你刚刚说的第三个选项。”

“不用说也知道。你嫁了一个长得像布拉德·皮特的男人，身材甚至更好，而你却欣赏约翰尼·德普那种长发西皮。”

“我想，长在篱笆外的草总是嫩绿一些吧，”我心不在焉地看着你伸手去碰触你身旁那部老旧的笔记本电脑，试着把它摆放在你的大腿上。因为你石膏的角度问题，所以那部笔记本电脑一直无法稳固，于是我抓了一个抱枕放在你大腿上，当作桌子，“可惜，目前我的篱笆这一边的草看起来黯淡无光彩。”

“糟了，我得挂电话了。显然我的病人开始自怨自艾了。”

“如果我每次听到你这么说都能得到一块钱的话……”

派普大笑。“夏洛特，”她说，“试着拆掉你的篱笆。”

我挂上电话。你正认真地用两只手指头打字。“你在做什么？”

“我在为艾米莉亚的金鱼设立一个Gmail账号。”你说。

“我非常怀疑它是否真的需要一个账号……”

“这就是为什么它找我做这件事，而不是找你……”

拆掉篱笆。“薇罗，”我说，“关了电脑。你和我去溜冰。”

“你在开玩笑。”

“不是开玩笑。”

“但你说……”

“薇罗，你想跟我争辩，还是想去溜冰？”你绽放微笑，自从我们出发去佛罗里达之后，我就没看过你这样微笑了。我穿上毛衣和靴子，然后从门口的衣帽间抓了一件厚外套罩住你的上半身。我用毛毯包住你的腿，把你抱起来。你没有穿戴人形石膏时，像小精灵般轻盈。穿戴上石膏套之后，你的重量是二十四公斤。

人形石膏的唯一好处是能让你在我髋部上保持平衡——这也是它本来的作用。你的身子向前微倾，但是我还是可以用一只手环抱住你，然后我们穿过门厅，走下门前台阶。

艾米莉亚看到我们以龟速般缓慢前进，经过雪堆与黑色冰泥，她停止旋转。“我要去溜冰了。”你开心地说。艾米莉亚转头注视着我。

“她说得没错。”

“你要带她去溜冰？你不是一直叫爸爸把我溜冰的池塘填平吗？你说那对薇罗来说是很残酷且不寻常的惩罚。”

“我要把篱笆拆掉。”我说。

“什么篱笆？”

我把毯子垫在你的屁股底下，轻柔地把你放在冰上。“艾米莉亚，”我说，“现在我需要你的帮忙。我需要你盯着她，别把视线移开，我要去拿我的溜冰鞋。”

我快步跑回屋子里，在门口处暂停一下，以确定艾米莉亚仍盯着你，就像我离开时一样。我的溜冰鞋被埋在衣帽间的一个鞋桶子里，我想不起最后一次穿溜冰鞋是什么时候。两只溜冰鞋的鞋带绑在一起，像一对恋人。我把溜冰鞋挂在肩膀上，然后扛起有轮子的计算机椅。走到屋外时，我把椅子翻过来，用头顶着椅垫。我想起那些穿着鲜艳裙子的非洲妇女，她们把装着水果与米袋的篮子顶在头上，走路回家，喂饱家人。

当我抵达小池塘时，我把椅子放在冰上。我调整椅背与扶手，以容纳你的人形石膏。然后我把你抱起来，放进舒适紧密的座椅里。

我坐下来，系绑我的溜冰鞋。“稍等一下，维基百科。”艾米莉亚说。你抓着椅子扶手。她在你身后推着椅子，开始在冰上滑动。包覆着你双腿的毛毯被风吹得鼓胀起来，我大叫着要你姐姐小心一点。可是艾米莉亚已经很小心了。她弯身靠在椅背上，这样一来，她就可以在愈溜愈快时，用一只手臂护着你。接下来，她快速地回转方向，面对着你，拉着椅子的扶手，倒退着溜冰。

艾米莉亚拉着你转圈圈时，你把头往后仰，闭上眼睛。艾米莉亚戴着条纹图案的羊毛帽，她的深色卷发从帽子底下飞散开来。你的笑声像一道明亮的标语布条般飞越冰上。“妈，”你大叫，“你看我们！”

我站起来，脚踝颤抖着。“等等我。”我说。我的每个脚步都愈来愈坚稳。

西恩

我回到工作岗位的第一天，走进更衣室时，发现我干洗完的制服附近贴了一张通缉海报。有人用鲜红色的马克笔在我的照片上头写着“已被逮捕”。“一点也不好笑。”我喃喃地说，然后把海报扯下来。

“西恩·欧基夫！”一名同事假装手里拿着麦克风递向另一名警察，“你赢得了超级碗橄榄球赛。接下来你打算怎么做？”

那名同事把两只拳头举向空中。“我要去迪士尼乐园！”

其他的同事全都笑翻了。“嘿，你的旅行社打电话来，”一名同事说。“她帮你订好了下次度假去关塔那摩湾海军监狱的机票。”

我的队长制止了他们，然后走到我面前。“说真的，西恩，你知道我们只是想逗你开心。薇罗还好吧？”

“她还好。”

“如果我们帮得上任何忙……”队长让他剩下的句子像烟雾般散掉。

我沉下脸，假装这件事对我完全不构成困扰，假装我很能接受这个玩笑，而不是变成大家的笑柄。“你们难道没有正事可做吗？你们以为这里是佛罗里达州的美景湖警局吗？”

大家一听到我这么说，全都大笑起来，摇摇晃晃地走出更衣室，留我独自更衣。我把拳头捶在更衣柜的金属条框上，柜子的门弹开了。一张纸掉了出来，又是我的照片，这会儿米老鼠的耳朵被加在我头上。照片底下写着：“这毕竟是个小小世界。”

我没有换衣服，而是走过警局的走廊，来到值班室，从一个柜子的一叠文件中拿出一本电话簿。我在电话簿里翻找，直到找到我所寻找的名字，我在无数的夜间电视广告中看过这个名字："罗伯特·拉米雷兹，诉讼律师，因为你是最好的。"

我确实是最好的，我心想。我的家人也是。

于是我拨了电话。"是的，"我说，"我想预约。"

我被分派到夜班值勤。在你们两个睡着、夏洛特也淋浴完毕上床后，我的工作就是关灯锁门，最后一次巡视屋子。因为你戴着人形石膏，因此暂时睡在客厅沙发上。我一时忘记，差一点把厨房的夜灯关掉。我走向你，把毯子拉到你的下巴处，亲吻你的额头。

我上楼查看艾米莉亚的房间，接着走进我们的房间。夏洛特站在浴室里，身上包裹着一条毛巾，正在刷牙。她的头发还是湿的。我走到她身后，把手搭在她肩膀上，用一只手指卷弄着她的一小撮卷发。"我喜欢你头发这个样子，"我说，然后看着它弹回一分钟前的那个小卷卷，"它似乎有自己的记忆。"

"不如说它有自己的想法。"她说，然后甩甩头发，弯身向前漱口。当她再度站直身子，我亲吻了她。

"薄荷般的清爽。"我说。

她大笑。"我是不是搞错了？我们是在拍牙膏广告吗？"

镜子里，我们四目相接。我一直很好奇，当我注视着她时，她是否看到了。或者她如果看到了，是否注意到我头顶的发量已愈来愈少？"你想做什么？"她问。

"你怎么知道我想做什么？"

"因为我已经嫁给你七年了。"

我跟着她进卧室，看着她抖落毛巾，套上一件睡觉时穿的宽松T恤。我知道你不会想听这些——哪个孩子会想听？但这是我之所以爱你妈妈的事项之一。即使在我们结婚七年之后，她在我面前换衣服时仍有点遮掩，仿佛我还不了解她的每一寸肌肤一样。

“明天我需要你和薇罗跟我去一个地方，”我说，“一名律师的办公室。”

夏洛特躺到床垫上。“为什么？”

我试着用言语表达出我的感觉，那是我的解释。“我们被对待的方式。我们被逮捕这件事。我无法就这样让这件事过去。”

她盯着我看。“我以为当时是你说你只想回家，继续过我们的日子。”

“是啊，可是你知道今天这件事对我而言代表什么吗？整个警局都把我当成一个大笑话。以后我永远是个被逮捕的警察。我在工作上最重要的就是名声。他们却毁了我的名声。”我坐在夏洛特身旁，踌躇着。我每天都把实话奉为圭臬，但并不怎么喜欢把实话说出来，尤其是必须说出让我困窘的实话时。“他们把我家人带走。我被关在拘留室里，想着你和艾米莉亚及薇罗，当时我只想痛揍某人。当时我只想变成他们认定的坏人。”

夏洛特抬起头，注视着我。“他们是谁？”

我将手指扣住她的手指。“这个嘛，”我说，“我希望那个律师可以告诉我们答案。”

罗伯特·拉米雷兹法律事务所等候室的墙上贴满了他为之前顾客打赢官司的作废订金支票。我把手背在背后，在房内走动，弯身阅读其中几张作废支票。“支付三十五万美元”“一百二十万美元”“八十九万美元”。

艾米莉亚正在研究一部精巧的咖啡机，它可以让人放一个小杯子，按一个钮，选择想要的口味。“妈，”她问，“我可以喝一点吗？”

“不行。”夏洛特说。她坐在你身旁的长椅上，试着不让你的人形石膏从椅子皮革上滑下来。

“可是他们有茶。还有可可。”

“不行就是不行，艾米莉亚！”

秘书从她的桌子后方站起来。“拉米雷兹先生现在可以见你们了。”

我把你抱起来，我们全都跟着那位秘书走过大厅，来到用雾面玻璃墙围成的一间会议室。那名秘书把门撑开让我们进去，但即使如此，我还是得侧个身，才能让你的双脚通过那道门。我盯着拉米雷兹，我想观察他看到你时的反应。“欧基夫先生。”他说。他伸出一只手。

我握了握他的手。“这是我太太夏洛特，还有我的女儿，艾米莉亚与薇罗。”

“女士们。”拉米雷兹说，然后他转身向他的秘书说：“布蕾欧妮，你去拿蜡笔和几本彩绘簿，好吗？”

我听到我身后的艾米莉亚发出一个不以为然的声音——我知道她心想着这个家伙根本完全不了解，彩绘簿是给年纪小的孩子，并不适合已经开始穿少女胸罩的大女孩。

“绘儿乐公司出品的第一千亿支蜡笔是浅紫光蓝色。”你说。

拉米雷兹扬起眉毛。“谢谢你告诉我，”他回答，然后用手指指向站在他身边的一名女士，“我想向你们介绍我的助理，玛琳·盖兹。”

她的穿着很体面。她的黑色头发往后梳，用一个发夹夹起来，穿着海军蓝的套装，她本来可以算是漂亮的，但看起来有点不太对劲。后来我发现不对劲的是她的嘴巴。她看起来像是刚吐出某个很难吃的东西。

“我邀请玛琳加入我们今天的会面，”拉米雷兹说，“请坐下。”

我们还来不及坐下，秘书就带着彩绘簿再度出现。她把簿子交给夏洛特。那些簿子是黑白纸页，封面上的方块字体写着罗伯特·拉米雷兹先生。“噢，瞧，”你们的母亲一面说，一面朝我的方向瞄了一眼，“谁想到他们会发明人身伤害彩绘簿啊？”

拉米雷兹露出牙齿微笑。“没有网络办不到的事。”

会议室里的座椅太窄，容不下你的石膏固定套。我试着让你坐下来，但试了三次都没有成功，最后我只好把你放回我大腿上，面对那名律师。

“我们能怎么帮助你们呢，欧基夫先生？”他问道。

“事实上，我是欧基夫警官，”我纠正他，“我在新罕布什尔州的班克顿警局工作，过去十九年我都在那里服务。我家人和我刚从迪士尼乐园回来，那就是我们今天来到这里的原因。我从未经历过如此糟糕的对待。我的意思是说，去迪士尼乐园玩本来应该是很正常的，对吧？但我们却不是。我太太和我居然被那里的警方逮捕，我的女儿们被带走，强制被保护监管。我的小女儿独自被留在医院里，把她吓坏了……”我深吸了一口气，“隐私是基本权利，而我家人的隐私被侵犯了，令人难以置信。”

玛琳·盖兹清清喉咙。“我看得出来你还是很气愤，欧基夫警官。我们会试着帮你……但是我们需要你退回去一点点，慢慢说。你们为什么会去迪士尼？”

于是我把事情告诉她。我告诉她有关你的成骨不全症，冰激凌，以及你是怎么跌倒的。我告诉她有关那些穿黑西装的人把我们带出主题乐园，安排救护车，恨不得尽快摆脱我们。我告诉她一个女人把艾米莉亚从我们身边带走，以及我们在警局里受到好几个小时的侦讯，那里没有任何人相信我。我告诉她我自己的警局同事是如何开我玩笑。

“我需要他们的名字，”我说，“我要控告他们，而且要尽快。我要追究迪士尼乐园里的某人，医院里的人，以及儿童福利部的人。我要这些人都丢了工作，而且我要赔偿金，以弥补我们所经历的可怕炼狱。”

我说完话时，脸都涨红了。我无法注视你的母亲。在我说完这些话之后，我不想看见她的脸。

拉米雷兹点点头。“你所说的这种案子非常昂贵，欧基夫警官。每个律师在接下这种案子之前，都会先做一份成本效益评估，而我可以立刻告诉你，就算你寻求赔偿裁决，你可能拿不到半毛钱。”

“但是在等候室里的那些支票……”

“那些案子里的诉讼人都有实证支持的投诉。但根据你刚刚向我们描述的情况，迪士尼乐园、医院、儿童福利部的那些工作人员都是在尽他们的工作职守。医生有法律责任，必须检报虐待儿童的疑似案例。没有你家乡医生开立的证明书，警察有正当理由在佛罗里达州逮捕你们。儿童福利部门有义务保护儿童，尤其当儿童年纪太小，无法详细说明自己的健康问题。身为执法的警官，我相信如果你退后一步，去掉你的情绪，着眼于事实，你会发现，一旦他们接到来自新罕布什尔州有关你女儿的医疗记录，就立刻把你女儿们还给你们了，你和你太太也被释放了……当然，这件事让你感觉很糟。但是光是觉得羞辱，并不能作为采取法律行动的正当理由。”

“那么精神损害呢？”我咆哮着，“你知不知道这对我和我的女儿们造成什么样的精神损害？”

“我相信，这种精神损害比不上每天必须从早到晚照顾这种特殊疾病孩子的精神负担，”拉米雷兹说。此时我身边的夏洛特抬起头，注视着他。这名律师投给她一个同情的微笑，“我的意思是说，这一定充满挑战性。”他弯身向前，微微皱眉，“我对这种病不太了解——它叫什么名字？骨头……”

“成骨不全症。”夏洛特轻声地说。

“薇罗有多少根断骨？”

“四十二根，”你说，“而且你知道有个人在一场滑雪意外中唯一没有断掉的骨头是在内耳里的那根骨头吗？”

“我不知道，”拉米雷兹说，他倒抽了一口气，“她是个很特别的孩子，对吧？”

我耸耸肩。你是薇罗，无瑕又单纯。没有人像你这样。我第一次抱你时，你被泡棉包覆着，以免你在我臂弯里受伤。打从那一刻起，我就知道一件事：你的灵魂比你的身体还坚强，不管那些医生怎么告诉我，我都相信这就是你骨头会一直断掉的原因。一副寻常的骨骼，怎么有办法包藏得住像整个世界一样宏伟的心？

玛琳·盖兹清清喉咙。“薇罗是怎么受孕的？”

“呃，”艾米莉亚说——直到此刻，我才想起来她和我们在一起——“那非常恶心。”我朝她摇摇头，以示警告。

“我们试得很辛苦，”夏洛特说，“当我发现怀孕时，我们正要做人工受孕。”

“那更恶心。”艾米莉亚说。

“艾米莉亚！”我把你抱给你母亲，然后拉起你姐姐的手，“你可以在外面等。”我压低声音说。

当我们再度进入等候室时，那名秘书注视着我们，但她不发一语。“你接下来还想说什么？”艾米莉亚向我呛声，“你的痔疮吗？”

“够了，”我说。我试着不在那名秘书面前情绪失控，“我们很快就会出来了。”

当我从走廊上走回会议室时，我听见秘书蹬着高跟鞋的声音响起，她正走向艾米莉亚。“想不想喝一杯可可？”她问道。

当我再度进入会议室时，夏洛特仍在说话。“……但是当时我三十八岁，”她说，“你知道当你三十八岁怀孕时，他们在我的产检表上写什么吗？高龄怀孕。我本来很担心会生出个唐氏症宝宝——当时我从来没听过成骨不全症。”

“你做了羊膜穿刺术吗？”

“羊膜穿刺并不会自动告诉你胚胎患有成骨不全症，你必须查看家族病史，看有没有出现这种病例。可是薇罗的情况是基因突变，并不是遗传的。”

“所以你们在薇罗出生前都不知道她患有成骨不全症？”拉米雷兹

问道。

“我们知道，夏洛特照第二次超声波时，看到一束断骨，”我回答，“等等，我们的会谈结束了吗？如果你不想帮我们打官司，我相信我可以找到……”

“你记得第一次超声波照片里那个奇怪的东西吗？”夏洛特转头对我说。

“什么奇怪的东西？”拉米雷兹问道。

“检验人员觉得脑部的照片看起来太清楚了。”

“没有什么事情是太清楚的，”我说。

拉米雷兹和他的助手交换了眼神。“那么你们的妇产科医生怎么说？”

“没说什么，”夏洛特耸耸肩，“甚至没有人提到成骨不全症这个名词，直到我们在二十七周时又做了一次超声波，才看到所有断骨。”

拉米雷兹转向玛琳·盖兹。“去查查看是否在那么早期的胚胎就能诊断出来这种病。”他下令，然后转回来面对夏洛特。“你是否愿意开放你的诊疗记录让我们查阅？我们必须研究一下你们是否有提出诉讼的理由。”

“我以为我们的官司没办法成立呢？”我说。

“你们可能会有机会，欧基夫警官，”罗伯特·拉米雷兹注视着你，仿佛正在记下你的特征，“只不过不是你们原先所想的那个诉讼理由。”

玛琳

十二年前，我还在就读大学四年级，对于前途很茫然。我坐在厨房餐桌旁和我母亲谈话（稍后再详谈关于我母亲的事）。“我不知道我想做什么。”我说。

这对我来说是极大的讽刺，因为我在此之前也从来不清楚自己是什么。自从我五岁之后，就知道自己是被领养的，对于不晓得自己根源的人来说，“领养”是一个政治正确的名词。

“你喜欢做什么？”我母亲问，啜饮了一口咖啡。她喜欢黑咖啡，我喜欢有甜味的淡咖啡。这只是我们两个之间众多歧异之一，这些歧异往往导致问不出口的问题：我的生母是否也喜欢带有甜味的淡咖啡？她是否像我一样有着蓝眼睛、高高的颧骨，以及惯用左手？

“我喜欢阅读，”我说，然后转转眼珠子，“这实在很蠢。”

“而且你喜欢争辩。”

我朝她发出诡异的微笑。

“阅读。争辩。亲爱的，”我母亲眉开眼笑地说，“你天生就该当律师。”

让我们将时间往前快转至距今九年前：我被召回医生的办公室，因为抹片检查出现异常。当我等候妇科医生进来时，我不曾拥有的生命片段闪过我眼前：我一直没时间生孩子，因为我忙着就读法学院，经营我的事业。我没有约会，因为我比较想做法律事务。我没有在乡间买房子，因为我工作时间这么长，根本没有时间享受那些昂贵的柚木地板及美丽的山景。“让我们检查一下你的家族病史。”我的医生说。我给了我惯用的标准答案：“我是被领养的，我不知道我的家族病史。”

虽然最后检查结果发现我根本没事——那个异常的抹片检验结果原来是实验室的失误——但我想，就是在这一天，我决定寻找我的亲生父母。

我知道你现在心里在想什么：我是否不满意我的养父母？这个嘛，我很满意我的养父母，这就是为什么我直到三十一岁才想到要找我的亲生父母。我一直都很快乐，也很感激我的成长过程是和我的家人在一起。我不需要也不想要一个新的家庭。而且我最不愿意发生的事情，就是告诉他们我要开始寻亲因而伤了他们的心。

但即使我一直都知道我的养父母非常渴切地要我，在我内心的某处，我知道我的亲生父母不想要我。我妈一直告诉我那些表面的说辞，说我的亲生父母太年轻，尚未准备好建立一个家庭——理智上我可以理解这个道理，但在情感上，我觉得自己被丢到一边。我猜我一直都想知道为什么。于是在和我的养父母谈过之后（我母亲全程都哭着说她会帮助我），我正式展开过去六个月来我一直在思考的寻亲计划。

被领养，感觉像是阅读一本被撕去第一章的书。你可能很享受整个故事情节及书中人物，但你可能也会很想阅读整本书的第一句话。然而，当你把书拿回去书店，向老板抱怨第一章被撕走了，他们却说不能卖给你另一册全新的书。万一你读了第一章，结果发现你痛恨这本书，结果在亚马逊网络书店贴上一篇负面评价，那该怎么办？万一你伤了作者的感情，该怎么办？你最好守着你那本残缺的书，享受剩下的故事。

领养记录不是公开的，就连我这种知道如何拼凑法律线索的人也无法得知。这表示寻亲之旅的每一步都很艰难、费力，而且失败远多于成功。我花了前三个月的时间以六百美元雇用一名私家侦探，最后他告诉我说他毫无所获。我想这种事我可以自己来，而且完全不用花钱。

问题在于我的工作一直阻碍我的寻亲之旅。

我们送欧基夫一家人走出法律事务所之后，我立刻质问我的上司。

“我必须先声明，对我来说，这种官司是完全吃力不讨好的。”我说。

鲍伯（罗伯特的别称）若有所思地说：“如果我们最后让它变成新罕布什尔州最巨额的产检疏失导致不当生产诉讼赔偿，你还会这么说吗？”

“你根本不能确定……”

他耸耸肩。“这要先看过她的诊疗记录才会知道。”

产检疏失导致不当出生诉讼意味着，如果母亲在怀孕期间得知她的孩子将会有重大残缺，她可以选择堕胎。如此一来，孩子后来发生残障情形的责任就落到了妇产科医生肩上。从诉讼人的立场来看，这是不当医疗官司。对于被告来说，这变成道德问题：谁有权利决定什么样的生命太受局限而不值得活？

美国有许多州都明令禁止产检疏失导致不当出生的诉讼。新罕布什尔州并没有禁止。有好几个罕见疾病的父母成功打赢官司，包括几个出生就患有脊柱裂或囊状纤维化症的孩子，其中有个男孩因为基因异常而重度迟缓，一生都得坐轮椅。这些疾病都是之前从未被诊断出来，更不可能在胚胎时期就被注意到。在新罕布什尔州，父母们得负责照顾这些孩子一辈子——不是只照顾到年满十八岁——因此有很好的理由寻求赔偿。薇罗·欧基夫的故事无疑是悲惨的，她穿戴着那么巨大的人形石膏。在她爸爸离开房间后，鲍伯试着和她聊天，她却依然微笑且有问必答。说明白一点：她很可爱，个性开朗，表达清晰，她这个艰困却坚强的案例，肯定能打动陪审团。

“如果夏洛特·欧基夫的妇产科医生没有符合照护的标准，”鲍伯说，“那么她就应该要负责，以免这种情况再度发生。”

我转了转眼珠子。“当你站出来想赚几百万时，不能打这种良心牌，鲍伯。而且这是个险招——如果妇产科医生决定有断骨的孩子不该被生出来，接下来会发生什么事？产检如果检验出孩子可能智商很低，就可以把不会长大且进哈佛大学的胚胎刮掉吗？”

他拍拍我的背。“你知道，看到这么有热情的人，是可喜的。就我个人而言，每次人们开始谈论有关利用科学治疗太多东西时，我总是很高兴在小儿麻痹症、肺结核、黄热病流行的时代，还没有什么人谈论生物伦理。”我们正走向各自的办公室时，他却突然停下来，转向我。“你是新纳粹主义者吗？”

“什么？”

“我并不这么认为。但是如果我们被要求在犯罪法庭里为一名新纳粹主义的委托人辩护，就算你发现委托人的信念很讨人厌，你是否还能善尽职守？”

“当然，那是法律系的新生都要被问到的问题，”我立刻说，“但这个情况完全不同。”

鲍伯摇摇头。“这就对了，玛琳，”他回答，“这真的是两码子事。”

我一直等到他关上他办公室的门，然后才发出一声沮丧的叹息。回到我办公室，我踢掉高跟鞋，踱步到我的桌子旁坐下。布蕾欧妮已经把我的邮件拿进来，用橡皮筋整齐地捆起来。我翻阅这些邮件，把信封分类，放进分门别类的案件堆里，直到我发现一封寄自陌生地址的邮件。

一个月前，在我和那名私家侦探解约之后，我寄了一封信到希尔斯布洛郡的法庭，去申请我的领养裁决书。花十美元，就可以拿到原始文件的复印本。有了这份文件，再加上我知道自己出生于纳舒厄的圣约瑟夫医院，我打算亲自跑一趟，去挖掘出我生母的姓氏。我希望当时某位法庭实习生可能一时糊涂，忘记把文件上我的出生名字涂掉。结果，我却找到一位名叫梅西·唐纳文的职员，她自从恐龙灭绝之后就在郡法庭工作，就是她寄来了这个我用颤抖的手拿着的信封。

新罕布什尔州，希尔斯布洛郡法庭

回复：小女婴的领养

最后裁决书

此时，一九七三年七月二十八日，考虑本案诉愿人之申请及其听证结果，本庭已做成调查，确认诉愿人之陈述及其他事实，提供本庭充分信息，以判定申请领养之有利条件。

本庭发现诉愿书中的陈述皆属实，提议之被领养人的福祉可通过此领养而获得提升；本庭裁决，女婴，即提议之被领养人，享有身为阿瑟·威廉·盖兹与伊芳·修格曼·盖兹之子嗣的一切权利，并应承担所有相关责任，现在起使用名为玛琳·伊丽莎白·盖兹。

我重读了第二次，又读了第三次。我盯着法官的签名——艾尔弗瑞德之类的。我花了十美元，得到的信息却是：

一、我是女的

二、我的名字是玛琳·伊丽莎白·盖兹

我到底在期待什么？期待我的生母会寄来一张精致贺卡，邀请我参加今年的家族聚会？我叹了一口气，打开我的档案柜，把那封领养裁决书丢进我标记着私人的档案夹里。然后我拿出一个新的档案夹，在标示牌上写下欧基夫。“不当出生。”我大声地念出来，只为了试试看这几个字在舌尖上的感觉。它们就像意料中的咖啡渣一样苦涩。我试着把注意力转移到这个案件，这个案件隐含的一个信息是，有些小孩不应该被生出来。一想到这里，我就在心里默默感谢我的生母，幸好当时她并没有这么想。

派普

名义上，我是你的教母。显然这意味着我必须为你的宗教教育负责，这是个天大的笑话，因为我从未踏进教堂（这要怪罪我对于教堂屋顶失火的正当恐惧），而你妈妈却从来没有错过周末的弥撒。我喜欢把我的角色想成是童话版的教母。有一天，不论有没有穿长袍的小老鼠帮忙，我都会让你变成一个公主。

因为想让你成为公主，因此我很少空着手出现在你家。夏洛特说我把你宠坏了，但是我并没有用很多钻石把你妆点起来，也没有交给你一部悍马车的钥匙。我买了一些魔术游戏、糖果，以及埃玛已经不看的幼儿录像带。就算我从医院工作完之后直接去你家，我也会临时带一点小礼物：用一只橡胶手套打结而成的气球和从手术室里拿回来的发网。“哪天你如果带个内视镜给她，”夏洛特常说，“你就正式成为我们家的不受欢迎人物。”

“哈啰，”我走进前门时大喊一声。说实话，我不记得我什么时候敲过门。“我们只待五分钟，”我说。埃玛冲上楼去找艾米莉亚。“你连外套都不必脱。”我穿过走廊，来到夏洛特的起居室，穿着人形石膏的你被撑坐起来，正在阅读。

“派普！”你抬起了脸。

有时候当我注视着你，看见的不是你那纠结扭曲的骨头，也不是看见被疾病折腾得七荤八素的小小石膏身躯。每次注视着你，我想起的是之前每次你妈妈哭着告诉我说她这个月又没能成功怀孕；我想起的是某次她来做产检时，把听诊器的耳塞从我耳朵拿出来，好让她也能听到你那像蜂鸟般快速的心跳。

我坐在你身旁的沙发上，从我的大衣口袋里拿出你的今日礼物。这是一个沙滩球——相信我，在二月天里并不容易找到卖沙滩球的店家。

“我们这次度假并没有去沙滩玩，”你说，“我跌倒了。”

“啊，但这并不只是一个沙滩球，”我纠正，然后我开始吹气，直到它又硬又圆，就像怀胎九月妇女的肚子。然后我把球推到你的双膝之间，球紧紧地贴着石膏。我开始用打开的手掌敲打着球。“这个，”我说，“是一个邦哥手鼓。”

你大笑，也开始敲打着塑料球面。我们制造出的声音，引得夏洛特走进房里来。“你气色不好，”我说，“你上次睡觉是什么时候？”

“天啊，派普，见到你真好……”

“艾米莉亚准备好了吗？”

“准备做什么？”

“溜冰啊？”

她敲打了一下额头。“我完全忘了这件事。艾米莉亚！”她大叫，然后对我说：“我们才刚从律师那里回来。”

“结果呢？西恩还是想要告全世界？”

她并没有回答，而是用手轻敲着沙滩球。她并不喜欢我批评西恩。你妈妈是我在世界上最好的朋友，但是你爸爸快把我逼疯了。他有他自己的想法，而且他说了就算，谁也无法反驳他。对于西恩而言，世界只有黑与白，但我想我一直是那种喜欢一点彩色的人。

“你猜怎么着，派普，”你插嘴，“我也去溜冰了。”

我瞄了夏洛特一眼，她点点头。她一直很担心后院的池塘以及它潜在的威胁。我实在等不及要听这个故事的细节。“我想，如果你忘记艾米莉亚要溜冰的事，你一定也忘了烘焙点心拍卖的事？”

夏洛特脸部肌肉抽动了一下。“你做了什么？”

“我做了布朗尼蛋糕，”我告诉她，“我把布朗尼做成溜冰鞋的形状，还用糖霜做了鞋带和冰刀的部分。懂我的意思吗？覆着糖霜的溜冰鞋？”

“你做了布朗尼？”夏洛特说，然后我跟着她走向厨房。

“我从头一手包办。其他的妈妈们已经把我列入黑名单，因为我去参加一场医学研讨会而错过了春季表演。我试着修补感情。”

“所以你是什么时候做这些蛋糕？趁你在帮病人缝合外阴的时候？或是在你连续上班三十六小时之后？”夏洛特打开橱柜，在架子上翻找，终于抓起一包点心饼干，然后把点心倒在一个盘子上，“说实话，派普，你永远都必须这么令人可恨的完美吗？”

她用一支叉子戳着饼干的边缘。“喔，谁在你的巧克力夹心饼干里尿尿，把你惹火了？”

“这个嘛，你想怎么样？你优雅地走进这里，说我看起来气色很糟，接着你又让我觉得自己完全不行……”

“你是个点心厨师啊，夏洛特。你可以烘焙出一大堆好东西——你究竟在做什么？”

“我在让这些饼干看起来像手工做的，”夏洛特说，“因为我再也不是点心厨师了。很久以前就不再是了。”

当我第一次见到夏洛特，她才刚被称为新罕布什尔州最好的点心厨师。我确实读过杂志上一篇有关她的报道，报道里赞美她有能力利用不可能的食材创作出惊奇的点心。以前她从来没有空着手来我家——她会带来撒上棉花糖的杯子蛋糕、甜派上的莓子如烟火般绽放，以及具有抚慰人心作用的布丁。她的舒芙蕾法式点心轻柔得就像夏天的云朵，她的巧克力糖果软馅可以扫去你心中的阴霾，不论那天有什么障碍困扰着你。她告诉我说，当她烘焙点心的时候，可以感觉到整个人精神集中，其他一切事情都暂时消失，然后她可以回想起她本来该有的身份。我一直都很嫉妒，我有一份职业——而且我是一位非常好的医生——可是夏洛特拥有的却是对工作的热忱。她梦想着开一家烘焙坊，她梦想着写她自己的畅销食谱。事实上，我无法想象还有什么比焙烘更令她热爱，直到你出生之后。

我把盘子移开。“夏洛特，你还好吗？”

“让我想想。上周末我刚被警察逮捕。我女儿全身被石膏固定住。我甚至没有时间洗澡——是喔，我好极了。”她转向走廊以及通往楼上的阶梯，“艾米莉亚！我们走吧！”

“埃玛也有选择性的耳聋，”我说，“我发誓她是故意不听我的话。昨天我要她清理厨房流理台，叫了八次……”

“你知道吗，”夏洛特疲累地说，“我不关心你对你女儿有什么不满。”

我惊讶地张开了嘴——我向来都是夏洛特倾吐心事的人，而不是她的受气包——她连忙摇摇头，向我道歉，“抱歉，我不知道自己怎么了。我不应该把气出在你身上。”

“没关系。”我说。

就在此时，两个大女孩跑下楼来，经过我们身边时发出一阵窃窃私语与窃笑。我把手放在夏洛特的手臂上。“只是想让你知道，”我语气坚定地说，“你是我所见过最全心奉献的母亲。你为了照顾薇罗而放弃自己的整个生活。”

她低下了头，点点头，然后才抬起头看我。“你记得她的第一次超声波吗？”

我思索了一秒钟，然后微笑。“我们看见她吸吮大拇指。我甚至不必指出来给你和西恩看，那就像白昼一样清晰明显。”

“没错，”你母亲重复我的话，“像白昼一样清晰明显。”

夏洛特
二〇〇七年三月

万一，这一切都是某人的错呢？

当我们离开法律事务所时，这个念头就像啃噬种子的细菌，被夹带在我的胸腔里。就连当我清醒地躺在西恩身边时，我仍听见这个念头在我血液里的撞击声：万一，万一，万一。过去五年来，我一直爱你，呵护你，在你骨折时抱着你。我已经得到了我满心企盼的——一个漂亮的小婴儿。因此，我怎么向任何人承认——更无法向自己承认——你不仅是发生在我身上最美好的事情……却也是最累人、最沉重的负担？

每次我听着人们抱怨他们的孩子没礼貌，甚至涉入触法的麻烦，我都很嫉妒。当这些孩子年满十八岁，就会独立，到时候他们就得为自己惹出的麻烦负责。可是你是那种不能让我放心让你去遨游世界的孩子。毕竟，万一你跌倒了，该怎么办？

一个星期接着一个星期过去了，我开始了解罗伯特·拉米雷兹律师事务所如果知道像我这样的女人居然怀抱这些私密想法，也会觉得很不耻。于是我开始转移注意力，全心全意让你快乐。我和你一起玩拼字游戏，直到我背下了所有两个字母的单词，我观看动物星球频道的节目，直到我完全记得节目内容与字幕。你爸爸这时已回归他的工作作息，艾米莉亚也回学校上课了。

今天早上，你和我一起挤在楼下的浴室里。我面对着你，用手臂撑在你的腋下，将你平放在马桶上，好让你尿尿。“那些袋子，”你说，

“它们挡住了。”

我用一只手调整包在你双腿上的垃圾袋，另一只手撑着你的重量。我做了好几次尝试，想研究出如何让你穿着人形石膏上厕所，但却徒劳无功。医生们根本不会和我们分享这种枝微末节的小技巧。我上网去搜寻父母论坛，学到了把塑料垃圾袋垫在石膏套的开口处，当作内里，这样一来，石膏套的边缘就可以保持干爽。不用说，你上一次厕所就要花掉大约三十分钟的时间，经过几次意外之后，你已经很能预测自己什么时候必须上厕所，而不是等到最后一分钟。

“每年有四万人因为马桶而受伤。”你说。

我咬紧牙根。“天啊，薇罗，请专心一点，以免变成第四万零一件案例。”

“好的，我尿完了。”

我继续用一只手撑住你，用另一只手递给你卫生纸，让你可以擦拭你的双腿之间。“做得好。”我说，然后弯身向前，按下冲水马桶的扳手，然后小心翼翼地退出窄小浴室的门。可是我的球鞋绊住门边的布垫，我感觉自己往下跌。我连忙转身，好让我先着地，以免我的身体会压到你的手肘。

我不记得我们之中谁先大笑起来，当门铃与电话铃声同时响起，我们开始笑得更用力。也许我应该改变我的电话录音。抱歉，我现在不能接听电话。我正抱着我那穿着二十四公斤重石膏的女儿，在马桶上忙碌着。

我用双肘把自己的身子撑起来，把你一起拉起。门铃再度作响，听起来很不耐烦。“我来了。”我大喊。

“妈咪！”你尖叫，“我的裤子！”

你才刚上完厕所，衣服还没拉上，可是要替你穿上你的那件睡裤，得花上十分钟的工夫。于是我抓起一个仍塞在你石膏套里的塑料袋，把你包裹起来，看起来就像一件黑色塑料裙。

站在门廊上的是唐布洛斯基太太，她是住在我们这条街的一位邻居。她的一对双胞胎孙子和你年纪相仿，去年他们来访的时候，趁她睡觉时偷了她的眼镜，并且将她扫好的一堆枯叶点火，要不是当时邮差刚好经过，火势可能会延烧到她的车库。“哈啰，亲爱的，”唐布洛斯基太太说，“希望我没有打扰了你们。”

“噢，不，”我回答，“我们只是……”我注视着穿着垃圾袋的你，我们两个再度开始大笑。

“我正在找我的烤盘。”唐布洛斯基太太说。

“你的烤盘？”

“上次我烤了意大利通心面送来给你们，用那烤盘装。我希望当时你们有机会吃我做的食物。”

我们从迪士尼乐园那场炼狱回家之后，看见家里堆满了大家送来的食物，唐布洛斯基太太的料理一定是其中一道。老实说，我们只吃了其中几道，其他后来都被冰坏了。一个人的胃里所能装的起司、通心粉和意大利熏肠是如此有限。

对我而言，如果你为某个生病的人做一道料理，如果为了要拿回器皿而问对方吃完了没，实在很鲁莽。

“唐布洛斯基太太，不如我试着找找那个盘子，稍后让西恩送回去？”

她噘起嘴。“这样的话，”她说，“那我想我只好等晚一点才能做我的焗烤鲔鱼啰？”

有那么短暂的片刻，我在脑海里盘算着将你塞进唐布洛斯基太太那像鸡翅般的臂弯中，看着她吃力地抱着你的重量，而我趁机跑到冰箱旁，找到她那盘愚蠢的意大利通心面，然后把它倒在她脚边的地上——然而，我只是微笑。“谢谢你的体谅。我现在必须让薇罗躺下来睡个午觉。”我说，然后关上门。

“我是不睡午觉的。”你说。

“我知道。我那么说，只是想打发她离开，以免我当场杀了她。”

我把你抱进起居室，在你的背后和膝盖下面垫了一些抱枕，让你舒服地坐着。然后我拿起你的睡裤，并且弯身去按了一下录音机正在闪光的按钮。“先穿左脚。”我说，然后把宽腰带套进你的石膏套。

您有一通留言。

我把你的右脚塞进裤子里，然后把裤管往上拉，盖住你臀部的石膏。

欧基夫先生太太……我是罗伯特·拉米雷兹律师事务所的玛琳·盖兹。我们有一件事情想和你们讨论一下。

“妈妈。”当我的双手静止在你的腰部时，你抱怨着。

我把多余的布料打成一个结。“好，”我的心跳加速。“快穿好了。”

艾米莉亚去上学，但是我们仍然必须带薇罗去律师事务所。这一次，他们已有所准备：咖啡机旁边有一些果汁铝箔包，在精美光亮的建筑杂志旁边有一叠图画书。当那名秘书带我们去和律师见面时，我们并没有被领到先前的那间会议室。她打开一间办公室的门，那间办公室里有一百种不同的白色：从漂白的木头地板，到奶油色的墙板，到一对浅色的皮革沙发。你伸长脖子，专心观察这一切。这里看起来应该像天堂吗？如果是的话，那么罗伯特·拉米雷兹又是什么？

“我想，让薇罗坐沙发，应该会更舒服些，”他和气地说，“比起听大人谈这些无聊的事情，她可能更想看电影。”他举起《料理鼠王》卡通影片。我们第一次看了这部卡通之后，就做了一顿丰盛的晚餐。

玛琳·盖兹拿来了一部可携式的光盘播放器，以及一副非常精美的名牌耳机。她把耳机插好，把你抱到沙发上，播放卡通，并且把一根吸管插进一瓶果汁铝箔包中。

“欧基夫警官，欧基夫太太，”拉米雷兹说，“我本来认为我们最好在薇罗不在场时讨论这件事，但我们也明白，依她的身体情况而言，不可能让她独自在另一个房间。所以玛琳想到这个让她看卡通的点子。这两个星期来，玛琳为这事费了很多心。我们检视你们的医疗记录，也把它交给另一个人检视。你们知道马可斯·卡文迪许这个人吗？”

西恩和我面面相觑，摇摇头。

“卡文迪许医生是苏格兰人。他是全球成骨不全症的顶尖专家之一。根据他的见解，你们似乎有充分的理由，以医疗不当的罪名控告你们的妇产科医生。你们清楚记得你们的第八周超声波照片，欧基夫太太……你们的妇产科医生错过了那个重要的证据。早在后来的超声波照片看见断骨之前，她就应该可以辨视出婴儿的状况。她应该在你们怀孕期间的适当时刻告知你们这个信息……这样也许能让你们来得及改变结果。”

我瞬间觉得天旋地转，西恩看起来十分困惑。“等等，”他说，“这是什么样的官司？”

拉米雷兹望了你一眼。“这是产检疏失导致的不当出生。”他说。

“这到底是什么意思？”

律师望了一眼玛琳·盖兹，她清了清喉咙。“这种不当出生的诉讼，让父母得以诉请损害赔偿，弥补因为孩子出生及照顾重度身障孩子所受到的损害，”她说，“意思是说，如果你们的妇产科医生早一点告知你们的孩子将有生理缺陷，你们便有选择，可以决定是否继续怀孕。”

我记得几个星期前曾对派普发脾气：你永远都必须保持这么令人讨厌的完美吗？

万一她唯一不完美的一次就是你所造成的，那该怎么办？

我在座位里无法动弹，和你一样。我不能动，不能呼吸。西恩替我发言：“你的意思是说，我们的女儿不该被生下来？”他气愤地说，“你们是说她是个错误？我才不听你们鬼扯。”

你爸爸站起身来时，罗伯特·拉米雷兹也站起来。“欧基夫警官，我知道这听起来很不中听。但是不当出生只是一个法律名词。我们不希望你们的孩子从未出生——她绝对是漂亮的。我们只是认为，当医生没有符合病人应得的照顾标准，就必须有人为此负责。”他向前走了一步，“这是医疗不当。请你们想想照顾薇罗所需花费的时间和金钱，而且你们未来一辈子都要这样照顾她。为什么你们要为别人的错误付出代价呢？”

西恩走到律师面前，挺直了身子。我以为西恩可能会把拉米雷兹揍倒，但是他却只用一只手指戳在律师的胸膛上。“我爱我的女儿，”西恩的声音低厚，“我爱她。”

他把你抱起来，扯掉了耳机插头，因此光盘播放器翻倒了，碰翻了皮革沙发上的果汁铝箔包。“噢。”我大叫，忙着找出皮包里的卫生纸，擦拭那滩脏污。那套华丽的奶油色皮革，它会被毁掉。

“不要紧的，欧基夫太太，”玛琳跪在我身旁，喃喃地说，“别担心这件事。”

“爸爸，电影还没有演完。”你说。

“演完了，”他说，“我们要离开这个鬼地方。”

他已经大步走到走廊上，像火山爆发般愤怒，我则还留下来擦拭翻倒的果汁。我发现这两名律师都盯着我看，于是我站起身来。

“夏洛特！”西恩的声音从等候室里传来。

“呃……谢谢你们。真的很抱歉打扰你们。”我站起来，双臂环抱我的身子，仿佛我很冷，或是必须抱住自己才能不让自己崩溃。“我只是……有一件事……”我抬头注视这两名律师，深吸了一口气。“如果我们打赢了官司，会发生什么事？”

II

将我投掷到海底下

用盐分与水分包覆我

农人的锄耙无法挖触到我的骸骨

哈姆雷特也无法托着我的颌骨，对我说话

我的嘴巴空空如也再也说不出笑话

绿眼睛的长条形食腐动物啄食我的眼珠子

紫色的鱼在我空洞的眼窝里玩捉迷藏

我将成为雷声的合鸣、海波的翻腾

在满是盐分与水分的海底

将我投掷到……海底下

——卡尔·桑德伯格，《骸骨》

切拌：使用一支大金属匙或铲子，将某混合物缓慢加入另一个混合物

折叠通常都涉及一个边缘。你折衣服，你把纸条折成一半。但说到糊状物时，折叠指的便是不同的意义：你把两种不同的物质放在一起，但是两者之间的空间并不会完全消失——用恰当的方式混合的糊状物很轻薄，不同的成分仍辨视得出彼此。

这是尖端部分的结合，一种糊状物让位给另一种糊状物。想一想当你打一手烂牌、一场争吵，或者其中一方让步的任何情况。

……………………………………………

巧克力覆盆莓舒芙蕾

1品脱的覆盆莓，煮成浆，过筛

8颗蛋，蛋黄与蛋白分开

4盎司糖

3盎司中筋面粉

8盎司高质量的苦甜巧克力，剁碎

2盎司的香博酒

2汤匙融化的奶油

用来撒在小干酪蛋糕上的糖

在一个平底深锅里将覆盆莓糖浆加热到微温。在一个大盆子里混合蛋黄与三盎司的糖，加入面粉与覆盆莓糖浆，然后把这些面糊倒回平底深锅中。

以中小火加热，不时搅拌，直到面糊变浓稠。不要让面糊煮滚了。把锅子从炉子上移开，拌进巧克力，直到巧克力完全融化。倒进香博酒。用保鲜膜覆盖这个基底面糊，以免表面干裂。

同时，用奶油覆涂小干酪蛋糕，撒上一点糖。将烤箱预热至二百二十摄氏度。

将蛋白与剩下的糖一起搅拌，直到呈硬性发泡的状态。当你把蛋白倒入巧克力酱时，你就可以很清楚地看见两种不同的混合物融合在一起。两者都不愿意放弃自己的本质：巧克力不愿意成为发泡蛋白的一部分，发泡蛋白也不愿意成为巧克力的一部分。

用汤匙将糊状物倒进小干酪蛋糕，直至离顶端四分之一英寸，立刻放入烤箱烘焙。烘焙大约二十分钟，当面糊全都发起，表面呈金黄色，边缘看似干裂，舒芙蕾便制作完成。当你将舒芙蕾从烤箱里拿出来之后，表面会因为本身的重量而有些许下陷，请勿惊讶。

夏洛特
二〇〇七年四月

生活，免不了冲击影响。当医生们开始向我们解释成骨不全症的矛盾困窘时，这是他们告诉我们的第一件事：可以让孩子保持活动力，但不要跌断骨头，因为一旦跌断骨头，就无法保持活动力了。有些父母让孩子保持固定不动，或是让他们用膝盖跪着走路，降低他们跌倒骨折的可能性，但他们这么做的另一个风险是，孩子的肌肉与关节无法发育完全，因而无法保护骨头。

一提到有关你的事，西恩就变得勇于承担风险。然而话说回来，当你骨折时，他并不是最常在家陪你的人。但是他花了好几年的时间说服我，让你穿戴石膏套是我们为真实生活所需支付的微小代价。也许我可以说服他——比起它所能为你保障的未来，“不当出生”这个愚蠢的字眼实在没什么大不了的。尽管西恩从律师事务所气冲冲地离开，我仍一直盼望他们会再打电话来。我睡着之前还在想着罗伯特·拉米雷兹所说的话。醒来之后，我的嘴巴里有一种陌生的味觉，半甜半酸。我花了好几天才明白，原来这种滋味是单纯的盼望。

当我们等候你打完帕米磷酸盐的注射点滴时，你坐在医院床上读着一本小册子，一件毯子盖在你的人形石膏上。一开始，你必须每两个月来波士顿就诊一次。现在我们一年只需来两次就可以了。帕米磷酸盐并不是成骨不全症的解药，它只是一种治疗——它有可能让像你这种第三型成骨不全症病患走路，而不至于一辈子受困于轮椅。在此之前，就连走下楼梯都有可能造成你脚部的微骨折。

“如果只是看她的股骨骨折，你一定不敢相信她有进步，可是她的阿特曼生存指数真的有明显改善，”罗森布雷德医生说，“她现在的指数值是负三。”

你出生时，曾做过骨质密度测试，当时你的数值是负六。百分之九十八的人口数值都介于正负二之间。骨头会一直再生，并且吸收旧的骨头。帕米磷酸盐可以延缓身体吸收骨头的速度，它让你有足够的活动，以发展骨头的强韧度。有一次罗森布雷德拿着厨房海绵向我解释：骨头充满孔隙，而帕米磷酸盐可以填充这些小孔隙。

即使你接受这种治疗，可是在五年内你还是发生了超过五十次骨折，我无法想象如果没有这种治疗，我们的生活会是如何。

“今天我有个小知识要告诉你，薇罗，”罗森布雷德医生说，“当你疼痛时，如果需要血浆蛋白的代用品，可以用椰子里的黏液。”

你的眼睛张得大大的。“你试着那样做过吗？”

“我本来想说今天试试看……”他朝你露齿微笑，“开玩笑的啦。在我们开始治疗之前，你有什么问题要问我？”

你把小手滑入我手中。“最多只扎两针，对不对？”

“那是规矩。”我说。如果一个护士没有在两针之内将针管插进你的血管，我会要她请别人来试试看。

说来有趣——当我和西恩及另一对警察夫妇出去时，我总是很害羞。我从来都不是群体中的重心。在商店里排队结账时，我从来不会和排在我后面的顾客聊天。然而一旦把我放在医院里，我却会为你奋战而死。我会成为你的代言人，直到你学会为自己发声为止。我并非一直都这样——谁不想相信一位最了解状况的医生？但是有些医生可能一辈子都不曾碰过成骨不全症的病患。如果某人告诉我说他很明白自己在做什么，并不表示我会信任他。

除了派普之外。当她告诉我，我们不可能提前知道你一出生就会是这个样子，我相信了她。

“我想我们准备好了。”罗森布雷德医生说。

这种治疗每次进行四小时，一连治疗三天。前两个小时，很多护士和驻院实习医生会进来观察你的生命数据（说实话，他们真的觉得你的身高和体重在短短半小时内会有所改变？），然后罗森布雷德医生会被请进来，他们就为你做一个尿液采样。之后则是抽血——六小瓶，你很用力地抓住我的手，指甲在我的皮肤上留下几个小小的半月形印痕。最后，护士就会开始为你注射点滴——这是你最抗拒的。一旦我听见她的脚步声在走廊上响起，我会试着指指你书里的内容，好让你分心。

在古罗马时代，红鹤鸟被当作美食。

肯塔基州的法律规定，把冰激凌放在裤子后面的口袋是违法的。

“嘿，蜜糖。”护士说。她有一头色彩极不自然的黄色头发，戴着一副听诊器，听诊器的一端别着一只猴子。她端着一个小塑料盘，上头放了注射针筒、酒精棉花，以及两条白色胶带。

“针筒真是烂毙了。”你说。

“薇罗！别说脏话！”

“烂毙了不算是脏话。”

护士拍着你的手臂。“薇罗，现在我要开始数到三，然后就把针扎进去。准备好了吗？一……二！”

“三，”你痛得大叫，“你骗人！”

“有时候在毫无预期的时候扎下去会比较好，”护士说。可是她又把针头拔出来，“刚刚那针扎得不太好。我们再试一次……”

“不，”我打了岔，“这里还有没有其他护士可以做这件事？”

“我已经有十三年的打针经验了……”

“可是你刚刚并没有替我女儿打好。”

她的脸僵住了。“我去请我们护理长来。”

她关上我们身后的门。“可是刚刚那个护士只扎了第一针啊？”你说。

我坐在你旁边的床上。“她不太可靠。我可不想冒这个险。”

你的手指在书页上滑动，仿佛正在阅读盲人点字般。我突然想起一个传言：根据统计，一生中最安全的年纪是十岁。

你才走到一半而已。

你被留下来住院的好处是，我不必担心你会因为意外而被送进医院，不论意外是在浴缸里滑一跤或一只手臂勾住夹克袖子。他们帮你打完第一针之后，你立刻睡得很熟，于是我溜出黑暗的病房，来到电梯附近的公共电话亭，打电话回家。

“她的情况如何？”西恩一拿起电话就问。

“她觉得无聊又不安。和平常一样。艾米莉亚还好吗？”

“她的数学小考得了个A。晚餐后我要她洗碗，她发了一顿脾气。”

我微笑。“和平常一样，”我重复。

“你猜我们晚餐吃什么？”西恩说，“蓝带鸡排、烤马铃薯、炒青豆。”

“才怪，”我说，“你连水煮蛋都不会煮。”

“我又没说是我煮的。今晚超市外带食物区的货色很多。”

“呃，我和薇罗吃了一顿大餐，西谷米布丁、鸡汤面，还有红色果冻。”

“我明天早上上班前想打电话给她。她几点会起床？”

“六点，因为那时护士们会换班，”我说。

“我会设闹钟，”西恩回答。

“对了，罗森布雷德医生又问我有关动手术的事情。”

这一直是西恩和我的争执点。你的骨科医生希望在你拿下人形石膏之后帮你打钉支撑股骨，这样一来，即使未来再有骨折，也不会易位。成骨不全症患者的骨头往往呈螺旋状生长，如果装上钢钉支架也可以避免骨头弯曲。根据罗森布雷德医生的说法，这是控制成骨不全症的最佳方法。虽然我很愿意尽一切努力让你免于未来的疼痛，可是西恩着眼的是此时此刻——动手术，意味着你必须再次陷入无行为能力的困境。我几乎听得见他心里的独白："你不是才刚印出一篇文章，说装设钢钉支架会阻碍成骨不全症孩子的成长？"

"你说的是脊椎钢钉支架，"我说，"一旦他们替她装上脊椎钢钉支架以对抗脊椎侧弯，薇罗就不会再长高了。但这个不一样。罗森布雷德医生甚至说，现在的钢钉支架都做得很精良，它们甚至会随着她长大——支架和骨头是套叠在一起的。"

"万一她以后不会再有股骨骨折呢？那她就白动手术了。"

你不可能再有腿部骨折的概率，就好像明天早上太阳不会升起的概率那样渺茫。这是西恩和我的另一个差异——我是天生的悲观主义者。"你真的想再面对另一个人形石膏？如果她七岁或十岁或十二岁时还得再穿戴一次石膏，到时候谁能抱得动她呢？"

西恩叹了一口气。"她还是个小孩，夏洛特。在你剥夺她的权利之前，难道不应该让她到处跑一跑？"

"我并没有要剥夺什么，"我的心刺痛了一下。"事实是，她还会再跌倒。事实是，她还会再骨折。别因为我为了她的长远而着想，就把我说成坏人，西恩。"

西恩踌躇了一会儿。"我知道这有多困难，"他说，"我知道你为她做了很多。"

他几乎快要暗示我们在律师事务所的那场不愉快的会面。"我并不是在抱怨……"

"我没说你在抱怨。我只是说……我们都知道这一切并不容易，对吧？"

是的，我们都知道。但我想当时我也没想到情况会这么困难。"我得挂电话了。"我说。当西恩说他爱我时，我假装没听见。

我挂上电话之后，立刻打给派普。"男人究竟有什么毛病？"我问。

我听到电话那头传来水声以及水槽里碗盘碰撞的声音。“你是在反问自己吗？”

“西恩不想让薇罗进行装设钢钉支架的手术。”

“等等。你们现在是在波士顿注射帕米磷酸盐吗？”

“是的，今天我见到罗森布雷德医生时，他向我提起，”我说，“他已经催促我们一年了，可是西恩一直拖拖拉拉，薇罗就一直发生骨折。”

“就算装设钢钉支架具有长远的好处，西恩也不同意？”

“即使如此好吧，”派普说，“那我只能说，我们必须像希腊名剧《利西翠妲》里的女性一样，以女色为要挟的武器，阻止男性的愚蠢行为。”

我大笑。“过去一个月来，我都陪薇罗睡在客厅沙发上。如果我告诉西恩说我不再和他做爱，可能也不太具有威胁力。”

“那么，你应该这么做，”派普说，“带一些蜡烛、生蚝、性感睡衣，使出你浑身解数……等到他欲火焚身的时候，再问他手术的事，”我听到电话那端有人讲话。“罗伯说这招会很有效。”

“感谢罗伯投下信任票。”

“嘿，对了，记得告诉薇罗，一个人的大拇指长度等于鼻子的长度。”

“真的吗？”我把我的手举到脸上比划，“她会喜欢这个信息。”

“噢，可恶，我有插拨电话。为什么小婴儿们不能选在早上九点出生而不是晚上？”

“这是反问句吗？”

“我们扯平了。明天再跟你聊，拜。”

我挂上电话后，盯着话筒瞧了很久。长远看来，她会有所改善的，派普曾经这么说。

她真的无条件地相信吗？她不仅相信钢钉支架手术，而且也相信一名好母亲会为了孩子采取任何行动？

我不知道自己是否能鼓起勇气，提出不当出生的控诉。光是抽象地说有些孩子不应该被生出来，就已经够困难的了，更何况要进一步打官司。这意味着某个小孩——我的小孩——不应该出生在这世界上。什么样的母亲会面对法官与陪审团，大声宣布她希望自己的孩子从来不存在？

如果一个妈妈不是根本不爱她的女儿……那就是她太爱她的女儿了。只要是为了给孩子更好的生活，这种妈妈会愿意说任何话、做任何事。

但是就算我能说服自己接受这道德上的难题，还有另一个问题——被我控诉的另一方并不是陌生人，而是我最好的朋友。

我想起我们用来围在你的安全座垫与婴儿床的泡棉垫，有时候当我把你从里面抱出来时，我仍然可以看见你在泡棉垫上留下的压痕，像个记忆，像个鬼魅。然而接下来，它会像魔术般消失不见。我在派普心中留下的不可磨灭的印记，她在我心中留下的不可磨灭的印记——也许它们不是永久的。多年来，当她说产检无法提前让我们知道你患有成骨不全症，我都相信她，但是她指的只有血液检测。她甚至没有提到其他的产前检验——例如超声波——有可能检验出你的成骨不全症。她究竟是在为我找借口，还是为她自己？

这不会影响她，我的脑海里响起一个声音。打官司只是为了不当医疗保险理赔。但这个官司确实会影响我们。为了确保你可以依靠我，我愿意失去一个早在你出生前就认识的朋友。

去年，当埃玛与艾米莉亚六年级时，埃玛在一场垒球比赛的边线处等候时，体育老师走到埃玛后面拧了一下她的肩膀。虽然很可能无伤大雅，但埃玛回家说老师的举动把她吓坏了。我该怎么做？派普当时问我。我应该假定他是清白无辜的，或者当个紧张兮兮的直升机父母？我还来不及提供意见，她就已经打定主意。她是我女儿，她说，如果我不站出来为她发声，我可能会一辈子后悔。

我爱派普·芮斯。但是我一直都更爱你。

我的心扑通扑通跳，趁我还没打退堂鼓之前，从口袋里拿出一张名片，开始打电话。

“我是玛琳·盖兹。”电话那端响起了声音。

“噢，”我舌头打结，十分惊讶。我本来以为这么晚打电话过去，听到的会是录音机留言。“我没想到你会接电话……”

“请问您是哪位？”

“夏洛特·欧基夫。几个星期前我和我先生去过你们的事务所……”

“是的，我还记得。”玛琳说。

我把电话线的金属线圈绕在手臂上，想象着我现在传送进话筒里的话语都会被传送进这个世界，变成真实。

“欧基夫太太？”

“我考虑……采取法律行动。”

此时出现短暂的沉默。“那我们约个时间，碰个面？明天我可以请我的秘书打电话给你。”

“不，”我说，然后摇摇头，“我是说，那样是可以，可是我明天不在家。我现在在医院里陪薇罗。”

“很遗憾又听到她住院的消息。”

“不是的，她很好。呃，她并不好，但这是例行检查。我们星期四会回家。”

“我会把这件事记下来。”

“很好，”我说。我的呼吸急促，“很好。”

“替我向你的家人献上最诚挚的问候。”玛琳回答。

“我还有一个问题，”我说，但她已经挂上电话。“你会这么做吗？”我喃喃地说，“如果你是我，你会这么做吗？”

您若要拨电话，话筒里传来电话语音，请挂上后再拨。

西恩会怎么说？

我突然想起西恩什么都不会说，因为我不会告诉他我做了什么事。

我走回通往你病房的走廊。你在床上轻声地打着鼾。你睡觉前正在看的影片，在你的床上映照出红色绿色与金色，像初秋的颜色。一名体贴的护士已经帮我把客人坐的椅子拉展成一张窄小的床，她还留给我一件破旧的毯子与坑坑洞洞的枕头。

房间另一端墙上的壁画是一幅古地图，一艘海盗船正驶出边界，不久之前，水手们相信海洋是险恶的，罗盘可以指出恶龙的所在。当他们冒险坠落边缘时，心里一定很害怕，然而最后他们却欣喜地发现只在梦里见过的好地方。

派普

我是在八年前认识夏洛特，地点在新罕布什尔最冷的溜冰场之一，当时我们正各自替四岁的女儿装扮成流星，好让她们参加该俱乐部冬季溜冰秀的一场四十五秒表演。我正在等着埃玛系好溜冰鞋的鞋带，其他的妈妈们则毫不费力就把她们女儿的头发梳成髻，并且把闪亮道具服装的缎带绑在手腕和脚踝上。她们聊起溜冰俱乐部打算举办一场圣诞节募款义卖，并且开始抱怨她们的老公们没有将摄影机的电池充饱电。相对于这些妈妈们的从容，夏洛特独自坐在另一边，试着劝说倔强的艾米莉亚把长发绑在后面。“艾米莉亚，”她说，“你的老师不会让你那样上场溜冰的。每个人都必须打扮成一样。”

她看起来很眼熟，虽然我不记得曾见过她。我把一些发夹递给夏洛特，微笑着说：“如果你需要的话，我还有万能胶与海军用的凡尼斯清洁剂。这不是我们第一年参加纳粹溜冰俱乐部。”

夏洛特大笑起来，并且收下发夹。“真难想象她们才四岁大！”

“很显然的，人如果不从年纪很小时就开始搞怪，长大后接受心理治疗的时候就没什么好谈的了。”我开玩笑，“我叫派普。我女儿在这里上溜冰课，我是骄傲叛逆又不好惹的学生家长。”

她伸出手。“我是夏洛特。”

“妈，”埃玛说，“那是艾米莉亚。我上星期跟你提过她。她刚搬来这里。”

“我们是因为工作而搬来的。”夏洛特说。

“是为了你或你先生的工作？”

“我没有结婚，”她说，“我是凯普斯餐馆新来的甜品厨师。”

“难怪我觉得好像认识你。我在一份杂志文章上读到关于你的报道。”

夏洛特脸红了。“别相信报道里的一切……”

“你应该觉得骄傲！我连用现成的烘焙调理包都会搞砸。幸好烘焙不是我的工作条件之一。”

“你做什么工作？”

“我是妇产科医生。”

“哇，你的工作胜过我的，我举手投降，”夏洛特说，“我的工作让大家体重增加，你的工作让大家体重减轻。”

埃玛将一只手指插进表演服装上的一个洞。“我的表演服会散架，因为你根本不会缝衣服。”她抗议。

“它不会散开，”我叹了一口气，然后转头对夏洛特说，“我太忙了，没时间缝她的表演服，所以我用热熔胶黏合接缝处。”

“下次，”夏洛特告诉埃玛，“我帮艾米莉亚缝衣服时，可以顺便帮你缝。”

我喜欢这个想法——她这么说，代表她相信我们会变成最好的朋友。我们天生就是犯罪伙伴，我们都是那种叛逆的家长，不在乎世俗的眼光。就在此时，老师从更衣室门口探头进来。“艾米莉亚？埃玛？”她急切地说，“我们全都在外面等你们两个。”

“女孩们，你们最好赶快。你们都听到女皇所说的话了。”

埃玛叫道：“妈妈，她是海伦老师。”

夏洛特大笑。“大展身手，”女孩们快步进入溜冰场时，她说，“或者这句话只适用在不是用冰做成的舞台？”

我不晓得你是否能回首自己的过去，在藏宝图上隐匿的象征符号中，发现指向最后目的地的路径，但是我好几次回想起那个片刻，想起夏洛特还很幸福的生命阶段。我是否因为你出生的方式而记得那个片刻？或者是因为我记得那个片刻的方式，所以你才出生？

罗伯环抱住我，他一边亲吻着我，一只腿在我双腿间磨蹭。“不行，”我低声地说，“埃玛还醒着。”

“她不会进来……”

“你不能保证……”

罗伯把脸埋在我的颈间。“她知道我们会做爱。如果我们不做爱，她就不会出生。”

“你喜欢想象你父母做爱的样子吗？”

罗伯扮了个鬼脸，翻离我身边。“好吧，你那句话的确有效地扫了我的兴致。”

我大笑。“等十分钟，让她睡着，我们再来找回你的兴致。”

他将手臂枕在头后，盯着天花板。“你猜夏洛特和西恩一星期做爱几次？”

“我不知道！”

罗伯瞄了我一眼。“你一定知道。你们女生总是谈论这档事。”

“好吧，首先要澄清的是，我们不谈这种事。第二，就算我们会谈论这种事，我也不会整天闲着没事猜想我的好朋友多久和她老公做爱一次。”

“才怪，”罗伯说，“所以你从来没有望着西恩，好奇着如果和他上床会是什么样子？”

我用一只手肘撑起身子。“你幻想过吗？”

他咧嘴而笑。“西恩不是我喜欢的型……”

“真幽默，”我的目光逼向他，“你没幻想过夏洛特？真的？”

“呃……你知道……我只是好奇嘛。就连世界名厨高登·兰西在经过麦当劳时也会想想巨无霸！”

“所以我是高级美食，而夏洛特是快餐？”

“我的比喻很糟糕！”罗伯承认。

西恩·欧基夫又高又强壮，外型看起来很勇猛。罗伯则是相反的典型，他的骨架像轻盈的跑者，他的手像外科医师般细致，而且他嗜读成瘾。我会爱上罗伯的理由之一，是他似乎爱上的是我的脑袋，而不是我的双腿。就算我曾经幻想过与西恩上床会是怎样，那种冲动一定也很快就消散：经过这些年和夏洛特的谈话，我对西恩实在太了解，根本不会觉得他有吸引力。

可是西恩的强势也反映在他对孩子的教养——他太爱两个女儿；他太过于保护夏洛特。罗伯是理性的，而不是感性的。如果同时有这么多原始热情集中在自己身上，那会是如何？我试着想象西恩在床上的样子。他会像罗伯一样穿睡裤吗？他是否会不穿内裤出门？

“哈，”罗伯说，“我不晓得你居然可以脸红成这样……”

我把被单往上拉到下巴处。“我来回答你的问题，”我说，“我不确定他们是否一星期做爱一次。就薇罗和西恩的工作行程看来，他们大部分晚上的时间可能都不在同一个房间。”

我突然发现，夏洛特和我从来没有讨论过性爱，实在很奇怪。不是因为我是她朋友，而是因为我是她的医生——我问诊的一部分应该询问病人在性爱活动中是否有任何问题。我曾经问过她吗？或者我把这个问题跳过了，毕竟她是朋友而不是陌生人，问朋友这种问题实在太私密了。以前，性爱是达到目的的手段：制造一个小婴儿。现在呢？夏洛特是否快乐？她和西恩是否也会躺在床上，将他们自己和我及罗伯加以比较？

“这个嘛，想想看吧，你和我每天晚上共处一室，”罗伯弯身趴在我身上。“不如我们尽其可能吧？”

“埃玛……”

“她早就沉睡在梦乡了。”罗伯把我的睡衣脱掉，盯着我瞧，“事实上，我也沉醉在我的温柔乡……”

我环抱他的颈部，缓慢地亲吻着他。“你还在想着夏洛特吗？”

“哪个夏洛特？”罗伯喃喃地说，然后亲吻我。

夏洛特和我每个月都会一起去看一次电影，然后去一家叫作“梅西之屋”的小酒吧。梅西是个海军退伍的老渔夫，我们第一次点夏多内葡萄酒时，他告诉我们不必付钱，他请客。虽然这里放映的电影都是小成本恐怖片或青少年喜剧，但我常常会拖夏洛特晚上来这里喝酒。如果我不拖她来这里，她就会挂念家里的事，像是从来没离开过家一般。

有关梅西最棒的一件事，是他的孙子默斯，他是一名后卫球员，在一场作弊丑闻中被踢出大学。三年前，他回到家乡来思考他未来的生涯规划，开始在他爷爷的酒吧里担任酒保，从此之后再也没有离开。他的身高将近两米，金发，肌肉结实，而且有敏锐的警觉性。

“这是你的酒，女士。”默斯说，便把一杯淡啤酒推向夏洛特，她甚至连看都没看他一眼。

今晚夏洛特有些不对劲。她本来试着取消我们早就说好的约会，但我不准。过去几个小时，她显得疏离且心不在焉。我将原因归之于她担心你——担心那些帕米磷酸盐注射治疗，股骨骨折，以及钢钉支架手术，她要操心的事情很多。我决定转移她的注意力。“他对你眨眼睛耶。”默斯一转身服务另一名顾客，我就对夏洛特说。

“噢，算了吧，”夏洛特说，“我早过了调情的年纪。”

“四十四岁是新的二十二岁。”

“得了吧，等你到了我这个年纪再来跟我说。”

“夏洛特，我只比你小两岁耶！”我大笑，然后啜饮了一口我的啤酒，“天啊，我们真可悲。他可能心里正在想，那些可怜的中年妇女；我所能做的就是假装觉得她们还算性感，让她们今天的心情快乐一下。”

夏洛特端起啤酒杯。“敬我们，幸好我们都没有嫁给年纪小到车子还用租的男人。”

当初是我介绍你爸妈认识。我想，像我们这种已婚人士就是免不了急着为身旁的单身朋友找伴侣，才会心安，这似乎是人性。夏洛特从来没有结婚——艾米莉亚的父亲是个染上毒瘾的人，在夏洛特怀孕期间，他试着撇清责任。后来他跟一个十七岁的钢管女郎搬去印度。因此，当我因为超速而被一名长得很好看又没戴结婚戒指的警察拦下来时，我便邀请他吃晚餐，好让他见见夏洛特。

“我不参加这种认识新朋友的约会。”你妈妈告诉我。

“那你就上网Google他的资料啊。”

十分钟后，她打电话给我，语气很慌张，因为最近有个刚假释的猥亵儿童犯也叫西恩·欧基夫。十个月后，她嫁给了另一个西恩·欧基夫。

我看着默斯在吧台后方叠起玻璃杯，灯光在他的肌肉上闪动。“那么西恩那边的情形怎么样了？你是否好不容易说服他了？”

夏洛特吓了一跳，差一点打翻了啤酒。“说服他做什么？”

“薇罗的钢钉支架手术啊？哈啰，清醒一点！”

“对喔，”夏洛特说，“我忘了告诉过你这件事。”

“夏洛特，我们每天都在谈这件事。”我更小心翼翼地注视着她，“你确定你没事？”

“我只是需要好好睡一觉，”她回答，但她低下头去盯着她的啤酒，一只手指头摩擦着玻璃杯的边缘，直到发出咕噜咕噜的声响。“你知道，我在医院里读到一本杂志。里面有一篇文章是关于一个家庭，在发现他们的儿子一出生就患有囊肿纤维病变之后，他们控告医院。”

我摇摇头。“那种把责任推给某人的态度，真快令我发疯。把罪定在别人身上，只为让自己好过一些。”

“也许真的是别人的错。”

“那是运气好坏的问题。你知道如果一对夫妇的新生儿患有囊肿纤维病变，一名妇产科医生会怎么说吗？‘噢，他们生了一个坏掉的婴儿’。这不是判断上的偏见，这是事实的陈述。”

“坏掉的婴儿，”夏洛特重复我的话，“你是这样看待发生在我身上的事情吗？”

有时候，我会让自己口无遮拦，就像现在。我太晚才发现，夏洛特之所以对这个话题产生兴趣，背后是有原因的。我感觉脸庞涨得通红。“我不是在说薇罗。她是……”

“完美的？”夏洛特向我挑衅。

但你确实是完美的。你模仿起名人是我看过最好笑的，你可以倒着念出英文字母，你的特质是娇柔的，像精灵一样的，像童话故事般的。那些断掉的骨头都是你最不重要的部分。

突然间，夏洛特态度软下来。“抱歉，我不该那么说。”

“不，说实话，除非我用脑，否则我的嘴巴不该发挥功能。”

“我只是累坏了，”夏洛特说，“我应该要回家了，”当我开始从凳子上站起来时，她摇摇头，“你留下来吧，把你的啤酒喝完。”

“让我陪你走到你的车子旁……”

“我是个大女孩了，派普。真的。你只要忘记我所说的话就好了。”

我点点头。而且，愚蠢的我，真的完全忘记了。

艾米莉亚

当时我在学校图书馆里，这里是少数让我可以假装生命不受你的成骨不全症宰制的地方。我就是在那里无意间看到那张照片：杂志里有个女人看起来很像你。这张照片很奇怪，就像联邦调查局模拟被绑架的小孩子十年后的模样，好让大家可以在街上认出他来。她有着像你一样的飘扬细发、像你一样的尖下巴、像你一样弯曲的腿。我以前曾见过其他成骨不全症的小孩，我知道你们具有相似的特征，但这张照片实在太可笑了。

更诡异的是，这个女士抱着一个小婴儿，站在一个巨大的男人身旁。他的一只手臂环抱着她，对着镜头咧嘴而笑，上下排牙齿有严重的咬合不全。

“艾尔玛·杜金斯，”照片底下的文字写着，“只有九十六厘米，她的丈夫格雷迪的身高是一百九十三厘米。”

“你在做什么？”埃玛说。

她是我最好的朋友，我们已经当最好的朋友好长的一段时间了。经过了迪士尼乐园那场梦魇之后，学校里的同学都知道我被送到寄养家庭去过夜，但她既没有把我当麻风病患般对待，还威胁任何人都不准这么做。此刻，她走到我椅子后面，把下巴搭在我的肩膀上：“嘿，那个女的看起来很像你妹妹。”

我点点头。“她也有成骨不全症。也许薇罗是在出生时被调包了。”

埃玛坐进我身旁的椅子。“那是她先生吗？我爸爸可以把他的牙齿修好。”她盯着杂志，“天啊，他们到底是怎么做爱的？”

“你实在很恶心。”我说，虽然我心里也在想同一个问题。

埃玛用泡泡糖吹了一个泡泡。“我想，当躺下来做那档事时，每个人的身高都是一样的，”她说，“我以为薇罗没办法生小孩。”

我本来也是这样以为。我猜从来没有人真的和你讨论过这件事，因为你才五岁，而且，相信我，你绝对不会想要思考这么恶心的事，但是如果你连咳嗽都有可能把骨头弄断，那么你要怎么把一个小婴儿生出来，或者和男生做那种事呢？

我知道如果我想要小孩，总有一天我可以生。然而如果你想要小孩，就没那么容易了，虽然还是有可能。这实在很不公平，但话说回来，对你而言，有什么事情是公平的呢？

你不能溜冰。你不能骑单车。你不能滑雪。而且就算你参与某个肢体活动——例如捉迷藏——妈妈总是坚持你可以比别人多一点时间躲藏，寻找的人必须多数二十下。我常常因此而假装懊恼发脾气，好让你不觉得自己受到特殊待遇，但是在内心深处，我知道多给你一点躲藏的时间是对的——使用助步器或拐杖或轮椅的你，无法像我一样快速移动，所以要花较长的时间才能摇摇摆摆地躲进某个地方。艾米莉亚，等等我！当我们出去散步时，你总是这么说，我都会等你，因为我知道把你远远抛在后头的方法有几百万种。

我会长大，而你会维持幼儿的身材。

我会上大学，搬出家里，而且不用担心是否能碰触得到加油泵或自动提款机上的按钮。

也许我会找到一个不觉得我是彻底无用的男人，我们会结婚生子，还可以抱着小孩子四处走，不必担心我的脊椎会被压裂。

我读着那篇杂志文章的详细内容。

艾尔玛·杜金斯，三十四岁，于二〇〇八年三月五日产下一名健康的小女婴。杜金斯罹患第三型的成骨不全症，身高只有九十三厘米，怀孕前的体重只有十七公斤。她在怀孕期间增加了八点六公斤，她的女儿露露是在三十二周时剖腹出生，当时艾尔玛的瘦小身体已无法容纳日渐长大的胎儿。小女婴出生时重量是一千六百九十八克，身长四十一点九厘米。

你现在还是玩洋娃娃的阶段。妈妈说我也曾经历过那个阶段，虽然我只记得我把洋娃娃解体，并且剪光她们的头发。有时候我会看到妈妈看着你用套子把假婴儿的手臂包起来，那时妈妈脸上仿佛罩上一团暴风雨——她可能正在想，你永远无法拥有真正的小婴儿，但却又松了一口气，因为这样一来，你就不需要知道看着自己的孩子不断地跌断骨头，会是多么心痛。

然而，尽管妈妈是这么想的，此刻有证据证明患有成骨不全症的人也可以成家。这个名叫艾尔玛的女人和你一样，是第三型成骨不全症。她没办法像你一样可以走路——她受困于轮椅。但是她却努力找到了一个老公（虽然有着诡异的微笑），而且还生了自己的孩子。

“你应该把这篇文章拿给薇罗看，”埃玛说，“拿走吧！谁会发现啊？”

于是我确认图书馆员是否还在计算机旁从网络商店订购衣服（我们轮流监视她），然后我假装一阵咳嗽。我弯身向前时，趁势把杂志塞在我外套里。那名图书馆员瞄了我一眼，以确定我没有把整颗肺咳到地上之类的，我则朝她虚弱地微笑。

埃玛以为我会为你保留那份杂志，把它拿给你或妈妈看，说有一天你可以长大，结婚生子。然而我是基于另一个截然不同的理由才偷这篇报道的。瞧，今年你开始上幼儿园。有一天你会成为七年级生，就像我现在一样。你可能会坐在这个图书馆里，看到那份愚蠢的杂志，看到我刚刚看到的东西：艾尔玛和她先生之间存在着空间，而且那个小婴儿在她的臂弯里显得非常巨大。

对我而言，这看起来并不像个快乐的家庭。这像是马戏团的怪人秀，只差没有帐篷而已。为什么这篇报道会出现在杂志上呢？正常的家庭不会成为新闻报道的对象。

上英文课时，我要求去上厕所。我在厕所里把杂志的那一页撕下来，把照片尽可能撕得碎碎的。我把碎片冲进马桶里。这是我能保护你的最佳方法。

玛琳

大家都把法律视为公义的圣堂，但实际上，我的工作比较像是一出烂透了的情境喜剧。我曾经为一名女士辩护，她在感恩节前一天从当地的一家商店买了一只冷冻火鸡，结果那只火鸡从塑料袋里滑了出来，刮伤她的脚。她控告那家商店，但我们也把制造塑料袋的公司一起控告，到最后，她拿走了好几万美金的赔偿，而且从头到尾完全不需要用到拐杖。

还有一个案子，是另一名妇人在凌晨两点钟开车回家，以时速八十英里的速度开在乡间道路上，当时一辆拖运卡车迷路了，正横越路面，进行倒车，打算回转，结果妇人的车便撞上这部卡车。那名妇人当场死亡，她丈夫想控告卡车公司，因为他们没有在卡车侧边装上足够的车灯，所以他太太才会看不到卡车。我们控告卡车司机过失致死的罪名，请求失去配偶的损害赔偿——也就是要求数百万元美元，以弥补丈夫失去爱妻陪伴的损失。不幸的是，在诉讼期间，被告律师发现我的委托人的妻子是在与情夫约会过后返家途中车祸身亡。

有赢，也会有输。

我注视着夏洛特·欧基夫，她坐在我的办公室里，手上抓着手机。我很确信这个案子将会如何发展。“薇罗呢？”我问。

“她在做物理治疗，”夏洛特说，“她到十一点才会结束。”

“她的骨折呢？复原状况还好吗？”

“只能求上天保佑了。”夏洛特回答。

“你在等电话吗？”

她低头望，仿佛很惊讶自己居然握着手机。“噢，不。我的意思是，我希望不要有电话打来。只是如果薇罗受伤了，我必须要知道。”

我们礼貌性地向彼此微笑。“我们是否应该……再等等你先生？”

“呃，”她有点尴尬，“他今天不会加入我们。”

说实话，当夏洛特打电话来约定碰面时间谈论委托我们打官司的事情时，我很惊讶。西恩·欧基夫上次冲出鲍伯办公室时，态度已经很清楚了。她打电话来，意味着他有可能情绪已经镇定下来，可以依循法律途径解决这件事，但此时看见夏洛特这个样子，我有种不祥的预感。“但他确实想打官司，是吧？”

她在椅子里挪了挪身子。“我不明白为什么我不能独自做这件事？”

“除了最明显的原因——你先生迟早都会发现——之外，还有法律上的理由。你和你先生两人都负责薇罗的照护与养育。假设你自己聘请律师，也成功告赢了医生，然而你却出车祸身亡，你先生可以回头再去告那名医生，因为他并没有参与你和那名医生之间的官司协议，那名医生还是没有完全免责。基于此，任何被告都会坚持在审判中达成的协议或判决，都必须包括父母双方。这表示，即使欧基夫警官不想参与这场诉讼，他还是会被纳入这场官司，这样一来，未来才不会同一案件二度兴讼。”

夏洛特皱皱眉。“我了解。”

“这会是个问题吗？”

“不，”她说，“不，不会。但是……我们没有钱聘请律师。我们仅能勉强应付薇罗的医疗开销。这是为什么……为什么我今天来跟你谈打官司的事情。”

每一个法律事务所——包括鲍伯·拉米雷兹——都是先进行成本效益评估，才会开始打官司。这就是为什么我们花了这么久的时间才联络欧基夫夫妇前来进行第二次会谈：我会与专家商讨出诉讼主张，然后进行尽职调查，找出其他类似诉讼与判决结果。一旦我知道预估的判决赔偿金额至少可以支付我们的时间成本与专家费用，我就会打给客户，告诉他们可以提出有实证支持的诉讼。“你不需担心律师费，”此刻我语气平顺地说。“那是判决赔偿的一部分。其实大部分不当出生的官司都会寻求庭外和解，所得到赔偿金会比陪审团所判决的要少，因为保险公司在处理不当医疗理赔时，都不想把事情闹大。在那些最后还是闹上法庭的官司中，百分之七十五都是被告获胜。你们的情况很特殊，因为涉及超声波的误判，也许不太能打动陪审团——在审判中，超声波通常不是最令人信服的证据。而且你们还必须经历社会大众的侧目，用放大镜检视。每次一有不当出生的官司，总会引起公众关注。”

她抬头望着我。“你的意思是说，大家会认为我是为了钱而打官司？”

“这个嘛，”我直率地，“难道你不是吗？”

夏洛特的双眼充满泪水。“我是为了薇罗才打官司。是我把她带到这个世界上，所以我必须确保她尽可能少受一点苦。这并不表示我是个恶魔。”她用手指按压眼角，“或者我真的是个恶魔？”

我咬紧牙，递给她一盒面纸。这不就是六万四千美元的问题吗？

很可能等到这个官司上到法庭时，你的年纪已经大到可以完全了解你妈妈这么做的复杂心情——就像我总有一天被告知有关领养的事情时，我也会了解我父母的心情。我知道这种感觉就像自己的母亲不想要你。事实上，我整个童年时期都在替她编织借口。我的第一号白日梦：她疯狂地爱上让她怀孕的男孩，而她的家人不愿蒙羞，所以他们把她送去瑞士，告诉大家说她去念寄宿学校，事实上，她是去生下我。第二号白日梦：她发现自己怀孕时，被世界和平组织派去拯救世界，结果明白了她必须把其他人的需求置于自己想要孩子的欲望之上。第三号白日梦：她是一名女演员，是个美国甜心，如果观众发现她是个单亲妈妈，会流失重视家庭价值的中西部观众。第四号白日梦：她和我生父都是穷困的酪农，他们希望自己的孩子可以获得更好的生活，所以忍痛送养。

我想，总有某个关键时刻会让一个女人明白身为母亲的意义。对我的生母来说，也许那个关键时刻是发生在当她把我交给护士并向我说再见时。对于我的养母来说，那个关键时刻发生在她要我坐在厨房桌边并告知我是被领养时。对于你的母亲来说，那个关键时刻发生在她不顾公众或私底下的强烈反应而决定提出诉讼时。在我看来，身为一名好母亲，意味着必须承担失去孩子的风险。

“当时我好想再生一个小孩，”夏洛特轻声地说，“我想要和西恩一起经历生养孩子的生活。我希望我们一起带她去公园，推她玩荡秋千。我想要和她一起烤饼干，想要去观赏她在学校的表演。我想要教她如何骑马与滑水。我希望当我老的时候，她能照顾我，”她抬头望着我，“而不是我老了还要照顾她。”

我感觉到后颈的汗毛都竖立起来。我不愿相信一个把孩子带到这世上的人，在情况变得艰难时，会这么容易就放弃。“我想，大部分的父母都知道事情有好就会有坏。”我平静地说。

“当时我并不是天真——我已经有个女儿。我知道薇罗受伤时，我会照顾她。我知道她夜里做噩梦时，我会起来安抚她。但是我不知道她一次受伤会持续好几个星期，甚至好几年。我不知道我必须每晚都起来陪她。我不知道她的情况永远不会改善。”

我低下头，假装整理纸页。万一我生母把我送走的理由是我不符合她的期望，那该怎么办？“薇罗怎么办？”我说，我大胆地扮演恶魔的角色，“她是个聪明的孩子。你认为她要怎么面对自己的母亲说自己不应该被生出来？”

夏洛特露出畏惧的神情。“她知道那不是真的，”她说，“我无法想象没有她的生活。”

我的脑海里升起一面红旗。“请停止。别那么说。你甚至不能做这种暗示。欧基夫太太，如果你要提告，你就必须能发誓，如果你早一点知道你女儿的疾病，如果你有所选择，你就会终止怀孕。”我等着她的目光再度接触我的眼神，“你有没有办法做到？”

她的目光闪躲开来，盯着窗户外头的某物。“你会想念一个你从来不认识的人吗？”

此时响起一阵敲门声，接待小姐探头进来。“抱歉打扰了，玛琳，”布蕾欧妮说，“但是十一点和你约好的人已经来了。”

“十一点？”夏洛特从椅子上跳起来，“我迟到了。薇罗会很慌张。”她抓住皮包，披挂在肩上，然后冲出我的办公室。

“我会保持联络。”我在她身后叫着。

直到那天下午，当我开始思索着夏洛特·欧基夫对我说的话，我才明白她用另一个问题回答了我关于堕胎的问题。

西恩

星期六晚上十点钟，我才明白，我正要进入一座炼狱。

星期六晚上，往往会令人想起，每个像风景明信片般安详沉睡的新英格兰小镇其实都有分裂性格。你在《洋基》杂志上看到的那些健康、微笑的人，很可能在当地酒吧醉得不省人事。星期六晚上，有些没人做伴的孤单孩子很可能会在宿舍衣柜里上吊自杀，而与大学男孩约会的高中女孩则可能惨遭强暴。

星期六晚上，你也会抓到某人驾车恍神且蛇行，这些酒驾的人驾车肇事只是迟早的事。今晚，我停在一处银行停车场后方时，一辆白色丰田汽车缓慢经过，压在中间的黄色虚线。我闪着警车上的蓝灯，跟随那辆车，等着那辆车停靠在路肩。

我步出警车，走向驾驶座的车窗。“晚上好，”我说，“你知道为什么……”我还没问完那名驾驶人认为为什么我会将他拦下，车窗就摇下来了。我发现我盯着的人是我们的神父。

“噢，西恩，是你啊。”格雷迪神父说。他有一头白发，艾米莉亚都称那是他的爱因斯坦发型，他戴着他的教士白领圈。他的眼睛清澈明亮。

我踌躇了一会儿。“神父，我还是必须看一下你的行照和驾照……”

“没问题，”神父说完，便翻找他的前座置物箱，“你只是在善尽职守。”我看着他手忙脚乱，行照掉了三次，才好不容易交给我。我瞄了一眼车内，却没有看到任何酒瓶或酒罐。

“神父，你刚刚都开到对向车道去了。”

“真的吗？”

我闻到他呼吸里的酒气。“你今晚喝酒了吗，神父？”

“不能说我喝了……”

神父不能说谎，不是吗？“你能不能下车？”

“当然没问题，西恩，”他摇摇晃晃地下车，弯身趴在车子引擎盖上，双手放在口袋里，“最近没看到你们家来做弥撒……”

“神父，你戴隐形眼镜吗？”

“没有……”

这是水平凝神眼球颤动测验的开端，如果眼球出现非自主性的跳动，就有可能是酒醉的征兆。“请你的目光跟随着这个光源，”我从口袋里拿出一只笔形手电筒，把它放在离他的脸几厘米的地方，大约是在眼睛上方一点的位置。“眼睛跟着光源移动就好，头不要动，”我说，“明白吗？”

格雷迪神父点点头。他的视线跟随光源时，我检查他的瞳孔是否一样大小、路径是否相同。我把光源移向他的左耳，然后记载他缺乏追视及出现末性眼震的特征。

“谢谢，神父。现在，请用右脚单脚站立，就像这样。”我示范给他看，而他却举起他的左脚。他摇摇晃晃，但却保持单脚站立。“现在换左脚。”我说，而这一次他往前踉跄了一下。

“好的，神父，最后一件事——你能不能走几步路，脚跟先着地，然后才是脚尖？”我示范给他看，然后看着他绊住自己。

班克顿镇实在太小，我们警察通常都不和伙伴一起驾车出巡。我也许可以放过格雷迪神父一马，没有人会告密，而且也许他会为我向天堂那边说几句好话。但是放他一马，意味着我必须对自己说谎，而这同样也是一种罪过。有什么人可能开在通往神父家的路上呢？约会完毕正要回家的青少年？结束外地出差工作正要回家的父亲？带着生病的小孩赶往医院的母亲？我试图挽救的并不是格雷迪神父，而是有可能被他酒驾撞伤的人。

“我不愿意这么做，神父，但我必须以酒醉驾车的罪名逮捕您。”我向他宣读他被逮捕后的相关权利，然后就领着神父坐进巡逻车的后座。

“我的车子怎么办？”

“车子会被拖吊。您明天可以去领回，”我说。

“可是明天是星期天！”

我们在离警局大约只有半英里处，幸好是这样，因为我想我可能无法在逮捕神父之后还能和他长时间闲聊。在警局里，我进行了默示同意等繁琐手续，告诉格雷迪神父说我要请他接受酒精浓度检测。“您有权利要求您所指定的人替您进行相关检测，”我说，“如果您要的话，也可以要求这项额外检测。如果在执法警官的要求下，您不答应接受检测，您有可能被吊销驾照一百八十天。如果被判酒醉驾车有罪，处罚另计，不得合并。”

“不，小西恩，我信任你。”格雷迪神父说。

他的酒精浓度值高达零点一五。我一点也不惊讶。

由于我已经值班完毕，所以我主动表示可以载他回家。道路在我面前蜿蜒，我经过教堂，开上一个小山丘，来到神父寓所所在的白色小屋。我停在门前车道上，帮助他尽可能走直线到门口。“我今晚很清醒。”他说，然后转动钥匙孔里的钥匙。

“神父，”我叹了一口气。“您不需要解释。”

“是一个男孩——只有二十六岁。上星期二的一场摩托车意外，你可能很清楚整件事。我知道我会开车回家。但是他妈妈哭得很伤心，而他的兄弟们也完全崩溃了——我想要留给他们一些安慰，而不是让他们一直挂念着逝去的人。”

我根本不想听。我自己的麻烦已经够多了，我不需要再听别人的悲惨故事。但我发现自己还是不停地对着神父点头。

“所以我们干杯几次，喝了几杯威士忌，”格雷迪神父说，“你不必为这件事失眠，西恩。我很清楚，有时候为某人做一件对的事，意味着必须做一些让自己感觉不太愉快的事。”

我们面前的门打开了。我之前从来没有进来过神父的寓所——里面很温馨小巧，墙上挂着裱框的赞美诗，作为装饰。厨房餐桌上有个M&M’s巧克力的玻璃碗。沙发后方有一幅爱国者球队的布条。“我要去躺下了。”格雷迪神父喃喃地说，然后在沙发上躺下来。

我替他把鞋子脱掉，盖上一条在衣柜里找到的毯子。“晚安，神父。”

他的眼睛略微张开。“明天会在弥撒会上见到你吧？”

“一定。”我说，但是格雷迪神父已经开始打鼾了。

隔天早上当我告诉夏洛特说我要去教堂，她问我是不是觉得不舒服。通常都是她拖着我去做弥撒，但今天我还蛮想知道格雷迪神父在布道时是否会提到昨晚发生的事。他可以称那是神父的罪，此刻我心里想着，我忍不住窃笑。在教堂的长椅上，坐在我身旁的夏洛特捏了我一下。“嘘。”她做出示意我安静的嘴形。

我不喜欢上教堂的原因之一是人们的注视。对我而言，虔诚与怜悯这两个字眼有点太过相近。我听过一位蓝头发的老妇人告诉我说她都为你祈祷，我微笑着道谢，但在内心深处，我咒骂着。谁要求她为你祈祷呢？她难道不明白我自己已经祈祷得够多了？

夏洛特说，别人主动伸出援手，并不表示认定对方是有缺陷的，一名警官应该要知道这一点。才不是这样，如果你想知道当我询问一名迷路的外地人是否需要指引，或是将名片递给一名被打得伤痕累累的妇人、要她需要帮助时打电话给我，心里究竟怎么想，那么我就告诉你：请你自己振作起来，想出一个方法，把你带离你自己惹上的麻烦。就我看来，噩梦是有所差别的。有一种噩梦是你毫无心理准备就闯进去，另一种噩梦则是你自己造成的，这两者截然不同。

当管风琴师开始弹奏一首版本特别活泼的圣诗时，格雷迪神父脸部肌肉抽搐了一下，我则收拾起笑容。昨天我不应该只留给这个可怜的家伙一杯水，而是应该掺进一些解酒药。

坐在我们后面的一个小婴儿开始大哭。看到大家注意的焦点摆在别人家，而不是我们家，我很恶劣地有一种快感。我听见小婴儿的父母生气地低语，正在决定该由谁把小婴儿抱到教堂外头。

艾米莉亚坐在我的另一边。她用手肘碰碰我，向我要一支笔。我伸手进口袋里，然后交给她一支圆珠笔。她把手掌伸过来，她在掌心里画了五道小直线，以及吊死鬼的鼻子。我微笑着，在她的大腿上用手指描出字母A。

她写道：_A_A_

我用手指写出字母M。

艾米莉亚摇摇头。

字母T？

ATA

我试了字母L、P与R，但都没猜中。字母S呢？

艾米莉亚绽放出笑容，然后把字母S填进字谜里：SATA_

我大笑出声，夏洛特低下头来看着我们，她的眼神示意着警告。艾米莉亚拿起笔，填进字母N，然后举起手让我看清楚。就在这时候，你大声且清楚地说："撒旦是什么？"你妈妈的脸涨得通红，把你抱起来，快步走到外头去。

过了一会儿，我和艾米莉亚也跟着出去。夏洛特和你一起坐在教堂前的台阶上，抱着刚刚在整场弥撒中都哭闹不停的小婴儿。"你们在这里做什么？"她问。

"我以为雷击的时候我们会比较安全。"我低头对着小婴儿微笑，他正将一把草塞进嘴里。"我们又多了一个家庭新成员吗？"

“他妈妈在洗手间，”夏洛特说，“艾米莉亚，看好你妹妹和这个小婴儿。”

“我可以拿薪水吗？”

“我真不敢相信，经过刚刚你在弥撒里的表现，你居然还敢问我这个问题？”夏洛特站起来。“我们去散步。”

我走到她身旁。夏洛特身上总是散发着糖饼干的香味——后来我才知道那是香草味，她会把香草抹在手腕上和耳后，这是甜品厨师的香水：你们以为我们男人全都想要安吉丽娜·朱莉那种女人，事实是，我们宁愿要像夏洛特这样的女人，让我们在环抱她的时候感觉很柔软。这种女人可能在出门参加家长会时，还浑然不觉一整天裙子上都沾了面粉，就算发现了也不在意。这种女人感觉不像浪漫绮情的度假，但却是我们男人等不及回去的家。“你知道吗？”我轻柔地说，一只手臂环抱着她，“生命真美好。今天天气很好，我和我的家人在一起，而且不是坐在教堂里……”

“我敢保证格雷迪神父一定很高兴听到薇罗刚刚那句问话。”

“相信我，格雷迪神父自己有更大的问题要应付。”我说。

我们已经穿越停车场，走向一片长满苜蓿草的田野。“西恩，”夏洛特说，“我要向你坦白一件事。”

“也许你应该回到教堂里去向神父告解。”

“我回去找那个律师了。”

我停下脚步。“你说什么？”

“我去见了玛琳·盖兹，和她谈论有关提出不当出生诉讼的事情。”

“主耶稣啊，夏洛特……”

“西恩！”她朝教堂的方向使了个眼色。

“你怎么能这么做？背着我进行这件事，仿佛我的意见一点也不重要？”

她将双臂交叉。“那么我的意见呢？我的意见对你重要吗？”

“当然重要——但是那个吸血律师的意见，我完全不想听。你难道看不出他们在做什么？他们要的是钱，就这么简单。他们才不管你，或我，或薇罗。他们才不管在这过程中谁会被伤害。我们只不过是他们用来达到目的的工具。”我向她靠近一步，“薇罗是有些问题——谁没有问题？有些孩子罹患注意力不集中，有些孩子半夜偷溜出去抽烟喝酒，有些孩子因为喜欢数学而在学校被揍个半死——你没看见那些父母忙着怪罪别人，好让自己拿到现金吗？”

“为什么你当初那么想控告迪士尼乐园以及佛罗里达州的半个公务系统？你要的也是现金啊？这和那有什么差别？”

我扬起下巴。“因为他们把我们当傻子。”

“万一那些医生们也把我们当傻子呢？”夏洛特争辩，“万一是派普犯了错呢？”

“那么她就犯了错！”我耸耸肩，“这会改变结果吗？如果你早知道会发生这些骨折，如果你早知道会一天到晚跑急诊室，如果你早知道我们必须为薇罗付出的这一切，难道你就不想要她了？”

她张着嘴，然后紧紧地闭上。

这把我吓坏了。

“就算她必须穿人形石膏，那又怎么样呢？”我伸出手去拉她，“她知道身上每一根骨头的名字，她讨厌黄色。昨天晚上她还告诉我说她长大后要当一名养蜂人。她是我们的小女儿啊，夏洛特。我们不需要别人的帮忙。我们已经应付这件事五年了，我们可以继续自己应付。”

夏洛特挣脱了我的手。“我们在哪里，西恩？你可以离家去上班。你可以和朋友出去打扑克牌。一天二十四小时陪着薇罗的又不是你，你根本不知道那是什么情况。”

“那么我们可以请一个居家看护。一个助手……”

“可是我们哪来的钱雇人？”夏洛特怒吼，“讲到钱，我们哪来的钱买一部新车来容纳薇罗的轮椅、助步器和拐杖？我们现在的车子已经跑了二十万英里了啊？我们要如何支付保险不理赔的手术费用？我们要怎么确保她以后住的房子有残障车道，而且厨房水槽低得适合使用轮椅？”

“你是说我无法供给我自己的孩子这些东西？”我的声调逐渐高昂。

突然间，夏洛特开始咆哮。“噢，西恩。你是最棒的父亲。但是……你并不是母亲。”

此时出现一声尖叫，夏洛特和我都本能地冲越停车场。本来我们以为会看见薇罗在人行道上扭曲着身体，一根断骨刺穿她的皮肤。结果我们看到是艾米莉亚伸直了双臂，悬空抱着那名哭泣的小婴儿，她的裙子正面有一摊脏污正蔓延开来。“他吐在我身上！”她哀叫。

小婴儿的母亲连忙从教堂里跑出来。“我很抱歉，”她对我们及艾米莉亚说。薇罗坐在地上，嘲笑她姐姐的倒霉。“我想他可能是身体不舒服……”

夏洛特走向前，从艾米莉亚手中接过小婴儿。“也许是病毒，”她说，“别担心。这种事经常发生。”

那名女士递给艾米莉亚一张湿巾，让她把身上的脏污擦干净。“刚刚的对话就此结束，”我低声对夏洛特说，“完全结束。”

夏洛特抱着小婴儿，轻轻晃动。“当然啰，西恩，”她妥协得太快，“随便你怎么说。”

那天晚上不到六点钟，夏洛特就染上那个小婴儿的病毒了，病得像只狗。她不停呕吐，她把自己隔离在浴室里。我本来当晚要值班，但很显然是不可能了。“艾米莉亚需要有人指导她做自然科作业，”夏洛特喃喃地说，她用一条湿毛巾捂住脸。“而且孩子们需要吃晚餐……”

“我会处理，”我说，“你还需要什么？”

“我想死？”夏洛特哀号一声，然后把我推开，再度蹲到马桶前。

我退出浴室，关上身后的门。你正坐在楼下客厅沙发上吃香蕉。“你待会儿会吃不下晚餐。”我说。

“我不是在吃香蕉，我在治好它。”

“治好它？”我重复。你前面的桌上有一把小刀。你不应该拿得到这把小刀，我在心里记住待会儿要好好教训一下艾米莉亚，她怎么能让你拿到小刀？香蕉的中央被剖了一刀。

你把我们从佛罗里达饭店房间带回来的缝纫盒子打开，拿出一根穿好线的针，开始缝补香蕉皮上的裂口。

“薇罗，你在做什么？”我说。

你抬头向我眨眨眼。“我在动手术。”

我看着你缝了几针，确保你不会用针扎了自己，然后耸耸肩。我对科学可是一窍不通，所以看不出你在做什么。

艾米莉亚在厨房，餐桌上散落了马克笔、胶水，以及一块海报板。“你能告诉我薇罗为什么会拿着一把小刀吗？”我说。

“因为她向我要的。”

“如果她向你要一把锯子，你也会从车库里拿出来给她？”

“这个嘛，用锯子来切香蕉，未免也太小题大做了吧？不是吗？”艾米莉亚低头看着她的劳作，叹了一口气，“真是烂透了。我必须做一张有关消化系统的海报，每个人都会笑我，因为我们都知道消化系统的终点在哪里。”

“你居然说烂透了。”我说。

“恶心。”

我开始从流理台底下拿出深锅和平底锅，在炉子上放置一个煎锅。“晚餐吃煎饼如何？”她们可没有什么选择，除了花生果酱三明治之外，我只会做煎饼。

“妈妈都是早餐才做煎饼。”艾米莉亚抱怨。

“你知道手术缝线都是用动物内脏做的吗？”你大叫。

“不知道，而且我宁愿不知道……”

艾米莉亚用胶水在海报板上涂抹。“妈妈有没有好一点？”

“没有，宝贝。”

“但是她答应要帮我画食道。”

“我可以帮忙。”我说。

“你根本不会画画，我们每次玩画图猜字，你都画一幢房子，有时候甚至和答案没有任何关联。”

“食道会有多难画？就只是一条管子，不是吗？”我翻找一盒饼干。

突然发出一个碰撞声，小刀滚到沙发底下了。你费力地扭动身体。“不要动，薇罗，我会帮你捡。”我大声说。

“我不需要它了。”你说，可是你并没有停止蠕动身子。

艾米莉亚叹了一口气。“薇罗，别像个小孩一样，免得又尿裤子了。”

我将目光从你姐姐身上移向你。“你要上厕所吗？”

“每次她想憋尿之前都会做出那种表情。”

“艾米莉亚，够了。”我走进客厅，在你身边蹲下。“亲爱的，你不必不好意思。”

你抿起嘴唇。“我想要妈妈带我去上厕所。”

“妈妈不在这里。”艾米莉亚愤怒地说。

我把你抱到沙发上，准备抱你到楼下浴室。我好不容易让你戴着石膏的双脚都过了门框之后，你说：“你忘了拿塑料袋。”

夏洛特曾告诉我，她在你上厕所之前都会先把塑料袋垫在人形石膏里面。你穿戴了人形石膏这么久，我从来没有带你上厕所，因为你已经不好意思让我拉下你的裤子。我伸手在门框附近、吹风机的位置翻找一下，夏洛特在那里放了一盒垃圾袋。“好吧，”我说，“我是新手，所以你必须告诉我该怎么做。”

“你必须发誓你不会偷看。”

“我发誓。”

你解开系在大四角裤上的结，我把你抱起来，让裤子褪到你的大腿处。我正要把裤子拉下来时，你大叫：“眼睛往上看！”

“好的。”我直盯着你的眼睛，试着在不低头看的情况下帮你把裤子脱下来。然后我举起要塞进你石膏套里的塑料袋。“你想自己来吗？”我问。我突然觉得脸红。

我撑着你的胳肢窝，你奋力将塑料袋塞好。“好了。”你说，然后我把你抱到马桶上。

“不，再退后一点。”你说，于是我调整你的位置，然后等待。

继续等待。

“薇罗，”我说，“赶快尿。”

“不行。你会听到我的尿尿声。”

“我没有听……”

“有，你在听。”

“妈妈也会听到啊……”

“那不一样。”你说。你哭出泪来。

一旦水阀打开了，水就会倾流而出。我低头瞄了一眼马桶，只听见你喊叫得更大声。“你说你不会偷看的！”

我将目光往上移，用左手臂撑住你，用右手去拿卫生纸。

“爸爸！”艾米莉亚大叫，“好像有东西烧焦了……”

“噢，糟了。”我低声咒骂，脑中闪过说脏话要投钱的罐子。我把一叠纸塞进你手中。“快一点，薇罗。”我说，然后我冲马桶。

“我必……必须洗……洗手。”你开始打嗝。

“待会儿再洗。”我说，我把你抱回沙发上，把短裤丢在你腿上，然后就冲回厨房里。

艾米莉亚站在炉子前，煎饼烧焦了。“我已经把火关掉了，”她说。她被烟呛得咳起来。

“谢谢，”我说。她点点头，然后伸手绕过我的身子，去拿流理台上的……我有没有看错啊？没错，艾米莉亚坐下来，拿起一支热熔胶枪。那是我的高级扑克筹码，她把大约三十个筹码贴在她的海报板四周。

“艾米莉亚！”我大叫，“那是我的扑克筹码！”

“你有那么多个，我只需要一些……”

“我说你可以用它们吗？”

“你没有说我不能用。”艾米莉亚说。

“爸爸，”你在客厅里叫我，“我要洗手！”

“好，”我忍住怒火，“好的。”我数到十，然后把平底锅拿到垃圾筒旁，把烧焦的煎饼刮掉。还很烫的金属盖子碰到我的手腕，于是平底锅掉到地上。“混账。”我大叫，然后转开水龙头，把手臂凑到水龙头底下。

“我是要洗我的手！”你抱怨。

艾米莉亚将双臂交叉在胸前。“你欠薇罗一个硬币。”她说。

不到晚上九点钟，你们两个都睡着了，锅子已经洗干净，厨房里的洗碗机正在嗡嗡作响。我巡视整个屋子，关上灯，然后溜进漆黑的卧室里。夏洛特躺在床上，一只手盖在额头。“你不需要小心翼翼，”她说，“我还醒着。”

我躺到她身边。“你有没有觉得好一点？”

“我狂吐，整个人似乎小了一号。孩子们如何？”

“还好。不过可惜薇罗的香蕉病人并没有存活下来。”

“啊？”

“没事。”我翻身仰躺，“我们晚餐吃花生果酱面包。”

她心不在焉地拍拍我的手臂。“你知道我爱你什么吗？”

“什么？”

“你让我显得很优秀……”

我把双臂枕在头后，盯着天花板。“还说呢，你现在都不烘焙了。”

“是啊，但至少我不会让煎饼烧焦，”夏洛特微微笑着，“艾米莉亚来向我道晚安时，已经告了你一状。”

“说真的。你记得以前你都会做奶油布蕾、小圆饼，还有巧克力泡芙吗？”

“我想，其他的事情变得更重要了，”夏洛特回答。

“你以前常说总有一天要开一家自己的烘焙店。你想把店名取为乳酒酪……”

“乳酒冻。”她纠正。

我也许不记得正确的店名，但我知道它的含义，因为我问过你：乳酒冻是最传统的英国点心，农妇们会从母牛身上挤出温热的牛奶，直接挤入盛着苹果汁或雪莉酒的桶子里。你说那很类似蛋酒，而且你答应会做一些让我尝尝。后来你做乳酒冻的那天晚上，你用一只手指头沾了一些甜奶油，划在我的胸膛上，然后把它舔干净。

“梦想，往往会受到现实生活的阻挠。”夏洛特说。

我坐起身，挑弄着棉被上的一道缝线。“我以前想要一幢房子、一个后院、一群孩子，偶尔度个假，一份好工作。我想当垒球教练，带我的女儿们去滑雪，而且不必清楚记得朴次茅斯地方医院急诊室里每个该死医生的名字。”我转过身面对着她，“夏洛特，也许我并没有一直陪在她身边，可是当她骨折时，我心很痛。我发誓真的是这样。我愿意为她付出一切。”

她面向我。“你真的愿意？”

我可以感觉得到它的重量——官司的重量，它就像房间里的大象。“这感觉起来……很丑恶。感觉好像表示我们不爱她，因为她是……她是这个样子。”

“就是因为我们要她，因为我们爱她，所以当初我才会考虑这件事。”夏洛特说，“我并不笨，西恩。我知道大家会议论纷纷，说我只是要赔偿金。我知道大家会认为我是世界上最糟糕的母亲，是最自私的，其他的不必我说。但是我不在意他们怎么说我——我在意薇罗。我想知道她可以上大学，独立生活，做她梦想的每件事。即使那意味着全世界都认为我很可恶。如果我知道自己为何做这件事，那么别人怎么说，会很重要吗？”她面向我，“我会因为这件事而失去我最好的朋友，”她说，“我不想连你也失去。”

她以前当甜品厨师的那段日子，我常常喜欢注视着身材瘦小的她拖着五十磅的面粉袋到处走。她身体里有一种力量，远超过我的体格与能耐。我看到的世界非黑即白，这就是为什么我是个职业警察。但万一这场官司以及它那令人不舒服的名字真的只是达到目的的手段呢？从外表看起来这么糟糕的事，结果真有可能变成毋庸置疑的正确？

我的一只手越过被单，盖住她的手。“你不会失去我的。”我说。

夏洛特
二〇〇七年五月底

你最初的七根断骨，发生在你诞生在这个世界之前。接下来的四根断骨，发生在一名护士将你从我体内拉出来时的短短数分钟内。另外九根断骨是你出生之后，在医院被急救时。第十根断骨，是你躺在我腿上时，我突然听到啪的一声。第十一根，是你在翻身时，手臂撞到婴儿床的边缘。第十二与十三根是股骨骨折。第十四根是胫骨。第十五根是脊椎压迫碎裂。第十六根是从凳子上跳下来。第十七根是在游乐场里的一个小孩撞到你。第十八根是你踩到掉在地毯上的DVD外壳，结果滑倒。我们至今还不知道第十九根断骨的原因是什么。第二十根是你坐在床上，艾米莉亚在床上跳。第二十一根是一个足球撞到你的左脚。你发生第二十二根断骨时，我找到了一种防水的石膏材质，结果买了一大堆，足够供应整家医院，如今这些材料还堆在车库里。第二十三根断骨发生在你睡觉时。第二十四与二十五根是你在雪中往前跌倒，结果同时折断了两只前臂。第二十六与二十七根都是严重骨折，腓骨与胫骨刺穿你的皮肤，当时是幼儿园举办的万圣节派对。讽刺的是，你打扮成木乃伊，我用来包裹你的绷带正是用来包裹你的断骨的。第二十八根骨折发生在你打喷嚏时。第二十九与三十根是你碰到餐桌边缘，结果弄断了肋骨。第三十一根是臀骨碎裂，当时还必须植入一个金属盘与六根钢钉。从那之后，我就不再记录你的断骨了，直到在迪士尼乐园又弄断了那些骨头，我们没有替那些断骨编号，而是将它们取名为米老鼠、唐老鸭、高飞。

你穿戴人形石膏四个月之后，医生把它切开成两瓣。这表示它被从中切开，只靠几根廉价的夹子固定，但夹子不到几个小时就断了。于是我改用鲜亮的魔术贴带。我们慢慢地把上半部移开，好让你可以练习坐直起来，就像一枚蚌坐在半边蚌壳里似的。你可以强化已经萎缩的腹部和小腿肌肉。根据罗森布雷德医生的说法，你会有两个星期的时间都坐在蚌壳的底部，但是你会慢慢进步到可以睡在里面。八星期后，你可以用助步器站起来。再过四星期，你就可以自己走进浴室。

不过，最好的消息是，你可以回去上托儿所。那是一所私立托儿所，位于一所教会的地下室，每天上午上课两小时。你比班上的孩子大了一岁，可是你因为骨折而缺了好多课，于是我们决定让你重读一年。你已有小学六年级的阅读能力，但是你必须和同年龄的孩子相处，培养社交能力。你并没有很多朋友——孩子们要不是被你的轮椅或助步器吓坏了，要不就是嫉妒你穿去上学的石膏，这实在很奇怪。此刻我正开车载你去上学，我瞄了一眼后视镜。“你到学校之后想做的第一件事是什么？”

“米粒桌。”凯蒂老师是你所崇拜的对象，排名仅次于耶稣，她设置了一个很大的沙盒子，里头装满了彩色的米粒，孩子们可以把这些米粒装进不同大小的容器里。你很喜欢米粒在容器里发出的声音，你说那听起来像雨。“我还要玩降落伞。”

降落伞这种游戏，是一个孩子在彩色的丝绸布底下奔跑，其他的小朋友则一起撑起这张丝绸帐。“你必须过些时候才能玩那个游戏，薇罗，”我说。我把车子开进停车场，“一天玩一样游戏。”

我从车子后座搬出你的轮椅，把你抱到椅子上，然后将你推上学校因为你才在这个夏天新增的残障坡道。进到托儿所里，其他学生正在把外套挂在柜子里，衣柜间里挂着许多幅晾干的指印画，妈妈们正忙着把这些指印画收卷起来。“你回来啦！”一名妇人低头对你微笑。然后她抬头看着我。“卡西上周末举办了生日派对——她替薇罗留了一份答谢礼。我们本来想邀请薇罗来参加的，可是我们是在体能乐园举办的，我怕她会觉得自己被冷落。”

这跟没邀请有什么两样？我心想，然而我却微笑着说：“真是体贴。”

一名小男孩摸摸你的石膏套。“哇，”他吸了一口气，“你穿这个要怎么尿尿？”

“我不尿尿啊，”你说，脸上没有半点笑容，“我已经四个月没尿尿了，德瑞克，所以你最好小心一点，免得我随时会山洪暴发。”

“薇罗，”我低声地说，“你别吓唬他。”

“是他先惹我的……”

凯蒂老师听到我们抵达的声音，便走到走廊上来。她看到你穿戴着被剖成一半的石膏套，先是稍微端详一下，但很快就认出你了。“薇罗！”她蹲下来，保持和你一样的高度，“真高兴见到你！”她召唤她的助手，席维亚小姐。“席维亚，你能不能照顾一下薇罗，让我和她妈妈讲个话？”

我跟着她走在走廊上，经过那些有着矮小马桶的厕所，来到兼做音乐室与体育场的区域。“夏洛特，”凯蒂说，“我一定是误会了。当你打电话来说薇罗要来上学，我以为她已经拿掉石膏套了！”

“她会的。只是要一步一步来。”我朝她微笑，“她真的很想回来上课。”

“我觉得你太急了……”

“不要紧，真的。她需要活动。就算她又发生骨折，让她玩得很高兴之后骨折，总好过让她坐在家里不动。你不需要担心其他孩子会伤到她。我们在家都跟她玩角力，还会搔她痒。”

“是的，但你们是在家里做这些事，”凯蒂老师提醒我，“可是在学校环境里……呃，风险比较大。”

我退后一步，我在她脸上读出很清楚的表情：当她在我们这里时，我们就必须要负责。虽然有美国残障人法案的保障，但我常常在成骨不全症的网络论坛读到有些私立学校会委婉地建议一名复原中的孩子在家休养，表面上是为了孩子好，但更可能是因为学校本身保险费不断提高。这种情况造成了两难的僵局：法律上，你有充分的理由可以控告学校不公的对待，然而一旦你告了学校，就算你赢了官司，一旦孩子回去上学，肯定也会受到不同的对待。

“对谁的风险比较大？”我说，我的脸孔灼热，“我付了学费，就是要让我女儿来上学。凯蒂，你很清楚你不能阻止她上学。”

“我很乐意将她没来上学期间的学费退还给你。我也绝对不会告诉你说她不受欢迎——我们爱她，而且我们想念她。我们只是想确保她的安全。”她摇摇头，“请你从我们的观点来考虑。等明年薇罗进了幼儿园，她会有一名全职的看护。我们这里却没有这种资源。”

“那么我来当她的看护。我会陪着她。只要让她……”——我的声音像树枝般分岔——“让她觉得自己是正常的。”

凯蒂抬头望着我。“你认为，全班只有她一个人是有妈妈陪在旁边，这样会让她觉得自己是正常的？”

我气得说不出话来。我大步走过大厅，来到席维亚看守你的地方，看到你正展示着石膏上的魔术贴。“我们必须走了。”我强忍住泪水。

“但是我想去玩米粒桌……”

“你知道吗？”凯蒂说，“席维亚老师会去帮你装一袋米粒，让你带回家。谢谢你来向所有的小朋友打招呼，薇罗。”

你神情困惑地转向我。“妈咪，为什么我不能留下来？”

“我们待会儿再谈这件事。”

席维亚带着一个食物保鲜袋回来，里面装满了紫色的米粒。“这个给你，小可爱。”

“请你们告诉我，”我轮流注视着这两位老师，“如果她无法过一般的生活，这样的生命有什么好处？”

我推着你出了学校，仍然气愤不已，过了好一会儿，我才领悟到你沉静不语。当我们来到车子旁，你的眼里充满泪水。“没关系，妈妈，”你声音里的挫败，不是一个五岁孩子该有的，“反正我也不想留下来。”

你说谎。我知道你是多么盼望见到你的朋友们。

“你知道当一个石头掉进水里时，水会擦过石头的边缘，仿佛它不在那里吗？当你和凯蒂老师谈话时，其他同学就是这样对我的。”

那些老师——或是那些孩子——怎么会看不出你是多么容易被碰伤？我亲吻你的额头。“你和我，”我保证，“我们今天下午会玩得很快乐，你一定想象不到你会有多开心。”我弯身向前，把你抱出轮椅，但是石膏上的一条魔术贴弹开来。“可恶。”我低声咒骂。当我用一只脚顶住你，打算把魔术贴固定住时，你把放着米粒的食物保鲜袋掉在地上。

“我的米粒！”你说。你本能地在我的臂弯里扭动身子，想去捡袋子，就在这时候，我听到一个碎裂声：就像树枝断裂的声音，就像第一口咬下一个秋天的苹果。

“薇罗？”我说。但我已经知道了：你的眼白不停闪动，像闪电一样蓝，你已经从我身边滑走，进入一种沉睡的休克状态。每次你发生特别严重的骨折时，都会出现休克。

等我把你放到车子后座，你的眼睛几乎快闭上了。“宝贝，告诉我你哪里疼。”我哀求着，但你没有回答。我从手腕开始，轻轻摸着你的手臂，试着找出韧带的位置。我才刚摸到你肩膀下方的某个点，你就发出微弱的哀叫声。但是你的手臂曾经断过，而这一次骨头并没有穿刺皮肤，也没有呈九十度扭转，我也看不出任何特征显示这是让你陷入昏迷的严重骨折。骨头是不是刺穿了某个器官？

我本来可以回到托儿所，请他们打电话叫救护车，可是如果连我都不晓得该怎么做，那么救护人员也无能为力。所以我在后车厢里翻找，找到一本旧的《人物》杂志。我用它当作一个固定板，将绷带缠在你上手臂。我祈祷你不需要再装石膏——石膏会使骨质密度降低，而且石膏护具的每个末端，都会变成一个新的弱点，以后很可能就从这些地方断裂。大部分时候，如果情况不严重，你可以穿踝关节矫正鞋，或是复健鞋，或是夹板。但臀骨、脊椎骨及股骨等处若发生骨折，就没那么幸运，你必须穿戴让你静止不动的复健器具，就像现在这样。我直接把车开到急诊室，因为我太害怕不知道该怎么处理。

抵达医院时，我停进一个残障车位，抱你进入挂号处。“我女儿有成骨不全症，”我告诉护士，“她的手臂断了。”

那名护士噘起嘴。“你可不可以等到你拿到医生文凭之后才自行诊断？”

“楚蒂，有什么问题吗？”一名看起来乳臭未干的医生突然站到我们面前来，低头望着你。“我刚刚是不是听到你说成骨不全症？”

“是的，”我说，“我想是她的肱骨断了。”

“我会处理，”医生说，“我是德威特医生。你要把她放在轮椅上吗？”

“我们没问题。”我说，然后我把你举高一些。当他领着我走过走廊，来到放射科时，我向他说明你的病史。他只打断一次我的话——当时他轻声地要技术人员尽快清出一个病房。“好的，”医生弯身望着X光台上的你，一只手放在你的前臂，“我只是要稍微移动一下这个……”

“不行，”我走上前去，“你可以移动机器，不是吗？”

“这个嘛，”德威特医生有点尴尬，“通常我们不会移动机器。”

“可是你办得到吧？”

他再度望着我，然后调整一下设备，把沉重的铅质背心盖在你胸腔上。我走到房间后方，让他们开始照X光。“很好，薇罗。现在再照一张你的下手臂就好。”医生说。

“不行。”我说。

医生抬起头，有点恼怒。“我很想尊重你，欧基夫太太，但我真的必须尽我的本分。”

但我也是在尽我的本分。你骨折时，我试着降低你被照X光的次数；有时候如果不能改变治疗结果的话，我会要求他们干脆都别照了。“我们已经知道她骨折了，”我解释，“你认为骨头移位了吗？”

医生听到我用专业术语和他对话，眼睛睁得大大的。“没有。”

“那么你真的不需要照胫骨和腓骨的X光，对吧？”

“这要看情况。”德威特医生承认。

“你知道我女儿这一生要照多少次X光吗？”我问。

他将双臂交叉。“你赢了。我们真的不需要照下臂的X光。”

在等候X光片冲洗出来的时候，我揉搓着你的背。你每次严重骨折时，都会陷入意识不清的境地，此刻你缓缓地从那个迷蒙境地苏醒过来。你更加烦躁不安，虚弱地哀叫着。你浑身颤抖，这只让你更加疼痛。

我探头到房间外，想向一位医护人员要一张毯子，让我可以盖在你身上，结果发现德威特医生正拿着你的X光片走过来。“薇罗很冷，”我说。于是他一进房内，就脱下他的白袍，盖在你肩膀上。“好消息，”他说，“薇罗其他的骨折复原情况良好。”

什么其他的骨折？

直到医生指着你上臂的一个点，我才发现我居然大声把心里的问话说出来。那很难看得出来——胶原蛋白不足，使你的骨头呈浊白状——不过可以确定的是，那里出现一道隆起的愈合组织，表示伤口正在复原。

我感觉到一股罪恶感。你什么时候伤了自己，我怎么不知道？

“这个骨折看起来似乎是两个星期前发生的。”德威特医生思考着。就在这时，我想起来了：某个晚上，我半夜抱你去上厕所，我差一点把你掉在地上。虽然你坚称没事，但你其实是为了安我的心才说谎的。

“我很惊讶地向你报告，薇罗，你跌断了人体内最难跌断的骨头——你的肩胛骨。”他指着灯箱上的第二张照片，你的肩胛骨中间有一个清楚的裂痕。“肩胛骨活动如此频繁，几乎很少受外力影响而碎裂。”

“那我们该怎么办？”我问。

“她已经穿戴人形石膏护套了……如果不想把整个人都包裹起来，最好的方法可能就是使用悬臂吊带了。可能会疼痛个几天，但是其他方法似乎更残酷，更像酷刑。”他把你的手臂贴着你的胸，包扎起来，看起来就像一只断了翅膀的鸟。“会不会太紧？”

你抬头看着他。“我曾经弄断我的锁骨。那更痛。你知道锁骨的意思是指‘小锁匙’吗？不是因为它看起来像小锁匙，而是因为它连接胸部的所有骨头。”

德威特医生很惊讶，嘴巴张得大大的。“你是天才神童吗？”

“她阅读了很多东西。”我微笑地说。

“肩胛骨，胸骨，剑突骨，”你补充，“我还会拼出这几个字。”

“该死的，”医生轻声地说，然后他满脸通红，“我的意思是，天啊。”他的目光越过你的头顶，和我的目光交会。“她是我碰过的第一个成骨不全症患者。这种病一定很棘手。”

“是的，”我说，“非常棘手。”

“好吧，薇罗，如果你以后想要回来这里当骨科的驻院医生，白袍上已经绣好你的名字了。”他朝我点点头。“如果你需要找个人谈谈……”他从胸前口袋拿出一张名片。

我把他的名片塞进我的裤子后口袋，觉得很不好意思。他可能不是纯粹好心为薇罗预留了未来医生的位置——医生手里握有我不适任的证据——清楚显现在黑白照片上的那两根断骨。我假装忙着在我皮包里翻找，但其实我只是在等他离开。我听到他送你一根棒棒糖，向你说再见。

我随时都有可能被重捶一拳，才发现自己没有尽到保护你的本分，那么我怎能说自己最了解什么是对你最好的、什么是你应得的？我是因为你才考虑打官司，或者我只是为了弥补我至目前为止所犯的所有错误？

例如，当初我想要生小孩，也许就是个错误。当时我发现西恩和我再度怀孕失败的那几个月，我常常脱光衣服，站在莲蓬头底下，让水冲下我的脸庞，向上帝祈祷，祈祷无论如何都要让我怀孕。

我把你抱起来，放在我的身体左侧，因为断掉的骨头在你的右肩，然后我们走出检验室。强烈的罪恶感，让我觉得医生的名片仿佛在我的后口袋里烧出一个洞。事实上，我如此心不在焉，以至于走出医院大门时，差一点撞到一个正要走进来的小女孩。“噢，甜心，抱歉。”我说。这个小女孩的年纪和你相仿，牵着她妈妈的手。她穿了一件粉红色芭蕾短裙，以及一双靴子，脚趾头的部分还印有青蛙的脸。她的头完全秃了。

你不禁做了一件你最痛恨发生在你身上的事情：你盯着她看。

那名小女孩也注视着你。

你很早就知道，陌生人总会盯着坐轮椅的小女孩。我教你要对他们微笑，打招呼，如此，他们才会发现你是一个人，而不是某个令人好奇的东西。艾米莉亚是最会保护你的人——如果她看到别的小孩死盯着你，她会走上前去告诉他，如果不整理房间，或是不吃青菜，就会变成这个下场。曾经有一两次，她把别的小孩吓哭，而我几乎没有责骂她，因为那件事让你绽放微笑，而且在你的轮椅里坐得更直，而不是试图让自己变成隐形。

但这次不一样，这次是旗鼓相当的对望。

我抓了一下你的腰部。“薇罗。”我斥责她。

那名小女孩的母亲抬头望着我。虽然我们都没有开口说话，但我们两个之间交换了千言万语。她朝我点点头，我也向她点点头。

你和我出了医院。此时是晚春的天气，空气里有肉桂与沥青的味道。你眯起眼，试着用手臂遮住眼睛，这才想起你的手被紧紧地绑在身上。“那个小女生，妈妈，”你说，“为什么她看起来是那个样子？”

“因为她生病了。她吃药就会变成那样。”

你思考了一会儿。“我好幸运……我吃的药让我还保留头发。”

我很小心控制自己不要在你面前哭泣，但这次我忍不住了。我眼前的你，四肢中有三肢都断了。我眼前的你，身上还有个正在愈合的伤口，而我连你何时受伤都不知道。但至少你还在我眼前。“是的，我们很幸运。”我说。

你把手放在我脸颊上。“没事的，妈。”你说。你拍拍我的背，就像我刚刚在急诊室里拍拍你的背一样。你所拍的位置，正是你自己身上受伤的位置。

西恩

“站住，混球！”我一边喊叫，一边跑过空荡荡的公园，手里拿着一罐喷漆。那个小子本来就跑在我前面，更别提他还比我年轻三十岁，但是我绝对不会让他跑掉的。就算会要了我的命，也不能让他跑掉。从我目前跑得很吃力的情况看来，我可能真的会没命。

这是个罕见的温暖春日，这种天气总是让我想起童年时，在镇上游泳池畔，当女孩们走过身边时，拖鞋发出的啪哒啪哒声响。我承认，今天我趁午餐休息时间，换上跑步短裤，跳下水去游了一会儿。我们会有好一阵子都不能游泳了，至少不可能跟你一起，因为你必须等到解下人形石膏，才有可能去游泳池。你最想做的事情就是游泳，可是因为你身上的各种断骨，因此你永远无法学会游泳。即使夏洛特后来发现了纤维玻璃矫正衣这种防水却贵得吓人的东西，你还是会为了某些杂七杂八的原因而错过了整个游泳季节。当艾米莉亚正要慢慢进入特别讨人厌的青少年期时，她向你炫耀说她正要去参加游泳派对，或是去海边玩。然后你就会一整天都闷闷不乐。有一次，你甚至上网预订了一个充气式游泳池，可是我们根本没有场地容纳，也买不起。有时候我以为你是对水的迷恋——不论是冬天结冰的水，或是夏天被氯化的水，其实你所要的只是你所得不到的。

我们其他人也是这样，我想。

此刻，我的头发湿湿的。我闻到氯的气味——我正思考着等我回家时，要怎么不让你发现我去游泳了。当我巡逻经过本地公园时，我把车窗摇下。最近公园里有个小联盟比赛已经开打。这时我注意到有个小子在光天化日下，正在选手休息处喷漆涂鸦。

我不晓得哪件事情比较困扰我——是这个小子破坏公物，还是他在我眼前大剌剌地做这件事，一点也没有掩饰的意图？我把车子停在远处，悄悄走到他身后。“嘿，”我大叫，“你在干什么？”

他转过身来，僵住了。他又高又瘦，一头黄发毛毛躁躁的，他的嘴唇上方留了一道不怎么成功的胡子。他的目光迎向我，犀利又叛逆，然后他丢下喷漆，开始拔腿就跑。

我也开始追。那个小子从公园的边界冲出去，穿越天桥下方，可是他的球鞋踩到一摊泥巴。他滑倒在地上，让我正好来得及压制住他，把他拉起来压在水泥墙上。我用一只手顶住他的喉咙。“我刚刚问了你一个问题，”我怒吼，“你究竟在搞什么？”

他紧抓我的手臂，喘不过气来。突然间，我从他的眼睛里看见我自己。

我不是那种喜欢利用职权粗暴地对待民众的警察。那么，究竟是什么事情让我勃然大怒？当我事后回想，才明白一件事：并不是因为那男孩在选手休息区喷漆涂鸦，也不是因为他在我抵达现场时毫无悔意。我之所以生气，是因为他跑步。因为他可以跑步。

我之所以气他，是因为若换成是你，你不可能逃跑。

那小子弯身向前，不停咳嗽。“去他妈的！”他怒吼着。

“我很抱歉，”我说，“真的很抱歉。”

他盯着我，像一只被逼到角落的动物。“要抓就快抓我吧。”

我转过身。“你走吧！趁我没改变主意，快走。”

此时出现一阵静默，接下来，跑步声再度响起。

我伏靠在天桥的墙上，闭上双眼。这些日子以来，我感觉愤怒像是我体内的一座间歇泉，每隔一段时间就必须爆发一次。有时候我发泄怒气的对象，甚至是像今天这个小子，有时候则是我自己的孩子——我发现自己会为了一些不重要的事情而对艾米莉亚大吼大叫，例如她把早餐碗放在电视机上面，即使我自己偶尔也会犯这种小错。有时候我则是抱怨夏洛特，例如当我想要鸡丁，她却煮猪肉条。我抱怨她，当我值完夜班之后想好好睡个觉，她却无法让孩子们保持安静。我抱怨她不晓得我的钥匙放在哪里。我抱怨她让我觉得我打从一开始就有个应该生气的对象。

我对官司并不陌生。我曾经因为驾着警车四处巡逻导致椎间盘突出，因而控告过福特汽车公司。好吧，也许是他们的错，也许不是，但他们和我达成和解了，所以我用那笔赔偿金买了一部休旅车，好让我们可以载着你的轮椅和设备四处跑——我相信两万美元的赔偿对福特汽车公司来说是件小事，他们在签下支票时连眼睛都不会眨一下。但这次情况不同。这个官司并不是为了怪罪发生在你身上的事情，而是怪罪你出生在这个世界上的事实。虽然我马上就可以说出我们能用这一大笔赔偿金来为你做什么事，可是我却无法说服自己接受一个事实——为了得到大笔赔偿金，我们必须说谎。

这件事对夏洛特似乎没有困难。这不禁让我心想：她还有什么事情是至今仍瞒着我的？她快乐吗？她是否希望她能从头来过，在没有我也没有你的情况之下？她爱我吗？

如果我明知道官司可以为你挣来足够的钱，让你一辈子都过得很舒服，却还是拒绝提出官司，而是到处筹钱，加班去巡逻高中篮球赛或舞会，好让我们可以替你买一张记忆泡棉床垫、一部电动轮椅，以及一部可以驾驶的改装车……那么我究竟是什么样的父亲呢？但话说回来，如果挣到这些赔偿的唯一方法是假装我不希望你出生，那么这又让我变成什么样的父亲？

我仰头靠在水泥上，闭上双眼。如果你不是出生就带有成骨不全症，而是在一场车祸里瘫痪，我一定会去找律师，要他们查阅每一份同款车辆的车祸报告，看看这种车款是否有问题，是否有什么机械原因造成车祸，好让造成你受伤的人付出代价。不当出生的官司真有那么不同吗？

它是不同的，因为当我在刮胡子时，在镜子前低声说出这几个字，都觉得它是那么不同，让我的胃都开始不舒服。

我的手机开始作响，让我想起我已经离开警车太久的时间。“喂？”

“爸爸，是我，”艾米莉亚说，“妈妈没有来接我放学。”

我瞄了一眼手表。“两个小时前就放学了呀？”

“我知道。可是她不在家，也没有接手机。”

“我现在就赶过去。”我说。

十分钟后，板着脸的艾米莉亚坐上警车。“好极了。我还真喜欢坐警车回家呢！想想看大家会说什么闲话。”

“夸张小姐，幸好全镇的人都知道你爸爸是警察。”

“你和妈通过电话了吗？”

我试过了，但就像艾米莉亚所说，她不接电话。当我把车子停在家门前的车道，看到她小心翼翼把你从后座抱出来——你不只穿着人形石膏，而且上臂还用绷带固定在身体上——我这才了解为什么她没有接电话。

夏洛特听到我们的车声，转过头来，脸部抽搐了一下。“艾米莉亚，”她说，“噢，天啊。我很抱歉。我完全忘了……”

“是啊，除此之外还有什么新借口？”她咕哝着，然后踱步走进屋内。

我把你从你妈妈手中接过来。“发生什么事了，薇罗？”

“我弄断肩胛骨了，”你说，“要弄断肩胛骨真的很不容易。”

“连肩胛骨都断了，你能相信吗？”她说，“从中间断了。”

“你没接电话。”

“电池没电了。”

“你可以从医院打电话的。”

夏洛特抬起头来。“你不应该对我生气的，西恩。我当时有点忙……”

“你不觉得我的女儿受伤时，我有权利知道？”

“你能不能小声一点？”

“为什么？”我问，“为什么不让大家都听到？反正一旦你提出控告，他们全都会听到……”

“我不要在薇罗面前讨论这件事……”

“你最好赶紧克服这个心理障碍，因为她很快就会听到每个难听的字……”

夏洛特的脸涨得通红，她把你从我手中接回去，抱着你走进屋内。她把你放在沙发上，把电视遥控器交给你，然后走进厨房，她期望我跟在她后头。“你到底有什么毛病？”

“我有毛病？是你让艾米莉亚放学后等了你两小时……”

“那是意外……”

“说到意外。”我说。

“这次的骨折并不很严重。”

“你知道吗？夏洛特，在我看来，这次骨折很严重。”

“就算我打电话给你，你又能做什么？再度提早下班？这样一来你就会少拿一天的薪资，这表示我们双重损失。”

我感觉颈背的皮肤紧缩。这场该死的官司里有个隐含的信息，每份法庭文件的字里行间都出现隐形墨水：西恩·欧基夫所赚的钱，不够应付他女儿的特殊需求……这就是为什么他要来打官司。

“你知道我怎么想？”我试图保持声调平稳，“如果换个立场思考——当她受伤时是我和她在一起——如果我没有打电话给你，你一定气坏了。你知道我还怎么想吗？你之所以没有打电话给我，不是因为我工作关系，也不是因为手机电池，那是因为你已经打定主意。你打算就按照自己的意思去做，不管是什么事，不管是何时，也不管我怎么说。”我冲出家门，回到警车上，警车仍在车道上，因为老天爷禁止我提早下班。

我把头撞在驾驶盘上，不小心压到喇叭。夏洛特听到声音，走到窗边。她的脸又小又苍白，从远处看去，变成五官模糊的一个椭圆形。

当时我是用法国小圆饼向夏洛特求婚的。我去烘焙店，请他们在每个小圆饼上面都用糖霜写上一个字母，拼起来正好是：嫁给我。然后我把小圆饼混在一起，装在盘子上。我告诉她，这是个字谜游戏，你必须把字母顺序排列出来。

陆军内存。她拼出这个没有实质意义的词汇。

夏洛特仍站在窗边，双臂交叉，注视着我。我几乎看不出来她就是当初我要她再试一次拼字的女孩。我再也无法想象出她第二次拼对时脸上浮现的表情。

艾米莉亚

那天晚上妈妈叫我下楼吃晚饭时，我就像死刑犯要被处决般，疲软无力。我的意思是，不必火箭科学家分析，每个人都知道这个家里没有一个人是快乐的，而这种低迷的气氛和我们前阵子去找的律师事务所有关。我爸妈互相叫骂时，并不怎么掩饰他们的音量。在爸爸离家又回家的三小时内，由于妈妈在搅拌肉条时对着盆子大哭，所以你也一直啜泣。每次你们身陷痛苦时，我都戴上MP3耳机，把音乐开到最大声。今晚我也是这么做。

我之所以这么做，并不是你们以为的理由，我并不是为了掩盖住你们制造的噪音。我知道爸妈都觉得我向来很没有同理心。我也不打算试图向他们解释，但事实是：我需要那些音乐。每次你哭，我实在无能为力，而我甚至因此而更痛恨自己的无能为力，所以我需要音乐来转移我的注意力。

当我抵达餐厅时，每个人都已经坐在桌边，连你也是。你坐在人形石膏的下半部里，手臂被绑在身体上。妈妈已经帮你把肉条切成像邮票般的小方块。这让我想起你小时候坐在儿童高脚椅上的情形。以前我总是试图跟你玩——滚球或是拉着坐在小汽车里的你跑——每次我都被提醒同一件事：要小心。

有一次，你坐在床上，而我正在跳床，结果你掉下床了。前一分钟，我们还是探索外星球的航天员，下一分钟你的左小腿就被折成九十度，而你进入每次骨折时都会出现的失神状态。爸爸妈妈跳出来说这不是我的错，但是他们以为在唬谁啊？跳床的人是我，虽然一开始想出这个点子的人是你。如果我没有跳床，你就不会受伤了。

我滑进我的椅子里。我们家并没有像别人家那样固定吃饭的座位，但是我们全都会挑同样的位子入座用餐。我仍然戴着耳机，音乐的音量开得很大——我都是听抒情摇滚，这些歌让我觉得还有人生活比我更糟。“艾米莉亚，”爸爸说，“餐桌上不要戴耳机听音乐。”

有时候我觉得我体内住着一只野兽，就在我心脏本来应该在的位置，偶尔它会猛然冲到我的皮肤表面，于是我就会无法控制地做出不当的举止。它的呼吸充满着谎言；它散发怨恨的气味。就在这个时候，它选择扬起它那丑恶的头。我朝爸爸眨眨眼，把音量调得更大，用过大的声音说：“把马铃薯递给我。”

我听起来像是世界上最顽劣的家伙，也许我真的想成为这样的人物：就像小木偶一样，如果我表现得像个以自我为中心的青少年，最后我就会真的变成那样，而每个人都会注意到我，呵护着我，而不是亲手喂你吃肉块，并且时时刻刻注视着你，以确保你不会在椅子里滑倒。事实上，我只是希望有人注意到我仍是这个家里的一分子。

“薇罗，”妈妈说，“你必须吃点东西。”

“这吃起来像臭脚。”你回答。

“艾米莉亚，别让我再重复一次，请你拿掉耳机。”爸爸说。

“再吃五口……”

“艾米莉亚！”

他们并没有注视彼此。至少我知道他们自从今天下午之后就没再交谈了。我很好奇，他们此刻像身处于地球的两端，却还要努力在餐桌上维持对话，但这种努力并没有造成什么改变。

妈妈拿着叉子在你面前挥舞，你避开了。“别再把我当个小婴儿，”你说，“我是弄断了我的肩胛骨，但这并不表示你们必须把我当两岁婴儿般对待。”为了证明这一点，你用没被绑起来的那只手去拿玻璃杯，可是你却把它碰翻了。一部分的牛奶洒在桌布上，但大部分的牛奶都倒在爸爸的盘子里。“该死的！”他大叫，然后他伸手过来扯掉我的耳机，“你是这家里的一分子，所以你在餐桌上的表现就该像家里的一分子。”

我盯着他。“从你自己先做起。”我说。

他的脸气得通红。“艾米莉亚，回你房间去。”

“很好！”我把椅子往后推，发出一声刺耳的声响，然后跑上楼。眼泪夺眶而出，涕泪纵横，我把自己锁在房间里。镜中的女孩是我所不认识的：她的嘴巴扭曲着，眼神深邃而空洞。

这些日子以来，每件事情似乎都会惹我生气。当我早晨醒来，看见你盯着我，仿佛我是动物园里的动物般，我生气了。我去学校时，看到我的置物柜靠近法语教室，而想起教法语的瑞儿丹夫人总是让我的日子很不好过，我生气了。当我看到一群拉拉队员，双腿漂亮，人生完美，整天烦恼的就是谁会邀请她们参加下次的舞会、红色指甲油会不会让她们看起来太骚包，而不是烦恼她们的妈妈会不会记得放学后来接她们，或者又被耽搁在急诊室里，想到这里，我又生气了。我唯一不会生气的时间，是我肚子饿的时候，就像现在。或者至少我以为那是饥饿的感觉。不论是生气或饥饿，我都觉得自己像是从里到外被吞噬了。我再也分不清两者的差别。

上次爸妈吵架——也就是昨天——你和我正在我们的房间里，我们清楚地听见他们吵架的内容。虽然房门关着，他们的声音还是从门底下钻进来：不当出生……作证……证词。有一度我听到他们提到电视：你不觉得记者一定会煽风点火吗？你真的想要那样？爸爸说。有那么一刹那，我觉得如果我们上了电视，应该也蛮酷的，直到我想起，我不想为了十五分钟的虚荣，而变成身障家庭生活的样板小孩。

他们在生你的气，你说。

不，他们在生对方的气。

接下来，我们都听到爸爸说，你真的以为薇罗不明白吗？

你望着我。不明白什么?

我踌躇着，但没有回答，而是拿起你放在腿上的一本书，并且告诉你说我要开始大声朗读。

通常你不喜欢这样——阅读是你所擅长的唯一一件事，你通常会想卖弄，但你当时可能和我有同样的感受：仿佛胃里有一团大钢刷，每次身子一移动，钢刷就会刮磨胃壁。我有些朋友的父母已经离婚了。离婚是不是全都像这样开始的?

我随意翻开书本中的一页，开始对你朗读，内容是有关各种意想不到的残酷死亡。有一个运钞车保镖是因为价值五万美元的硬币从一部货车里飞出来，结果把他当场压死。还有一阵风把一名男子的车子吹进意大利那不勒斯附近的一条河，他打破车窗爬出来游上岸，结果却被强风吹倒的树给压死。一名男子在一九一一年时坐着一个桶子横渡尼加拉瓜大瀑布，却在新西兰踩到香蕉皮，跌了一跤，弄断身上每一根骨头，当场死亡。

你最喜欢最后一则故事，我终于又把你逗笑了，但我的内心却仍然忧愁：如果世界一次又一次将你击倒，你要如何屡败屡战?

就在这时，妈走进房里来，坐在你的床沿。“你和爸爸憎恨对方吗?”你问。

“不，薇罗，”她微笑着说，但是笑的方式使她的脸部边缘的皮肤看起来太紧绷，“我和你爸爸之间绝对没有问题。”

我站起来，双手叉着腰。“你们什么时候要告诉她?”我质问。

妈妈的锐利眼神，足以将我劈成两半，我发誓。“艾米莉亚，”她的声调不容任何人的反驳，“没什么事情要告诉她的。”

此刻我坐在浴缸的边缘，突然明白妈妈是个大骗子。如果我遗传到她的能力，例如双肘具有双关节，或是用舌头将樱桃梗打结，那么我很好奇我是否也遗传到她骗人的能力，我以后是否也会变成那样。

我伏在马桶上，用手指掏挖喉咙，然后呕吐。如此一来，这次当我告诉自己说我是空虚又痛苦的，我说的才会是实话。

盲焙：烘焙未放馅料的派皮

有时当你处理细致的面团，不论如何小心翼翼，面团都会碎裂。因此，有些派皮与塔杯必须在放入馅料之前就先烤好。最好的方法就是在烤盘上排放揉好的面团，然后放进冰箱里至少三十分钟。当你准备烘焙时，用叉子在面团上戳几下，用铝箔纸或烘焙纸把面团包起来，在中间填进米粒或干豆子。依照指示烘焙，然后小心移开铝箔和豆子——塔杯和派皮就会维持烘培时的形状。我喜欢看很重的材料最后是怎么被拿起来的；我喜欢豆子的触感，仿佛烦恼从指尖滑落般。我最喜欢的是，烘焙派皮为我们提供了一个事证：我们必须要承受的事物塑造了我们。

....

甜派皮

$1\frac{1}{3}$杯的面粉

少许盐

1汤匙的糖

$\frac{1}{2}$杯又2汤匙的冷冻无盐奶油，切成小块

1个大蛋黄

1汤匙的冰水

把面粉、盐、糖、奶油放进食物调理机，搅拌成粗糙状。在一个小

碗里，混合蛋黄与冰水。趁调理机还在搅拌时，把蛋黄汁液倒进面粉与奶油里，直到形成团状。把面团拿出来，用保鲜膜包起来，在一个碟子上压平，然后冷冻一小时。

在撒了些许面粉的平面上将面团揉开，然后放置在底部不会沾黏的烤盘上。烘焙之前先冷冻一下。

将烤箱预热至一百九十摄氏度。将烤盘从冰箱里拿出来，用叉子在派皮上戳洞，用铝箔纸将派皮包起来，中间填入干豆子。烘焙约十七分钟，拿掉铝箔纸与豆子，继续烤六分钟。待完全冷却后，再填入馅料。

杏桃蛋挞

盲焙后的甜派皮蛋挞杯

2至3枚杏桃

2个蛋黄

1杯动物性鲜奶油

$1\frac{1}{2}$大匙的面粉

$\frac{1}{4}$杯剁碎的榛果

将杏桃的皮剥掉，切片，摆放在经过盲焙之蛋挞杯的底部。

混合蛋黄、鲜奶油、糖与面粉。将杏桃片倒进来，撒一些榛果。以预热至一百八十摄氏度的烤箱内烘烤三十五分钟。

你尝过了这道甜点之后，良久都还能感觉得到它浓郁的气味。它是隐藏在甜味底下的影子，它是你舌尖想问的问题。

玛琳
二〇〇七年六月

“脸书”理应是个社交网络，但事实上，大部分我认识的使用者——包括我在内——都花很多时间上网更新自己的个人档案，去别人的页面留言，或是和网友打招呼，我们反而很少离开计算机，去做实质的社交互动。也许在上班时间去检视别人的网页不太应该，可是有一次我无意间撞见鲍伯·拉米雷兹正在更新他的个人空间网页，我当下便明白，他其实没有什么立场数落我利用上班时间浏览别人的页面，否则就未免太伪君子了。

这些日子以来，我使用“脸书”来加入网络社群——“生母与养子女搜寻”“领养搜寻部门”。有些会员真的找到他们要找的人。就算这种事情不会发生在我身上，只要能够登录这些社群去阅读一些帖文，证明不是只有我对整个搜寻过程感到沮丧，也算是一种很好的安慰。

我登录社群，检视我的页面最新动态。一星期前有人发送信息给我，要求我把她加入朋友群，她是我高中时代的女同学，但我们已经十五年没见了。我那位住在圣塔芭芭拉的表哥向我挑战，要跟我比赛电影评论社交网的测验。我的其他朋友则票选我为“最想被手铐铐在一起的朋友”。

我瞄了一眼这些最新动态上方的信息——我的个人档案。

姓名：玛琳·盖兹

网络：新罕布什尔州，朴次茅斯／新罕布什尔州立大学校友／新罕布什尔州律师协会

性别：女

兴趣：男

交往状态：单身

单身？

我重载网页。过去四个月来，我的网志都写着一行字：与乔·麦可因泰尔交往中。我点了一下首页，往下浏览内容。我找到了：一张他的照片，以及交往状态的更新：乔·麦可因泰尔与玛琳·盖兹已结束交往。

我惊讶得张大了嘴；我感觉像被揍了一拳。

我抓起外套，冲进接待区。“等等！”布蕾欧妮说，“你要去哪里？你有一个视频会议电话……”

“重新安排时间，”我气呼呼地说，“我男朋友刚刚用脸书把我甩了！”

其实乔·麦可因泰尔并不算是我的真命天子。我是在和客户一起去看波士顿冰上曲棍球比赛时遇见他的。他经过我身边的走道时，把啤酒溅到我衬衫上面。这种初次见面并非天雷勾动地火，但是他有着深蓝色眼睛，以及足以造成地球暖化的微笑。我还搞不清楚状况，就发现自己已经答应让他替我支付干洗费用，还把电话号码留给他。我们第一次约会时，发现他上班的地方离我不到一条街——他是专攻环境事务方面的律师——而且我们都是从新罕布什尔州立大学毕业。我们第二次约会时，就一起回到我住的地方，而且整整两天都没有下床。

乔比我小六岁，表示二十六岁的他还在情场上游荡，而三十四岁的我则为了生理需要而交换灵魂。我本来期待这场恋爱能有趣些：有个人可以在星期六夜晚陪我去看电影，或是在情人节时收到花束。我并不期望这场恋爱会持续到永远。我本来还在想，再过几个月，我会找个时间

告诉他说，在我们此刻的生命阶段，我们两个追求的是不同的事物。

但我很确定我再怎么样也不会用“脸书”告知他分手的消息。

我大步转过街角，走进他工作的法律事务所接待处。这间法律事务所并没有鲍伯的事务所华丽宏伟，但话说回来，我们是诉讼律师，我们并不是为了拯救世界。

“乔正在等我。”我说。然后我走进走廊。

当我打开他办公室的门时，他正在对着一部数字录音机做记录。“此外，我们相信对寇克兰和桑斯最有利的做法是……玛琳？你来这里做什么？”

“你用脸书跟我分手？”

“我本来是想发一封文字信息的，可是我想那样会更糟，”乔说。一名同事经过门口，他赶紧跳起来把门关上。“拜托，玛琳，你知道我不擅长表达感情事……”

“你真是个不体贴的混蛋。”我说。

“如果你问我的话，我会说这种方法比较温和婉转。我还能怎么做呢？难道我们要面对面大吵一架，让你叫我滚蛋去死？”

“没错！”我说，然后我深呼吸一口气，“有第三者吗？”

“没有第三者，”乔平静地说，“拜托，玛琳。前阵子我试着找时间和你见面，你连续拒绝我三次。你期望我怎么做？坐在那里等你，直到你有时间给我？”

“你这么说不公平，”我说，“我当时正在阅读婚姻许可申请书……”

“没错，”乔回答，“你不想跟我出去。你想和你的生母出去。听着，起初我觉得这样很性感——你知道的，每次你提到寻找你生母的事，你都充满热情。只不过后来我才发现，你只对这件事有热情，玛琳。”他把双手插进口袋里，“你忙着活在过去，此刻的你无法做任何付出。”

我可以感觉到我套装领子底下的脖子涨得发热。“你记得在我家里那两个不可思议的日子——以及夜晚吗？”我说，我伏向他，直到我们贴得很近。我看着他的瞳孔放大。

“噢，记得。”他喃喃地说。

“每次高潮，我都是假装的。”我说，然后我头抬得高高的，走出乔的办公室。

我的生日是一九七三年一月三日。显然我已经知道这件事一辈子了。我从希尔斯布洛郡拿到的领养申请书注记的日期是七月底，因为要等六个月才能办妥领养程序，并且安排听证会。在领养事务的领域，大家对于六个月的作业时间有很多讨论。有些人觉得时间应该更长一些，让生母有机会改变心意。有些人认为时间应该缩短，让领养父母可以尽早安心，不必担心他们的新生儿会被带走。当然，你会支持哪一边，要看你是把孩子送走的一方，还是领养孩子的一方。

我出生的时间晚了几天。我爸爸常说，他原本指望我替他节一点税，结果我在新年时出生，使他的心愿破灭。从医院跟着我回家的那张纸上，夹在我的出生证明书里，上面有一张婴儿车的标示卡，我名字的部分被撕掉——但是我还是可以从没被撕掉的名字中间依稀辨视出一个字母：y或是j或是q。关于我过去的身份，我只知道这些，而我知道我的生父母住在希尔斯布洛郡，我的生母当时只有十七岁。在上世纪七〇年代，十七岁的少女和孩子生父结婚的可能性仍然很大，这引领我来到档案记录室。

我使用一个怀孕信息网站上的分娩日期计算器，查出如果我是在除夕出生的，那么可能的受孕日期大约是在四月十日。（四月十日。我想那可能是高中的春季舞会。他们可能在午夜时开车到海边。海浪拍打在沙滩上，黎明时的太阳，像蛋黄一样在海面上破晓，他们两个睡在彼此的臂弯里。）如果她一个月后发现自己怀孕，表示他们是在一九七二年的初夏结婚。

一九七二年，尼克松总统造访中国。十一名以色列运动员在慕尼黑奥运中被杀。当时一张邮票八分钱。奥克兰A队赢得世界大赛冠军，《风流军医俏护士》影集在哥伦比亚广播公司首播。

一九七三年一月二十二日，也就是我出生后第十九天，与盖兹家住在一起之后，美国最高法院对于“罗伊诉韦德”一案做出裁决，宣判堕胎为符合妇女隐私的选择权利。

我的生母是否听到了那项判决，因而气愤自己时机不对？

几个星期前，我开始查阅希尔斯布洛郡从一九七二年夏天起的结婚登记记录。如果我母亲当时十七岁，一定也会附着一份父母同意书。这样一来就可以缩小我必须查阅的数据数目。

当时我连续两个周末都拒绝乔的邀约。当时我正在查阅超过三千份的结婚登记申请书，读到有关我家乡的一些令人难以置信的可怕事情（例如十三至十七岁的女孩，以及十四至十七岁的男孩，在父母同意之下，可以结婚）。然而，我却没有发现任何疑似我生父母的结婚申请书。

事实上，早在乔甩了我之前，我已经想打退堂鼓，放弃寻找。

我离开乔的办公室之后，回去工作，并且努力打电话加入剩下的视频会议。那天晚上我回到家里，打开一瓶酒，以及一条班恩杰利咖啡口味的棒冰，然后面对现实：我必须决定我是否真的想寻找生母。假设她已经历重大的道德挣扎，以决定她是否放弃我。当然我也应该要有同样的自我审视，以决定我是否要找她。光是好奇心还是不够。我也不能光是因为担心自己的医疗问题，而让我对自己的根源感到好奇。他们为我取了名字：那又怎样？知道自己从哪里来，并不表示我有足够的勇气聆听我被送人的理由。如果我要做这件事，我等于是打开一道门，迎接一段即将改变彼此生命的关系。

我拿起电话，拨给我妈妈。“你在做什么？”我问。

“我试着研究要怎么用卫星电视收看脱口秀节目。”她说，“你又在做什么？”

我低头望着融化的冰激凌，以及空了一半的酒瓶。“我正在吃流质餐，”我说，“你必须按那个红色按钮，才能在屏幕上秀出节目表。”

“噢，我找到了。很好。每次我在看这个节目，你爸爸都不太感兴趣，最后都会睡着。”

“我能问你一件事吗？”

“当然。”

“我是否有热情？”

她大笑。“如果你问我这个问题，表示情况真的很糟。”

“我不是指浪漫的热情。我的意思是，你知道的，有关生命的热情。我小时候是否有什么兴趣嗜好？我是否会收集游戏卡？我是否哀求你让我加入游泳队？”

“亲爱的，你一直到十二岁都还很怕水。”

“好吧，也许刚刚的举例不是最恰当的，”我捏了一下鼻子，“我是否对某些事情有所坚持，就算事情很困难？或者我都是放弃？”

“为什么这么问？工作上发生了什么事吗？”

“不，不是工作上的事。”我踌躇着，“如果你是我，你会寻找你的亲生父母吗？”

此时出现片刻的沉默。“这是个很难回答的问题。虽然我以为我们已经讨论过这件事了，我说我会支持你……”

“我知道你说过了。但你不会伤心吗？”我直截了当地问。

“我不想说谎，玛琳。当你第一次开始问这些问题时，我的确很伤心。我想，一部分的我觉得，如果你够爱我，你就不会需要寻找任何其他的答案。但是后来你在妇产科医生那里吓坏了，我才了解这件事并不只和我有关。这件事是关于你。”

“我不想伤你的心。”

“别担心我，”她说，“我老了，而且很强硬。”

她的这句话让我微笑。“你不老，而且你还很柔软。”我吸了一口气，“我只是一直在想，你知道，这件事真的很严重。你在箱子里挖掘时，也许会发现埋藏在里面的宝藏，但也许会发现丑陋腐朽的东西。”

“也许你害怕伤害自己。”

我妈妈的话给我当头棒喝。万一，例如我发现自己原来和杀人魔杰弗里·达摩或是有种族歧视倾向的参议员赫姆斯有血缘关系，那该怎么办？这种事情，我不是不知道比较好吗？

“她在三十几年前放弃了我。万一我突然闯进她的生活，而她不想见到我，那该怎么办？”

电话那一头传来轻轻的叹息声。我突然明白那是我成长过程中最熟悉的声音。有一次在游戏场上，一个小孩把我从秋千上推下来，我冲进妈妈的臂弯时，就听到这种轻柔的叹息声。我和刚认识不久的舞伴开车去参加高中毕业舞会之前，在门口和妈妈拥抱道别时，也听到她发出这种叹息声。我上大学时，她送我去学校住宿舍，她站在宿舍门口，第一次留我独自生活，她试着忍住不哭，当时我也听到这个叹息声。那个声音里，包藏着我整个童年。

“玛琳，”我妈妈只说了一句话，“谁会不想要你呢？”

说实话，我并不相信鬼魂、业力与灵魂转世之类的。然而，隔天我发现自己打电话请假不上班，好让自己可以开车到马萨诸塞的法尔茅斯镇，去向一位灵媒询问有关我生母的事。我啜饮了一口咖啡，想象着和那位灵媒碰面会是什么情况。我得到的信息是否能带领我走向正确的方向，找到我的生母，就像当初推荐玛辛达·道斯这位灵媒的那个女人一样？

前一天晚上，我加入了十个领养互持网络社群。我替自己取了一个名字——“出生即分离”，并且从这些网站列出一份备忘录，抄在一本空白笔记簿里。

一、使用各州的寻人部门。

二、在“寻人与重聚资源网”上注册——这是最大的寻人注册网站。

三、在世界广域注册网站注册。

四、和你的养父母谈谈，以及你的表兄弟姐妹、叔伯、兄姐。

五、找出当初的中介人。换句话说，谁安排领养事宜？教会、律师、医生、中介站？他们有可能是信息来源。

六、释放机密数据查阅权，这样一来，如果你的生母来找你，她就会知道你想被找到。

七、定期更新你的信息。有些人确实四处转寄资料，为的就是希望你的资料能送达正确的地方。

八、在你出生城市的各大报上刊登寻人广告。

九、最重要的是，不要理会电视广告或脱口秀节目里看到的寻人公司！他们都是骗子！

凌晨两点钟，我仍在网络上的一个领养寻人聊天室，读着人们传来的那些可怕故事，他们都希望救我，让我免于犯了相同的错误。有个网友曾打电话给一支免付费的寻人电话，把信用卡账户信息给了对方，结果月底时接到一张六千五百美元的账单。还有个网友发现自己是因为被疏忽虐待，所以才被带离她的原生家庭。另一名网友给我三本书的书名，她当初是用这三本书开始寻人，费用比聘请私家侦探更便宜。只有一名女子有了快乐的结局：她去找一位名叫玛辛达·道斯的灵媒，灵媒给了她正确的信息，结果她在一周之内就找到生母。试试看吧，你会有什么损失的呢？

损失的是我的自尊。但尽管如此，我不知不觉开始在网上搜寻玛辛达·道斯的资料。她的网站下载得很慢，因为她的网站附了一个音乐文件——那是铃声与座头鲸之歌混音而成的诡异音乐。玛辛达·道斯，她的网站首页写道，合格的灵媒咨商师。

谁会核发灵媒咨商执照呢？难道是美国江湖骗子部门？

在鳕鱼角一带服务超过三十五年。

这表示她的所在是我从班克顿的家里开车方便抵达的地方。

让我为您搭起通往过去的桥梁。

在我还没有打退堂鼓之前，我点了一下她的电子邮件链接，发给她一份邮件，说明我正在寻找生母。邮件送出去不到三十秒，我就得到回复了：

玛琳，我想我可以给你很大的帮助。你明天下午有空吗？

我并没质疑为什么这个女人半夜三点还在线。我并没有让我自己怀疑为什么一个成功的灵媒会这么快就有空？我居然答应支付六十美元的咨询费用，然后列出她给我的开车指示。

当天早上我出发后五小时，我便停靠在玛辛达·道斯门前的车道上。她住在漆成紫红色的小房子里。她很有可能已经六十多岁了，可是她的头发染成深黑色，而且发长及腰。“你一定就是玛琳。”她说。

哇，她已经有空亲自接待我了。

她领着我走进一个房间，房间与门厅之间用丝帐门帘隔开。房间内有两张面对面的沙发，中间隔了一个白色的低矮跨脚椅。跨脚椅上有一根羽毛、一把扇子，以及一叠纸卡。房间内的架子上覆满了豆豆娃公仔，每个公仔都用一个小塑料袋包起来，系上一个心形的标签。这些公仔看起来像全都窒息了。

玛辛达坐下来，我跟着做。“我都是事先收钱。”她说。

“噢。”我在皮包里翻找，拿出三张二十美元的钞票。她把钞票折起来，塞进皮包里。

“你先告诉我你为什么会来这里。”

我惊讶地望着她，眨眨眼。“你不是应该要知道原因吗？”

“灵媒的天分不一定都那样的，亲爱的，”她说，“你有一点紧张，对吧？”

“我想是吧。”

“你不应该紧张。你是受保护的。你的身旁有守护灵，”她说。她闭上眼睛，然后眯起来，“你的……祖父？他想要你知道，他现在呼吸状况比较好了。”

我惊讶得张开嘴巴。我祖父在我十三岁时过世，死于肺炎并发症。当时我一直很怕去医院探望他，怕看见他日渐消逝。

“他知道关于你生母的重要信息。”玛辛达说。

她怎么说都行，反正爷爷现在也没办法确认或反驳。

“她很瘦，头发是深色的，”这名灵媒继续说，“事情发生时，她很年轻。我正在辨认她的口音……”

“南方人？”我问。

“不，不是南方人……我分不太出来。”玛辛达注视着我。“我也正在接受一些名字的信息。奇怪的名字。阿拉嘉许……还有惠特康……不，不是，改成惠提尔。”

“阿拉嘉许·惠提尔是纳舒厄镇的一家法律事务所。”

“我想他们有这方面的消息。很可能是那里的一名律师处理这个领养案件。如果是我，我会联络他们。还有梅西。有个叫作梅西的人也有消息。”

梅西是希尔斯布洛郡法庭的一名职员，就是她把领养申请书寄来给我。“我相信她有这方面的消息，”我说，“她手里有整份档案。”

“我讲的是另一个梅西。一个阿姨、伯母，或是一名表姐妹……她从非洲领养了一个小婴儿。”

“我没有任何表姐妹名叫梅西。”我说。

“你有，”玛辛达坚持，“你只是还没有见过她。”她皱起脸，仿佛正在吸吮一颗柠檬，“你的生父名叫欧文。他和法律有点关系。”

我弯身向前，产生了兴趣。那就是为什么我会被现在的职业吸引吗？

“他和你的生母又生了三个小孩。”

不论这是不是真的，我觉得胸口一阵痛楚。为什么那三个小孩可以留下，我却被送走？如此一来，我一再被告知的那句老话——我的亲生父母很爱我，但却无法照顾我——就从来都不是真的。如果他们那么爱我，为什么我会被丢出来？

玛辛达用一只手碰碰头。“就这些了，”她说，“我没有再接收到新的信息了。”她拍拍我的膝，“那个律师，”她建议，“你可以从那个地方开始找起。”

回家的路上，我停在麦当劳快餐店吃点东西，我坐在户外游戏区，那里有很多小孩和家长。我拨了查号台，接通了阿拉嘉许·惠提尔法律事务所。我告诉他们说我是罗伯特·拉米雷兹的副手，所以我的电话可以绕过那些律师助理，直接接给一名正职的律师。“玛琳，”那名女士说，“我能帮你什么忙？”

我坐在一个小长椅上，我把身子蜷起来，让我们的对话更隐秘些。“这是个奇怪的要求，”我说，“我正在找一些信息，是有关你们事务所的一名客户，大概是在上世纪七〇年代左右。是一个当初大约十六七岁的年轻女孩。”

“数据应该不会太难找——我们这种客户并不多。她的姓氏是什么？”

我踌躇了一下。“其实我不知道她的姓。”

对方沉默了片刻。“这是个领养案件吗？”

“嗯，是的。是我的领养案件。”

那名女士的声音冷冰冰。“我建议你试试法院。”她说完便挂上电话。

我用双手紧抓着话筒，看着一名小男孩一路滑下一座紫色的弯道溜滑梯。他是亚洲人，他妈妈不是。他是被领养的吗？有一天他是否也会像我一样坐在这里，面对一个死胡同？

我再度拨给查号台，片刻之后我就接通了梅西·唐纳文的电话，她是希尔斯布洛郡领养寻人处的职员。“你可能不记得我，”我说，“几个月前，你把我的领养申请书寄给我……”

“名字呢？”

“呃，这正是我在找的……”

“我是指你的名字。”梅西说。

“玛琳·盖兹。”我吞咽了一下口水，“这件事太疯狂了，”我说，“我今天去找了一个灵媒。我是说，我通常不是那种会去找灵媒的疯子……不过如果你偶尔也会去找灵媒的话，我也不是对灵媒有什么成见，你知道的……反正，我今天去找那个灵媒，她告诉我说有个名叫梅西的人可能会有我生母的信息。”我硬挤出笑声，“她并没有给我很多细节，但是她说得没错，对吧？”

“盖兹小姐，”梅西的声音没有任何感情，“我能帮你什么忙？”

我把头低下。“我不知道从这里要怎么办，我不晓得接下来该怎么做。”

“只要你付五十美元，我可以把你的非身份辨识性资料寄给你。”

“那是什么？”

“那是在你的档案中除了姓名、住址、电话、生日以外的资料。”

“也就是不重要的资料啰，”我说，“你认为我可以从中得到什么东西吗？”

“你的领养并不是通过机构，而是私人之间的领养，”梅西解释，“所以我想应该不会有什么有用的信息。你可能只会发现你是白人。”

我想起她之前寄给我的领养申请书。“我除了确定自己是白人以外，还确定自己是女性。”

“如果你付五十美元，我很乐意为您确认这件事。”

“是的，”我听见自己说，“我要一份资料。”

我在手背上写下支票该寄过去的地址，挂上电话，看着孩子们像加热时的分子般弹跳。我很难想象自己会生小孩。我也想象不出如何能放弃一个小孩。

“妈咪！”一名小女孩从梯子的顶端大叫，“你有没有在看我？”

昨晚在留言板上，我第一次见到“A妈”与“B妈”这样的名词。起初我以为那不是排名，而只是养母与生母的简称。结果发现，原来大家对于这种称呼有很大的争议。有些生母觉得这样的标签让她们听起来像是孕母，而不是妈妈，因此想把称呼订为第一母亲或生母。但如果依照这样的逻辑，我的妈妈就变成“第二母亲”或“非生母”了。光是把孩子生下来，就让一个女人成为母亲？如果一个女人放弃了孩子，是否也会失去母亲这个标签呢？如果人们是依言行来衡量的，那么在一端，我有个选择放弃我的女人，而另一端的这个女人，在我小时候生病时整夜守护我，和我一起为失恋而掉泪，在我法律系毕业典礼上拍手拍得很用力。哪些行为让一个女人较像母亲呢？

我明白，两者都是。所谓父母，并不只是把孩子生下来，而是必须见证孩子的生活。

顿时，我不自觉地想起夏洛特·欧基夫。

派普

那位病人大约怀孕三十五周，刚和她先生搬到班克顿镇。她从来没有找我做过定期产检，但她却临时被安插进我的午餐时间里，因为她抱怨发烧及其他症状。在我看来，那些症状代表着发炎的警讯。替她做初步病历调查的护士表示，这名孕妇并没有任何疾病。

我推开门，脸上带着微笑，希望能安抚眼前这位照理说应该很慌张的准妈妈。“我是芮斯医生，”我说，我握握她的手，然后坐下，“听说你最近觉得不太舒服。”

“我本来以为是感冒，可是一直好不了……”

“怀孕时出现这种情况，查明原因总是件好事，”我说，“到目前为止的怀孕情况正常吗？”

“很正常，舒服极了。”

“你出现这些症状有多久了？”

“大约一星期了。”

“好吧，我会让你先去换上袍子，然后我们来看看怎么一回事。”我走出房间，给她几分钟换上袍子，趁机重新研究她的病历表。

我热爱我的工作。身为一名妇产科医生，大部分时候都是出现在一个女人一生中最喜悦的时刻之一。当然，有些情况并不是如此幸福——有时候我必须把流产的消息告知一名怀孕妇女。有时候孕妇因为植入性胎盘而导致弥散性血管内凝血，因此我必须动手术，而病人甚至永远无法恢复意识。但是我试着不去想这些不愉快的时刻。我喜欢把心思集中在婴儿出生的那一刻，看着婴儿像小鱼般在我手里滑溜蠕动，奋力游进这个世界。

我敲敲门。“你换好了吗？”

她坐在检验台上，浑圆的肚子搁在大腿上，像捧着一个献礼。“很好，”我说，然后把听诊器戴上，“我们先从你的胸腔开始。”我朝着金属听诊头呼出热气——身为妇产科医生，我特别注意冰冷的医疗器材放置在人体上的不舒服感受——然后我把听诊头轻轻地放在产妇的背上。她的肺音听起来很清澈，没有沙沙声或杂音。“听起来没问题，”我说，“现在我们来检查你的心脏。”

我把她袍子的领口部分拉开，看到一道中间胸骨切开术留下的长疤痕——也就是从胸膛直接垂直划开的疤痕。“这疤痕是怎么一回事？”

“噢，那只是我的心脏移植手术。”

我扬起眉。“你告诉护士说你没有任何疾病。”

“我没有啊，”这位病人笑眯眯地说，“我的新心脏运作得很好。”

夏洛特是到了她试图怀孕时，才开始以患者的身份来找我。在那之前，我们仍然只是互相认识的妈妈，一起在女儿们的背后偷偷取笑她们的溜冰教练。每次学校举办家长会之夜，我们会替彼此留位子。偶尔我们会带配偶一起去高级餐厅吃晚餐。但是有一天，当女孩们在楼上埃玛的房间里玩耍时，夏洛特告诉我说她和西恩已努力尝试怀孕了一年的时间，但都没有任何动静。

“我什么都做了，”她坦承，“排卵预测，特殊饮食，太空靴——你说得出来的，我都试过了。”

“你看过医生了吗？”我问。

“其实，”她说，“我本来是想找你当我的产科医生。”

我通常不替我认识的人看诊。无论怎么说，如果一个你所挚爱的人躺在你的手术台上，你就没有办法保持客观。你可能会辩驳说，妇产科医生的风险本来就很高——毫无疑问地，我每次替人接生，都百分之百全心付出——但如果病人与你有私人情谊，那风险又会更高一些。如果你失败了，你不只是失去了病人，同时也失去了朋友。

“我不认为这是个好主意，夏洛特，”我说，“这是个很难跨越的分际。”

“你是担心，一旦你的手伸进了我的子宫颈，那么以后我们一起去买东西时，你要如何直视我的眼睛？”

我咧嘴笑了。“我不是担心那个。我对子宫已经见怪不怪了，”我说，“我担心的是，一名医生必须要能和病人保持距离，而不能涉入太多私人情感。”

“但这正是你最适合我之处啊，”夏洛特争辩，“另一个医生也会帮助我们怀孕，但并不会真的在乎。我想要的医生，是能对我们付出超越专业责任的关心。我想要的医生，是能像我一样想要小孩。”

她这么说，我如何能反驳她呢？我每天早上都打电话给夏洛特，和她一起讨论当地报纸上的读者投书。而我每次对罗伯生气，需要宣泄愤怒时，她是我第一个找的人。我知道她用什么牌子的洗发精，我知道她车子的加油孔是在哪一侧，我知道她喝咖啡的偏好。她真的是我最好的朋友。“好吧。”我说。

她的脸上绽放了微笑。“我们现在开始吗？”

我大笑出来。“不，夏洛特。我可不想在家里客厅替你做骨盆检查，女儿们还在楼上玩呢！”

于是，我请她隔天到我办公室。结果发现，并没有任何医学原因会让她和西恩无法顺利怀孕。我们谈到女性在三十岁过后的卵子质量会降低，这表示要花多一点时间才能怀孕，但还是可以怀孕。我要她开始摄取叶酸，并且追踪她的基础体温。我告诉西恩（那是目前为止我们之间最愉快的一次谈话），他们应该经常做爱。我在自己的约会记事簿里记载夏洛特的经期。我会在第二十八天打电话给她，问她的月经是否来了——前六个月的时间，她的月经都来了。“也许我们该讨论使用帮助受孕的药物。”我建议。结果隔月，就在她正要去找专家看诊之前，她便自然受孕了。

与艰辛漫长的受孕过程比较起来，怀孕本身反倒是平顺的。夏洛特的血液检测与尿液检验结果都很正常。她的血压从未升高。她整天都有妊娠反应，有时候她午夜十二点孕吐完之后会打电话给我，问我为什么孕吐会被称为晨吐。

在她怀孕第十一周时，我们第一次听到胎儿的心跳。第十五周时，我替她做了血液检测，以检验是否有神经缺陷或唐氏症。两天后，她的检验报告出炉，我利用午餐休息时间开车到她家。“有什么问题吗？”她看到我站在门口时问道。

“你的检验结果。我们必须谈谈。”

我向她解释，血液检测并不是完全不会出差错，通常检验会有百分之五的筛检阳性率，这表示接受这项检验的怀孕妇女，有百分之五都会被告知说她们生下唐氏症小孩的风险略高。“光是以你的年龄来看，你生出唐氏症宝宝的风险是两百七十分之一，”我说，“但是你的检验报告显示，你的风险比平均更高，概率是一百五十分之一。”

夏洛特把双臂交叠在胸前。

“你有几个选择，”我说，“反正你在三周内要接受超声波检验。我们可以在做超声波时，看看有什么值得注意的问题。如果超声波看出什么异状，我会送你去做第二级的超声波。如果没有任何异状，我们可以把你的风险调降到两百五十分之一，接近平均值，然后我们可以假设检验结果是个误判。但请记住——超声波并不能百分之百让人安心。如果你要绝对的答案，你就必须做羊膜穿刺检查。”

“我以为那会导致流产。”夏洛特说。

“有可能。但它的风险是两百七十分之一，比孩子有可能得唐氏症的风险还低。”

夏洛特用一只手抹了一把脸。“那么这个羊膜穿刺，”她说，“如果孩子结果有……”她的声音愈来愈微弱，“那该怎么办？”

我知道夏洛特是天主教徒。我也知道，身为一名医生，我有责任将我所有的信息告知每一个人。他们可以根据个人信仰而选择如何处理，决定权都在他们。“那么你们可以决定是否要终止怀孕。”我平静地说。

她抬头看着我。“派普，我费尽了千辛万苦才怀了这个孩子。我不会轻易放弃的。”

“你应该和西恩讨论这件事……”

“我们就做超声波吧，”夏洛特做了决定，“我们就先从这里开始。”

基于以上种种理由，我清楚记得我们第一次在屏幕上看到你。夏洛特躺在检验台上，西恩握着她的手。趁我走进去亲自解读检验结果之前，超声波检验师珍妮正在测量各种数据。我们会判读的数据包括：水脑症、心内膜垫缺损或腹壁缺损、颈部后褶厚度增加、鼻骨短小或缺陷、肾积水、高回音性肠道、缩短的肱骨或股骨——这些都是在超声波检验中用来判定唐氏症的指标。我确认我们使用的机器是最近才送达的全新仪器，是最尖端的科技。

珍妮一做完扫描，就立刻进入我办公室。“我没有看到任何唐氏症的疑似迹象，”她说，“唯一不正常的是股骨，它们的大小比例只占全体胎儿排名的第六百分位。”

我们常常会判读到这样的数据。对一个胚胎来说，毫米以下的长度看起来可能比正常小很多，但是等下次照超声波，却又完全正常。“这可能是遗传。夏洛特身型很娇小。”

珍妮点点头。“是啊，我要把它记下来，观察它的后续发展。”她停顿一下，“不过，这真的是一件很怪异的事。”

我猛然从我正在写的档案中抬起头来。“什么事？”

“等你进去时，仔细看一下脑部的图片。”

我感觉到自己的心往下沉。“脑部？”

“它的结构看来很正常。但它只是令人难以置信的……清晰。”她摇摇头，“我从来没有看过这种事。”

所以这部超声波仪器的功能相当好啰？我可以了解珍妮为什么会这么大惊小怪，但我实在没时间赞颂这部新仪器。“我会把好消息告诉他们。”我说完后便走入检验室里。

夏洛特明白了，她一见到我的脸就明白了。“噢，感谢上帝，”她说。西恩弯身向前亲吻她。然后她伸手来拉我的手。“你确定吗？”

“不。超声波不是精确的科学。但是我会说，你们生出一个正常健康孩子的概率一下子增加了许多。”我瞄了一眼屏幕，那是你吸吮大拇指的静态影像。“你的宝贝，”我说，“看起来很完美。”

在我办公室里，我们不提倡娱乐性的超声波，用门外汉的话来说，指的是非医学必要的超声波。不过在夏洛特怀孕第二十七周时，某天夏洛特到医院来接我去看电影，当时我还在接生一名小婴儿。一小时之后，我发现她在我办公室里，双脚跨在桌子上，正在阅读最新一期的医学期刊。“这个东西真是太精彩了，”她说，“妊娠滋养细胞肿瘤的当代处理方法。下次我睡不着觉时，记得提醒我看看这类的文章。”

“抱歉，”我说，“我没想到会拖到这么晚。她只开到七厘米宽就停了好一阵子。”

“不要紧。反正我并不真的想看电影。这小家伙整个下午都在我膀胱上跳舞。”

“她是个未来的芭蕾舞女孩？”

“或者如果你相信西恩的话，那么这小家伙一定是足球的开球员。”她抬头看着我，试着从我脸上的线索判读出胎儿的性别。

西恩与夏洛特选择不事先知道胎儿的性别。每次父母做这样的要求，我们就会把胎儿的性别写进档案里。我得花好大的力气让自己在照超声波时不偷看，才不会不小心泄露了秘密。

当时是晚上七点钟，医院的柜台接待员已经下班了，病人也都散去。夏洛特可以留下来等我，因为每个人都知道我们是朋友。“我们不必告诉西恩说我们已经知道了。”我说。

“知道什么？”

“胎儿的性别。我们虽然错过了电影，并不表示我们不能想办法另外弄部影片来看看……”

夏洛特的眼睛睁得大大的。“你是指超声波？”

“为什么不？”我耸耸肩。

“安全吗？”

“绝对安全。”我朝她咧嘴一笑，“拜托，夏洛特。你有什么好损失的？”

五分钟后，我们置身于珍妮的超声波室里。夏洛特已经把衬衫拉到胸罩下方，裤子也往下拉到下腹部。我把凝胶涂抹在她肚子上，她尖叫了起来。“抱歉，”我说，“我知道凝胶太冰凉了。”然后我拿起超声波传感器，移到她的皮肤上。

你的影像浮现在屏幕上，就像浮出水面的美人鱼：先是一片黑，然后慢慢凝聚成我们可以辨识的影像。我们看到你的头、脊椎骨、你的小手。

我把传感器快速移至你的双腿之间。通常蜷缩在子宫内的胎儿，腿骨都是交叠的，但你的脚底却碰在一起，双腿形成一个圆圈。我看到的第一处断骨是股骨。它出现棱角，剧烈弯曲，而不是直的。我在胫骨处看到一道黑线，那是新的裂痕。

“如何？”夏洛特开心地说，她伸长脖子，注视屏幕，“我什么时候可以看见我们家的小宝贝？”

我吞咽了一口口水，把传感器往上移动，看到了你的桶形胸，以及出现串珠变化的肋骨。这里有五个正在愈合的裂痕。

我开始觉得整个房间在旋转。我仍握着超声波传感器，弯身向前，把头埋在双膝之间。“派普？”夏洛特用双肘撑起身子。

我在医学院里学过有关成骨不全症的知识，但从未亲眼见过任何案例。关于成骨不全症，我所记得的都是一些胚胎的照片，里头有像你一样的骨头裂痕。那些胚胎都是出生或出生后不久就死亡。

“派普？”夏洛特又叫了我一次，“你还好吗？”

我直起身子，深吸了一口气。“我很好，”我出现破音，“可是夏洛特……你的女儿并不好。”

西恩

我第一次听到“成骨不全症”这个字眼，是派普和夏洛特在派普的办公室里做完那场临时起意的超声波之后，派普开车送夏洛特回家来，当时的夏洛特情绪很歇斯底里。夏洛特在我臂弯里啜泣，我则试着理解派普向我轰炸的一连串名词：胶原蛋白不足，骨头形成棱角且厚度增加，肋骨出现串珠变化。她已经打电话给一名同事，戴尔索医生，她是医院里的高风险母胎医学医师。我们约好在早上七点半进行另一次超声波检查。

当时我才刚下班——因为整个下午和晚上都在下雨，所以我们进行了一场如噩梦般的交通管制。我才刚淋浴完，头发还是湿的，衬衫还贴在湿湿的背部皮肤上。艾米莉亚在楼上我们的房间里看电视，我正拿着一盒冰激凌，用汤匙直接挖起来吃。这时候派普与夏洛特走进屋里来。“糟糕，”我说，“被你当场逮到了。”这时我才发现夏洛特正在哭泣。

一个再普通不过的日子，往往会在眨眼之间就变成最不平凡的。我每次都会觉得很不可思议。例如，一名母亲前一秒钟正把玩具拿给坐在后座的小婴孩，下一秒钟就发生严重的汽车事故。或者那名参加兄弟会的大学男生还在走廊上灌着一瓶啤酒，我们便开车过去以性骚扰另一名学生的罪名逮捕他。一名太太一打开门，便见一名警员告知她丈夫死亡的消息。我的工作常让我置身于一种交接地带，目睹自己所知的世界突然变成意想不到的灾难。但在那之前，这些巨变都不曾发生在我身上。

我的喉咙像被塞了一排棉花。“情况有多糟？”

派普的目光飘开。“我不知道。”

“这个骨头不……”

“成骨不全症。”

“你要怎么把它治好？”

夏洛特已经从我臂弯里退回去，她哭肿了脸，双眼泛红。“我们无法治好。”她说。

那天晚上，派普离开后，夏洛特也陷入沉睡，我上网查询成骨不全症的资料。成骨不全症原本有四型，加上最近才被发现的三型，但是只有两型会在子宫里就显现出断骨。第二型的婴儿会在出生前或出生后不久便死亡。第三型婴儿会存活下来，但可能会有肋骨骨折，造成威胁生命的呼吸疾病。骨头变形的情况会愈来愈严重。这些孩子也许永远不能走路。

其他的字句开始跃上计算机屏幕。

缝间骨。鳕鱼脊椎。骨髓内钉。

小骨架——有些人只会长到九十厘米高。

脊椎侧弯。听力丧失。

意外伤害之后的呼吸衰竭是最常见的死因。

由于成骨不全症是基因疾病，无法根治。

以及

在子宫内诊断出成骨不全症之后，大多数孕妇都会终止怀孕。

在这些信息下方是一张第二型成骨不全症死婴的照片。我目不转睛地盯着那打结的双脚，以及移位的躯干。我们的婴儿看起来就是这个样子吗？如果是，流产不是比较好？

一出现那个念头，我紧紧闭上眼睛，向上帝祈祷他刚刚没有听到我说的话。就算你出生时长了七个头和一条尾巴，我还是会爱你。就算你没机会呼吸或张开眼睛看我，我还是会爱你。我已经爱你了，我并不会因为你的骨头出了一些问题就停止爱你。

我很快地清除搜寻记录，这样夏洛特下次上网搜寻时就不会意外看到那张照片。我安静地上楼。我在黑暗中脱掉衣服，溜进床里，躺在你妈妈身边。当我用双臂环抱她时，她向我移近。我让我的手滑落在她隆起的肚子上，这时候你踢了一下，仿佛告诉我别担心，要我别相信任何一个刚刚读到的字。

隔天，经过另一次超声波与X光照射，戴尔索医生在她的办公室里和我们会面，讨论报告结果。“超声波显示小婴儿的头骨脱钙，”她解释，“她的长骨头低于平均值三个标准偏差，骨头有棱角且厚度增加，显示她同时具有愈合的断骨与新的断骨。这些迹象显示你们的孩子患有成骨不全症。”

我感觉夏洛特的手滑到我的手底下。

“根据我们看到多处骨折的事实，你们的孩子罹患的可能是第二或第三型成骨不全症。”

“第三型是否比第二型更糟？”夏洛特问道。我低头望着我的大腿，因为我已经知道答案了。

“第二型孩子通常在出生后就会死亡。第三型孩子具有重度身障，而且有时候会较早熟。”

夏洛特再度哭出泪。戴尔索医生递给她一盒面纸。

“我们很难判定婴儿究竟患有第二或第三型成骨不全症。有时候在第十六周可以用超声波检验出第二型，在第十六周检验出第三型。但是每个案例都不同，你们之前的超声波并未显示任何骨折。因此，我们无法提供你们完全准确的诊断，除了让你们知道，最好的结果是她的情况会很严重，而最坏的结果是她会死亡。”

我注视着她。“所以就算你认为是第二型，而且小孩子毫无生存的希望，还是有可能出现奇迹？”

“这种情况的确曾发生，”戴尔索医生说，“我曾读过一个案例，那对父母虽然被告知孩子可能会死亡，但还是选择继续怀孕，结果孩子出生后才知道是第三型。然而第三型的孩子仍然重度身障。他们一生中会有数百次的骨折。他们可能无法走路。可能会有呼吸问题、关节问题、骨头疼痛、肌肉无力、头骨与脊椎变形。”她踌躇了一下，“如果你们想考虑终止怀孕，有些机构可以帮助你们。”

当时夏洛特怀孕二十七周。哪个诊所会为怀孕二十七周的孕妇进行堕胎？

“我们无意考虑终止怀孕。”我说，然后我望着夏洛特，寻求她的确认，但是她正面对着医生。

“这里有第二型或第三型成骨不全症的婴儿出生过吗？”她问。

戴尔索医生点点头。“九年前。当时我还没有到这里来。”

“那个小婴儿出生时，断了几根骨头？”

“十根。”

夏洛特绽放了微笑，这是自从昨晚之后她首次微笑。“我的孩子只有七根，”她说，“所以情况已经比较好了，是吧？”

戴尔索医生犹豫了一下才说：“那个婴儿并没有存活下来。”

某天早晨，夏洛特的车子送修，换我带你去做物理治疗。一名亲切和善的女孩，齿缝很大，名叫莫莉或玛莉（我老是记不住），她让你在一颗大红球上保持平衡，你很喜欢。她要你做仰卧起坐，你不喜欢。每次你弯身坐起，压到你正在复原的肩胛骨，你就会紧咬住双唇，眼泪从你的眼角流下。我想你可能不知道自己正在流泪，但是观看这一幕十分钟之后，我再也受不了。我骗莫莉或玛莉说我们有另一个约诊，然后把你放在轮椅上。

你痛恨坐在轮椅里，我不怪你。最好有部合身的儿童轮椅，这样你才会感到舒适、安全、行动自如。但是一部儿童轮椅要价两千八百美元，而保险公司只愿意每五年支付一部。这阵子你所使用的轮椅是你两岁时适用的，可是你后来已经长大许多了。我无法想象七岁的你要如何挤进那部轮椅。

我在轮椅的背后画了一个粉红色的心，写上“小心轻放”的字样。我把你推向车子，把你抱到座椅上，然后将轮椅折叠起来，放进休旅车后座。我滑进驾驶座，从后视镜查看你的状况，你摇晃你酸痛的手臂。“爸爸，”你说，“我不要回去那里了。”

“我知道，宝贝。”

突然间，我知道该怎么做。我开车经过我们本来该下的高速公路出口，来到多佛镇的舒宜旅馆，花了六十九美元付清一间我不打算使用的房间的费用。你坐在轮椅上，我推着你来到室内游泳池。

星期二早上的室内游泳池空荡荡的。整个室内有浓浓的氯气味，散落在各处的六座躺椅，有着不同的破损状态。从天窗洒下的光线，使水面泛着跳跃的钻石光彩。一叠绿白条纹毛巾放在一座长椅上，上方有个标语：请为自己的安全负责。

“薇罗，”我说，“你和我要去游泳。”

你望着我。“妈妈说我不行，直到我的肩膀……”

“妈妈不在这里，她不会发现的，不是吗？”

你的脸上绽放出微笑。“我们的泳衣呢？”

“这个嘛，那是计划的一部分。如果我们回家去拿泳衣，妈妈就会知道事情不对劲，是不是？”我脱下T恤与球鞋，穿着一件褪色的四角裤，站在你面前，“我准备好了。”

你大笑起来，试着把衬衫拉到头上，但是你的手臂没办法举高。我帮你脱掉，然后把你的短裤脱下来，让你可以穿着内裤坐在轮椅里。你的内裤正面写着星期四，虽然今天是星期二。你的内裤背面是一张黄色的笑脸。

穿戴了四个月的人形石膏，使你的腿变得又细又白，瘦弱得撑不起你整个身子。但是我撑住你的腋下，让你走向水边，然后你在池畔的台阶上坐下。我从游泳池另一端的工具桶里拿了一件儿童救生衣，让你穿上。我用双臂抱着你，来到泳池中央。

“鱼每小时可以游六十八英里。”你说。你紧抓住我的肩膀。

“真是了不起。”

“人们最喜欢给金鱼取的名字是大白鲨。”你将一只手臂紧扣住我的脖子，“健怡可乐罐可以漂浮在游泳池水面上。一般的可乐会沉下去……”

“薇罗，”我说，“我知道你很紧张。但是如果你不把嘴巴闭上，就会吃到很多水。”然后我把你放开。

如我所预期的，你很紧张。你的手臂和双脚开始打转，整个结合的力道使你仰翻，你拍打出水花，眼睛盯着天花板。“爸爸！爸爸！我快淹死了！”

“你不会淹死的。”我把你的身子扶正，“全都要靠那些腹部肌肉。你今天在物理治疗时不想使用的肌肉。试着慢慢移动，让身子保持直立。”这次我用较温和的方式将你慢慢放开。

你上下浮动着，嘴巴沉到水面下。我立刻扑上去要救你，但是你让自己直起身子。“我可以。”你说，可能是对我说，也可能是对你自己说。你用一只手在水中划动前进，然后用另一只手，平衡仍在复原的肩膀。你在水中做踩单车的动作。慢慢地，你向我靠近。“爸爸！”你大喊着，虽然我只离你两英尺远。“爸爸！你看我！”

我看着你一英寸一英寸地向前移动。“看看你，”我说，我看着你承受着自己信念的重量而划水前进，“看看你！”

“西恩，”那天晚上当我以为夏洛特已经在我身边睡着时，夏洛特开口说，“玛琳·盖兹今天打电话来。”

我在我这一边的床上盯着墙壁。我知道律师为什么会打电话给夏洛特：因为我并没有回复她在我手机上的六个留言，问我是否寄回提出不当出生控诉的签名同意书，或者那些文件寄丢了。

我很清楚那些文件在哪里：在我车子的置物箱里。夏洛特在一个月前交给我之后，我就把它塞在那里面。“我会处理。”我说。

她的手轻搭在我肩上。“西恩……”

我翻身仰躺。“你记得艾德·盖特威吗？”

“艾德？”

“是啊。和我一起从警察学院毕业的那个家伙。他在纳舒厄镇值勤。上星期他接到民众报案电话，说邻居有可疑的活动。他对他的伙伴说他有不祥的预感，可是等他进屋去时，厨房的制毒设备不巧当着他的脸爆炸。”

“多惨啊……”

“我的重点是，”我打断她的话，“人永远都要倾听自己的直觉。”

“我是啊，”夏洛特说，“我的确如此。你听到玛琳说的了。大部分这类的案件都是庭外和解。是为了钱。有那些钱，我们才能让薇罗过好日子。”

“没错，而派普成为牺牲的祭品。”

夏洛特沉默。“她有医疗不当的保险理赔。”

“我不认为那可以保护她不受最好的朋友在背后捅一刀。”

她拉起棉被，在床上坐起身。“如果为了她的女儿，她也会这么做。”

我直视着她。“我认为她不会这么做。我认为大部分的人都不会这么做。”

“我不在乎别人怎么想。薇罗的意见才是唯一重要的。”夏洛特说。

我当下便明白，这就是为什么我至今尚未签下那些该死的文件。就像夏洛特一样，我只想到你。我想到你发现我不是穿着闪亮盔甲的骑士的那一刻。我知道这终将发生——成长就是这么一回事。但我不想加速事情的发生。我想尽可能让你信任我愈久愈好，我要当你心目中的冠军。

“如果薇罗的意见是唯一重要的，”我说，“那么你要如何向她解释你所做的一切？我的意思是，难道你想在证人席上撒谎，说你会堕胎不要她？随便你。但是对薇罗来说，这听起来似乎是真的。”

眼泪涌上夏洛特的双眼。“她很聪明。她会明白，表面上看起来如何，一点也不重要。她内心深处清楚知道我爱她。”

这是个两难的僵局。我拒绝签署这些文件，并不表示夏洛特不会径自去打官司。如果我拒绝签署这些文件，我和夏洛特之间的裂痕也会伤害到你。但万一夏洛特的预言成真——万一我们所得到的赔偿金额可以让你生活无虞，最终可以弥补我们为了拿到钱所犯的错——那该怎么办？万一这场官司让你可以得到任何你所需要的残障辅助器材，以及不在保险理赔范围里的治疗？

如果我真的为你最好的利益着想，我怎能签署这些文件？

我又怎能不签？

突然，我想让夏洛特了解我的内心是如何被这些念头撕扯。我要她感觉到每次我打开行李箱时看到那些文件时的内心纠结。就像潘多拉的盒子般，她已经打开它了，而从里面跳出来的并不是难题的解答，而且这个难题可能永远无法解答。然而现在连忙把盖子盖上也无济于事。我们不可能忘却那些我们已经知道会发生的事。

我想如果我够诚实，我会想惩罚她让我置身这种情势当中，这里没有黑与白，只有一千种不同的灰。

当我抓住她、亲吻她时，她很惊讶。起初她有些退缩，注视着我，然后她靠向我的身体，信任我会带她走向去了上千次的温存之路。“我爱你，”我说，“你相信我说的吗？”

夏洛特点点头。她一点头，我立刻紧抓住她的头发，把她的头往后扯，将她压在床垫上。“西恩，你会把我压伤。”她低声地说。我用一只手捂住她的嘴，用另一只手粗暴地扯掉她的睡裤。我强势地进入她体内，虽然她不断挣扎，虽然我看到她的背部因为惊讶甚至疼痛而弓曲，虽然她眼里充满泪水。“表面上看起来如何，根本不重要，”我低声地说。她自己说过的话，像鞭子般鞭打着她。“你内心深处清楚知道我爱你。”

我一开始本来是想让夏洛特心里不好受，但最后反而连我自己也不好受。于是我翻离她的身体，穿起我的四角裤。夏洛特别过头去，蜷成一个球。“你这个混账，”她啜泣着，“你这个该死的混账。”

她说的没错，我是该死的混账。我必须是，否则我无法做出接下来的举动：走出屋外，到车上去拿置物箱里的那些文件。我整晚都坐在漆黑的厨房里，盯着那些文件，仿佛里头的字句会自动排列成较令人接受的文意。玛琳·盖兹在每个我该签名的地方都贴上一个黄色小标签，我每签完一处，就得猛灌一口威士忌。

我在厨房餐桌旁睡着了，天还没亮就醒来。当我蹑手蹑脚走进卧房，夏洛特仍在睡觉。她睡在她那侧的床上，身子蜷得像蜗牛，床单和棉被滚到床尾。我轻柔地把棉被盖在夏洛特身上，就像你踢被时我会替你盖上一般。

我把全部都签好的文件放在她旁边的枕头上。我在文件上面贴了一张字条。我很抱歉。我写道。原谅我。

然后我开车上班，一路上都在想，这个道歉的信息是留给夏洛特、留给你，还是留给我自己？

艾米莉亚
二〇〇七年八月底

我们住在郊区。虽然我父母认为这样对我日后的生活有极大的好处（为什么？因为我可以知道新鲜的青草气味是如何？因为我们不必锁前门？），我还是希望在定居的事情上，我能有投票权。连爱斯基摩人都有宽带网络可使用，而我们家却没有，你知道那种感受如何吗？我们也只能在沃尔玛大卖场买衣服，因为离家最近的购物中心要开车一个半小时才能到达。去年上社会课时，我们讲到残酷与不寻常的惩罚，我写了一整篇作文，论述住在完全没有零售购物机会的地区。虽然全班都同意我的看法，我还是只得到B，因为我的老师是那种会穿柏肯鞋的嬉皮，他认为新罕布什尔州的班克顿镇是全世界最好的地方。

不过，今天所有的行星想必都排成一排了，因为我妈妈居然答应带着你我和派普及埃玛一起开车到购物中心。

这是派普的主意——每次开学之前，她偶尔会决定来一场母女的购物历险。我妈妈通常都要被说服个老半天才肯一起去，因为我们似乎没有足够的现金。每次到最后派普总是会替我买东西，我妈妈会觉得很歉疚，发誓她再也不和派普一起购物了。有什么大不了的？派普总是说。我喜欢让女孩们开心。到底有什么大不了的？派普想要把我的衣柜装满，我不会剥夺她这个小小的乐趣。

不过，派普今早打电话来的时候，我以为妈妈会把握这个机会。你又一次发现长得太快以至于鞋子穿不下的情况，虽然你一次都没穿过那双鞋。通常都是其中一只穿不下——左脚已经习惯鞋子，但右脚穿了好几个月的石膏鞋——但是今年春天你穿的是人形石膏衣，你的两只脚整整大了一号，而你旧鞋的鞋底根本没有磨损。六个月后的此时，当你正式再度学习走路时，妈妈花了一个星期的时间才明白每次她要你用助步器自己走到浴室时，为什么你都会畏缩，原来并不是和你双脚的疼痛有关，而是因为你的脚被塞进太紧的球鞋里。

出乎我意外地，妈妈居然不想去。她陷入一种很奇怪的情绪。早上她一边喝咖啡，一边阅读一些看起来很无聊的法律文件，里面充满了“案由”与“无论谁”等字眼。当时我突然出现在她身后，她吓了一大跳。派普打电话来时，我把电话交给她，妈妈居然把电话掉落了两次。“我不行，”我听见她告诉派普，“我有一些非常重要的事情得去办。”

“拜托，妈妈？”我在她面前跳动，“我保证，这次我连一条口香糖都不会从派普那里拿。不会像上次一样。”

我说的话一定触动她的心弦，因为她低头望着那些文件，然后抬头看着我。“上次。”她心不在焉地重复，而接下来我所知道的，就是我们出发去康克德郡购物。我妈妈仍然有点不太对劲，但我并没有注意到。派普的休旅车有光盘播放系统，你和埃玛和我都戴上无线耳机，所以我们可以听到目前为止最好看的电影《女人三十》。上次我看这部电影是在我们家，派普跟着电影女主角珍妮弗·加纳一起跳迈克尔·杰克逊的《战栗》，惹得埃玛宣称她当场羞愤得想死掉，虽然我私底下觉得派普还记得所有的舞步实在很酷。

两小时后，埃玛和我便穿梭在青少年服饰区。虽然大部分的样式似乎都是性感剪裁，例如V字领开到肚脐眼，裤子的腰很低，几乎快变成及膝的袜子了。可是能够在不是童装区的地方购物，仍然令人觉得很兴奋。走道的那一边，派普推着你的轮椅，穿梭在完全不是为身障人士设计的走道之间。同时，我那心情更加恶劣的妈妈跪下来，为你试穿鞋子。“你知道鞋带末端那些塑料的小东西叫作扣饰吗？”你问。

“其实我知道，”她有点恼怒地说，“因为上次我们试穿鞋子时，你已经告诉我了。”

我看着埃玛踮起脚尖拿下一件上衣，如果是我妈妈就会说这件上衣太招摇了。“埃玛！”我说，“你不是开玩笑吧？”

“穿这件衣服时可以搭配紧身衣。”她说，而我假装自己早就知道了。事实上，埃玛也许穿上那件衣服后看起来像十六岁，因为她已经一百六十五厘米高，像她妈妈一样又高又瘦。我并没有穿紧身衣。我的肚子比胸部还突出，实在令人觉得很沮丧。

我把手伸进汗衫口袋里，里面有个食物保鲜袋。过去一星期我都随身带着这些袋子。我已经有两次在不是厕所的地方觉得想吐，一次是在学校体育馆，一次是在埃玛家的厨房里，当时埃玛正上楼去找一张CD。我常常一直忍到满脑子所想的是——我会被发现吗？这会停止我的肚子痛吗？——而唯一让这念头消失的方法就是屈服，开始呕吐，只是每次呕吐完后，我却又痛恨自己没有忍住。

“你穿这件会很好看。”埃玛拿起一件大得连大象都穿得下的运动裤。

“我不喜欢黄色。”我说，然后我走到走道的另一端。

派普正在讲话，妈妈就在派普的身边。然而她却有点恍神，虽然点头的时机都对，但并没有认真在听。她以为她骗得了人，但她的演技并不佳。就以你为例。她和爸爸为了要不要请律师的事情吵了多少回，而且当时你人就在隔壁房间。可是等到你问他们为什么吵架，她却坚持他们没吵架。她真的以为你那么专心看电视，一个字都没听到？

我希望她能注意听。我希望她能听到每次我们睡觉前你问我的话：艾米莉亚，我们全家会永远住在这里吗？艾米莉亚，你能帮我刷牙吗，我不想让妈妈帮我？艾米莉亚，爸爸妈妈要把我们送回原来的地方吗？

当我发现自己盯着镜子里我丑恶的脸，以及更丑恶的身体时，会很奇怪吗？我妈妈将要到律师那里控告一个不完美的孩子。

“埃玛在哪里？”

“在青少年服饰区，她在找上衣。”

“她找的是得体合宜的上衣，还是看起来像色情广告上的那种紧身上衣？”派普问道，“他们替你们这种年纪孩子制造的一些衣服，实在暴露得不像话，肯定不合法。”

我大笑。“埃玛可以请个律师啊！我们知道一个不错的律师。”

“艾米莉亚！”我妈妈大叫，“看看你让我干了什么！”但她说完这句话才把一排上衣推倒了。

“噢，糟了。”派普赶紧去抓住衣架。我妈妈越过派普的头顶，示意我住嘴。

她对我生气，而我甚至不晓得为什么。我穿越成堆的少女服饰，张开双臂去擦摩那些裤脚与衣袖。当我再度经过埃玛身边时，我低下头。我做错了什么事？

话说回来，我有什么事情是没做错的？

她似乎是气我在派普面前提起律师的事情。但派普是她最好的朋友。这件官司在我们家是重要的大事，就像餐桌上的恐龙，让人无法视而不见，我们全都假装它那黏呼呼的大脸没有埋进马铃薯泥里。她不可能忘了向派普提起这件事吧？

除非……她是故意不提。

这就是为什么她不想和派普一起购物吗？为什么最近我们开车到派普家附近时，都不像从前那样去她家暂停一下呢？为什么妈妈谈到损害赔偿，用那笔钱来对你做最好的照顾，但我却没听到这场官司要控告的是谁呢？

如果是要控告她怀孕期间的看诊医生……那就是派普啊！

突然间，我不是我妈妈生命中唯一让她感到失望的人。但是我丝毫没有松了一口气的感觉，而是觉得头晕。

我站起来，茫然地一直转弯，直到发现自己站在内衣区。这时我已经哭出来了，巧的是，该楼层除了收银员以外的唯一店员正好站在我面前。“亲爱的，”她问道，“你还好吗？你迷路了吗？”

仿佛我是和妈妈走散的五岁孩子似的。不过，意思其实也差不多啦。

“我很好，”我低下头，“谢谢。”我快速经过她身边，穿越一大堆胸罩，袖子勾到其中一件。那是粉红色的丝质胸罩，上头有棕色的小圆点。它看起来就像埃玛会穿的东西。

我并没有把它挂回衣架，而是塞进口袋里，放在食物保鲜袋旁边。我用手指盖住它，观察那名店员是否正在注视。我手指之间的丝缎冰凉凉的。我发誓它正在跳动，仿佛暗地里的心跳。

“你确定你还好吗？”那名女店员又问一次。

“很好。”我说这个谎话极其自然，让我想起，虽然我现在很痛恨我的妈妈，我仍是她的女儿。

派普
二〇〇七年九月

我常说，我的工作最大的优点是我不必出劳力：劳力是留给准妈妈们出，我基本上只需监控，让事情发展顺利即可。

“好的，莱拉，”我将手从她双腿间移开，“你现在开了十厘米。差不多快了。现在你必须用点力。”

她摇摇头。“你来。”她低声地说。

她已经分娩了十九小时，我完全了解为什么她会要推掉这个工作。

“你真美。”她丈夫轻声地说，他撑住她的肩膀。

“你真是满嘴废话。”莱拉愤怒地说，可是一阵阵痛像一张网般将她罩住，她克服了之后，继续用力推。我可以看到婴儿的头愈移愈近，我举起手，避免它绷出得太快，而撕裂会阴部。“再一次。”我催促着。这一次，婴儿的头像一股浪潮般往前冲，当嘴巴与鼻子冲破莱拉的皮膜时，我趁机把小婴儿抽引出来。头部的其他部分生出来了，我松脱覆在小婴儿身上的脐带，托住他，把小婴儿翻转过来，控制他的双肩。五秒钟后，小婴儿就被我捧在掌心。“是个男孩。”我说。这时他发出健康洪亮的哭声，宣布他的到来。

脐带已经绑紧了，莱拉的丈夫割断脐带。“噢，宝贝。”他亲吻莱拉的嘴。

“噢，宝贝。”莱拉也应声。接生护士将她的新生儿放进她臂弯里。

我微笑着，回到我在分娩椅脚边的位置。现在该是这场快乐事件最无趣的部分：等待胎盘像个迟到的宾客般自己出现。检查阴道、子宫颈、阴门是否有撕裂，并做必要的修补，进行肛门指诊。说实话，通常父母们在新生儿报到时都太全神贯注，以至于有些产妇甚至没注意腰部以下发生什么事。

十分钟后，我祝福这对夫妇，拿掉手套，洗手，走出产房，开始填写一大堆文件。我踏出产房门口不到两步，一名穿着牛仔裤与休闲衫的男子便走过来。他看起来像是迷路了，应该是一名新生儿的父亲想在产房里找生产的妻子。“我能帮忙吗？”我问。

“你是芮斯医生吗？派普·芮斯医生？”

“就是我。”

他从后口袋里拿出像是一叠蓝色小册子的东西，交给我。“谢谢。”他说，然后便走开了。

我打开文件，看到不当出生控诉几个字。

> 一名不健康孩子的出生。
>
> 被告的疏忽，以至于剥夺父母不受孕或防止孩子出生的权利，而父母有权追诉。
>
> 医疗疏忽。
>
> 被告未尽恰当的照护之责。
>
> 原告承受伤害或损失。

虽然我从来没有被告过，但我像其他每位妇产科医生一样，拥有医疗不当保险。我知道我还没遇过官司是全然的运气，我知道官司的发生是迟早的事。我只是没有想到会感到这么耻辱。

我的执业生涯中当然也有悲剧发生——胎儿流产，母亲在分娩过程中出现并发症而大量失血，甚至脑死。我每天都将这些意外牢记在心，我不需要官司来让我一再反复思索这些意外，思索自己当时还能采取什么不同的举动。

究竟是哪一件灾难导致这项控诉？我的目光扫描文件的顶端，读出提告人的名字，那是我第一次没看清楚的。

西恩与夏洛特·欧基夫v. 派普·芮斯

突然间我看不见东西。我双眼与文件之间的空间染成红色，就像在我耳朵里撞击的血液一般，我听不见一名护士问我怎么了。我摇摇晃晃地走下走廊，来到我所能找到的第一扇门——我走进一个储藏柜，上面装满了纱布和被单。

我最好的朋友竟然控告我医疗不当。

理由是不当出生。

为了我没有早一点告诉她有关你的疾病，好让她有机会可以堕胎，拿掉这个她求我帮她怀上的小孩。

我瘫坐在地板上，双手抱着头摇晃。一星期前，我们还一起带着女儿去塔吉特购物中心。我还请她们在意大利餐厅吃午餐。夏洛特试穿了一件黑裤子时，我们还取笑那些低腰裤，开玩笑说应该为超过四十岁的女人设计支撑式的底裤。我们还替埃玛及艾米莉亚买了同款睡衣。

当天我们七小时都在一起，而她都没有试图提起她将要控告我。

我从我腰间的小皮包里拿出手机，按下她的快捷键3。她的号码只排在我家和罗伯办公室之后。“喂？”夏洛特接起电话。

我花了一会儿时间才让自己说出话来。“这是怎么一回事？”

“是派普吗？”

“你怎么能这么做？这五年来一切都很好，为什么突然间你要控告我？”

“我真的不认为我们应该在电话上谈这件事……”

“拜托，夏洛特。你真的要控告我？我究竟对你做了什么事？”

此时出现一阵静默。“是为了你没有做的事。”夏洛特说，然后电话就断线了。

夏洛特的诊疗记录在我办公室里，离医院产房有十分钟的车程。我进办公室时，我的柜台接待小姐抬头看了我一眼。“我以为你去医院接生了。”她说。

“接生结束了。”我经过她身边，走进医疗档案室，拿出夏洛特的档案，然后走出办公室，回到车上。

我坐在驾驶座里，档案放在我大腿上。先不要把这件事想成是夏洛特控告我，我告诉自己，这只是任何其他的病人。但是当我试着逼自己打开边缘贴有闪亮标签的档案夹时，我还是办不到。

我开车来到罗伯的办公室。他是新罕布什尔州班克顿镇唯一的牙齿矫正医师，垄断青少年牙齿矫正市场，但是他还是努力让矫正牙齿变成儿童也很享受的体验。在办公室的一个角落是投影电视，播放着普及的青少年喜剧。诊所里还有个弹珠台与一台计算机，让病患可以玩电玩游戏。我走向他的接待小姐景子，“嗨，派普，”她说，“我想我们有整整六个月没见你来这里了……”

“我需要见罗伯，”我打断她的话，“现在就要。”我把手里的档案抓得更紧，“你能转告说我会在他办公室里等他吗？”

除了胚胎发展的石膏模型像一尊尊小佛像般点缀在书架上之外，我的办公室全都是海洋的颜色，为的是让孕妇放松心情。罗伯的办公室则不同，很华丽，镶嵌镜板，很阳刚。他有一张很大的桌子，花梨木材质的书柜，墙壁上挂着美国知名摄影师安索·亚当斯的作品。我坐进他的旋转皮椅，转了一圈。我感觉自己在这里很渺小。一点都不重要。

我做了一件过去两小时一直想做的事：哭出泪来。

“派普？”罗伯走进办公室看见我在哭泣，“怎么了？”他一下子就冲到我身边，闻起来有牙膏和咖啡的气味，他把我揽进怀中，“你还好吗？”

“我被控告了，”我努力说出话来，“被夏洛特控告。”

他倒抽一口气。“什么？”

“医疗不当。为了薇罗。”

“我不明白，”罗伯说，“她生产的时候你根本不在场。”

“这是有关生产之前发生的事。”我低头瞄了一眼扔在桌上的档案，“我的诊断。”

“但你的确诊断啦！你一发现问题，就把她转给医院了。”

“显然夏洛特认为我应该可以更早告诉她，这样她就可以堕胎了。”

罗伯摇摇头。“好吧，这实在太荒谬了。他们是虔诚的天主教徒。记得那次你和西恩开始争论罗伊诉韦德堕胎案，结果他气得离开餐厅吗？”

“那不重要。我有其他病人也是天主教徒。如果堕胎是选择之一，你还是可以做建议。你不用基于自己对当事人的假设而为他们做决定。”

罗伯犹豫了一下。“也许这场官司是关于金钱。”

“你会只为了赔偿金而毁掉最好朋友作为医生的信誉吗？”

罗伯低头望了一眼档案。“如果我够了解你的话，你一定在里面记录了夏洛特怀孕过程中的一切细节，是吧？”

“我不记得。”

“好吧，那么档案里写什么？”

“我……无法打开它。你帮我开，罗伯。”

“甜心，如果你不记得，也许是因为没有什么要记得的，这实在很疯狂。你只要看完档案，然后把它交给不当医疗的理赔保险公司。你就是为了这种事情才买保险的，对吧？”

我点点头。

“你想要我陪你吗？”

我摇摇头。“我没问题。”我说，虽然连我自己都不相信。当门在他身后关起来时，我深呼吸一口气，然后打开活页夹。我从最前面开始读起，那是夏洛特的诊疗记录。

我在心里对自己说，不要被我们的私人情谊给困扰了。

身高：一百五十七厘米

体重：六十五点八公斤

病人试图怀孕，一年来都未成功

我快速翻阅那张纸——证实怀孕的实验数据，艾滋病、梅毒、B型肝炎、贫血的血液检测，筛检细菌、血糖及蛋白质的尿液分析。一切都正常，直到血液筛检，以及唐氏症的风险增加。

第十八周的超声波是例行性怀孕检测的一部分，但我也用它来确认唐氏症。我当时是否太专注于留意唐氏症的迹象，因而没有想到要找找其他的不正常迹象？或是那里纯粹没有任何不正常迹象？

我注视超声波报告，仔细检查那些照片，看我是否疏忽了任何和骨折有关的迹象。我盯着她的脊椎、心脏、肋骨，以及长骨。罹患成骨不全症的胚胎也许在那个时间点会有骨折，但是骨头里的胶原缺乏会使骨折更难以辨视。你不能怪一个医生没有对各方面看起来都很正常的事情举起警戒红旗。

超声波报告的最后一张照片是胎儿的头骨。

我把双手放在那张纸的两侧，锁定一张看起来锐利清楚的脑部照片。

像水晶般清澈。

那并不是像我当时所以为的——因为我们新机器的质量很好——而是因为脱钙，使得头骨没有正确地钙化。

身为医生，我们被教导要寻找不正常之处，而不是看起来太完美的事情。

早在我知道你和你的疾病之前，我是否知道钙化的头骨是成骨不全症的注册商标？我是否应该要知道？我是否曾温柔地按在夏洛特的肚子上，检查胎儿的头骨是否能承受压力？我不记得了。我不记得任何事情，只记得告诉她说她的孩子似乎不会罹患唐氏症。

我不记得是否做了我该指示的检查。如果当时做了那些检查，如今就可被用来证明这不是我的错。

我伸手进小提包，拿出皮夹。在皮夹最底部，在一堆口香糖包装纸与药厂赠送的笔中间，埋着一叠用橡皮筋绑起来的名片，是我收集起来的。我一张张翻找，直到发现我在寻找的那张名片。我拿起罗伯的电话，拨了律师事务所的电话。

“布克、胡德与寇提斯法律事务所。”接待员说。

“我是你们医疗不当诉讼的客户，”我回答，“我想，我需要你们的协助。”

那天晚上我无法入睡。我走进浴室，盯着镜子里的自己，试着瞧瞧我看起来是否已经和今天早上不一样。你看得见写在脸上的疑惑吗？它会出现在眼睛或是嘴巴周围的细纹里？

罗伯和我决定不让埃玛知道发生什么事，至少等到有更具体的事情再说。我突然想到，既然现在开学了，艾米莉亚可能会提到什么事情，不过艾米莉亚也许也不晓得她爸妈在做什么。

我坐在马桶座上，望着月亮。圆满的橘色月亮，看起来像是不偏不倚落在窗台上。月光洒进浴室里，越过瓷砖地板，装满浴缸。天很快就要亮了，大家会期望我去上班照顾怀孕或试图怀孕的病人，但我已经对自己的判断没有把握了。

我很少这么难过到睡不着觉，少数的几次情况包括我父亲过世后，或是我办公室的主管从诊所里偷了几千美元，那几次我都是打电话给夏洛特。虽然我常常是半夜被紧急电话叫醒的，她却从来没有抱怨我这么对待她。她的反应仿佛她一直在等我的电话，虽然我知道她隔天有一千件事要为艾米莉亚和薇罗忙碌，她却会陪我熬夜好几个小时，什么都聊，直到我的脑子不再打转，让我得以放松休息。

我正在舔舐我的伤口，我想打电话给我最好的朋友。只不过这次我的伤口是她造成的。

一只长脚蜘蛛爬上墙壁。它让我几乎窒息。我所学过的物理与重力学知识告诉我，它应该会跌到地上。它爬得离天花板愈近，我的目光就愈被吸引。浴室壁纸已经开始剥落，靠近天花板的顶端已经翻翘起来，它便用两只脚攀住壁纸顶端。

我曾告诉罗伯一千遍，要他修整壁纸，他都当耳边风。但现在我注视着它——非常仔细看——我才发现我根本不喜欢这壁纸。我们需要的是个新的开始。一层完好崭新的壁漆。

不过大部分的壁纸仍然黏在墙壁上。

我对于撕掉壁纸这件事，究竟知道什么？

我究竟知道什么事情？

我需要一个蒸汽机。但我不可能在凌晨三点找到蒸汽机，所以我打开浴缸和洗脸台的水龙头，让热水流出，让蒸汽弥漫整个浴室。我试着用指甲抠着壁纸边缘，想把整道壁纸刮下来。

突然出现一阵冷空气。“你究竟在做什么？”罗伯站在走廊上问道，身影很朦胧。

“我想把壁纸剥掉。”

“大半夜里做这件事，派普？”他叹了口气。

“我睡不着。”

他关掉水龙头。“你必须试着睡觉。”罗伯牵着我回到卧室，我躺下来，把被子拉起来盖住自己。我蜷曲在我那一侧的床上，他则用手臂揽住我的腰。

“我可以重新整修浴室。”我低声地说，但他均匀的呼吸声显示他再度睡着了。

去年夏天，夏洛特和我花了一整天阅读了书店里的厨房与卫浴整修杂志。也许你应该走极简风格，夏洛特建议，然后翻页，法国普罗旺斯风格如何？

弄个电动浴缸吧？她建议。一个免冶马桶。以及有暖气的毛巾架。

我大笑。而且要去办第二个抵押贷款？

当我在法律事务所与盖伊・布克见面时，他是否会要一份这个屋子的物品清单？我们的共同基金、退休账户。以及埃玛的大学学费储蓄，以及所有其他资产，全都会被拿去做赔偿？

我决定明天要去弄一部蒸汽机。以及剥除壁纸所需要的所有工具。我要自己修理。

“我想我疏忽了。”我坦承。我坐在盖伊・布克的对面，中间隔着一张光亮且气势宏伟的会议桌。

我的律师让我想起老牌男星加里・格兰特——满头白发，只有鬓边有一撮黑发，剪裁合身的西装，甚至包括他下巴的短髭。“我来帮你做判断？”他说。

他告诉我，他有二十天的时间可以针对我被告的罪名提出答案——也就是法庭的正式诉状。“你说成骨不全症可在怀孕第二十周时诊断出来？”他问。

“是的——可以用超声波诊断出会致命的那一型成骨不全症。”

“可是病患的女儿存活下来了。”

“没错。”我说。谢天谢地。

我喜欢他指称夏洛特为“病患”。这使整件事更具临床性。它让我和夏洛特的距离再更远一步。

“所以她得的是严重的第三型。”

“是的。”

他再度翻阅档案。“她的股骨大小占总体胎儿排名的第六百分位？”

“是的，里面有记载。”

“但它不是成骨不全症的明确标记吧？”

“它可以指各种事情。唐氏症，骨骼发育不良……父母矮小，或者我们测量错了。很多胚胎在第十八周的标准偏差也像薇罗一样，但后来都非常健康。要再做一次超声波，发现数值远远落后正常标准，我们才知道那是不正常情况。”

“所以你的建议会是无论如何都等着看看后来情况如何？”

我注视着他。这么说的话，我似乎并没有犯错。“但是头骨，”我说，“我的助手指出……”

“她是否跟你说，她觉得可能有医学上的问题？”

“没有，但是……”

“她说那是一张脑部非常清楚的照片。”他抬头望着我，“是的，你的超声波检验员要你留意某个不寻常的地方——但那并不一定是个症状。也有可能是机器出了机械问题，或者是传感器的位置，或者纯粹就只是一张照得很清楚的好照片。”

“但它并不是，”我说。我感觉泪水在我喉咙后头抓耙，“那是成骨不全症，而我错失了判读。”

“你所说的程序，并不是判定成骨不全症的决定性检测。或者换句话说，如果病人看的是另一名医生，而不是你，也会发生同样的事。那不是医疗不当，派普。那是父母的酸葡萄心理。”盖伊皱眉，“你知道有哪个医生会因为第十八周的超声波出现脱钙、较短的股骨以及无明显骨折的情形，就判定婴儿罹患成骨不全症？”

我低头瞄了一眼桌子。我几乎可以看见自己的倒影。“不，”我承认，“但是他们是可以送夏洛特去做进一步检验——更先进的超声波，以及绒毛采样。”

“你已经向病患建议做进一步的检验，”盖伊指出，“当她的血液筛检报告指出她很有可能生出唐氏症的孩子时。”

我与他四目相接。

“你那时建议做羊膜穿刺，不是吗？她的回应是什么？”

自从我接到那个蓝色小档案之后，这是我首次觉得胸中的结被解开了。“她说无论如何她都要把薇罗生下来。”

“很好，芮斯医生，”律师说，“在我听来，这根本无法构成不当出生官司。”

夏洛特

我开始常常说谎。

起初只是一些善意的小谎言：当牙医诊所的接待助理喊了我三次而我却没听见，对方问我“这位太太，您还好吗”时，我会撒谎回答我很好。或是当电访员打电话来，我说我太忙了，没办法接受电话调查，但其实我正坐在厨房餐桌旁望着天空。然后我开始殷切地撒谎。我会为了晚餐而烤个东西，但却完全忘了它在烤箱里。我把事情告诉西恩，他仔细观看那些焦炭，才辨识出那是超市进货时粗糙切割的肉块。当邻居问候我们时，我会向他们微笑，告诉他们说我们好极了。当你的幼儿园老师打电话来，说发生了一件意外，要我立刻到学校去，我会假装我不晓得你会为了什么事情而不开心。

当我抵达学校时，你正在空荡荡的教室里，坐在华金斯老师桌旁的小椅子上。上公立学校之前的过渡阶段，并没有我所预期的那么理想。没错，你是拥有一位全天候的看护，由新罕布什尔州付钱聘请的，但我却得事事都为你争取——例如让你独自上厕所的权利，或是在游戏不是很吃力、不会让你有骨折的危险时，让你在体育课里让其他同学互动一下。好消息是，这种事可以让我暂时不用想到官司。坏消息是，我不准留下来确保你一切没问题。你被安排到一个新教室，那里的孩子都不认识你，也不知道你患有成骨不全症。你第一天上学回家后，我问你在学校情况如何，你告诉我说你和马莎如何玩积木，以及你们在玩夺旗之战时被分到同一队。我很高兴听到有关这位新朋友的事，我问你是否想请她到家里来。“我想她可能没办法，妈，”你告诉我，“她必须回家替家人煮晚餐。”

就我所知，你在这个班上交到的唯一朋友，就是你的看护。

当我和老师握手时，你朝我眨眨眼，但却没有开口说话。“嗨，薇罗，”我坐到你身边，“我听说你今天有个小麻烦。”

“你想告诉妈妈发生了什么事吗？或是让我来说？”华金斯老师说。

你交叉双臂，摇摇头。

“今天早上，两个小朋友邀请薇罗一起玩隐形朋友的游戏。”

我听了着实高兴。“但是——那很好呀！薇罗很喜欢假扮的游戏。”我转向你，“你假扮动物吗？或者医生？或是太空探险家？”

“他们在玩扮家家酒，”华金斯老师解释，“凯希蒂扮演妈妈，丹尼尔扮演爸爸……”

“他们要我扮演小婴儿，”你忍不住说话了，“我才不是小婴儿。”

“薇罗对她的体型大小非常敏感，”我解释，“我们更愿意形容她是节省空间，而不是矮小。”

“妈，他们一直说因为我是最矮的，所以我必须当小婴儿。可是我不想当小婴儿，我要当爸爸。”

我看得出来，华金斯老师也是第一次听到。“爸爸？”我说，“为什么你不想当妈妈呢？”

“因为妈妈们都会到厕所里哭，而且打开水龙头，不让别人听到自己在哭。”

华金斯老师注视着我。“欧基夫太太，”她说，“我们到外头去谈谈吧？”

开车回家的路上，我们整整五分钟都保持沉默。“你不该在凯希蒂要去拿点心、经过你身边时，故意绊倒她。”虽然我必须要赞扬你的创意，你平常很难在不伤到自己的情况下伤害别人，而这招算是很高明，虽然有点坏心眼。“薇罗，你最不该做的事，就是让华金斯老师在开学第一个星期就认为你是爱惹麻烦的人。”

我并没有告诉你，当我们到教室走廊时，华金斯老师问我说家里是否发生什么事，才让你表现出在学校的这种行为，我只好尽全力说谎。“没有，”假装思考了一会儿之后，我回答，“我无法想象她是从哪里得来那种印象的。但话说回来，薇罗的想象力向来很丰富。”

“你说呢？”我仍然等着你承认你做了不该做的事，“你有什么话要说？”

我瞄了一眼后视镜，看看你的反应。你点点头，眼眶盈满泪水。“请不要把我丢掉，妈妈。”

如果我当时不是因为红灯而停下来，我可能早就撞上前面那辆车子了。你窄小的肩膀正在颤抖，你正流着鼻水。“我会变得更好，”你说，“我会很完美。”

“噢，薇罗，亲爱的。你已经是完美的了。”我觉得自己被安全带困住，被等候变绿灯的十秒钟给困住。绿灯一亮，我就转进第一条看到的小街。我将车子熄火，滑进后座，把你从安全座椅上抱下来。这个安全座椅已经改造过了，就像你的婴儿车床一样——这个安全座椅是直立的，但是安全带的部分包上了泡棉，否则就连刹车都会造成你的骨折。我轻柔地帮你解开，用双臂抱着你，轻轻摇晃。

我并没有和你谈过官司的事情。我告诉自己，我要试着尽可能让你保持无知的幸福，愈久愈好，正如我为什么不告诉华金斯老师这件事一样。但是我愈是拖延这场对话，你就愈有可能从同学那里得知这个消息，而我不能让这种事情发生。

我真的是在试图保护你吗？或者我只是在保护我自己？我是否会在距今几个月后、当我们之间出现纷扰时，回想起现在这个时刻：是的，我们坐在艾波顿街上，一棵糖枫树下，就从那个时刻起，我的女儿开始恨我。

“薇罗，”我说，我的喉咙突然变得很干，无法吞咽口水，“如果说谁调皮捣蛋，那个人其实是我。你记不记得你在迪士尼乐园跌断骨头之后，我们去找一位律师？”

“那个男的，还是女的？”

“那个女的。她要帮我们。”

你眨眨眼。“帮助我们什么？”

我踌躇着。我该怎么向一个五岁孩子解释法律制度？“你知道为什么要有规定吗？”我说，“在家中或在学校，如果有人破坏规定，该怎么办？”

“他们会被罚站。”

“很好，大人也有规定，”我说，“例如，不可以伤害别人。不可以拿走不属于自己的东西。如果破坏规定，就会被惩罚。如果有人破坏规定，因此伤害了你，律师可以帮忙。律师可以确保做错事的人要负起责任。”

“就像艾米莉亚偷走我的亮光指甲油，而你要她用当保姆赚的零用钱买一瓶新的给我？”

“没错。”我说。

你的眼眶再度盈满泪水。“我破坏了学校的规定，所以律师要逼我搬出家里，是不是？”你说。

“没有人要搬家，”我语气坚定地说，“尤其不会是你。你并没有破坏规定。是别人破坏规定。”

“是爸爸吗？”你问，“所以他不希望你去找律师？”

我盯着你。“你听到我们谈话了？”

“我听到你们大喊！”

“不是爸爸破坏规定，也不是艾米莉亚。”我深吸了一口气，“是派普。”

“派普从我们家里偷了东西？”

“这就是事情复杂的地方，”我说，“她并没有偷东西，例如电视或手链之类的。她只是没有把该说的事情告诉我。某件很重要的事情。”

你低头盯着你的大腿。“是关于我的事，对吧？”

“是的，”我说，“但不会有任何事情能改变我对你的感受。这个星球上只有一个薇罗·欧基夫，我很幸运得到你。”我亲吻你的额头，因为我不够勇敢，无法直视你的眼睛。“不过，这整件事很好笑，”我说。我的声音纠结着一串泪珠，“为了让这个律师帮助我们，我必须玩个游戏。我必须说一些言不由衷的话。如果你不晓得我是在演戏，那么你听到这些事情时，有可能心里会受伤。”

此刻我仔细端详你的脸，看你是否听懂我的话。“就像某人在电视上被枪打到，但实际生活中并没有受伤？”你说。

“没错，”我说。那些都是假的子弹，但为什么我仍然觉得自己的血正在涌出？“你会听到一些事情，也许读到一些事情，你可能会心想，我妈妈绝对不会那样说。你会是对的。因为当我上了法庭，和律师说话时，我假装是另一个人，虽然我看起来一样，声音听起来也一样。我可能会欺骗世界上其他所有人，但我不想骗你。”

你抬头朝我眨眼睛。“我们可以练习吗？”

“练习什么？”

“这样我就可以分辨你到底是不是在演戏。”

我倒抽一口气。“好的，”我说，“你今天绊倒凯希蒂是绝对正确的。”

你认真地盯着我。“你在说谎。我希望你没有说谎，但你的确说谎。”

“很好。华金斯老师必须修剪一下她的一字眉。”

你脸上泛起一抹微笑。“这个问题有陷阱，但你还是在说谎，因为就算她看起来真的很像双眼之间有一只毛毛虫，会大声说出来的应该是艾米莉亚，而不是你。”

我忍不住大笑出来。“你说得一点都没错，薇罗。”

“是真的！”

“但我什么都没说啊？”

“你不必为了说我爱你而说我爱你，”你耸耸肩，“你只需说我的名字，我就知道了。”

“你怎么知道？”

当我低头看着你时，我从你眼睛的形状与微笑的光彩中看到自己，我很震惊。“你说一次凯辛迪的名字。”

“凯辛迪。”

“说……厄苏拉。”

“厄苏拉。”我学着她说话。

“现在……”你指指自己的胸膛。

“薇罗。”

“你听不出来吗？”你说，“当你爱着某人，你说那个人的名字时会很不一样，仿佛对方的名字在你嘴里是很安全的。”

“薇罗，”我重复念着你的名字，感觉辅音与元音的摆荡与缓冲。你是对的吗？它是否能淹没其他我必须说的话？“薇罗，薇罗，薇罗。”我轻唱着，像一首摇篮曲，像一个降落伞，仿佛我可以为你挡掉即将袭来的纷扰与伤害。

玛琳
二〇〇七年十月

你一定想象不到，一场民事诉讼竟要花掉大家这么多时间，而且耗掉的纸量不晓得要砍伐多少树木。有一次，在一场控告神父性骚扰的官司中，我一连三天都坐在那里聆听一名心理医生的证词。第一个问题是：心理学是什么？第二个问题是：社会学是什么？第三个问题是：弗洛伊德是谁？那名专家每小时的薪资是三百五十美元，所以他想尽量占用时间，才能多赚一点钱。我想，在我们最后终于将他的答案采用在记录中之前，三名记录员都因为手部拼命打字而得了腕隧道症候群。

从我第一次和欧基夫夫妇见面至今，已过了八个月，而我们仍在学习阶段。基本上，在这种阶段，客户们继续过他们的日常生活，偶尔接到我打去的电话，说我需要这个文件或那个信息。西恩被晋升为小队长。薇罗开始上全天幼儿园。在薇罗上学的七小时，夏洛特都把时间花在等候学校打来的电话，万一她女儿又骨折了。

准备证词的工作之一，包括被称为证词的问卷，可以帮助像我这样的律师看清楚该案件的优劣势，以及是否该寻求和解。这个过程很适合被称为发现探索：你的目的就是要发现这个案子是否会输掉，并且在被吸进黑洞之前发现它们的所在。

派普·芮斯的证词已经在今天早上送达我的邮箱。我透过一些内幕消息，听说她已经暂时不看诊，并且请出她已退休的老师替她工作一阵子。

这整个官司的立案假设在于，她没有早一点告知夏洛特有关胎儿的医学状况——她没有提供夏洛特适当的信息，好让她可能来得及终止怀孕。有一小部分的我不禁纳闷，这究竟是妇产科医生的疏忽，或是下意识的失言？是否有妇产科医生建议领养，而非建议堕胎？这些医生中，是否有人曾照顾过我的生母？

我终于接到希尔斯布洛郡法庭档案室寄来的非身份相关信息的信件。亲爱的盖兹小姐，这封信如此写道。

以下信息是从您的领养法庭记录所节录的。此记录中的信息指出，生母的妇产科医生联络她的律师，询问有关考虑领养的父母。该律师知晓盖兹夫妇有领养的意愿，于是在你出生之后，与你的亲生父母见面，并安排领养事宜。

您是出生于一九七三年一月三日下午五点三十四分，地点是新罕布什尔州的一间医院。您于一九七三年一月五日出院，接受阿瑟与伊芳·盖兹的照顾。他们领养您的案件，于一九七三年七月二十八日在希尔斯布洛郡法庭正式成立。

原始出生证明上的信息记录指出，您的生母在生下您时，是十七岁。当时她是希尔斯布洛郡的居民。她是白人，职业是学生。出生证明上并未显示生母的身份。在领养当时，她住在新罕布什尔州的埃平镇。领养申请书上指出您的宗教信仰为罗马天主教徒。您的生母与外婆签下了领养同意书。

若我能帮得上其他忙，敬请与我联络。

梅西·唐纳文敬上

我明白这封非身份相关信件的用意是提供不明确的信息——但我却有太多其他的事情想知道。我的生父与生母是否在怀孕期间分手？我的生母是否害怕独自一人在医院里？她是否曾经抱过我，哪怕一次也好？

或者她当时就直接让护士把我抱走?

我很好奇，我的养父母以新教徒的礼仪与思想将我养大成人，他们是否知道我出生时是个天主教徒?

我很好奇，派普·芮斯是否想过，如果夏洛特·欧基夫不想养育像薇罗这样的孩子，也许有其他人很高兴有这样的机会?

我清除思绪，拿起她填好的证词，开始翻阅，以了解她的说词。我的问卷是先从一般性的问题问起，然后到了文件结尾时，变成较医学专业的问题。事实上，第一个问题完全没有杀伤力：你是何时第一次见到夏洛特·欧基夫?

我快速扫描了一下答案，眨眨眼睛，很确定我一定是读错了。

我拿起电话，打给夏洛特。“喂？”她上气不接下气地接起电话。

“我是玛琳·盖兹，”我说，“我们必须谈谈证词的事情。”

“噢！真高兴你打电话来。你们一定是搞错了，因为我们收到一份文件上面有艾米莉亚的名字。”

“那没有错，”我解释，“她被列为证人之一。”

“艾米莉亚？不，不可能。她不可能上法庭作证。”夏洛特说。

“她可以描述你们家的生活质量，以及成骨不全症是如何影响了她。她可以谈谈迪士尼的那场旅行，以及被带离你们的监护、安置到寄养家庭，对她造成多大的心理伤害……”

“我不希望她重新回想起那些事情……”

“到了开庭时，她的年纪会比现在大一岁，”我说，“她可能不需要被传唤为证人。她现在被列上，只是以防万一，依照法庭程序办理罢了。”

“那么也许我不应该告诉她。”夏洛特喃喃地说，这让我想起我为什么打这通电话。

“我需要和你谈谈派普·芮斯的证词，”我说，“在证词书里，我问她何时第一次遇见你，她说你们已经当了八年的最好朋友。”

电话那一端出现一阵沉默。

“最好的朋友？”

“嗯，”夏洛特说，“是的。”

“我已经当了你八个月的律师，”我说，“我们见面六七次，而且还通过三次电话。而你从来没有想过，也许告诉我这个小细节，也具有些许的重要性？”

“这和案子无关，不是吗？”

“你对我说谎，夏洛特！”我说，“这和案子有很大的关系！”

“你并没有问我是不是派普的朋友，”夏洛特争辩，“我并没有说谎。”

“这是故意忽略的谎言。”

我拿起派普的证词，大声朗读。“‘在我们当朋友的这些年来，我从来没有意识到夏洛特对于她的产检是这种感受。事实上，在我得知自己被控以这项毫无根据的官司之前一星期，我们还一起带着女儿们去购物。你们可以想象我有多震惊。’在你控告她的前一周，你还跟她去购物？你知道这在陪审团眼中看来有多冷酷无情？”

“她还说了什么？她还好吗？”

“她现在不上班了。她已经有两个月没上班了。”我说。

“噢。”夏洛特说，她的声音变小。

“听着，我是律师。我很清楚我的工作必须摧毁别人的生活。但是你除了专业关系之外，显然和这名女子也有个人关系。这没办法让你博得同情。”

“在法庭上告诉大家说我不要薇罗，也没办法让我博得同情。”

我无法反驳。

“你也许可以从这场官司中获得你想要的，但要付出很大的代价。”

“你的意思是说，每个人都会认为我是个烂女人，”夏洛特说，

“因为我毁了我最好的朋友。因为我利用我孩子的疾病来要钱。我并不笨，玛琳。我知道人们会怎么说。”

“那会造成你的困扰吗？”

夏洛特踌躇了一下。“不会，”她坚定地说。“不，不会。”

她已经承认，她当初没办法说服丈夫和她一起打官司。现在我发现她和被告具有隐藏的过去。你不能对某人说的事情，杀伤力不亚于你所做的事情。目前我只能通过我那封愚蠢的非身份关系信件，来亲身体会这个道理。

“夏洛特，”我说，“不可以再有秘密了。”

“口供证词”的用意，是要发现被卷入法庭战场的当事人身上究竟发生了什么事。对方律师会根据证词里的记载声明，试着打击证人的可信度。一个人愈是诚实且镇定，案子就愈有希望打赢。

今天，西恩·欧基夫的证词，把我吓死了。

他高壮、英俊——而且很可能让案子有获胜的机会。在我和夏洛特为了准备而做的会谈中，他只来了一次。“欧基夫警官，”我曾问他，“你究竟有没有把心思放在这场官司上？”

当时他瞄了夏洛特一眼，然后他们两个之间进行一场无声的对话。“我人已经在这里了，不是吗？”他说。

我相信，西恩·欧基夫宁愿被溺死分尸，也不愿意站上法庭的证人席，这其实不应该是我的麻烦，但它却是。因为他是薇罗的父亲，如果他在证人席上搞砸了，我的案子也会毁了。要让这场官司成功，那么律师就必须相信，对于不当出生的控诉，欧基夫一家人是对外口径一致。

夏洛特、西恩和我一起搭乘电梯上楼。我特地把“口供证词”时间安排在你上学时，这样就可以省掉找人照顾你们姐妹的麻烦。“不论你做什么，”我在上场前最后打气喊话时说，“不要松懈。他们会把你们引到地狱之路。他们会扭曲你们的话。”

他咧嘴一笑。“尽管来吧！让我开心一下。”

“你不能跟这些家伙玩警察抓小偷，”我略带紧张地说，“他们都见识过大风大浪，而且他们会用你自己的虚张声势来让你掉入陷阱。只要记住保持镇定，在回答问题之前数到十。而且……”

我还没说完，电梯门就打开了。我们踏进豪华的办公室，一位穿着合身蓝色套装的律师助理已经在等候。“玛琳·盖兹？”

“是的。”我说。

“布克先生正在等你。”她领着我们走下走廊，来到一间会议室，那里有一整片落地窗，向外可以看见州政府的金色圆顶。记录员被安排在角落。盖伊·布克正在和人交谈，银灰发色的头低着。我们走过去的时候，他站起来，我们这时便看见他的委托人。

派普·芮斯比我预期的更漂亮。她有着一头金发，身材瘦长，眼睛底下有黑眼圈。她脸上没有笑容。她盯着夏洛特的眼神，仿佛她刚被一支剑刺穿。

另一边的夏洛特正尽可能地不看她。

“你怎么能？”派普控诉，“你怎么能这么做？”

西恩眯起眼睛。“你最好就此打住，派普……”

我走到他们中间。“让我们把这件事情结束，好吗？”

“你没有话要说？”派普继续说，此时夏洛特已经坐到她桌旁。“你根本没有勇气直视着我的眼睛，当面告诉我？”

“派普。”盖伊·布克把一只手放在派普的手臂上。

“如果你的委托人对我的委托人进行言语暴力，”我宣布，“我们现在就离开这里。”

“她想要暴力？”西恩低声地说，“我会让她瞧瞧暴力……”

我捉住他的手臂，把他拉进椅子里。“闭嘴。”我低声地说。

这大概是我这辈子第一次也是唯一一次与盖伊·布克具有共同

点——我们都不想出现在这次的“口供证词”里。“我相信我的委托人可以克制她自己。”他说。他在强调最后几个字时，把脸转向派普。然后他转向记录员。“克劳蒂亚，你准备好开始了吗？”

我望着西恩，做出冷静这个字眼的嘴形。他点点头，脖子往两侧拉了一下，就像拳击手准备进入拳击擂台似的。

他扭转脖子的声音，那个清楚的啪啦声：那让我想起你，弄断骨头的你。

盖伊·布克打开一个皮制活页夹。那是奶油色的，很有可能是意大利制。布克、胡德与寇提斯法律事务所赢得那么多官司的原因之一，是恫吓的心理战术——他们看起来像赢家，从豪华办公室，到他们的阿玛尼西装，以及法国威迪文名笔。他们甚至可能使用手工制作的笔记本，上面还有公司印鉴的水印。很多对手光是看他们一眼，就准备投降了，这一点也不奇怪。

“欧基夫警官，”他说。他的声音很平顺，字与字之间没有摩擦。我是你的伙伴，我是你的兄弟，他的语调暗示着。“你相信公义，不是吗？”

“这就是为什么我担任警察。”西恩骄傲地回答。

“你认为官司能带来公义吗？”

“当然，”西恩说，“这个国家就是这样运作的。”

“你是否认为自己特别爱打官司？”

“不会。”

“那么我猜你在二〇〇三年控告福特汽车公司时，一定有很好的理由啰？”

我很惊讶。我转向西恩。“你控告过福特？”

他低吼着。“那和我女儿有什么关系？”

“你拿到了一笔赔偿金，不是吗？有两万美元吧？”他翻阅着他的皮制活页夹，“你能解释那场诉讼的性质吗？”

“我整天坐在巡逻车的驾驶座上，结果背上的椎间盘突出。那些车子都是为撞车测验的人偶尔设计的，不适合勤奋工作的真人。”

我闭上眼睛。我心想，如果我的委托人之一能诚实告诉我这件事，应该会很好。

“有关薇罗，”盖伊说，“你一天花几个小时和她相处？”

“可能有十二个小时。”他说。

“在这十二个小时当中，她有几个小时是在睡觉？”

“我不知道，如果当天晚上她睡得很好的话，大约是八小时。”

“如果她当天晚上睡得不好，你必须起来照顾她几次？”

“要看情况，”西恩说，“一次或两次。”

“所以你真正陪她的时间，不包括试着哄她再度入睡的时间，大约是一天四或五小时？”

“差不多。”

“在这几个小时当中，你和薇罗都做什么？”

“我们玩任天堂游戏。她玩超级马里奥时总是赢我。我们还玩牌……”他有点脸红，“她天生就会玩梭哈。”

“她最喜欢的电视节目是什么？”盖伊问道。

“这个星期的最爱是《莉琪的异想世界》。”

“最喜欢的颜色？”

“紫红色。”

“她听什么音乐？”

“孟汉纳和强纳斯兄弟。”西恩说。

我还记得坐在沙发上和我妈妈一起脱口秀。我们会弄一大盆微波爆米花，全部吃光。自从凯伊莎·奈特·帕廉太老，并且被天才瑞瑞取代之后，一切都变了。如果我是被生母抚养长大的，我的童年是否会有不同的色彩？我们是否会迷上肥皂剧、公共电视台的纪录片，以及《朝代》影集？

“我听说薇罗在上幼儿园了？”

“是的，她两个月前才开始上幼儿园。”西恩说。

“薇罗在学校还过得开心吗？”

“有时候对她来说很辛苦，但我认为她很喜欢上学。”

“没有人会否认薇罗是患有身障问题的孩子，”盖伊说，“但是这些身障问题不能阻止她享有愉快的教育经验，是吧？”

“是。”

“而且也不能阻止她和你们全家人共享美好时光，对吧？”

“绝对不能。”

“事实上，身为薇罗的父亲，你是否认为在确保薇罗拥有美好富足的生活这件事上做得很不错？”

噢，不，我心想。

西恩稍微坐得更直一些，十分骄傲。“我做得非常好。”

“那么为什么，”盖伊准备展开痛击。“你会说她不应该被生出来？”

这些话像子弹般射穿了西恩。他弯身向前，把手摊平在桌上。“你别把那些话硬塞到我嘴里。我没说过那样的话。”

“事实上，你有。”盖伊从他的活页夹里拿出一份诉状的影印本，把它推过桌面给西恩，“都写在那里面。”

“没有。”西恩咬紧牙根。

“你在这份文件上的签名代表了事实。警官。”

“嘿，听着，我爱我女儿。”

“你爱她，”盖伊重复，“你这么爱她，以至于你认为她最好死掉。”

西恩伸手去拿那份诉状，用手揉成一团。“我不干这种事，”他说，“我不想要这场官司，我从来不想要。”

“西恩……”夏洛特站起来，抓住他的手臂，而他环抱着她。

“你怎么能说这不会伤害薇罗？”他说。那些字从他的喉间撕扯。

“她知道这些只是一些字而已，西恩，一些不代表任何意义的字。她知道我们爱她。她知道为什么我们到这里来。”

“你猜怎么着，夏洛特，”他说，“那些也只是一些字而已。”说完话，他便大步踏出会议室。

夏洛特望着他的背影，然后望着我。“我……我必须走了。”她说。我站起来，不确定自己是否该跟着她走出去，或者留下来试着和盖伊·布克一起善后。派普·芮斯脸涨得通红，盯着她的大腿。夏洛特急忙走下走廊，低跟鞋的脚步声听起来像是枪响。

“玛琳，”盖伊一边说，一边坐进椅子里，“你不可能认为你在这个案子上有胜算。”

我可以感觉到一串汗珠滑落我的肩胛骨之间。“我只知道，”我说。我声音中的信心远比我实际拥有的还多。“你刚刚亲眼见到这个疾病是如何撕裂他们的家庭。在我看来，陪审团也会看到这个事实。”

我收起我的笔记本和公文包，然后走下走廊，头抬得高高的，仿佛我真的相信我刚刚所说的。只不过当我独自在电梯里，电梯门在我背后关上时，我才闭上眼睛，承认盖伊·布克是对的。

我的手机响了起来。

“该死的。”我低声咒骂，然后擦擦眼睛，在公文包里找我的手机，准备接电话。并不是我想接电话：打电话的可能是夏洛特，为我生涯中最大的挫折而抱歉。或者是罗伯特·拉米雷兹，他可能因为听到坏消息而打算把我解雇。但是手机屏幕上并没有显示来电号码：这是个隐藏号码。我清清喉咙。“喂？”

“请问是玛琳·盖兹吗？”

“我就是。”

电梯门打开了。我可以看见在一楼大厅的遥远另一端，夏洛特正在哀求西恩，而西恩频频摇头。

霎时间，我几乎忘了自己还在电梯上。“我是梅西·唐纳文，”一个尖细的声音说，“我是负责……”

“我知道你是谁。”我立刻说。

“盖兹小姐，”她回答，“我拿到你生母的现居地住址。”

艾米莉亚

我一直在等着炸弹扔掷下来。这场愚蠢官司的最大优点，是安排在刚开学时。在这种时候，谁和谁成为男女朋友的消息远比法律诉讼有趣得多，所以消息不会像电流通过导体般迅速传播。我们已经回到学校两个月了，忙着学习一些单词和考试技巧，都是一些无聊的人针对无聊的主题而编纂出来的教科书，同时我们也准备“新英格兰共同评量测验”。每天最后一堂课的下课钟响时，我都很惊讶自己竟然又逃过了炸弹的轰炸，暂时获得缓刑。

不用说，埃玛和我这阵子都没有在一起了。开学第一天，我们正走进体育馆时，我刻意走到她身边。“我不知道我爸妈在做什么，”我说，“我老是说他们是外星人，这件事就是证明。”通常这会使得埃玛大笑，但她却只是摇摇头。“是啊，真是幽默，”她说，“下次某个我很信任的人毁了我的生活时，提醒我要听个笑话来让自己开心。”

自此之后，我就不好意思再跟她说话了。就算我表明站在她这边，就算我认为我爸妈控告她妈妈是很可笑，她又凭什么要相信我？如果我是她，我会以为我是在刺探消息，我所说的任何话都可能被用来伤害我。她并没有告诉大家我们之间发生什么事，毕竟那也会让她很难堪，所以我想她只是说我们大吵了一架。当我和埃玛保持距离期间，我学到了一件事：我向来以为是我朋友的那些人，其实是埃玛的朋友，而且他们平常只是容忍我的存在罢了。我不能说当我发现这个事实时毫不惊讶，但那并不表示当我拿着午餐经过他们坐着的桌子，却没有人挪出位子给我时，我心里不受伤。以前我从置物柜里拿出被数学课本压烂的花生果酱三明治时，鲜红的果酱像吸血鬼受害者衣服上的血浆般涌出来，埃玛总会对我说，拿去吧，我的半个鲔鱼三明治给你，但现在埃玛不会再这么做了，让我心里实在不好过。

几个星期之后，我几乎已经习惯成为隐形人。事实上，我变得十分擅长当个隐形人。上课时我会很安静地坐着不动，有时候甚至会有苍蝇停在我手上。我会没精打采地压低身子坐在校车最后面，有一次校车司机根本没在我该下车的站牌停车，就直接开回学校了。但有一天，我走进集会教室，立刻就知道事情不对劲。珍妮·艾弗林翰的妈妈在一家法律事务所当接待员，她告诉大家说我爸妈在作口供证词时曾在会议室里吵得很凶。全校都知道我妈妈正在控告埃玛的妈妈。

我以为这会使得埃玛和我被放回同一艘可怜且令人同情的救生艇上，但我却忘了最好的防卫就是理想的进攻。我坐在数学课里，这是对我而言最难的科目，因为我的座位就在埃玛后面，我们以前常常互相交换笔记（方克老师最近在闹离婚，他现在看起来是不是更性感啊？薇洛妮卡·托马斯是不是趁哥伦布日的长周末假期去隆乳啦？）。埃玛决定让这件事公开化，而且要夺取全校同学对她的集体同情。

方克老师在屏幕上秀出一张投影片。“所以如果我们谈论的是百万富翁马文的百分之二收入，而他今年赚了六百万，那么他要付爱抱怨的前妻多少赡养费？”

这时候埃玛开口说话：“问问艾米莉亚。她很了解爱钱鬼是怎么一回事。”

方克老师似乎假装没听到埃玛的话，虽然其他人都开始窃笑。我却已感觉到双颊发烫。“也许你的混蛋妈妈学会做好她愚蠢的工作，对事情会有帮助。”我反击。

“艾米莉亚，”方克老师严厉地说，“去校长室报到。”

我站起来，抓起我的背包，但是放铅笔和午餐费用的前方口袋还打开着，于是一堆钱币硬币散落在我桌子前方的地板上。我几乎快跪下来捡，但我想到大家一定会觉得这个画面更值得取笑——一个爱钱鬼的女儿正在捡钱？于是我把所有的硬币都留在那里，飞奔出教室。

我并不想到校长办公室。于是我在该左转的时候往右转，走向体育馆。在白天，体育馆的教职员都会让双扇门打开，保持空气流通。一开始我还很担心会有老师看见我离开学校，但后来我想起，根本没有人会注意我。我根本不够重要。

一出了学校，我把书包甩到背后，开始狂奔。我跑过足球场，穿越学校周围的树林。我一直跑到穿越整个城镇的主要干道，才让自己慢下来。

如果你往镇外的方向走，最后所见的一幢建筑物是药妆店。可别以为我没考虑过这件事。我漫游在药妆店里的走道间。我偷了一条巧克力棒，放进口袋里。然后我看见更好的一样东西。

在学校变成隐形的唯一麻烦是，当我回到家，我还是看得见自己。我可以跑得更用力更快，却永远逃离不了这个事实。

我的爸妈似乎不想要他们已经拥有的孩子。所以也许我可以给他们一个完全不同的孩子。

夏洛特

“今天我在一个网站看到，”我争辩着，“一名患有第三型成骨不全症的女孩在试着提起半加仑牛奶时弄断了手腕。西恩，薇罗怎么可能不需要特别照顾或居家协助？那些钱要从哪里来？”

“那么她就买两小盒的牛奶，”西恩说，“我们总是说不能让她受限于身障——但你现在所做的正是如此。”

“只要目的正确，就要不择手段。”

西恩把车子开进我们家门前的车道。“是啊，你也可以这样说希特勒。”他将车子熄火。我听到你在后座轻柔的鼾声。你今天在学校累坏了。“我不明白你是怎么想的，”他平静地说，“我不了解做这件事的人。”

在派普律师的办公室做完证词之后，虽然作证这件事并没有真正发生，但我必须试着安抚他的情绪，而他完全无法平静。“你说你愿意为薇罗做任何事情，但如果你不能做这件事，那么你就是在骗你自己。”我说。

“我在骗人？”西恩重复着，“我在骗人？是你在骗人吧！至少你说你是在骗人，说薇罗会理解你在法官面前所说的那些可怕的话，但我忘了，你指的不是那些律师吧？或者至少我向上帝祈愿你是在骗人，否则你从多年前说想要一个婴儿开始，就一直骗我到现在。”

我们两人都走出车外。我把车门用力摔上。“当你一直活在过去，当然很容易保持清高与圣洁，不是吗？十年之后怎么办？你告诉我，薇罗什么时候能有高级轮椅，去参加夏令营？我们什么时候能有游泳池，好让她强化她的骨骼密度和肌肉？什么时候她才能有改装车，可以像同年纪的孩子一样开车？我们什么时候才能不在意保险公司不愿意支付另一组矫正器，因为我们可以自费，而且不需要你天天值两个班？可你在乎的是她会记得小时候在法庭上听到的话？”

西恩盯着我。“是的，事实上，我正打算这么说。”

我倒退了一步。“我实在太爱她，我不能错失这个机会。”

“那么你和我，”西恩说，“我们表达爱的方式就很不一样。”

他伸手进后座，解开你的安全座椅。你的脸颊通红，慢慢从梦中醒来。“我要退出，夏洛特，”西恩把你抱进屋里时说，“你做你想做的，但别把我拖下水。”

这不是我第一次心想，在任何其他情况下，像这样的争吵，总会使我直接去找派普。我会打电话给她，把我的想法告诉她，而不是西恩的想法。知道她在聆听我的诉苦，我会觉得好多了。

我会做一件从你身上直接学到的事情：让时间愈疗介于我和你爸爸之间的裂缝。不论我们朝哪个方向转身，那个裂缝都如此令人疼痛。

“这是在搞什么？”西恩问道。我抬头望了一眼，发现艾米莉亚站在前廊上。

她正在吃一颗苹果，她的头发被染成不自然的、像电流般的蓝色。她朝我诡异地一笑。“现在流行摇滚。”她说。

你盯着她。“为什么艾米莉亚的头上有棉花糖？”

我深吸了一口气。“我现在不能处理这件事，”我说，“我不能。”然后我走上门前阶梯，仿佛每一步都是玻璃做的。

在我怀孕最后八周期间，每天早上都有三秒钟是完美的。我飘浮到意识的表面，在那些少数的快乐时刻中，我会忘却一切。我可以感觉到你缓慢的翻转，以及你踢脚时的小鼓声，我会认为一切都会很美好。

现实总会像布幕般突然落下：你刚刚那个踢脚的动作，可能会让你的腿又骨折。你刚刚在我体内完成的翻转动作，也可能伤害到你。我会在枕头上保持静止不动，心想着你会不会在出生时或之后不久就死掉。或者我们是否能幸运地赢得大奖：你会存活下来，虽然是重度身障。我心想，如果你的骨头碎了，我的心也会碎，这实在很讽刺。

有一次，我做了一个噩梦。梦里，我刚把你生出来，但没有人要跟我说话，没有人告诉我情况如何。妇产科医生、麻醉师、所有的护士全都背对着我。“我的孩子在哪里？”我问，但就连西恩都摇摇头，走了开来。我挣扎着坐起身，直到我可以低下头看见我两腿之间，我看到了：本来应该是个小婴儿，却变成一堆粉碎的玻璃；在那些碎片之间，我可以看见你的小指甲、一块脑子、一只耳朵、一小段肠子。

我惊醒过来，大声尖叫；我花了好几个小时才再度入睡。隔天早上当西恩叫醒我，我说我没办法下床。我是说真的：我很确定，对我来说，每个日常生活的动作，都有可能威胁你的生存。我怀着你的每一步可能会造成震动。如果我小心一点，也许可以防止你支离破碎。

西恩打电话给派普，她立刻赶到家里来，向我说明怀孕的注意事项，仿佛解释给小孩子听似的：羊膜囊、羊水、我和你身体之间的缓冲垫等等。当然，我很清楚这一切，但话说回来，我以为我已经知道的事情，结果都出错了：她说你的骨头会愈来愈强壮。她说胎儿没有唐氏症，一定表示胎儿是健康的。她告诉西恩说我需要一天的时间睡觉休息，还说她稍后再回来看看我的情况。但是西恩仍然很担心，于是在他打电话向警局请假之后，他打电话给我们的神父。

格雷迪神父显然常做家庭拜访。西恩一领着他进卧房，他就坐到椅子上。“我听说你有一点担心。”

“那样的形容太保守了。”我说。

“上帝不会把人们无法承受的负担赋予人们。”格雷迪神父指出。

这句话说得非常好，但我的婴儿究竟做了什么事情而把他给惹毛了呢？为什么她还没有来到这世界，就必须通过受伤来证明她自己呢？

“我一直都相信他会把真正特别的婴儿留给他所信任的父母，”格雷迪神父说。

“我的婴儿可能会死。”我断然说。

“你的婴儿也许不会停留在这个世界上，”他纠正，“但她却将与耶稣同在。”

我感觉眼眶盈满泪水。“那好，让他带走别人的婴儿。”

“夏洛特！”西恩说。

格雷迪神父低下头，用宽大温暖的眼睛注视着我。“西恩认为我最好过来为这个胎儿祝祷。你介意吗？”他举起手，盖在我的肚子上。

我点点头。我不会拒绝任何的祝祷。但是当他在我隆起的肚子上祝祷时，我偷偷地念诵我自己的祝祷词：让我留住她，您可以把我其他的一切都拿走。

他留了一张圣卡在我的床头柜，并且保证会为我们祈祷。西恩送他走下楼梯，我则盯着那张卡。耶稣被钉在十字架上。他受到痛苦，我明白了。他知道一根钉子刺穿皮肤、弄碎骨头是什么感觉。

二十分钟后，我已经穿好衣服，也淋浴过。我发现西恩坐在厨房餐桌旁，手捧着头。他看起来如此落寞、如此无助。我自己忙着担心胎儿，都没有看见他所经历的一切。想想看，他的职业是保护人们，但却无法解救自己未出生的孩子。“你起来了。”他说。

“我想也许我该去散个步。”

“很好。去呼吸新鲜空气。我跟你一起去。”他猛然站起来，震得桌子开始晃动。

“你知道吗，”我试着微笑，“我需要一个人静静？”

“噢——好。没问题，”他说，但他看起来略显受伤。我无法了解这种状况的物理学：我们一起处于最浓厚、最令人窒息的混乱当中，我们怎么可能会觉得如此疏离？

西恩以为我需要去整理我的头脑，去思考，去回想。但是格雷迪神父的造访，让我开始想起一年前就不再上教堂的一名女子。她住在这条街上的半英里远处，偶尔我会看见她出来倒垃圾。她的名字是安妮，我对她的所知，就是她曾经怀孕，但有一天她却不再怀孕了。从那之后，她就再也没有来参加弥撒。大家都谣传，她去动了堕胎手术。

我是在天主教家庭里长大。我曾经被修女们教导过。有些女孩曾不小心怀孕，但她们要不是从班级名册里消失，要不就是出国一个学期，回来之后变得更文静怯懦。自从十八岁之后，我就投票给民主党。我个人也许不会选择堕胎，但我认为女性应该有此权利。

然而这些日子以来，我一直在想，究竟是因为我是天主教徒，所以堕胎不是我的个人选项，或者是因为我从来没有被逼迫在实际状况中面对它，而不仅是理论上。

安妮的房子是黄色的，有童话故事般的装饰，以及在夏天时开满萱草的花园。我走到前门，敲敲门，心想她如果来应门的话，我该说什么？嗨，我是夏洛特。你为什么堕胎？

没有人应门，我松了一口气。这件事感觉愈来愈愚蠢。我开始走回她家门前的车道，突然间，我听到背后有个声音。“噢，嗨。我就说我听到有人在前廊的声音。”安妮穿着牛仔裤，一件无袖的红色T恤，以及园艺工作手套。她的头发在头后绑成一个发髻，脸上带着微笑，“你也住在这条街上，对吧？”

我注视着她。“我的胎儿出了一点问题。”我脱口而出。

她将双臂交叠在胸前，微笑从她脸上消失。“我很遗憾。”她木然地说。

“医生告诉我说，如果她活下来——如果能活下来——她还是会生病。病得很重。我本来不应该去想堕胎这件事的，但我不了解，如果你很爱一样东西，想防止它受苦，这为什么会是个罪过。”我用袖子抹了抹脸，“我不能告诉我先生。我不能告诉他说我甚至思考过这件事。”

她用球鞋刮了刮地面。“我的孩子如果活着，今天将会是两岁六个月又四天，”她说，“她有一些基因方面的问题。如果她活着，可能会是重度迟缓。永远都会像六个月大的孩子。”她深吸了一口气，“是我妈妈劝我堕胎的。她说，安妮，你连自己都没办法照顾了。你要如何照顾像那样的孩子？她说，你还年轻。你还会再生。于是我屈服了。我的医生在孩子二十二周时替我做引产手术。”安妮转过头去，眼中泛着泪光，“我现在要说的，是没人会告诉你的，”她说，“当你产下一个胚胎，你会拿到一张死亡证明，而不是出生证明。产完之后，你会涨奶，但你却无法阻止。”她抬头看着我，“你不可能赢的。你要不是生下孩子，承担外在的痛苦。要不就是没有孩子，但永远在内心里痛苦着。我知道我当初并没有做错。但我也不觉得自己做对了。”

我突然明白，这世界有很多像我们这样的女人。有些妈妈把有缺陷的孩子生下来，剩下的人生都在质疑自己当初是否该留下孩子。有些妈妈让她们有缺陷的孩子离开，但却注视着别人的孩子，而不是她们从未谋面的孩子的脸孔。

“他们给我一个选择，”安妮说，“即使是现在，我都希望当初他们没给我这个选择。”

艾米莉亚

那天晚上，我让你替我梳头发，并且在上头夹满发夹。通常你只会弄出很大的结，把我气个半死，但是你很喜欢做这件事——你的手臂太短，没办法让你替自己绑马尾，所以当和你同年纪的女孩在玩头发的花样，系上缎带或绑辫子时，你只能迁就妈妈的绑发技术——她只会编麻花发辫。别以为我突然良心发现或什么的——我只是替你觉得很难过。爸妈只要一回家，就一直在为你的事情吵架，仿佛你不在场似的。我的意思是说，拜托，你的阅读能力比我还要好——他们不会以为你都听不懂他们吵架的内容吧？

“艾米莉亚？”你问。你正绑完一条发辫，但发辫却横在我鼻子前方。“我喜欢你的头发染成这个颜色。”

我端详镜中的自己。我看起来并不像个很酷的朋克女孩，虽然这是我当初的用意。我看起来比较像芝麻街美语的那只蓝毛怪。

“艾米莉亚，爸妈是不是要离婚了？”

我们在镜子里四目相接。“我不知道，薇罗。”

我已经可以预期你的下个问题：“艾米莉亚？”你问，“是我的错吗？”

“不，”我严厉地说，“真的。”我把发夹从头发上扯下来，开始解开那些发结，“好了，够了，我可不是选美皇后的料。上床睡觉去。”

今晚每个人都忘了要帮你盖棉被——我并不是对他们抱有什么期

望，尤其我这些日子来已见识过爸妈的亲子技能是多么糟糕。你从床的开口处爬进床里。你的床，至今在床垫的两边都还围着栏杆，你很痛恨这一点，因为你说这是给小婴儿用的，虽然它们可以维护你的安全。怪异的是，今晚我甚至亲吻你的前额。

“晚安。”我说。然后我跳进我的被子底下，关了灯。

有时候，在黑暗中，房子感觉像是有心跳。我可以听到它的脉搏声在我耳边哇哇哇地响。此刻这种声音甚至更大了。也许我的新发型是某种超导体。“你知道妈妈每次都说我长大后可以做任何我想做的事吧？”你低声地说，“那是谎言。”

我用一只手肘撑起身子。“为什么？”

“我不能生小孩。”你说。

我神秘地一笑。“改天你再问问妈这件事。”

“而且我不能成为美国小姐。”

“为什么？”

“在选美比赛中不能穿戴腿部矫正器。”你说。

我想起那些选美比赛，那些女孩都漂亮得很不真实，又高又瘦，整型过的完美。然后我想起你，矮矮胖胖，身体扭曲，就像从树干长坏了的树根，胸前还披挂着选美布条。

想到这就让我胃痛。“赶快睡觉。”我说。我的语气可以不必那么严厉的。我数到一千零三十六，才听到你的鼾声。

我蹑手蹑脚地溜到楼下厨房，打开冰箱。这个屋子里没有半点食物。我可能必须吃泡面当早餐。说真的，如果我爸妈再不去购买食物，他们可能会因为虐待儿童而被抓到警局去。

反正我们又不是没有被抓进警局过。

我在放水果的抽屉里翻找，发现一颗已经干硬的柠檬和一块姜。

我把冰箱门关上，听到一声低吟。

我很害怕——有人会闯进屋子里来强暴蓝色头发的女孩吗？我悄悄

地走到厨房门口，望进客厅里。

就在我的眼睛再度适应黑暗之后，我看见了：我爸爸翻过身去，被子披挂在沙发椅背上，以及他垫在头底下的枕头。

我感到腹部挨了一拳，就像你提到选美皇后的事情时一样。我退回厨房，尽量像雪花一样安静，我用手指划过流理台，直到我摸到一支雕刻刀的刀柄。我带着这把雕刻刀上楼，来到浴室。

第一刀很刺痛。我看着鲜血像一股浪潮般涌起来，滑落到我的手肘。该死，我究竟做了什么好事？我打开冷水的水龙头，把前臂放在水龙头底下，直到鲜血流出的速度变慢。

然后我又划了另一条平行的刀痕。

这些伤口并不是在我的手腕，可别以为我想自杀。我只是想要受伤，并且了解我究竟为什么受伤。这很合理：你划自己一刀，你觉得痛，就这么简单。我可以感觉到一切在我体内累积，就像蒸气一样，而我只是打开了一个蒸汽阀。这让我想起我妈妈在做她的派皮时，她会用叉子在派皮上到处戳洞。这样它才能呼吸，她说。

我只是正在呼吸。

我闭上眼睛，期待着每一个细长的刻痕，感觉到割完每一刀之后那种宣泄的快感。天啊，这感觉真好——那些累积，以及甜蜜的释放。我必须隐藏这些刀痕，因为我宁愿死掉，也不愿意让任何人知道我做了这件事。但我也颇以自己为荣。疯狂的女孩都会做这样的事——有人写了诗，描述她们的器官被填满了焦油。有人的眼线黑得像埃及人。这些疯狂的女孩都不是来自好人家的好女孩。那表示我不是一个好女孩，或者我不是来自一个好人家。

两个答案似乎都说得通，你自己选择一个答案吧！

我打开马桶的水箱，把小刀塞进去。也许我还会再需要它。

我盯着那些刀痕，此刻它们有着脉搏跳动，就好像这个屋子的其他部分一样，哇哇哇。它们看起来像是火车铁轨的节点。像是你会在舞台上看到的梯塔。我想象着一个天堂，充满像我一样丑的人，我们这个天堂里的选美皇后都必须要使用助步器才能走路。我闭上眼睛，想象那些楼梯会通往哪里。

Ⅲ

在这片丰饶的大地，无疑地，
没有什么空间让事物消磨殆尽：
不理它们，破坏它们，把它们丢掉！
如果日子变得坎坷，
至少我们曾经被爱过，曾经——这样就很够了，
我想，我们已经足够了，我的心与我。

——布朗宁夫人

硬球化：枫糖浆在制成糖果的几个阶段之一，发生在九十五至九十六摄氏度之间。

牛轧糖、棉花糖、硬糖果、软糖——这些糖都被煮到硬球阶段，也就是糖的浓度很高，糖浆从汤匙上滴下来时，糖浆会形成厚绳状。（要小心，糖接触到皮肤时会很灼痛。你很容易忘记这么甜的东西居然会留下伤痕。）若要测试是否达到此阶段，滴一两滴糖浆到冷水里。如果它形成一个硬球，而且捞出来之后不会变平，但用力压时形状仍然可以改变，就表示糖浆已经准备好了。

硬球化还有意思就是：硬心肠的、攻击性的、竞争行为；生来就想改变别人的想法以符合自己的想法。

……………………………………

神性

$2\frac{1}{2}$杯的糖

$\frac{1}{2}$杯淡味的玉米糖浆

$\frac{1}{2}$杯水

少许盐

2颗大蛋的蛋白

1茶匙的香草精

$\frac{1}{2}$杯切碎的核桃

$\frac{1}{2}$杯樱桃干、蓝莓干或蔓越莓干

我总觉得这件事很有趣——名字叫作“神性”的糖果，得要花上很多的残忍才能创造得出来。

在一个约两升容量的平锅中，混合糖、玉米糖浆、水与盐。使用一支糖果温度计，加热到硬球化的阶段，搅拌到糖完全融化。同时，把蛋黄打到呈硬性发泡状态。当糖浆达到一百二十七摄氏度时，将它缓缓倒入蛋白中，放进搅拌器中以高速搅拌。继续搅拌至糖果成形——大约五分钟。倒进香草、核果，以及干果。用茶匙将糖果快速地倒在蜡纸上，收成一个漩涡状，让它冷却至室温。

硬球化，捶打，再度捶打。也许这种糖果的名字应该叫作屈服。

夏洛特
二〇〇八年一月

一切是从餐厅天花板魟鱼图案边框上的一个污点开始——那是一个水渍，表示楼上浴室的水管出了问题。但是水渍扩散开来，直到看起来不像是一只魟鱼，而是一整个浪潮，而天花板看起来像是被浸渍在茶叶里似的。水管工人花了大约一小时忙着检查洗手台底下及浴缸正面底下，然后重新出现在厨房，当时我正在煮意大利面酱。“是酸。”他说。

“不……我只是加了大蒜番茄酱。”

“我指的是水管，”他说，“我不知道你把什么东西冲下马桶，但那个东西正在酸蚀水管。”

“我们冲下马桶的东西和别人都一样。我女儿们也不可能在洗澡时进行什么化学实验。”

水管工人耸耸肩。“我可以把水管换新，但除非你解决问题，否则还会再漏水。”

水管工人来一趟花了我三百五十美元——我根本付不起，更别说是第二趟了。“好吧。”

用油漆涂盖天花板，还得再另外花三十美元，而且他的施工看起来像是我们自己刷的。这是我们这星期第三次吃意大利面，因为它比肉便宜，因为你需要新鞋子，因为我们快要破产了。

将近傍晚六点，通常西恩会在这时候走进家门来。自从他那场灾难性的作证后已过了三个月，但是从我们的对话当中，你根本不会知道曾发生过那件事。我们谈过警长针对发生在一所高中的破坏公物事件向当地报纸发表什么看法，我们谈过西恩是否该去参加探员考试。我们谈过艾米莉亚，她昨天刚发动一场禁语抗议，坚持使用手势沟通。我们谈到你今天一路独立走过街角，完全没有因为你的腿软而让我跑回去拿你的轮椅。

我们并没有提到官司的事。

在我所成长的家庭里，如果不讨论危机，就表示危机不存在。我妈妈得乳癌好几个月之后，我才知道，但为时已晚。我爸爸在我小时候丢了三份工作，但我们从来没有谈论过这件事，直到某天他再度穿上西装，前往新工作地点，仿佛生活作息完全没有被打乱。我们唯一能透露担心与恐惧的地方，就是教堂里的告解室。我们所需的唯一安慰来自于上帝。

我曾经发誓，一旦我自组家庭，所有的话都可以摊到台面上来说。我们不会有隐藏的议题与秘密，也不会因为过分乐观而妨碍我们看见正常家庭事务中的难题与困境。不过我忘了一项重要的要件：不谈论自己问题的人，常常假装他们没有任何问题。相反地，会讨论自己出了什么问题的人，往往努力奋战，痛苦不已，而且觉得自己很悲惨。

“女孩们，”我大声喊，“吃晚饭啰！”

我听到楼上传来你走过走廊的脚步声。你小心翼翼，一脚踏出去，另一脚随即跟上，而艾米莉亚几乎是滑进厨房。“噢，天啊，”她哀号着，“又是意大利面？”

我必须说，我并不只是打开方便料理包。我亲自做了面团，擀面，切成细条。“不，我今天煮的是宽条面，”我沉住气，“你可以帮忙把餐具摆好。”

艾米莉亚把头探进冰箱里。“我们没有果汁了。”

“这星期我们喝开水就好。对我们健康较有益。”

“而且也刚好可以省点钱。我告诉你怎么做吧。从我的大学学费基金里拿出二十块，买一点鸡丁块。”

“嗯，那是什么声音？”我扬起眉，环顾四周，“噢，好吧。原来是我笑不出来的声音。”

艾米莉亚一听我这么说，忍不住露出一个微笑。“明天我们最好摄取一些蛋白质。”

“提醒我买一些豆腐。”

“好恶心。”她把一叠盘子摆在桌上，“那么请提醒我在晚餐之前自杀算了。”

你走进厨房来，爬进你的高脚椅。我们并不称它为婴儿椅——你已经快要六岁了，你很早就说你是个大女孩——但是你如果不坐在垫高一点的椅子上，根本够不到桌子。你个子实在太小。“如果要煮十亿磅的意大利面，就必须用掉七万五千个游泳池的水量。”你说。

艾米莉亚坐在你身边的椅子里，身子往下滑。“如果想吃十亿磅的意大利面，只需要出生在欧基夫家就行了。”

“也许如果你继续抱怨，我明天晚上会做一些美食，例如花枝。或羊肚，或小牛脑。那也是蛋白质喔，艾米莉亚……”

“很久以前，苏格兰有一个人叫作索尼滨恩，他会吃人，”你说，“他好像吃了一千个人。”

“幸好我们没有那么饥饿。”

“不过如果我们很饥饿而必须吃人肉的话，”你说话时眼睛亮了起来，“我可是无骨人肉喔！”

“好了，够了，”我舀了一团热腾腾的意大利面，倒在你盘子上，“祝你胃口大开。”

我瞄了一眼时钟，现在是六点十分。“爸爸呢？”艾米莉亚一面问，一面读着我的心思。

“我们等他一下。我相信他很快就回来了。”

但五分钟后，西恩还没到家。你在座位里坐立不安，艾米莉亚正在挑出盘子里结成一团的意大利面。“唯一比意大利面恶心的东西是冷掉的意大利面。”她低声说。

“吃吧。”我说，于是你和你姐姐开始像老鹰般啄食晚餐。

我低头望着我的餐盘，再也不觉得肚子饿了。几分钟之后，你们已吃完晚餐，把餐盘拿到水槽。水管工人回到楼下来，说他已经完工了，并且留了一张账单在厨房流理台上。电话响了两次，你们其中一个接起了电话。

七点半时，我打了西恩的手机，但立刻就被转到语音信箱。

八点钟，我把餐盘里冷掉的意大利面刮进垃圾筒里。

八点半，我送你上床，替你盖被。

八点四十五分，我打给非紧急电话在线的值班警员。“我是夏洛特·欧基夫，”我说。“你知不知道西恩今晚是否值班？”

“他在五点四十五分左右就离开了。”值班的女警说。

“噢，对，当然啰。”我故作轻松地回答，仿佛我早就知道了，因为我不想让她认为我是那种无法掌握丈夫行踪的妻子。

十一点零六分，我坐在起居室的沙发上，屋里一片漆黑。当前门被轻轻打开时，我正纳闷着，当一个家庭正要四分五裂时，这里是否还能被称为起居室？西恩蹑脚走进玄关，我则打开我身旁的台灯。“哇喔，”我说，“交通状况一定糟透了。”

他僵住了。“你还没睡。”

“我们等你吃晚餐。如果你有兴趣吃已经变成化石的宽条意大利面，那么你的餐盘还在桌上。”

“我下班后和几个同事去酒吧。我本来要打电话……”

我替他把话说完。“但是你不想跟我说话。”

这时他靠过来，我闻得到他刮胡水的味道。甘草味，以及微微的烟味。我可以被蒙上眼睛，还能利用其他感官在人群之中找出西恩。但是能辨认出一个人，并不代表可以充分了解他——几年前你爱上的男人，此刻也许看起来一样，说话方式一样，闻起来一样，但却已经变成完全不同的人。

我想西恩也可以这么说我。

他在我对面的椅子上坐下。“你要我告诉你什么，夏洛特？你要我说谎，说我很期待晚上回来家里？”

“不，”我沉住气，“我要……我只是要事情回到原先那样。”

“那么你就停止吧，”他低声地说，“只要放弃你启动的这一切。”

选择是好玩的事情——你去问问一个老是吃虫蛆和树根的原住民族，问他们是否觉得快乐，他们会说快乐。但是如果给他们吃过香煎里脊和松露，然后要求他们回去过自给自足的日子，他们心里面永远都会想着那顿美食大餐。如果你不晓得有其他选择，你就不会想念它。玛琳·盖兹给了我一枚金戒指，那是我在最狂野的梦中都不曾梦过的——但现在她既然已给了我，我怎么可能不试图抓紧它？想到你未来还会发生的骨折，想到我们逐渐高筑的债台，我一定会想念着我应该把握住的援助。

西恩摇摇头。“这是我的想法。”

“我想着的是薇罗的未来……”

“我想着的是此时此刻。她一点也不在乎金钱。她在乎的是爸妈是否爱她。但是当你站上那个该死的法庭时，她听到的不是这样的信息。”

“那么你告诉我，西恩，答案是什么？难道我们要坐着不动，祈求薇罗不再发生骨折？或者你……”我突然止住了话。

“我怎么样？去找一份更好的工作？赢得他妈的乐透？你何不干脆把话说出来，夏洛特？你认为我养不起你们所有人。”

“我没有这样说……”

“你根本不必说出口，意思就很清楚明显了，”他说，“你知道，你以前总是说你觉得我拯救了你和艾米莉亚。但我想，这些年，我让你失望了。”

“这不是你的问题。这是关于我们全家。”

“我们的家正要被你扯裂了。我的天啊，夏洛特，你想，当人们现在注视着你时，他们看到的会是什么？”

“一个母亲。”我说。

“一个殉道者，”西恩纠正，“说到照顾薇罗这件事，没有人做得和你一样好。你不信任别人也可以把事情做好。你知不知道这让人感觉多糟？”

我感到喉头一紧。“那好吧，请原谅我不够完美。”

“不，”西恩说，“你只是期望我们每个人都要完美。”他叹了一口气，走到火炉旁，那里整齐地叠放着一个枕头和一件棉被。“如果你不介意让开一下的话，不好意思，你正坐在我的床上。”

我努力忍住不让自己哭出来，直到回到楼上。我在西恩那一侧的床垫上躺下来，试着找到他平常习惯睡着的位置。我把脸埋进枕头，上头还残留着他洗发精的味道。虽然自从他搬到沙发上去睡之后我已换过床单，却还没有洗过他的枕头套，我是故意的，而现在我很好奇自己为什么会这样。是为了好让我假装他还睡在这里？是为了万一他永远不回来时，让我保有个东西可以想念他？

我们婚礼的那天，西恩告诉我说他会为我挡子弹。我知道他希望我对他说同样的话，但我说不出来。艾米莉亚需要我照顾。话说回来，如果子弹是朝着艾米莉亚而来，我想都不用想，就会扑上去为她挡子弹。

这让我成为一个很好的母亲，还是一个很糟的妻子？

但这次的事情不是子弹，而且它也不是朝我们开火。这是一列正要开过来的火车，而解救我女儿的代价就是把我自己横卧在铁轨上。唯一的难处是：我最好的朋友和我绑在一起。

为别人而牺牲自己的生命是一回事，把第三者卷进来又是另一回事，尤其这位第三者是这么了解我，而且永远默默地信任支持我。

这整件事看似简单：这场官司能彰显我们的日子有多不好过，这场官司能帮助我们改善现况。但是我忙着看见事情的光明面，却忽略了现实的黑暗面：控告派普与说服西恩，会恶化我和他们两人的关系。而此刻，为时已晚。就算我打电话要玛琳终止这一切，派普也不会原谅我，西恩也不会停止责怪我。

我可以告诉自己说，我愿意为了所求而放弃所拥有的一切。但这是个两难的局面：我所愿意失去的东西，是让我受到众人认可的东西。失去了这些，等于失去了自己。

有那么短暂的片刻，我想象自己蹑手蹑脚地下楼，跪在西恩的面前，向他道歉。我想象自己要求他让我们重新来过。然后我抬起头，看见门被打开一条缝，你那张三角形的白色小脸蛋探进来。“妈咪，”你以奇怪的步伐走过来，爬上床，“你做噩梦了吗？”

你的身体贴着我，背部贴着我的正面。“是啊，薇罗，我做了噩梦。”

“你需要我在这里陪你吗？”

我用双臂揽着你，形成一个括号。“永远。”我说。

今年的圣诞节太温暖，本该是皑皑白雪，却是一片青绿，大地之母证实了生活不该是它本来该有的样貌。连续两星期的气温都超过四摄氏度之后，冬天终于回来复仇了。那天晚上，下了雪。我们因为喉咙干涩而醒来，暖气炉的暖气嗡嗡作响。户外的空气闻起来像烟囱的烟。

早上七点钟我下楼时，西恩已经出门了。他把一叠折叠得很整齐的寝具留在洗衣间里，也把一只空的咖啡马克杯留在水槽里。你一边走下楼，一边揉着眼睛。“我的脚好冷，”你说。

“那就把拖鞋穿上。艾米莉亚呢？”

“还在睡。”

这天是星期六，没理由一早就把她叫醒。我看着你摩擦着臀部，可能没有意识到自己在做什么。你需要运动，以强化你骨盆周围的肌肉，虽然自从你股骨骨折之后，运动会让你感到疼痛。“这样吧。如果你去拿报纸，我们可以一起做松饼当早餐。”

我看着你花心思做着计算——信箱位在门前车道四分之一英里处。外头很冷。“可以加冰激凌吗？”

“只能加草莓。”我讨价还价。

“好吧。”

你走进玄关的置衣间，拿出大衣，罩在睡衣外头。我帮你绑好矫正器的带子，把你的脚塞进可以容得下矫正器的靴子里。“走在门前车道上要小心。”你拉上夹克拉链。“薇罗，有没有听到我说的话？”

“有，要小心。”你重复我的话，然后打开前门，往外头走去。

我站在门边注视了一会儿，直到你转上门前车道，把你的双手叉在腰间，然后说：“我不会跌倒的！别再盯着我看！”

于是我退回屋里来，关上门。不过我还是透过窗户观察了你一会儿。我回到厨房，开始从冰箱里拿出材料，然后将松饼机插上插头。我拿出你非常喜欢的搅拌用塑料盆，因为它够轻，可以让你轻易拿起来与倒进东西。

我再度走到前廊，为了要等你。但是当我走出室外，却不见你的人影。我从门前车道可以清楚看见信箱，而你也不在那里。我慌乱地套上靴子，跑下门前车道。跑到一半时，我看见覆盖在草地上的雪，留有脚印，脚印朝向冬天可以溜冰的池塘。

“薇罗！”我大叫，“薇罗！”

该死的西恩，他没有照我所要求的把池塘填满。

突然间，你出现了，就站在垂着薄冰的芦苇丛边缘。

你用一只脚在湖面上平衡。“薇罗。”我轻声地说，害怕吓到你，但是当你转过身来，你的靴子滑了一下，你双手向前伸展，想阻止自己跌倒。

我就知道会发生这样的事。我就知道，所以当你转身面向我时，我已经开始移动了。我踏在冰上，冰面才刚形成，仍很薄弱，无法支撑任何重量，我感觉我脚下脆弱的冰缘正在碎裂。冰冷的水渗进我的靴子，但是我还是及时环抱住你，没让你跌倒。

我已经湿到大腿处，你的身体挂在我的前臂，就像一包做蛋糕的面粉，你气喘吁吁。我摇摇摆摆地向后退，把双脚从池塘底部的淤泥与野草中拔出来，重重地跌坐在地下，以减轻跌倒对你的冲击。“你还好吗？”我大叫，“有没有骨折？”

你很快地自我检查一下，然后摇摇头。

“你在想什么？你很清楚……”

“艾米莉亚都可以走在冰上。”你说。你的声音很微小。

“首先，你不是艾米莉亚，而且这个冰面还不够坚固。”

你转过身子。“就像我一样。”

我轻轻把你翻转过来，好让你坐在我大腿上，你的双脚放在我的双脚上。这种姿势叫做蜘蛛，孩童们在玩荡秋千时都是这么称呼它，虽然你从来不被允许玩荡秋千。因为你很容易就会被秋千的链子弄断了腿，或者被同伴的手脚给扭弯了。

“那根本不像你，”我坚定地说，“薇罗，你是我所知道最坚强的人。”

“但是你还是希望我不需要使用轮椅，或者老是跑医院。”

西恩总是坚称你很清楚周围发生什么事。我天真地以为，经过我们几个月前的谈话之后，即使你对我的话存有疑虑，只要看到我的实际行动，就可以破除你的疑虑。但是我一直担心你会听到我说的事情——那些话与你在字里行间读到的可能有出入，我很怕你会误解。“你记得我曾说过，有时候我必须说一些言不由衷的话？就是这么回事，薇罗。”我犹豫着，“假设你在学校里，你的朋友问你是否喜欢她的球鞋，但你并不喜欢，你觉得她的球鞋丑得要命。你不会告诉她说你讨厌那双球鞋，对吧？因为那会让她很难过。”

“那是说谎。”

“我知道。而且大部分时候，说谎是不对的，除非你试着不伤某人的感情。”

你盯着我。“但你伤了我的感情。”

我感觉像是有人把一把刀插进我胃里，并且用力扭转。“我不是故意的。”

“那么，”你很用力地思考着。“就像艾米莉亚发明的相反日？”

艾米莉亚在你这个年纪时，发明了这个游戏。她那个时候就很叛逆，拒绝做功课，当我们对她大吼时，她又大笑起来，说那天是相反日，而她早就做完功课了。或者她会恐吓你，称呼你玻璃屁股，当你哭着来找我们时，艾米莉亚坚称在相反日的这一天，称你玻璃屁股，意味着你是公主。我从来都无法分辨，艾米莉亚发明相反日这个游戏，究竟是因为她很有想象力，还是因为她是恶意的。

但也许这个点子可以用来厘清不当出生这个盘根错节的事情，像精灵鞋匠一样，把谎言纺织成冠冕堂皇的理由。“没错，”我说，“就像相反日一样。”

你朝我微笑，笑容如此甜美，让我觉得周围的冰雪都融化了。“那好吧，”你说，“我也希望你不曾被生出来。”

西恩和我刚开始约会时，我会留一些小点心在他的信箱里。切成他名字缩写形状的糖饼干，一条巴布卡蛋糕，加了糖霜核桃及杏仁糖的肉桂卷。当时我是名副其实的甜心。我想象着他伸手进信箱里拿账单和广告页，结果却拿到一条果酱卷，一个蜂蜜蛋糕，一大块海绵蛋糕。“如果我胖了十四公斤，你仍然会爱我吗？”西恩总是这么问。而我则取笑他：“你凭什么觉得我爱上你了？”

我当然爱他。但是我总是比较会用行动表示，而不太会说出来。这个字让我想起核桃糖：小而珍贵，几乎令人难以承受的甜。只要有他在，我心情就轻松愉快。我觉得自己像个太阳，接受他的拥抱。但试着将我对他的感觉化为文字，却稍微减损了这种感觉，就像把蝴蝶钉在玻璃片下，或者把彗星录像下来。每个晚上他都会环抱着我，在我身边诉说着那句话，就像一碰就破的泡泡：我爱你。然后他会等着我对等的响应。他一直等，即使我知道他不想在我尚未准备好之前给我压力，我还是能在沉默中感受到他的失望。

某天，我刚下班，仍忙着抖掉手上的面粉，好赶去接艾米莉亚放学回家，结果我在挡风玻璃的雨刷下面发现一张小纸片，上面写着我爱你。

我把纸片塞进前座置物箱里。那天下午，我做了巧克力块，留在西恩的信箱里。

隔天当我下班，发现挡风玻璃上贴了一张A4大小的纸，写着：我爱你。

我打电话给西恩。“我会赢的，”我说。

“我想我们两个都赢了。”他回答。

我烤了一个熏衣草意式布丁，放在他的信用卡账单上面。

他回敬了一个海报板。从餐厅的前门窗户就可以清楚看见上面的信息，这使我成为被餐厅领班和大厨揶揄戏弄的对象。

“你有什么毛病啊？”当时派普对我说，“你早该把你的感受告诉他了。”但派普不了解，而我也无法向她解释。当你用行动向某人表达你的感受，是既新鲜又真诚。可是当你用话语表达感受，那么在话语的背后可能空无一物，只有习以为常或预期心理。这三个字是每个人都在使用的。这些简单的音节无法包含我对西恩特殊的感受。我想要他感受到我和他在一起时的感受：这种感受是由安慰、迷恋与惊奇所构成的奇妙组合。我要他知道，只要品尝过他一次，我就上瘾了。所以我做了提拉米苏，把它藏在亚马逊网络书店包裹与一家油漆公司广告传单之间。

这一次，西恩打电话给我。“打开别人的信箱是重罪，你知道的。”他说。

“那你就逮捕我啊。”我回答。

那天我下班时，身后跟着餐厅所有的同事，他们把我和西恩之间的恋爱追求当作运动般观赏，结果发现我的车子整个被包肉的纸包起来。西恩在上面写了尺寸和我一样高的字体：我正在节食。

我为他烤了罂粟司康饼，可是隔天我要拿姜汁饼干去放时，发现罂粟饼干还在信箱里。再隔天，我发现这两样东西都原封不动，我甚至没办法把草莓蛋挞塞进信箱里。于是我带着草莓蛋挞上他家，按了门铃。他出现在门口，身后是屋内的灯光，他的金发逆着光，白色T恤披挂胸前。“你为什么不吃我为你做的点心？”我问。

他给我一个慵懒的笑容。“你为什么不对我说同样的话？”

“你看不出来吗？”

西恩将双臂交叉。“看不出来什么？”

“你看不出来我爱你？”

他打开纱门，一把抓住我，用力吻我。“是时候了，”他露齿一笑，“我饿坏了。”

那天早上你和我不只做了松饼。我们还做了肉桂面包、燕麦饼干和巧克力果仁蛋糕。我让你舔干净汤匙、刮刀和碗里的材料。大约十一点钟，刚淋浴完的艾米莉亚大步走进厨房。“哪支军队要来我们家吃午餐吗？”她问，不过她拿起一个玉米松糕，剥开它，呼吸着它散发出来的热气，“我能帮忙吗？”

我们做了一个覆盆莓丝绒蛋糕、一个李子口味的反烤苹果塔、苹果酥饼、旋转风车饼，以及蛋白杏仁饼干。我们一直做到食橱里的材料快要用光了，直到我忘记你在池塘对我说的话，直到我们用完了红糖，直到我们没注意到你爸爸已经消失了一整天，直到我们再也吃不下任何一口食物。

“现在呢？”艾米莉亚问。此时整个流理台上已经摆满了我们做好的点心。

长久以来我都是这样子，一旦我开始了，就无法停手。我想，一部分的我仍然想为整个餐厅顾客做点心，而不只是为单一家庭——更别提其中一名家庭成员还缺席了。“我可以把它们分送给邻居。”你建议。

“不行，”艾米莉亚说，“让他们掏钱买吧！”

“我们并不是在经营烘焙店。”我提醒她。

“为什么不行呢？我们可以在车道尽头摆一个像蔬果摊的东西。薇罗和我可以做一个大广告牌，上面写着夏洛特的烘焙点心，你可以用保鲜膜把这些都包起来……”

“我们可以拿一个鞋盒，”你说，“在鞋盒上头挖一个可以投钱的缝，每个点心收十美元。”

“十美元？”艾米莉亚说，“一美元还差不多，傻蛋。”

“妈！她叫我傻蛋……”

当时我正想象着刷白的墙壁，一个玻璃展示柜，桌面是大理石材质的生铁桌子。我想象着大烤箱里摆放成列的开心果松糕，拌糖的蛋白酱在嘴巴里融化，以及收款机发出的像天使之翼般的铃声。“乳酒冻，”我打断你们的话，你们两个都转过头来看我。“广告牌上应该写乳酒冻这个名字。”

那天晚上，西恩回家之前，我就已经熟睡了。等到我起床时，他也出门了。让我知道他回来过的唯一线索，是一只用过的马克杯孤单地放在洗碗槽里。

我的胃部一阵翻搅，我假装那是因为饥饿，而不是后悔。我在厨房里弄了一片吐司，然后拿出一张雪白的咖啡机滤纸。

西恩和我刚结婚时，他每天早上都会为我煮咖啡。他自己不喝咖啡，但他必须早起上班。他会设定咖啡机的运作时间，好让我淋浴完之后有一壶刚泡好的咖啡等着我。我下楼时，会发现他已经帮我准备好咖啡杯，里面也已经放了两匙的糖。有时候咖啡杯底下会压着一张字条：待会儿见，或我已经开始想你了。

今天早上厨房很冷，咖啡机安安静静，什么也没有。

我量好了水量以及咖啡粉，按下按钮，让水分流入玻璃壶里。我伸手去拿橱柜里的马克杯，但我想了一下，拿起了西恩留在水槽里那个用过的马克杯。我把它冲干净，为我自己倒了一杯咖啡。这咖啡尝起来太浓太苦。我很好奇，西恩的嘴唇碰触马克杯的位置是否和我相同。

我向来都很质疑有些女人形容她们婚姻的消逝像是在一夕之间发生似的。你怎么可能会不晓得？我心想。你怎么可能忽视所有的迹象？这个嘛，让我告诉你这是怎么发生的：你忙着扑灭你眼前的火，却完全忽略了在你背后燃烧的地狱。我不记得上次我和西恩一起开心大笑是什么时候。我不记得上次我出门时向他吻别是什么时候。我太专注于保护你，以至于让我自己处于极容易受伤的境地。

有时候你和艾米莉亚玩纸上游戏，当你们掷骰子时，骰子会卡在沙发的缝隙里或滚到地板上。重来，你总是这么说，而得到第二次机会是如此容易。那正是我此刻所想要的：一个重来。只不过，说实话，我会不晓得从何开始。

我把咖啡倒进水槽里，看着它呈漩涡状流下水孔。

我不需要咖啡因。我也不需要某人早上为我泡咖啡。我离开厨房，抓起一件夹克（那是西恩的，闻起来像他），然后走出屋外去拿报纸。

平常会装有当地报纸的绿色信箱是空的。西恩一定是把报纸带出门了。我很失望，转身看见我们昨天放在车道尽头的手推车。

手推车是空的，只剩艾米莉亚用鞋盒做成的自助收银箱，以及你用亮光笔画的纸板，上面写着乳酒冻。

我抓起鞋盒，跑进屋内，来到你们的房间。“女孩们，”我说，

“你们瞧！”

你们两个都翻了个身，睡意仍很浓。“天啊。”艾米莉亚哀叫着，瞄了一眼时钟。

我坐在你的床上，打开鞋盒。“你从哪里弄来那些钱？”你问道。这句话使得艾米莉亚在床上坐起身来。

“什么钱？”她问。

“是我们昨天烘焙的点心，”我说。

“给我看，”艾米莉亚抢过鞋盒，开始把钱整理成一堆一堆。里面有钞票和硬币，各种面额都有。“里面好像有一百美元耶！”

你爬出你的床，然后爬上艾米莉亚的床。“我们有钱了。”你说，你拿起一把钱，往头上一撒。

“我们要怎么使用这些钱？”艾米莉亚问。

“我想我们应该买一只猴子。”你说。

“猴子的价格不止一百块，”艾米莉亚嘲笑着，“我想我们应该买一台电视放在我们房间。”

我心想我们应该用这笔钱来支付信用卡账单，但是我想你们两个不会同意的。

“我们楼下已经有一台电视了。”你说。

“我们不需要一只蠢猴子！”

“女孩们，”我打岔，“我们只有一个方法可以得到大家都想要的。我们可以再多烘焙一些点心，赚更多钱。”我轮流注视你们两个的脸，“如何？你们还在等什么？”

你和艾米莉亚冲到隔壁的浴室，然后我听见水龙头的水声，以及你们牙刷规律的磨刷声。我拉起你床上的被单，塞在毯子底下。我在艾米莉亚的床上做了同样的事，但是当我拉平床垫底下的被子时，我的手指摸到许多糖果包装纸，一条面包的包装袋，威化饼干被撕开的小包装袋。青少年就是这样，我心想，然后把这些东西都扫进垃圾筒。

我听到你们两个在浴室里争论着是谁没有盖上牙膏的盖子。我伸手探进鞋盒里，又抓起一把硬币撒向空中，听着那些硬币的声音，那种声响代表着希望与可能性。

西恩

也许我不该拿那份报纸。我坐在离班克顿镇两个城镇之外一间快餐店的包厢里，啜饮着柳橙汁，等候厨师替我煎蛋，心里这么想着。毕竟，这是夏洛特每天早晨做的第一件事：一面浏览报纸标题，一面啜饮咖啡。有时她甚至大声朗诵读者投书，尤其是那些听起来像反政府的疯子所写的信。我在清晨六点偷溜出去之前，先停下来拿了那份报纸，我知道这么做会让夏洛特气疯了。好吧，也许光是想到能把她气疯，就让我有足够的动机把报纸带走。然而此刻当我把报纸摊开，浏览报纸首页，我即刻领悟当初应该把报纸留在信箱里。

因为，就在报纸上半版，刊登了一则我和家人的新闻。

一名本地警察向妇产科医生提告产检疏失

就许多方面来说，薇罗·欧基夫是正常的五岁小女孩。她就读班克顿小学的幼儿园全天班，学习阅读、数学与音乐。下课时间，她和同学一起玩。她在学校餐厅买午餐。薇罗只有一点不同于其他的五岁孩子。有时薇罗会坐着轮椅，有时使用拐杖，有时使用脚部支架。这是因为她小小年纪，却罹患一种名为“成骨不全症”的疾病，饱受六十二根断骨所苦。薇罗打从一出生就罹患这种病。她的父母控诉，妇产科医生应该尽早检验出这种疾病，让他们来得及堕胎。虽然欧基夫夫妇非常爱他们的女儿，但她的医疗费用如滚雪球般，早已超过一般保险给付范围。薇罗的父亲是班克顿警察局的警官西恩·欧基夫，母亲是夏洛特·欧基夫，如今他们和愈来愈多的父母一样，控告妇产科医生未善尽告知胚胎异常的信息，他们宣称若是早一步得知相关信息，就能及时终止怀孕。

美国有半数以上的州都认可产检疏失导致不当出生的官司，但许多官司都私下和解，而所得到赔偿金额比法庭上所判决的金额更少，这是因为医疗疏失保险公司不愿意让像薇罗这样的孩子上法庭面对审问场景。然而，这样的官司往往引发一连串道德上的争议：这样的官司，意味着这个社会对于身障人士加诸什么样的价值观呢？谁能评断父母的决定，谁每天看见他们的身障子女受苦？究竟谁有权利判定哪种身体障碍符合堕胎条件？对于像薇罗这种年纪大到可以聆听父母证词的孩子来说，又会有什么影响？

美国身障协会新罕布什尔分会会长路·圣皮耶说，他能理解为什么像欧基夫这样的父母会提出控告。“严重身障的孩子对家庭造成极大的经济负担，而打官司或许有助于解决问题。”圣皮耶出生便罹患“脊柱裂”，终身受困于轮椅。“但若申请中止诉讼程序，对这样的孩子所昭告的信息便是：身障人士不值得过富裕且完整的生活。如果你不完美，你就不该存在。”

二〇〇四年一项产检疏失导致的不当出生案件中，法庭做出一笔三百二十万美元的赔偿金判决，但新罕布什尔州的最高法庭于二〇〇六年推翻这项判决。

报纸上甚至刊出我们一家四口的照片，那张照片是两年前在班克顿警局举办的警民交流游园会中所拍摄的。那时候艾米莉亚还没有戴上牙套。

你的手臂还戴着护具。

我把那份报纸丢向包厢的另一端，它落在最远的座位。这些混账记者。他们每天的工作就是守在法庭里，看看法庭告示板上排定审理什么案件吗？这是本地报纸，每个人都会阅读，读到这则新闻的每个人都会以为我是为了钱而提出控告。

我并不是为了钱才打官司，为了证明这一点，我拿出皮夹，留了二十美元在桌上，而我的餐点只需两美元，餐点甚至还没有送上来，我就起身走人了。

我先到警局短稍作停留，查到玛琳·盖兹的住址。十五分钟后，我就出现在她家门口。她家的外观与我预期的完全不同。门口摆置一些花园矮精灵雕像，邮箱造型则是一只张嘴的猪。护墙板漆成紫色。她家看起来像是格林童话《糖果屋》里那对兄妹住的地方，不像是一板一眼的律师的住所。

我按了门铃后，玛琳立刻来应门。她穿着一件印有披头士乐队歌曲《左轮手枪》图案的T恤，运动裤的小腿处印着“新罕布什尔州立大学”字样。“你来这里做什么？”

“我必须和你谈谈。”

“你应该先打电话来。”她环顾四周，探询夏洛特的身影。

“我是一个人来的。”我说。

玛琳将双臂交叉在胸前。“我的住址没有刊登在电话簿上。你是怎么找到我住的地方？”

我耸耸肩说：“别忘了我是警察。”

“这是侵犯隐私权……”

“那好啊，等你结束控告派普·芮斯的官司，再来控告我。”我举起那份早报，“你读了这篇烂新闻吗？”

“读了。我们对媒体也无可奈何，只能不停地说‘不予置评’。”

“我不干了。”我说。

“你说什么？”

“我不玩了。我要退出这场官司。”光是说出这些话，就让我觉得仿佛已将整个世界的重担移交给另一个蠢蛋。“你要我签署什么我都会签，只要让整件事正式落幕就好。”

玛琳踌躇着。“进屋来吧，我们谈谈。”她说。

如果我对她家的外观感到惊讶，那么我对她家室内则可用“震惊”两字形容。有一整面墙的柜子上摆满了汉默尔公司出品的瓷器玩偶，其他的墙面则点缀着织景画。沙发表面铺着绽放如海藻般的饰巾。“你家很漂亮。”我撒了谎。

她漠然地盯着我。“我租下这幢房子时，是连整套装潢和家具一起租的，”她解释，“这幢房子的女主人住在佛罗里达州的罗德岱堡。”

餐桌上堆了一叠档案，以及一本草稿簿。屋里的地板上散落着被揉皱了的纸团。可见不论她正在写什么，似乎都写得不太顺畅。

“听着，欧基夫警官，我知道你和我在这个案子里一开始并不怎么顺利，我知道那份证词对你来说……很具挑战性。但我们可以稍作调整，采取其他攻击策略，一旦我们上了法庭，一切将会不同。我真的很有把握，陪审团将愿意答应赔偿你的损失。”

“我不要你们的脏钱，”我说，“她可以全部都拿走。”

“我想我已经明白你的问题症结，”玛琳回答，“但这件事并不仅是关系到你和你妻子，这件事关乎薇罗的权益。如果你们真的想给她应得的好日子，你们必须打赢这样的官司。如果你现在就退出，只会让被告再次逍遥法外……”

太迟了，她这才明白这可能正是我所希望的。

我的语气严正，“我女儿的阅读能力相当于小学六年级。我猜她会看到那则新闻报道，以及许多像那样的新闻。她将会听到她妈妈亲口告诉全世界说她原本不想要这个孩子。你说，盖兹小姐，我是该坐在法庭里，拉低你打赢官司的胜率；还是退到一旁，好让薇罗知道，不论她是什么样子，随时都有深爱她的人可让她依靠？”

“你确定这样做，对你的女儿最好？”

“你又能确定你的做法对她比较好吗？”我问，“你今天如果不拿文件让我签，我就不走。”

“你不能期望我在星期天不进办公室时帮你拟出文件……”

“二十分钟后，我会在你办公室等你。”我开门走出屋外时，听到玛琳的问话而停下脚步。

“你太太，”她问，“她对你这么做有什么看法？”

我缓慢地转过身。“她向来不会想到我。”我说。

那天晚上或隔天早上，我都没有见到夏洛特。我以为玛琳必须花那么久的时间才告诉我太太说我退出官司了。然而，就算是意志坚定的男人都了解自保是怎么一回事。除非我有酒精的助力，否则我是不可能回家去和你妈妈谈话的。身为一名警察，我留了足够的时间让酒精安全地通过我的消化系统，然后才开车回家。

也许那个时候我回家时能幸运地发现她睡着了。

“汤米。”我对着酒保说，并且把空的啤酒杯推向他。我在下班后和几个巡逻警官来到酒吧，但是他们此刻全都回家去和老婆小孩一起吃晚餐了。现在这个时间很尴尬，喝餐前酒太晚了，却又还不到夜间狂欢作乐的时刻。除了汤米和我之外，酒吧里唯一的人是一名从下午三点就开始喝酒的老人，但是他女儿过来把他接回家去了。

门上的钟铃响了起来，一名女子走进来。她脱掉一件紧身的豹纹外套，露出一件更紧身的桃红色洋装。在强暴案中，往往是像这样的穿着打扮搞砸了被强暴者胜诉的机会。

“外头好冷。”她说，然后滑进我身旁的座位。我毅然地低头盯着我的空啤酒杯。试着穿多一点儿衣服，我心想。

汤米递给我一杯新鲜的啤酒，然后转向那名女子。“你要喝点什么？”

“我要一杯加橄榄汁的马丁尼，”她说，然后转向我，朝我微笑，“你有没有尝过？”

我啜饮了一口啤酒。“我不喜欢橄榄。”

“我喜欢把红椒吸出来，”她承认。她解开发束，使她的金色卷发像一条河流般披挂在背后，“如果你问我，我会说啤酒尝起来像猫尿。”

我大笑起来。“你什么时候尝过猫尿了？”

她蹙起眉。“难道你不曾注视着某种东西就知道它尝起来如何吗？”

她的确是说某种东西，而不是某人，对吧？

我从来没有背着夏洛特偷情。我甚至从来没有想过。天知道，我的工作让我遇到够多的年轻女子，如果我想揩油，不是没有机会。说实话，我只想要夏洛特，即使相识八年之后我还是这么认为。但是我所娶的那个女人——那个在结婚誓词中答应为我买香草冰激凌的女人——已经不是这些日子以来我在家里见到的那个女人。那个女人一意孤行，而且非常疏离，她如此专注在她可能将得到的事物上，却看不见她原本所拥有的。

“我叫西恩。”我说，然后转头面对她。

“我叫泰菲·洛伊德，”她说，然后啜饮了一口马丁尼。“发音就像那种糖一样。我指的是泰菲，不是洛伊德的部分。”

“噢，我懂。”

她眯起眼睛。“我是不是认识你？”

“我很确定如果我见过你，我会记得的……”

“不，我知道了。我从来不会忘记见过的脸……”她止住了话，扣着手指，“你出现在报纸上，”她说，“你有一个生了重病的女儿，对不对？她还好吧？”

我举起啤酒，好奇她是否听见我砰砰作响的心跳。她是从报纸上的新闻认出我的？如果这个女人是这样认出我，那么还有多少人也会这样？“她很好，”我简洁地说，然后一口气灌完杯里的啤酒，“事实上，我必须回家去照顾她了。”我不管开车的事情了。我走路就是了。

我开始从椅子上站起来，但一听到她说的话，我立刻停住不动。“我听说你不打算控告了。”

我慢慢地转身。“这个信息并没有出现在报纸上。”

突然间，她看起来一点也不肤浅轻浮。她的眼睛是蓝色，眼神犀利，而此刻她的目光盯着我。“你为什么想退出？”

她是记者吗？这是陷阱吗？我感觉到自己的警戒心提高，但为时已晚。“我只是想试着做出对薇罗最好的决定。”我低声地说，然后穿起夹克，当袖子缠住时，忍不住低声咒骂。

泰菲·洛伊德把一张名片放在我面前的吧台上。“对薇罗最好的决定，”她说，“就是让这件官司不要发生。”她点点头，把豹纹大衣披在肩上，走出门，留下几乎没喝多少的马丁尼。

我拿起名片，用手指触摸着上头突起的黑色字体：

泰菲·洛伊德　法律调查助理

布克、胡德与寇提斯法律事务所

我还是开车回家了。我走的是平常巡逻时走的路径，我行进的路径呈一个大大的数字 8，愈来愈靠近班克顿镇的市中心。我望着坠落的星星，然后开往我认为它们降落的地方。我一直开，直到我几乎睁不开眼睛，直到午夜十二点过后。

我让自己悄悄地进入屋内，我在黑暗中跌跌撞撞走进洗衣间，去拿睡在沙发上要用的床单和枕头。突然间，我累坏了，累到甚至站不住。我跌坐在沙发上，把脸埋进手掌中。

我所不了解的是这件事为什么会进展得这么远、这么快。前一分钟我还气冲冲地走出律师办公室。下一分钟夏洛特已经约好下一次会面。我不能禁止她那么做——但说实话，我从来没有想过她会打官司。她不是那种会冒风险的人。但是那就是我搞错的地方：在夏洛特心中，这件事并不是关于她自己。这件事是关于你。

"爸爸？"

我抬头，发现你站在我面前，你赤裸的双脚苍白得像鬼魂般。"你醒来做什么？"我说，"现在是半夜。"

"我口渴。"

我走进厨房，你跟在我后头。你比较喜欢使用右脚——虽然其他的父亲可能会怀疑自己的女儿是否仍半梦半醒，我担心的却是你会不会又发生骨折或臀骨移位。我打开水龙头为你装了一杯水，然后在你喝水时，我向前靠着流理台。"好了，"我说，然后我把你抱起来，因为我无法忍受看你吃力地爬上楼梯。"你的睡觉时间已经过了很久。"

你的手臂环绕我的脖子。"爸爸，为什么你不睡你自己的床了？"

我停下脚步，刚好是楼梯一半的位置。"我喜欢沙发。沙发比较舒服。"

我轻轻走进你们的房间，不想吵醒艾米莉亚，她正在你旁边的床上轻声地打着鼾。我替你盖好被子。"我猜如果我不是现在这个样子，"你说，"如果我的骨头不是乱七八糟的——你就仍会睡在楼上。"

在黑暗中，我仍看得见你眼里的闪光，以及你脸颊鼓起的弧线。我并没有回答。我没有答案。"睡吧，"我说，"现在太晚了，不要谈这些。"

突然间，事情发生了，仿佛某人把一个未来的片段安插进电影里，我可以看见你长大后的样子。那份固执的决心，那种安静地接受某人退出一场艰困的奋战——那时候的你，最像夏洛特。

我并没有回到楼下，而是溜进主卧房。夏洛特正睡在右侧的床上，面对着空荡荡的床的另一侧。我轻轻地在床沿坐下，然后将身子舒展在被子上，试着不让床垫晃动。我翻了身，与夏洛特相对。

此时我人在这里，在我自己床上，和我自己的妻子在一起，觉得很习惯，同时却又觉得很不自在，就像拼图快要完成时，正要把最后一片拼图压进正确的位置，虽然拼图的边缘已经不像原来那么相合了。我盯着夏洛特的手，她的手握拳，贴着被子，仿佛她即使在睡梦中仍然准备随时跳起来挥拳。当我碰触她手腕的边缘时，她的手指头像一朵玫瑰般绽放开来。我抬头瞄了一眼，发现她正注视着我。“我是在做梦吗？”她轻声地说。

“是的。”我说，然后她的手紧握住我的手。

我注视着夏洛特慢慢又睡过去，试着想找出一个清楚的分际，看她何时是清醒着和我一起在这里，以及何时退回她的梦乡。但一切发生得太快，我来不及评估。我轻轻地把手从她手里抽出来。我希望她醒来之后，能记得我曾经在这里。我希望那可以弥补我即将要做的事情。

警局里有个名叫乔治的同事，他的太太在几年前得了乳癌。为了表达我们的团结，在她做化疗时，我们所有人都一起剃了光头。我们尽一切可能来支持乔治度过他个人最痛苦的时刻。当他太太复原时，每个人都欢欣鼓舞。一个星期后，她向他提出离婚的要求。那个时候，我认为那是一个女人所可能做出的最残忍的事：在一个男人陪她经历苦难之后，把他甩掉。但此刻，我开始明白，每个人的感受与想法不同，从一个角度看起来像垃圾的东西，从另一个角度看来可能是件艺术品。也许了解自己，的确需要承担风险。也许你必须接受严苛的生命考验，才能了解自己想从生命中得到什么。

我不喜欢在这里——这就好像经历一场不愉快的回想。在一大张光亮桌子中央的旋转盘底下掏一张餐巾纸，我擦擦额头。我真正想做的事情，是承认这一切是个错误，然后逃跑。也许是跳出窗外。

但是在我还来不及实现这个疯狂的想法时，门被打开了。一名头发银白的男子走进来——我一开始怎么没有注意到呢？——他身后跟着一位金发女子，戴着时髦的眼镜，穿着一件套装，钮扣几乎扣到喉咙。我惊讶得张大了嘴：泰菲·洛伊德打扮得非常正式整齐。我朝她默默地点点头，然后朝盖伊·布克点头——这个律师在几个月前把我当傻瓜耍。“我来这里是要问你，我能怎么做。”我说。

布克注视着他的调查助理。“我不确定自己是否了解你的意思，欧基夫警官……”

“我的意思是，”我说，“现在我是和你同一阵线了。”

玛琳

面对从未谋面的母亲，你会说什么？

自从梅西联络我，说她有我生母的有效地址之后，我就写了上百封信件草稿。事情是这样的：虽然梅西显然找到我生母的位置所在，我却不准与她直接联络。我应该要写一封信给我的生母，并且把它寄给梅西，由她担任中间人。她会联络我的生母，说有一件很重要的个人事务要讨论，然后会留下电话号码。照理说，我的生母听到这个留言，她会知道那件个人事务是什么，并且会回电话。一旦梅西确认这个女子的确是我的生母，她就会朗读我写的信，或是把信寄给她。

梅西寄了一份指导原则给我，为的是要帮助我写这封信：

> 这封信是要向你正在寻找的亲生父母介绍你自己。对你而言，这个人基本上是个陌生人，所以这封信是你给对方的第一印象。为了不要吓坏你的亲生父母，我们建议你的信最好不要超过两页。只要你的手写字迹可以辨识，最好是寄一份亲笔手写信，因为这可以让收信人感觉你的人格特质。
>
> 你应该决定是否要在这初次联络时隐匿你的身份信息。如果你想使用真名，请务必了解，这有可能让对方找到你的位置所在。也许应该等到你了解对方之后，再提供你的住址或电话号码。
>
> 这封信应该包含关于你的基本信息——年龄、教育程度、

职业、专长或嗜好、婚姻状况，以及你是否有小孩。最好能放进你自己和家人的照片。你可能希望解释为什么你此刻想寻找亲生父母。

如果你的背景资料包括了一些难言之隐，最好不要在这个时候分享。负面的领养信息——例如曾被安置在虐童的家庭——是不恰当的。你最好等你和亲生父母培养关系之后，再分享这项信息。许多亲生父母都表示对于将孩子送人领养的决定深感后悔，并且害怕他们本来为孩子着想的决定，最后可能不如他们原先所期望。如果一开始就分享负面的信息，可能会妨碍你们未来建立正面的互动关系。

如果你很感激你的亲生父母当初所做的决定，你也许可以简短分享这个信息。如果你想知道有关家族的病史信息，你也可以提及。你可能要考虑稍后再询问有关生父的事情。这在一开始可能会是令你生母痛苦的话题。

为了向亲生父母确保你想要的是互惠的关系，你也许可以加入一项声明，说你愿意打电话或见面，但会尊重对方可能需要时间来判断对于这件事情是否觉得妥适。

我反复读着梅西提供的指导原则，几乎都可以背下来了。对我而言，这封信里似乎不见最具有指导性的信息。究竟要分享多少信息，才能说明自己究竟是什么样的人，但又不至于把对方吓跑？例如，如果我告诉她说我是民主党员，而她却是个共和党员，她会不会把我的信丢进垃圾筒？我是否该提及我曾经参加游行，替艾滋病研究募集资金，而且我拥护同性结婚？当我用白纸黑字写下这封信时，梅西的那封指导信完全没有提及我究竟该如何做决定。我想要送一张卡片——这感觉起来仿佛比较用心，而不只是在笔记本上随意写写。但是我手边的卡片，上头的图像风格截然不同，包括毕加索、插画家玛丽·安格布雷特，以及摄影师梅波索普。毕加索的画似乎太常见了，玛丽·安格布雷特的插画又太温馨可爱，万一她讨厌梅波索普的摄影作品该怎么办？够了，玛琳，我告诉自己。卡片上并没有任何裸体，只有一朵该死的花。

现在我所必须做的，就是想出要写在信里的内容。

布蕾欧妮推开我办公室的门，我连忙把笔记簿塞进活页夹里。也许利用工作时间来做我私人的事情不是太恰当，但我愈是深入欧基夫家的案件，我就愈难不去想到我亲生母亲。这听起来很傻，但寻找她让我觉得像是在解救自己的灵魂。如果我必须为一名希望自己可以摆脱孩子的妇女辩护，那么至少我可以找到自己的母亲，赞美她当时有不同的想法。

秘书掷了一个公文信封在我桌上。“恶魔送来的。”她说。我低头望了一眼寄件人的地址：布克、胡德与寇提斯法律事务所。

我把信封撕开，阅读修正过的证词。

“你是在开玩笑吧！”我低声地说，然后站起来拿外套。该是登门拜访欧基夫一家的时候了。

一名蓝头发的女孩来应门，我盯着她瞧了足足五秒钟，才认出她是夏洛特的大女儿，艾米莉亚。“不论你要推销什么，”她说，“我们都不需要。”

“你是艾米莉亚，对吧？”我勉强挤出一个笑容，“我是玛琳·盖兹，你妈妈的律师。”

她仔细端详我。“随便啦。她现在不在。她把我留下来照顾小婴儿。”

屋子里传来一个声音：“我不是小婴儿！”

艾米莉亚再度对我眨眨眼。“我的意思是，她把我留下来照顾废人。”

突然间，你的脸在门框周围出现。“嗨。”你说，而且带着微笑。你掉了一颗门牙。

我心想：陪审团会爱死你。

我立刻就痛恨自己居然有这种想法。

“你要留言吗？”艾米莉亚问。

我可不能告诉她说她爸爸已经变成被告那一方的证人。“我想亲自和你妈妈谈谈。”

艾米莉亚耸耸肩。“我们不能让陌生人进屋里。”

“她不是陌生人。”你说，然后你伸出手，把我拉进屋里。

我并没有太多和小孩子相处的经验，照我目前的速度看来，我可能永远都不会生儿育女，但是你的手握在我手里，有一种奇特的感觉，你的手柔软得像兔脚，也许能带来幸运。我让我自己被领到客厅里的沙发，环顾四周，盯着机器制的东方地毯、布满灰尘的电视屏幕，以及火炉旁堆得高高的游戏纸盒。从外观看来，你们最常玩的游戏是大富翁。沙发前方的咖啡桌上有个游戏板。“你可以接手，”艾米莉亚说，她交叉双臂，“反正我比较像共产主义者，而不是资本主义者。”

她消失在楼梯上方，留我在那里盯着游戏板。“你知道大家最常停在哪一条街吗？”你问。

“嗯。”我坐下来，“概率不是都一样吗？”

“如果你把出狱卡那类的东西算进去，概率就不一样了。大家最常停下来的是伊利诺大道。”

我低头瞄了一眼。你已经在伊利诺大道上盖了三间旅馆。

而艾米莉亚留给我六十块美元。

“你怎么知道？”我问。

“我常阅读。而且我喜欢知道别人不知道的事情。”

我打赌你知道很多我们不知道的事情。和一个快要六岁但词汇数量可能胜过我的小孩子坐在一起，真是令人有点困窘。“那么你告诉我一件我不知道的事情吧。”我说。

“苏西博士发明了呆子（nerd）这个词。”

我大笑出来。“真的？”

你点点头。“她写在《如果我经营动物园》那个故事里。那个故事没有《绿蛋与火腿》好听。反正苏西博士的故事是给小婴儿读的，”你说，“我比较喜欢哈珀·李。”

“哈珀·李？”我重复她的话。

“是啊，你没有读过《杀死一只知更鸟》吗？”

“当然有啊。我只是不敢相信你居然读过了。”你是这件官司的暴风中心，而这是我首次和你对话，我立刻明白一件奇妙的事：我喜欢你。我很喜欢你。你很真诚、有趣、聪明，也许你的骨头偶尔会断。我喜欢你把自己的病况视为自己最不重要的一部分，我喜欢你的程度，几乎就像我不喜欢你妈妈的程度，因为她把焦点都放在你的困境上。

“反正，刚刚是轮到艾米莉亚了，这表示你可以掷骰子。”你说。

我低头望了一眼游戏板。“你知道吗？我讨厌玩大富翁。”我真的讨厌它。我回想起童年时不愉快的记忆，我有一个在银行工作的表哥侵占公款，我还想起有一次我们连续四天晚上都玩那个游戏，令人厌烦极了。

“你想玩别的东西吗？”

我再度望向火炉，以及它附近的玩具堆，这时我看到一个娃娃屋。那是你们家的袖珍模型屋，有黑色的百叶窗和亮红色的门，甚至还有造景的花丛，以及长条状的编织地毯。“哇喔，”我小心翼翼地碰触着屋瓦，“这真是不可思议。”

“我爸爸做的。”

我用手捧起整个袖珍屋的底座，把它放在大富翁游戏板上面。“我以前也有个娃娃屋。”

它一直是我最爱的玩具。我记得迷你客厅里的红色绒布椅子，以及扭转发条后会奏出音乐的老式钢琴。有四只脚的浴缸、糖杖条纹的壁纸。它看起来十足的维多利亚风格，一点也不像我成长的现代房屋，可是当我整理床铺、沙发与厨房家具时，我总是假装这是另一个宇宙。如果我没有被送人领养的话，也许会住在像这样的屋子里。

“瞧瞧这个。”你说，然后你示范如何翻起那些小陶瓷马桶的盖子。我很好奇，住在娃娃屋里的男士们是否也会忘记把马桶盖翻下来？

冰箱里摆放着木头做的牛排和牛奶罐，以及一小盒蛋，排列得像小珍珠似的。我拉起一只编织篮子的盖子，发现里面有两支毛线针与一团毛线球。

“这是那对姐妹住的地方，”你说。然后你把床垫摆在楼上一个房间内的双人金属床架上，“这是她们的妈妈睡觉的地方。”你在隔壁房间的大床上摆了两个枕头和一张和你手掌一样大的被子。然后你拿了另一条毯子和枕头，在客厅的粉红丝缎沙发上铺床。“而这个，”你说，“是给爸爸睡的。”

噢，我的天啊，我心想。你的父母是如何毁了你的生活。

突然间，前门打开了，夏洛特走进来，一阵冷风夹带在她外套的褶缝里。她手臂上挂着绿色环保袋，里面装着刚买的日常用品。“噢，那是你的车啊？”她说，然后把食物丢在地上。“艾米莉亚！”她朝楼上大喊，“我回来了！”

“好啦。”艾米莉亚的声音飘下来，意兴阑珊。

也许他们摧毁的不只是你。

夏洛特弯下身来亲吻你的前额。“你还好吗，甜心？你们在玩娃娃屋啊？我很久没看你拿出来玩了……”

“我们必须谈谈。”我站起身来。

“好的。”夏洛特弯身去拿一些塑料袋。我照着做，并且跟着她走进厨房。她开始把东西一样一样拿出来：柳橙汁、牛奶、绿花椰菜、焗烤通心粉、洗碗机清洁剂和食物保鲜袋。

富足。喜悦。生命：这些商品包装上的品牌名称，像是印证生命存在的价值。

“盖伊·布克新增了一名被告方的证人，”我说，“你的丈夫。”

夏洛特前一秒钟还握着一罐酸黄瓜，下一秒钟，酸黄瓜罐就碎得一地都是。“你说什么？”

“西恩要作不利于你的证词。”我语气平静地说。

“他不能那么做，对吧？”

“一旦他要求退出官司……”

“他做了什么？”

酸黄瓜的醋酸味飘散开来，腌渍汁液在瓷砖地板上形成一摊水洼洼。“夏洛特，”我十分震惊，“他说他已经跟你谈过了。”

“他已经好几个星期没跟我谈话了。他怎么能这样？他怎么能这样对待我们？”

这时你走进厨房来。“打破了什么东西吗？”

夏洛特跪下来，开始收集玻璃碎片。“别进厨房来，薇罗。”夏洛特发出一声尖锐的哭叫时，我伸手去拿一卷新的厨房纸巾，一片玻璃刺穿了她的手指。

她的手指在流血。你瞪大了眼睛，我连忙把你赶往客厅。“去替你妈妈拿绷带来。”我说。

等我回到厨房时，夏洛特用满是鲜血的手紧抓住她的上衣。“玛琳，”她抬头望着我，“我该怎么办？”

上医院时，伤者不是你，这对你来说也许是全新的经验。但是事情很快就明朗化，你妈妈的伤口并没有太深，但光是绷带也解决不了事情。我开车送她到急诊室，你和艾米莉亚坐在车子后座，你的双脚踩在一个装满活页夹的纸箱上。当医生替夏洛特的无名指缝上两针时，我在一旁等候。你坐在你妈妈身边，紧抓着她的右手。我主动表示乐意拿处方笺到药房去帮她拿止痛药，但是夏洛特说家里还有你上次骨折时留下来的很多止痛药。

“我没事，”她告诉我。“真的。”我也几乎相信她了。这时候我想起医生在缝针时她紧握你的手的情景，我也想起她仍然打算在几个星期后对陪审团说出那些关于你的话。

我回到办公室，虽然那天我实在累坏了。我从书桌抽屉里拿出梅西的那封写信给生母的指导原则，又重读了一次。

家人永远不会是你希望他们是的样子。我们全都想要我们无法拥有的事物：完美的孩子，温柔的丈夫，放手让我们离开的母亲。我们住在大人的娃娃屋里，完全不晓得有一只手可能会随时伸进来，改变我们习以为常的一切。

嗨，我潦草地写着。

我可能已经在脑海里写了一千遍这封信，总是不断修改，想确定把它写好。我花了三十一年的时间，才开始寻找你，虽然我一直都很好奇我究竟从何而来。我以为我必须先搞清楚为什么我想要寻找你——而我终于知道答案了。我欠我的亲生父母一个很大的感谢。同样重要的是，我觉得你有权利知道我还活着，过得很好，而且很快乐。

我替纳舒厄镇的一家律师事务所工作。我就读新罕布什尔州立大学，后就读缅因大学的法学院。我每个月都担任志工，为一些负担不起律师费的人提供法律咨询。我还没有结婚，但我希望有一天能结婚。我喜欢划独木舟，喜欢阅读，也喜欢任何有巧克力的食物。

许多年来，我都不太愿意寻找你，因为我不想侵入或破坏任何人的生活。但后来某次健康检查时检验出不好的结果，虽然后来证实是一场虚惊，我才发现我对于自己的出处不够了解。为了多了解一些，我想见见你，并且亲自向你道谢——谢谢你给我机会，让我成为我现在这样的人——但是如果你尚未准备好与我见面，或者永远都无法准备好，我也会尊重你的意愿。

我已经重写了这封信好多遍，也反复读诵它。这封信不完美，我也不完美。但是我终于鼓起勇气了，而我很愿意这么想：也许我是从你那里遗传到勇气。

玛琳·盖兹　敬上

西恩

重新为四号道路铺路肩的那些家伙已经花了四十分钟讨论哪个女明星比较火辣。“杰西卡的身材是百分之百货真价实，”一个家伙说，他戴着无指手套，嘴巴里三分之二的牙齿都掉了。“没有隆胸。”

“好像你真的知道似的。”道路工作小组的工头嘟囔着。

另一名工人在靠近交通动线的这一头，拿着一个写着“慢”的标志，这可能是为了警告来车，也可能是对他们自己工作状况的描述。“帕梅拉的身材是胸围三十六D，腰围二十二英寸，臀围三十四英寸，”他说，“你们知道还有谁有这样的身材？只有芭比娃娃才有。”

我向前靠着我巡逻车的引擎盖，全身包裹在我冬天的装备里，试着假装我全聋了。道路工程指挥是我最不喜欢的警察工作的一部分，但却是必要之务。如果没有警车上闪烁的蓝光，某个白痴撞上修路工人的概率就会大大增加。另一个工人走过来，他的呼吸在空中形成白色的圆圈。“我绝对不会赶她们任何一个下床，”他说，“如果她们两个都同时在床上，那就更好啦。”

这件事颇有趣的：随便问这些工人的其中一个，他们一定会告诉你说我是个硬汉。我的警徽和配枪，就足以让他们对我心生崇敬。他们会照办我告诉他们的事情，而且他们也期望驾驶员会听我的话。但他们不知道的是，我是最糟糕的那种懦夫。工作时，我也许可以发号施令，或逮捕罪犯，或四处逞威风。在家里，我却必须趁家人起床前偷溜出家门。我从夏洛特的官司里退出，却没有勇气告诉她我打算这么做。

夜里，我花了很多时间清醒地躺在那里，试着说服自己说这是个英勇的举动——我是试着找到一个中间点，让你知道你是被爱且被渴望的——但事实上，我从这件事也得到好处。我再度成为英雄，而不是一个没有能力照顾自己家庭的男人。

“你想投票吗，西恩？”工头问道。

“我不想扫你们的兴。”我客气地说。

“噢，没错。你结婚了。你不准乱看女人，就连上网浏览也不行……”

我没理会他，这时一辆车经过路口时并没有减速，反而加速，于是我往前走几步。我所须做的，就是指指那名驾驶人，他就会停车熄火。就是那么简单：他会因为害怕被我开罚单，而仔细思量自己的行为。但是这名驾驶人并没有减速。当这辆车紧急刹车，停在十字路口中央时，我同时明白了两件事：（一）这是一名女性在驾驶，不是男性；（二）这是我太太的车子。

夏洛特走下车，摔上她身后的车门。“你这个混蛋。”她一边说，一边大步冲过来，直到靠得我够近，然后开始打我。

我抓住她的双臂，立刻警觉到她不仅阻挡了交通，也妨碍了道路工程。我可以感觉得到那些工人都盯着我瞧。“我很抱歉，”我低声地说，“我必须这么做。”

“你以为你可以保守这个秘密直到审判那一天？”夏洛特大叫，“也许那一天大家都可以眼睁睁看着我发现自己的丈夫是个骗子。”

“我们之中，谁是骗子呢？”我带着怀疑的语气说道，“请原谅我，我只是不愿意为了钱而作践自己的家庭。”

夏洛特的脸颊整个涨红。“请原谅我，我只是不愿意因为破产而让我们的女儿受苦。”

就在那一刻，我注意到一些事情：夏洛特车子的右后车灯已经烧坏了。她左手的一只手指上缠着绷带。此刻又再度下雪了。“女儿们呢？”我一面问，一面试图探看车子的深色车窗。

“你没有权利过问，”她说，“当你进了律师办公室时，你就已经放弃了权利。”

“女儿们在哪里，夏洛特？”我质问。

“在家里，”她从我身边走开，眼里的泪水闪闪发亮，“我再也不要看到你出现在家里。”

她绕了一圈，走回车子旁。不过在她还来不及打开车门之前，我挡住她。“你为什么不能明白？”我低声说，“在你开始这一切之前，我们家并没有什么问题。一点也没有。我们有舒适的家……”

“但屋顶会漏水……”

“我有稳定的工作……”

“但薪水根本付不了什么……”

“我们的孩子有很棒的生活。”我说完。

“你对孩子的生活又知道些什么呢？”夏洛特说，“当我们走过她学校的运动场时，她看着那些孩子做着她永远无法做的事情——都是一些容易的事情，例如从秋千上跳下来，或是踢球，那个时候陪在薇罗身边的人并不是你。她把《绿野仙踪》的DVD丢掉，你知道这件事吗？它被丢在厨房垃圾桶里，因为学校里有个残忍的小孩子叫她短脚猫。”

听到这里，我真想痛揍那个可恶的小混蛋，我才不在乎他只有六岁大。“她没告诉我。”

“因为她不希望你为她打属于她的战斗。”夏洛特说。

“那么为什么，”我问，“为什么你要替她奋战呢？”

夏洛特踌躇了一下，我知道我命中要害了。“你可以欺骗你自己，西恩，但你唬不了我。你尽管做你的，让我变成一个坏女人。你可以假装你是某个白马骑士，随你高兴。表面上看起来似乎很完美，你可以告诉自己说你知道她最喜欢什么颜色、最喜欢的动物布偶叫什么名字、她的花生酱三明治上面最喜欢涂哪种果酱。但是这并不是她的全部。你知道她放学回家的路上说了什么吗？她最骄傲的事情是什么？她担心什么？你知道她昨天晚上为什么放声大哭？你知道一个星期前她为什么躲在床底下一小时？面对真相吧，西恩。你以为你是为她征服一切的英雄，但你对薇罗的生活其实一无所知。”

我怯生生地说：“我知道薇罗的生命是值得活的。”

她把我推开，进入车内，摔上门，开车离去。我听到夏洛特车子后面一长串的车子愤怒的喇叭声，我一回头，发现道路工程的工头还盯着我看。“我跟你说，”他说，“现在你可以同时拥有杰西卡和帕梅拉了。”

那天晚上，我开车到马萨诸塞州。我心中并没有任何目的地，但是我随意挑了一个交流道便开下去，在夜里门户紧闭的小区里乱绕。我关掉车头灯，在街道上行驶，就像深海里的鲨鱼。从一个家庭所居住的地方，你就可以知道很多事情：看见塑料玩具，你就知道这一户人家小孩子的年纪。一串圣诞节灯饰，表示着这一户人家的宗教信仰。停在门前车道上的车子种类，能让你知道车主是家庭主妇，或是青少年，或者赛车迷。但就算是那些毫无装饰的房子，我也可以轻易地想象出屋里的人会是什么样。我会闭上眼睛，想象一名父亲坐在餐桌旁，正逗着他的女儿们大笑。一名母亲收好了碗盘，但是她经过丈夫身边时，先轻轻碰了丈夫的肩膀。我可以看见一个书柜上摆满了床边故事。一个石头材质的纸镇被彩绘成瓢虫的样子，压住那天的邮件。我看见一叠洗好的干净衣物。我听到星期天下午正举行爱国者队的橄榄球比赛。我听见艾米莉亚的随身听透过一个甜甜圈造型的喇叭音响播放出来。我听见你赤裸的双脚在走廊上移动。

我一定去过了五十间像这样的房子。偶尔我会发现一盏灯仍亮着——通常是在楼上，通常是一名青少年的头映着计算机屏幕的蓝光。

或者一对夫妻已经睡着，而电视却还开着。一盏卧室的灯，让怪物不敢来吓唬小孩子。我究竟是在白人小区或黑人小区里，或者这个小区是富裕或贫穷，这一点也不重要——房子就像细胞壁，可以防止我们的问题渗到其他人的生活里。

那天晚上，我最后造访的小区，吸引我向它靠近，让我的心飞扬起来。我在我们家的车道前停车，关掉车灯，好让我不被发现。

事实上，夏洛特是对的。我愈是勤于加班以支付你的偶发意外费用，我和你们相处的时间就愈少。有一次，你睡着时，我把你抱在怀里，我看着你的脸上浮现你的梦境。而此刻，我心里是很爱你，但行动上看来似乎不够爱你。我太忙于保护及服务班克顿镇的其他人，而没有专心保护与服侍你。这个工作都落到夏洛特头上。这件事像一个跑步机，我被这场官司打败，从跑步机上摔下来，却发现你仍不可思议地继续成长茁壮，毋庸置疑。

我发誓，这将有所改变。我如果有勇气前往律师事务所，意味着我也会主动花时间陪你。我会再一次为你奋战。

就在这时候，风从卡车打开的车窗灌进来，吹皱了那些烘焙点心的包装纸，这才让我想起我今晚为什么回来。堆在手推车里的饼干、蛋糕与派饼，是你和艾米莉亚及夏洛特这几天来的烘焙成果。

我把它们全都搬上我的卡车，差不多有三十小包，每包都绑着一条绿色的线，以及用色纸剪成的心形。我看得出来这些都是你们自己剪的。上头写着乳酒冻烘焙坊的甜点。我想象你母亲的手揉着面团，我想象你小心翼翼敲破蛋壳的表情，我想象艾米莉亚穿戴着围裙，从头到尾一脸不高兴的样子。我一个星期回来这里两三次。我会吃掉三四个甜点，然后把剩下的甜点留在附近流浪汉收容中心的台阶上。

我伸手进口袋，掏出所有的钱，那是我为了逃避回家而加班所赚来的钱。我把这些钞票一张一张塞进鞋盒里，这是给夏洛特的食物补贴金。趁我阻止自己之前，我把饼干包装袋上的心形纸片撕下来。我用一支铅笔在纸片背后的空白处写下顾客留言：我爱这些。

明天你们就会读到这个留言。你们三个会喜滋滋的，以为匿名写这个留言的人是说他爱这些食物，但其实他指的是烘焙这些食物的人。

艾米莉亚

某个周末，我们从波士顿医院回家的路上，妈妈绕路到佛蒙特州诺威奇镇的阿瑟王面粉铺，买一整组的专业烤盘与特制面粉。你一个早上都在儿童医院里装设新的矫正器，这已经让你够不舒服了。这些矫正器又烫又硬，而且紧贴你皮肤的塑料部分还留下了印痕与瘀伤，因为那些装设矫正器的专家是用火焰喷枪来固定的，但似乎还是不管用。你想赶快回家把这东西拿掉，但妈妈却贿赂我们，说要带我们上餐厅吃饭，这种诱惑是我们无法抗拒的。

这听起来也许没什么大不了，但是对我们而言却是大事。我们不常在外面吃饭。妈妈总是说，反正她的厨艺比大部分的餐厅厨师更佳，这虽然是事实，但它其实只是为了掩饰真正的原因，让我们听起来不那么可悲罢了。真正的原因是：我们负担不起。基于同样的原因，我也没有告诉爸妈说我的牛仔裤慢慢变成七分裤。我从来没有花钱买午餐，虽然学校餐厅里的薯条看起来如此美味。基于同样的原因，我们那场烂透了的迪士尼乐园之行才会令人如此失望。听到爸妈告诉我说我们太穷，无法负担我所需要或想要的东西，实在令我觉得很难堪。如果我不开口要求任何东西，就不必听到他们说不。

某部分的我，很气妈妈用烘焙点心赚来的那笔钱去买那些烤盘和烹饪用具。她其实可以替我买一件名牌的克什米尔羊毛套头上衣，这会让学校里的女孩们用羡慕的眼神注视着我，而不是把我当成黏在鞋底的东西。然而，不行，我们有更重要的需求，我们需要墨西哥香草精与来自密歇根的樱桃干。我们必须拥有硅树脂材质的松糕烤盘、奶油酥饼的模子，以及一整卷的烘焙纸。你完全没有注意到一个事实：每多花一分钱购买蔗糖与面粉，就少一分钱花在我们身上。但话说回来，我能期望什么呢：你仍然相信世界上有圣诞老公公啊！

所以我必须承认，当你让我选择去哪一家餐厅吃午餐时，我有一点惊讶。“艾米莉亚从来没有机会挑选。”你说。我觉得自己都快哭了，虽然我很痛恨自己这样。

为了报复你让我想哭，而且因为每个人都知道我是怪人，何必让大家失望呢？所以我说：“麦当劳。”

“哦，”你说，“他们用一只母牛就做出四百个汉堡包。”

“等你变成素食者，再来跟我说这个。你这个伪君子。”我回答。

“艾米莉亚，够了。我们不会去吃麦当劳。”

我并没有挑选一家高级的意大利餐厅，虽然我们可能会吃得很开心。我要妈妈停在一家很普通的餐馆。

这家餐馆看起来像是厨房里会有虫子。“好吧，”妈妈说，“这是个有趣的选择。”

“这家餐厅很复古啊，”我说，然后我瞄了她一眼，“它有什么不好吗？”

“没什么，只要你们没忘记上次大肠杆菌中毒的事就好了。”妈妈瞄了一眼“请自行入座”的告示牌，便走向一个空包厢座椅。

“我想坐在吧台。”你说。

妈妈和我都盯着那些摇摇晃晃的高脚凳子。“不行。”我们同时说出口。

我拉了一张儿童用的高脚椅到桌旁，好让你可以够着桌面。

一名女服务生把菜单递给我们，还替你拿了一盒蜡笔。“我马上回来替你们点餐。”

妈妈引导你的双腿穿过高脚椅，这过程实在很辛苦，因为你的双脚戴上固定支架，无法轻易移动。你立刻趴在你的餐垫上，在空白处涂鸦起来。“那么，”妈妈说，“我们回家之后应该烘焙什么呢？”

“甜甜圈。”你建议。你对于我们刚买的甜甜圈烤盘感到很兴奋。那个烤盘看起来像是十六个外星人眼睛。

“艾米莉亚，你呢？”

我把脸埋在臂弯里。“马铃薯饼。”

女服务生再度出现，手里拿了一本笔记簿。“哇。你真是可爱，准备好大吃一顿了吧，”她对你露齿微笑，“而你是个天才艺术家！”

我捕捉到你的目光，我转转眼珠子。你把两支蜡笔插在鼻孔上，吐吐舌头。“我要咖啡，”妈妈说，“以及火鸡肉三明治。”

“一杯咖啡里有上百种化学成分。”你说。那名女服务生差一点跌倒。

由于我们不常出来吃饭，我都已经忘记陌生人对你会如何反应。你只有三岁孩子般的身高，但是你说话阅读及画图的能力远超过你将近六岁的真实年龄。如果别人不知道你的状况，会被你吓坏。“这个小女孩可真是会讲话啊！”那名女服务生的情绪镇定下来。

“我要烤起司，谢谢，”你回答，“还有可口可乐。”

“是啊，听起来不错。来两份好了。”我说。但其实我真正想要的，是菜单上每一道食物都来一份。那名女服务生看你画图，那张图对六岁孩子来说是稀松平常的，可是因为她以为你年纪很小，所以简直把你当成幼儿界的雷诺阿。她看起来似乎想对你说些什么，于是我转向妈妈。“你确定要吃火鸡肉？那就像等着食物中毒的发生……”

“艾米莉亚！”

妈妈很生气，但这成功地让那名女服务生不再盯着你瞧，转身离开了。

“她不是白痴，”女服务生一走远，我便说。

“她并不知道……”妈妈突然打断我的话。

“什么？”你问，“我有什么问题吗？”

“我绝不是这个意思。”

“是啊，”我低声说，“除非陪审团在场。”

“那么你帮帮我吧，艾米莉亚，如果你的态度不……”

那名女服务生带着我们的饮料再度出现，及时解救了我。装饮料的玻璃杯可能曾经是干净透明的，但现在看起来则是雾蒙蒙的。你的可乐装在鸭嘴杯里。

妈妈立刻伸手去接过来，然后转开杯盖。你啜饮了一口，然后拿起你的蜡笔，开始在你的图画上写着：我，艾米莉亚，妈妈，爸爸。

“噢，我的天啊，”女服务生说，“我家里也有个三岁小孩，可是我告诉你，我几乎没办法训练她自己大小便。但你的女儿已经开始画画了？而且还用一般杯子喝饮料？亲爱的，我不知道你是怎么办到的，但我也想试试你的方法。”

“我不是三岁。”你说。

“噢，”那名女服务生眨眨眼，“三岁半，对吧？对小婴儿来说，差几个月也事关重大。”

“我不是小婴儿！”

“薇罗。”妈妈把一只手按在你手臂上，但是你把她的手挥开，碰翻了杯子，可乐溅得满地都是。

“我不是！”

妈妈抓了一叠纸巾，开始抹地。“抱歉。”她对那名女服务生说。

“现在，”——女服务生点点头——“看起来更像三岁小孩。”

一声铃响，她转身离开，回到厨房。

“薇罗，你应该很清楚，”妈妈说，“你不能因为她不知道你患有成骨不全症，就对她生气。”

“为什么不行？”我说，“你自己就是这样啊。”

妈妈惊讶得张大了嘴。等她回过神来，便抓起皮包和外套，站起身来。“我们走吧。”她宣布，然后她把你抱出椅子。在最后一刻，她才想起饮料已经点了，于是她把十美元钞票摔在桌上。然后她抱着你走到车子，我则跟在后头。

我们最后还是在回家路上去了麦当劳，但是这并没有让我觉得满足，反而让我想要消失在车轮底下，消失在人行道下，消失于一切之下。

我也有矫正器，但不是那种让我的腿免于折弯的矫正器。我的矫正器是一般的牙齿矫正器，从牙齿扩张器，到橡皮筋，到金属线，在戴它的过程中，它整个改变了我的头型。我和你只有一个共同点：我戴上矫正器的那一秒，我就开始倒数着拿下矫正器的日子。对于那些从来没有受过矫正器之苦的人来说，戴矫正器的感觉是这样的：你应该知道万圣节嘴里戴着吸血鬼假獠牙的感觉吧？你想象一下那种感觉，然后想象接下来三年你都得戴着它，口水一直流，而且不平整的塑料部分会切割着你的牙龈……戴牙套就是这种感觉。

这也是为什么在六月底的某个特别的星期一，我脸上带着最灿烂的微笑。我根本不在乎埃玛和她数学课时在我身后的黑板上写着婊子，还画了一个箭头，指着我的头。我也不在乎你吃光了可可泡芙，使得我放学后必须用糖霜迷你小麦麸饼当点心。唯一重要的是当天下午四点半我可以拆掉牙套，我可是忍耐了三十四个月两星期又六天。

妈妈冷静得出奇——她显然不了解这件事有多么重大。我查过了，她记载在她的月历上，她五个月前就写上去了。然而，四点钟时，她放了一个起司蛋糕进烤箱，于是我开始紧张起来。我的意思是说，她载我去城里看牙齿矫正医师时，要怎么不担心一小时后她的蛋糕烤好了没？她恐怕会一直担心用刀子测试蛋糕烤好了没时，插进蛋糕的刀子拔出来时是否干净而没有面糊。

答案必定是爸爸。他并不常在家，但话说回来，那并不要紧。警察们工作是出于必要，而不是他们想要——至少他向来是这么告诉我的。

差别在于，当他在家时，你可以用妈妈用来测试起司蛋糕的那把刀，来切开他和妈妈之间冻结的空气。

也许这是他们精心设计的计谋之一部分，为的是把我弄出家门。爸爸会及时出现，带我去牙齿矫正医生那里。妈妈会继续烤完她的起司蛋糕（我最爱的），今晚我们会有丰盛的晚餐，内容包括奶油玉米棒、焦糖苹果、泡泡糖——全都是写在冰箱磁铁板上的禁忌食物，上面画了一个大叉叉。今晚，我将会是大家目不转睛的焦点，就这么一次。

我坐在厨房餐桌旁，用球鞋刮磨着地板。“艾米莉亚。”妈妈叹了一口气。

唧。

“艾米莉亚，我拜托你。你害我头疼。”

此刻是下午四点零四分。“你是不是忘了什么事？”

她用擦碗盘的毛巾擦擦手。“就我所知，并没有……”

“好吧，爸爸什么时候会到家？”

她盯着我。“甜心，”她说。这个字眼很甜，所以我知道她接下来要说的事情必定很糟糕。“我不知道你爸在哪里。他和我……我们并没有……”

“我的约诊，”她还没说完，我就大叫出来，“谁要带我去牙齿矫正医生那里？”

她好一阵子都说不出话来。“你一定是要开玩笑。”

“我等三年才开这个玩笑？不会吧。”我站起来，用手指着墙上的月历，“我今天要拿掉牙套。”

“你不可能去罗伯・芮斯的诊所，”妈妈说。

好吧，这是我漏掉的细节：班克顿镇上唯一的牙齿矫正医生——我长久以来所就诊的医生——刚好娶了我妈妈现在要控告的女人。当然，由于目前正上演的戏码，我从九月之后就错过了两三次约诊，但我一点也不想错过这次的约诊。“就因为你正打算毁掉派普的生活，所以我必须戴牙套到四十岁？”

妈妈把手举到头上。“不会等到你四十岁。只要等到我替你找到另一个牙齿矫正医生。拜托，艾米莉亚，我一时疏忽了。最近我真的要烦恼好多事情。”

“是啊，你和这地球上每个人都有事情要烦恼，妈妈，”我大叫，“你猜怎么着？并不是一切都以你为中心，或者你要什么，也不是要用什么来让每个人都为你悲惨的生活感到遗憾抱歉，因为你有个悲惨的……”

她打了我一个耳光。

妈妈从来没有打过我。我两岁时跑进车阵里，她没有打我。我把指甲油去光水倒在餐桌上，弄坏了抛光的桌面，她也没有打我。我的脸颊很痛，但比不上我的心痛。我的心已经变成一团纠结的橡皮筋，这些橡皮筋正一一断裂。

我希望她痛苦，就像她让我痛苦一样，于是我迸出了在我喉咙里像强酸般灼烧的话：“我猜你也希望我从来没出生。”然后我转身跑开了。

等我抵达罗伯的诊所时（我从来不称呼他为芮斯医生），我已经浑身大汗，满脸通红。我从来没想过我这辈子会一口气跑五英里，但我刚刚办到了。罪恶感超乎我所想象，竟让我一鼓作气跑了这么远。我简直就像劲量碱性电池广告里的那只兔子，但这一切不是因为我想接近牙齿矫正医生，而比较像是因为我想远离我妈妈。我喘着气，走到诊所柜台边，那里有个可以挂号的计算机工作站。但我的手指才刚放上键盘，我便注意到柜台小姐盯着我瞧。然后是洗牙师。事实上，整间诊所的人都盯着我瞧。

“艾米莉亚，”柜台接待员说，“你在这里做什么？”

“我有个约诊。”

“我们都以为……”

“以为什么？”我打断她的话，“你以为就因为我妈是个混蛋，所以我也是？”

突然间，罗伯走到柜台附近，正脱下橡胶手套。他以前常常为薇罗和我把手套当气球吹起来，然后上面画一些小脸孔。手套的手指部分看起来像公鸡的鸡冠，触感像婴儿皮肤般柔软。

“艾米莉亚，”他平静地说。他并没有微笑，一丝丝都没有。“我猜你是为了牙套而到这里来的。”

这感觉像是过去几个月来都在森林里行走，在一个树木会伸手抓你、没有人懂你语言的地方——而且罗伯说出了我好久不曾听到的理性且正常的语句。他知道我想要什么。如果这对他来说如此简单，为什么似乎没有其他人懂？

我跟着他走进检验室，经过柜台小姐与洗牙师的身边，洗牙师的眼睛瞪得好大，几乎快从她头上弹出来。哈，我经过她身边时心想，接招吧！

我本来预期罗伯会说：嘿，让我们把这件事办完，而且只论公事就好。但是当他把纸围兜放在我肩膀上时，他说：“艾米莉亚，你一切都还好吧？”

天啊，为什么罗伯不是我爸爸？为什么我不能住在芮斯家里，而埃玛则去住我家，好让我可以恨她，而不是她恨我？

“和什么相比呢？世界末日战场？”

他戴着口罩，但是我假装在他的口罩背后，正绽放着笑容。我向来都很喜欢罗伯。他很斯文且个子小，一点也不像我爸爸。以前我去他们家过夜时，埃玛总说我爸爸像电影明星一样帅，而我会告诉她说，她居然会对他存有那样的想象，真是恶心。她说如果她爸爸演过电影，一定是演《书呆子的胜利》之类的电影。也许那是真的，但是他也不介意带我们去看青春偶像阿曼达·拜恩斯或希拉里·达芙主演的电影。当我们无聊时，他还让我们玩牙齿矫正器的蜡，捏成小熊或小马。

“我忘记你向来都很幽默，”罗伯说，“好吧，张开嘴……你可能会感到一点压力。”他拿起一对钳子，开始敲断牙套与我牙齿之间的联连接处。这种感觉很诡异，仿佛我像生化人。“会痛吗？”

我摇摇头。

“最近埃玛不常谈起你。”

我无法说话，因为他的手伸进我张大的嘴里。但若能说话，我会这么说：那是因为她是个混蛋，而且她痛恨我的勇气。

“目前的情势显然令人觉得不舒服，”罗伯说，“我必须承认，我从没想过你妈妈会让你回来我这里做牙齿矫正治疗。”

她并没有让我回来。

“你知道吗，牙齿矫正事实上只不过是物理学，”罗伯说，“如果你光是在歪掉的牙齿上装牙套或橡皮筋，一点用处都没有。但如果从不同方向施力，就会有效果。”他低头望着我，而我知道他所说的不再是我的牙齿。“每个行动都有同等且相反的作用力。”

罗伯正在清理我牙齿上的复合材料和石膏。我举起手，放在他手腕上，好让他移开电动牙刷。我的唾液感觉变少了。“她也毁了我的生活。”我说。因为唾液的缘故，我讲话听起来快淹死了。

罗伯把目光移开。“你必须戴定位器，否则牙齿会移位。我们先去照X光和印齿模，这样就可以帮你定制一个定位器……”然后他皱眉，用一个工具碰触我两颗门牙的背面，“这里的珐琅质磨掉了好多。”

当然啰，我每天都催吐三次，你知道的。虽然如此，我还是一样胖，因为当我没有催吐时，我都忙着把我恶心的脸塞得鼓胀胀的。我屏住呼吸，心想此刻不知道会不会是大家发现我秘密的时刻。我很好奇我居然可以瞒了这么久。

“你是不是喝了很多汽水？”

这个借口令我觉得很虚弱。我很快地点点头。

“别喝那么多汽水，”他说，“他们都用可乐来清除高速公路上的血渍，你知道吗？你真的希望把那种东西喝下肚？”

这听起来像是你会说的话，像是从你的那些琐碎知识书上念出来的。这让我双眼盈满泪水。

“抱歉，”他举起双手，“我不是故意要伤害你。”

我也不是，我心想。

他用一种感觉像磨砂般的牙膏涂在我牙齿上，涂完之后让我漱口。“这样的咬合很漂亮，”他说，然后他拿起一面镜子，“笑一下吧，艾米莉亚。”

我用舌头舔舔牙齿，这是我将近三年来没办法做到的事。我的牙齿感觉起来很大、很光滑，像是不属于我的嘴巴。我露出牙齿——不是微笑，反而比较像狼的龇牙咧嘴。镜子里的女孩有着整齐的两排牙齿，仿佛我妈妈珠宝盒里的那串珍珠。我偷了那串珍珠，藏在我的鞋盒里。我从来没有戴过那串珍珠，但我喜欢它们的触感，如此光滑与一致，仿佛一支小军队在脖子上游行。镜中的女孩几乎可说是漂亮的。

这表示镜中的女孩不可能是我。

“我们都会送给完成治疗的小朋友一个礼物。”罗伯说。他交给我一个小塑料袋，上头印有他的名字。“谢谢。”我低声地说。然后我从椅子上跳起来，抖掉围兜。

“艾米莉亚，等等，你的固定器……”罗伯说。可是那时候我早已飞奔至柜台，走出前门了。我并没有下楼走出大楼，而是往上跑，他们不会想到要往上来追我（我想他们也不会来追我。我没有那么重要，不是吗？）我把自己锁在厕所里。我打开那个礼物袋。里面有水果软糖和爆米花，都是我长久以来不能吃的东西，我几乎回想不起它们的滋味。袋子里还有一件T恤，上头印着牙齿会移位，所以记得戴上固定器。

马桶坐垫是黑色的。我用一只手把头发拨到后面，另一只的食指伸进喉咙。这是罗伯没有注意到的：我手指上的小茧，那是每次我催吐时，门牙在我手指上留下的咬痕。

我的牙齿终于再度变得粗糙、肮脏与混浊。我用水槽里的水漱漱口，然后注视着镜子。我的双颊红润，眼睛明亮。

我看起来并不像生活四分五裂的人。我看起来并不像必须通过催吐才让自己觉得好过一点的女孩。我看起来并不像被母亲痛恨、被父亲漠视的女儿。

说真的，我再也不晓得我究竟是谁了。

派普

四个月的时间，我重生了。曾经，我使用一把纸制卷尺量子宫高度，现在我知道如何用一个测量卷尺来算出窗户的粗略开口。曾经，我用多普勒听诊器来听胎儿心跳，现在我使用金属探测器来找出石灰墙背后的最佳打击点。曾经，我盯着四个分割画面屏幕，如今我装设具有纱窗的方形亭屋。我让自己投入学习房屋翻修，认真的程度就像以前学医一样，而现在我的水平就像领有认证的营建包商。

我先翻修了浴室，其次是饭厅。我把楼上浴室的地毯拉起来，改铺硬木拼花地板。我打算这星期开始粉刷厨房。一个房间翻修完成之后，我又把它放回将来再度翻修的清单之中。

当然，我的疯狂是有用意的。部分用意是让自己再次觉得精通于某件事——这件事是我以前不晓得如何做的，所以我不可能搞砸。而部分用意是认为，如果一点一滴改变我周围的一切，也许我可以再度找到让我觉得舒服安适的地点。

我所选择的避风港是奥卜强五金店。我认识的人不会在奥卜强五金店里购物。我在杂货店或药房可能会遇见以前的病患，但是在奥卜强五金店，我可以在走道间恣意优游，完全不用担心会遇到认识的人。我一星期去那里三四次，端详那里的激光水平仪与钻孔机，二英尺乘四英尺的铁柜、硅胶材质的膨胀管，以及更高级的同类产品——铜管。我拿着油漆色彩表坐在地板上，轻声地读着色彩的名字：桑椹酒红、蔚蓝海岸、冷却熔岩。它们听起来像是我一直想去的度假景点照片。

马萨诸塞州纽伯瑞波特蓝，是班杰明摩尔这个油漆品牌的复古色彩系列。这是种深灰色的蓝，就像下雨时的海洋。我确实去过纽伯瑞波特市。某年夏天，夏洛特和我在普朗岛替家人租了一间房子。当时你年纪还小，还被抱在怀里。我们穿越高高的草丛来到海滨。照理说，这是完美的度假：沙子很柔软，你跌倒也不至于受伤。埃玛和艾米莉亚可以用被冲刷上岸的海藻，将自己装扮成美人鱼。而且这个地点离家很近，所以西恩和罗伯放假休息时还可以开车往返。我们没有预料到的唯一缺点是：海水如此冰凉，光是踩在脚踝般高的海水里，都会让你痛到骨子里。你们这些孩子整天都在退潮后的岸边小水洼里戏水，这里的水很浅，太阳的照射让水温升高。但是这些水洼对夏洛特和我来说，实在太小了。

这是为什么某个星期天，当男士们带着你们这些孩子去疯狂马莎餐厅吃早餐时，夏洛特和我决定尝试玩冲浪板，即使它导致我们严重失温。我们穿上防寒泳衣（当夏洛特抱怨着自己大腿太粗时，我告诉她说："这种防寒衣本来就是要紧身的。"），然后扛着冲浪板来到水边。我把一只脚点进浪潮线里，随即尖叫。"我不可能办到的。"然后往后跳。

夏洛特对我笑："你不敢啰？"

"你很幽默嘛。"我说，但出乎我意料，她已经开始往冰冷的浪里大步走去，然后游泳至一个可以乘浪的地点。

"情况有多糟？"我大吼。

"就像生产时的麻醉药一样，我的腰部以下完全没有知觉。"她扯着喉咙大喊。这时，海浪突然升高，像收缩手臂肌肉般，把趴在冲浪板上的夏洛特举得高高的，然后顺着浪潮把她送回我脚边的沙滩上，她一路尖叫。

她站起来，拨开脸上的头发。"胆小鬼。"她指控我。为了证明她是错的，我屏住呼吸，开始往海里走去。

天啊，海水真冰冷。我在冲浪板上努力往前划出去，与夏洛特并肩前行。“我们会死掉，”我说，“我们会死在这里，有人会在岸边找到我们的尸体，就像埃玛昨天找到那只网球鞋……”

“浪来了，”夏洛特大叫，我回头看见一堵巨大的水墙正朝我们扑下来。“快划水。”夏洛特大叫，我立刻照办。

但是我并没有驾驭那波浪潮。反而是它压盖住我，使我肺部无法呼吸，还把我压在水面下不停翻转。我的冲浪板绑在我的手腕上，重击我的头部两次，然后我感觉到沙子冲进我的头发里，冲到我脸颊上，我的手指刮磨在破碎的贝壳上，我身子底下的海床呈一个角度往上升。突然间，一只手抓住我防寒衣的背后，把我向前拖。“站起来。”夏洛特说。她用她所有的力气把我拖到沙滩上，避免我再度被浪潮卷回海里。

我吞了好多咸海水；我的双眼灼痛，我的脸颊和手掌流了血。“耶稣基督啊。”我说。我不停地咳嗽与擤鼻子。

夏洛特重捶我的背。“大口呼吸。”

“冲浪比我所听说的……难多了。”

我的手指与双脚慢慢恢复知觉，但那其实更糟，因为我被海浪撞得很惨。“谢谢你……当我的救生员。”

“得了吧，”夏洛特说，“我只是不想付你那一半的房租！”

我大笑出来。夏洛特帮助我站起来，我们开始走上海滩，身后拖着冲浪板，就像牵着戴狗链的小狗。“我们该怎么跟老公们说？”我问。

“就说伟大的冲浪选手凯利·史雷特已经跟我们签约，要我们参加世界冠军赛。”

“那就能解释我的脸颊为什么在流血？”

“就说凯利看到我穿着保暖泳衣的美臀，被我征服了，他向我调情时，你必须痛揍他一顿。”夏洛特建议。

芦苇轻声诉说着秘密。左边是昨天埃玛与艾米莉亚玩耍的沙地，她们用棍子在沙地上写字。她们想看看今天那些沙地上的字迹是否还在，或者被浪潮冲刷掉。

艾米莉亚与埃玛，她们写着。

永远永远的最好朋友。

我和夏洛特互搭着肩，一起慢慢走回房子。

此刻当我坐在奥卜强五金店的地板上，手里拿着一叠油漆色彩对照卡，我突然想到，从那次之后，我就再也没有回纽伯瑞波特市了。夏洛特和我聊过这件事，但是当时她不想急着做出租房子的决定，因为她不晓得你来年夏天是否得穿戴石膏。也许明年夏天埃玛、罗伯与我会再去那里一趟。

但我知道，我不会去的。没有夏洛特做伴，我真的不想去。

我从架子上拿下一罐油漆，走到走道尽头的油漆调配站。“请帮我调一桶纽伯瑞波特蓝。”我说，虽然我还没有想到要用它来涂哪一面墙。我会把它放在地下室，以防万一。

等到我要离开奥卜强五金店时，天已经黑了。我回到家时，罗伯正在洗盘子，并且把盘子放进洗碗机里。当我走进厨房时，他甚至瞧都没瞧我一眼，这就是为什么我知道他很生气。“你干脆就说出来吧，”我说。

他关掉水龙头，摔上洗碗机的门。“你到底去了哪里？”

“我……我忘了时间。我在一家五金店里。”

“又去五金店？你怎么会需要那里的东西？”

我坐进椅子里。“我不知道，罗伯。只不过现在那个地方让我感觉很好。”

“你知道什么事会让我感觉很好吗？”他说，“一个妻子。”

“哇喔，罗伯，我不认为你应该对我随便乱发脾气……”

“你是否忘了今天有什么事？”

我盯着他。“就我所知好像没有。”

“埃玛等着你开车送她去溜冰场。”

我闭上眼睛。溜冰。新的课程已经开始了。我本来应该替她报名私人课程，好让她今年春天上场比赛——她之前的教练终于觉得她准备好了。那个私人课程是先到者先报名的。我很有可能搞砸了她这一季报名的机会。“我会补偿她……”

“你不必补偿她，因为她打电话给我了，非常慌乱，所以我离开诊所，及时把她送到溜冰场了。”他在我对面坐下，歪着头，“你一整天都在做什么，派普？”

我本来想要指给他看，玄关置衣间里的瓷砖地板，以及眼前这张桌子的固定支架，那是我重新绑过的。但是我却低头望着我的手。“我不知道，”我低声地说，“我真的不知道。”

“你必须重新回归你的生活。如果你不这么做，她就赢了。”

“你根本不了解这种感觉……”

“我不了解？难道我不也是一个医生吗？难道我没有投保不当医疗险？”

“我不是这个意思，而你……”

“我今天见到艾米莉亚了。”

我盯着他。“艾米莉亚？”

“她到诊所来取下矫正器。”

“夏洛特不可能会……”

“什么事都抵挡不住青少年想拿掉牙套的决心，”罗伯说，“我百分之九十九确定夏洛特不晓得艾米莉亚到诊所去。”

我感觉脸庞涨红。“你不觉得大家可能会奇怪，为什么你要替控告我们的女人治疗她的女儿？”

“你，”他纠正我，“她控告的是你。”

我身子往后倒。“我真不敢相信你居然那么说。”

“我也不敢相信你居然要我把艾米莉亚赶出诊所。”

“你知道吗，罗伯？你应该要把她赶出去的。你是我丈夫。”

罗伯站起来。“她是病人。那是我的职责。那是我所在乎的事情，我才不像你。”

他大步走出厨房，我则揉揉我的太阳穴。我感觉自己像是在空中盘旋的飞机，转弯的时候都看见机场，却找不到空地可以降落。那一刻，我非常痛恨夏洛特，那股痛恨像是肚子里有一块河里的石头，既坚硬又冰冷。罗伯说得对——我过去一切的生活，都因为夏洛特对我所做的事情而束之高阁了。

那一刻，我突然了解我和夏洛特有一个共通点：她对于我对她所做的事情，也有相同的感受。

隔天早上，我下定决心要有所改变。我设定了闹钟，因此我并没有睡到超过校车接埃玛上学的时间，甚至还为她做了法国吐司与培根当早餐。我向戒慎恐惧的罗伯祝贺他一天顺利。我并没有翻修房子，而是打扫它。我去杂货店买东西，虽然我开车到三十英里外的一个城镇，以免遇到任何熟人。我带着埃玛的溜冰袋子，在学校和她碰面。“你要带我去溜冰场？”她见到我时这么问。

“有问题吗？”

“我想没有。”埃玛说。经过短暂的踌躇之后，她开始一串连珠炮，说老师明知道他当天会请假而无法解答最后一分钟的疑难，却还是给了代数考试，这是多么不公平的一件事。

我很想念这一切，我心想。我想念埃玛。我伸手过去，摸摸她的头发。

“这是怎么一回事？”

“我只是真的很爱你。就这样。”

埃玛扬扬眉毛。“好吧，现在你把我吓坏了。你不是要告诉我说你得了癌症之类的吧？”

“不，我只是知道我最近似乎……心不在焉。我很抱歉。”

当时我们正停在红灯前，她转头向我。“夏洛特是个混蛋，”她说，而我甚至没有要她注意自己的用词。“每个人都知道薇罗的事情根本不是你的错。”

“每个人？”

“这个，”她说，“我指的是我啦。”

那就够了，我突然明白。

几分钟后，我们抵达溜冰场。脸颊通红的男孩们从玻璃大门里走出来，他们庞大的曲棍球袋子驮在肩上。我向来都觉得，不受拘束的花式溜冰者与像狼般凶狠的曲棍球员，两者之间的对比实在很有意思。

我一走进溜冰场，我便明白自己忘记了一件事——噢，不，不是忘记，只是整个从我脑子里被封锁了：艾米莉亚也会在这里。

她看起来和我最后一次见到她时很不同——穿着黑衣，戴着无指手套，破牛仔裤，以及军靴——还有一头蓝发。她正和夏洛特激烈地争论。“我才不在乎谁听到，”她说，“我说过我不要再溜冰了。”

埃玛抓住我手臂。“我们走吧。”她低声说。

但太晚了。我们住在小镇里，而这是一个大事情。整个室内，女孩与她们的母亲，都等着看看会发生什么事。而你坐在长椅上，身边摆放着艾米莉亚的袋子。你也注意到我。

你的右手臂戴上石膏。这次你又是怎么弄断骨头的？如果是四个月前，我会知道所有的细节。

我不像夏洛特，我不想把丑事公诸于世。我深吸一口气，把埃玛拉近一些，拖着她进入更衣室。“好，”我拨开眼睛旁的头发，“你这堂私人溜冰课程会进行多久？一个小时？”

“妈妈。”

“我可能会先出去拿干洗衣物，不会留在这里看……”

埃玛伸手去拉我的手，仿佛她年纪还很小。“你并不是开启这一切争端的人。”

我点点头，不敢再说任何事情。我对我最好朋友的期望是：诚实。

如果她在你过去六年的生命中都怀抱着一个想法，认为我在她怀孕期间犯了严重的错误，为什么她从来没有提起？为什么她不说，嘿，你为什么没有……也许我太天真，以为沉默是含蓄的自满，而不是一个正在化脓溃烂的问题。也许我太傻，居然相信朋友就像互相亏欠一切似的。但我的确亏欠她一件事。例如，至少一个道歉。

埃玛系好了溜冰鞋带，快速溜到冰上。我等了一下，然后推开更衣室的门，站在弧形的亚克力栏杆前。溜冰场的尽头是一群初学者——一群孩子穿着雪裤，戴着单车安全帽，排成一列，双脚张大成三角形。一个人倒下，其他人也跟着倒下：像骨牌一样。不久之前埃玛还是这个样子，然后此刻她在溜冰场的另一端，做了一个坐姿旋转动作，她的教练在她身边溜着，不时提出指正。

我四处都不见艾米莉亚或你或夏洛特的踪影。

当我走到车子旁时，脉搏已几乎恢复正常。我滑进驾驶座，启动引擎。当我听到车窗响起一阵尖锐的叩击声，吓得几乎要跳起来。

夏洛特站在那里，一条围巾覆盖着她的口鼻。她的眼睛在强风的吹袭下显得湿润。我踌躇了一下，然后把车窗摇下一半。

她看起来像我所感觉的一样悲惨。“我……我只是必须告诉你一件事，”她停顿了一下，“这件事绝对不是因为你和我之间有什么问题。”

不说话的效果令人痛苦，我紧咬着后排牙齿。

“我好不容易有个机会，可以给予薇罗她所需要的一切。”她的呼吸在她脸部周围的冷空气留下了几个白圈圈，“我不怪你恨我。但是你不能评断我，派普。因为如果薇罗是你的孩子……我知道你也会做同样的事。”

我让她说的话悬吊在我们之间，卡在窗户边缘的断头台上。“别以为你了解我，夏洛特。”我冷冷地说，然后把车子开出停车场，远离溜冰场，头也不回。

十分钟后，我冲进罗伯的诊所，当时他正在为病人做咨询。“派普，”他平静地说，低头瞄了一眼一对父母和他们还在念小学的女儿。那个女孩盯着我的乱发，我流着鼻水的鼻子，以及仍不停滚下脸庞的泪珠。“我正忙到一半。”

“呃，”那名母亲立刻说，“也许我应该让你们两个谈谈。”

“史太太……”

“不，真的，”她说。她站起来，召唤她的家人，“我们可以给你们一分钟。”

他们快步走出办公室，预期我随时会自我毁灭，也许他们并没有那么离谱。“你高兴了吗？”罗伯愤怒地说，“你可能让我失去了一名新病患。”

“难道你就不能说，派普，怎么了？告诉我，我该怎么帮助你？”

“原谅我，同情牌打得太多我已经懒得伪装了。天啊，我还有工作要做。”

“我刚刚在溜冰场碰到夏洛特。”

罗伯朝我眨眨眼。“所以呢？”

“你不是在开玩笑吧？”

“你们住在同一个城镇。一个小镇。你们之前都没遇到，已经算是奇迹了。她做了什么事？拿着一把剑追杀你？在游戏场上咒骂你？请你长大吧，派普。”

我感觉像是被放出栅栏的公牛。自由，轻松……然后接下来出现的是用长矛攻击它的斗牛士。“我要离开了，”我轻声地说，“我要去接埃玛。你今晚回家之前，我希望你可以想想你对待我的方式。”

“我对待你的方式？”罗伯说，“我向来都只有支持你。即使你放弃了你整个产科医学专业，变成真人秀女主持人，我可是一句话都没说喔。我们接到一张两千美元的实木家具账单？没问题。你忘记埃玛的合唱团练唱，因为你在奥卜强五金店跟人家大谈水管工程？你也得到原谅了。我的意思是，你变成了自己动手做的女王，这多么讽刺啊？因为你根本不需要我们的帮忙。你只想沉溺在自怜自艾之中。”

“我不是自怜自艾。”我双颊灼热。史太太一家在等候室里是否会听到我们吵架？洗牙师们听得见吗？

“我知道你想从我这里得到什么，派普。我只是不确定我是否还能再办得到。”罗伯走到窗边，望向外面的停车场。“我最近一直在想史蒂芬的事情。”过了一会儿之后，他说。

罗伯十二岁时，他哥哥自杀，把自己吊死在衣柜的横杆上。罗伯是发现他哥哥尸体的人。我知道这一切，在我们结婚之前我就知道了。我花了一些时间才说服罗伯答应生小孩，因为他担心他哥哥的精神疾病是烙印在基因里的。我所不知道的是，过去这几个月来，罗伯和我在一起，已经使得他被拖回到童年时光。

“当时没有人知道躁郁症这个名词，也不晓得如何照顾这种病。所以有十七年的时间，我父母经历一场炼狱。我整个童年时期都受到史蒂芬的感受所影响：要看当天是个好日子或坏日子。而且，”他说，“这就是为什么我如此擅长照顾完全以自我为中心的人。”

我感觉心里出现一股罪恶感。夏洛特伤害了我，而我又伤害了罗伯。也许我们都是这样对待我们深爱的人：在黑暗里中枪，然后才发现我们伤害了自己试图保护的人，但为时已晚了。“自从你被告之后，我就一直在想这件事。假如我父母事先知道呢？”罗伯说，“假如在史蒂芬出生之前，他们被告知说这个孩子会在十八岁生日之前自杀，那会怎样？”

我感觉自己动弹不得。

“他们会拿这十七年来了解他？他们会把握没发生危机的空当，尽情享受生活？或者他们会让自己和我免于经历这种情绪的起起伏伏？”

我想象当时的罗伯走进他哥哥的房间唤他吃晚餐，结果发现哥哥倒在衣柜旁边。我认识他母亲这么久以来，我从来没有见过她的微笑扩及眼角。难道这就是原因？

“这种比较并不公平。”我生硬地说。

“为什么不公平？”

“胎儿在子宫里，是没办法检验出躁郁症的。你误解了。”

罗伯抬头接触我的目光。“我误解了吗？”他说。

玛琳
二〇〇八年二月

“就像平常那样做自己就好了，”我命令，“我们不希望你们因为有相机出现而做出任何特别的事情，就假装我们不在这里。”

我露出一个紧张的微笑，然后瞄了一眼抬头望着我的二十二张小圆脸：这是华金斯老师幼儿园班级的小朋友。“有没有任何问题？”

一名小男孩举起手。“你认识西蒙·考威尔吗？”

“不认识，”我露齿微笑，“还有其他问题吗？”

“薇罗是电影明星吗？”

我瞄了夏洛特一眼，她正站在我身后，旁边还有一名我雇用的摄影师，他来拍摄《薇罗生命中的一天》影片，到时候要播给陪审团看。“不，”我说，“她仍然只是你们的朋友。”

“噢，噢，我要问问题，”一名将来注定会当拉拉队员的漂亮小女生做出像拿手枪般的手势，直到我点她说话，“如果我今天假装是薇罗的朋友，我会不会上《娱乐新闻》？”

老师走上前去。“不，赛菲儿。而且你不需要假装是这里任何人的朋友。我们全部都是朋友，对吧？”

“是的，华金斯老师。”全班齐声说道。

赛菲儿？那个女孩的名字是赛菲儿？我看着我们刚走进来时木头方块上的胶带——上面的名字包括弗林特、弗利斯柯、卡西迪。难道这年头的父母都不再为孩子取名为汤米或伊丽莎白了？

我已经不是第一次纳闷，我的生母是否曾经为我挑选名字。如果她叫我莎拉或阿比盖尔，那么当我的养父母出现、开启我的人生扉页时，我和生母两人之间的秘密就被翻开了，像新鲜的泥土一样。

今天你坐着轮椅来，意味着如果你和你的看护员来到美术桌旁或使用彩色积木，那么小朋友们就必须让出路来容纳你。“这实在好奇怪，”夏洛特轻声地说，“我从来都无法观察她在学校里的情景。此刻我感觉自己被允许进入神圣的密室。”

我雇用这个摄影团队，请他们跟拍你一整天。虽然你的语言能力已经足以在审判中担任证人，但把你放上证人席未免太不人道了。当你妈妈作证，大声说出她会想终止怀孕时，我不能让你在法庭里听到这些。

我们在早上六点时出现在你家门前台阶，实时看到夏洛特走进你们的房间，叫醒你和艾米莉亚。“噢，天啊，真是讨厌死了，”艾米莉亚睁开眼睛看见摄影师时，抱怨着，“全世界都会看到我刚起床时的头发。”

她跳起来，跑进浴室，但是你要到浴室，得花更多时间。每个移动转换都很小心翼翼，从床上到助步器，从助步器到浴室，从浴室再回到房间穿衣服。因为早晨对你来说是最痛苦的时候——你整晚都压在正在痊愈的伤口上睡觉，醒来时总是极不舒服——在我们抵达前三十分钟，夏洛特已经给你止痛药，让它慢慢发挥药效，舒缓你手臂的酸痛。你先回头再睡一会儿，然后她才协助你起床。夏洛特挑了一件前面有拉链的T恤衫，这样你就不必举起手，从头上套衣服——你最新的石膏套是一星期前才拿掉的，而你上臂仍然僵硬。“除了手臂之外，今天还有哪里痛？”夏洛特问道。

你似乎在心里盘点了一回。“我的臀部。”你说。

“像昨天一样痛，或者更糟？”

“一样。”

“你想走路吗？”夏洛特问，可是你摇摇头。

“助步器让我的手臂很痛，”你说。

“那我去拿轮椅。”

“不！我不想用轮椅——”

“薇罗，你没有选择。今天我没办法整天抱着你。”

“可是我讨厌轮椅——”

“那么你就只好努力一点，早日摆脱轮椅，对吧？”

夏洛特在镜头里解释你被困在一个艰难的困境——手臂的旧伤仍在复原，但臀部的疼痛是新的。你的辅助器具——帮助你支撑身体的助步器——意味着必须施压在你手臂上，使你只能持续很短的时间，其他时间你只能使用折叠的手动轮椅。自从两岁之后，你就再也坐不进保险公司补助的新轮椅，你的身体几乎是轮椅的两倍大小，使用完一整天的轮椅之后，你总是抱怨着背痛与肌肉痛。然而保险公司要等到你七岁才能补助新的轮椅。

我本来以为会拍摄到忙乱的晨间活动，因为你的所有需求而让步调更加紧张累人，但是夏洛特把一切安排得井然有序——她让艾米莉亚四处走动，试图找到遗失的作业，而她则梳你的头发，把它绑成两条辫子，烹煮炒蛋和吐司当早餐，并且把你抱上车，以及一大堆复健所需的器具——助步器、十四公斤的轮椅、一张站立的辅助桌，以及矫正器。你无法搭公交车——公交车的颠簸可能会造成你的骨折——所以夏洛特开车载你去，并且在途中让艾米莉亚在中学下车。

我开着休旅车跟随着你们。“这有什么特别的？”当我和摄影师独自在我车上时，他问道，“她只是个子很娇小，而且残障，那又怎样？”

“如果你踩刹车，她有可能弄断一根骨头。”我说，但一部分我很清楚，摄影师说得对。陪审团看着夏洛特替她女儿绑鞋子，并且把她像婴儿般系上安全座椅的安全带，会以为你的生活不会比婴儿差。我们所需要的是更具戏剧性的画面——跌倒，甚至若有骨折会更好。

我的天啊，我到底是什么样的人，居然会希望一个六岁孩子受伤?

在学校里，夏洛特把器具从车上拿下来，放在教室的一个角落。夏洛特向老师及你的看护者短谈了一下，说明你今天有哪些伤口与疼痛。同时，你坐在靠近出入口的椅子，同学们在你身旁穿梭，忙着挂外套和脱鞋子。你的鞋带已经松掉了，虽然试着弯身去绑鞋带，你短短的手臂却够不着。一名小女孩蹲下来帮你。“我才刚学会怎么绑鞋带。”她说，然后她把鞋带绕圈打结。当她蹦蹦跳跳地离开后，你望着她。“我知道怎么绑我自己的鞋带。”你说。你的声音里有一种忿恨。

到了点心时间，你的看护必须把你抱起来，让你去洗手，因为水槽太高，无法配合你轮椅的高度。五个孩子被老师安排坐在你旁边，然而你只有三分钟可以吃饭，因为你被安排去做复健。我发现，光是那一天，我们就拍到你做复健、功能治疗、语言治疗，以及拜访一名义肢专家。这让我不禁纳闷，你何时或者是否曾经单纯地上幼儿园?

“目前为止你觉得如何？”夏洛特问。当时我们正走进复健室的走廊，身后跟着你和你的轮椅，以及你的看护。“你认为这足够说服陪审团吗？”

“别担心，”我说，“那是我的工作。”

复健室紧临着体育馆。在体育馆里光亮的地板上，一名老师正在摆放一排足球。那里有一面玻璃墙，可以让人从外面看到体育馆里的情景。这对我来说似乎很残酷。难道这是为了激励像你这样的孩子更加努力一些吗?或者只是为了让你崩溃?

每星期两次，你都和复健师莫莉在学校里做复健。每星期一次，你被带到她诊所。她个子瘦小，红头发，声音异常低沉。“臀部如何？”

“还是很痛。”你告诉她。

“是那种‘我宁愿死掉，莫莉’的痛吗?或只是‘哎哟’的痛？”

你笑出来。“哎哟。”

“很好，那么让我看看你的东西。”

她把你从椅子上抱起来，让你站立在地板上。我屏住呼吸——我从来没见过你不用助步器走路——你开始用极小的步伐移动脚步。你的右脚抬离地面，左脚拖行，直到来到一块红色垫子的边缘。这个垫子只有一英寸厚，但你却花了整整十秒才抬起左腿，才能不被垫子绊住。

她把一个大红球丢到垫子中央。“你今天想要开始做这个吗？”

“好。”你说。你的脸亮了起来。

“你的希望，就是我的指令，”莫莉说，然后她把你放在球上，“让我看看你可以用左手碰到多远的地方。”

你弯着身体，脊椎形成S形的弯弧。即使费尽力气，你还是无法不让肩膀朝向正前方。这使你的眼睛看到那片玻璃窗，你的同学们正在做激烈的躲避球。“我希望我也能玩躲避球。”你说。

“继续伸展，神奇女超人，也许你也可以。”莫莉回答。

但那并不是真的——即使你学会了能闪躲的弹性，你的骨头绝对经不起重重的一击。

“没什么好可惜的，”我说，“我痛恨躲避球。我每次都是最后一个被挑走的队员。”

“我是永远都不会有人挑走的人。”你说。

我心想，你刚刚那句话让人听了极不忍心，肯定能引起陪审团的同情。

显然还有人也是这么认为。夏洛特瞄了一眼摄影机，然后转身朝向复健师莫莉。莫莉正让你趴在球上，将你前后来回地推。“莫莉，要不要使用一下负重拉环？”

“我要再等一两个星期才让你做负重训练……”

“也许我们可以训练一下她的软组织，以改善她的伸展范围？”

她把你放在地板上。你双脚的脚底板合并，我只有在情况不错时才能勉强做出这个瑜伽动作。莫莉伸手从墙上解开一个从天花板上垂挂下来、看起来像体操拉环的东西。她调整高度，直到拉环刚好在你头顶上方。“这次先用右手。”她说。

你摇摇头。“我不想。”

“试试看就好。如果会很痛，我们就停止。”

你将手臂一点一点伸高，直到指尖碰触到橡胶拉环。“我们现在可不可以停了？”

“别这样，薇罗，我知道你很坚强，”莫莉说，“把你的手指绕在拉环上，然后用力一抓……”

你为了做这个动作，于是把手臂抬得更高。你的眼睛盈满泪水，使你的巩膜像具有电流似的。摄影师立刻做了一个你脸部的特写镜头。

“噢，”你说。当你的手抓住拉环时，你开始哭了起来，“拜托，莫莉……我可以停了吗？”

突然间，夏洛特已经不坐在我身边。她跑向你，解开你的手指。她把你的手臂贴住你的肋骨，把你抱在怀里。“没事了，宝贝，”她低吟着，“我很抱歉。我很抱歉莫莉逼你尝试。”

莫莉一听她这么说，连忙猛烈地摇头，但是当她看见摄影机还在拍，便闭上嘴。

夏洛特双眼闭着，她可能也在哭。我觉得自己好像侵犯了隐私。所以我伸出手，轻轻地把摄影机的长镜头往下压，让它对着地面。

摄影师关掉了电源。

夏洛特盘腿坐在地板上，你则蜷缩在她的怀抱中。你看起来像个死胎。我看着她抚摸着你的头发，轻声对你说话，一面站起来，把你抱起来。夏洛特转过身来，她面对着我们，而你没有。“摄影机有拍到刚刚那一幕吧？”她问。

我曾经看过一则新闻报道，由于医院的疏失，两对夫妻的新生婴儿被调包了。直到几年后他们才发现，因为其中一个男孩被发现罹患某种严重的遗传疾病，那是他的父母基因组成里所没有的。另一个家庭被发现具有这种遗传病史，两名母亲必须交换儿子。当初抱回健康婴儿的那名母亲绝对是极为伤心的。“他抱起来的感觉不对，”她不停哭泣，“他的气味不像我的宝贝。”

我很好奇，要花多久的时间才会让一个婴儿变成你的，才会培养出熟悉感？也许要等到一辆新车的气味渐渐消散，也许要等到一间全新房子堆积出灰尘。也许这就是常被形容为建立情感联结的过程：了解你的孩子，同时也是了解你自己的过程。

但万一这个孩子从来不了解她的父母呢？

就像我和我的生母。或是你。你是否曾纳闷，为什么你妈妈会雇用我？为什么你会被一个摄影小组跟随？当我们走回教室时，你是否曾纳闷，你妈妈是否故意让你哭出来，好让陪审团心生同情？

夏洛特的话不断回荡在我身边：我很抱歉莫莉逼你尝试。但莫莉并没有逼你。夏洛特却坚持她有。她这么做，是因为她真的在乎你的右手臂在上次骨折之后的活动范围？或者因为她知道那样会让你在摄影机前哭出来？

我不是一个母亲。我可能永远都不会当母亲。但是我的确有一些朋友，很受不了自己的妈妈——有的妈妈太疏于照顾孩子，有些妈妈令孩子窒息。有些妈妈抱怨太多，有些妈妈注意得太少。成长的一部分，就是让自己和母亲之间保持适当的距离。

这对我来说不一样。在我的成长过程中，我和养母之间都有一个小小的缓冲空间。某次在化学课里，我学到有些物体并不会真的碰触——因为离子互斥的缘故，永远都会有个极小的空间，所以即使感觉起来像是和对方握手，或是摩擦某种东西，但其实你并没有碰触到。这就是我这阵子以来对我领养家庭的感受：乍看之下，我们看似毫无嫌隙的快乐家庭。但是我知道，不论我再怎么努力，我永远也无法拉近那个微小的沟缝。

也许这很正常。也许所有的母亲们在有意或无意间，都用不同的方式排拒她们的女儿。有些母亲知道自己在做什么，例如我的生母，她亲手把我交给另一个家庭。有些母亲则不晓得自己正这么做，例如夏洛特。她在摄影机前利用你，她认为这样做是最好的，但这却让我痛恨她，痛恨这个案子。我想结束拍摄：我想趁我做出违反职业道德的事情之前，尽快尽可能远离她，以免我说出对于她及这件官司的真实想法。

但就在我试着想出一个借口来提早结束拍摄之前，我得到了我所期盼的事情——一场危机。不是你跌倒，而是你的配备出了问题：放学后，夏洛特正在收拾你的配备时，她看到你的轮椅轮胎完全没气了。

"薇罗，"她慌张地说，"你没有注意到吗？"

"你有备胎吗？"我问。我心想，如果你家有个柜子装满了医疗用夹板、急救绷带、吊腕带和石膏，是否也会有个柜子装满了轮椅的零件和矫正器具？"没有，"夏洛特说，"但是单车店可能会有。"她拿出手机，打给艾米莉亚。"我会晚一点到……不，她没有骨折。但是她的轮胎破了。"

单车店并没有二十二号轮胎的存货，但他们认为可以在周末之前调到货。"这表示，"夏洛特解释，"我可以在波士顿的医疗器材行花两倍的钱购买，或者薇罗在周末之前都无法用轮椅。"

一小时后，我们停在中学门口。艾米莉亚坐在她的书包上，抱怨着。"我只是要让你知道，"她说，"我明天有三个考试。"

"那你在等我们的时候，为什么不先用功一下？"你问。

"我问你的意见了吗？"

不到四点钟，我就筋疲力尽了。夏洛特上网试着找到平价轮椅的制造商。艾米莉亚正在制作法文词汇的词卡。你在楼上房间里，坐在地板上，腿上放着一个粉红色的陶瓷猪。

"很遗憾你的轮椅出了问题。"我说。

你耸耸肩。"那种事经常发生。上次我的轮椅动不了，结果单车店从前轮拉出一堆头发。"

“那真的很恶心。”我说。

“是啊……我想也是。”

我在你身旁坐下，摄影师则悄悄移往房间的另一个角落。“你在学校里似乎有很多朋友。”

“不见得。大部分的小朋友，他们会说一些蠢话，例如我是多么幸运可以坐轮椅，而他们却必须一路走到体育馆或操场之类的。”

“但你不觉得那是幸运？”

“不觉得，因为只有一开始是好玩的。但如果一辈子都是这样，就不好玩了。”她抬头看着我，“今天那些小朋友？他们不是我的朋友。”

“吃点心的时候，他们都想坐在你旁边。”

“他们只想出现在电影里。”你摇一摇腿上的陶瓷猪。它发出叮叮当当的声音。“你知道真正的猪会像我们人类一样思考吗？而且它们会像狗一样学玩把戏，只不过速度更快。”

“真是了不起。你想存钱买一只猪吗？”

“不是，”你说，“我要把我的零用钱给我妈妈，这样她就可以去买我的轮椅轮胎，不必担心要花多少钱。”你从那只猪的双腿之间拉开一个黑色盖子，一些硬币掉出来，掺杂着少数纸钞。“上次我数过，我有七块又十六分钱。”

“薇罗，”我慢慢地说，“你妈妈并没有要你付轮胎的钱。”

“没有，但是如果我不再多花她的话，她就不必把我丢掉了。”

我半天说不出话来。“薇罗，”我说，“你知道你妈妈爱你。”

你抬头看着我。

“有时候，妈妈们会说一些话或做一些事，让她们看起来似乎不想要孩子……但是当你更仔细看，就会发现她们是在帮助孩子。她们只是想给孩子更好的生活。你了解吗？”

“我想是吧。”你再度把小猪储蓄罐翻过来。这个储蓄罐听起来像是装满了碎玻璃。

“我可以和你谈谈吗？”我一面说，一面走进书房，夏洛特正在那里检视搜索引擎找到的资料。

她跳起来。“我很抱歉。我知道，你并不是来这里拍摄我上网搜寻轮椅备胎资料的画面。”

我关上身后的门。“别管摄影机了，夏洛特。刚刚我在楼上，薇罗数着她小猪扑满里的存钱。她想要把钱给你。她试着用钱来换取你的快乐。”

“那太可笑了。”夏洛特说。

“为什么会可笑呢？如果你才六岁，而你知道你妈妈提出控诉，因为你出生时出了问题，你会怎么推想这整件事呢？”

“你不是我的律师吗？”夏洛特说，“难道你不是应该帮助我，而不是告诉我说我是个糟透了的母亲？”

“我正在试图帮助你。说实话，我不知道我到底要怎么用这些摄影片段剪接成一部让陪审团看的影片。因为如果他们现在看到这部影片，可能会为薇罗感到心疼不忍，但他们却会痛恨你。”

突然间，夏洛特全力反击。她坐回我刚进来时她所坐的椅子。“当你第一次提到不当出生时，我的感受和西恩一样。仿佛那是我这辈子所听过最难听的字眼。这些年来，我都一直做着我该做的事。我知道人们看见带着薇罗的我时，心想着可怜的女孩、可怜的母亲。但是你知道，我从来不会那么想。她是我的宝贝，我会照顾她，就是这样。”夏洛特抬头看着我，“然后你和罗伯特·拉米雷兹开口说话，问我问题。我感觉舒坦地吐了一口胸中的闷气。感觉像是我住在地底下，但得到窥视天空一下下的机会。一旦你看过天空，又怎么会回到原来的地方呢？”

我感觉双颊灼热。我很清楚夏洛特在说什么，我不喜欢认为自己和夏洛特有任何共通点。但我想起得知自己是被领养的那一天，当我了解某处有个我从未谋面的母亲与父亲。这些年来，虽然这个念头已非占据我心思的主要念头，但它仍然存在，仍在我的皮肤表层底下蠢蠢欲动。

律师们向来恶名昭彰，擅长从最不可能的境地找出可以提出控诉的机会，尤其是能够得到庞大理赔的案件。但这个家庭的即将瓦解，真的是我的错吗？鲍伯和我是否创造了一个怪物？

“我妈妈现在在一家赡养院，”夏洛特说，“她不记得我是谁，所以我必须替她保存回忆。我告诉她，在我竞选学生代表时，她替整个高年级烘焙了布朗尼蛋糕，结果我获得了压倒性的胜利。我告诉她，某年夏天，她和我一起捡拾海玻璃，然后放进我床边的一个罐子里。我很好奇，薇罗会告诉我什么回忆。我很好奇，尽职的母亲与好母亲之间是否有差别？”

“是有差别。”我说。夏洛特抬起头来看我，期待听我的说明。

即使我无法说清楚身为成人与身为孩子的差别。我的确感觉得到这个差别。我想了一下。“一个尽职的母亲会跟随孩子的每一个脚步。”我说。

“一个好母亲呢？”

我抬起头，迎向夏洛特的目光。“一个好母亲，令孩子想要跟随她。”

干扰中介物：加进糖浆里的一种物质，目的是要防止糖浆结晶

我们全都碰过结晶化的时刻，当一切突然间开始凝结在一起，不论我们想不想要。同样的情形也发生在制糖的过程中——当混合物开始变成和前一刻钟不一样的东西。一个单一的未紧密结合的糖晶会改变糖的质地，让它从光滑变成粗粒状。如果你不阻止它的发生，你就会得到糖晶块。但是如果在沸腾之前把材料加进糖浆里，便能阻止结晶化的发生。常见的干扰中介物包括玉米糖浆、葡萄糖与蜂蜜；塔塔酱、柠檬汁或醋。

如果你想防止结晶化的事物不是糖果，而是你的生活，那么最佳的干扰中介物，就是巧妙的谎言。

······································

焦糖奶油

焦糖

1杯糖

$\frac{1}{3}$杯的水

2糖匙的淡味糖浆

$\frac{1}{4}$茶匙的柠檬汁

卡士达鲜奶酱

1$\frac{1}{2}$的全脂牛奶

$1\frac{1}{2}$的淡味鲜奶油
3个大蛋
2个蛋黄
$\frac{2}{3}$杯的糖
$1\frac{1}{2}$茶匙的香草精
一小撮盐

你可以用这些材料做出一大盆焦糖鲜奶油，但是我比较喜欢放在小模子里做成一个一个。制造焦糖时，取一个中型的平底锅（最好是浅色的，可以看清楚糖浆的颜色），混合糖、水、玉米糖浆、柠檬汁。用中大火加热，用湿布擦拭平底锅的内侧，以确保没有糖晶残留，否则可能导致结晶化。加热约八分钟，直到糖浆从清澈变成金黄，摇晃平底锅，以确保焦糖化均匀发生。继续煮个四五分钟，不断摇晃平底锅，直到糖浆表面的泡泡变成蜂蜜的颜色。立刻将锅子移离炉火，把糖浆倒进八个未抹油的五或六盎司烤杯里。让焦糖冷却变硬，大约十五分钟。你可以用保鲜膜覆盖小烤杯，放进冰箱至多两天，但是在开始进行下一步骤时，把它置回室温之下。

制作卡士达鲜奶酱时，在中型平底锅里，以中火加热牛奶与奶油，偶尔搅拌，直到奶汁里的温度计达到七十一摄氏度。把锅子从炉火上移开。同时，在一个大碗里混合蛋、蛋黄、糖，搅拌至均匀。把温热的奶汁、香草与盐，混合进蛋汁里，直到混合均匀，但不能产生泡沫。让汁液过筛，倒进一个大量杯里，放到一旁。

将约两升的水煮沸。同时，把一张碗盘纸巾铺在一个大烤盘的底部。把预备好的卡士达鲜奶酱均分在小烤杯里，然后把小烤杯放在烤盘上，彼此隔开。把烤盘放在预热至一百八十度的烤架中央。将沸水注入烤盘里，直到小烤杯高度的一半，然后用铝箔纸稍微盖住整个烤盘，不让温度跑掉。烘烤三十五至四十分钟，直到用刀子插入卡士达中心与边缘之中点时，拉出来的刀子上不见汁液。

把卡士达移到铁架上，冷却至室温。要脱模时，把刀子顺着每个卡士达的外缘划一圈，把餐盘放在小烤杯的上方，倒扣，然后轻轻摇晃，把卡士达抖下来。立即食用。

夏洛特
二〇〇八年八月

二〇〇八年的“成骨不全症双年会”在奥玛哈举行，地点是一间宽大的希尔顿饭店，里面有一个会议中心、一个大泳池，以及五百七十个看起来像你一样的人。当我们走进报到处时，我突然觉得自己像个巨人，而坐在轮椅上的你转头面向我，脸上有着最灿烂的笑容。“妈，”你说，“我在这里很正常。”

我们从来没有参加过研讨会。我们向来没钱参加。但是西恩已经好几个月没有回家来睡觉了——虽然你没问为什么，但并不是因为你没注意到，而是因为你不想听到答案。老实说，我也不想知道。西恩和我并没有使用分居这个字眼，但就因为你不为一件事情定下名字，并不表示它不存在。有时候，我发现自己好奇西恩晚餐会想吃什么，或者拿起电话拨了他的号码，才猛然想起不该这么做。当他来看你时，你的脸都亮起来。我希望让你有其他可以期盼的事情。所以当我在成骨不全症基金会的电子邮件中看到这场研讨会的广告，我便知道自己找到完美的目标。

此刻，我看着你注视着一群和你同年龄的女孩推着自己的轮椅经过，我突然明白我们早该这么做了。就连艾米莉亚也没有说任何尖酸刻薄的话——她静静地看着这群人坐着轮椅，使用助步器，或自己走进来，像见到好久不见的亲戚般招呼彼此。会场里有些小女孩——有些看起来像艾米莉亚，有些个子像你一样娇小——他们用可抛式相机为彼此拍照。同样年纪的男孩们正在电扶梯附近玩闹，教彼此如何坐着轮椅上下电扶梯。

一名戴着黑色发卷的小女孩向你走过来，她的矫正器撞击出声响。“你是新来的，”她说，“你叫什么名字？”

“薇罗。”

“我叫妮雅芙。这个名字很奇怪，因为里面没有字母v，但念起来却像有。你的名字也很奇怪。”她抬头望着艾米莉亚。“这是你姐姐吗？她有没有成骨不全症？”

“没有。”

“哈，”妮雅芙说，“这对她来说实在太不幸啦！这里最酷的节目都是为我们这种小孩子设计的。”

在连续三天的周末里，有四十场信息活动，包罗万象，从“为特殊需求孩子所做的财务规划”到“撰写你的个人化教育计划”与“请教医生”。你有你自己的儿童俱乐部活动——美术与劳作，寻宝活动，游泳，电玩竞赛，如何更独立，如何提升自尊。我本来不太愿意为了一天的活动而放弃陪伴你，但他们为每个活动都安排了护士。患有成骨不全症的幼童可以参加“游戏之夜”“骨头男孩与牛奶女服务生的历险”。就连艾米莉亚也能参加专为未罹患成骨不全症的病患手足所举办的特别讨论会。

“妮雅芙，原来你在这里啊？”一名年纪和艾米莉亚差不多的少女走过来，后头跟着一群小朋友。“你不能就这样跑掉啊，”她说，然后她抓住妮雅芙的手，“你的这位朋友是谁？”

“薇罗。”

这名少女蹲下来，所以她的眼睛高度刚好和坐在轮椅里的你一样。“很高兴见到你，薇罗。我们正在大厅那边玩双人扑克游戏，欢迎你加入我们。”

“我可以去玩吗？”你问。

“只要你小心就行。艾米莉亚，你可以推她……”

“我来就好。”一名男孩走上前来，握住你轮椅的把手。他的金发颜色深浅不一，遮盖住他的眼睛，他的笑容足以融化冰河——或者融化艾米莉亚，因为艾米莉亚正目不转睛地盯着他。“或者你也想一起来？”

我简直不敢相信，艾米莉亚竟然脸红了。

“也许稍后吧！”她说。

虽然饭店有提供残障者使用的房间，我们并没有订那种房间。艾米莉亚和我并不特别想要轮椅专用的淋浴设备，而且一想到要让你使用租借的淋浴座椅，就让我起鸡皮疙瘩。你可以轻而易举地在浴缸里洗澡，并且在水龙头底下洗头。我们参加了专题演讲，讲题是有关成骨不全症的最新研究。我们也去享用了丰盛的自助晚餐，餐点都放在低矮的桌子上，好让轮椅使用者或个子矮小的人可以看到且拿到食物。

“熄灯啰。”我说。艾米莉亚把自己埋到被子底下，耳朵上还戴着MP3耳机。床单底下，随身听的屏幕发着光。你翻了个身，你的脸庞泛着做梦般的幸福感。“我爱这里，”你说，“我想要永远待在这里。”

我微笑着。“这个嘛，等你的成骨不全症朋友全都回家去，可能就不会那么好玩了。”

“我们可以再来吗？”

“我希望可以，薇罗。”

“下一次，爸爸可以跟我们一起来吗？”

我盯着电子闹钟，看着它的数字不断变换至下一个。“我希望可以。”我重复。

这是为什么我们最后会来参加这场会议：

某个早晨，当你和艾米莉亚去上学时，我正在烘焙。现在你们上学时，我都是在做这件事。在搅拌糖和酥油、打蛋与打奶泡时，有一种禅味的节奏。我的厨房蒸腾着香草、焦糖、肉桂与大茴香的香气。我调制顶级的糖霜。我擀出完美的派皮。我捶打面团。我的双手动得愈多，我就愈不会胡思乱想。

当时是三月——西恩已经退出诉讼两个月了。我们在高速公路中央大吵一架之后的几个星期，我都把枕头和寝具留在火炉旁，客厅火炉旁，以备他随时回来使用。这是我所能做的最接近道歉的举动。他偶尔回家来看你们，但每次他来看你们，我都觉得自己会打扰你们。我会一面查看我的支票簿，清理浴室，一面听着你们在楼下的欢笑声。

我希望我有勇气对他说：我犯了错，但是你也犯了错。现在我们可以扯平了吗？

有时候我会疯狂地想念西恩。有时候我会很气他。有时候我只希望将时间倒转，回到他问：我们去迪士尼乐园度假如何的那个时刻。然而大部分时候我总是纳闷：为什么脑子移动的速度这么快，而心却拖着这么缓慢的步伐？即使我对自己充满信心，即使我开始认为我们三个人独自生活也不成问题，我仍然爱着他。感觉像是本来应该永远存在的东西消失不见了：一颗掉落的牙齿，一双被截断的腿。你也许很清楚它消失了，但那并不会阻止你用舌头去填塞牙龈间的缺洞，或是觉得被截断的腿仍在发疼。

所以我每天早上为了遗忘而烘焙点心，直到窗户一片水蒸气，而呼吸里满是浓郁的食物香气，感觉像是坐在最豪华的餐桌。我不断烘焙，直到双手红肿、指甲覆满面粉。我不断烘焙，直到我不再纳闷为何一场官司的进展会如此缓慢。我不断烘焙，直到我不再担心下月的贷款缴费钱从何而来。我不断烘焙，直到厨房变得很热、我的围裙底下只穿着一件无肩带上衣和慢跑短裤，直到我想象自己在我所制作的黄金派皮圆顶之下，心想着西恩会不会在我闷死之前冲进来救我。

这是为什么当我正在烤一盘甜甜圈时，门铃大响，把我吓了一大跳。我并没有和任何人有约——我再也没有事情好期盼了。门廊上站着一个陌生人，让我清楚地意识到，我衣衫不整，头发上还残留着糕点的糖霜。

“你是乳酒冻太太吗？”那名男子问。

他身材矮胖，有着双下巴，与他向后退的发线形成协调的弧线。他拿着一个上头绑着绿色缎带的塑料袋，里面装满我做的脆饼。

“那只是一个名字，”我说，“但不是我的名字。”

“可是……”他望了一眼我的衣着，“你是烘焙这些脆饼的人？”

“是的，”我说，“我是糕点师。”不是挖金矿的人，不是婊子，甚至不是母亲。这个身份像某种和我不相连的东西，像不锈钢一样明亮清楚。我伸出手。“我是夏洛特·欧基夫。”

他把双脚规矩地踏在门垫上。“我要买你的点心。”

“噢，你不需要亲自跑来，”我说，“你把两块钱放进自助钱箱就好了。”

“不，你不明白。我要买下全部。”他递给我一张名片，上面有烫金的字体，“我的名字是亨利·狄维尔。我在新罕布什尔州经营连锁便利商店，我想要在我店里贩卖你的烘焙点心。”他脸红了起来，“主要是因为我无法停止吃你烘焙的点心。”

“真的？”我说。我脸上逐渐绽放出一个微笑。

“上个月的某天，我去我妹妹家做客，她就住在离这里两条街的地方，但是我迷路了，而当时我肚子很饿。自从那之后，我已经来这里八次，每次都开车两小时，只为了购买你当天贩卖的点心。我也许不擅长评判别人的事业做得如何，但说到好的点心，我可是这方面的专家。”

我花了一个星期的时间才答应这门生意。我没有时间，也没有意愿在清晨时开大老远的车子在新罕布什尔州送松饼。我不晓得我能答应提供多少产量。我每提出一项难处，亨利就会提供一个解决方案，不到一个星期，我已经请玛琳为我立了一份合约草稿，条件优渥得足以让我点头答应。为了庆祝交易成功，我为亨利烤了一个杏仁蓝莓咖啡蛋糕。

他坐在我的厨房餐桌旁，和我这个刚诞生的女企业家一起喝咖啡、吃蛋糕。“我试着辨别出那种特殊的成分，”他看着我签下合约时说，“你的点心里有一种我从未尝过的东西。它会令人上瘾，真的。”

我向他绽放最灿烂的笑容，然后趁他改变主意之前把合约推向他。因为亨利·狄维尔是对的——我的烘焙点心里有一种成分比任何萃取精都更浓缩，也比任何香料更强烈；那种成分是大家都认得出来，但都说不出名字的：那种成分就是后悔，它在最意想不到的时候悄悄出现。

这次双年会的活动主轴是“保持苗条！”，因此隔天早上你和我前去参加其中一项运动课程，参加者可以用轮椅或走路的方式前进四分之一或半英里。当你完成时，抓着证书，紧贴着胸。我们趁一天的小组活动开始之前，快速吃完早餐。艾米莉亚还在睡觉，但我打算参加为成骨不全症年轻女孩所举办的身体形象工作坊。

你回到儿童区，我注意到那里的护士与你击掌，使你的右手臂抬高的程度超过过去四个月的任何复健疗程。把你交给儿童区的工作人员之后，我趁活动开始之前走向女厕去洗手。这个厕所一如饭店里的其他设备一样，专门为成骨不全症女孩而设计布置：外层的门敞开，方便进出，一个矮桌上放了另一套肥皂与毛巾。

当我打开水龙头时，一名女子走进来，手上拿着一个牛奶玻璃瓶。主办单位为了呼应这次会议的主调——保持健康——因此在会场中提供牛奶。成骨不全症的问题在于缺乏胶原，而不是缺钙。“我爱这个，”那名女子露齿而笑，“这应该是唯一在议程之间供应牛奶而不是咖啡或果汁的会议。”

“可能是因为牛奶比帕米磷酸盐注射剂更便宜吧！”我说。她大笑起来。

“我想我们可能没见过。我是凯莉·克劳夫，是戴维的妈妈，他罹患的是第五型成骨不全症。”

“我女儿是薇罗，第三型。我叫夏洛特·欧基夫。”

“薇罗玩得开心吗？”

“她像在天堂一样，”我说，“她几乎等不及今晚去动物园。”当地的亨利铎尔里动物园今晚在结束正常营业时间之后，为这次会议的参加者开放几小时。在早餐时，你列了一张想要见到的动物清单。

“戴维只关心游泳，”她望了一眼镜中的我，“我觉得你很面熟。”

“我从来没有参加过这个会议。”我说。

“不，你的名字……”

此时出现冲马桶的声音，不一会儿，一名年纪和我们差不多的女子从一间厕所走出来。她把她的助步器放在残障专用的水槽前，打开水龙头。“你有没有读过小提姆的博客？”她问。

“当然，”凯莉说，“谁没读过？”

我就没读过。

“她就是提出不当出生诉讼的人。”那名女子在毛巾上擦擦手，然后转身面向我。“说实话，我觉得很恶心。而你出现在这里，甚至更令人觉得恶心。你不能玩两面手法。你不能因为罹患成骨不全症的生命不值得活而提出控诉，然后却又跑到这里来说你女儿和其他孩子在一起有多兴奋，以及她能去动物园有多么好。”

凯莉向后退了一步。“那个人是你？”

“我不是有意……”

“我不敢相信会有父母那么想，”凯莉说，“我们都是搜刮账户才能勉强维持开销。但我从来不曾希望我没生下我儿子。”

我感觉自己不受控制地颤抖。我想当一个像凯莉那样的母亲，可以坦然接受她儿子的残障。我希望你长大后能像另一个女人，大方自信。我只不过是希望你能得到完成这些事情的资源。

“你知道我过去六个月都在做什么？”患有成骨不全症的女人说

道，“为残奥会做训练。我加入游泳队。如果哪一天你女儿带着金牌回家，是否就能让你相信她的生命不是浪费？”

“你不明白……”

“事实上，”凯莉说，“是你不明白。”

她起步走出厕所，另一个女子跟在她后面。我把水龙头开到最大，泼了一些水在脸上，我的脸仿佛才刚燃烧过。然后，虽然我的心脏依然怦怦跳，我还是走进走廊。

九点钟的活动正在入场。我的身份已经被揭发，我可以感觉到一百双眼睛像针般刺在我脸上，每个交头接耳似乎都提到我的名字。我把目光定在花纹地毯上，经过一群正在角力的男孩身边，还有一名小婴儿被一名患有成骨不全症的小女孩抱着，她的年纪没有比婴儿大多少。还有一百步就走到电梯了……五十步……二十步。

电梯门打开了，我溜进去，按了一个钮。就在门正要关起来时，一根拐杖卡在两扇门中间。昨天帮我们办理报到手续的男子站在电梯门口，但他并没有像十二小时前一样给我欢迎的微笑，他双眼的颜色像沥青一样黑。“只是想让你知道——让我生命不断陷入奋战挣扎的并不是我的残障，”他说，“而是像你这样的人。”然后，在一阵刺耳的金属声响之后，他退后，让电梯门关上。

我勉强走回房间，插进钥匙卡，这才想起艾米莉亚可能还在睡觉。但是——谢天谢地——她已经不在房里，可能是到楼下去吃早餐或不告而别，此刻我管不了是什么原因了。接下来，我终于让自己哭出泪来。

这比被和我一样健康的人评判更糟糕。这是被你的同侪陪审团评判。

我是彻头彻尾的失败者。我丈夫离开我，我的亲职技能因为牵扯了美国司法系统而被扭曲质疑。我哭到双眼红肿、双颊疼痛。我哭到心里空无一物。然后我站起来，走到靠近窗边的小桌子。

小桌子上有一部电话、一叠记事本，还有一个活页夹，上面列着饭店所提供的服务。里面有两张明信片，还有两张空白的传真表格。我把它们拿出来，伸手去拿电话旁的笔。

西恩，我写着。我想你。

在西恩搬出去之前，我和他从来没有和彼此分开过，除非把我们结婚前的那个星期算进去。虽然他早就搬进我和艾米莉亚住的房子，我还是想创造一种最起码的兴奋感，所以在婚礼举行前几天，他都睡在另一名警察家里的沙发上。他很痛恨那个主意。我在餐馆上班时，会发现他故意驾着巡逻警车经过，于是我们会溜进厨房里的储藏间，激烈地拥吻。或者他在夜里进屋来替艾米莉亚盖被子，然后假装在沙发上看电视看到睡着。我会盯着你，我告诉他。这是行不通的。婚礼上，西恩念出他自己写的誓词，给我一个惊喜：我会献上我的心与灵魂，他说。我会保护你，服侍你。我会给你一个家，我不会再让你把我踢出家门。每个人都大笑，包括我在内——你想想看，像老鼠般瘦小的夏洛特，居然是那种对一个男人有无限掌控的母老虎！但是西恩让我觉得我能用一个字或轻轻一碰，就让一个巨人跌倒。那种力量如此强大，那是我无法想象的另一个自己。

在我心里的某个深长裂缝中，还抱有一丝丝希望，我相信西恩和我之间不论出了什么差错，都是可以弥补的。它必须能弥补，因为当你爱一个人，当你和他一起创造了一个孩子，你们之间的联结不会突然遗失。就像其他的能量一样，它是无法被摧毁的，它只是被导入另一个物体罢了。也许此刻我把所有的聚光灯都聚焦在你身上。但那很正常，一个家里的爱常常在移转与流动。下星期可能在艾米莉亚身上，下个月在西恩身上。一旦这个官司结束，他就会搬回家里来。我们会回到从前的生活。

我们必须这样，因为我无法真的接受另一个选项：我会被逼着在你的未来与我自己的未来之间做选择。

我必须写的第二封信更难写。亲爱的薇罗，我写道。

我不晓得你何时会读到这封信，或者到时候会发生什么事。但我必须写这封信，因为我比任何人都更欠你一个解释。你是发生在我身上最美丽的事物，也是最痛苦的。并不是因为你的疾病，而是因为我无法治好它。每次看到你领悟到自己永远无法做一些其他孩子做的事情，我就觉得很痛恨。

我爱你，我永远都会爱你。也许远超过我应该爱你的程度。这是我对这一切所能给出的唯一理由。我以为只要我够爱你，我就可以为你移开山头，我可以让你飞翔。我不管那将如何发生——只要它发生就好。我并没有想到我可能会伤害到谁，我只想到我能救谁。

你第一次在我怀里弄断骨头时，我无法停止哭泣。我想我已经花了这些年的时间试图弥补那个片刻。那就是为什么我现在停不下来，即使我有时候很想停下来。我无法停下来，但我时时刻刻都在担心很久以后你会想起什么。你会想起我和你爸爸的争吵？你会想起你姐姐变成我们认不出来的人？或者你会想起你和我曾经花了一个小时观看一只蜗牛爬过我们的前廊？或者我是如何把你的午餐三明治切成你名字的英文字母缩写？你是否会记得，我在你洗完澡后用毛巾把你裹起来时，即使你身子已经擦干了，我还多拥抱了你一会儿？

我常常梦想着你能独立生活。我看到你成为一名医生，我很好奇那是否因为我看过你与那么多医生打交道。我想象一个男人会疯狂地爱你，你们甚至会有孩子。我敢说，你一定会为了你的孩子而奋战，就像我为你奋战一样。

然而，我永远想不出答案的是，你会如何从你现在的处境变成你将来可能成为的样子。直到我被赋予搭建那座桥的机会？我太晚才发现，那座桥是由荆棘所搭成的，而且它可能不够坚固，无法承载我们所有人。

说到回忆，好的回忆与不好的回忆永远无法取得平衡。我不确定我怎么会用破裂的片刻来衡量你的生命价值——那些片刻包括手术、骨折、紧急事件。为什么我不是用其他的幸福片刻来衡量呢？也许这让我成为悲观主义者，也许这让我成为现实主义者。也许这让我成为一名母亲。

你会听到人们如何谈论我。有些是谎言，有些是实话。只有一个事实是重要的：我不要你再承受另一次断裂的痛苦。

尤其是你与我之间的断裂，因为那可能永远无法修复了。

西恩

我的钱像失血般狂流不止。

我的薪水不仅用来勉强支付房屋贷款、汽车贷款与信用卡账单，现在我所可能赚到的任何现金，都被用来支付每晚四十九美元的旅馆费用。自从夏洛特到高速公路的道路工程现场吼了我一顿之后，我就一直住在旅馆里。

这就是为什么当夏洛特说她在某个星期五要带女儿们去参加成骨不全症双年会时，我办了退房手续，溜回自己的家里。

以陌生人的身份回到自己的家，还真是奇怪的感觉。你知道当你进入某人的家里所闻到的气味吗？有时候像刚洗好的衣物，有时候像松果的气味，但各家的气味都很不一样。你通常不会留意自己居所的气味，直到你离开一阵子。第一天晚上，我在屋里四处走动，沉浸在熟悉的事物中：栏杆的柱子仍然掉落下来，因为我没有机会修理它。你床上的一堆动物布偶。我在1990年和一群警察同事去波士顿芬威球场看球赛时拿到的一颗棒球，在那场比赛中，汤姆·布洛南斯基打了一个本垒打，使得波士顿红袜队击败多伦多队，成为该季冠军。

我也走进自己的卧房，坐在夏洛特那一侧的床上。那天晚上，我睡在她的枕头上。

隔天早上，当我在打包我的盥洗用具时，我很好奇夏洛特在洗脸时能不能闻到毛巾上留有我的气味。她是否会注意到我吃光了一条面包和烤牛肉？她是否会在乎？

那天是我的休假日，我知道我必须做什么。

在星期六早晨这种时间，教堂很安静。我坐在一张靠背长椅上，抬头望着在走道间投射出蓝色长形倒影的彩绘玻璃窗。

原谅我吧，夏洛特，原谅我所犯的错。

当时站在祭坛旁的格雷迪神父注意到我。“西恩，”他说，“薇罗还好吗？”

他可能以为，我愿意踏进教堂的唯一时机，是为了替我女儿的健康奋力祈祷。“她还不错，神父。事实上我的确希望能和你聊聊。”

“当然可以。”他在我前一排的长椅上坐下，转过头来。

“这事情是有关夏洛特，”我慢慢地说，“我们已经好一阵子没办法面对面说话了。”

“我很乐意和你们两人谈谈。”神父说。

“已经好几个月了。我想我们已经错过了时机。”

“我希望你不是想谈离婚的事，西恩。天主教会里不允许离婚。这是不可饶恕的罪。成就了你的婚姻的是上帝，而不是一张纸片。”他朝我微笑，“一旦你让上帝进入你心中，看似不可能的事，突然间会好转。”

“上帝偶尔也会开放例外啊。”

“不可能。如果他开放例外，那么进入婚姻的人在碰到困境时，就会想着要冲出来。”

“我太太，”我平静地说，“打算在法庭上以《圣经》起誓，说她希望她怀薇罗时能把她拿掉。您认为上帝会要我和这样的人结婚吗？”

“是的，”神父立刻说，“婚姻最大的目的，除了生儿育女之外，是支持与协助你的伴侣。你可能是那个努力让夏洛特明白自己错误的人。”

“我试过了。我办不到。”

“像婚姻这样的庄严圣礼，意味着过一种比你的本能更好的生活，如此你才是以上帝为典范。上帝从不放弃。”

我心想，那并不完全是真的。《圣经》里有好几处都记载上帝退进一个角落，而且他并没有坚强起来，而只是重新开始罢了。看看洪水、所多玛城以及蛾摩拉城等故事。

“耶稣并没有放下十字架，”格雷迪神父说，“他背着十字架一路爬上山丘。”

从某方面看来，神父说得没错。如果我留在这个婚姻里，不是我，就是夏洛特会被钉上十字架。

“不如下星期你和夏洛特一起来见我吧？”格雷迪神父说，“我们可以把事情弄清楚。”

我点点头，然后他拍拍我的手，再度走向圣坛。

对神父说谎也是一种罪恶，但我现在根本没空担心这件事。

艾迪娜·奈托的办公室和盖伊·布克的办公室截然不同，虽然他们曾一起就读法学院。盖伊说，如果想离婚，就得找艾迪娜。他自己就请她帮忙两次了。

她办公室里那些过分鼓胀的沙发椅背上垂缀着蕾丝，看起来像是情人节才会有的装饰。她供应的是茶，而不是咖啡。她看起来就像大家的祖母。

也许那就是为什么她总能在法庭协议时得到她想要的。

“你不会太冷吧，西恩？我可以把冷气关掉……”

“我很好，”我说。在过去半小时内，我已经喝了三杯伯爵茶，把我们家的事情告诉艾迪娜。“我们往返于不同的医院之间，端看问题是什么，”我说，“去奥玛哈是去看骨科医生。到波士顿，是去注射帕米磷酸盐。大部分的骨折则是上当地的医院。”

“不晓得接下来会发生什么事，一定很难受。”

“没人知道接下来会发生什么事，”我平静地说，“我们只是比一般人更常发生紧急事件。”

“那么你太太一定没办法工作。”艾迪娜说。

“没有。自从薇罗出生之后，我们家仅能勉强维持家计。”我踌躇了一下，“而我住在旅馆里，让我的财务更是吃紧。”

艾迪娜在记事本上写下笔记。“西恩，离婚对大部分的人来说，都会对财务造成负面影响，对于你们来说更是如此，因为你和夏洛特是勉强靠着每月的薪水过活，而你们女儿的疾病又让你们雪上加霜。这是一个两难处境，如果你想要监护权，表示你必须减少工作时间，到时候赚的钱甚至更少。当你不工作时，你的孩子和你在一起，你不会再有任何自由时间。”

“那不要紧。”我说。

艾迪娜点点头。“夏洛特有谋生技能吗？”

“她以前是个点心厨师，”我说，“自从薇罗出生后，她就不再工作了，但是去年冬天她在家门前的车道尽头摆起了小摊子。”

“小摊子？”

“就像蔬果摊一样，只不过卖的是杯子蛋糕。”

“如果你减少工作时数来陪小孩，你是否能负担得起维护房子的开销？或是你必须卖掉房子，换成两间较小的房子？”

“我……我不知道。”我们的存款早就用尽，剩多少都清清楚楚。

“根据你所说的，基于薇罗的辅助配备和她的行程，让她固定留在一个地方，对每个人来说似乎都会方便些……即使说到探视权……”艾迪娜抬头望了我一眼，“有另一个选择。你可以住在家里，直到离婚判决确定。”

“那不会有一点不自在吗？”

“是啊，但也比较省钱。这就是为什么大多数正在办理离婚手续的夫妻都选择这么做。而且这对孩子们也比较好过。”

“我不明白……”

“这很简单。我们立一份协商计划，要求你和你太太不要同时在家里。如此一来，在离婚程序进行期间，你们两个都有时间陪女儿，而家里开销也不会比现在更大。”

我低头望着地板。我不晓得我是否能那么宽宏大量。我不晓得我是否能忍受看着夏洛特一头栽进诉讼、说了那些话之后，还能克制住想杀她的冲动。但话说回来，我人会在你身边，如果你半夜需要人抱你，只要叫唤一声就行。如果你需要有人向你确定，这世界如果没有你就不会像现在一样明亮。

“唯一的麻烦是，”艾迪娜说，“在新罕布什尔州，很少有父亲能取得孩子的监护权，尤其当孩子具有特殊需求，而且孩子的母亲在孩子的生活中扮演全天候照顾者的角色时。所以你要怎么让法官相信你会是更好的父亲？”

我望着律师。“我会说，我不是那个提出不当出生诉讼的人。”我说。

走出律师办公室之后，世界似乎不一样了。道路看起来太清晰，颜色太鲜亮刺眼。这就好像戴了一副度数过高的眼镜，我觉得自己的行动变得更小心翼翼。

停在红绿灯时，我望向车窗外，看见一名年轻女子正在过街，手里拿着一杯咖啡。她与我目光相接，然后微笑。若是以前，我会把目光移开，并且觉得不好意思。但是现在呢？如果你采取了终止婚姻的第一步，你是否被允许对其他女人回报以微笑、注视、打招呼？

我在值班开始之前有两小时的空当，于是我朝奥卜强五金店开去。我的生活里总是避不开矛盾：虽然我目前并不拥有一个家，我却在居家修缮商店里购物。但是这个周末待在家里时，我注意到我三年前为你建造的残障坡道有一个地方已经开始腐烂了，因为今年春天那个地方积了些水。我打算今天替你建造一个新的残障坡道，如此一来，等你从双年会返家时就能看得到。

我想了一下，我需要三或四张四分之三英寸加压过的三夹板，再加上一卷室内外两用地毯，提供你轮椅底下的摩擦力。我走向服务柜台，试着估价。“你说的是一片三十四美元又十分钱。”那名店员说，我发现自己脑子里忙着计算。如果光是木材就要花掉上百美元，我就必须加班，但那甚至还不包括地毯的费用。我在残障坡道上花愈多钱，我能拿来支付旅馆费用的钱就愈少。

“西恩？”

派普·芮斯站在离我三英尺远的地方。

“你在这里做什么？”她问。但我还来不及回答，她便举起双手，亮出一包线路连接器和电流保护装置。“我要换一组新的。我最近手还蛮灵巧的，但这是我第一次玩电流类的东西。”她不安地大笑，“我一直在想象一则新闻标题：妇女被发现在自家厨房触电致死。死亡时流理台并不干净。这应该蛮简单的，是吗？在自己动手修缮时送命的机会，应该不会比在前往五金店路上车祸身亡的机会高吧？”她摇摇头，脸红了起来，“我在胡言乱语。”

我得走了。这几个字在我嘴里，圆滑得像樱桃核，但从我嘴巴里说出的却是：“我可以帮你。”

笨死了，笨死了，我这个大笨蛋。我把三片加压三夹板和地毯放上卡车，开往派普·芮斯家时，我不停地如此咒骂自己。我无法解释为什么我当时不干脆转过身走开，唯一可能的解释是：在我认识派普的这些年来，我看到她的样子都是充满自信，有时候甚至过于尖锐与傲慢。然而，今天她似乎完全慌乱不安。

我比较喜欢她这个样子。

我当然知道前往她家的路。当我停在她家门前的街道上时，我经历了些微的恐慌——罗伯会在家吗？我不认为我能同时应付他们两个。但他的车子不在，于是我关掉引擎，深吸了一口气。五分钟，我告诉自己，装上那个该死的电流保护装置之后，我就离开这里。

派普在前门等我。“你真是好人。”我踏进屋时，她这么说。

他们家的走廊以前不是这个颜色。当我走进去时，我看到厨房被翻修过了。“你请人做了不少工程。”

“事实上，是我自己做的，”派普承认，“我最近有很多时间。”

一种令人不安的沉默像一个罩子般罩在我们头上。“一切看起来都截然不同了。”

她盯着我。“一切的确是截然不同。”

我把手插进牛仔裤的口袋里。“那么你第一件必须做的事就是切掉电源箱的电力，”我说，“我猜电源箱应该在地下室？”

她指引我下楼，我关上电源箱的开关。然后我走进厨房。“你要装在哪里？”我问。派普用手指一指。

“西恩，你近来还好吗？”

我故意假装没有听见她的问话。“你只要把烧掉的拿出来就好了，”我说，“瞧，一旦你把它转开，就很简单。然后你必须拉出所有的白线，把它们像绑辫子一样绑进这种小匣子里。之后你就拿出新的电流保护装置，用你的螺丝起子来连接这里的电线——你看到这里写着白线了吗？”

派普靠过来。她的呼吸里有着咖啡与后悔的气味。“是的。”

“黑线也是一样的做法，然后把它们和写着热线的地方连接。最后，你把避雷线接到绿色螺丝钉，然后把它们全部都塞回盒子里。”我用螺丝起子重新锁上盖板，然后转头向她，“很简单。”

“没有什么事情是简单的，”她说。然后她盯着我，“但你知道的。例如，跨越黑暗面，就是很不简单的事。”

我轻轻地放下螺丝起子。“全部都是黑暗面，派普。”

“这个嘛，我还是觉得我欠你一个道谢。”

我耸耸肩，把目光移开。“我真的很抱歉发生在你身上的这一切。”

“我也很抱歉发生在你身上的一切。”她回答。

我清清喉咙，向后退了一步。“你可能要下楼去打开电源开关，试试插座能不能用。”

“没关系，”派普说。她对我投以一个害羞的微笑，“我想一定可以的。”

艾米莉亚

好吧，让我告诉你，在狭小的空间里，不太容易保守秘密。我们家的房子已经够糟了，但你有没有注意到饭店浴室的隔墙有多薄？我的意思是，你可以听到一切——这意味着，当我要让自己呕吐时，我必须在大厅的大型公共厕所里做这件事。我必须坐在一间厕所里，直到我朝左右偷看时看不见任何一双鞋子。

今天早上我起床后，发现妈妈留下的一张字条，于是我下楼吃早餐，然后发现你在儿童区里。“艾米莉亚，”你看到我时这么说，“那些是不是很酷啊？”你指着一些孩子在轮椅的轮胎上装设的彩色杆子。当轮椅被推行时，这些杆子会发出扰人的喀哒声，而它们很快就会变得旧旧的，但说实在的，当它们在暗处发光时，还挺不赖的。

我看得出来，你在观察其他成骨不全症儿童时，一定在脑子里做了笔记。谁有彩色的轮椅，谁在助步器上贴了贴纸，哪个女孩可以走路，哪些女孩必须使用轮椅，哪些孩子可以自己吃饭，哪些孩子需要别人帮忙喂食。你站在这群人当中，想知道自己的位置在哪里，以及你和他们比较起来有多独立。“我们今天早上的节目是什么？”我问，“妈妈在哪里？”

“我不知道——我猜她去参加其中一场会议了，”你说，然后你朝我咧嘴一笑，“我们要去游泳。我已经穿上泳衣了。”

“听起来好像挺有趣……”

“你不能参加，艾米莉亚。那是给像我这样的人参加的。”

我知道你不是故意要听起来像个讨厌鬼，但被排拒在外，还是令我觉得受伤。我的意思是说，还有谁没有忽视我。首先是妈妈，然后是埃玛，现在连我残障的妹妹都想把我甩掉。“我并没有说要参加，”我语气很酸，“反正我有地方去。”当一名护士召唤第一组小朋友前往游泳池时，我看着你推着轮椅加入一群小朋友。你咯咯笑着，和一名女孩交头接耳，那个女孩的轮椅后面贴了一张贴纸：霍格沃茨魔法学校中辍生。

我走出儿童区，回到会议室的大走廊上。我不晓得妈妈打算参加哪一场讨论会，但我还来不及思考，会议室门上所贴的某张告示便吸引我的注意：仅限青少年参加。我探头进会议室里，看到一群年龄和我相仿的成骨不全症病患——有些坐着轮椅，有些只是站着——他们用球拍拍着气球。

只不过那些并不是气球，而是保险套。

“我们要开始了，”坐在会议室前方的一名女士说，“亲爱的，你能把门关上吗？”

我突然明白，她是在对我讲话。我并不属于这里——会场里有些特殊的节目，是让我这种没有罹患成骨不全症的病患手足参加的。但是话说回来，环顾会议室四周，我可看到很多孩子的状况并不像你那么严重——也许没有人会知道我的骨头很健康。

然后我注意到昨天见到的那个男孩——昨天我们还在办理报到时，那个男孩走过来为那个名叫妮雅芙的小女孩推轮椅。他看起来像是那种会为心爱的女孩弹吉他和写歌的男生。我总是幻想着，如果有个男孩会唱歌给我听，一定很美妙；虽然我不晓得我究竟哪一点有趣到让他能为我写一首歌。艾米莉亚，艾米莉亚……脱掉你的上衣，让我感觉你？谁会为我写出这样的歌词？

我走进会议室里，关上身后的门。那个男孩微笑着，我的双腿失去所有的知觉。

我坐在他身边的椅子上，假装我很冷静，冷静到没发现他离我很近，我甚至能感觉到他的体温。“欢迎，”会议室前方的那名女士说，“我是莎拉，如果你不是来参加‘性爱与骨折活动’，那么你可能跑错地方了。各位女士先生，今天我们要讨论性爱、性爱，只有性爱。”

全场哄堂大笑，我的耳根子开始发烫灼热。

“她一点也不拐弯抹角嘛，”坐在我身边的男孩说，然后他微笑。“糟糕。这是个烂比喻。”

我环顾四周，但他显然是对我说话。“很烂。”我低声说。

“我是亚当，”他说，我僵住了。“你有名字吧？不是吗？”

这个嘛，是的，但如果我告诉他，他可能就会知道我不应该在这里。“薇罗。”

天啊，他又绽放那种迷人的笑容了。“这个名字真的很美，”他说，“很适合你。”

我低头望着桌子，整个脸红起来。这只是有关性爱的讨论会，并不是真的要做爱的实验室。不过，从来没有人曾经跟我说过任何类似搭讪的话，除非你把嘿、呆子、你有没有多的铅笔这种话也算进去。我下意识地无法抗拒亚当的魅力，是否因为我的骨头很强健？

“谁能猜猜，如果你有成骨不全症，那么你在做爱时，最大的风险是什么？”莎拉问。

一名女孩慢慢举起手。“弄断骨盆？”

坐在我后面的男孩们窃笑着。“事实上，”莎拉说，“我和上百名患有成骨不全症而且性爱活动很频繁的人谈过。唯一在做爱时弄断骨头的人，是因为他从床上跌下去。”

这一次，全场哄堂大笑。

“如果你有成骨不全症，性爱活动中最大的风险就是感染性传染病，这表示——”她环顾四周——“你和其他未罹患成骨不全症的人没有什么不同。”

亚当把一张纸推到我桌子面前。我打开那张纸，上面写着：你是第一型？

我对你的疾病够清楚，所以我很了解他为什么会那样想。有些罹患第一型成骨不全症的人，一辈子都不晓得自己患有这种病——他们只是比平常人多断几根骨头罢了。话说回来，有些第一型的病患弄断的骨头和你一样多。第一型的病患往往个子比较高，而且他们往往不像第三型的病患般具有心形的脸。我的身高正常，我没有坐轮椅，我并没有任何脊柱侧弯现象——而我却和一群成骨不全症的孩子参加同一场讨论会。他当然会以为我是第一型。

我在那张纸的另一端草草写字，然后推回去。我写着：事实上，我是双子座。

他的牙齿真的很漂亮。你的牙齿有点杂乱——很多患有成骨不全症的孩子都是这样，有时候还会伴随听力丧失——但是他的牙齿看起来是好莱坞明星般的雪白，而且很整齐，仿佛他主演过迪士尼频道的电影似的。

“那么有关怀孕呢？”一名女孩问。

“任何患成骨不全症的人，不论哪一型，都可以怀孕，”莎拉解释，“不过你们的风险会因人而异，要看个人状况。”

“生下来的婴儿也会有成骨不全症吗？”

“不一定。”

我想起在杂志上看过的那张照片，那个罹患第三型的妇女手里抱着的婴儿，身材大小几乎和她一样。不过问题并不在于天生的疾病，而在于能不能找到性爱伴侣。成骨不全症双年会并不是天天举行。这里的每一个孩子可能是他们学校里唯一罹患成骨不全症的孩子。我试着往前快转，想象你和我这种年纪。如果连我都没办法让男孩们注意到我的存在，你又怎么行呢？你是如此瘦小，而且聪明得令人咋舌，还坐着轮椅或使用助步器。我感觉到自己的手举起来，仿佛手腕上被绑着气球。“只有一个问题，”我说，“万一没有人想和你做爱呢？”

我本来以为会有人大笑，但此刻却是一片死寂。我环顾四周，十分惊讶。难道我是同年龄中唯一确定自己将会以处女之身老死的人吗？

“那的确是个好问题，”莎拉说，“你们之中有多少人在五六年级时交了男女朋友？”一些人举起手。“多少人是在那之后交男女朋友？”

二十个人中，只有两个举手。

“很多没有罹患成骨不全症的孩子可能看到轮椅，或是看到你们和他们不一样，因而却步。虽然我要讲的是陈腔滥调，但请相信我，反正你们也不会想和那种孩子在一起。你要的人，应该要在乎你是谁，而不是你是什么。即使你必须长时间等待，也会是值得的。你所需做的，就是在这场会议里四处望望，看看那些患有成骨不全症的人恋爱、结婚、享受性爱、怀孕——当然不一定是依照这个顺序啦！”当全场再度哄堂大笑，她便开始走到我们之中，发送保险套和香蕉。

也许这里真的是性爱实验室。

我在这里看到一些夫妻，两人很明显都患有成骨不全症，我也看到有的夫妻只有其中一人患病。如果某个健康的人爱上你，也许最终就能让妈妈减轻一些压力。你会回到像这样的会议，和像亚当一样的孩子打情骂俏吗？或者某个坐着轮椅上下电扶梯的野男孩？我无法想象那会是容易的——我不相信那种事会天天发生，就情感上而言也不可能发生。你如果拥有另一个患有成骨不全症的人，意味着你除了要担心你自己之外，还要担心另一个人。

话说回来，也许这与成骨不全症一点关系都没有，而是与爱有关。

“我想我们应该要成为伙伴，”亚当说。我顿时无法呼吸。然后我突然明白他指的是愚蠢的香蕉与保险套。“你想先来吗？”

我拆开铝箔包装。你看得见别人脉搏的跳动吗？因为我的脉搏正在皮肤下猛烈地撞击。

我开始把保险套套在香蕉上。顶端全部都束在一起。“我觉得这样好像不太对。”亚当说。

“那么你来试试。”

他剥下保险套，打开第二个铝箔包装。我看着把一个小盘子放在香蕉顶端，然后轻而易举地就把它往下推。“噢，我的天啊，”我说，“你的技巧太好了。”

“那是因为我现在的性生活全部都是由水果组成的。”

我诡异地一笑。“我很难相信。”

亚当与我四目相接。“这个嘛，我也不相信你找不到想和你做爱的人。”

我从他手中抢过香蕉。“你知不知道香蕉是整株香蕉树的生殖器官？”

天啊，我听起来像个白痴。我听起来像你，散布没用的信息。

“你知道如果把葡萄放进微波炉里，它们会爆炸吗？”亚当说。

“真的？”

“百分之百。”他止住话，“香蕉是生殖器官？”

我点点头。“是卵巢。”

“你是从哪里来的？”

“新罕布什尔州，”我说，“你呢？”

我屏住呼吸，心想着也许他也是从班克顿镇来的，也许他是高中部的，所以我才没见过他。“安哥拉治。”亚当回答。

不用说也知道。

“所以你和你妹妹都有成骨不全症？”

他看过我和坐着轮椅的你一起。“是啊，”我说。

“那一定还不错。家里有人可以了解这种情况，你知道的。”他露齿微笑，“我是家里唯一的孩子。我父母看了我一眼就决定生小孩就到此为止了。”

“或者窠臼破了。”我大笑。

莎拉经过我们的桌旁，指着香蕉说：“很好。”

我们的确是很好。只不过他以为我的名字是薇罗，也以为我患有成骨不全症。

保险套气球的创意游戏已经展开，一群孩子拍打着屋子里充气的保险套。

“嘿，有个女孩的妈妈因为她患有成骨不全症而提出诉讼，那个小女孩的名字不也叫薇罗吗？”

“你怎么知道？”我说。我十分震惊。

“很多博客上都有写。你不读博客吗？”

“我一直……都很忙。”

“我以为那个小女孩年纪很小……”

“你想错了。”我打断他的话。

亚当歪着头。“你的意思是，那是你？”

“你可不可以保持安静？”我问，“我是说，我不太想谈这件事。”

“我猜也是，”亚当说，“你一定觉得糟透了。”

我想象着你的感受。你在我们房间里说了一些事情，就在我们入睡前的几分钟内，但我想你有很多话都放在心里。我思索着，因为某个局部特质而被注意到——例如，左撇子、棕发，或双下巴——而不是因为你的整体形象而被注意，这究竟是什么感觉？莎拉刚刚说，要找到因为你的内在而爱你的人，而不是因为你的外表——但你自己的妈妈似乎连这一点都办不到。“这就很像拔河，”我低声地说，“而我是那条绳子。”

我感觉亚当从桌子底下握了一下我的手。他和我十指紧扣。“亚当，”我低声地说，当莎拉开始谈论有关性传染病、处女膜，以及早泄时，我们继续在桌子底下牵着手。我感觉仿佛喉咙有一颗星星，仿佛只要张开嘴，就能让光芒发散出来。“万一别人看见我们呢？”

他转过头来，我感觉他呼气在我的耳朵上。“那么他们会认为我是这间会议室里最幸运的男孩。”

听到这些话，我的身体仿佛通了电流，所有的电力都是从我们掌心接触的地方制造出来的。接下来三十分钟，我听不见莎拉说的任何一个字。我无法思考其他事情，满脑子只想着亚当的皮肤和我多么不一样，以及他靠得多么近，以及他不肯放手。

这不是约会，但也不能说不是约会。我们都打算当天晚上参加参观动物园的家庭活动，所以亚当要我答应在六点钟时和他在猩猩的栅栏前碰面。

好吧，他邀请的是薇罗和他在那里碰面。

你对于要去动物园这件事很兴奋，在搭乘迷你巴士前往动物园的途中，你都无法安静坐好。新罕布什尔州并没有动物园，而最接近波士顿的动物园没有什么可看性。我们本来打算在迪士尼乐园之行时去参观迪士尼的动物王国，但你也知道那场旅行的结果如何。妈妈和你完全不一样，她像一座瓷器雕像。她直视迷你巴士的前方，并没有试图和任何人交谈。这和她昨天到处与人交谈的情况很不一样。如果此刻司机猛然撞击路面的减速障碍，她仿佛就会粉碎似的。

话说回来，她不会是唯一粉碎的人。

我不时地查看手表，感觉自己像是灰姑娘。事实上，我有许多理由感觉自己像灰姑娘。我除了没有穿着亮丽的蓝色礼服之外，我借用了你的身份与疾病，而且我的王子恰好是断过四十二根骨头的人。

“猿类。”我们一穿越动物园的大门口，你便大声宣布。动物园在白天关门之后，为成骨不全症双年会开放，这实在很酷，因为这感觉像是我们于大门锁上后被困在动物园里。这么做也很实际，因为我很确定，如果是白天前来动物园参观，大部分患有成骨不全症的人都会一直闪避人群，以免被撞倒。我抓住你的轮椅，开始把你推上一个小斜坡，就在这时，我突然发现妈妈真的很不对劲。

通常她会盯着我看，仿佛我是长了第二个头的怪物，并且问我是否自愿推你的轮椅。如果她甚至要求我解开你那愚蠢的安全座椅时，我通常会大肆抱怨。

然而，她今天却只是像行尸走肉般跟着走。如果我问她说我们经过哪些动物区，我敢打赌她一定只会转过头来对我说：啊？

我推你上前到靠近墙边的地方，让你看猩猩，但是你却非得要站起来看。你把身子靠在低矮的水泥栅栏上，当你看到猩猩妈妈和它的小孩时，眼睛都亮了起来。猩猩妈妈怀抱着一只我所见过最娇小的灵长类，另一只可能有好几岁的小猩猩不断地烦扰猩猩妈妈，拉它的尾巴，把一只脚伸到它们面前，十足是个小麻烦。“那很像我们耶，”你兴高采烈地说，“瞧！艾米莉亚！”

但当时我忙着环顾亚当的身影。此刻是六点钟整。万一他不来呢？万一我即使假装是另一人，仍无法让一个男孩对我保持兴趣，那该怎么办？

突然间，他出现了，一颗斗大的汗珠在他前额闪闪发亮。“抱歉，”他说，“这山丘几乎要人命，”他望了一眼妈妈和你，当时你们正面向猩猩。“嘿，那是你的家人，对吧？”

我应该要介绍他的。我应该要告诉妈妈说我在做什么事。但万一你说出我的名字——我真正的名字——而亚当发现我是个大骗子呢？于是我抓起亚当的手，把他拉到旁边的一条小径，那条小径绕着一群红鹦鹉，以及本来应该有猫鼬、现在却空空如也的笼子。“我们走吧。”我说，然后我们往下跑到水族馆。

由于水族馆在动物园里的所在位置比较偏僻，所以人不多。水族馆里只有一家人，带着一个戴着人形石膏的小孩子——可怜的孩子。他们正在看企鹅，那些企鹅像是穿着正式礼服。“你想它们知不知道自己很吃亏？”我问，“它们虽然有翅膀，却不能飞。”

“你是说，和一直散掉的骨架比起来？”亚当说。他把我拉进另一个房里，里面有玻璃海底隧道。灯光是诡异的蓝色。鲨鱼在我们身边游泳。我抬头望着一只鲨鱼柔软的白色鱼肚，以及它像钻石剑突般的齿列。双髻鲨在经过我们身边时，像星际大战电影里的怪物般蠕动着。

亚当向前靠着玻璃墙壁，抬头盯着透明的天花板。“我不敢像你那样做，”我说，“万一玻璃破了怎么办？”

“那奥玛哈动物园就有大麻烦了。”亚当大笑。

“让我们看看这里还有哪些其他的东西。”我说。

“你为什么这么急？”

“我不喜欢鲨鱼，”我承认，“它们把我吓坏了。”

“我认为它们棒极了，”亚当说，“它们身体里没有半根骨头。”

我盯着他看，他的脸庞被水族馆的灯光映成蓝色。他的眼睛和海水的颜色一样，饱和纯净的钴蓝色。

“你知道他们几乎找不到鲨鱼的化石，因为它们是软骨构成的，所以很快就会分解？我一直很好奇，像我们这样的人是否也是那样。”

因为我是一个白痴，而且注定一辈子会独自生活，只养一打猫咪，所以当下我便哭出泪来。

“嘿，”亚当说。他把我拉进他怀中，那里让我同时觉得既像家般熟悉，却又全然陌生。“我很抱歉。说这种话实在很愚蠢。”他的一只手搭在我背上，往下搓揉着我脊椎上的每一个骨突。他的另一只手伸进我头发里。“薇罗？”他说。他把我的马尾拨到后面，好让我抬头看着他。“把心里的话告诉我吧？”

“我不是薇罗，”我脱口而出，“那是我妹妹的名字。我甚至没有罹患成骨不全症。我说谎，因为我想坐在那堂课里。我想要坐在你旁边。”

他的手指头包覆着我的颈背。“我知道。”

“你……什么？”

“在性爱课之后的休息时间，我上网查了你的家人。我读了所有有关你妈妈、那件官司，以及你妹妹的事，你妹妹的年纪就像成骨不全症博客里讲的一样小。”

“我是个很糟糕的人，”我承认，“我很抱歉。我真的很抱歉，我无法成为你希望我是的人。”

亚当认真地盯着我。“不，你不是。你甚至更好。你是健康的。如果你真的很喜欢很喜欢一个人，你难道不希望对方是健康的？”

突然间，他的嘴碰触我的嘴，他的舌碰触我的舌，虽然我从来没有接吻过，只在《十七岁》杂志上读过，它却并不湿，并不恶心，也并不令人困惑。我似乎知道该转哪个方向，何时打开与闭上嘴唇，以及如何呼吸。他的双手抚摸着我的肩胛骨，那是你曾经弄断的地方。如果我是以天使的身份降生这个世界，那么肩胛骨应该是长着翅膀的地方。

整个室内都向我们靠近，只有蓝色的海水和那些无骨的鲨鱼。我突然明白，莎拉在性爱讨论会中说错了一件事：你该担心的并不是裂痕，因为它会消失——只要你乐意且喜悦地让你自己融合在别人之中。亚当放在我腰间的手指很温暖，攀附在我上衣的底部，但是我害怕碰触他，我害怕我会把他抱得太紧而伤了他。

“别害怕。”他低声地说。然后他把我的一只手搭在他的心房上，让我感觉他的心跳。

我弯身向前，亲吻他。再吻了一次。仿佛我正把说不出口的那些话传递给他，那些可以解释我心中最大秘密的话：我也许没有成骨不全症，但我知道他的感受。我的内心也常常在破裂粉碎。

夏洛特

从会议结束飞回家的途中，我拟定了一个计划。当我一着陆，我就要打电话给西恩，问他是否能过来谈一下。我要告诉他，我要为了我们之间曾有过的一切而奋战，就像我为你的未来奋战一样努力。我会说，我必须完成我所发动的事情，就算得不到他的支持，我还是需要他的谅解才能完成这件事。

我会告诉他说我爱他。

这是一场奇怪的旅程。与其他的成骨不全症病童互动三天之后，你筋疲力尽，立刻睡着，手里仍抓着你那些新朋友的电子邮件名册。自从我们去了动物园之后，艾米莉亚就一直若有所思——虽然我以为那是因为在她消失整整两个小时后我狂骂她一顿所产生的后续效果。我们一着地并拿到行李，我便要你们先去上厕所，因为从波士顿洛根机场回到班克顿镇有一段很长的车程。我要艾米莉亚在你有需要的时候协助你，我则站在厕所外头看管我们的行李。我看着一些家庭经过，年纪小的孩子戴着米老鼠的耳朵，妈妈与女儿们有着相衬的玉米须发辫和黝黑的皮肤，爸爸们则推着行李推车。机场里的每个人若不是兴奋地即将前往某处，就是因为回家而感到轻松。

这两种情况都不属于我。

我拿出手机，拨给西恩。他并没有接，但话说回来，他工作时本来就很少接电话。“嗨，”我说，“是我。我只是要跟你说我们下飞机了。还有……这些日子我一直在思考。你想你今晚是否能过来一趟？来谈谈？”我暂停了一下，仿佛我正期待当下会听到答案，但这是单向的对话——我们最近的对话方式一向都是如此。“好吧，无论如何，我希望你的答案是肯定的。拜！”我说。我挂上电话，这时你们从厕所里走出来，等着我带你们回家。

信箱里的信件往往增加得很快：我很确定，有时候，在那个黑暗窄小的洞口里，账单会以指数倍的方式增长。我们一回到家，我就要你和艾米莉亚上楼回房间去打开行李，而我则将邮件分类。

邮件已经不在信箱里了，而是整整齐齐摆在流理台上。冰箱里有新鲜的牛奶、果汁和鸡蛋，而且你所使用的前门残障坡道也被翻修好了。我们不在家时，西恩回来过，这让我认为也许他也正试着释放想要休战的信息。

有一份信用卡公司的账单，里面的缴费金额很庞大。另一个账单来自医院——是六个月前就医的自付额。还有一张保险费的发票、房屋抵押贷款账单、电话账单、无线电视账单。我开始把这叠邮件分类为账单与非账单类，你当然可以猜得出哪一叠比较高。

在非账单的那一堆里，有几份广告单、一些垃圾邮件、一张住在西雅图的姨婆寄给艾米莉亚的迟来生日卡片，还有一封信来自新罕布什尔州洛金翰郡的家事法庭。我很好奇这封信是否与诉讼有关，虽然玛琳告诉我说我们的官司会在州最高法院进行。

我打开信，开始阅读。

兹事攸关西恩·欧基夫与夏洛特·欧基夫。案件编号　二〇〇八—R—〇〇五六

亲爱的夏洛特·欧基夫女士：

此信是为告知您，本办公室已收到上述当事人的离婚诉请书。如果您愿意，您或您的律师可以在十天内前来洛金翰郡家事法庭接受传票。

在法院发出进一步命令之前，双方皆禁止出售、移转、妨碍、抵押、隐匿，或以任何方式处置任何属于一方或双方的财产，不论是不动产或个人财产，除非（一）是由双方写成的书面协议，或（二）合理及必要的生活开销，或（三）属于事业之例行与正常营运之一部分。

如果您未在十天内接受传票，诉请者有权以其他方式让您接受传票。

协调官　米卡·希利　敬上

直到艾米莉亚冲进厨房，我才明白我刚刚放声大哭。“发生了什么事？”

我摇摇头。我不能呼吸，不能讲话。

我还没有回过神来，艾米莉亚就从我手上抢过那封信。“爸爸想要离婚？”

“我很确定这一定是搞错了。”我说。我站起来，夺回那封信。我当然知道这件事会发生，不是吗？当你的丈夫搬出去好几个月，你不可能骗自己说一切都正常。但我还是……我把信折成一半，再折一半。这是个魔术，我慌乱地想。当我打开它的时候，里面写的东西都会消失不见。

“哪里搞错了？”艾米莉亚气呼呼地说，“醒一醒，妈。这封信很清楚地说明，他的生命中再也不想有你了。”她双臂紧紧环抱着腰，“你想想看，最近发生了很多事！”

她转过身，打算冲回楼上，但我抓住她的手臂。“不要告诉薇罗。”我哀求她。

“她并没有你想的那么笨。她看得出来发生什么事，即使你拼命隐藏。”

“这就是为什么我不想让她知道。拜托，艾米莉亚。”

艾米莉亚挣脱我。“我什么都没欠你。”她低声地说，然后跑走了。

我跌坐进厨房椅子里。我身体的大部分面积似乎都麻木了。那就是西恩的感受吗？他说我丧失了所有的知觉——既是字面上的，也是象征性的说法。

噢，天啊，他会听到我在他手机里的留言——对照现在这份文件——我变成世界上最大的傻瓜。

我不晓得离婚手续是怎么办理的。如果我说我不想离婚，他还是离得成吗？一旦诉请人向法庭提出诉请，能改变他的心意吗？我是否能改变西恩的心意？

我双手颤抖，伸手去拿电话，拨了玛琳·盖兹的私人电话。“夏洛特，”她说，“这次会议如何？”

“西恩想要离婚。”

电话那头一片沉默。

“我很遗憾，”玛琳终于开口说，而我认为她真的感到遗憾。但是一会儿之后，她又开始谈正事。“你需要一名律师。”

“你是律师啊。”

“我不是能在离婚这件事情上帮助你的律师。打电话给莎顿·罗尔柯——电话簿上找得到她的联络信息。她是我所知道最优秀的离婚律师。”

我深吸一口气。“我觉得……自己像是个失败者。”

“的确，”玛琳平静地说，“没有人愿意听到自己是不被想要的。”

她的话让我想起艾米莉亚的话，我感觉像被抽了一鞭。她的话也让我想起我在法庭上的证词，那是我和玛琳这阵子以来一直练习的。但是我还来不及回应，她便又开口说话。“我真的希望事情不必走到这个地步，夏洛特。”

我有许多疑问：我要怎么告诉你，才不会伤害你？我怎么可能硬着头皮进行这场官司，同时知道有另一场官司正等着我？虽然我听到自己的声音正问着完全不同的问题：“接下来会发生什么事？”但玛琳早就已经挂上电话了。

我和莎顿·罗尔柯约了会面时间，然后为你们两个煮晚餐。“我可以打给爸爸吗？”我们一坐下来你便问，“我想要告诉他有关这个周末的事情。”

我的头一直抽痛，我的喉咙感觉像是被人从里面用拳头痛揍过。艾米莉亚望了我一眼，然后低头望着她的豌豆。“我不饿。”她说。一会儿之后，她要求离开餐桌，而我甚至没有试图将她留下来。当我自己都不觉得像是在场时，把她留下来又有什么意义？

我把脏碗盘放进洗碗机里。我擦了桌子。我把一大堆衣服放进洗衣机里。一切全都是在行尸走肉的状态下完成。我一直在想，如果我做这些寻常的家务，也许我的生活就可以回归正常。

当我坐在浴缸边缘，协助你洗澡时，你滔滔不绝，完全不必我说话。“妮雅芙和我，我们两人都有Gmail账号，”你叽叽喳喳地说，“而且我们说好，每天早上六点四十五分，当我们起床准备上学时，我们上网和对方聊天，”你转过身来看着我，“我们能不能邀请她哪天来我们家？”

“啊？”

你转转眼珠子。“算了。”

我们替你穿上睡衣，我替你盖被，给你一个晚安亲吻。一小时后，当我去查看艾米莉亚时，她已经躺进被子里，但是我听到她低声说话，于是我翻开被子，发现她正在讲电话。“干什么？”她说，仿佛我先责骂了她，然后她把话筒压在胸前，像是她第二个心脏。我走出她们的房间。此时我的情绪太脆弱，无法去质疑她在藏匿什么。我依稀感觉她很有可能是从我这里学到那样的技能。

当我来到楼下时，客厅里有个人影在移动，差点把我吓死。西恩走上前来。“夏洛特……”

“不要过来。先……不要，好吗？”我说。我的手依然抚着怦怦跳的心脏，“如果你是来看女儿们的话，她们已经上床睡觉了。”

“她们知道了吗？”

“你会在乎吗？”

“我当然在乎。要不然你认为我为什么要这么做？”

我的喉咙里发出一个微弱又绝望的声音。“我真的不知道，西恩，”我说，“我知道我们之间情况不怎么好……”

“你的这种形容太过于粉饰太平了……”

“但这就像是只长了个肉刺，却把整只手臂都截断了，不是吗？”

他跟着我走进厨房，我把洗洁粉倒进洗碗机里，按下按钮。“那不只是肉刺。我们大量出血。你要怎么描述我们的婚姻都随便你，但那并不表示你说的是对的。”

“所以唯一的答案是离婚？”我震惊地说。

“我真的看不到其他办法。”

“你尝试努力过吗？我知道很难。我知道你不习惯我坚持我要的东西，而不是你要的东西。但是，天啊，西恩。你指控我爱诉讼，而你自己却去诉请离婚？你甚至没有先和我谈过这件事？你甚至没有寻求婚姻咨询或去找格雷迪神父？”

“就算做了那些事又有什么用，夏洛特？长久以来，你除了自己，完全听不进别人的话。这并不是像你所想的一夜之间所做的决定。这种情况已经一年了。一年来，我一直等着你清醒，瞧瞧你对这个家做了什么好事。一年来，我一直希望你能像照顾薇罗般，放入同样的心思在我们的婚姻上。”

我盯着他。“你之所以这么做，是因为我太忙了而没空和你做爱？”

“不，瞧，这就是我所说的。你把我说的每一句话都加以扭曲。我不是坏人，夏洛特。我只是不希望任何事情有所改变。”

“是啊。所以我们就该墨守成规，我们还要试着继续飘荡多少年？我们什么时候要面对房子的抵押回赎权被取消，或是宣布破产？”

“你别再把这件事都说成是因为钱……”

“这的确是因为钱，”我大叫，“我这个周末才和几百个人一起度过，他们的生活全都很富裕、快乐、精彩，而且他们也有成骨不全症。我想为薇罗争取同样的机会，难道有罪吗？”

“其中多少人的父母提出了不当出生的诉讼？”西恩质问。

在眨眼之间，我仿佛看到在厕所里严厉指责我的那个女人的面孔。但是我不会把她们的事情告诉西恩。“天主教徒不能离婚。”我说。

“他们也不会考虑堕胎，”西恩说，“你是投机的天主教徒，只在对你有利时才自称天主教徒。那不公平。”

“而你总是把这世界看成非黑即白，但我试着证明的是——也是我所确定的——这世界其实有一千种不同的灰。”

西恩轻声地说。“那就是为什么我会去找律师。那就是为什么我没有要求你去做婚姻咨询，或是去找神父。你的世界是如此的灰涩，你根本再也看不到任何地标了。你不知道你将前往何处。如果你想迷失在那里，请自便。但我不会让你拖垮女儿们。”

我可以感觉到泪水滑落我的脸庞。我用袖子擦抹泪水。“所以就是这样？就是这样吗？你不再爱我了？”

“我爱我当初娶的那个女人，”他说，“而她已经消失了。”

就在此刻，我崩溃了。经过短暂的犹疑，我感觉西恩的手臂环绕着我。“别管我。”我大哭，可是我的双手却把他的衣服抓得更紧。

我恨他，但同时，他也是我过去八年来寻求慰藉的人。旧习惯总是改不掉。

我是从何时开始忘记他双手放在我肌肤上的温度？我是从何时开始想不起他洗发精的味道？以前即使他没开口说话，我也听得见他的声音。我是从何时开始听不见他的声音了？我试着贮存这些感性的片刻，就像贮存冬天的存粮般。

直到我不自在地站在他的怀抱中，猛然想起他根本不想要我，我脑中的回忆时刻才冷却下来。我勇敢地向后退了一步，拉开我们之间的距离。“那么我们现在该怎么办？”

“我想，”西恩说，“我们必须像大人。不要在女儿们前争吵。而且也许——如果你同意的话——我可以搬回来。不是搬回卧房，”他立刻补充，“只是搬回沙发。你我都负担不起同时应付两个住所的开销，以及女儿们。律师说，大部分在办理离婚手续的人都会住在同一个屋檐下。我们只需要协调出一个方法，让你在这里时，我不在场，反之亦然。但是我们两个又都可以和孩子们相处。”

“艾米莉亚知道了。她读了法院寄来的那封信，”我说，“但薇罗还不知道。”

西恩揉揉下巴。“我会告诉她，我们正试图解决两人之间的问题。”

“那是谎言，”我说，“那会让她以为还有一线机会。”

西恩沉默了。他并没有说我们还有一线机会。但他也没说没有任何机会。

“我去替你多拿一床被子。”我说。

那天晚上我躺在床上，保持清醒。我试着列出我对离婚的认知。

一、要花很久的时间。

二、很少夫妻能把离婚办得优雅漂亮。

三、你们必须均分属于你们两人的一切，包括车子、房子、DVD、孩子，还有朋友。

四、将挚爱的人从生命中硬生生剔除，要付出昂贵的代价，不仅是财务上的损失，还有情感上的损失。

我当然认识离过婚的人。基于某种原因，离婚似乎总是发生在他们的孩子读小学四年级的时候——突然间，那一年的学校通讯簿上，父母的名字被分别列上，而不是用“及”这个字连起来。我很好奇，四年级为什么会对婚姻造成这么大的压力，或者它只是刚好碰到婚姻第十至十五年的关卡？如果真是那样，那么就西恩和我的婚姻年龄来看，我们太早熟了。

我遇到且嫁给西恩之前，当了五年的单亲妈妈。虽然我真的认为艾米莉亚是之前那段灾难关系中唯一的好事，而且我也绝对不会嫁给她爸爸，但我也知道，当其他人偷瞄你的左手无名指、发现你没有戴婚戒时，感觉并不舒服。我也知道，当孩子睡着后，屋里有个大人可以谈心，感觉很好。我喜欢嫁给西恩的部分原因，都是生活中轻松自在的那一面——让他看见我早晨刚睡醒时的蓬松乱发，然后在还没刷牙之前就亲吻他；知道当我们一起在沙发上坐下来时，要转哪个电视频道；本能地辨视出哪个抽屉放置他的内裤或T恤或牛仔裤。婚姻的绝大部分都是含蓄且非语言表达的。我是否太满足，以至于忘了沟通？

离婚。我喃喃地把这个字眼念出来。它听起来像一条蛇吐信时的嘶嘶声。离婚的妈妈似乎会自成一格。有些离婚妈妈不间断地上健身房，发愤要尽快再婚。有些妈妈则看起来总是筋疲力尽。我记得派普曾经举办一个晚宴，犹豫着是否该邀请一位最近刚离婚的女子，因为她不知道成为满屋子夫妻里的唯一单身者会不会让那名女子感到不自在。“幸好那不是我们。你能想象还要再次约会吗？”派普颤抖了一下，“那就好像二度成为青少年。”

我知道有些夫妻都互相体认到两人关系已无可修复，但仍然还是要由其中一方提出离婚这个解决方案。而且即使另一半顺势答应，她私底下还是会很惊讶，为什么曾经宣称很在乎自己的另一半，居然可以这么快就能想象不包括她的生活。

我的天啊。

西恩对我做的事，正是我对派普做的事。

我拿起床头旁的电话，虽然此刻是凌晨两点四十六分，我还是拨了派普的电话号码。她的电话也在她的床边，虽然她睡的是左边，而我睡的是右边。“喂？”派普说。她的声音厚重且陌生。

我用手遮盖着话筒。“西恩要跟我离婚。”我低声地说。

“喂？”派普重复。“喂！”电话里传来一个生气、听不太清楚的叹气，以及某个东西被碰翻的声音。“不论你是谁，你都不该在这么晚的时间打电话来。”

派普以前很习惯在半夜里被叫起来。身为妇产科医生，她大部分时间都在待命。如果这是她此刻的反应，那么她的生活一定改变了很多，所以她才不会认为是某人要生产了。

每个人的生活都改变了很多，而我是造成大家改变的原因。

话筒那端的语音消息充斥我的耳朵。如果您要拨电话，请挂上后再重拨。

我假装那是派普在说话。噢，天啊，夏洛特，她会说。你还好吗？把一切都告诉我。把所有细节都告诉我。

隔天早上我醒来时，太阳已经高高升起，灿烂明亮，我知道我睡过头，开始紧张起来。“薇罗。”我大叫。我跳下床，冲进你房间。每天早上你都会呼唤我，好让我帮助你从床上移到浴室，然后再回到房间换衣服。是我睡过头了？或者是你睡过头？

但是你们的卧房没有人，床单和棉被都已经拉整齐了。靠近艾米莉亚的床边放着你清空了的行李箱，拉链拉上，准备扛到阁楼上。

当我下楼时，我听到你的笑声。西恩站在炉火旁，头上绑着一条擦碗盘的毛巾，他正翻煎着松饼。“应该是企鹅，”你说，“企鹅没有耳朵。”

“你为什么不能要求一些正常一点的东西，像你姐姐一样？”西恩说，“她那里有一只完美的熊。”

“是挺酷，”艾米莉亚说，“可是我本来要求的是蜥蜴。”但是她正在微笑。我上次是何时在中午之前看到艾米莉亚微笑了？

“一只企鹅兼驴子，来啰。”西恩说，然后把一片松饼铲到你的盘子上。

你们两个都注意到我站在厨房里。“妈妈，看看今天早上是谁叫醒我们！”你说。

“薇罗，我想你是把话讲反了，今天是你们叫醒我的吧？”西恩说。他的目光迎向我，但微笑并没有泛至眼角。“我想你可能还想多睡几小时。”

我点点头，把袍子拉紧一些。这就像折纸，我心想。我可以把自己折成一半，然后再一半，一直折下去，直到我完全变成另一个人。“谢谢。”

“爸爸！”你大叫，“松饼着火了！”

松饼其实并没有着火，但却烧焦冒烟。“噢，该死的。”西恩说，然后转过身去把松饼从平底锅上刮下来。

“我还以为你离家的这段日子都去学烹饪呢！”

西恩从打开着的垃圾筒上方抬起头来。“一个男人只需要饥饿感和一盒饼干，就可以打发吃东西的问题了，”他坦白，“我想，既然我今天休假，那么我就陪女儿们。我也会弄完薇罗的残障坡道。”

我突然明白，西恩的意思是，这是我们非正式的共同监护权的第一步——分享的家务——分工的婚姻状态。“噢，”我试着让自己的语气平静，“那么我就出去办些事情。”

“你应该出去开心一下，”他建议，“看一场电影。拜访朋友。”

我再也没有朋友了。

“好呀，”我勉强挤出一个微笑，“听起来不错。”

一个小时之后当我将车子驶离门前车道时，我心想，被踢出自己家门与不受家人欢迎之间有一条细微的分隔线，但从我的角度看来，两者其实几无差别。我开进加油站去加油，然后开始驾着车漫无目的地闲晃。因为在你一生中，我要不是和你在一起，不然就是在等候着你又跌断骨头的通知电话。此刻的这种自由令我难以承受。我并不觉得放松，我只是觉得暂时被解开锁链了。

不一会儿我突然发现，我正开往玛琳的办公室。要不是这件事情明显的令人悲哀沮丧，我一定会大笑出来。我抓起皮包，走进去搭电梯上楼。我走进去时，柜台接待员布蕾欧妮正在讲电话，但她朝我挥挥手，示意我往走廊走去。

我敲敲玛琳的门。“嗨。”我窥望一下角落。

她抬起头。“夏洛特，请进。”当我在其中一张皮椅坐下时，她站起来，然后身子往前靠着办公桌。“你和莎顿谈过了吗？”

“是的，事情……令人无法招架。”

“我可以想象。”

“西恩现在在我家里，”我脱口而出，“我们试着排出一个时间表，这样我们两个都能照顾到女儿。”

“听起来十分成熟。”

我抬头望了她一眼。“他离我不到两英尺远，我却更加想他。”

“你并不是真的想他。你想念的是她是你所希望的那个样子。”

“是他，不是她。”我纠正。玛琳眨眨眼。

“是啊，”她说，“当然。”

我踌躇了一下。“我知道现在是你的上班时间，但你是否想喝杯咖啡？我是说，我们可以假装这不是律师和委托人之间的会面……”

“这确实是律师和委托人之间的会面啊，夏洛特，”玛琳面无表情地说，“我不是你的朋友……我是你的律师，而我要非常诚实地说，光是当你的律师，我就已经必须先把个人感受放一边了。”

我感觉双颊泛红。“为什么？我对你做了什么事？”

“不是你，”玛琳说。她看起来也很不自在，“只是……我个人是不赞同这种案子的。”

我自己的律师认为我不应该提出不当出生的诉讼？

玛琳站起身来。“我并不是说你没有获胜的机会，”她澄清，仿佛她听到我心里的疑问，“我只是说，道德上或逻辑上说来，我都了解你丈夫为什么会这么做，就是这样。”

我站起来，身子摇摇晃晃。“我真不敢相信我居然和自己的律师争论公平正义与责任感，”我拿起皮包，“也许我该找另一家律师事务所。”我在走廊上走到一半时，听见玛琳在我身后叫唤我。她站在门口，双拳紧握在身体两侧。

“我正试着找我的生母，”她说，“这就是为什么我无法认同你的诉讼。这就是为什么我不想和你喝咖啡或者希望有朝一日会上你家去过夜、替彼此做头发。如果这个世界是依你所要的方式存在，如果小婴儿不是完全像一个女人所想要或所需要或所梦想的样子因而必须被放弃，那么你现在甚至不会有我这个律师为你辩护。”

“我爱薇罗，”我拼命地忍住我的情绪，“我现在所做的事，是我认为对她最好的事。而你居然那样评断我？”

“是的，”玛琳说，“当初我生母也认为她做的事情是对我最好的，我评断她的方式和评断你的方式是一样的。”

她走进办公室之后一会儿，我都一直站在走廊上，身子靠在墙壁上以做支撑。这件官司的问题在于它并不是存在于虚无之中。理论上你可以注视着这个官司，然后心想，嗯，是啊，那很合理。但是真正的想法是不会产生于这么纯净的状态之中。当你看到我控告派普的新闻，当你看到《薇罗生命中的一天》影片，你会带着你先前的信念、见解与生命历史去看这件事。

这就是为什么玛琳必须在办理我的案件时压抑她的愤怒。

这就是为什么西恩不能理解我的解释。

这就是为什么我很害怕承认，有一天当你回头去看这件事，可能会恨我。

沃尔玛超市变成我的游乐场。

我在走道之间穿梭，试穿帽子和鞋子，看着镜中的自己，把食物保温桶一个一个叠起来。我试骑了一部运动单车，在会说话的洋娃娃身上按下按钮，并且试听CD的歌曲。我没有钱买任何东西，但是我有好几个小时可以看看这些商品。

我不知道我要如何独立应付你们的生活开销。我知道赡养费和子女抚养费可以支付一些，但没有人向我解释过确切的计算方式。如果任何法庭认为我是个适任的母亲，表示我必须要能够支付你们的生活开销。

我可以烘焙。

我还来不及驱逐这个想法，它就已经牢牢嵌入我脑子里了。没有人靠杯子蛋糕或点心来赚钱为生。我确实已经卖了几个月的烘焙点心了，我已经赚到足够的钱可以让我们一起飞去参加奥玛哈举办的成骨不全症双年会。但是我无法替一家餐厅工作，或者把我的市场推展至加油站以外的地方。而且你可能会随时跌倒而需要我。

“很酷，对吧？”

我转过头去，发现一名沃尔玛超市的员工站在我身边，盯着一个已经被架起一半以展示它确实大小的弹跳床。他看起来大约二十多岁，脸上长了一颗很严重的青春痘，看起来就像一颗肿大的番茄。“当我还是小孩子的时候，我最想要的东西就是跳跳床。”

他什么时候是小孩子？他现在还是个小孩子啊！他还有一辈子可以犯错。

“所以你也有喜欢跳跃的孩子？”他问。

我想象你在跳跳床上的样子。你的头发会往两旁飞散。你会翻筋斗，且不会骨折。我望了一眼标签，仿佛这是我真的考虑购买的商品。“这很贵。我想我要再去多看看，才能做决定。”

“没问题。”他说，然后便走开了，留下我独自用指尖划过摆满网球拍与滑板的架子上，嗅闻单车刺鼻的轮胎味（那些单车像猪肉店的猪臀肉般悬挂在头顶上方）。我想象着你蹦蹦跳跳，而且很健康，你永远都不可能是那样子。

那天稍后，我去了不是我平常前往的教堂。这个教堂位在北边三十英里处，我对这个教会所在城镇的了解，仅限于高速公路路标。这个教堂闻起来有过浓的蜜蜡味，早间弥撒才刚结束，所以有几个教友正在长椅上安静祈祷。我坐进其中一张长椅，低声说了一声“我的天父”，然后抬头望着圣坛上的十字架。我一辈子都不断被告知，如果我从山崖摔下，上帝会在那里接住我。为什么对我女儿来说，这不是具体的真实呢?

我最近一直想起一个回忆：一名产房护士望着躺在塞满泡棉的婴儿床里的你，你的四肢都包裹着小绷带。“你很年轻，”她拍拍我的手臂，“你还能再生。”

我不记得当时你才刚出生，或者已经出生好几天。我不记得当时是否有人在场听到她说的话。我不记得她是真实的人，或者只是我吃了止痛药之后精神恍惚所产生的幻象。她是否是我想象出来、好让她大声说出我的心思？这不是我的宝贝，我要我所梦想的那个宝贝。

我听见布帘被打开，于是我踏进空无一人的告解室。我拉开我和神父之间的小拉门。“原谅我，神父，我有罪，”我说，“距离我上次告解，已有三星期了。”我深吸了一口气，“我女儿生病了，”我说，“病得很重。我向当初在我怀孕期间照顾我的医生提出控告。我是为了钱而提告，”我承认，“但为了拿到这笔钱，我必须说如果我早一点知道我女儿的疾病，我会堕胎。”

此时出现一阵凝滞的沉默。“说谎是有罪的。”神父说。

“我知道……但那不是我今天来告解的原因。”

“那么是为什么呢？”

“当我说那些话时，”我低声地说，“我很怕我说的可能是实话。”

玛琳
二〇〇八年九月

陪审团的挑选，是一门艺术，结合纯然的运气。每个人对于如何为不同类型的案件挑选陪审团员都自有一套理论，但直到做出判决之后，才会知道自己的假设是否正确。而很重要的一点是，你并不真的能够挑选谁在你的陪审团之中——只有权利决定谁不在。其中的差异很隐微，但却很重要。

在审查陪审团员资格时，有二十个候选者。法庭内，在我身旁的夏洛特烦躁不安。讽刺的是，她和西恩的生活协议使她今天可以出席，否则她一定会为了替你找临时的保姆看护而大伤脑筋——这在审判期间可是一大挑战。

通常当我在处理案件时，我会希望由某位特定法官来审理——但这次很难知道该期待什么样的法官。自己有孩子的女法官也许会同情夏洛特——或者可能会觉得她的诉求极令人反感。一名保守的法官可能会基于道德立场而反对堕胎，但也可能认同辩方的立场，认为不该由医生来判定哪个孩子损坏情形太严重而不值得被生下来。最后，我们抽到盖勒法官，他是新罕布什尔州最高法院最资深的法官，如果照他这样子继续撑下去，总有一天他会老死在法官席上。

法官已经召来可能的陪审团员，向他们解释这个案子的细节——不当出生、被告与原告、证人等专有名词。他询问是否有人认识本案的证人或被告原告双方、是否听闻本案，或是否有个人因素或杂项因素而无法列席——例如家里有孩童要照顾或坐骨神经痛而无法一次连续坐好几个小时。许多人举手陈述他们的故事：他们读过了有关本案的所有新闻报道；他们曾被西恩·欧基夫警官拦下来路检；他们原本就安排好要离城去参加他们母亲的九十五岁寿宴。法官向他们简短说明，如果我们最后决定不挑选他们，他们不该认为这是针对个人的决定，而且我们真的很感谢他们的服务——我猜，大多数的陪审团员都希望自己能被允许离开，回归他们的真实生活。最后，法官召我们向前讨论是否有任何人该被移除。最后，他去掉了两名陪审员：一位是有听障的男子，另一名女子的双胞胎小孩则是由派普·芮斯所接生的。

这样一来，剩下三十八个人选接受问卷调查。这份问卷是盖伊·布克和我花了好几个星期拟出来的。这些问卷调查是为了让我们对这些人选略作了解——不论是根据他们的回答而删掉不适当者，或是为个别访问而拟出进一步的问题。我们所创造出来的问卷牵涉了复杂的连动关系。我会问：

你是否有年幼的孩子？如果有，你的生产经验是否愉快？

你是否担任志工工作？（曾在“计划生育联合会”担任过志工的陪审员将会对我们有利。然而，在教会的“未婚妈妈之家”担任志工的陪审员对我们就不怎么有利。）

你和你的家庭成员是否曾提出诉讼？你或你的任何家庭成员是否曾身为某诉讼案件中的被告？

盖伊加了一个问题：

你是否相信医生应该为了病人的最佳利益而做出医疗上的决定，或者应该留给病人自行决定？

你是否具有与身障问题或身障人士相关的个人经验？

然而，这些都是简单问题。我们两人都知道，这个案子的胜负关键在于陪审团员是否能敞开心胸，去理解一名妇女的堕胎权利。为了达到这个目的，我想要排除掉那些主张生命权的人士。相反地，如果陪审团里没有主张堕胎权的人士，那么对于盖伊的辩护就会很有利。我们两个都想提出你赞成堕胎权或生命权这个问题，但是法官不允许。经过三星期的辩论，盖伊和我把这个问题修改为：你是否具有与堕胎相关的真实生活经验，不论是个人生活或专业生涯？

如果答案是肯定的，表示我可以试着让此人留在陪审团中。如果答案是否定的，那么我们在进行个别的陪审团员资格审查时，在讨论相关议题时就要谨慎小心一点。

最后便发展成此刻这个情况。我在检视过这些问卷之后，把它们分成我认为适合与不适合的两堆。盖勒法官会把每位陪审员请上法庭，提出询问，而盖伊和我若不是接受此人加入陪审团，或者使用三次珍贵的强制除名机会——这张强制除名卡允许我们在不需任何理由的情况下将某人除名。麻烦之处在于知道何时该使用这些强制除名卡，以及何时该保留这几张卡，以免之后有更棘手的陪审员出现。

我希望出现在夏洛特案件陪审团中的是不作太多思考便付出一切的家庭主妇。那些生活都绕着孩子打转的父母。全职妈妈，家长会的妈妈们，留在家里照顾孩子的爸爸们。忍人所不能忍的家庭暴力受害者。简而言之，我需要十二名长期受难者。

目前为止，盖伊和我已经与三个人面谈过：一名新罕布什尔州立大学的研究生，一名二手车销售员，一名在高中自助餐厅工作的阿姨。当我得知那名研究生是校园里的“青年共和党员”领袖之后，我已经用掉了我的第一张强制除名卡。此刻我们正在面谈第四名候选的陪审团员，她是名叫茱莉·库波的妇女。她大约五十岁出头，是适合担任陪审团员的年纪，因为心智够成熟，不会具有冲动鲁莽的意见。她有两名十几岁的小孩，目前她在一家医院担任电话总机人员。当她在证人席坐下时，我朝她绽放灿烂的微笑，试图让她觉得自在些。“谢谢您今天抽空前来，库波太太，”我说，“您目前还在工作，对吧？”

“是的。”

“您是如何平衡工作与养育孩子的责任？”

“孩子还小时，我并没有出来工作。我认为在家里陪他们很重要。我一直等到他们上高中之后，我才又出来工作。”

目前为止都很不错——她是一名把孩子摆在第一顺位的妇女。我再度扫描一下她的问卷。“你在问卷里指出你曾提出诉讼？”

我所做的只不过陈述她所写下来的东西，但茱莉·库波看起来却像是被我打了一个耳光似的。“是的。”

质询证人与陪审团员挑选面试的差别在于：在质询证人时，你只需要问一些你已经知道答案的问题。但在挑选陪审团员的面试中，问的都是开放式问题——因为发现你所不知道的事情，可能有助于将这名候选人除名。例如，万一茱莉·库波曾经提出自己的不当医疗诉讼，审判结果若不利于她，那该怎么办？

“那个诉讼并没有发展至审判阶段，”她低声地说，“我撤回诉讼了。”

“您是否无法以公正公平的态度看待坚持提出诉讼的人？”

“不会，”茱莉·库波说，“我只会觉得她比我更勇敢。”

好吧，这名陪审员似乎对夏洛特的案子有利。我坐下来，让盖伊开始提问。“库波太太，您提到您有一位侄子是坐轮椅的？”

“他在伊拉克服役时，一枚汽车炸弹爆炸，炸断了他的一双腿。他才二十三岁。这件事对他是至大的打击。”她注视着夏洛特，“我认为，有些悲剧是永远也无法让人忘却的。无论如何，你整个生命都会变得不一样了。”

我爱这名陪审员。我真希望每个陪审员都和她一样。

我很好奇盖伊是否会剔掉这名陪审员。但他很有可能像我一样，敏锐地感觉到身障问题也许能成为他可操弄的议题。虽然我一开始认为身障小孩的母亲们可能会对夏洛特不利，但我重新思索这件事。不当出生——这是盖伊将会在法庭上大肆操弄的名词——很可能会大大地冒犯这些母亲。从我的观点看来，更理想的陪审团员似乎是那些对身障问题具有同理心，但并没有第一手亲身经验的人，或者是像茱莉·库波这种很了解身障问题，并且明白身障者的生活是多么艰难的人。

“库波太太，”盖伊说，“关于对堕胎的宗教或个人信念这个问题上，你写了一些东西，但是又把它划掉，所以我看不清楚您写了什么。”

“我知道，”她回答，“我不知道该说什么。”

“那是非常难回答的问题，”盖伊承认，“您是否了解，堕胎的决定，在这件案子的审判中扮演重要角色？”

“是的。”

“您是否堕过胎？”

“抗议！”我大叫，“这个问题违反《美国医疗保险及责任法案》，法官大人。”

“布克先生，”法官说，“您究竟在干什么？”

“法官大人，我在做我的工作。根据本案件的情况来看，陪审员的个人信念是很重要的。”

我明白盖伊在做什么——他冒着触怒陪审员的风险，因为他估计这个风险不会大过于被这名陪审员搞到案子败诉的风险。我也很有可能被迫问这种同样受争议的问题。我只是很高兴这次是盖伊提问的，因为这让我得以扮演好人的角色。“库波太太过去是否做过什么事，和本案件一点关系都没有，”我说，然后转向那群候选陪审团。“我的同行侵犯了您的隐私，我替他向您道歉。布克先生只是一时忘记，此案件的潜在议题并非美国的堕胎权利，而是不当医疗的单一案件。”

身为被告辩护律师的盖伊·布克会利用烟幕弹的欺骗手段，来暗示派普·芮斯并没有做出错误判断：他会说，成骨不全症无法在胚胎时期被明确诊断出来，所以不能因为看不出来的事情而怪罪任何人，而且谁都没有权利说身障者的生命不值得活。但是不论盖伊朝陪审团的方向吹送多少遮盖事实的烟雾，我都可以重新导向，提醒陪审团说这是个不当医疗的诉讼，必须有人为错误而付出代价。

我依稀意识到一种矛盾——我一方面捍卫陪审团员在医疗方面的隐私权，然而在我私人领域中，医疗隐私权却使我的生活变成一场噩梦。要不是医疗记录都被弥封，我早在几个月前就会知道我生母的名字。由于医疗记录被弥封，所以我至今仍毫无希望与头绪，等候着希尔斯布洛郡家事法庭与梅西传来的消息。

“你可以停止哗众取宠了，盖兹小姐，”法官说，“至于你，布克先生，如果你再问类似这样的问题，我就会判你藐视法庭。”

盖伊耸耸肩。他已经结束询问，于是我们两个再度走向法官席。“原告不反对库波太太留在陪审团中。”我说。盖伊也同意，于是法官召唤下一位候选陪审员。

她的名字是玛丽·保罗。她的灰色头发束成马尾，穿着一件宽松的蓝色洋装，以及一双平底鞋。她看起来就像邻家的祖母。当她坐上证人席时，朝夏洛特和蔼地微笑。我心想，这很有希望。

“保罗太太，您在问卷里说您已退休了？”

“我不知道用退休这个字眼是否恰当……”

“您之前是做什么工作？”我问。

“噢，”她说，“我是‘仁慈修女会’的成员。”

这将会是非常漫长的一天。

西恩

当夏洛特终于从陪审团遴选听证会回家时，你正和我一起玩拼字游戏，把我打得落花流水。“进行得还顺利吗？”我问，但是她还没开口说任何一个字，我就知道结果了，她看起来气色糟透了。

“他们全都一直盯着我看，”她说，“仿佛我是他们从未见过的东西。”

我点点头。我不知道该说什么，真的。她到底期望什么？

“艾米莉亚在哪里？”

“她在楼上，分秒都离不开MP3。”

“妈，”你说，“你想玩吗？你可以直接加入，错过了开头也没关系。”

在我今天和你相处的八小时内，我还没有机会提起离婚这件事。我们去了一趟宠物店，在那里看到一只蛇吞了一只死老鼠。我们看了一部迪士尼电影，我们去买食物，买了鲍大厨意大利面料理包（你妈妈都称鲍大厨为味精大厨）。简而言之，我们一起度过完美的一天。我不想成为扫兴的人，我不忍灭掉你眼中的光彩。也许夏洛特知道这一点，所以这就是为什么她建议由我来把消息告诉你。也许也是因为那个理由，所以她此刻望着我，叹了一口气。“你不是在开玩笑吧，”她说，“西恩，已经三星期了。”

“时机一直不是很恰当……”

你把手伸进字母袋子中。“我们正在拼两个字母的单词，”你说，

“爸爸试图拼出奥兹王国，但那是个地名，游戏规定不可以拼地名。”

“永远不会有恰当的时机。亲爱的，”她转向你，“我今天真的累坏了。我可不可以改天再陪你玩拼字？”她走进厨房。

“我马上就回来，”我对你说，然后我跟在她后头。“我知道我没有权利要求你这么做，但我希望当我告诉她时，你可以在场。我认为这很重要。”

“西恩，我今天过了很糟糕的一天……”

“而我将会让它变得更加糟糕，我知道。”我低头看着她，“拜托你。”

她不发一语，和我一起走进起居室，在桌边坐下。你转过头来，神情喜悦。“所以你们想玩拼字了？”

“薇罗，你妈妈和我要告诉你一件事。”

“你要搬回来，永远住在家里了？我就知道。在学校里，莎菲儿说她爸爸一搬出家里就爱上一个狐狸精，现在她爸妈已经不在一起了，但是我说你绝对不会那么做的。”

“我就说会是这样。”夏洛特对我说。

“薇罗，你妈妈和我……我们要离婚了。”

她轮流注视着我们两个。“是因为我吗？”

“不。”夏洛特和我异口同声。

“我们两个都很爱你，还有艾米莉亚，”我说，“但是你妈妈和我再也无法在一起了。”

夏洛特走向窗边，背对着我。

“你还是会见到我们两个。而且会和我们两个住在一起。我们会尽一切努力让你觉得好过一些，所以不会有太大改变……”

我说话时，你的脸愈绷愈紧，变成愤怒的粉红色。“我的金鱼，”你说，“它不能住在两个房子里。”

去年圣诞节，我们买了一条热带鱼给你，那是我们可提供的最廉价的宠物。出乎每个人的意料，它的寿命居然超过一星期。“我们会替你买第二条。”我说。

“可是我不想要两条金鱼！”

“我恨你们，”你大叫，然后开始大哭，“我恨你们两个！”

你冲出椅子，跑到前门边，速度之快，出乎我的意料。“薇罗！”夏洛特大叫，“小——心！”

我还没抵达门边，就听到哭声。你为了要逃离我，为了要逃离这个消息，你忘了要谨慎小心。你滑倒了。此刻你躺在前廊上。你的左股骨折成九十度角，骨头从你满布鲜血的左大腿穿透出来。你的眼球巩膜变成不寻常的蓝色。“妈咪？”你说，然后你开始翻白眼。

“薇罗！”夏洛特尖叫，她跪在你身旁，“叫救护车。”她下令，然后她弯身向你，开始低声说话。

当我看着你们两个时，有那么一刹那间，我相信她是比我更好的家长。

如果可以的话，请不要在星期五晚上跌断骨头。更重要的是，别在全美国的骨科医生召开年度会议时跌断股骨。夏洛特把艾米莉亚独自留在家里，跟着你上救护车，我则开着卡车跟在后头。虽然你大部分严重的骨折都是由奥玛哈的骨科医生所处理的，但你这次骨折太严重，没办法躺着不动、等他们前来做评估。我们赶往本地医院的急诊室，才发现前来处理的是一名实习医生。

“实习医生？”夏洛特说，“听着，我无意冒犯，但我绝对不让一名实习医生处理我女儿的股骨。”

“我曾经做过这样的手术，欧基夫太太。”那名医生说。

“你没碰过患有成骨不全症的小女孩，”夏洛特反驳他，“而且你从来没有替薇罗动过手术。”

他想在你的股骨放上一根钢钉——那种随着你长大而和你的股骨套

叠的钢钉。这是目前最新式的钢钉，它会嵌入你的脑上体（不论那是什么），不会滑动，就像之前钢钉的作用一样。最重要的是，以前你股骨装上钢钉的术后治疗都要穿戴人形石膏，但若使用这个新式钢钉，你会使用一个功能性膝支架、一个长腿夹板，为时三星期。虽然穿戴这个很不舒服，尤其是在夏天，但却是比较不会削弱你体力的做法。

当这场混战发生时，我轻轻抚摸着你的前额。你已经恢复意识，但并没有说话，只是直盯着前方。这让我吓坏了，但是夏洛特说，每次发生严重骨折时就会出现这种情况。这和身体在自疗时所释放出的内啡肽有关。然而，你开始颤抖，仿佛受到惊吓似的。医院的薄毯子似乎发挥不了什么作用，于是我脱下夹克盖在你身上。

夏洛特不停地和那名实习医生争论，甚至指名医生——最后她终于逼得那名实习医生打电话到圣地亚哥的会议中心去找负责指导他的主治医生。这一幕真是令人看得目眩神迷，仿佛一场精心安排的打斗场面：往前进攻、往后退守、转身关照你，然后再开始下一回合。我突然明白，这是你妈妈非常非常擅长的一件事。

几分钟后，那名实习医生再度出现。“叶格医生可以搭上夜间航班赶回来，赶上明天上午十点的手术，”他说，“我们已经尽力了，只能做到这样。”

“她不能像现在这个样子等一个晚上。”我说。

“我们可以给她吗啡，让她镇定下来。”

他们把你移到小儿科楼层，那里的壁画里有气球和马戏团动物，这和在走廊上哭叫的幼童及满脸震惊的家长形成强烈的反差。当护理员将你从担架上移往病床上时，夏洛特看护着你。你的脚被移动时，她发出一个空洞的尖叫声。当你的吗啡点滴瓶架设好时，她向那名护士下达指令（注射你右手的静脉，因为你惯用左手）。

看着你处于疼痛之中，我极不忍心。“你是对的，”我对夏洛特说，“你之前想在她腿上装设钢钉，那时候我没答应。”

夏洛特摇摇头。“你才是对的。她需要时间站起来，四处奔跑，才能强化她的肌肉和骨骼，否则像这样的骨折可能早就发生了。”

这时候，你发出微弱的哀号，然后你开始抓痒。你抓抓手臂，抓抓肚子。

“怎么了？”夏洛特问。

“好多虫子，”你说，“它们爬得我全身都是。”

“宝贝，根本没有什么虫子。”我说。我看着她猛力抓着手臂。

“可是我好痒……”

“我们来玩个游戏如何？”夏洛特建议，“剪毛？”她伸手去抓你的手腕，往下拉到你身侧，“你想要挑一个字吗？”

她正试着分散你的注意力，而这招见效了。你点点头。

“你能在水底下剪毛吗？”夏洛特问。你摇摇头。“你睡觉时可以剪毛吗？”

“不能。”你说。

她看着我，点点头。“呃，你能和一个朋友一起剪毛吗？”我问。

你几乎微笑起来。“绝对不行。”你一面说，双眼开始慢慢闭起来。

“谢天谢地，”我说，“也许她可以一觉睡到天亮。”

然而，我仿佛是乌鸦嘴似的，你突然跳起来——一阵夸张的全身颤抖使你整个从床上弹起来，你的左腿移位了。你立刻放声尖叫。

我们好不容易让你再度安静下来之后，同样的事情又发生了：你一开始慢慢睡着，就会立刻像从悬崖上掉下来般被吓醒。夏洛特按下了召唤护士前来的警铃。

“她一直跳起来，”夏洛特解释，“这种情况一直发生。”

“吗啡会对某些人造成这种反应，”那名护士说，“你们能做的就是让她保持静止不动。”

“我们不能把点滴拔掉吗？”

“如果把点滴拔掉，她会比现在跳动得更厉害。”护士回答。

她离开病房时，你又跳动起来，你从喉咙发出一声又低又长的哀鸣。“帮帮我。”夏洛特说。她爬上病床，压住你的上半身。

“你快把我压扁了，妈……”

“我只是想帮助你保持不动。”夏洛特平静地说。

我跟随着她的领导，轻轻压住你的下半身。夏洛特和我都等候着，数着秒，直到你的身体紧绷起来，你的肌肉抽动着。我曾经看过某个建筑工地的爆破工程，整个工地覆盖着由旧轮胎与橡胶做成的网子，因此整个爆炸可以被控制在特定范围内：这一次当你的身体在我们两个的身子底下跳动时，你并没有哭。

夏洛特怎么知道要这么做？是因为每次你发生骨折时，她和你在一起的次数远超过我所能计数？或者因为她学会了如何在医院里采取主动预防意外的行动，而不是被动的反应？或者因为她比我更了解你？

“艾米莉亚。”我想起我们已经把她独自留在家里好几个小时了。

“我们必须打电话给她。”

“也许我应该去接她……”

夏洛特转过头，把脸颊枕在你肚子上。“告诉她，如果有紧急情况，就打电话给隔壁的蒙洛太太。你必须留在这里。我们两人必须合力，才能让薇罗整晚保持安静。”

“我们两人。”我重复。在我尚未察觉自己的动作之前，我伸手去碰触了夏洛特的头发。

她僵住了。“我很抱歉。”我低声说，然后把手抽离。

你在我身子底下抖动，像一场小小的地震。我试着当一件被毯、一张地毯、一件盖被。夏洛特和我一起压制住你的颤动，吸收你的疼痛。她将手指紧扣住我的，让我们的手在我们之间形成一颗跳动的心脏似的。“我并不感到抱歉。”她说。

艾米莉亚

从前，有个女孩想把拳头捶进镜子里。她告诉大家，她之所以这么做，是为了看看镜子的另一端有什么，但事实上，她只是为了不想看见自己。除此之外，也因为她以为她或许可以趁没人注意时偷拿一片碎玻璃，用它来划破自己的心脏。

所以趁没人注意时，她走到镜子前，逼自己勇敢地最后一次张开眼睛。但是令她惊讶的是，她并没有看见自己的映像。她根本什么都看不到。她很困惑，伸出一只手去碰触镜子，才发现玻璃不见了，而她可以穿越至镜子的另一端。

事情正是如此发生。

不过事情变得更奇怪了，当她穿越到另一端的世界，发现大家都盯着她看——并不是因为她令人作呕，而是因为大家全都想看起来像她一样。在学校里，坐在不同餐桌的孩子都争着邀她和他们坐在一起。每次上课时被老师指名回答问题，她总是答对。她的电子邮件信箱塞满男孩们寄来的情书，他们的生命中都不能没有她。

起初，这一切令人难以置信，每次出现在众人面前的场合，她总感到兴奋刺激，仿佛皮肤底下有火箭升空。但后来，她对这件事感到有点烦腻了。她在加油站买口香糖时，不想给她的签名。如果她早上穿一件粉红衬衫去上学，那么还不到午餐时间，全校都会学她穿粉红衬衫。她也很厌倦在众人面前始终保持微笑。

她突然明白，在镜子另一端的事情并没有太大的不同。在这里并不真的有人关心她。大家之所以模仿她，或是为她而争风吃醋，无关于她是谁，而是因为他们需要她这样子，以填补他们自己生活中的缺缝与不完美。

她决定回到镜子的另一端。但是她必须趁没人注意时偷溜回去，否则大家会跟着她到另一端。唯一的问题是，从来都没有人在注意。她曾做过噩梦，梦见人们跟在她后头，但他们跟着她爬过镜子时，却被碎玻璃割成碎片。他们鲜血直流地躺在地板上。当他们看见镜子这一端的她是如此不受欢迎且普通时，他们的眼神都改变了。

她再也无法忍受，拔腿就跑。她知道人们跟在她后头，但是她没办法停下来考虑到他们。她正要飞越镜子里的空间，不论要付出什么代价。但是当她抵达镜子前，却一头撞上镜子的玻璃——玻璃已经被修复了。镜子既完整又厚实，不可能穿越。她将手掌平贴在镜子上。你要去哪里？每个人都在问。我们可以一起去吗？她没有回答。她只是站在那里，注视着她从前的生活，而她已不在那个生活里。

当我在你床上坐下来时，我真的很小心。“嘿。”我低声说，因为你仍然没什么精神，很可能还在睡觉。

你稍微睁开眼睛。“嘿。”

即使你脚上戴了一个大夹板，你看起来真的很小。显然，你的股骨装了新的钢钉之后，以后你的骨折就不会像这次这么严重了。我曾经在电视节目里看过一名骨科医生拿着电钻、锯子、金属盘子，你说得出来的工具她都有——仿佛她是个建筑工人而不是医生似的。我一想到那些敲击与捶打都在你体内发生，就让我觉得快要晕倒了。

我也不能告诉你，这次的骨折让我最害怕。我想我把它和其他同样吓坏人的事情搞混在一起了：有关离婚的信，以及爸爸从医院打电话回来说我必须一个人待在家里过夜。我并没有把这种害怕告诉任何人，因为爸爸和妈妈显然完全专注于你的事情上，不过我几乎整晚都没睡。我整晚都醒着，在厨房餐桌旁，拿着我们家里最大的刀子，以防有人突然闯进屋里来。我完全是靠纯然的肾上腺素撑着不睡觉，我纳闷着万一我其他的家人都回不了家的话，会发生什么事情。

然而，相反的事情发生了。不仅是你回来了，连妈妈与爸爸也是——而且他们并不是为了你而演一出好戏，他们真的在一起。他们轮流照顾你，他们接续说完彼此的话。仿佛我冲破了那面童话镜子，最后回到过去的时空。一部分的我相信，你最新的这次骨折把他们再度联结起来，如果那是真的，那么不论你经历什么样的疼痛，都是值得的。但是另一部分的我认为这一切只不过是我的幻觉，这个快乐的家庭只不过是幻象。

我并不真的相信上帝，但我想多祈祷也不会有损失，于是我在心里默祷着我提出的交易：如果我们能再度成为一个完整的家庭，我就不再抱怨。我不会再对我妹妹那么恶劣。我再也不催吐了。我也不再割伤自己。

我不会，我不会，我不会。

你显然不觉得情况是这么乐观。妈妈说自从你动完手术之后，你就一直哭，不想进食。应该是你体内的麻醉剂让你泪汪汪的，但是我决定把逗你开心当成我个人的使命。“嘿，维基小百科，”我说，“你想吃一些巧克力豆吗？我是从我的复活节糖果筒里拿的。”

你摇摇头。

“你想用我的MP3吗？”

“我不想听音乐，”你喃喃地说，“你不必因为我在这里的时间不多了就对我好。”

你的这句话让我背脊发凉。他们是否向我隐瞒有关你手术的事情？例如，你是否快死了？“你在说什么？”

“妈妈想要把我丢掉，因为像这次骨折的事情一再发生。”你用双手抹掉眼泪，“没有人想要我这种小孩。”

“你在说什么？你又不是连续杀人狂。你又没有虐待花栗鼠或做任何讨人厌的事，除了在餐桌上用打嗝声高唱国歌之外……”

“我只做过一次那件事，”你说，“但你想想看，艾米莉亚。没有人会把破东西留下来。破东西迟早会被丢掉。”

“薇罗，你不会被送走的，相信我。而且就算你真的要被送走，我会第一个跟你一起跑走。”

你打着嗝。“你保证？”

我的小指头勾住你的。“我保证。”

“我不能搭飞机，”你认真地说，仿佛我们此刻就必须先规划出逃跑路线似的，“医生说我会让机场的金属侦测器响个不停。而他给过妈妈一张证明文件。”

我很可能会忘了带那张证明文件，就像我们上次度假时我忘了医生的另一张证明文件一样。

“艾米莉亚，”你问，“我们会去哪里？”

回到过去，我立刻心想。但是我无法告诉你如何回到过去。

也许我们可以去布达佩斯。我并不真的知道布达佩斯在哪里，但是我喜欢这个词在我舌尖弹爆的感觉。或是上海，或是加拉帕戈斯群岛，或是苍穹岛。我们可以一起环游世界，展开我们自己的小姐妹怪人秀：一个是不停骨折的女孩，一个是无法掌控自己、振作自己的女孩。

“薇罗，”妈妈说，“我想我们需要谈谈。”她一直都站在卧房门口注视着我们，不晓得她站在那里多久了？“艾米莉亚，你可以给我们一点时间吗？”

“好。”我说，然后我退出房间。但是我并没有依照她的意思退到楼下，而是在走廊上逗留，这样我才能听到你们说的话。

“薇罗，”我听见妈妈说，“没有人要把你丢掉。”

“我很抱歉我跌断了腿，”你含着泪说，“我以为，如果我很长一段时间都没有骨折，你就会认为我和其他小朋友没什么两样……”

“意外常常会发生，薇罗，”我听见妈妈坐到床上时，床吱吱作响。“没有人责怪你。”

“你责怪我啊。你希望你不曾生下我。我听到你说这句话。”

之后发生的事情，就像是我脑子里刮起一阵龙卷风。我思考着这场官司，想到它是如何摧毁我们的生活。我想到几秒钟或几分钟前还在楼下的爸爸。我想到一年前，当时我的手臂上还没有任何伤疤，当时我还拥有一个最好的朋友，当时我还没有那么肥，吃东西时不会觉得胃里有个铅块。我想到妈妈回应你的那些话，我想我一定是听错了。

夏洛特

“夏洛特？”

我跑到洗衣间里来躲着，我以为衣服在洗衣机里滚搅的轰轰声可以遮盖住我哭泣时的声音，但是西恩正站在我身后。我很快用袖子擦干眼泪。“抱歉，”我说，“女孩们呢？”

“她们都睡得很熟了。”他向前走一步，“什么事情不对劲？”

哪些事情对劲了？我才说服你相信我是爱你的，直到我提出诉讼。

难道每个人不是都说了谎吗？杀了人之后告诉警察说你没杀人，对一个丑陋的婴儿微笑并对婴儿的母亲说她好可爱，这两件事之间难道没有差别吗？有些谎言是我们为了救自己而不得不说，有些谎言是为了救别人而说。混淆真实与善意的谎言，哪个比较重要？

“没什么不对劲，”我说。我又开始撒起小谎了。我不能把你对我说的话告诉西恩。我无法忍受听到他说我早就告诉过你会这样。但是，我的天啊，从我嘴巴里说出的每一句话都是谎言吗？“只是这几天日子真的很不好过。”我的双臂紧紧环抱着腰部，“你，呃，你找我是需要我帮忙什么吗？”

他指着烘衣机的上方。“我只是来拿我的寝具。”

我知道我应该要多多练习，但是我并不了解曾经是婚姻配偶的两人如何维持朋友关系。是的，这么做是为了孩子们而着想。是的，这样压力比较不那么大。但你怎么能忘记这位“朋友”曾经见过你的裸体。你怎能忘记当你疲累得无法背负梦想时，是他帮你扛起来的？你可以随你的意思用颜料遮盖你的过去，但你总是还看得见最初的那几道笔触。“西恩，我很高兴你在这里，”我终于恢复真诚了，“这让一切变得……较容易些。”

“呃，”他只说，“她也是我女儿，”然后他向我走近一步，伸手去拿寝具，我则本能地往后退。“晚安。”西恩说。

“晚安。”

他开始将枕头和棉被抱在臂弯中，然后转身。“如果我是薇罗，我需要某个人为我而奋战的话，我会选择你。”

“我不确定薇罗会认同你这句话。”我低声地说，强忍住泪水。

“嘿，”他说。我感觉到他的双臂环抱着我，他呼吸的热气吹在我头发顶端，“这是什么？”

我抬起头望着他的脸。我想把一切告诉他——你对我说的话，我有多疲累，我有多么犹豫——但我们只是互望着彼此，用心电感应交换着我们没胆量说出口的信息。接下来，慢慢地，我们都明白彼此所犯的错。我们亲吻了。

我无法告诉你，上次我亲吻西恩时，和这次亲吻很不一样。这次不像在厨房水槽旁飞快的“晚点儿见”式的吻别。这次的亲吻很深情、很狂热、很强烈，仿佛我们俩吻完之后会被烧成灰烬似的。他的胡茬刮摩着我的下巴，他的牙齿紧咬住我的唇，他的呼吸充塞我的双肺。我用眼角余光瞄了一下，发现屋内闪闪发亮，于是我挣脱开来，呼吸新鲜空气。“我们在做什么？”我诧异地问。

西恩把脸埋在我的颈间。“谁管我们在做什么？只要我们继续做下去就好了。”

然后他的双手伸到我裙子下，拧捏着我。当西恩把我压在烘衣机上，我的背紧贴着烘衣机嗡嗡作响的金属玻璃转槽。我听到他的皮带扣环掉在地上的声音时，才突然明白把他的皮带丢到地上的人是我。我紧拥着他，像一株藤蔓，茂盛生长，交结纠缠。我将头往后仰，像花朵般绽放。

结束就像开始一样迅速，突然间我们变回当初促使我们进行这件事的样子：一对寂寞又饥渴的中年男女。西恩的牛仔裤摊落在他的脚踝边，他的双手撑着我的大腿。烘衣机的把手压在我的背上。我让一只脚落在地上，从他的寝具拉出一条被单，裹在我腰间。

他满脸通红，是种极深且毫无根据的红色。“我很抱歉。”

“你觉得抱歉？”我听见自己说。

“也许不。”他承认。

我试着用手指将纠结在我脸庞上的头发往后拨。“我们现在该怎么办？”

“嗯，”西恩说，“没有让时间倒转的按钮。”

“的确没有。”

“而你正把我的被单盖在你的……你知道的。”

我低头望了一眼。

“而沙发睡起来实在是很不舒服。”他补充。

“西恩，”我微笑着说，“回到床上来睡吧。”

我以为，在庭审的那一天，我醒来时会胃痛或者头痛得要命，但是当我的眼睛慢慢适应阳光时，我所能想的就是一切都会没问题。我体内的肌肉虽然很酸，却不疼痛，我翻了个身，听到浴室莲蓬头的水声，西恩正在淋浴。

“妈妈？”

我披上一件袍子，跑进你房间。“薇罗，你觉得如何？”

“很痒，”你说，“而且我必须尿尿。”

我摆好姿势，准备把你抱起来。你很重，但是这和人形石膏比起来真是好太多了。我帮你拉起睡衣，把你放在马桶上，然后等你叫我回去协助你洗手。我决定今天从法庭回家路上要帮你买一大瓶“干洗手”。

这让我想起来——你一定不会满意我今天为你做的安排。在和玛琳多次讨论上法庭时把你留在家里的问题之后，她让我亲自面试并挑选一名私人的小儿科护士陪你度过我出庭的时间。她说，那些昂贵的花费会从我们赢得的赔偿金里扣除。这并不理想，但至少我不需要担心你的安全。“你记得宝蕾吗？”我说，“那个护士？”

“我不要她来……”

“我知道，宝贝，但我们没有选择。我今天要去一个重要的地方，而你不能独自一人在家。”

“爸爸呢？”

“我怎么了？”西恩说。他把你从我手中抱过去，然后抱你下楼，他抱你的样子仿佛你毫无重量似的。

他穿了外套，打了领带，而不是穿他的制服。他要和我一起去法庭，我心想，我开始打从心里绽放微笑。

“艾米莉亚正在淋浴，”西恩把你放在沙发上之后，回过头来对我说，“我告诉她说她今天必须搭公交车上学。薇罗……”

“今天会有一名护士过来陪她。”

他低头望着你。“那将会很有趣。”

你扮了鬼脸。“才怪。”

“那么，为了补偿你，不如我们做松饼来当早餐吧？”

“你只会做松饼吗？”你问，“连我都知道怎么煮拉面。”

“你早餐想吃拉面？”

“不想……”

“那就别再抱怨松饼了，”西恩说，然后他神情严肃地抬头望着我，“今天是个大日子。”

我点点头，拉紧我袍子的结。“我十五分钟就可以出门了。”

西恩仍在替你盖毯子。“我想我们该搭不同的车子去。”他犹豫了一下，“我必须先和盖伊·布克碰面。”

如果他要去见盖伊·布克，表示他仍然打算为派普的辩护而作证。

如果他要去见盖伊·布克，表示没有任何事情改变了。

我一直都在欺骗自己，因为这比面对真相更容易：性并不是爱，而一个晚上的急就章式的止血，无法修复破碎的婚姻。

“夏洛特，”西恩说，而我这时才明白他问了我一个问题。“你要不要吃一些松饼？”

我很确定，他并不晓得松饼是美国历史最悠久的烘焙食物之一。它起源于十八世纪，当时没有烘焙粉或烘焙苏打，所以只好通过把空气打进蛋里来让它膨松。我很确定他并不晓得松饼可追溯至中世纪，当时人们在四旬斋之前，也就是狂欢星期二那天享用松饼。如果平底锅太烫，松饼就会又硬又韧。如果平底锅温度不够，松饼就会又干又硬。

我也很确定，他不记得我成为他妻子之后，蜜月结束后返家，我为他做的第一顿早餐就是松饼。我亲自调制面糊，用汤匙舀进一个塑料袋里，剪掉底部的截角，用这样来为松饼塑型。当时我为西恩做了一大堆心形松饼。

“我不饿。”我说。

艾米莉亚

让我告诉你为什么我那天早上没有搭公交车：没有人想到要先查看一下前门外面的状况，直到宝蕾护士抵达时被一大群摄影师和记者吓坏了，我们才了解有多少人已经聚集在门外，打算捕捉我爸妈离家赴法庭的隐私照片。

“艾米莉亚，”爸爸紧张地说，“现在就上车去！”

这一次我终于听了他的话。

刚刚那样就已经够糟了，没想到有些人还跟着我们到学校。我一直从后视镜注意那群人。“黛安娜王妃不就是这样死掉的吗？”

爸爸不发一语，但是他的下颌咬得很紧，我认为他搞不好会把牙齿咬断。停在红灯时，他面向我。“我知道这可能很难，但你必须假装今天是正常的一天。”

我知道你在想什么：这时候艾米莉亚应该会发表很惹人厌且很不恰当的评论，例如他们也是这么说“九一一”啊，但是我当时就是想不到可以说什么。我发现自己颤抖得很厉害，不得不把双手压在大腿底下。“我再也不知道什么是正常了。”我听到自己用最微弱的声音说。

爸爸伸出手来，把我脸上的头发拨开。“当这件事结束之后，”他说，“你认为你会想和我一起住吗？”

这些话使我的心跳猛然加速三倍。有人要我；有人选择了我。但是我也觉得有点想呕吐。这是个美好的幻想，但是如果我们回归现实来想想，哪个法庭会把监护权判给和我没有任何血源关系的男人？那表示我必须和妈妈绑在一起，谁会知道那时候她将是我的第二选择呢？除此之外，你又怎么办？如果我独自和爸爸住在一起，也许我终于可以得到一些关注，但我就把你留给妈妈了。你会因此而恨我吗？

我没有回答，此刻绿灯也亮了，爸爸继续开动车子。“你可以考虑一下。”他说，但我看得出来他内心有一点受伤。

五分钟之后，我们已经抵达我们学校的环状车道。“那些记者会跟着我进去吗？”

“学校不会准许记者进入学校。”爸爸说。

“好吧。”我拿起腿上的书包。它的重量有三十三磅，大约是我体重的三分之一。我之所以会知道这件事，是因为上星期学校护士放了一个体重计，让我们测量体重和书包的重量，因为像我这种年纪的孩子不应该背太重的书包。如果用书包的重量除以体重，得到的结果超过百分之十五，最后就有可能得到脊柱侧弯，或佝偻病，或荨麻疹，或者天知道的一些奇奇怪怪的病。每个人的书包都太重，但是那并没有阻止老师们继续留那么多的作业。

“嗯，祝你今天好运。”我说。

“你希望我进去和辅导老师或校长谈谈吗？跟他们说你今天可能需要特别照顾一下……”

我最不需要的就是这个了——像一根肿胀的大拇指般引人注意。“我没事。”我说，然后我关上卡车门。

那些车子跟着爸爸的卡车离开了，这让我稍微能透口气。至少我认为是这样，直到我听到有人叫我的名字。“艾米莉亚，”一名女士说，“你对这件官司有什么感想？”

她身后站了一位肩膀上扛着摄像机的男子。正走进学校的一些同学揽住我，仿佛我是他们的朋友。“嘿，”其中一人说，“在电视上可以做这个动作吗？”他举起中指。

另一名记者从我左后方的树丛中冒出来。“你妹妹是否向你提过她对于妈妈提出不当出生诉讼的感受？”

这是你们全家人的决定吗？

你会出庭作证吗？

直到我听到这些，我才想起来：我的名字被列在一份愚蠢的名单上，以防万一。妈妈和玛琳说，我可能永远都不必作证，那只是预防措施而已，但是我不喜欢被列在名单上。这让我觉得某人好像在仰赖我什么。万一我让他们失望呢？

为什么他们不去跟访埃玛？她也念这所学校啊。但是我已经知道答案了：在他们眼中，在所有人眼中，派普是受害者。而我和那个把最好朋友的血吸干的吸血鬼有关联。

“艾米莉亚？”

这里，艾米莉亚……

艾米莉亚！

“别烦我！”我大叫。我用手捂住耳朵，挤过人群，进入学校，盲目地推开蹲在置物柜旁的孩子、拿着咖啡马克杯闲晃的老师们，以及忙着亲热的情侣。那些情侣亲热起来的那股劲，仿佛接下来几年都见不到面，而不是只分开短短四十五分钟的课而已。我转进我碰到的第一个门——教师专用的厕所——我把自己锁在里面。我盯着洁净的瓷器马桶座边缘。

我知道我此刻做的事情要用哪个字眼来形容。他们在健康教育课里让我们看过电影，他们称这种行为叫作饮食失调。但那完全错了：当我做这件事时，一切都回归正常。

例如，当我做这件事时，痛恨自己才变成十分合理。谁不会恨一个像外星怪物般狂吃一顿后又把食物全吐出来的人呢？谁不会恨一个不计一切麻烦清掉体内食物，但依然肥胖臃肿的人呢？我明白，不论我做什么事，情况都不会像我们学校那个患有厌食症的女孩那样糟。她的四肢看起来像牙签，任何脑筋正常的人都不会把我和她搞混。我之所以做这件事，并不是因为我其实很瘦但注视着镜子时看到一个胖女孩——我的确是肥胖的。我显然连把自己饿瘦都办不到。

但我已经发誓我会停止。我已经发誓，只要能让我的家人守在一起，我就不会再给自己催吐。

你答应过的，我告诉自己。

就在不到十二小时之前。

但突然间我又开始了，我把手指伸进喉咙，呕吐，等待着那种痛苦被缓和的感觉出现。

只不过，这次并没有出现痛苦被缓和的感觉。

派普

我从夏洛特那里学到，烘焙说穿了就是化学。发酵，会发生在生物层面、化学层面，或物理层面，并且创造出蒸汽或气体，让面糊膨胀起来。烘焙美食的关键在于挑选适合面团的发酵介质，如此一来，面包才会有平滑的质地，约克夏布丁才会膨胀，糖蛋白才会发泡，舒芙蕾才会发酵膨松。

某天我在帮夏洛特为艾米莉亚烤生日蛋糕时，她对我说，这就是为什么烘焙会起作用。她在一张纸巾上写下：

酒石酸氢钾＋小苏打－二氧化碳＋酒石酸钾钠

我的化学得B－，我告诉她。

塔塔酱加碳酸氢钠，会产生二氧化碳气体，以及酒石酸和水，她说。

你真是爱卖弄，我回答。

我只是说它不像把蛋和面粉打在一起那么简单，夏洛特说。我只是试着让你学一点新东西。

把那该死的香草精递给我，我说，他们在烹饪学校里都教这些吗？

医学院不会只是把解剖刀交给医学院学生，对吧？你必须先知道为什么你正在做你正在做的事情。

我耸耸肩。我想，甜点名厨贝蒂·克拉克不会知道从她的烤箱里会飞出一道化学方程式。

夏洛特开始把面团混在一起。她知道基本原则：一个盆子里放一种材料，是个开始。但是如果一个盆子里放两种材料，呃，那就是一整个故事了。

夏洛特没有提到的是：有时候即使是最小心谨慎的烘焙者也会犯错。酸与苏打之间的平衡可能会出错，材料可能没有混合均匀，盐巴没有发挥作用。

到时候你嘴里会留下一种苦味。

开庭的那一天早晨，我在淋浴间里待了好久，让水冲击我的背，像惩罚般。我在法庭上面对夏洛特的时刻就要到来了。

我已经忘记她的声音听起来是如何。

失去最好的朋友与失去一个情人，这两者之间除了显而易见的差异之外，其他部分相差并不多：都是有关亲密感。前一刻，你还有人与你共享最大的胜利或最致命的错误。下一刻，你必须把它们深藏在心里。前一刻，你开始打电话给她，和她分享一则新闻或是向她抱怨你不如意的一天，然后才恍然你其实并没有权利那么做。下一刻，你连她的电话号码都想不起来。

我被她控告之后，当震惊的感觉消失，我立刻变得愤怒。夏洛特以为她是谁？她毁掉我的生活，就为了成就她自己？虽然愤怒像一把太过猛烈的火焰，无法持久，但是当它燃烧完毕时，却留给我麻木且困惑的感觉。她能从中得到她要的吗？她到底要什么？报复？钱？心境的平和？

有时候我从不断重复出现的噩梦中醒来时，这些字眼像石头般压在我舌尖。在那些噩梦里，我和夏洛特面对面。我有一千件事情想对她说，但却一件也说不出口。我注视着她，想看清楚她为什么也不说话，这时我才注意到她的嘴巴被缝起来了。

我并没有回去上班。我试过一次，但是我才走到诊所前门，就浑身颤抖，所以我没有进去。我知道有些医生虽然被控告不当医疗，还是回归正常生活，但是这件官司的问题不仅止于我是否能检验出胎儿患有成骨不全症。并不是我没有事先察觉胎儿骨骼出现断裂，我没有察觉到的是我最好朋友心里的冀望，而我居然以为我彻头彻尾了解她。如果我无法正确地解读夏洛特的心思，我又怎么能相信自己能了解那些陌生病患的需求呢？

我生平第一次对于经营自己诊所这件事的名称感到怀疑。它被称为执业，但难道我们不该在开诊所之前就练好吗？

当然，我们的财务受到重大的影响。我答应罗伯，在月底之前会回去工作，不论审判结束了没。然而我并没有说明我要回去做哪一种工作。我仍然无法想象自己回去照顾那些怀孕例常的孕妇。怀孕究竟有什么事情是例常的？

在和盖伊·布克一起准备答辩的过程中，我回去检视我的笔记和回忆，起码有一千遍。当他说，不能怪罪医生无法在第十八周的超声波照片中诊断出成骨不全症时，我几乎要相信他了。他还说，就算我心里有点怀疑，正确的行动程序应该是等候几星期，观察胎儿是第二型或第三型成骨不全症。我尽到医生该有的行为责任。

我只是没有尽到朋友该有的行为责任。

我应该要更仔细检查的。我应该要仔细研究夏洛特的医疗记录，就像研究我自己的医疗记录一样。就算我在法庭上是站得住脚的，我却是个失败的朋友。因此我也间接地成为失败的医生。当她要求我担任她的妇产科医生时，我应该要拒绝的。我应该知道，我们在诊疗室之外的关系，或许会影响了诊疗室内的关系。

此刻淋浴间里的水已经变冷了。我把水龙头关掉，用一件浴巾把自己包起来。盖伊·布克明确指示我今天该穿什么：不要穿上班套装，不要穿黑色，让头发披垂在脸上。我在百货公司里买了一套两件式羊毛衫，因为我从来没有这种衣服，但是盖伊说那会很完美。他的用意是让我看起来像平凡的妈妈，让陪审团里的任何女人都能认同。

当我下楼时，我听到厨房里传来音乐声。我还没有进去淋浴之前，埃玛就已经离家赶赴公车站了，而罗伯——过去三星期来，罗伯每天早上七点半以前就去上班了。我相信应该不是因为他的敬业态度发作了，而是因为他急着趁我醒来之前离开家，免得我们见面会吵起架来，却缺少埃玛居间缓解。

“时间快到了，”我走进厨房时，罗伯说。他伸手去将收音机的音量调小，然后指着桌上的一个盘子，盘里叠着一大堆贝果。“店里只剩一个裸麦粗面包，”他说，“但是还有墨西哥起司，还有肉桂葡萄干……”

“可是我刚刚听到你离开家了。”我说。

罗伯点点头。“可是我又回来了。你要素食奶油起司吗？还是原味的？”

我并没有回答，我只是站着不动，注视着他。

“我不知道我是否有机会告诉你，”罗伯说，“但是这个厨房，自从你重新粉刷之后，它就变得亮多了。你会成为很杰出的室内设计师。我的意思是，别误会，你很适合当妇产科医生，可是你仍然……”

我开始点头。“听着，我不希望自己讲话听起来毫无感恩之意，可是你究竟在这里做什么？”

“我在烤贝果面包啊？”

“你知道我的意思。”

烤吐司跳起来，罗伯没理它。“我们的结婚誓词里说，‘不论好坏，患难与共’是有理由的。我一直是个混蛋，派普。我很抱歉。”他低着头望着我们俩之间的空间，“你也不想要这场官司，是这场官司缠住你的。我必须承认，这件事让我思考了许多以前从来不需要想的事情。但无论如何，你都没有做错事。你对夏洛特与西恩的产检照顾，完全合乎标准，甚至远远超过。”

我感觉喉咙一阵哽咽。“你哥哥。”我好不容易说出来。

“我不晓得如果他没有出生，我的生命会有多么不同，”罗伯小声地说，“但是我确实知道一件事：当他在这里的时候，我爱他。”他抬头望着我，“我不能收回我对你说过的话，我也无法抹掉我过去几个月来的行为。但是我希望你不介意我跟你去法庭。”

我不知道他是如何清空他的行程表，或者能空出来多少时间。但是我抬头望着罗伯，看到他背后有几个我刚安装的新柜子、蓝色灯光的轨道，墙上的暖铜色油漆，我生平第一次看到一个不需要再改进的房间：我看到一个家。“我只有一个条件。”我避开直接回答问题。

罗伯点点头。“很公平。”

“我要吃那个裸麦粗面包。”我说。然后我走向他敞开的双臂。

玛琳

在预定开庭前一小时，我真的不知道我的委托人究竟会不会出现。我整个周末都试着打电话给她，但不论是她家里电话或手机都联络不到她。当我抵达法庭，看见各家媒体都在阶梯上排队时，我试着再打一次电话给她。

您拨的是欧基夫家的电话，录音机说。

如果西恩正在进行离婚手续的话，那则录音机信息便不完全是正确的。但话说回来，若要说我对夏洛特有何了解的话，那么她在大家面前表现出来的样子，不见得是背后的真相，而且说真的，我并不真的介意，只要她站上证人席说辞不要搞混了就好。

我知道她是何时抵达的。阶梯上响起一阵骚动，当她终于穿过法庭的大门时，大批媒体紧跟着她。我立刻用手臂勾住她，一面低声地说“不予置评”，一面把她拖下走廊，进入一个隐秘的房间，锁上我身后的门。

“我的天啊，”她说，神情仍然很震惊，“外面的人还真多。”

“今天新罕布什尔州没有发生什么其他的大新闻，”我解释，“我本来很乐意在停车场等你，带你从后门走的，可是我这个周末打了几千个电话给你，你都没有回复，否则我们可以安排碰面的时间。”

夏洛特茫然地盯着窗外那些白色厢型车和它们的卫星碟。“我不知道你打了电话。我不在家。薇罗跌断她的股骨了。我们整个周末都在医院里，她动了植入钢钉的手术。”

我感到自己的双颊因为尴尬而发烫。夏洛特并没有漠视我打的电话，她正忙着灭火。“她还好吗？”

“她急着跑离我们身边。西恩把离婚的事情告诉了她。”

“我想，没有任何一个孩子想听到这个消息吧。”我踌躇着，“我知道你心里千头万绪，但我想花几分钟告诉你今天将会发生什么事……”

“玛琳，”夏洛特说，“我没办法做这件事。”

“又来了？”

“我不能做这件事。”她抬头望着我，“我不认为我能坚持到最后。”

“如果是因为媒体……”

“是因为我女儿。是为了我丈夫。我不在乎其他人怎么看我，玛琳。但我真的很在乎他们怎么想。”

我计算着我们为了准备答辩而花掉的无数个小时、我所访问的所有专家证人，以及我所提出的各项申请。在我脑海里，这件事情似乎和我找寻生母的徒劳无功纠缠在一起。我的生母终于回电给法庭职员梅西，请她把我的信寄过去。

“你现在才告诉我这个消息，是不是有点太迟了？”

夏洛特面向我。“我女儿以为我是因为她一直骨折才不要她。”

“你认为她相信什么？”

“我，”夏洛特轻声地说，“我以为她相信我。”

“那么就使她相信你吧。站上证人席，说你爱她。”

“那和我说我会终止怀孕不是互相冲突吗？”

“我不认为这两件事是互不相容的，”我说，“你不应该在证人席上撒谎。我不让你在证人席上说谎。但是我确实不希望你在陪审团做出判断之前自我论断。”

“他们怎么可能不评断我？连你自己都是这样，玛琳。你承认过，如果你妈妈像我一样，你今天就不会在这里了。”

“我母亲的确像你一样，”我坦言，“她没有选择。”我坐在夏洛特对面的桌子上，“在她生下我几个星期之后，堕胎变成合法。我不知道如果在怀胎九月之后她是否会做出相同决定。我不知道她的生活是否会更好。但我知道一定会不一样。”

“不一样。”夏洛特重复。

“一年半前你告诉我说你希望薇罗能有机会做一些她本来可能做不到的事，”我说，“难道你不该获得同样的机会吗？”

我屏住呼吸，直到夏洛特抬起头望着我。“我们还要多久才开始？”她问。

陪审团在上星期五看起来如此分歧，但星期一一大早却似乎已经变成和谐的一体。盖勒法官趁周末时去染头发，染成深黑色，像磁铁般吸引我的目光，也使他看起来像模仿猫王的演员——这和你想要联想的良好法官形象根本不符。当他指示四部摄影机可以进入法庭采访时，我几乎预期他会脱口用合唱的唱法唱出《燃烧的爱》那首猫王的歌。

整个法庭都挤满了人——媒体、身障权益拥护者，以及只想来看一场好戏的民众。在我身旁的夏洛特浑身颤抖，低头盯着大腿。“盖兹小姐，”盖勒法官说，“等你们准备好了就开始。”

我拧了一下夏洛特的手，然后站起来面对陪审团。“早安，各位先生女士，”我说，“我想告诉大家有关薇罗·欧基夫这位小女孩的事。”

我走向他们。“薇罗现在六岁半，”我说，“但她这辈子已经断了六十八根骨头。最近一次是上星期五，当时她妈妈从陪审团遴选听证会回到家，薇罗奔跑，结果滑倒了。她跌断股骨，必须进行手术来植入钢钉。但是薇罗弄断骨头的机会太多了，打喷嚏，碰到桌子，或是睡觉时翻个身，都会断骨。那是因为薇罗患有成骨不全症，你们比较熟知的名称可能是脆骨症。这意味着她永远都有可能受到骨折的危害。”

我举起右手。“我小学二年级曾经手臂骨折。一位名叫露露的女孩，是班上专爱欺负弱小的人物，她想把我从攀爬架上推下来，看我会不会飞起来。她以为这样会很好玩。我对那次骨折没有什么记忆，只记得当时痛得要命。薇罗每次骨折，就会像您或我骨折时一样疼痛。差别在于她的骨折发生得很快，而且很轻易。因此，打从她出生起，成骨不全症对她而言，意味着一辈子都要在骨折复发、复原、治疗与手术中度过，以及一辈子的疼痛。而对她妈妈夏洛特而言，成骨不全症意味着被扰乱的人生。”

我走回我们的桌子。“夏洛特·欧基夫是一位成功的甜点厨师，她的专长是一项资产。她本来应该拖扛五十磅的面粉袋，捶击面团——但现在她的每一动作都要小心翼翼，因为就连抱起她女儿的方式错误都会造成骨折。如果你问问夏洛特，她会告诉你她有多爱薇罗。她会说她的女儿从来没有让她失望。但是她不能对她的妇产科医生派普·芮斯说同样的话。各位女士先生，派普·芮斯是她的朋友，她知道胎儿有问题，但却没有告诉夏洛特，好让夏洛特可以像每一位怀孕妈妈一样有权利做出决定。”

我再度面对陪审团，把双手摊开。“请不要搞错了，女士先生，这个案件不是关于个人感受如何。它也不是关于夏洛特·欧基夫是否爱她女儿。那根本是毋庸置疑的。这个案件是关于事实——派普·芮斯知道却忽略的事实。一名病患应该知道、但她信任的医生却没有告诉她的事实。没有人为了薇罗的情况而怪罪芮斯医生。没有人说是她造成那种疾病。然而，芮斯医生之所以被怪罪，是因为她没有将她所有的信息提供给欧基夫一家人。您瞧，在夏洛特第十八周的超声波照片中，已有迹象显示胎儿罹患成骨不全症——那是芮斯医生忽略的迹象。”我说。

“想想看，假设各位进到法庭来，期待我说明关于这个案子的细节，而我说明了，但却故意隐匿一个重要的信息。现在想想看，在各位做出判决的几星期后，你们才发现这项信息。那会让您作何感想？生气？困惑？感觉受骗？也许您甚至会发现自己夜里睡不着，纳闷着如果早一点知道这项信息，是否会改变您的投票决定？”我说，“如果我在审判中隐匿信息，还有机会再上诉。但是当医生对病人隐匿信息，那就是不当医疗。”

我审视着陪审团的表情。“请想象一下，我所隐匿的信息可能不只影响这场陪审判决结果，而且会影响您整个人生。”我走回我的座位，“各位女士先生，那就是为什么夏洛特·欧基夫今天会来到这里的原因。”

夏洛特

我可以感觉到派普盯着我看。

玛琳一站起来开始讲话，派普就能从她和她律师坐着的法庭另一端直接看到我。她的目光在我皮肤上烧出一个洞。我只好转过头去，避免被灼伤。

罗伯坐在她后方某处。他也盯着我看，像针刺，像激光。

派普看起来再也不像派普了。她瘦了些，老了些。她身上穿着的衣服，是我们以前一起购物时会取笑的款式，是我们会捐给溜冰妈妈团的衣服。

我很好奇我看起来是否也不一样了。我想那是很有可能的，因为打从我控告她的那一刻起，我就变成某个她从来没意料到的人。

玛琳坐进我身旁的椅子时叹了一口气。“竞赛开始。”盖伊·布克站起来扣上西装钮扣时，玛琳低声地说。

“我不会质疑薇罗·欧基夫就像盖兹小姐所说的，断过六十八根骨头。但是薇罗在二月份也办过一场疯狂科学家的生日派对。她的床头挂着一幅少女偶像孟汉纳的海报，而且她在去年地方性的阅读比赛中获得最高分。她痛恨橘色以及煮卷心菜的味道。去年圣诞节她向圣诞老公公要求一只猴子。换句话说，女士先生们，就许多方面而言，薇罗·欧基夫和任何其他的六岁半小女孩无异。”

他走向陪审团席。“是的，她有身障。是的，她有特殊需求。但是难道那表示她没有权利活着吗？那表示她的出生是个错误？因为那就是这个案件的重点。这个案件之所以被称为不当出生是有原因的，而且，请相信我，您一定会难以理解这件事。然而，这位母亲，夏洛特·欧基夫却说她希望自己的孩子不曾出生。”

我感觉到一股电击穿透了我，就像闪电一样千真万确。

“您将会听到薇罗的妈妈描述她女儿受到多大的痛苦。但您也会听到薇罗的爸爸形容她是多么热爱生命，您也会听到他对这件所谓不当出生案件的看法。夏洛特·欧基夫自己的丈夫都不认同他太太提起的这件诉讼，并且拒绝成为向医疗保险理赔公司狠捞一笔的帮凶。”

盖伊·布克走向派普。“当一对夫妇初次发现怀孕时，他们当下的希望便是孩子能健康。没有人希望孩子出生时是不完美的。但事实上，这种事情没办法保证。事实上，女士先生们，夏洛特·欧基夫之所以提出诉讼，有两个理由，只有两个理由：要钱，并且责怪别人，而不是反省自己。”

当我在烘焙时，有时候我打开和我眼睛同样高度的烤箱时，会被一股很强的热气袭击，让我一时看不清楚东西。盖伊·布克的话在当下也有同样的效果。我明白玛琳说得对。我可以说我爱你，我可以说我想要提出不当出生诉讼，而不自我矛盾。这就有一点像是在某人看过绿色之后，要她完全忘记它的存在。我永远无法抹去你握住我的手的印记，或是你留在我耳朵里的声音。我不能想象没有你的生活。如果我从来不认识你，故事会完全不同。它不是我和你的故事。

我从来不允许自己认为某人该为你的疾病负责。我们被告知说你的疾病是一种偶然的突变，西恩和我都没有那种基因。我们被告知说，在我怀孕期间，不论做什么事都避免不了你在子宫里发生骨折。但是我是你母亲，而且我的子宫里孕育着你。是我把你的灵魂召唤到这个世界上，是我让你最后出现在这个残破的身体里。要不是我当初那么努力想要怀一个孩子，你就不会出生。就我目前所知，有无数的理由显示，该被怪罪的人是我。

除非那是派普的错。如果真是派普的错，那么我就可以解套了。

这表示盖伊·布克也是对的。

当初我因为你而提出这场官司，而且我发誓一切都是为了你。然而这场官司其实是为了我自己。

IV

你还记得那场流星雨吗？
它们就像冲破夜幕的骏马，
突然跳起来，越过绊住我们愿望的障碍——你想起来了吗？
我们的确许了好多愿望！因为当时有无数的星星：
每次我们抬头仰望，就会被星星们大胆敏捷的表演给震慑住了，
而在心中，我们觉得安全稳固，
看着这些闪亮的星体散开来，
知道在它们落尽之后，我们可以安然无恙。

——里尔克《流星雨》

发酵：面团变大的过程

在烤面包的过程中，需要两次静置发酵。酵母被放在水中，加一点点糖，以确保它在被进一步使用时仍是活跃的。但是静置发酵也用来形容面团长成两倍大的步骤，这时刻，面团会突然急速长大。

是什么东西使面团发酵呢？酵母和葡萄糖及其他碳水化合物转变成二氧化碳气体。不同的面包，发酵情况不同。有些只需要一次发酵，有些需要很多次。在这些发酵阶段之间，烘焙者必须捶揉面团。

在烘焙中，在生活里，成长的代价永远需要一点小小的暴力。这对我来说一点也不觉得惊讶。

……………………………………………………

星期天早晨的肉桂卷

面团

$3\frac{3}{4}$杯面粉

$\frac{1}{3}$杯糖

1茶匙的盐

2包活络的干酵母

1杯加热过的牛奶

1颗蛋

$\frac{1}{3}$杯软化过的奶油

焦糖

$\frac{3}{4}$杯红糖

$\frac{1}{2}$杯未加盐的奶油

$\frac{1}{4}$杯淡味玉米糖浆

$\frac{3}{4}$杯的核桃片

2汤匙软化过的奶油

馅料

$\frac{1}{2}$杯剁碎的核桃

2汤匙白糖

2汤匙红糖

1茶匙肉桂

你曾经告诉我说，在慵懒的星期天早晨，最棒的一件事就是醒来时闻到食物的香味，你会跟着气味下楼来。这份食谱就像大部分面包食谱一样，要求你要预先设想。但话说回来，我不是时时刻刻都在为你预先设想吗？

制作面团时，把两杯面粉、三分之一杯糖、盐、酵母放在大盆子里搅拌均匀。加进加热过的牛奶、蛋，以及三分之一杯的奶油，用低速搅拌一分钟。必要时多加一些面粉，让面团容易成形。

在一个操作台上撒一些面粉，揉面团五分钟。我要补充，这是你最爱的一部分，你会站在椅子上，将身子的重量往下压。完成后，把面团放进抹油的盆子里，将它翻转一次，让沾了油的那一面向上。把盆子盖上，让面团发酵，直到体积变成两倍大，历时约一个半小时。如果你戳面团时，手指的印痕留下来，表示面团已经发酵完毕。

接下来是焦糖：不停地搅拌，将四分之三杯的红糖与半杯的奶油加热至滚沸。从火源上移开，加进玉米糖浆。把糖浆倒进长十三英寸、宽九英寸、高两英寸未抹油的平底盘。在糖浆上撒一些核桃片。

制作馅料时，把剁碎的核桃、两汤匙的白糖、两汤匙的红糖、肉桂混合在一起。放置在一旁。

用拳头捶打面团。然后，在一个轻撒面粉的表面上，把面团摊平成一个长方形，大约长十五英寸、宽十英寸。在上面涂抹两汤匙的奶油，然后把剁好的核桃馅料均匀地撒在上面。从长方形十英寸的那一边开始，把面团紧紧地卷起来，并且把边缘黏紧。卷起来，推展它，为它塑型，直到面团变成长筒状。

把面团切成八等份，然后放进平底烤盘，彼此间相隔一些距离。用铝箔紧包住平底烤盘，放进冰箱至少十二小时。想象它们膨胀，这种情况再度证明有些事情会成长得远超过我们所预期。

将烤箱加热至一百八十摄氏度，烤三十五分钟。当烤至金黄时，从烤箱里拿出来。立刻倒扣在盘子里，趁热食用。

玛琳
几分钟之后

我常常对于“见证”这个词感到纳闷。作证真的这么难吗？或者它是分娩的术语，表示每名证人多少都会背负着个人的包袱与偏见来作证？这是事实，但不是你想象的那样。证人作证永远都有瑕疵。证人的证词当然比周边证据更理想，但人并不是摄影机。他们不会记录下所有的行动与反应，而且回忆这件事本身就牵涉到选择字汇、措辞与画面。换句话说，每个证人本来应该在法庭上提供事实，但其实只是给出虚构的版本。

夏洛特·欧基夫此刻上了证人席，她其实没有办法见证自己的生命，尽管她的确过了那些日子。她自己承认，她带有偏见。她自己承认，她对于自己的生命历史，只记得薇罗出生之后的那一段。

当然，我也会是个很差劲的证人。我不知道我的故事从何开始。

夏洛特把手交叠在大腿上，一一回答前三个问题。

你叫什么名字？

你住在哪里？

你有几个小孩？

不过她被第四个问题绊住了：

你结婚了吗？

就技术上而言，这个问题的答案是肯定的。但事实上，这个问题必须厘清——否则盖伊·布克会利用夏洛特与西恩的分居事实，来营造他自己的法律优势。我曾经教导夏洛特如何做出正确回答，但是每次练习回答这个问题，她总是会哭出泪来。就在我等候她回答时，我发现自己屏住呼吸。

“我结婚了，”夏洛特平静地说，“但是我有一个具有许多特殊需求的孩子——它导致我的婚姻出现许多问题。我丈夫和我现在是分居的。”她吸了一口气，然后缓缓地呼气。

答得好，我心想。

“夏洛特，你能不能告诉我们，薇罗是怎么受孕的？”一名年长的陪审团员发出一声惊呼，我则继续说，“不是要你描述细节，而是请你谈谈当初你如何决定成为母亲。”

“当时我已经是母亲了，”夏洛特说，“在结婚之前，我已经当了五年的单亲妈妈。我遇到西恩时，我们都知道我们想再生更多孩子——但那似乎并不是很顺利。我们花了将近两年的时间试图怀孕，而我们正要去做不孕症治疗时，我就发现怀孕了。”

“那是什么感觉？”

“我们欣喜若狂，”夏洛特回答，“你们知道有时候生活太完美时，人会为了下一刻而感到害怕，怕它不可能像之前一样好。那就是我当时的感受。”

“你怀孕时是几岁？”

“三十八岁。”夏洛特露出一点微笑，“他们称这种情况是高龄怀孕。”

“你担心过这件事吗？”

“我知道怀孕年龄一旦超过三十五岁，生出唐氏症宝宝的概率就会高一些。”

我走向证人席。“你和你的妇产科医生谈过这件事吗？”

“是的。”

“你能告诉法庭，当时谁是你的妇产科医生？”

“派普·芮斯，”夏洛特说，“也就是被告。”

“你当时是如何选择被告来当你的妇产科医生？”

夏洛特低头望着大腿。“她是我最好的朋友。我相信她。”

“被告当时做了什么事，打消了你的担忧？”

“她建议我做一些血液检测——它称为血液筛检——看看我是否比一般人更容易生出患有神经缺陷或唐氏症的宝宝。我的风险不是两百七十分之一，而是一百五十分之一。”

“她如何建议？”我问。

“她建议我做羊膜穿刺，”夏洛特回答，“但是我知道那也有风险。由于当时我本来就排定在第十八周时做例行性的超声波检查，所以她说我们可以先判读超声波结果，然后再根据我们所看到的情形来决定要不要做羊膜穿刺。超声波不像羊膜穿刺那么准确，不过还是有些事情能用来判断是否患有唐氏症，或排除可能。”

“你记得那次超声波吗？”我问。

夏洛特点点头。“我们当时很高兴看到我们的小宝贝。同时我也很紧张，因为我知道超声波检验员会寻找唐氏症的蛛丝马迹。我一直盯着她，想找寻一些线索。直到她点点头说，嗯。但是当我问她看到什么，她说芮斯医生会判读结果。”

“被告对你说什么？”

“派普走进检验室，我从她脸上表情得知，胎儿并没有唐氏症。我问她是否确定，她说，是的——那名检验员甚至提到那些影像有多么清楚。我要她直视我的眼睛，告诉我说一切都没问题，她说只有一个测量值稍微低于标准，胎儿的股骨大小比例只占全体胎儿排名的第六百分位。派普说不必担心这件事，因为我个子本来就矮小。她说等到下次超声波时，百分比可能上升到五十。”

“当时你担心超声波照片很清楚的问题吗？”

“我为什么要担心？”夏洛特说，“派普似乎并不担心，而且我以为超声波的重点就是拍到一张清楚的照片。”

“芮斯医生是否建议你做更详细的后续超声波？”

“没有。”

“你怀孕期间是否照过其他超声波？”

“是的，当我怀孕第二十七周时。那并不是一个正式的检验——我们是趁下班之后在她办公室里做的，因为我们想知道胎儿的性别。”

我面向陪审团。“你记得那次超声波吗，夏洛特？”

“是的，”她轻声地说，“我永远不会忘记。当时我躺在台上，派普把传感器放在我肚皮上。她盯着计算机屏幕。我问她何时能看一眼，但是她并没有回答。我问她是否还好。”

“她的回应是什么？”

夏洛特的目光望向法庭的另一端，与派普四目交接。“她说她很好。可是我的女儿不太好。”

夏洛特

“你在说什么？发生什么事了？”我用手肘撑起身子，坐直起来，盯着屏幕，试着理解那些随着我的动作不断晃动的画面。

派普指着一条黑线，在我看来和屏幕上的其他黑线没有什么不同。“她的骨头断了，夏洛特。好几根骨头都断了。”

我摇摇头。这怎么可能？我又没有跌倒。

“我会打电话给吉安娜·戴尔索。她是医院里母胎医学的权威。她可以解释得更详细……”

“解释什么？”我紧张地高声大叫。

派普把传感器从我肚子上移开，所以画面不见了。“如果是我所想的——成骨不全症——那么它真的很罕见。我只在医学院念书时读过这种病。我从来没有遇过患这种病的病人。”她说，“这种病影响了胶原生成，所以骨头很容易断裂。”

“可是胎儿，”我说，“它会没事，对吧？”

我最好的朋友应该在此时拥抱我，然后说，是的，当然啰，别傻了。就在这个时候，派普应该告诉我说，十年之后我们会在你生日派对上拿这件事情来说笑。只不过派普并没有这么说。“我不知道，”她承认，“我真的不知道。”

我们把我的车子留在派普的诊所，然后派普开车载我回家去把消息告诉西恩。一路上，我的脑中都一直回忆，试着忆起这些骨折是何时发生的——是在餐厅里，当我把一条奶油掉在地上，弯下身子去捡它时吗？还是在艾米莉亚房间里，当我被一条纠结的睡裤绊倒时？或是在高速公路上我突然刹车，结果安全带紧勒住我的肚子？

当派普把她所知的与所不知的告诉西恩时，我坐在厨房桌边。偶尔，我可以感觉到你在我体内，跳着缓慢的探戈。我很害怕把手贴在肚子上向你打招呼。这七个月来我们都是一体——融合的，无法分割的——但此刻，你给我的感觉却很陌生。有时候在淋浴时，我会做乳房自我检测，我常纳闷万一我被检测出来有问题，我会怎么做。化学治疗？放射治疗？手术？我当时决定我会希望立刻切掉肿瘤，我没办法忍受夜里睡觉时知道肿瘤正在我皮肤底下成长。在几小时之前对我来说仍很珍贵的你，突然间感觉起来如此陌生、令人不舒服、这么像外人。

派普离开后，西恩变成行动派。“我们会找到最好的医生，”他发誓，“我们会不计一切代价。”

但是万一我们无能为力呢？

我注视着西恩一头热。我则像是在黏稠的糖浆里泅泳。我几乎动不了，完全无法主导。你曾经使我和西恩之间的距离如此亲密，此刻却像聚光灯般，照映出我和他如此大的差异。

那天晚上我无法入睡。我盯着天花板，直到电子闹钟上的数字像野火般一直闪着红灯。我往后倒数，回到你受孕的那一刻。西恩悄声起床时，我假装睡着，但那是因为我知道他要去哪里：他要上网去查成骨不全症的资料。我也想过那么做，但我不像他那么勇敢。或者也许我没有那么天真：我不像他，我相信我们将要查到的信息，可能会比我们已经知道的事情更糟糕。

最后，我的确迷迷糊糊地睡着了。我梦见我的羊水破了，我的阵痛开始。我试着翻过身去告诉西恩，但是我办不到。我根本动不了我的手臂、双脚、下颌。我知道我已经残破到无法修复的地步。我隐约知道，不论这几个月来在我体内的是什么，都已经变成液体，渗进我身子底下的床单，再也不是一个小婴儿了。

隔天情况一阵混乱：从让我可以看见那些断骨的进阶超声波，到和戴尔索医生讨论结果。她丢出一些名词，在当下毫无意义：第二型、第三型。装设钢钉、畸形大头症。她告诉我说几年前这间医院接生了一名患有成骨不全症的婴儿，他有十根断骨——他在一小时之内就死了。

然后她要我们去找一位遗传学家，鲍勒斯医生。“所以，”他直接切入正题——而没有先说我很抱歉听到这个消息，“最好的情况是，”他说，“胎儿在出生后存活下来，但就算它真的存活下来了，第三型成骨不全症胎儿可能会因为分娩时的创伤而造成脑出血，或者脑围会比身体其他部分增加得多。她很有可能出现脊柱侧弯问题，进行多重骨折手术，需要在脊椎装上钢钉，或者脊椎骨都叠在一起。她胸腔的形状可能会使她的肺无法长大，因此导致重复的呼吸感染，甚至死亡。”

令人惊讶的是，这和戴尔索医生已经告诉我们的症状似乎完全不一样。

“当然，我们说的是几百根断骨，所以实际上她很有可能永远都无法走路。基本上，”那名遗传学家说，“你们现在看到的是一辈子的疼痛，不论她的一辈子有多短。”

我可以感觉得到在我身旁的西恩像一条眼镜蛇般蜷起来，准备将愤怒与悲伤发泄在这个男人身上。这个遗传学家对我们说话的方式，仿佛他谈的不是你，不是我们的女儿，而是一部需要换油的车子。

鲍勒斯医生看看手表。“还有问题吗？”

“有。为什么之前都没有人告诉我们？”

我想起我所做过的那些血液检验，以及之前照的那次超声波。如果我的孩子病得这么重，如果她一辈子都要这么痛苦，应该会早一点显示出迹象吧？

“这个，”那名遗传学家说，“你和你丈夫都没有成骨不全症的基因，所以在你们受孕之前不会进行这方面的例行检验，或者妇产科医生也不会特别去注意这种病的迹象。事实上，幸好这个病是偶发的突变。”

我的宝贝是个突变种，我心想。六只眼睛。长有触角。可能会带我去见它的外星领导人。

“如果你们再生一个孩子，没有理由相信这种情况会再度发生。”他说。

西恩从椅子上站起来，但是我把手放在他手臂上制止他。

“我们怎么知道孩子会不会……”我说不出口。我低下双眼，于是他知道我的意思……“呃，生产时，或是活久一点？”

“现在还很难说，”鲍勒斯医生说，“当然，我们会安排多次超声波检查，但有时候被判定出生就会致命的孩子，最后却存活下来。有时候情况相反。”他踌躇了一下，“还有另一个选择——美国有好几个地方允许基于母胎医学的理由而终止怀孕，即使已经怀孕这么久也可以。”

我看到西恩在说到他不愿意说的那个字眼时，咬紧牙根。“我们不要堕胎。”

那名遗传学家点点头。

“怎么做？”我问。

西恩惊恐地盯着我。“夏洛特，你知道这些事情吗？我看过照片……”

“有很多不同的方法，”鲍勒斯回答，他直视着我，“半生产堕胎是一种选择，还有另一种方法是在停止胚胎心跳之后引产。”

“胚胎？”西恩大叫，“那并不是胚胎。我们在说的是我的女儿。”

“如果终止怀孕不是你们的选项……”

“选项？去他的。这种选项根本不该有，”西恩说。他伸手把我从座位上拉起来。“你认为史蒂芬·霍金的妈妈会听这些屁话吗？”

我的心脏怦怦跳，我喘不过气来。我不知道西恩要带我去哪里，我也不特别在意。我只是知道我再也无法忍受听那个医生说话，他谈论你的生命或缺陷，仿佛是从一本灾难教科书上读出来的——德国纳粹屠杀犹太人，天主教的异端裁判所，苏丹的达尔富尔动乱：这些真相都太可怕且太血腥，你只能跳着看，感受它们的恐怖，略过令人痛苦的细节。

西恩把我拖到走廊上，进入正要关上的电梯。“我很抱歉，”他说，他头靠着墙，“我只是……我办不到。”

电梯里并不是只有我们。我右边是一名大约长我十岁的女人。她推着一部很先进的轮椅，一个孩子趴坐在里面。这是个十几岁的男孩，瘦骨嶙峋。他的头部用椅背上的一个支架支撑着。他的双肘扭曲，因此他的手臂是向外摊。他的眼镜垂挂在鼻梁上。他的嘴巴张开，肥厚且像果冻般的舌头填满他整个口腔。“啊，”那名男孩叫着，“啊！”

她妈妈用手碰触他的脸颊。“是的，没错。”

我很好奇她是否真的知道他试着说什么。那是一种失落的语言吗？受苦的人都使用不同的方言吗？

我发现自己盯着那个女人的手指，她正用手指搓揉着她儿子的头发。这个男孩知道他妈妈在碰触他吗？他会对她微笑吗？他是否曾说出她的名字？

你会吗？

西恩抓起我的手，用力拧了一下。“我们可以，”他低声地说，“我们可以一起办到。”

我不发一语，直到电梯停在三楼，女人将儿子的轮椅推到走廊上。电梯门再度关上，只留下西恩和我。“好吧。”我说。

“告诉我们有关薇罗出生的情形。”玛琳说。她的话把我拉回现实。

“她早产。戴尔索医生安排了剖腹，但是我却自然分娩，一切发生得很快。当她出生时，她一直尖叫，他们把她从我身边抱走，替她照X

光，去做检测。我是在好几个小时之后才看见薇罗，当时她躺在一个铺设泡棉的婴儿床里，手脚都包着绷带。她有七处正在愈合的断骨，以及分娩导致的四处新断骨。”

“在医院里还发生其他事情吗？”

“是的，薇罗弄断了一根肋骨，肋骨穿透了她的一个肺。那是……那是我这辈子见过最可怕的事情。她全身变成蓝色，突然间病房里涌进十几个医生，他们开始做心肺复苏术，还把一根针插进她肋骨之间。他们告诉我说她的胸腔充满了空气，使她的心脏和气管都移到身体的另一边，然后她的心脏停止跳动。他们做了胸外心脏按压——结果弄断她更多根肋骨——他们放进一个胸腔导管，让器官可以回到原来的位置。他们把她切开，”我说，“而我目睹这一切。”

“你后来也和被告说话吗？”玛琳问。

我点点头。“另一名医生告诉我说，薇罗缺氧一阵子，我们不晓得会不会有脑部伤害。他建议我签下放弃急救同意书。”

“那是什么？”

“意思是不要把她救活。如果薇罗再度发生像那样的事情，医生便不会介入。他们会让薇罗死掉。”我低头望着大腿，“当时我寻求派普的建议。”

“因为她是你的医生？”

“不，”我说，“因为她是我的朋友。”

派普

我失败了。

这是我当时的想法。当时我低头看着你——伤痕累累，被层层防护，一支胸导管从你左侧第五根肋骨底下穿出来。我最好的朋友曾请我帮她怀孕，而这就是结果。经过激烈争辩你究竟是否属于这个世界之后，看来你似乎给了夏洛特你自己的答案。我不发一语，走向夏洛特，她正低头注视着熟睡的你，仿佛即使把眼睛移开一秒钟都会让你再度陷入危急情况。

我看了你的X光图片。断裂的肋骨造成扩张性气胸，纵膈移位，心脏骤然停止。急救行为导致九处新的裂骨。胸导管是穿过筋膜插进你胸腔里，用缝合线固定。你的身体看起来就像个战场。战争在你小小身躯里的破裂面开打。

我不发一语，走向夏洛特，伸手去抓她的手。“你还好吗？”我问。

“我不是你该担心的对象，”她回答。她的眼眶红红的。她的病人袍子歪斜着。“他们问我是否要签下放弃急救同意书。”

“是谁问的？”我从来没听过这么愚蠢的事。一般只有在极其严重且不可恢复的脑部损伤之后，人们才签放弃急救同意书的。小儿科医生在处理出生后死亡几率很高或终身行动不便的婴儿时，很难保持置身事外，尤其是他们才刚动员全体医护人员奋力抢救这位小婴儿，若在此时要求家长签放弃急救同意书，似乎不太可能也不合理。

“罗德斯医生……”

“他是实习医生。”我说，因为这个答案就足以解释一切。罗德斯根本不晓得怎么绑鞋带，更不可能晓得如何和一位刚和孩子一起经历紧急创伤事件的父母谈话。罗德斯根本不应该向夏洛特和西恩提起放弃急救同意书的事情，尤其薇罗根本还没有接受心智健全测验。事实上，当他要求病人做那项测验时，他可能也要帮自己做一份测验。

“他们在我面前把她切开。我听到她的肋骨断裂，当他们……当他们……”夏洛特的脸像鬼一样惨白，“如果是你，你会签吗？”她低声地说。

早在你出生前，她已经问过我相同的问题，只是当时没用这么多个字。那是她做完二十七周超声波的隔天，我载她去医院接受戴尔索医生及高风险怀孕照护团队的检查。我是一名好的妇产科医生，但是我知道自己的局限——我不能提供她此刻所需要的照顾。然而，夏洛特已经受到一名笨蛋遗传学家的心理伤害，他的临床态度比较适合已经送进停尸间的病患。此刻夏洛特坐在我沙发上啜泣，我则试着为她做创伤后的安抚。

“我不希望她受苦。”夏洛特说。

我不知道该如何回避怀孕晚期堕胎的话题。即使有些像夏洛特这种并非虔诚的天主教徒，都很难接受那个选项，但是这个选项也不是轻易就能达成的。在美国，只有少部分医生执行怀孕晚期堕胎手术，他们都是技术高超的医生，而且只有在母胎面临极大的风险时，他们才会做这种手术。对于那些无法在十二周前察觉并及时堕胎的情况，这些医生提供了另一个选择给那些没有机会存活的胎儿。你可以争辩说这两种方式都会在父母心里留下伤疤，但话说回来，就像夏洛特指出的，这种事情不会有圆满的结局。

“我不希望你受苦。”我回答。

“西恩不想那么做。”

“怀孕的人不是西恩。”

夏洛特别过脸。“你怎么能够大着肚子飞到这个国家的另一端，心里清楚知道回程时孩子就不在你肚子里了？”

“如果那是你想要的，我就陪你去。”

“我不知道，”她啜泣着，“我不知道我要什么。”她抬头看着我，“你会怎么做？”

两个月后，我们人在医院加护病房里，分别站在你婴儿推床的两侧。那个房间有许多让小病人维持生命功能的机器，整个房间都笼罩在蓝色灯光下，仿佛我们全都在水里面游泳。“你会签吗？”夏洛特又问我一次，因为我第一次并没有回答。

你可以说，终止怀孕所造成的创伤，比不上为一个已经来到这世上的孩子签下放弃急救同意书。如果夏洛特决定在第二十七周时终止怀孕，她的失落也会令她很痛苦，但只是理论上——因为她那时尚未见过你。如今，她被逼着再度质疑你的存在——但是这一次，她可以亲眼看到你的疼痛与受苦。

夏洛特好几次来征询我的意见：有关怀孕，有关是否要做怀孕晚期的堕胎，以及要不要签下放弃急救同意书。

我会怎么做？

我会回到夏洛特请我帮助她怀孕的那个时刻，然后我会请她去找别人。

我会回到我们最有可能一起大笑而不是大哭的时刻。

我会回到你介入我们俩之前的时刻。

我会做我该做的事，让你不觉得一切正在分崩离析。

如果你选择停止你所挚爱的人的痛苦——不论是受苦发生之前或过程之中——那究竟是谋杀，或是慈悲？

“是的，”我低声地说，“我会签。”

玛琳

“刚开始照顾薇罗时，要学的事情很多，”夏洛特说，“一开始要先摸索出如何抱薇罗，或是如何替她换尿布又不弄断她的骨头。到后来我们才知道，即使只是抱着她，有时候就会听到小小的啪啦声，代表她的骨头又断了。我们发现一个地方可以订购车内卧铺与改装婴儿提篮，这样一来，背带就不会打断她的锁骨。我们开始了解什么时候必须上急诊室，或者什么时候可以自行处理骨折。我们在车库里堆放自己的防水石膏矫正器。我们跑到内布拉斯加州，因为他们那里的骨科医生专攻成骨不全症，我们也让薇罗接受波士顿儿童医院的帕米磷酸盐注射疗程。”

“你是否曾经休息过呢？”

夏洛特露出些许微笑。“并没有。我们不做计划。我们不必费心做计划，因为我们从来不知道接下来会发生什么事。总是会有新的伤害让我必须学习如何处理。例如，弄断肋骨可不像弄断背骨。”她犹豫了一下，“去年薇罗就弄断了肋骨。”

陪审团里有人抽噎着，发出一种像笛子般的声音，让盖伊·布克很不以为然，而我却觉得很高兴。“你能告诉大家，你是怎么努力支付这些费用吗？”

“那是个大问题，”夏洛特说，“我以前有工作，但自从薇罗出生后，我就没办法工作。虽然她上了幼儿园，我还是必须随时待命，以防她又发生骨折。如果你是餐厅里的甜品主厨，就不能随时待命了。我们曾试过聘请一位可以信任的护士，但是费用多过我的薪水，而且有时候中介公司派来的人对于成骨不全症一无所知，或是不会说英语，或是无法了解我教他们如何照顾薇罗。我必须为她捍卫权益，我必须随时在她身旁。”她耸耸肩，“我们没办法给她生日礼物或圣诞礼物。我们没有个人退休账户或孩子的大学基金。我们没办法度假。我们所有的钱都拿去支付保险不理赔的款项。”

“例如？”

“薇罗为了她的帕米磷酸盐注射而参加一个临床研究，那是免费的，但是一旦她到达某个年龄就不能再参加那个研究，而每次注射都要超过一千美元。腿部矫正器每个要价五千美元，钢钉植入手术要一万美元。薇罗到了十几岁时要做脊柱融合术，价钱更是好几倍，而且还不包括到奥玛哈进行手术的机票钱。就算保险给付部分金额，其他金额还是要我们自己支付。有好多小项目加总起来：轮椅维修、包覆石膏套的羊皮、冰袋，可以套得下人形石膏套的衣服、让薇罗更舒服的不同枕头，以及方便进屋的残障坡道。随着她年纪愈长愈大，她会需要更多配备——为矮个子设计的垫高椅、镜子与其他用具。甚至车子最好有一个踏板，可以方便往下踩，这样就不会导致她双脚骨头碎裂，但这要花费好几万块才能正确装设，而职业康复保险终身只支付一辆车子，其他的就是我们自己负责。她可以上大学，但那要比一般人花费更多，因为要支付必要的设备改装。而给像薇罗这种小孩就读的最好学校又不在家附近，表示还有旅行开销。我们已经把我先生的个人退休账户兑现，而且办了二胎房贷。我已经刷爆了两张信用卡。”夏洛特望着陪审团，“我知道我在你们所有人眼中看来是什么样子。我知道你们认为我是为了狠捞一笔钱而提出这场诉讼。”

我静止不动，不是很确定她要做什么。这不是我们之前所演练过的。“夏洛特，你是否曾……”

“拜托，”她说，“让我说完。这官司的确是关于花费。但并不是财务上的花费。”她忍住泪水，“夜里睡不着。每次我看到电视上的笑话而大笑时，我觉得有罪恶感。我看着和薇罗年纪相仿的小女孩在游乐场里玩，我有时候甚至会恨她们——我看到玩耍对她们来说是多么容易，我就忍不住嫉妒。但是我在医院签下放弃急救同意书的那一天，我就对我女儿发誓。我说，如果你奋斗，我也会奋斗。如果你活下来，我会确保你得到最好的生活。那是一个好妈妈会做的事，对吧？”她摇摇头，“那种方式通常有效，先是父母照顾孩子，直到几年后，角色互换。但是在我和薇罗之间，我会永远是照顾她的那个人。如果我死了，我要如何照顾我女儿？”

全场一片静默，你可以听到一根针落地的声音，或是心跳声。“法官大人，”我说，“我的问话完毕了。”

西恩

大海像个愤怒的黑色怪物。你被它吓坏了，但又对它着迷。你哀求着要看浪花撞击护岸的样子，但每次浪花撞击，你就在我臂弯里颤抖。

我那天休假，因为盖伊·布克说所有的人必须在开庭第一天都到场。结果我还是必须等到我作证时才能进法庭。我留了十分钟——足够等到法官叫我离开。

今天早上，我知道夏洛特以为我要到法庭来支持她。我了解为什么，经过前一夜的亲密，她一定会这么期待。在她怀里，爆发、愤怒而又温柔——仿佛我们在床单底下用肢体发泄我们的感受。我告诉她我要去见盖伊·布克时，她很难过，但是她应该要比任何人都更了解，为什么我仍然需要在这场官司中作出不利于她的证词：为了保护自己的孩子，我必须做我该做的事。

离开法庭之后，我开车回家，让那位钟点护士下午放假。我必须在三点钟时去学校接艾米莉亚放学，但同时我也问你想做什么。“我什么都不能做，”你说，“看看我。”

你说的是真的，你的整条左腿都上了夹板。但我知道我可以用一点创意来振奋你的心情。我把你抱往车子，用毛毯包住你，让你坐在后座，两侧用毯子塞紧，让你的腿可以在上面伸展开来。用这种方式，你还是可以系安全带。当你开始看见那些通往海边的熟悉地标时，你愈来愈有活力了。

九月底了，海边空无一人，所以我把车子横停在连接着消波墙的空地上，给你一个鸟瞰的视角。卡车头很高，让你可以看得见海浪像大灰猫般爬上岸又退回海里去。“爸爸，”你问，“为什么不能在海上溜冰呢？”

“我猜应该是可以的，可能要到北极去，但是大部分时候，海水里有太多盐分，使大海无法结冰。”

“如果大海结冰了，而海浪变成静止不动，那样不是很棒吗，就像冰雕一样？”

“那一定很酷，”我同意。我透过我的发丝瞄了你一眼，“薇罗，你还好吗？”

“我的脚不痛了。”

“我不是在说你的脚。我说的是今天发生的事。”

“今天早上有很多摄像机。”

“是啊。”

“摄影机让我胃痛。”

我把一只手从前座伸到后座，去握你的手。“你知道我不会让任何记者打扰你。”

“妈妈应该烤东西给他们吃。如果他们真的爱她的布朗尼蛋糕或她的太妃糖棒，他们也许会说完谢谢就离开。”

“也许你妈妈可以在面团里加一些炸药。”我开玩笑。

“什么？”

“没事。”我摇摇头，“你妈妈也爱你。你知道的，对吧？”

车外的大西洋的浪潮声渐次加强。“我想，海洋有两种——一种是夏天时陪你玩的，一种是冬天时变得很愤怒的，”你说，“很难记得另一种海洋是什么样子。”

我张开嘴，心想你可能没有听到我刚刚所说关于夏洛特的话。然后我才明白你其实听到了。

夏洛特

如果以前派普和我在酒吧里遇见盖伊·布克，他绝对是我们两个会取笑的那种人——自视甚高的律师，替自己的薄荷绿色雷鸟跑车弄了一块个人化的车牌。“这件官司真的是为了钱，对吧？”他说。

“不是。但是钱可以决定我女儿是否能得到好的照顾。”

“薇罗接受凯蒂·贝克特‘健康孩子金’的赞助金，不是吗？”

“是的，但即使如此，那并不能应付所有医疗费用——而且也不能涵盖现金支付的费用。例如，当一名小孩穿着人形石膏衣，她需要不同的汽车座椅。另外，成骨不全症的小孩都伴随着牙齿不好的问题，那些费用一年可能要好几千块美元。”

“如果你女儿天生就是天才钢琴家，你也会要钱来买一部大钢琴吗？”布克说。

玛琳告诉过我，他会试着激怒我，好让陪审团不那么喜欢我。我深吸一口气，然后数到五。“你是拿苹果和橘子来比较啊，布克先生。我们并不是在谈艺术课。我们谈的是我女儿的生活。”

布克走向陪审团席，我很想检查油嘴滑舌的他走过之处是否留下一道油渍，但我忍住这股冲动。“你和你先生对这件官司并没有共识，是吗？欧基夫太太？”

“是的，我们没有共识。”

“你是否同意，你们即将离婚的原因，是因为你的丈夫西恩并不支持这项诉讼？”

“是的。”我轻声地说。

“他不相信薇罗是不当出生，对吧？”

“抗议，”玛琳大叫，“你不能问她有关他的意见为何。”

“抗议成立。”

布克交叠双臂。“然而即使这场诉讼几乎要拆散你的家庭，你还是执意要进行这场诉讼，对吧？”

我想象着西恩今天早上穿着大衣，打着领带的样子。当时我以为他要上法庭支持我，而不是对抗我，当时我心情出现小小的雀跃。“我仍然认为这件事是对的。”

“你是否曾和薇罗谈过这件诉讼？”布克问。

“是的，”我说，“她知道我这么做是因为我爱她。”

“你认为她能了解？”

我踌躇了一下。“她只有六岁。我想她不太知道诉讼的许多操作手段。”

“如果她年纪大一点呢？”布克说，“我猜薇罗很会用计算机吧？”

“当然。”

“你是否想过，几年后你女儿会上网查询有关她的信息，或是有关你，以及这件官司？”

“天知道我绝对不期望这种事情发生，但如果真的发生了，我希望我可以向她解释为什么这是必要的……而且到时候她的生活质量就是这件官司造成的直接结果。”

“天知道，”布克重复，“你这样说真有意思。你信奉天主教，对吧？”

“是的。”

“身为天主教徒，你很清楚堕胎是一种不可饶恕的罪吧？”

我吞了一口口水。“是的，我知道。”

“然而这件官司的前提是，如果你早一点知道薇罗的情况，你就会终止怀孕，对吧？”

我可以感觉陪审团的眼睛都盯着我。我知道我迟早会碰到被放上展示台的时刻——娱兴怪人秀，动物园的动物——而此刻便是。“我知道你在做什么，”我严肃地说，“但这个案件是关于不当出生，而不是堕胎。”

“那并不是答案，欧基夫太太。让我们再试一次：如果你发现你怀了一个又聋又瞎的孩子，你会终止怀孕吗？”

“抗议，”玛琳大叫，“这和本案不相关。我委托人的孩子并不是又聋又瞎。”

“这个问题是想了解，孩子的母亲是否会做她说她会做的事。”布克争辩。

“请到一旁来，”然后他们两个都走到长椅旁，在众人面前继续大声争论。“法官，这会引发偏见。他可以针对被告没有和我委托人分享的医疗事实，来询问我委托人的决定会是什么……”

“别指使我该怎么进行我的辩护，甜心。”布克说。

“你这只自大的猪……”

“我允许这个问题，”法官缓慢地说，“我想我们都需要听听欧基夫太太想说什么。”

玛琳走过证人席时，给我一个慎重的表情——这是提醒我，我将被召唤出来回答问题。“欧基夫太太，”布克重复，“你是否会将又聋又瞎的孩子拿掉？”

“我……我不知道。”

“你知道海伦·凯勒也是又聋又瞎吧？”他问，“万一你发现你怀着的孩子缺了一只手呢？你会不会终止怀孕？”

我紧咬着嘴唇，不发一语。

“你知道独臂投手吉姆·艾波特在大联盟棒球赛中投了一个完封安

打，而且在一九八八年赢了一面奥运金牌？”布克说。

“我不是吉姆·艾波特或海伦·凯勒的妈妈。我不知道他们的童年有多艰难。”

“那让我们回到原来的问题：如果你在第十八周时就知道薇罗的情况，你会把她拿掉吗？”

“我并没有被赋予那个选项。”我严肃地说。

“事实上，你有，”布克反驳，“在第二十七周时。而且根据你自己的证词，那不是你当时能做的决定。所以为什么陪审团要相信，如果时间往前提几个星期，你就可以做出堕胎的决定？”

不当出生，玛琳的话一再飘进我脑海里。那就是为什么你提起这场诉讼。不管盖伊·布克宣称什么事情，重点都在于你没有得到符合标准的照护与选择。

我颤抖得很厉害，于是我把手压在大腿底下。“这个案件的重点并不在于我可能会做什么事。”

“那当然是重点，”布克说，“否则就是浪费我们时间。”

“你错了，这个案件是关于我的医生没做到的事……”

“回答问题，欧基夫太太……”

“尤其是，”我说，“她并没有给我终止怀孕的选择。她从第一次超声波应该就知道事情不对劲，而且她应该……”

“欧基夫太太，”布克律师大叫，“回答问题！”

我虚弱地贴着椅子，手指按在太阳穴上。“我不能，”我低声地说。我低头望着前方栏杆上的木头纹路，“我现在不能回答你这个问题，因为现在薇罗已经存在于这个世界了。她喜欢绑单辫，而不喜欢双辫。她这星期才跌断股骨。她和一只猪布偶一起睡。过去六年半来，她让我夜里醒着思考要如何平安度过隔天，并且盘算着该如何从容应付接踵而来的危机。”我抬头望着那个律师，“在怀孕的第十八周，在怀孕的第二十七周，我都不像今天这样如此熟悉了解薇罗。所以我现在不能回答你的问题，布克先生。但事实是，当时没有人给我回答的机会。”

“欧基夫太太，”律师漠然地说，“我要问你最后一次。你会不会把你女儿拿掉？”

我张开嘴，然后我闭起来。

“我的提问结束了。”他说。

艾米莉亚

那天晚上，我独自和爸妈一起吃晚餐。你拿着餐盘坐在客厅沙发上，一边看着电视上的猜字游戏节目，这样你的腿才能保持抬高。我从厨房里不时听见节目里的按铃声，以及主持人的声音：噢，抱歉，你猜错了。仿佛他真的很在乎似的。

我坐在爸妈之间，就像两道不同电流之间的导管。艾米莉亚，你能把青豆递给你妈妈吗？艾米莉亚，替你爸爸倒一点柠檬汁。他们并没有对彼此说话，而且他们也没有在吃东西——我们没有人在吃东西，真的。“所以，”我高兴地说，“今天第四节课时，杰夫·康古尔订了一个比萨送到法文课里来，结果老师根本没注意到。”

“你要告诉我今天发生什么事吗？”爸爸问。

妈妈低下眼睛。“我真的不想谈，西恩。光是撑完全场就已经够糟的了。”

沉默像一条巨大的毯子，似乎覆盖了整个餐桌。“达美乐送来了比萨。”我说。

爸爸把他的鸡肉切出两个精准的立方体。“如果你不告诉我发生什么事，我猜我可以在明天的报纸上读到所有消息。或者也许它会上十一点的新闻……”

妈妈的叉子重重地敲击盘子。“你以为我好过吗？”

“你认为这对我们任何人来说是好过的吗？”

“你怎么能这样？”妈妈的脾气爆发开来，“你怎么能假装我们之间的一切渐渐改善，然后……然后又这样？”

“夏洛特，你和我之间的差别在于，我从来不假装。”

“比萨是意大利醺肠口味的。”我宣布。

他们两个都转向我。“什么？”爸爸问道。

“那不重要。”我低声说。就像我一样。

你从客厅里大声呼喊。“妈，我吃完了。”

我也是。我站起来，把我盘子里的东西（几乎是全部的东西）全拨进垃圾筒里。“艾米莉亚，你是不是忘了问一个问题？”妈妈说。

我茫然地盯着她。我当然有一千个问题，但是我不想听到任何答案。

“我可以离开餐桌了吗？”妈妈突然大声说。

“难道你不应该也要求薇罗吗？”我讽刺地说。

当我经过你身边时，你抬起头。“妈妈听到我说的了吗？”

“那么远根本听不到。”我说，然后我跑上楼。

我有什么不对劲？我有美好的生活。我很健康。我没有挨饿，或是被地雷炸断手脚，或是变成孤儿。然而这似乎还不够。我心中有一个洞，而我视为当然的一切像沙子般流进洞里。

我感觉自己仿佛吞了酵母，仿佛某个住在我体内的恶魔已经长大成两倍。在浴室里，我试着催吐，但是我晚餐吃得并不够多。我想要赤脚狂奔，直到双脚流血；我想要大叫，但是我已经沉默了这么久，我忘了如何大叫。

我想要割伤自己。

但是，我做过承诺。

我把妈妈床边的电话听筒拿起来，把它带进浴室里，以维护一点隐私，因为从现在起，你随时都会上楼来准备上床睡觉。我已经把亚当的电话号码输入电话里。我们好几天没有讲话了，因为他跌断了腿，动了手术——他从医院里传送简讯告诉我——但是我希望他已经回到家了。我需要他现在在家。

他给了我他的手机号码——我肯定是唯一超过十三岁却还没有手机的人，可是我们实在付不起。电话响了两声，然后我听到他的声音，我几乎快哭出泪了。“嘿，”他说，“我正想打电话给你。”

这证明了世界上还有人认为我是重要的。我感觉像是从悬崖边被拉了回来。“我们心有灵犀。”

“是啊。”他说，但是他的声音听起来又细又遥远。

我试着回想起亲吻他的感觉。我痛恨自己必须假装我知道，但实际上，那种感觉已经褪去了，就像你把一朵玫瑰压进字典里的字母Q底下，希望你能随时把夏天召唤回来，但是到了十二月，玫瑰已经逐渐碎裂，变成一片片棕色的干花。有时候，夜里我会对自己低声说话，假装那些话是来自亚当低沉柔软的嗓音：我爱你，艾米莉亚。你是我的真命天女。然后我会微张着唇，假装他是只鬼魂，这样我就可以感觉他沉进我体内，在我舌尖，在我喉咙里，在我肚子里，他是唯一可以填饱我的食物。

“你的腿如何？”

“痛得要命。”亚当说。

我把电话拉得更近。“我真的很想你，这里实在很疯狂。审判开始了，早上前门草地上都是记者。我爸妈可以证明，我发誓……”

“艾米莉亚。”这个名字听起来像是从帝国大厦顶端丢下来的球，“我本来想和你谈谈，因为，呃，这行不通。这种远距离的事情……”

我感觉肋骨间被重重一击。“别这样。”

“别怎样？”

“别说出来。”我低声地说。

“我只是……我的意思是，我们可能永远再也不会见到彼此。”

我感觉一把钩子勾住我心的底部，把心往下拉。“我可以去看你。”我说。我的声音很微小。

“是啊，然后呢？推着我的轮椅到处跑？我是个需要怜悯、同情的可怜人？”

“我绝对不会……”

“你去给自己找个橄榄球运动员吧——那是你们这种女生想要的，不是吗？而不是某个撞到该死的桌子就把腿折成两半的家伙……”

这时候我已经哭出来了。“那不重要……”

“那很重要，艾米莉亚。但是你不了解。你永远都不会了解。你妹妹有成骨不全症，但这没办法让你变成专家。”

我的脸庞发烫。趁亚当还没说话之前，我就挂上电话，然后用手掌捧住脸庞。“但是我爱你。”我说，虽然我知道他听不到我说的。

先是眼泪涌上来，接着是愤怒：我拿起电话，用力丢向浴缸壁。我抓起浴帘，一把扯下。

但我不是对亚当生气，我是气我自己。

犯错是一回事，持续犯错又是另一回事。我知道当你让自己和某人变得亲密、当你开始相信他们爱你时，会发生什么事：你会失望。对某人产生依赖时，有时候你可能也得承认你会被击垮，因为当你真正需要对方时，对方不见得会在你身边。另一种可能是，你向他们倾吐心事，却增加他们的麻烦。你所真正拥有的是你自己，但如果你自己都不太可靠，那就有点麻烦。

我告诉自己，如果当初我没那么在乎，那么这件事就不会让我受伤这么重——当然这证明了我是活着的人，我毕竟也有感情。但那并不令人感到舒服，尤其当我觉得自己极愤怒时，像是一幢每层楼都装有炸弹的摩天大楼。

这就是为什么我伸手进浴缸，把水龙头打开：这样一来我就可以淹没我的哭泣。这样一来，当我抓起藏在卫生棉条盒子里的刀片、把它当成小提琴般在皮肤上割划时，没有人会听到我的遗憾之歌。

今年夏天的某天，妈妈的糖用光了，于是烘焙到一半时，她便开车到当地的便利商店。她把我们独自留在家里二十分钟——你可能会认为二十分钟并不算很长。但是二十分钟内我们就为了看哪个电视频道而吵架，而且我还大喊这就是为什么妈妈希望你死掉。我望着你的脸垮下来，感到良心不安。

“薇罗，”我说，“那不是我真正的意思。”

“闭嘴，艾米莉亚……”

“别再像小婴儿般闹脾气……”

“那好，你也别再像个混球！”

那个字眼，从你嘴里说出来——这足以让我停止攻击。“你从哪里听到的？”

“从你那里，你这个混球。”你说。

就在这个时候，一只鸟撞进窗户，声音很大，把我们两个都吓一跳。

“那是什么？”你问。你站在沙发垫上，想看清楚些。

我爬上去站到你身边，小心翼翼的，因为我总是必须如此。那只鸟很小，棕色，可能是一只燕子或麻雀。我老是分辨不出来。它瘫在草地上。

“它死了吗？”你问。

“我怎么知道？”

“你不觉得我们应该确认一下？”

于是我们走到屋外，绕过半幢屋子。意外地，那只鸟仍在稍早之前的同一个位置。我蹲下来，试着观察它的胸部是否在动。

没有。

“我们必须把它埋起来，”你严肃地说，“我们不能把它留在这里。”

“为什么？大自然里常常都有死亡发生……”

“但这只鸟的死亡是我们的错。这只鸟很可能听到我们大叫，这就是为什么它撞到窗户。”

我高度质疑这只鸟是否能听见我们说话，但我不想跟你争辩。

“铲子在哪里？”你问。

“我不知道，”我想了一下，“等一下。”我说，然后我跑进屋里。我拿起妈妈放在大碗里的金属搅拌匙，把它拿到屋外。搅拌匙上面还有面糊，但也许那不要紧，就像用食物、黄金与宠物把埃及木乃伊送往死后世界般。

我在离那只鸟六英寸远的地方挖了一个小洞。我不想碰它——那让我背脊发凉——于是我用汤匙边缘把它拨进洞里。“接下来该怎么办？”我抬头望着你。

“现在我们必须念祈祷文。”你说。

“例如《赞美玛利亚》吗？你怎么知道这只鸟是信天主教？”

“我们可以唱一首圣诞歌，”你建议，“那并不真的是宗教歌曲，但很好听。”

“我们不如说一些和鸟有关的好话？”

你同意我的话。“它们有七彩颜色。”你说。

“它们很会飞，”我补充。至少这只鸟在十分钟前都还很会飞。“而且它们会发出美妙的乐音。”

“鸟类让我想起鸡，而鸡肉很好吃。”你说。

“好吧，这样就够了。”我把土铲到死鸟的身上，然后你蹲下来，用一些草枝在上头弄出一些图案，就像在蛋糕上撒糖霜。我们再度并肩走回屋内。

“艾米莉亚，你可以看你想看的电视频道。”

我转向你。“我不希望你死。”我承认。

当我们再度坐在沙发上，你靠着我蜷起身子，就像你小时候一样。

我想对你说却没说的是：不要拿我当你的榜样。我绝对不是你应该仰望崇拜的人。

我们埋葬了那只笨鸟的好几个星期内，每次下雨，我就不想坐在窗户附近。即使到现在，我还是不愿意走到院子的那个角落。我怕我会听到东西脆裂的声音，或者低头时发现碎裂的骨架，残破的翅膀，或轮廓鲜明的鸟喙。我够聪明，知道要把头别开，如此我才不会看到有可能浮现的东西。

人们总想知道那是什么感觉，那么让我告诉你：当你划下第一刀时，会有一阵刺痛，然后你看到鲜血时，心跳会加速，因为你知道你做了一件不该做的事，但却没人发现。然后你开始进入一种恍神状态，因为你真的会觉得眩晕——那道鲜亮的红线，就像地图上的高速公路，你会想跟随着它，看它通往何处。然后——天啊——那种甜美的释放，那是我所能想出的最佳形容，有点像是本来系在孩童手中的一颗气球，突然挣脱束缚，飞向空中。你就是知道那颗气球心里正想着，哈，我毕竟不属于你。以及，他们知不知道从这上面看到的风景有多美啊？然后那颗气球才猛然想起，它有严重的恐高症。

回归现实之后，你抓起一些卫生纸或一张纸巾（这比抹布更好，因为血污百分之百不会外渗），用力压住伤口。你可以感觉自己的尴尬。它是你脉搏底下的伴奏。不论一分钟前你感受到什么样的放松感，都会化成一记拳头，捶在你的肚子上。你确实会让自己感觉很糟，因为你上次承诺过那会是最后一次，但你又再一次让自己失望了。于是你把自己懦弱的证据藏在好几层衣服底下，试图掩盖伤口，即使当时是夏天，没人穿牛仔裤或长袖。你把沾有鲜血的卫生纸丢进马桶里，看着马桶里的水变成粉红色，再把它冲掉，而你希望事情真的那么简单。

我曾看过一部电影，有个女孩的喉咙被划开了，但她并没有尖叫，而是发出一声低叹，仿佛不会痛，仿佛只是一个终于可以放手的机会。我知道这种感觉要来了，所以我在第二刀与第三刀之间等了一下。我看着鲜血涌到我的大腿，我试着尽量忍住，直到受不了才继续割下一刀。

“艾米莉亚？”

那是你的声音。我抬头看，非常紧张。“你在这里做什么？”我说。我把双脚弓起来，不让你看清楚你可能已经看到的东西。“你到底有没有听过隐私这回事啊？”

你用助步器摇摇晃晃地走过来。“我只是想拿牙刷，门刚好没有锁。”

“门锁了。”我争辩着。但也许我是错的？我刚刚一直专心于打电话给亚当，也许我忘了锁。我用最凶恶的目光盯着你。“出去！”我大叫。

你蹒跚走回我们房间，让门开着。我很快地放下双腿，把一叠卫生纸按在我割出来的伤口上。通常我会等到伤口止血后才离开浴室，但是此刻我直接连同暂时止血的卫生纸，一起拉上牛仔裤，然后走进我们房间。我盯着你，想逼你说出你刚刚看到的事情，好让我可以再度对你喊叫，但是你只是坐在床上，看着书。你根本没有对我说什么。

我很不喜欢我的伤疤开始变淡，因为只有当我还能看得见它们时，我才知道为什么我会痛。我很好奇你的骨头一旦复原时，是不是也有这种感觉。

我躺在枕头上。我的大腿正在抽痛。

“艾米莉亚，”你说，“你可以帮我盖被吗？”

“爸和妈呢？”其实你不需要回答——即使他们人在楼下，他们目前和我们的距离却远得像是在月球上般。

我还记得我第一次不需要爸妈替我盖被的那个夜晚。事实上，当时我大约是你现在的年纪。在那个晚上之前，每晚的例行公事都是——关灯，盖紧被子，额头上的亲吻——以及躲在我书桌抽屉里与书架背后的怪物们。然后有一天，我放下我正在读的书，直接闭上眼睛睡着了。爸妈是否对我这个刚刚独立的孩子感到骄傲呢？或者他们觉得失去了某种说不出名字的东西？

“你刷牙了吗？”我问。但我这时想起来，刚才我忙着割伤自己时，你试着想刷牙。“噢，算了，别管你的牙齿。一个晚上没刷牙也没差啦！”我起床，然后弯身向你，“晚安。”我说，然后我低下头来，像鹈鹕抓鱼般，飞快地啄了一下你的前额。

“妈妈都会说一个故事给我听。”

“你叫妈妈来帮你盖被啊，”我说，然后躺回我自己的床上，“我没有故事。”

你安静了一秒钟。“我们一起编一个故事。”

“随便你。”我叹了一口气。

“从前有两姐妹。其中一个非常非常强壮，另一个不强壮。”你看着我，“换你了。”

我转转眼珠子。“那个强壮的姐姐走出屋子到大雨中，然后明白她之所以这么强壮，是因为她是铁做的，但是当时正在下雨，所以她就生锈了。故事结束。”

“不对，因为那个不强壮的妹妹在下雨时跑出去，紧紧地抱住她姐姐，直到太阳再度露脸。”

当我们还小时，有时候我们会睡在同一张床上。我们从来没有一开始就睡在一起，但是到了半夜我醒来时，会发现你缠绕着我。你总是会靠向温暖的事物，我却喜欢寻找被子里冰冷的角落。我们一起躺在小小的双人床上，我会花好几个小时，试图从你身边移开，但是我从来没有想过要把你推回去你原来的位置。北极无法逃离磁铁。无论如何，磁铁都会找到北极。

“接下来发生什么事？”我低声地说，但是你已经飘进梦乡，留下我独自幻想着我自己的故事结局。

西恩

那天晚上，我很识相地回到沙发上去睡。只不过用“睡”这个字眼，有点过分乐观。基本上，我整夜辗转难眠。我曾经一度睡着，但我做了一个噩梦，梦见我站在证人席上，注视着夏洛特，当我开始回答盖伊·布克的问题时，黑色的小虫子从我嘴巴里倾泻而出。

我和夏洛特在前一天晚上一起打破的墙不论有多高，如今已经重新建盖起来，而且高度与厚度都是之前的两倍。这种感觉实在很奇怪——仍然爱着自己的妻子，却又不知道自己是否喜欢她。当这一切都结束之后，会发生什么事？如果某个人伤害了你及你所爱的人，如果她真的相信她只是想帮忙，你能原谅她吗？

我提出了离婚，但那不是我真正想要的。我真正想要的是让我们全都回到两年前，一切重新开始。

我是否真的曾经告诉过她这件事？

我掀开被毯，坐起身子，用双手抹抹我的脸。我只穿着四角裤和警察汗衫，上楼溜进我们房间。我在床上坐下来。“夏洛特？”我低声地说，但没有回应。

我碰触一团棉被，才发现那是一个被盖在被子下的枕头。浴室的门敞开；我开了灯，但是她不在里面。我开始担心——她是否和我一样为审判的事情感到心烦？她是否梦游去了？——我走到走廊上，察看你们的浴室、客房，以及通往阁楼的窄梯。

最后一道门是你们的卧房。我走进去，立刻看到她。夏洛特蜷在你床上，她的手臂紧紧搂着你。即使在睡梦中，她仍不愿意放开你。

我碰触你的头发，然后碰碰你妈妈的头发。我抚摸艾米莉亚的脸颊。然后我躺在地板的地毯上，用手枕着我的头。可想而知：因为我们全家人再度相聚，于是我在短短几分钟内就睡着了。

玛琳

“你知道法官现在叫我们去是为了什么事吗？”我问道。我和盖伊·布克并肩在法庭走廊上快步行走。

“我的猜测不见得比你正确。”他说。

第二天开庭之前，我们被召唤到法官办公室。在这么早的时间被召唤进法官办公室，通常不是件好事——尤其如果连盖伊·布克都不晓得是为了什么，更加不乐观。不论盖勒法官必须讨论什么重要议题，都不是我想听的。

我们被领进房间里，发现法官坐在桌旁，他那颜色过黑的头发像一个头盔。这让我想起那些老派的超人动漫人物——你知道超人在飞行时，他的头发纹丝不动，那是物理学的奇迹与造型发胶的作用——他的头发令我分心，让我甚至没注意到房里的第二个人，她正背对我们坐着。

“律师们，”盖勒法官说，“你们都认识茱莉·库波，第六号陪审员。”

那名女士转过身来。在证人挑选听证会上，盖伊朝她提出攻击性的堕胎问题。也许被告律师昨天对夏洛特穷追猛打同一个议题，已经引发了抱怨。我把身子站得稍微更直些，我相信法官召唤我们前来的理由一定不是跟我有关，而是和盖伊·布克辩护时的争议态度有关。

“库波女士将退出陪审团。即刻生效，而候补的陪审团员会递补上。”

没有一位律师喜欢在审判进行到一半时更换陪审团员，不过法官也不乐见。如果这名女士被允许退出，一定有很好的理由。

她注视着盖伊·布克，然后故意不看我。“我很抱歉，”她喃喃地说，“我之前不晓得我会有利益冲突。”

利益冲突？我本来以为是一个健康议题，某件紧急事件让她必须飞回临终亲人的床边，或者立刻进行化疗。利益冲突意味着她知道关于我或盖伊的委托人的事情——但若是如此，她在陪审团遴选听证会上应该就能发现了。

盖伊显然也有同感。“能不能告知是什么利益冲突？”

“库波太太和本案的其中一方有关联，”盖勒法官说，然后他迎向我的目光，“她和你有关联，盖兹小姐。”

我常常想象，我到处都见到我的生母，只是我不晓得罢了。我会对在电影院门口卖票的女士多微笑一会儿，我会和银行柜员聊聊天气。我在竞争对手的律师事务所听到柜台接待员有教养的声音时，我会想象那就是我的生母。我在楼下大厅撞到穿着克什米尔羊毛大衣的女士，在向她道歉时，我会盯着她的脸。我每天碰到许许多多的人，都很有可能是我生母。我也许一天碰到她十几次，却浑然不觉。

如今她站在我对面，就在盖勒法官的办公室里。

法官和盖伊·布克留我们独自交谈几分钟。令我惊讶的是，即使我三十六年来累积了许多问题，但此刻却无法把这些问题一股脑儿都问出来。我发现自己盯着她的头发——是卷曲的红色。我从小到大，长相就和其他家人很不一样，我总以为我是我生母的翻版。但是我根本一点也不像她。

她死命抓着她的皮包。“一个月前，我接到法院的电话，”茱莉·库波说，“他们说要告诉我一项信息。我想，这种事情总有一天会发生。”

“所以，”我开口说话，但是我的声音又涩又干，“你知道多久了？”

“昨天才知道。那位职员在一星期前把你的卡片寄给我，但是我一直不敢打开它。我还没有准备好。”她抬头望着我。她的眼睛是棕色的。那是否表示我生父的眼睛是蓝色的，像我一样？“是昨天发生在法庭里的事——那些关于母亲是否想拿掉孩子的问题——让我终于鼓起勇气打开卡片。”

我感觉仿佛全身被灌满了氦气：当然，这表示她并不真的想把我送人，就像夏洛特并不真的想要放弃薇罗一样。

“当我读到卡片最后，我看见你的名字，才明白我已经知道这个名字了，是从这场审判里得知的。”她踌躇了一下，“这是个很特别的名字。”

“是的。”你想叫我什么名字？苏西？玛格丽特？泰瑞莎？

“你很优秀，”茱莉·库波害羞地说，“我是说在法庭上。”

我们之间有三英尺的距离。为什么我们两个都不敢跨越它？我已经想象过这一刻许多次，结束的画面都是我的母亲紧拥着我，仿佛她想为了曾经放弃我而弥补我。

“谢谢。”我说。我没有领悟的一件事是：我将近三十六年没有见过的母亲，其实并不是我的母亲，而是陌生人。拥有相同的DNA，无法让你们一下子就成为熟稔的朋友。这不是个欢乐的重逢。它是很怪异的。

也许她和我一样不自在。也许她害怕逾越她的界限，或者以为我会怨恨她一开始把我送人。那么，主动化解尴尬的气氛是我的责任，对吧？“我不敢相信我花了这么多时间寻找你，而你竟然出现在我的陪审团里，”我微笑着说，“这世界真小。”

“非常小。”她附和，然后再度陷入沉默。

“我在陪审团遴选听证会上，就知道我喜欢你。”我试着说笑话，但结果并不好笑。然后我想起茱莉·库波在陪审团遴选听证会上所说的其他事情：她本来是个全职母亲。她在孩子们上了高中之后才又回到职场。“你有孩子。其他孩子。”

她点点头。“两个女儿。”

对于一名独生孩子来说，这是很奇妙的：我不仅找到我的生母，而且还多了兄弟姐妹。“我有妹妹。”我大声说。

一听到这句话，茱莉·库波的眼神闪烁。“她们不是你的妹妹。”

“我很抱歉。我并不是要……”

“我本来要写一封信给你。我本来要把信寄到希尔斯布洛法庭，请他们转交给你，”她说，“听到夏洛特·欧基夫说的话，让我回想起从前的一切：有些婴儿最好不要被生下来。”茱莉突然站起来，“我本来要写一封信给你，”她重复，“并且要求你不要再和我联络。”

就是这样，我的生母再度遗弃我。

当你被领养时，你也许会过着世界上最幸福的生活，但一部分的你总是会纳闷，如果你更可爱些、更安静些，是个比较好带好养的孩子，那么你的生母是否就不会把你送养。当然，这种想法很蠢——将孩子送养的决定早在几个月前就做好的——但是那还是无法让你停止这种想法。

我在大学的成绩全都是A+。我以法学院前几名的成绩毕业。当然，我这么做是为了让我家人以我为荣——但是我并没有说明是哪个家人。我想我永远有个隐藏的信念，认为如果我的生母遇见我并且看见我是多么聪明、多么成功，那么她就会忍不住地爱我。

事实上，她忍不住想离开我。

会议室的门被打开，夏洛特溜进来。“女厕里有个记者。她拿着麦克风来追问我，当时我正要去……玛琳，你刚刚哭过了吗？”

我摇摇头，虽然我明显哭过。“我眼睛里有东西。”

“两只眼睛都有？”

我站起身来。“我们走吧。”我唐突地说，然后我快步往外走，让她跟在我身后。

在波士顿儿童医院为你做治疗的马克·罗森布雷德医生是我的下一位证人。暂时忘掉所有的规则，随性发挥，为递补茱莉·库波的陪审员进行一场终身难忘的表演，这名陪审员刚好是个四十多岁的男子，戴着厚厚的眼镜，牙齿咬合不全。当我朝陪审团的方向说明罗森布雷德医生的资历时，这名新加入的陪审员朝我微笑。

“你和薇罗很熟吗，罗森布雷德医生？”我说。

“从她六个月大起，就是由我治疗。她是个好孩子。”

“她患哪一型的成骨不全症？”

“第三型——或是称为渐渐变形的成骨不全症。”

“那是什么意思？”

“那是不会致命的成骨不全症中最严重的一种。患第三型的孩子一生会有几百次骨折——不只是因为接触碰触，有时候光是睡觉时翻个身，或者伸手拿架上的某个东西，就会导致骨折。他们通常都会出现严重的呼吸感染或并发症，因为他们的胸腔呈桶状。第三型孩童也常有听力丧失或松动的关节，以及肌肉发育不良的问题。他们都会有严重的脊柱侧弯，需要在脊柱上装设钢钉，或者甚至让脊椎骨融合在一起——虽然那是个棘手的决定，因为从那一刻起，这个孩子就无法再长高了，而这些孩子本来身高就比较矮。其他并发症包括巨头症——脑部水肿——以及分娩时造成的脑出血，易裂的牙齿，而且有些第三型的孩子还会有颅底凹陷症——第二节脊椎往上移，在头颅上切出一个缺口，脊髓穿过去，进入脑内，会导致晕眩、头痛、时常神志不清、麻木，甚至是死亡。”

“你能告诉我们，薇罗接下来十年的生活会是什么样子？”我问。

“就像其他患有第三型成骨不全症的孩子一样，她从小婴儿时期就施打帕米磷酸盐。这已经大大改善了她的生活质量——在施打帕米磷酸盐药物之前，第三型的孩子很少能走路的，只能坐轮椅。多亏有帕米磷酸盐，她本来一生中可能有几百次骨折，也许只会有一百次——我们不确定。有些研究报告指出，像薇罗这种从婴儿时期就施打帕米磷酸盐的青少年，他们虽然会骨折，可是他们的骨头不是沿着正常的裂痕而断裂，这让他们的伤口更难治疗。骨头密度会因为注射而变高，但仍是不完美的骨头。有些研究还发现颌骨异常的证据，但是还不清楚这种情况是否和帕米磷酸盐有关，或者只是伴随成骨不全症出现的牙质生长不全症。所以有些并发症可能会发生，”罗森布雷德医生说，“另外，她还会有骨折，以及治疗骨折的手术。她最近才刚在一只大腿装上钢钉。我想另一只腿很快也会装。最后她会动一场脊椎手术。她每年都会感染肺炎。几乎所有的第三型病患都会出现某种胸壁异常、颅顶崩塌、脊柱后侧弯，这些都会导致肺病和心肺功能衰竭。有些第三型病患会因为呼吸或神经系统并发症而死亡，但是幸运的话，薇罗会是我们的成功案例之一，而且会进入成年，过着功能健全且有价值的生活。”

在那片刻，我只是盯着罗森布雷德医生。遇见你，和你说话，甚至看你奋力将自己的轮椅推上斜坡，或伸手去拿过高架子上的一个东西，都让我难以想象那些医学梦魇全都等候着你。当然，一开始我和拉米雷兹就打算将这件官司紧扣着这个论点，但是就连我都逐渐将你的生活中的一切不便利视为理所当然。

“如果薇罗确实存活到进入成年，她是否能照顾自己？”

当我问这个问题时，我无法注视着夏洛特。我问话的字眼是用如果，而不是当，我想我无法忍受看到她听见这个字眼的表情。

“她需要别人的照顾，不论她变得多么独立，多少还是需要人家照顾。她一辈子都会碰到骨折、住院、复健治疗这些事情。她也很难维持固定的工作。”

“除了身体障碍，”我问，“她是否也会有情绪上的困难？”

“是的，”罗森布雷德医生说，“患有成骨不全症的孩子往往有恐慌的问题，因为他们为了避免骨折的痛苦，会出现担心或逃避的行为。他们有时候会出现创伤后应激障碍，尤其是在严重骨折之后。另外，薇罗已经开始注意到她因为成骨不全症而和其他孩子有所不同。随着成骨不全症的病患长大，他们会想要独立——但是他们又无法像身体健康的青少年一样独立。这种挣扎可能会导致成骨不全症的孩子变得内向、沮丧，甚至会有自杀倾向。”

当我转过身，看见夏洛特。她的脸埋在掌心里。

也许一名母亲实际上并不像她表现出来的样子。也许夏洛特之所以控告派普·芮斯，是因为她太爱薇罗而舍不得放手。也许我的生母放手，是因为她知道她无法爱我。

“在你治疗薇罗的六年之中，你是否有机会认识夏洛特·欧基夫？”

“是的，”医生回答，“夏洛特非常了解她女儿的状况。她对于薇罗不舒服的程度，几乎有着第六感的直觉，而且会在事情难以控制之前就采取措施。”他望了一眼陪审团，“你们记得在《母女情深》那部电影里的莎莉·麦克琳吗？她的角色就是夏洛特。有时候她固执到让我想揍她——但那是因为我是她必须争取权益的对象。”

我坐回位子，把质询时间交给盖伊·布克。“你从这孩子六个月大就开始治疗她，对吧？”

“是的。当时我在奥玛哈的雪琳纳医院工作，薇罗参与了我们那里的帕米磷酸盐治疗实验。当我调到波士顿儿童医院后，她自然也转诊到那里。”

“现在你多久见她一次，罗森布雷德医生？”

“一年两次，除非中间发生骨折。不过一直以来，我每年见到她的次数都不止两次。”

“你用帕米磷酸盐来治疗成骨不全症病童，已有多久时间？”

“从一九九〇年年初开始。”

“刚刚你说，成骨不全症的孩子在注射帕米磷酸盐之前，在行动上都相当受限，对吗？”

“绝对是。”

“所以你是说，你这个领域的医疗科技已经增加了薇罗的健康可能性？”

“显著地增加，”罗森布雷德医生说，“她现在能做的事情，是十五年前的成骨不全症病童办不到的。”

“所以如果这场审判发生在十五年前，你为我们描述的薇罗生活画面就会更悲惨，你同不同意？”

罗森布雷德医生点点头。“没错。”

“我们住在美国这个地方，实验室和医院里天天都有创新多元的医学研究，那么薇罗在她这辈子里是否可能见到更多医学进展？”

“抗议，”我说，“这是臆测性问题。”

“他是这个领域的专家，法官大人。”布克反驳。

“他可以提供意见，”盖勒法官说，“根据他的知识，发表对于目前本领域医学研究的看法。”

“是有可能，”罗森布雷德医生回答，“但就像我要指出的，我们本来以为双磷酸盐类是神奇的药物，但是长期下来，有可能会出现一些我们没有为成骨不全症病患料想到的问题。我们只是还不知道而已。”

“然而，薇罗应该可以长大到成年吧？”布克问道。

“绝对可以。”

“她能谈恋爱吗？”

“当然。”

“她能生小孩吗？”

“有可能。”

“她能出去工作吗？”

“是的。”

“她可以不依赖父母而独立生活吗？”

“也许。”罗森布雷德医生说。

盖伊·布克把双手摊开撑在陪审团席的栏杆上。“医生，你能治病，对吧？”

“当然。”

“你是否曾经为了治疗一根断指而把整只手臂截肢？”

“那太极端了。”

“那么为了治疗成骨不全症，而阻止病人出生，这不也是太极端吗？”

“抗议。”我大喊。

“抗议成立，”法官望了一眼盖伊·布克，“我不会让我的法庭变成争辩堕胎权利的集会，律师。”

“我重新提问。你是否遇到过任何父母因为胎儿被诊断出患有成骨不全症而堕胎？”

罗森布雷德点点头。“通常发生在致命的第二型成骨不全症。”

“可以介绍一下这种严重的成骨不全症吗？”

“抗议，”我说，“这和原告有何关系？”

“我想要听听他怎么说，”盖勒法官说，“你可以回答这个问题，医生。”

罗森布雷德像走过地雷区似的小心翼翼进行响应。“当某人满心期待一场怀孕时，堕胎绝对不会是第一选择，”他说，“但是如果胎儿最后会变成重度残障的孩子，那么不同家庭对这件事就会有不同的忍受度。有些家庭知道他们有能力为身障孩子提供足够的支持，有些家庭则事先就知道他们办不到。”

“医生，”布克说，“你是否会形容薇罗的出生是不当的？”

我感觉到我身旁不太寻常，然后发现原来是夏洛特在颤抖。

“我没有立场做那样的决定，”罗森布雷德说，“我只是医生。”

“这正是我的重点。”布克回应。

派普

自从我的超声波检验助理珍妮·卫斯巴哈四年前离职到芝加哥一间医院工作之后，我就没再见过她了。她当时是一头金发，如今变成栗色，她的嘴边也出现细纹。我很好奇她是否认为我看起来一如往常，或者好友的背叛已经让我老得认不出来。

珍妮一直对坚果类过敏，有一次一名值班护士泡了榛果咖啡，珍妮还因此和她起了小冲突。珍妮光是呼吸了弥漫在我们小诊所的坚果味，就会全身起疹子。护士发誓她不晓得液态后的坚果也会引起过敏；珍妮问她究竟有没有通过护士资格考试。事实上，这场吵架是我诊所里发生过的最大不愉快……当然，直到这场官司出现为止。

“你是怎么和本案的原告认识的？”夏洛特的律师说。

珍妮向前靠近证人席上的麦克风。我记得以前她会去当地一家夜店唱卡拉OK。她称自己是无可救药的单身主义者。不过她此刻戴着一枚结婚戒指。

人都会改变。就算你自以为了解某个人，就像你了解自己般，那个人也是会改变。

“她是我工作场所的一名病人，”珍妮说，“我在派普·芮斯的妇产科诊所工作。”

“你受雇于被告？”

“我在她那里工作三年，但是我现在西北纪念医院工作。”

律师盯着一道墙，仿佛她没有在听。“盖兹小姐。”法官插话。

“抱歉，”她立刻回过神来，“你受雇于被告？”

“你刚刚问过我了。”

“是啊。呃，你可以告诉我们，你是在什么情况下遇见夏洛特·欧基夫？”

“她来诊所里做第十八周的超声波。”

“还有谁在场？”

“她先生。”珍妮说。

“被告也在场吗？”

这时，珍妮第一次望向我。“起初并没有。我们的方式是，我会进行超声波，然后和她讨论。她会判读结果，然后和病人谈。”

“夏洛特·欧基夫在进行超声波时，发生什么事，卫斯巴哈女士？”

“派普要我仔细留意是否有唐氏症的迹象。病人的血液检测显示她有略高的风险。当时我很兴奋能操作一部新机器，那是当时的最新科技。我请欧基夫太太躺在台上，涂一些凝胶在她肚子上，然后把传感器放到上面，以看清楚胎儿的样子。”

“你看到什么？”律师问道。

“股骨的尺寸量起来较小，有时候可能是唐氏症的征兆，但是除此之外并没有其他可疑的迹象。”

“还有其他的吗？”

“是的，”珍妮说，“有些影像异常清楚。尤其是胎儿脑部的那一张。”

“你是否向被告提起这些发现？”

“是的。她说股骨还不至于不正常，说有可能只是因为胎儿母亲的个子很娇小。”珍妮回答。

“影像的清晰度呢？被告当时对这件事有何表示？”

“没有，”珍妮说，“她没说什么。”

在夏洛特第二十七周超声波照片里，所有的断骨清晰可见。也是从那次超声波之后，我不再是她的朋友，而开始当她的医生。那天晚上，我开车送夏洛特回家。我坐在厨房餐桌旁，使用医学名词，作用几乎就像镇静剂一样：当我向他们叨念着一堆他们无法理解的信息时，夏洛特和西恩的眼神茫然。我对他们说，我已经打电话给一名医生，寻求她的意见。

后来艾米莉亚突然跑进厨房。夏洛特连忙擦擦眼泪。“嘿，亲爱的。”她说。

“我是来向小宝贝说晚安。”艾米莉亚说。然后她跑向夏洛特坐着的地方，用双臂紧紧搂住她妈妈的肚子。

夏洛特发出小小的惊呼声。“不要抱这么紧。”她好不容易说出口，但是我知道她心里在想什么：这种渴切的爱，是否会弄断了你的一些骨头?

“但是我想要她出来，”艾米莉亚说，“我等得不耐烦了。”

夏洛特站起来。“我想我也要去躺下来了。”她伸出一只手去牵艾米莉亚，然后她们走出厨房。

西恩坐进夏洛特刚离开的椅子。“是我，对不对？”他抬头望着我，神情憔悴，“是我让胎儿变成这样。”

“不是……”

“夏洛特原本已经有个很完美的孩子，”他说，“你想想看吧。”

“这可能是偶发的突变。这种事是你无法预防的。”我也无法假装。但那并不能阻止我像西恩一样具有罪恶感。“你必须照顾她，因为她现在不能崩溃。在明天去见医生之前，别让她在网络上查有关信息。别让她知道你在担心。”

“我不能说谎。”西恩说。

“如果你爱她的话，你就要说谎。”

经过这些年的此刻，我很纳闷为什么我不能原谅夏洛特听从了同样的建议。

我不喜欢盖伊·布克，但话说回来，当你选择不当医疗保险理赔公司时，你并不是在挑选将要请来家里吃圣诞大餐的客人。他擅长让某人在证人席上局促不安，就像昆虫被钉在标本箱上静待仔细观察般。“卫斯巴哈女士，”布克站起来做他的交叉质询，“你是否看到过其他股骨过短的胎儿？”

“当然。”

“你知道结果如何？”

夏洛特的律师站起来。“抗议，庭上。证人只是一名技术人员，而不是医生。”

“她每天都见到这种情形，”布克反驳，“她受过判读超声波的特殊训练。”

“抗议成立。”

“好吧，”珍妮微微恼怒，“首先你要知道，判读超声波的结果可不是那么容易。我可能只是个技术人员，但我也应该指出有问题的疑点。”她向我扬扬下巴，“派普·芮斯是我老板。我只是在尽我的本分。”

她没有再说什么，可是我还是可以听到她想说的：我才不像你呢。

夏洛特

我的律师有点不对劲。她焦躁不安：她一直错过问题，忘记答案。我不禁纳闷：困惑是会传染的吗？整天坐在我旁边的玛琳，看到我拼命克制自己站起来结束这一切的冲动，所以她今天早上醒来时也和我有同样的本能反应？

她找来了一位我之前不认识的证人——瑟伯医生，他是英国人，但是他成为斯坦福大学露西尔·帕卡德儿童医院的放射科主任，后来转调到奥玛哈的雪琳纳医院，并且应用放射科学来治疗成骨不全症病童。根据玛琳介绍他时念出的一长串头衔，瑟伯医生在他的职业生涯中判读过数以千计的超声波照片，而且在全世界各地演讲，他每年都会贡献出两星期的休假时间，为贫穷落后地区的怀孕妈妈提供照护。

基本上，他是个圣人。而且是很聪明的圣人。

“瑟伯医生，”玛琳说，“你能为我们这些不太了解超声波的人解释一下这项科技吗？”

“就妇产医学来说，这是一种诊疗工具，”这名放射医学家说，“这个设备是一个实时扫描仪。声波从传感器里放射出来，而传感器则放在妈妈的肚子上，到处移动，以映像出子宫里的内容物。这个影像投射到一个监视器上——一个声波图。”

“超声波是用来做什么？”

“用来诊断且确认怀孕，用来评估胎儿心跳和胎儿畸形，用来测量胎儿以评估怀孕周数与成长情况，用来监看胎盘的位置，用来判定羊水量——还有其他许多功能。”

“通常怀孕期间都是什么时候进行超声波检查呢？”

“并没有一定的规范，但是有时候可以在第七周时做扫描，以确认怀孕事实，或是排除宫外孕或葡萄胎的可能性。有些孕妇在第十八至二十周之间至少会做一次超声波。”

“那一次的超声波照射会发生什么事？”

“到那个时候，胚胎已经够大，可以检查出它的构造，并且寻找任何畸形的迹象，”瑟伯医生说，“我们会测量某些骨头的长度，以确保胎儿的体型是正常的。医生会确认胎儿的器官位置正确，脊椎完好无伤。基本上，这次超声波是要确认一切都正常。当然，孕妇还可以带一张照片回家，接下来六个月，那张照片都会被贴在冰箱上。”

陪审团里传出一些笑声。我是否拿过你的超声波照片？我不记得了。当我回想起那天，我只记得当派普告诉我说你是健康的，我感觉到一股松了一口气的巨大浪潮向我袭来。

“瑟伯医生，”玛琳问，“你看过夏洛特·欧基夫在怀孕第十八周时所做的超声波照片？”

“我看过了。”

“你看到什么？”

他瞄了一眼陪审团。“这张超声波的确有值得注意的地方。通常做超声波时，是透过头骨看到大脑，所以通常会有一点模糊，有一点泥灰状，那是超声波光束先碰到头骨侧边所造成的音波反射假影。然而在欧基夫太太的超声波图中，颅骨内容物非常清楚——即使那是靠近大脑半球的区域，通常是很模糊的。这表示可能有颅盖缺损的情形。颅盖缺损的原因有几种，包括骨质疏松，以及成骨不全症。所有医生有义务要检查长骨头，事实上，测量股骨长度是每次产检超声波都要做的事情。在欧基夫太太的情况里，股骨量起来也有一点短。短股骨与颅盖缺损这两种迹象结合起来，便极有可能是成骨不全症的征兆。”他让话语回荡在法庭内，“事实上，如果技术人员在做超声波时，压一下欧基夫太太的肚子，就能在屏幕上看到胎儿的头骨被挤压变形。”

我用双手捧着肚子，仿佛你还在里面。

“医生，如果欧基夫太太是你的病人，你会怎么做？”

“我会多照几张胸腔的照片——找找看有没有肋骨断裂的情形。我会测量所有的其他长骨头，以确认是不是有骨头普遍过短的情况。而且我至少会把病人转诊到更有经验的医疗中心。”

玛琳点点头。“万一我告诉你，欧基夫太太的妇产科医生都没做到这些事呢？”

“那么，”瑟伯医生说，“我会说，那名医生犯了很大的错误。”

“我的问话完毕了。”玛琳说，然后她滑进我身旁的椅子。她立刻发出一声沉重的叹息。

“怎么了？”我低声说，“他说得很好啊。”

“你有没有想过，不是只有你一个人有麻烦？”玛琳愤怒地说。

盖伊·布克站起来向那名放射医学家做交叉质询。“他们说，后见之明都是百分之百准确，是不是啊，瑟伯医生？”

“我是这么听说过。”

“您担任专家证人已有多久的时间？”

“十年了。”医生说。

“我猜，您都是义务做这些工作？”

“不，我像所有的专家证人一样，都有领酬劳。”瑟伯回答。

布克望着陪审团。“没错。现在都是钱的问题，是不是这样？”

“抗议，”玛琳说，“他真的期望证人回答这种修辞性的反问句？”

“我撤回刚刚的问题。医生，成骨不全症是否真的很罕见？”

“是的。”

“那么举例而言，一个小镇的妇产科医生可能在一辈子的职业生涯中，都不会亲眼见过任何成骨不全症的案例？”

“的确。”瑟伯回答。

“我们是否能说，只有专家才能在超声波照片中找到成骨不全症的迹象？”

“医学界里有一句老话说，听到蹄声，以为来的是马，但结果竟然是一只斑马，”瑟伯同意，“但是任何受过训练的妇产科医生都应该可以看着超声波照片而找到可疑之处。她也许无法辨视出这些可疑之处代表着什么，但是她应该要知道它们是异常的，并且了解病人的需求层次要被提高。”

“除了成骨不全症以外，是否有任何情况会在照超声波时看到脑部如此清晰的照片？”

“会致命的低磷酸酯酶症，但它真的很罕见，而且它同样需要把病人转诊到更高一级的医疗中心。”

“瑟伯医生，”布克说，“你是否在健康婴儿的身上，看到颅骨内容物特别清晰的超声波照片？”

“偶尔。如果超声波平面在显像时刚好经过一道颅缝，而不是骨头，那么大脑内部就会清楚显现。不过，我们照过许多大脑影像，观察不同的颅内结构，结果发现颅缝都非常细。传感器一次只会碰到一条颅缝，所以几乎不可能透过多重大脑照片看见多重投射影像。如果我看见一张照片显示靠近大脑丘的区地非常清楚，而其他照片不清楚，那么我会假设这张特别的照片是超声波经过颅缝时的显影。然而在这个案例中，所有的大脑照片都清楚地显示颅骨内容物。”

“那么股骨的长度呢？你是否在第十八周的超声波照片中测量到过短的股骨，结果小婴儿生出来是很健康的？”

“是的，有时候技术人员的测量可能会有些许误差，因为胎儿可能正在移动或者位置很奇怪。技术人员会测量两三次，然后取最长的测量值，但是在第十八周时测量稍微有一点点误差——我们说的是毫米——

都会让百分比往下掉很多。往往我们看到一个濒于临界点的短股骨时，它只是被过分低估了。”

布克走向他。“超声波科技虽然有这么多用处，但它还不是一门精确的科学，对吧？有些影像可能比其他影像更清楚？”

“我们看到的胎儿结构的清晰度，都是会变动的，没错。这取决于很多事情——母亲的体型，胎儿的位置。中间真的有很多模糊地带。有时候我们可能没办法看清楚胎儿的结构，但有时候我们却又能看清楚一切。”

“医生，在第十八周的超声波照片中，你是否能断然地说，这个孩子会不会有第三型成骨不全症？”

“我可以看得出胎儿的骨骼有问题。我可以看到一些迹象——例如夏洛特·欧基夫档案里记载的那些。随着怀孕周数增加，如果你看到断骨，通常你可以猜测胎儿患有第三型成骨不全症。”

“医生，如果夏洛特·欧基夫是你的病人，而你看到她第十八周超声波的结果，里面没有断骨，你是否会建议她做后续检查？”

“根据过短的股骨与颅盖缺损的事实？我当然会。”

“一旦你看到后续超声波照片上的断骨，你是否会像派普·芮斯一样：立刻把欧基夫太太转诊给更高级医疗中心的母胎医学专家？”

“会的。”

“可是你仅仅根据在第十八周照的第一张超声波，就判定欧基夫太太的胎儿患有成骨不全症？”

他踌躇了一下，说：“不会。”

艾米莉亚

有时候我很纳闷，到底什么会构成“紧急事件”？我的意思是说，学校里的每个老师都知道关于审判的事情，而且也知道我的父母不仅都参与其中，而且还对着干。整个州，甚至整个美国都知道，这全要拜报纸与电视报道所赐。当然，就算他们认为我妈妈疯了或是嗜钱如命，他们还是对我有些同情，同情我被困在中间。虽然如此，我在数学课上还是被大声呵斥，说我不专心。我明天有一个英语大考，考的是单词，九十个是我一辈子都不可能用到的单词。

为了准备考试，我替自己做了单词记忆卡。过分敏感，我写着。太太太敏感。但是那不正是重点吗？如果你很敏感，你在一开始本来就应该要把事情看得太严重，不是吗？

惊恐：害怕。用它来造句：我对于参加这个愚蠢的考试感到很惊恐。

“艾米莉亚！”

我听到你大叫，但我也知道我不需要响应。毕竟妈妈——或是玛琳——付钱给那个闻起来像樟脑丸的护士，请她照顾你。这两天我下了校车之后，都发现她在我们家。说真的，我并不怎么满意她。她本来应该跟你玩的时候，却在看肥皂剧《医院风云》。

“艾米莉亚！”你这次叫得更大声。

我本来坐在书桌旁，把椅子往后一推，大声踱步下楼。“干什么？”我质问，“我正试着用功。”

然后我看到那副景象：那位名叫瑞琪的护士吐得整个地板都是。

她靠着墙，整张脸像彩蛋般。“我想我应该回家了……”她喘着气。

我不想被传染鼠疫。

“你能不能看着薇罗，直到你妈妈回来？”她问。

我的确一辈子都在做这种事情啊。“当然，”我踌躇了一下，“不过你会先把这里清干净吧？”

“艾米莉亚！”薇罗低声地说，“她生病了。”

“我可不愿意清理这些东西。”我低声说，但是护士已经走向厨房去清理她的呕吐物。

“我必须要复习，”她走了之后，我这么说，“我去拿我的笔记和单词记忆卡。”

“不，我要上楼，”你回答，“反正我也想躺下来。”

于是我抱着你——你很轻——然后把你放在床上，旁边摆着你的助步器。你拿起了你的书，开始阅读。

检视：很小心地观察。

骨架：一个人站直的身高。

我头往后转，望了你一眼。你的体型像三岁孩子，虽然你已经六岁半了。我很好奇你能维持这种娇小的体型多久。我想到当你把金鱼放进大池子时，它们会长大。我很好奇那对你会不会有用：如果你不是待在床上，不是待在这个蠢屋子里，而是由我带领你去认识宽广的世界，那会怎么样呢？

“我可以考你。”你说。

“谢谢，但我还没有准备好。也许稍后吧。”

“你知道可米蛙是左撇子吗？”你问。

“不知道。”

消散的：消失，褪色。

逃离：从某事物逃开。我希望。

“你知道当一个墓被挖开时有多大吗？”

“薇罗，”我说，“我在看书。你可不可以闭嘴？”

“长七英尺八英寸，宽三英尺两英寸，高六英尺。”你低声说。

“薇罗！”

你坐起身。“我要去浴室。”

“很好。别迷路了，”我生气地说。我看着你小心地撑起助步器，好让你可以整个人从床上弹跃起来。通常妈妈都会陪你走到浴室——或者该说是抱着你——然后你会想要隐私，于是把她赶出来，关上门。“你需要帮忙吗？”我问。

“不需要帮忙，只要一些胶原蛋白。”你说。我几乎笑出来。

没多久，我听到浴室门锁上的声音。谨慎的，虔诚的，歼灭。想睡的，致命的，消退。如果我们单纯说出我们真正的意思，而不是老是使用这些过分填塞的音节，世界将会是个比较轻松容易的地方。这些词，阻碍了我们的路。我们感觉最实在的事情——例如让一个男孩碰触你、仿佛你是光做的一般，或者成为房里唯一不受注意的人——这些事情都不是句子。它们是我们身体的树结，是我们血液倒流的地方。如果你问我（从来没有人问过我），我会说，唯一值得说的话就是我很抱歉。

我努力读完了第十三课和第十四课——迂回的，惊骇的，生锈的——然后我低头看着表。现在才三点。“薇罗，”我说，“妈妈说她什么时候会回来？”然后我才想起来你并不在房间里。

整整十五或二十分钟，你都不在房间里。

没有人上厕所上那么久的。

我的脉搏开始加速。我是否过分专注于仲裁调停这个词的定义，而没听到你跌倒的声音？我跑向浴室门边，猛力旋转门把。“薇罗，你没事吧？”

你没有回应。

有时候我很纳闷，到底什么会构成紧急事件？

我踹开了门。

西恩

法院里自动贩卖机掉出来的杯汤，看起来和尝起来都像咖啡。这是我今天喝掉的第三杯，但我还是不确定自己到底在喝什么。

我找到一个可以躲藏的房间，我坐在窗边——这是我在开庭第二天的最大成就。我本来计划坐在大厅里，直到盖伊·布克需要我——但是我没料到有媒体。没有挤进法庭的媒体很快就猜出我是谁，逼得我只好后退，低声说着不予置评。

我穿梭在法庭走廊的迷宫里，试了每个门把，直到找到一间打开的房间。我不晓得这个房间平常作什么用途，但它的位置几乎在夏洛特所处的法庭正上方。

我并不真的相信心电感应那些狗屁东西，但此刻我希望她能感觉到我就在这上面。我更希望那是件好事。

这是我的秘密：尽管我已经叛逃到另一边，尽管我的婚姻已经触礁，一部分的我仍好奇着如果夏洛特赢了会发生什么事。

有了足够的钱，我们今年夏天可以送你去参加夏令营，这样你就可以认识其他和你一样的孩子。

有了足够的钱，我们可以买一辆新的休旅车，而不是用口水和糨糊来修补那辆七年的老车。

有了足够的钱，我们可以付清为了支付日渐累积的保健费而欠下的信用卡债及二胎房贷。

有了足够的钱，我可以带夏洛特出去过一夜，再度和她谈恋爱。

我真的相信，我们成功的代价，不该让我们赔上一个好朋友。但是万一我们私底下和派普没有交情，只是业务上的往来呢？如果是不一样的医生，我是否会支持这个案子，对抗那个医生呢？我之所以反对这项诉讼，究竟是因为牵扯到派普——或者我反对的是整件官司？

有这么多事情是我们没有被告知的：

你的肋骨断掉，而我除了抱着你，什么都帮不上忙。那种感觉真是难受。

看到你注视着你姐姐溜冰的神情，那种感觉多么令我心痛。

就连要帮助你的人，都必须先造成你的痛苦，然后才能帮你：帮你重新接骨的医生，帮你塑造脚部支架的人，必须先让你穿戴着支架、磨出水泡，然后才知道要如何修正。

你的骨头不是唯一会破裂的东西。我的财务状况，我的未来，我的婚姻，在这些年来都出现我们看不见的、像发丝般的裂缝。

突然间，我想听到你的声音。我拿出手机，开始拨号，但只听到电池没电时的吵闹哔哔声。我低头望着手机。我可以走出去到车子上去拿充电器，但是那意味着我必须再度跑进媒体的枪林弹雨中。当我正在权衡着利益得失时，通往我藏匿地点的门打开了，些许的声响从走廊上窜进来，后面随即出现派普·芮斯的身影。

“你必须另外去找到你自己的躲藏之处。”我说。她吓了一跳。

“你吓死我了，”派普说，“你怎么知道我想藏起来？”

“因为那是我在这里的原因。你不是应该在法庭里吗？”

“我们暂时休庭。”

我犹豫了一下，然后我想反正我也没什么损失。“法庭里的状况如何？”

派普张开嘴，仿佛她想要回答，但又随即闭上。“我让你继续打电话。”她喃喃地说，手放在门把上。

“没电了。”我说，于是她转过身来。“我的手机。”

她交叠双臂。“你还记得手机还没出现的年代吗？还记得当时我们不需要听到每个人的谈话？”

“有时事情保持私密一点会比较好。”我说。

派普迎向我的目光。“里面糟透了，”她承认，“最后一个证人是精算师，他根据薇罗的预估寿命，计算了薇罗医疗照护的自付费用及总费用。”

“他说了什么？”

“每年三万美元。”

“不是，”我说，“我是说，她会活多久？”

派普犹豫了一下。“我不喜欢用数字来思考薇罗的事。仿佛她已经是个统计数字似的。”

“派普。”

“她当然会有正常的寿命。”派普说。

“但不会有正常的生活。”我说。

派普靠着墙。我没有把灯打开——反正我不想让任何人知道我在这里——在阴影中，她的脸看起来皱纹加深且疲惫。“昨天晚上我梦到我们第一次邀你来吃晚餐——让你和夏洛特见面。”

我可以想起那个晚上，仿佛昨天。我在去派普家的路上迷路了，因为我很紧张。最明显的原因是，我从来没有在开了某人超速罚单之后受邀到对方家里，而且我本来根本不会去的，但是在我把派普的车子拦下来（派普在限速每小时三十英里的道路上将车开到时速五十英里）的前一天，我去我最好朋友的家里——也是一名警察——结果发现我女朋友在他床上。一星期后，派普打电话到警局来邀请我，我觉得反正也没有什么好损失的。当时很冲动，很愚蠢，出于被女友及好友背叛的绝望而答应派普的邀约。

当我到了派普家，被介绍给夏洛特认识，她伸出手来让我握，我们的掌心碰撞出一道小火花，把我们两人都吓了一跳。大人们坐在餐桌旁时，两个小女孩在客厅吃饭。派普切给我一块夏洛特做的焦糖核桃果仁蛋糕。“你认为如何？”夏洛特问。

果仁蛋糕的内馅仍然微热且甜美，派皮像记忆般在我舌头上融化。“我想我们应该结婚。”我说。每个人都大笑，但我并不是完全在开玩笑。

我们聊起了各自的初吻。派普说了一个故事，有个男孩引诱她到体育馆后方的林子里，骗她说那里的一棵白蜡树后面有一只独角兽。罗伯说，一名七年级的女生付给他五块钱，只为了练习接吻技巧。结果，夏洛特说她直到十八岁才有了初吻。“我不相信。”我说。

“你呢，西恩？”罗伯问。

“我记不得了。”到这时候，我满脑子都只有夏洛特。我可以告诉你，在桌子底下，我们的腿只相隔几英寸而已。我可以告诉你，她的卷发是如何映照着烛光。我不记得我的初吻，但可以告诉你，除了夏洛特，我不会再亲吻别人了。

“记得我们让艾米莉亚和埃玛在客厅里自己玩吗？”此刻的派普说，“当时我们几个大人聊得太高兴，都忘了要去查看她们一下。”

突然间，我可以看到那副景象——我们所有人都挤进楼下那间小浴室里，罗伯对着女儿埃玛大喊，而埃玛正指挥着艾米莉亚帮她把干狗食倒进马桶里。

派普开始大笑。“埃玛一直说她只倒了一杯。”

但那些干狗食吸了水之后膨胀，塞满整个马桶。事实上，它在短时间内便不受控制，这现象还真是奇特啊。

派普站在我身边，她的笑声转了个弯，情绪跨了界，她突然哭了起来。“天啊，西恩，我们怎么会变成这样？”

我尴尬地站在那里，然后过了一会儿，我用一只手揽着她。“没关系。”

“不，有关系，”派普哭泣着。她的脸埋在我的肩膀上，“我这一生从来没有当过坏人。但是每次我一走进法庭，我就是坏人。”

我以前拥抱过派普·芮斯。那是已婚夫妇的礼貌性拥抱——你去某人家里时，把一瓶酒当作礼物交给主人，然后在女主人的脸颊上亲一下。也许我隐约感觉到派普比夏洛特高，她闻起来有陌生的香水味，而不是夏洛特的水蜜桃肥皂和香草精的香味。无论如何，那种拥抱是两人的肢体构成三角形：你们的脸颊相碰，可是身体却远离彼此。

但此刻派普的身子贴着我，她温热的眼泪沾在我颈间。我可以感觉到她身体的弧度和重量。我知道当下她也意识到我的身体。

接下来，她亲吻我，也许是我亲吻她，她尝起来像樱桃，我双眼闭上，但是我脑海中所看到的却只有夏洛特。

我们两个都互推开彼此，移开目光。派普把双手贴在脸颊上。我这一生从来没有当过坏人，她刚刚才说过。

凡事都有第一次。

“我很抱歉。”我说，派普也同时开口说话。

“我不应该……”

“刚刚那件事并没有发生，”我打断她，“我们就说，刚刚那件事并没有发生，对吧？”

派普悲伤地抬起头看着我。“西恩，就因为你不想看见某件事，并不表示它不存在。”

我不知道我们所说的是此刻，或是这件官司，或是两者。我有一千件事想对派普说，一切都是在道歉中开始与结束，但是从我嘴唇滚落的话却是，“我爱夏洛特，”我说，“我爱我太太。”

“我知道，”派普低声说，“我也爱她。”

夏洛特

那部拍摄了你一天生活的电影，是玛琳提供给陪审团的最后一道证据。它是感性的诉求，和刚刚那名精算师提供的残酷事实（有关在这个国家抚养一名身障孩童的费用）相辅相成。自从那个拍摄小组跟着你去学校至今，仿佛已经过了几个世纪。说真的，我曾经很担心结果。万一陪审团看了我们的日常生活，而不认为它和别人的生活有显著不同呢？

玛琳告诉我，她的工作是确认呈现结果对我们有利。当最初的几个画面投射到法庭的屏幕上，我就明白我根本不需要担心。剪辑是一件不可思议的事。

影片先从你的脸部开始，你的脸倒映在你正望穿的窗户玻璃上。你没有说话，但你不需要说话。你的眼中有一辈子的渴望。

镜头带往窗外，拍摄你姐姐在池塘上溜冰的画面。接着出现一首歌的前几句歌词，画面则是我在你上学之前跪下来帮你穿戴矫正器，因为你没办法自己弯下身来穿。过一会儿，我听出那首歌——《我希望你跳舞》。

我夹克口袋里的手机开始振动。

我们不允许在法庭中开手机，但是我告诉玛琳说我必须随时待命，以防万一——在这件事情上，我们达成折中妥协。我把手伸进口袋里，看看屏幕上的来电显示。

家，屏幕上显示。

在投影屏幕上，你正在上课，同学们像一群鱼般围绕着你，做着蜘蛛舞的动作，而你则坐在轮椅里不动。

“玛琳。”我低声说。

“现在先别说。”

“玛琳，我的电话响了……”

她向我靠过来。“如果你现在接起电话，而不是观看影片，陪审团会觉得你很无情，而把你钉上十字架。”

于是我把双手放下，变得愈来愈焦躁。也许陪审团以为我是因为不忍心看这部影片。手机停止振动，但没过一会儿又开始。在屏幕上，我看到你正在做复健，咬着下唇，走向一个厚垫。手机再度振动，我从喉头后方发出一个小小声响。

万一是你又跌倒了呢？万一护士不知道该怎么做呢？万一是比单纯骨折更糟的事呢？

我听到身后有一些啜泣的声音，有人打开皮包翻找着面纸。我可以看到陪审团被你的话语及你精灵般的脸庞所感动。

手机再度振动，我全身流窜着一股电流。这次我把它从口袋里拿出来，看着短信栏。我把手机藏在桌子底下，把盖板翻开。

薇罗受伤——救命！

“我必须离开这里。”我低声对玛琳说。

“再过十五分钟……我们现在绝对不能休庭。”

我再度抬头望了一眼屏幕，我的心怦怦跳。受伤？怎么受伤？为什么护士没有处理？

你正坐在厚垫上，双脚像青蛙的姿势。你头上垂挂着一个红色拉环。你伸手抓拉环时，脸部抽搐着。我们现在可不可以停了？

别这样，薇罗，我知道你很坚强……把你的手指绕在拉环上，然后用力一抓。

你为了莫莉而尝试。但是眼泪从你眼里流下来，从你嘴巴发出的声音是一声尖锐的哭求。拜托，莫莉……我可以停了吗？

手机再度振动。我用一只手盖住它。

接下来是我和你一起在厚垫上的画面，我把你抱在怀里，摇晃着你，告诉你说我会让一切好转。

如果我更留意法庭里发生的情形，我会注意到陪审团的每个女士都在哭，几位男士也是。我会看到法庭后面的摄像机正在拍摄晚间新闻将播放的画面。我会看到盖勒法官闭上眼睛，摇着头。然而，当屏幕一变成黑色的，我便冲出法庭。

我可以感觉到，当我跑上法庭走道，然后冲出双扇门时，每个人都盯着我看。他们可能以为我是情绪崩溃，或不忍心看着屏幕上的你。我一经过驻守在外头的法警身边，便按下手机的回拨键。“艾米莉亚，怎么了？”

“她在流血，”艾米莉亚歇斯底里地哭叫，“到处都是血，她动也不动，而且……”

突然间，一个陌生的声音出现在电话里。“您是欧基夫太太吗？”

“是的？”

“我是海尔陈，我是一名急救小组成员……”

“我女儿发生什么事？”

“她大量失血，我们目前只知道这样。您能和我们在朴次茅斯地方医院会合吗？”

我不知道我究竟有没有说好。我并没有试着告诉玛琳。我只是拔腿就跑——跑过大厅，冲出法庭大门。我推开那些记者，他们全无预警，然后及时回过神来，将摄像机对焦，把麦克风指向逃离这场审判、奔向你的女人。

艾米莉亚

当我年纪真的很小的时候，每次夜里狂风大作，我都会睡不着。爸爸会进来告诉我说，房子不是稻草做的，而是砖造的，而且就像三只小猪所知道的一样，什么事情都无法把它推到。但三只小猪不晓得的是：大灰狼只是它们问题的开端。最大的问题早就已经在屋子里，而且看不见。它不像氡气或一氧化碳，但就像三种截然不同的个性塞在一个小小的空间里。别告诉我，那只偷懒小猪——只用稻草盖屋的小猪——真的可以和做事谨慎、用砖造物的小猪处得好。我可不这么认为。我敢打赌，如果那个童话故事再多延续十页的篇幅，那么三只小猪肯定会互相大打出手，而那间砖造的房子最后还是会爆炸。

当我用忍者踢把浴室门踹开时，门比我所预期的更容易踢开，但话说回来，房子很老旧，门框本来就破裂了。你就在眼前，但我却看不见你。浴室里满是鲜血，我怎么看得见你？

我开始尖叫，然后我跑进浴室，捧起你的脸颊。“薇罗，醒醒。醒醒！”

没有用。但是你的手臂动了一下，从你手中掉出我的刀片。

我的心跳开始加速。你前天晚上看过我割自己，当时我很生气，我想不起我是否把刀片藏回原来的位置。万一你是模仿你看到的情景呢？

这表示一切都是我的错。

你的手腕上有伤口。这时候，我已经歇斯底里地哭起来。我不知道我是否该用一条毛巾包裹着你，试图止血，或是叫救护车，或打电话给妈妈。

我三件事都做了。

当消防队员和救护车一起抵达时，他们冲上楼，满是泥巴的靴子踩在地毯上。“小心，”我大叫，我徘徊在浴室门边，“她有易碎骨质。如果你们移动她，她会骨折。”

“如果我们不移动她，她会失血过多。”其中一名消防队员低声地说。

其中一名急救队员站起来，挡住我的视线。“告诉我发生什么事。”

我哭得很惨，眼睛几乎肿得睁不开来。“我不知道。我在我房间里念书。本来有一个护士，但是她回家了。薇罗……她……”我鼻涕直流，我的话吞吞吐吐，“她在浴室里待了很久。”

“多久？”那名消防队员问。

“也许十分钟……或者五分钟？”

“到底多久？”

“我不知道，”我哭泣。“我不知道。”

“她从哪里拿到的刀片？”消防队员问。

我用力吞了一口口水，然后逼我自己迎向他的目光。“我不知道。”我说谎。

莓馅蛋糕：一层式的蛋糕，面糊里夹有莓类

当你得不到你想要的，你必须想想你已经拥有的。这是当初殖民时期的人士踏上美洲这块土地所学到的最初几件事情之一。当时他们发现没办法做出他们在英国所钟爱的乳脂松糕和蒸布丁，因为美洲不存在着所需要的食材。这个认识引发一连串发明。新移民使用当季的水果和莓类来制作快餐，当作早餐，甚至是主菜。有一本书是关于新发明的食物的名称，比如“咕哝”是烹煮水果的声音，但有些奇怪的名字却从未被解释。

例如，莓馅蛋糕。

也许是因为它的顶端像奶油糖粉碎顶，因此它看起来有碎片。但为何不直接叫它“脆饼”？它其实更像脆饼啊？

当一切都不顺利的时候，我就会做莓馅蛋糕。我想象有些苦恼的殖民时期妇女弯身伏在火炉的一个平底锅上，眼泪滴进面糊里——那是我想象这个名字的由来。松垮，指的是你松懈退让的时刻，因为当你做莓馅蛋糕时，不可能会搞砸。不像做馅饼或派，你不必担心要把材料弄对或是把面团混合至均匀。这是给烘焙白痴做的甜点；当身边的一切都碎成片片时，这是你可以着手的地方。

蓝莓水蜜桃蛋糕

馅料

$\frac{1}{3}$杯未加盐的奶油，切成小片

$\frac{1}{2}$杯红糖

$\frac{1}{4}$杯面粉

1茶匙肉桂

1茶匙新鲜的姜，削皮磨碎

面糊

1$\frac{1}{2}$杯面粉

$\frac{1}{2}$茶匙烘焙粉

少许盐

$\frac{3}{4}$杯未加盐的奶油，维持在室温

$\frac{3}{4}$杯黑糖

1茶匙香草精

3个大蛋

2至3杯野生蓝莓（如果找不到新鲜的，可用冷冻的替代）

2个成熟的水蜜桃，削皮，去核，切片

在一个长宽皆八英寸的平底锅里涂上奶油与面粉，烤箱预热至一百八十摄氏度。

首先，制作覆料：在一个小碗里，混合奶油、红糖、面粉、肉桂、姜，直到像未过筛的粗磨粉。放置在一旁。

然后，将面粉、烘焙粉和盐一起过筛，制作面糊。也把这份混合物放置在一旁。

用搅拌器混合奶油和红糖，直到变稠且柔软（三至四分钟）。加入香草精。把蛋打进面糊里，一次一个蛋，直到混合均匀。倒进莓类与水蜜桃。把面糊倒进准备好的平底烤盘里，把覆料覆盖在面糊上。烤四十五分钟，或者直到面糊不黏测试的小刀，而且表面呈金黄。

夏洛特

我想，的确有“太爱一个人”这种事情。

你把某人放上一个坐台，顿时间，从那个角度，你注意到哪里不对劲——头发乱了，袜子抽丝了，骨头断了。你花费所有的时间和精力来修正，但到头来，你自己却分崩离析。你甚至不知道自己看起来是什么样，或者你已颓废到什么程度，因为你关注的只有别人。

这不是借口，但这是我所能给你的唯一理由，来解释为什么我会发现自己站在你床边。你的手腕绑着绷带，医生们必须压住那里的伤口来止血。当你的心脏停止时，他们替你做心肺复苏术，所以你的肋骨断了。

我已经很习惯听到你弄断骨头、需要手术，或将穿戴矫正器的消息。但是今天从医生嘴巴里说出的话，是我从来没想到的：失血，自残，自杀。

一个六岁的小女孩怎么可能会想自杀？这是唯一引起我注意的方式吗？如果是，那么你已经成功了。

更别提我的后悔，令我难以招架的后悔。

薇罗，这一次我只是想要你知道你对我有多重要，我会尽我一切可能来给你最好的生活……结果你根本不想要那种生活。

“我不相信，”我惊恐地低语。你还在睡，他们替你注射了安眠药，让你今晚好好休息。“我不相信你想死。”

我的手滑下你的手臂，直到我的手指滑过你手腕上包扎着伤口的地方。“我爱你，”我说。我的声音因为泪水而空洞无力，“我这么爱你，我都不晓得没有你的话，我会是谁。即使要用我的一生来证明，我也要让你知道为什么你的生命对我意义非凡。”

我会赢得这场官司，有了这笔钱，我要带你去看残奥会。我会买一部运动轮椅给你，还有一只服看护犬。我会带你飞越半个世界，介绍你认识和你一样的人，他们战胜困境，成就超出任何人的期望。我会向你证明，与众不同并不是死刑，而是光荣迎向战场。是的，你会持续打破：不是打破骨头，而是打破障碍。

你的手指勾着我的手指，你的眼睛慢慢张开。“嘿，妈咪。”你低声地说。

“噢，薇罗，”此刻我已放声大哭，“你把我吓死了。”

“我很抱歉。”

我举起你没受伤的那只手，然后在你手里吻了一下，让你可以像握着糖果般握着它，直到它融化。“不，”我低声说，“该抱歉的人是我。”

西恩在你房间角落的一张椅子上睡觉，他被吵醒。当他看见你醒来，他的整个脸都亮起来。“嘿，”他说。他在床的另一边坐下，“我的小女儿还好吗？”他将你脸上的头发拨开。

“妈？”你问。

“什么事？宝贝？”

这时候你笑起来了。这是我好一阵子以来第一次看到你真正的笑容。“你们两个都在这里。”你说，仿佛那是你一直以来所希冀的。

我让西恩留下来陪你。我到楼下大厅去回电给玛琳，她已经在我语音信箱里留了好多简讯。“时候也差不多了，”她生气地说，“这里有一则新消息，夏洛特，你不能在审判到一半时就离开，尤其是没有告诉你的律师说你究竟要去哪里。你知道当法官问我的委托人在哪里而我答不出来时，我看起来有多愚蠢？”

“我必须赶到医院。”

“为了薇罗？她这次又跌断什么了？”玛琳问。

“她割伤自己。她大量失血，而且医生在替她急救时不得不弄断她一些骨头，但她会没事的。她今晚要留在医院里观察情况。”我深吸一口气，“玛琳，我明天不能出庭。我必须陪她。”

“一天，”玛琳说，“我可以申请休庭一天。还有……夏洛特，我很高兴薇罗没事。”

我吐了一口气。“我不知道如果没有她，我该怎么办。”

玛琳静默了一会儿。“你最好别让盖伊·布克听到这句话。”她说完便挂上电话。

我不想回家，因为回到家，我就会看到鲜血。我想象鲜血到处都是——在浴帘上，在瓷砖地板上，在浴缸的滤水口。我想象自己用一瓶漂白剂和一条湿毛巾，必须把血水拧到水槽里数十次。我的双手胀痛，双眼灼热。我想象水变成粉红色，而且经过三十分钟不停清理，我仍然闻得到失去你的恐惧。

艾米莉亚在楼下的自助餐厅，我让她留在那里喝一杯热可可和吃一大盘薯条。“嘿。”我说。

她从椅子上站起来一半。“薇罗是不是……”

“她刚醒来。”

艾米莉亚看起来像快晕倒了，我不怪她——她陪着你进来，她叫了救护车。“她有没有说什么？”

“说得不多。”我把手伸过去盖着她的手，“你今天救了她。我不知道该说什么，才能让你了解我多么感激你。”

“我不会让她流血致死的。”她说。但是她在颤抖。

“你想见她吗？”

“我……我不知道我行不行。我一直想到她在浴室里的画面……”

她的身子向内蜷缩，少女们惯有的动作，就像蕨类植物一样。“妈，如果薇罗死了，会发生什么事？”

“别想这种事，艾米莉亚。”

“我不是说现在……不是今天。我的意思，例如，几年前。当她刚出生时。”她抬头看着我，我明白她不想让我难过，她正在诚实地问自己，如果不是因为有一个严重身障妹妹而老是没得到注意，那么她的人生会是什么样？

“我不能告诉你，艾米莉亚，”我诚实地说，“我只是真的真的很高兴她没死掉。那个时候没死，今天则是多亏了你而没死。我非常需要你们两个。”

当我站起来，等着艾米莉亚把剩下的薯条倒掉时，我很好奇我们带你去看的那名心理医生是否会告诉我说我已经摧毁了你，而且无可复原。我很好奇，你割腕的原因，是不是因为尽管你知道所有的词汇，却不晓得用什么话来叫我闭嘴。我很好奇你是否知道，割腕是离开人世的方法之一。

艾米莉亚仿佛读懂了我的心思，她开口说：“妈，我不认为薇罗想自杀。”

“你为什么会这么说？”

“因为她知道，”艾米莉亚说。她跟上我的脚步，走在我旁边，“只有她能让我们全家凝聚在一起。”

艾米莉亚

等到你醒来三小时后，爸妈到走廊上去和医生谈话，我才有机会和你独处。你望着我，因为你知道我们独处的时间不会很久，很快又会有旁人出现。“别担心，”你说，“我不会告诉任何人那是你的。”

我双腿一软，几乎要跪下来。我必须撑着病床侧边的围栏。“你在想什么？”我说。

“我只是想知道那是什么感觉，”你说，“当我看到你……”

“你不应该这么做。”

“为什么？你那时看上去……我不晓得……很高兴。”

有一次上自然课，老师说了一个故事，一个女人进医院，因为她不吃任何东西，一口都不吃，结果医生开刀之后才发现她体内有一团像胃的形状及大小一样的毛发。后来她丈夫提到，没错，他曾看到她偶尔会嚼头发，但他从来没想过会如此失控。那就是我此刻的感受：我的胃生病了，装满了已经这么根深蒂固的习惯，所以我甚至再也无法吞进东西了。

“用这种方法来得到快乐，实在很蠢。我之所以这么做，是因为我没办法用正常的方式得到快乐。”我摇摇头。“薇罗，我看着你承受这么多麻烦事，但你从不让它们击倒。而我，我居然无法满足于我生命中所有的好东西。我真可悲。”

“我不觉得你可悲。”

“噢，真的吗？”我大笑，但不带任何幽默。我的笑声听起来像纸板一样扁平，“那么我是什么？”

“你是我的姐姐。”你只是这么回答。

我听见门打开了一道缝，爸爸正在向医生道谢。我很快地把眼泪擦干。“别试着模仿我，薇罗，”我说，“因为我只不过是试着像你一样。”

然后妈妈走进来，还有爸爸。他们轮流注视着你和我的脸。“你们两个在聊什么？”爸爸问。

我们并没有彼此互望。“没什么。”我们异口同声。

派普

“我今天不必出庭。”我说。当我放下电话面向罗伯时，仍然觉得头晕目眩。

他的叉子停在盘子上方的半空中。“你的意思是说，她终于清醒，撤回起诉了？”

“不，”我坐到埃玛身边，她正推移着盘子里的中国菜。我纳闷着该在她面前说多少，后来我决定，如果她年纪大到足以面对这项诉讼，她也可以聆听真相。“是薇罗。她用刀片割伤自己，显然很严重。”

罗伯的餐具掉在盘子上。“天啊，”他低声地说，“她打算自杀？”

说真的，在罗伯说这句话之前，我压根儿没想过会是这样。你才六岁半啊，我的天。像你这样年纪的女孩应该幻想着小马或帅哥偶像，而不是试图自杀。但话说回来，发生的这一切，理论上都是不该发生的：大黄蜂本来不该飞行，鲑鱼不该洄游。小婴儿不该生下来就没有骨头、无法支撑体重。最好的朋友不该拔刀相向。

“你不会真的认为——噢，罗伯。噢，天啊。”

“她会没事吧？”埃玛说。

“我不知道，”我承认，“我希望。”

“如果这件事不能让夏洛特认识到什么是最重要的，”罗伯说，“我不知道还有什么事情可以。我不记得薇罗曾经有任何抱怨。”

“一年的时间，很多事情都会改变。”我指出。

“尤其当她的妈妈忙着打官司挣钱时，根本没时间关注孩子……”

“够了。”我喃喃地说。

“别告诉我你还想替那个女人说话。”

“那个女人曾经是我最好的朋友。”

“曾经是，派普。”罗伯重复。

埃玛把餐巾往桌上一丢。这是个征兆。“我知道她为什么那么做。”她低声地说。

我们两个都立刻面向她。

埃玛几乎惨白，眼睛泛着泪光。“我知道朋友应该互相帮助，但我们再也不真的是朋友了……”

“你和薇罗？”

她摇摇头。“我和艾米莉亚。有一次我在女生厕所看到她。她用汽水的拉环割自己的手腕。她没有看见我，我转身跑走了。我本来想告诉某人——你们或是学校辅导老师——但是后来我有点希望她死掉。我想也许她妈妈活该，你们知道的，谁叫她要告我们。但是我不想——我从来都不希望薇罗……”她崩溃大哭，“每个人都这么做——割伤自己。我以为那只是她经历的某件事，就像她以前会催吐一样。”

“她什么？”

“她不知道其实我是知道的。当我去她家过夜时，我听见她在浴室催吐的声音。她以为我睡着了，但是她会走进浴室，催吐她自己……”

“可是她后来就不催吐了吗？”

埃玛抬头望着我。“我不记得了，”她声音很微弱，“我想是吧，但也许我是因为没和她来往，所以没看到。”

“她的牙齿，”罗伯说，“当我把她的牙套拿下来时，珐琅质都被侵蚀了。我们通常都把原因归诸汽水……或饮食失调。”

当我还在看诊时，我碰到一个患有暴食症的怀孕病人。我好不容易说服她为了胎儿健康要停止催吐，她却开始割腕。我征询过心理医生，发现这两种行为都是相伴发生的。暴食症和厌食症不一样。厌食症病患的心理是想要永远保持完美，而暴食症通常是根源于自我痛恨。讽刺的是，割伤自己是伤害自己却又不杀死自己的一种方式。这是人在无力控制其他事物时的应付机制，而且就像狂饮之后狂吐一样，它会变成一个难堪的小秘密，病患会因为没有成为自己心目中期许的样子，而对自己更加愤怒，形成恶性循环。

我只能开始想象生活在那个家庭里会是什么样子。在她们家里所隐藏的一个信息是——没有达到父母期望标准的女儿就不应该存在。

这可能是一个巧合，埃玛可能刚好看到艾米莉亚试着伤害自己的唯一一次。罗伯的诊断可能错了。但是如果这些信号出现，而且我也注意到，难道我没有提供信息的责任吗?

毕竟——这是这整场官司的重点。

“如果是埃玛，”罗伯平静地说，“难道你不会想知道吗?”

我朝他眨眨眼。“你不会真的认为，如果我告诉她说她女儿有麻烦，她会认真听我说话吧?”

罗伯歪着头。“也许那正是为什么你必须试试。”

当我开车经过班克顿镇，我整理出我对于艾米莉亚·欧基夫所知道的一切:

她穿七号的鞋子。

她不喜欢黑色喉糖。

她能像天使般溜冰，看起来仿佛轻而易举。

她很坚强。有一次在一场溜冰表演中，她的袜子有个破洞，碎木片把她的脚跟磨出血来，她依然撑完全场表演。

她知道《女巫》音乐剧原声带的所有歌词。

她会收拾自己的盘子，而埃玛总是需要我提醒才会去做。

她轻而易举地就能融入我们家的生活，以至于当她们年纪还小时，埃玛和艾米莉亚常常被大部分的小学老师称为双胞胎。她们会借穿彼此的衣服，她们模仿彼此的发型，她们在对方家里过夜时，会挤在同一张狭窄单人床上。

也许我因为把艾米莉亚当作埃玛的延伸，所以感到愧疚。我只了解她十件事实，并不能算是专家，但是这十件事情是她父母此刻无暇顾及的。

直到我停在医院入口车道上，我才明白自己究竟开往何处。警卫亭的警卫等着我摇下车窗。“我是医生。”我说。这不算说谎。于是他挥手示意我开往停车场。

基本上，我以前在这里还有一些特权。我和这里的妇产科职员很熟，甚至可以受邀参加他们的圣诞节派对。但此刻医院是如此陌生，以至于当我走过自动玻璃门时，我几乎对那些气味很感冒：工业用清洁剂和失落的希望。我可能还没有准备好面对真正的病人，但是那并不表示我不能假装要去治疗病患。于是我换上专业医生的神情，走向一位穿着粉红色工作服的年长志工。“我是芮斯医生，我是来这里做咨询……我需要薇罗·欧基夫的病房号码。”

因为已经过了探病时间，因为我并没有穿医生白袍，所以我被小儿科柜台的护士阻挡下来。她们都是新面孔，这刚好对我有利。当然，我知道薇罗的成骨不全症主治大夫的名字。“儿童医院的罗森布雷德医生要我来检查一下薇罗·欧基夫的情况，”我用严肃认真的语调说话，这种语调通常能让护士不再起疑。“X光片放在病房门外吗？”

“是的，”一名护士说，“你要我们把舒拉亚医生召回医院吗？”

“舒拉亚医生？”

“她的主治医生啊？”

“噢，”我说，“不用了。我只会待几分钟。”然后我走向走廊，仿佛我有一千件事情要做。

通往你病房的门微开，灯光很暗。你在床上睡着，夏洛特则睡在你旁边的椅子上。她手里拿着一本书：《一百万零一件你不知道的事》。

除了你原本的腿部夹板之外，你的手臂上了新的夹板。绷带紧紧包着你的肋骨。就算不看你的扫描图，我也能猜出他们在帮你急救时造成了哪些伤害。

我轻轻地弯下身，亲吻你的头顶。然后我把夏洛特手中的那本书抽出来，放在床边柜子上。我已经知道她不会醒过来——她睡得很沉。西恩总是说她打呼声像个码头工人，虽然有几次一起做家庭旅行时我们必须睡在一起，但我只注意到她睡着时发出一种轻柔的飒飒声。我一直很好奇，是否因为她和西恩在一起时比较自在，所以放声打呼，或是因为西恩不像我一样了解她。

她说着梦话，变换姿势，我则像看到车灯的鹿一样静止不动。此刻我身在此处，不知道会发生什么事。我是否以为夏洛特不会睡在你旁边？当我说我替你担心时，她会敞开双臂欢迎我吗？也许我大老远开车到这里来的理由，是因为我必须亲眼见到你一切无恙，哪怕只看一眼。也许当夏洛特醒来时，她会闻到我的香水味，而纳闷她是否梦见我。也许她会记得她睡着时手上拿着书，因而纳闷着谁会替她把书放好。

“你，”我低声说，“会没事的。”

当我走在医院走廊上时，我才明白我刚刚是在对我们三个人说话。

西恩

出乎我意外，盖伊·布克在晚间九点过后出现，告诉我说法官同意休庭一天——所以我明天早上不必出庭作证。

“那太好了，因为她还在医院里，”我告诉他，“夏洛特在那里陪她。我则带艾米莉亚回家。”

“艾米莉亚还好吗？”

“她应付得还算好。她是个斗士。”

“我知道接到那通电话实在太糟了。但你应该知道这对我们的案子多有利。”他说，“我们来不及说这场官司让她想自杀，但话说回来，如果她今天死掉……”他突然止住话，但那是因为我抓住他的衣领，把他压在墙壁上。

“把你的话说完。”我低吼着。

鲜血从布克的脸上滴下来。

“你会说，如果她死掉，就不会有任何理赔，是不是？你这个混蛋。”

“如果你这么想，那么陪审团也会这么想，”布克喘着气，“就这样。”

我放开他，让他滑落在地上，然后转过身。“滚出我家。”

他够聪明，不发一语地走出大门，但不到一分钟，门铃又响了。“我叫你滚蛋。”我说。但站在前廊上的并不是盖伊·布克，而是派普。

“我……我会马上走……”

我摇摇头。“我以为是别人。”

在法庭里亲吻的画面浮现在我们之间，让我们两人都各自后退一步。“我必须跟你谈谈，西恩。”派普说。

“我告诉过你，请忘记……”

“这不是关于今天下午发生的事。这是关于你女儿，”派普说，“我想，她得了暴食症。”

“不，她得的是成骨不全症。”

“你还有另一个女儿啊，西恩。我说的是艾米莉亚。”

我们说话时，大门是敞开的，我们两个都冷得发抖。我往后退一步，让派普走进屋内。她不自在地站在玄关。“艾米莉亚没有什么不对劲。”我说。

“暴食症是一种饮食失调。通常这种病患都会隐瞒行为。埃玛曾经听到艾米莉亚在半夜里催吐。上次艾米莉亚去罗伯的诊所做牙齿矫正时，也注意到她牙齿后面的珐琅质都被侵蚀了——那可能是重复催吐所造成的。听着，你可以恨我提起这件事，尤其我们目前是这样的处境，但我宁愿挽救艾米莉亚的生命，也不想错失机会。”

我抬头望着楼梯。艾米莉亚正在淋浴，或者至少她应该在淋浴。她不愿意使用和你共享的那间浴室，而是使用主卧室里的那间浴室。虽然我已经把你那天发生意外的证据都清干净了，艾米莉亚说她还是吓坏了。

身为警察，有时候我必须考虑你的隐私权与亲职责任之间的界线。我看过很多孩子外表看起来干净乖巧，后来却因偷窃或破坏公物而被逮捕，所以我知道人们永远不会是你以为的样子——尤其当他们刚好介于十三到十八岁之间。我并没有告诉夏洛特，但是有时候我会搜查艾米莉亚的抽屉，看她藏匿什么。我从来没发现任何可疑之物。但话说回来，我之前找到的都是药物或酒精——我从来没有想过要寻找饮食失调的迹象。更何况我也不知道要寻找什么迹象。“她并不是瘦得像皮包骨啊，”我说，“也许埃玛搞错了。”

“暴食症病患不会让自己饿肚子。他们会狂吃一顿，然后吐掉。他们的体重不会减少。还有一件事，西恩。在学校的女厕里，埃玛看见艾米莉亚割伤自己的手腕。”

“割伤？”我重复。

“就像用刀片割伤一样，”派普回答。突然间，我明白了。“去和她谈谈吧，西恩。”

“我要说什么？”我问。但是她已经走出大门了。

艾米莉亚淋浴时，我可以听到水管里的水流声。在过去一年里，我们已经请水管工人来修理四次相同的水管，因为它们一直漏水。他曾说过那是一种酸性物质造成的，但当时我们压根儿不觉得合理。

呕吐物是强酸。

我走上楼，进入你和你姐姐共享的房间。如果艾米莉亚有暴食症，难道我们不应该注意到食物不断消失？我坐在书桌旁，翻找着抽屉，但除了几包口香糖和一些旧考卷之外，什么都没找到。艾米莉亚的成绩全部都是A+。这么用功而且各方面表现都很好的孩子，怎么会变得这么离谱？

艾米莉亚抽屉的底层并没有关。我把抽屉从滑轨上取下来，从后方拉出一盒食物保鲜袋。我把盒子倒在我手上，仿佛我正在检查一个稀有文物。厨房橱柜里已有很多食物保鲜袋，所以艾米莉亚这里还藏了一堆，实在不太合理。尤其是藏在抽屉后方，更加奇怪。接下来我转向床铺。我把床单拉下来，但是只发现一只掉毛的麋鹿玩偶，自从我遇见夏洛特起，艾米莉亚就已经每晚和这只麋鹿玩偶一起睡觉。我跪在床边，用手摸索着床垫底下。

我抓到一些东西：破烂的糖果包装纸，吐司包装袋，空的饼干包装袋。这些东西掉落在我脚边，像一大堆塑料蝴蝶。靠近床头的地方有一件缎料的胸罩，标签还没有剪掉——它的尺寸对艾米莉亚来说仍太大——贴有药妆店价格卷标的化妆品，还有几件仍装在塑料展示盒里的人造珠宝装饰。

我跌坐在地上，坐在一大堆我不愿意见到的证据中央。

艾米莉亚

我全身还滴着水，包裹着毛巾。我只想爬进我的睡衣，上床睡觉，假装今天什么事都没发生。但是坐在我房间中央地板上的是爸爸。“你能离开一下吗？我还没有穿好衣服……”

他转过身来，这时我注意到堆在他面前地板上的东西。“这些是什么？”他问我。

“好啦，我承认我是一只肮脏的猪。我会打扫房间……”

“这些是你偷的吗？”他抓起一把化妆品和首饰。这些是可怕的东西——我宁愿死也不想用的化妆品，老女人用的耳环和项链——但是把它们偷偷放进口袋，却让我觉得自己像超级英雄。

“不是。”我直视他的眼睛。

“那是谁要穿的胸罩？”他问，“36D。”

“一个朋友。”我回答，但我立刻就知道我死定了：爸爸知道我根本没有朋友。

“我知道你在做什么，”他说，然后他缓缓站起身。

“那么也许你可以告诉我。因为我不太了解为什么要在我又冷又湿的时候做侦讯……”

“你在淋浴之前，是否催吐了？”

我的双颊因为听到事实而发烫。那是完美的时机，因为水声可以遮盖住作呕声。我做过实验。但此时我试着挤出一声大笑。“噢，是啊。我每次淋浴前都催吐。这是为什么当同学的身材都是零号时，我还是十一号……"

他向前走一步，我把毛巾裹得更紧一些。"停止说谎，"他说，"别撒谎！"爸爸伸出手来，把我的手腕一把抓过去。我本来以为他是要拉开毛巾，但是最令我觉得羞愧的，莫过于他真正看见的东西——我的前臂和我的大腿，上面布满深浅不一的伤疤。

"她看到我割伤自己。"我说，而且我不需要解释我指的是你。

"我的天啊，"爸爸十分生气，"你在想什么，艾米莉亚？如果你觉得难过，为什么不来跟我们说？"

但我打赌他一定知道答案。

我哭出泪来。"我不想伤害她。我只想伤害自己。"

"为什么？"

"我不知道。因为这是我唯一能做到的事情。"

他攫着我的下巴，逼我直视着他。"我生气的原因，并不是因为我恨你，"爸爸的声音紧绷，"是因为爱你。"然后他的双臂紧拥着我，毛巾是我们之间最薄的屏障，但却一点也不奇怪或难为情，这是很自然的感觉。"现在就停止这种行为，听到吗？有一些治疗课程之类的——你要把自己治好。但在那之前，我会盯住你。我会像一只鹰一样盯住你。"

他愈是怒吼，就把我搂得愈紧。最奇怪的是：最糟的事情已经发生了——我已经被逮到了——但却没有完蛋的感觉。像是必然发生的。爸爸很生气，但我却克制不住地微笑。你看到我了，我闭上眼睛心想。你看到我了。

夏洛特

那天晚上，我睡在你医院病床边，我梦见派普。我们又去了普拉姆岛，我们正在冲浪，但是浪潮变得像鲜血一样红，溅得我们头发和全身都是。我乘上了一道强而有力的巨浪，这道浪碰到海岸，卷起层层皱褶。我回头望，看见派普被压在浪的边缘，往前翻滚，身体擦撞海玻璃和礁岩。夏洛特，派普大叫，救我！我听到派普的声音，但我开始走开了。

我被西恩唤醒，他摇摇我的肩膀。“嘿，”他低声说，注视着你，“她晚上睡得好吗？”

我点点头，伸展一下颈部肌肉。然后我注意到艾米莉亚站在他身后。“艾米莉亚不是应该在学校吗？”

“我们三个必须谈一谈，”西恩说，他的语调透露着不容争辩的态度。他低头望着仍睡着的你，“让她独自在这里睡一会儿如何？我们去喝杯咖啡？”

我向护士站交待了一些事情，然后跟着西恩进电梯，艾米莉亚则乖顺地跟在后头。他们之间究竟发生什么事？

在餐厅里，西恩替我们两个倒了咖啡，而艾米莉亚则拿起小盒的谷片点心，试着把玉米谷片和肉桂吐司丁分开。我们坐在桌旁。在早上的这个时间，餐厅里挤满了驻院医生，他们忙着在开始巡房之前吞下香蕉和牛奶。“我必须去上厕所。”艾米莉亚说。

“你不能去。”西恩严肃地回答。

“西恩，如果你有话要说，我们可以等她回来……”

“艾米莉亚，你来告诉妈妈，为什么你不能去上厕所？”

她低头望着她的空塑料碗。“他怕……我又会吐出来。”

我狐疑地盯着西恩。“她感染病毒了？”

“又或者是暴食症呢？”西恩说。

我感觉身体好像被定在椅子上。我一定是听错了。“艾米莉亚没有暴食症。如果艾米莉亚有暴食症，你不觉得我们应该知道吗？”

“是啊。就像我们知道她已经自残一年多了？还有偷东西——包括刀片——也就是薇罗用来割伤自己的刀片！”

我惊讶地张大了嘴。“我不明白。”

“不，”西恩说，他躺进椅子里，“我也不明白。我想不透一个孩子有双亲爱她，有家可以遮风避雨，以及美好的生活，为什么还会恨自己恨到要伤害自己。”

我面向艾米莉亚。“这是真的吗？”

她点点头，我感觉心脏一阵刺痛。我的眼睛瞎了吗？或者我只是忙着关注你的骨折，而没注意到我的大女儿正在破碎？

“派普昨天到家里来，告诉我说艾米莉亚可能出了问题。显然我们没看到——但是埃玛看到了。而且不止一次。”

派普。一听到那个名字，我觉得自己像玻璃般静止。“她去家里了？你让她进屋？”

“我拜托你，夏洛……”

“你不能相信派普说的任何事情。因为你们都知道，这是她想让我们撤回官司的诡计之一。”我隐约地意识到艾米莉亚刚刚也坦承了她的行为，但那似乎一点也不重要。我所看到的只有派普，站在我家里，在我搞砸了当母亲的角色时，她倒趁机来假扮完美的母亲。

“你知道吗，我开始明白为什么艾米莉亚一开始会做这种事，”西恩低声地说，“你完全失控了。”

“很好，你又来了，”我说，“责怪夏洛特吧，这样一来就不是你的错了。”

“你有没有想过，你不是这世界上唯一的受害者？”西恩说。

“别吵了！”

听到艾米莉亚的声音，我们两个都转过头去。

她的双手捂住耳朵，满眼泪水。“别吵了！”

“我很抱歉，宝贝。”我伸手去抓她，但她躲开了。

“不，你并不觉得抱歉。你只是庆幸薇罗没有发生其他的事情。你只在乎这个，”艾米莉亚控诉，“你们想知道为什么我要割伤自己？因为那种痛还比不上这件事给我的痛。”

“艾米莉亚……”

“别再假装你关心我，好吗？”

“我没有假装。”她的袖子滑落，我注意到她手肘附近的多道伤疤，就像某种密码似的。去年夏天，即使室外气温是三十二摄氏度，艾米莉亚还是坚持穿长袖。说真的，我当时还以为她是害羞。现在许多像她一样年纪的女孩几乎什么都不穿，所以我以为她想把自己遮起来，是一种标新立异的表现。我根本没有想过，她可能不是害羞，而是打算隐藏什么。

因为我没有说什么——因为我知道艾米莉亚不会想听我要说的任何事情——所以我再度伸手去抓她的手腕。这次她让我抓住手腕。我想起所有的旧日时光，小时候她从单车上摔落，哭着跑进屋里来。我想起我把她抱上厨房流理台，替她清理擦伤膝盖上的小沙石，然后用我的亲吻及绷带，让她的伤口复原。我想起有一次我正以杂志当作代用的夹板包裹你的腿，站在我身旁的艾米莉亚不安地扭转她的双手，催促我在你的腿上亲吻一下，让它好得快。此刻，我把她的手臂拉过来，把袖子卷起来，然后用嘴唇亲吻那些像量杯刻度般排列在她手臂上的白色细纹。这些刻度也标记着我有失母亲职责的次数。

派普

隔天，艾米莉亚来到法庭。我看见她和西恩一起走在走廊上，进入他之前躲藏的房间。我好奇你是否还在医院里。我很好奇，照目前的情况看来，那究竟是不是一件好事。

我知道我是陪审团等候的证人——不论他们是想诽谤我或将我定罪。盖伊·布克已经开始他的辩护，他把两名曾在我诊所里工作的妇产科医生放上证人席，当作佐证：是的，我是一名优秀的医生。不，我从来没有被控告过。事实上，我被一份地方杂志评选为新罕布什尔州的年度杰出妇产科医生。他们说，不当出生真是一项可笑的罪名。

接下来轮到我。盖伊花了四十五分钟来问我问题：我的训练，我在社区里扮演的角色，我的家庭。但是当他问到有关夏洛特的第一个问题时，我可以感觉到法庭内的气氛改变了。“原告的证词指出，你们两个曾是朋友，”盖伊说，“是真的吗？”

“我们是最好的朋友，”我说，然后她缓缓地抬起头。“我是九年前认识她。事实上，是我把她介绍给她先生。”

“欧基夫夫妇想怀孕的时候，你是否知道？”

“是的。说真的，我想我希望他们怀孕成功的热切心情，不亚于他们。夏洛特要求我担任她的医生之后，我们花了好几月的时间研究她的排卵周期，而且尽一切努力提高怀孕概率，这就是为什么当我们发现她怀孕时，我们会那么兴奋。”

布克加入一件文件当作证据，然后把文件交给我。“芮斯医生，你是否熟悉这些文件？”

“是的，它们是我写在夏洛特·欧基夫医疗档案夹里的笔记。”

“你记得你写了什么吗？”

“不太记得。我的确曾经为了准备这场审判而回去看这些笔记，但是没有什么特别的事情是能让我立刻想起来的。”

“这些笔记里记载什么？”布克问道。

我读着那些纸页。“股骨长度略短，只占全体胎儿排名的第六百分位段值，然而是在正常曲线范围内。靠近胎儿大脑丘的部分特别清晰。”

“你是否想过那是不寻常的？”

“不寻常，”我说，“但并非不正常。那是一部新机器，而且胎儿的其他一切看起来都很好。根据第十八周那张超声波照片，我预期胎儿出生时会很健康。”

“你清楚地看见颅骨内容物时，是否对这个事实产生纳闷质疑？”

“没有，”我说，“我们所受的训练，是要寻找看起来不对劲的迹象，而不是看起来很正常的迹象。”

“你在夏洛特·欧基夫的超声波照片上是否看到不对劲的东西？”

“是的，当我们在第二十七周时做了超声波。”我望了一眼夏洛特，然后想起我第一次望着屏幕，真希望影像不是我所看到的样子。当我明白我必须把消息告诉她时，我的胃部有一种沉重感。“股骨和胫骨的部分有正在愈合的裂痕，几根肋骨也出现串珠状变化。”

“你当时怎么做？”

“我告诉她说，她需要去看另一个医生，母胎医学的医生更擅长处理高风险怀孕。”

“第二十七周的超声波是否是第一个信号，让你意识到原告的胎儿可能不太对劲？”

“是的。”

“芮斯医生，你是否有其他病人出现子宫内胎儿异常的情形？”

“好几位。”我说。

“你是否曾建议怀孕夫妻堕胎？”

“有几位孕妇被诊断出胎儿异常、无法存活的情形，当时我确实向这些家庭告知过这个选项。”

某次，我有个已怀孕三十二周的病人患脑水肿——她的脑水肿情况很严重，我知道那名胎儿无法经由产道出生，存活的概率更小。把孩子生下来的唯一方法是剖腹，但是那名胎儿的头很大，切口一定会造成孕妇子宫永久性的伤害。她还很年轻，那是她第一次怀孕。我提供她好几种选项，最后我们选择用一根针穿过她的脑部，排干水分，造成她硬脑膜出血。然后胎儿经过产道出生，几分钟内就夭折。我记得那天晚上我带了一瓶酒出现在夏洛特家，我告诉她说我必须大醉一场，忘记那天的不愉快。后来我睡在她家沙发上，醒来时发现她站在我身旁，拿着一杯热咖啡和两颗止痛药，止我的头痛。“可怜的派普，”当时她说，“你没办法救活所有人。”

两年后，同一对夫妇回来看我，他们又生了另一个孩子——谢天谢地，那个孩子健康地出生。

“你当时为什么没有向欧基夫夫妇建议堕胎？”盖伊·布克问。

“当时没有明确的理由让我相信婴儿出生时会不健全，”我说，“但就算是那样，我从来不认为堕胎会是夏洛特的选项之一。”

“为什么不？”

我抬头望着夏洛特。原谅我，我心想。

“因为当我们认为胎儿可能有唐氏症的风险时，她并不同意做羊膜穿刺检查，”我说，“她已经告诉过我，无论如何，她都要这个小孩。”

夏洛特

坐在这里听派普讲述我们友谊的编年史，让我如坐针毡。我想当我在证人席上时，她一定也有同样感受。“原告生产之后，你和她很亲密吗？”布克问。

“是的，我们每星期见一两次面，而且我们每天都通电话。我们的孩子也玩在一起。”

“你们一起做什么事？”

天啊，我们做了什么事？那根本不重要。派普是那种不必让我一直找话来填补静默时刻的朋友。光是和她在一起，什么都不必做，这样就很好。她知道有时候我需要这样——待在她身边，不必照顾任何人或任何事，只需单纯地存在于我自己的空间。我记得有一次我们告诉西恩和罗伯说，派普要到波士顿开会，而我要跟着她去，谈谈有关生下成骨不全症孩子的相关问题。事实上，根本没有什么研讨会。我们住进了波士顿的威斯汀饭店，预约了客房服务，让人把食物送到房里来，一连看了三部蠢电影，直到我们睁不开眼睛。

派普付了钱。她总是付钱——请我吃午餐，或是咖啡，或酒吧的酒钱。每次我试着付我自己的那一份，她总是逼我把钱包收起来。我有能力付这个钱，是我的幸运，她说，而我们两个都知道我不够幸运。

“原告是否和你提过，对于她女儿出生这件事，她究竟有何责怪你之处？”

“没有，”派普说，“事实上，在我接到被告通知的一星期前，我们还一起去购物。”

派普和我在埃玛及艾米莉亚的购物空当之间，试穿了同一件红色上衣。出乎我意外的是，这件上衣穿在我们两个的身上都同样好看。我们各买一件吧，派普说。我们可以一起穿回家，看我们的老公能不能分辨出我们。

“芮斯医生，”布克问，“这场诉讼如何影响了你的生活？”

她在椅子上稍微坐直了身子。那椅子并不是很舒服，它会让人的背很痛，让人希望自己不在那个地方。“我从来没有被控告过，”派普说，“这是第一次。我对自己产生质疑，虽然我知道自己没有做错什么。我从那之后就没有再执业。每次我起了重新执业的念头……最后这念头总会不了了之。我想我了解，即使我是一个好医生，坏事情有时候还是会发生。没有人希望的坏事情，没有人能解释的坏事情。”她故意直视着我，让我背脊发凉，“我想念当一名医生的日子，”派普说，“但却比不上我想念我最好的朋友。”

“玛琳。”我突然低声地说，我的律师把头靠向我。“别。”

“别什么？”

“别……别让她更难受。”

玛琳扬起眉毛。“你一定是在开玩笑。”她喃喃地说。

“换你询问了。”布克说，于是玛琳站起来。

“治疗你认识的人，不是有违医疗伦理吗？”玛琳问。

“在像班克顿这样的小镇就不会，”派普说，“否则我就不会有任何病人了。一旦我发现情况复杂，我就会退出。”

“因为你知道你将被怪罪？”

“不。因为那样做才是对的。”

玛琳耸耸肩。“如果那样做是对的，为什么你在第十八周的超声波照片里发现不对劲后，不立刻召来专家？”

“在那张超声波照片里并没有复杂的情形。”派普说。

“专家可不是这么说的。瑟伯看过夏洛特的超声波，标准照护程序是至少进行后续超声波检查。”

“那是瑟伯医生的见解。我不同意，但予以尊重。”

“呃。我很好奇，病人会想听谁的话：一个在他的领域声望卓著、获奖及荣衔无数的医生……或者已经超过一年没有执业的小镇妇产科医生？”

“抗议，庭上，”盖伊·布克说，“那不仅不是个问题，而且我的证人不需要被诽谤。”

“我撤回。”玛琳走向派普，用一支笔轻敲她打开的掌心，“你和夏洛特曾是最好的朋友，对吧？”

“是的。”

“你们都谈些什么？”

派普微笑了起来。“一切。任何事情。我们的孩子，我们的白日梦。以及有时候我们为什么想杀掉老公。”

“但是你们从来没有谈过终止怀孕，对吧？”

在收集证词的笔录上，我告诉玛琳说，派普从来没有和我讨论过堕胎的事。而且就我所记得的，的确是那样。但记忆就像灰泥，你把外层剥掉之后，可能会发现截然不同的景象。

“事实上，”派普说，“我们谈过。”

虽然派普和我是最好的朋友，我们并不常碰触彼此。有时候我们会飞快地互相拥抱一下，或者拍拍对方的背。但是我们不像少女般勾着手聊天。这也是为什么有一次我会觉得很奇怪：当时我和她一起坐在沙发上，她的一只手臂揽着我，而我伏在她肩上哭泣。她很瘦，像鸟一样，而我向来都认为她是坚强勇猛的。

我用双手捧住我的肚子。“我不希望她受苦。”

派普叹了一口气。“我不希望你受苦。”

我想起，前一天我们离开那个遗传学家的办公室后，我和西恩的一场对话。当时我们被告知——你最差的情况是致命型的成骨不全症，而最好的情况是严重型的成骨不全症。我发现他在车库里，站在他为你的到来而打造的婴儿床栏杆前。这就像奶油，他说，然后拿出一片窄木头。感觉一下。但对我来说，它就像一根骨头，而我不想碰它。“西恩不想让我堕胎。”我说。

“怀孕的人不是西恩。”

我问她堕胎是如何执行的，我要她诚实告诉我。我想象着在飞机上，空服员问我什么时候要生产，是男孩或女孩，而在回程的班机上，同一批空服员不和我做目光接触。“你会怎么做？”我问她。

她踌躇着。“我会自问，什么事情最让我害怕。”

这时我抬头注视着她，有一个问题跃到我唇上，我一直没有勇气问西恩，或戴尔索医生，或我自己。“万一我无法爱她，那怎么办？”我低声地说。

这时派普朝我微笑。“噢，夏洛特，”她说，“你已经爱她了。”

玛琳

被告律师召唤戴尔索医生上证人席，她作证说，如果她是夏洛特的主治医师而非转诊医生，她也会采取相同的行动和决定。但是当他们召唤罗慕拉斯·温德翰医生时，我就开始紧张了。温德翰医生是一名妇产科医生及生物伦理学家，成就和头衔一长串，大约要半小时才念得完。温德翰不仅聪明，长得像电影明星般俊美，而且他已经把陪审团搞得服服帖帖的。“有些在初期显示异常情况的检查，都是误判，”他说，“例如，2005年，生物遗传学的一个团队持续培育五十五个在植入前遗传诊断中被判定为异常的胚胎。过了几天，他们惊讶地发现其中百分之四十八——将近一半——都是正常的。这意味着证据显示，带有遗传缺陷细胞的胚胎可能有自疗能力。”

“这项发现对于像派普·芮斯这样的医生来说，为什么具有医学上的重要性？”布克问。

“因为它可以证明，太早做出堕胎的决定，可能不够谨慎。”

当布克坐下时，我缓缓地站起来。“温德翰医生，你所引用的研究——其中有多少胚胎带有成骨不全症？”

“我……我不知道它们是否带有成骨不全症。”

“那么，所谓异常的特质是什么？”

“我无法精确地说……”

“是重大的异常吗？”

“我要再说一次，我不是……”

“温德翰医生，那份研究显示轻微异常的胚胎可以自我修正，对不对？”

“我想应该是如此。”

“等几天再看胚胎会发生什么事，这和观察几周大的胎儿、等候安全且合法终止怀孕的时机，这两者之间也有差别吧？”

“抗议，”盖伊·布克说，“如果我不能在法庭内召开反堕胎的集会，那么她也不能召开支持堕胎的集会。”

“抗议成立。”法官说。

“如果医生们都依照你的等等看策略，暂时保留有关胎儿状况的信息，也许会让堕胎变得更困难——不论是程序上、生理上或情绪上而言？”

“抗议！”盖伊·布克再度大喊。

我走向法官席。“拜托，法官大人，这不是关于堕胎权利。它是关于我的委托人该得到的标准照护。”

法官噘起嘴唇。“好吧，盖兹小姐。但请赶快说重点。”

温德翰耸耸肩。“任何妇产科医生都知道，当病人的胎儿异常且存活机会渺茫时，建议病人堕胎是很痛苦的。但这是职责的一部分。”

“这也许是派普·芮斯职责的一部分，”我说，“但她不见得做到了。”

我们有两小时的午休时间，因为盖勒法官必须到监理处去申请摩托车驾照。根据法庭职员的说法，他显然打算趁明年夏天休假一个月时，参加哈雷机车越野赛。我很好奇他是否为此而染头发：黑色和皮衣皮裤较能搭配。

一休庭，夏洛特就离开了，好赶去医院里看你。自从今天早上之后，我就没看到西恩或艾米莉亚，所以我走出去，来到清洁人员的工作准备区，大部分的记者都不晓得有这个门。

今天才九月底，感觉却像是冬天提前来临，盘踞着新罕布什尔州——吹着又冷又刺骨的寒风。然而，从我所站的位置看来，法院前的台阶上似乎仍然挤满了人。一名守卫推开门，站到我旁边，点起了一根烟。“上头发生了什么事？”

“可笑的马戏团，”他说，“有关那个怪骨头小孩的案子。”

“是啊，我听说那是个噩梦。”我低声说，紧抱双臂以保持温暖，然后我开步走向法院前面的人群。

在台阶上方有个男人，我认出他曾上新闻：路·圣皮耶，美国身障协会新罕布什尔分会的会长。他令人注目的事迹还不只如此，他拥有耶鲁大学法学院的学位，获得过罗氏奖学金，在残障奥运中赢得蛙式游泳金牌。现在，他利用特制的轮椅和自己驾驶的飞机到处旅行，还载着孩童到全美各地去做医疗。他的看护犬坚定地坐在他的轮椅旁，即使有二十名记者的麦克风都凑到它的鼻子前。“你们知道为什么这件官司这么引人注目？它就像火车事故。虽然你不想承认这些可怕事实的存在，但你无法移开目光，”他说，“这很简单：这个话题隐含很多意义。这种官司让你血脉贲张，因为我们都想相信，我们也许会疼爱任何来到我们家里的孩子——然而在现实中，我们的包容性可能没有那么大。产前检查把一个胎儿简化成单一特质：它的残障。不幸的是，产前检查自动假设父母可能不想要残障的孩子，而且它暗示了一个信息——如果带着某种身体残障而生存，是不可接受的。不过，我知道很多听障父母会爱一个和他们一样有听障的孩子。在某人看来是身障，在另一人看来却是珍贵的学习机会。”

这时，他的看护犬仿佛受到指示般，适时地吠叫起来。

“堕胎已经是极受争议的议题：我们可以摧毁一个充满潜能的生命吗？而在怀孕晚期终止怀孕又将这个问题往前推一步：我们可以摧毁这个充满潜能的生命吗？”

“圣皮耶先生，”一名记者大喊，“根据统计，养育一名身障孩子会对婚姻造成极大压力，您有什么看法？”

“我同意。但是也有统计数字指出，养育一名天才儿童或体育明星，同样也会对婚姻造成极大压力，但你却没看过任何医生建议父母终止这些怀孕。”

我很好奇是谁把这名骑兵召来了。毫无疑问，是盖伊·布克。既然这个案子是关于不当出生，他当然不会从外面请来另一名律师来共同为派普辩护，但是他会确保在庭外召开这场即席记者会，目的都是为了增加他的胜算。

“路，”另一名记者问，“你会出庭作证吗？”

“我正在你们大家面前作证，不是吗？”圣皮耶说，“而且我会继续说下去，我希望能说服任何听到我说话的人，但愿以后不会再有这样的官司出现在伟大的新罕布什尔州。”

太扯了。我可能会因为一个甚至不是辩方有效证人的家伙而输了这场官司。我踱步回到工作人员专用的门。“那是谁在讲话？”那名守卫说，他用靴子踩了踩烟蒂，“那个侏儒是谁？”

“他是个小矮人。”我纠正他。

那名守卫茫然地看着我。“我刚刚不就是这样说吗？”

他走进门内，门砰然关上。我冷死了，但是我还是等了一下，才跟着他后面走进去：我不想在走上楼的一路上都跟他闲扯。说实话，如果陪审团里有他这种人，正代表了夏洛特和我将失去胜诉的优势，我们会一路往下滑到底。如果想要拿掉患有唐氏症或成骨不全症的胚胎是可以接受的，那么当医学进步到让大家可以看到孩子的美貌或她的怜悯心多寡，那又会如何呢？如果一对父母只想要男孩，结果发现他们怀的是女孩，那又会如何？谁有资格来设定接受或拒绝的标准？

我不得不痛苦地承认，圣皮耶说的是对的。人们总是说，他们会爱任何来到生命中的孩子，但那不见得是真的。有时候，说穿了还是得看孩子的个别状况。在领养机构里，那些金发蓝眼的婴儿都像成熟的水蜜桃般率先被挑出来，而有色人种的孩子或有身障的孩子可能得在寄养家庭待上好几年，这其中一定有原因。人们说的和做的，是两码子事。

茱莉·库波已经说得很清楚了：有些婴儿还是不要被生下来比较好。

就像你。

还有我。

艾米莉亚

自从爸爸发现我的小秘密后，我以为引起了他的注意就能得到很多善意的关怀，可是那种善意很快就消失了。我开始明白，我已经亲手创造了一个新的地狱。我不准去上学。本来这会是美好得令人难以置信的事，只不过搞了半天，我必须坐在法庭大厅里一遍遍读着相同的报纸。我本来想象，爸妈会明白他们把事情搞得有多糟，于是会争相照顾我，就像每次你骨折时他们争相照顾你一样。但是他们却只是在医院餐厅里吵得很大声，所有的驻院医生都注视着我们，仿佛我们正上演电视真人秀。

我甚至不准在漫长的午休时间跟着妈妈去医院探望你。我猜我已经正式变成你的坏榜样。

所以我承认，当妈妈在法庭重新开庭之前拿着一杯巧克力奶昔出现在我面前时，我有点惊讶。我坐在这个完全不通风的会议室里。爸爸把我留在这里，和某个蠢律师去作证。妈妈究竟如何在这幢建筑里找到我，实在是个谜，但是她走进门来时，我确实很高兴见到她。

“薇罗还好吗？”我问。因为我知道她等着我问，而且我真的想知道。

“她还好。医生说我们明天也许可以带她回家。”

“你们找到免费的保姆，算是幸运的。”我说。

妈妈的双眼闪烁着泪光，感觉很受伤。“你不会真的相信我是那样想的，是吧？”

我耸耸肩。

“我替你带这个来。”她把奶昔递给我。

我以前很爱佛兰地餐厅的巧克力奶昔。我会哀求妈妈买一杯给我，即使它的价钱比儿童甜筒贵三倍。有时候她会答应，我和她就会共享一刻，然后一起大力赞美巧克力冰激凌。你和爸爸永远无法真正了解我们对巧克力冰激凌的痴狂，因为你们两个就只爱香草口味，真是罕见的不幸。

“你想共享吗？”我小声地说。

她摇摇头。“那是给你吃的。只要它不再被你吐出来就好。”

我向她眨眨眼，然后拿下奶昔的盖子，但是我不发一语。

“我想我明白，”妈妈说，“我知道那种感受——你开始一件事，它却突然失控。你想要摆脱它，因为它伤害了你和身边每一个人，但是每次你试着这么做，它就又会来吞噬你。”

我盯着她，目瞪口呆。那正是我的感受，我生命中的每一天都是如此。

“你不久前问我，这世界上如果没有薇罗，会是怎样？”妈妈说，“我是这么想的：如果薇罗没有出生，我还是会在杂货店的走道或银行或保龄球道上寻找她。我会盯着人群里的每一张脸，试着找到她。关于生小孩，有一件事情很诡异——你知道你的家庭何时完整、何时不完整。如果薇罗没有出生，那么世界对我来说就会是不完整的。”

我故意吸了一下吸管，试着不眨眼，因为这样一来，眼泪也许可以重新被吸回去。

“我要说的是，艾米莉亚，”妈妈继续说，“如果你不在这里……我也会有同样的感受。”

我害怕注视着她。我怕我听错了。她是在说，她不仅出于母亲的天职而爱我，而且她还喜欢我？我想，她要我打开奶昔盖，是想确认我把它喝光了。我口头上抱怨了一下，但内心深处我很高兴她坚持这么做。这代表她在乎；这代表她不想轻易让我走。

“我今天在医院里做了一点小研究，”妈妈说，“在波士顿城外有个地方，可以照顾患有饮食失调的孩子。他们有一个住院疗程，当你准备好的时候，你可以和其他经历同样问题的女孩一起住进去。”

我猛然抬起头。“住院？你是说，住在那里？”

“直到他们帮助你控制住饮食失调情况……”

“你要把我送走？”我慌张地说。事情不应该是这样的。妈妈知道那是什么感受，那么为什么她不明白，把我切割，就像在说我不够好、不配待在这个家里？“为什么薇罗弄断了一千次骨头，她依然完美，而且可以住在家里？而我犯了一个小错，就要被送走？”

“爸爸和我并不是要把你送走，”妈妈说，“我们这么做是为了帮助你……”

“他知道这件事？”我感觉自己快哭出来了。我曾希望爸爸是我最后一个求助对象。如今，我发现他是共谋。整个世界都痛恨我。

突然间，玛琳·盖兹探头进房内。“我们准备上场了。”她说。

“我只需要一分钟……”

“盖勒法官现在需要见你。”

妈妈注视着我，她的眼神哀求我放过她。“你现在必须坐到法庭里去。你爸爸正在作证，而我不能留在这里看守着你。”

“去你的，”我说，“你不能告诉我该怎么做。”

看到这一切的玛琳开口说话。“事实上，她可以，”她说，“因为你未成年，而她是你母亲。”

我想要伤害我妈妈，就像她伤害我一样，于是我转身面向那名律师。“如果你试着丢掉你所有的孩子，那么我不认为你可以保留母亲这个头衔。”

我可以看见妈妈向后退缩。她在流血，虽然我看不见伤口，而且她知道她活该。玛琳把我带到法庭旁观席上，随便把我安置在一个穿红色棉绒衬衫和吊带裤、闻起来像鲔鱼的男子身旁，这时我向自己立誓：如果妈妈想要毁了我的生活，我没有理由不毁了她的。

西恩

我们结婚那天，夏洛特使我忘记我写好而且努力背诵的誓词。她走在教堂的走道上，那些誓词就像渔网，它们不可能网住我想要向她表达的所有感情。此刻，当我在法庭内坐在我妻子的对面，我真希望我的话能再一次转变，变成羽毛、云朵、蒸汽——任何没有实际杀伤力的东西。

“欧基夫警官，”盖伊·布克说，“你本来不是本案的原告吗？”

他答应过我，他会让我的作证既简短又轻松，他说我很快就可以离开证人席，快得令我几乎感觉不到。我不相信他。他的工作就是说谎、欺骗、扭曲事实，把事实变成陪审团可以相信的。

但至少我希望他这次能成功。

“起初我是，”我回答，“我太太说服我，这个诉讼是为了薇罗的最大利益，但是我开始明白我根本不那么觉得。”

“怎么会呢？”

“我认为这场官司让我的家庭四分五裂。我们的家丑出现在晚间六点钟的新闻里。我诉请了离婚程序。而薇罗知道发生了什么事。一旦它变成公众消息，就无法隐藏。”

“你明白，不当出生，意味着你女儿不该被生出来。你是否这么希望，欧基夫警官？”

我摇摇头。“薇罗也许不完美，但是——呃——我也不完美。你也不完美。她也许不完美，”我重复，“但她是百分之百恰当的。”

“换你提问了。”布克说。于是当玛琳·盖兹站起来时，我深吸一口气，以振奋我自己，就像我每次和特勤小组一起攻入一幢建筑物一样。

“你说这场官司让你的家庭四分五裂，”她说，“但是你提出的离婚诉讼也同样分裂了你的家庭啊，不是吗？”

我注视着盖伊·布克。他知道会有这个问题，我们练习过回答。我本来应该说，我的行动是为了保护女儿们的手段，而不是把她们拖进泥水里。但是我并没有那么说。我发现自己正注视着夏洛特。她坐在原告桌子旁，看起来如此娇小。她低头盯着木头花纹，仿佛她不敢让自己直视我的眼睛。

“是的，”我平静地说。“的确是。”

布克站起来，然后我猜他一定是发现他没办法抗议自己的证人，因为他又坐了回去。

我面向法官。“法官大人，请问您是否介意我直接对我太太说话？”

盖勒法官扬起眉。“需要听你说话的是陪审团，年轻人。”

“我无意冒犯，法官大人……我不认为那是真的。”

“法官大人，”布克说，“我能上前吗？”

“不行，布克先生，你不可以，”法官说，“这个男人有话要说。”

玛琳·盖兹看起来像吞了爆竹。她不晓得是否该问我其他问题，或者让我吊死自己。也许我正在吊死我自己。我并不真的在乎。“夏洛特，”我说，“我再也不知道什么是对的，除了承认我不知道之外。没错，我们没有钱。没错，我们的日子不好过。但那并不表示不值得。”

夏洛特抬起脸。她的眼睛张得大大的，定住不动。“警局里有些家伙，他们说当他们结婚时，知道自己走进了什么。而我并不知道。婚姻是场冒险，而我不在意冒险。对我来说，你就是我的冒险。你让我带你滑雪，而你从来没有提过你有恐高症。你喜欢蜷着身子靠着我睡觉，不论我在我这边床上移得多远。吃双色冰激凌时，你让我吃掉你那份的香草冰激凌，而你吃掉我的巧克力口味。我穿了不同双的袜子时，是你提醒我。你买幸运符谷类饼干，因为你知道我喜欢里面的软棉糖。你给了我两个美丽的女儿。

“也许你期望婚姻是完美的——我猜那是你我不同之处。瞧，我认为婚姻就是不断犯错，然而是和伴侣一起犯错，你的伴侣一路上必须在你身旁提醒你学到了什么事情。我想我们两个都弄错了一件事。人们都说，当你爱一个人时，世界上一切都不重要。但那并不是真的，对吧？你知道，我知道，当你爱一个人时，世界上的一切都变得更重要一些。”

法庭里一片静默。“今天就到这吧。”盖勒法官宣布。

“可是我还没有问完……”玛琳争辩。

“不，你问完了，”法官说，“盖兹小姐，这就是为什么你至今仍然单身的原因。我要法庭清空，只留下欧基夫先生与太太。”

他敲了一下法槌。在一阵骚动之后，突然间，我独自坐在证人席上，而夏洛特站在原告桌的后方。她向前走了几步，直到站在我面前，她的双手轻放在我们之间的木头栏杆上。“我不想离婚。”她说。

“我也不想。”

她不安地变换双脚的重心。“那么我们该怎么做？”

我缓缓弯身向前，让她可以看见我靠过去。我弯身向前，把嘴唇贴在她唇上，甜美又熟悉，就像家的感觉。“接下来该怎么办，就怎么办。”我低声地说。

艾米莉亚

爸妈那场感人的复合，变成法庭的热门话题。看到记者们排成一排，报道这个伟大的浪漫时刻，像是《真实告解》节目在录像。陪审团一定会吃这一套，除非他们是像我这样愤世嫉俗的人。就我看来，玛琳几乎可以回家去开香槟庆祝了。

这就是为什么我是带有任务的女孩。

当他们正在为这场情景剧着迷与叹息时，我坐在旁观席上，尴尬得要命，而且发现关于自己的一件事：我不需要借由催吐来排毒。我可以通过流汗、尖叫来排毒，有时候甚至只要低声说话就行。如果我要去参加波士顿的暴食症营队，那么我就要搞得惊天动地。

我知道法官故意让我爸妈一起在法庭里筹划他们戏剧的第二幕，但那刚好能配合我的计划。我趁玛琳·盖兹想起要来找我之前，就从后门溜出法庭，没有人注意或在乎我是谁。我跑到停车场，来到薄荷绿色的雷鸟跑车前。

当盖伊·布克出来后，发现我靠着他的车子，他开始怒吼。“你如果敢刮我车子的漆，我就会让你接下来五年都做社区劳动服务。”他说。

“我会试试看。”

“你究竟想做什么？”

“等你。”

他皱眉。“你怎么知道这是我的车？”

“因为这辆车实在太不起眼了！”

布克说。“你不是应该在学校吗？”

“说来话长。”

“那么就长话短说吧。今天比平常更显漫长，”他说。他用钥匙打开驾驶座的门。他打开门，犹豫着，“回家去吧，艾米莉亚。别让你妈妈担心你此刻在哪里。她要担心的事情已经够多了。”

“是啊，”我说。我将双臂交叉，“所以我觉得你应该有兴趣听听她说过什么话。”

玛琳

我有茱莉·库波的地址，是陪审团筛选过程留下来的。我知道她住在班克顿西边的一个叫做埃平的小镇。因此法庭一结束，我就把她家住址的街道名输入我的卫星导航系统，开始驾驶。

一小时后，我就抵达一幢翻修过的鳕鱼角式房屋，停在它的马蹄形死巷子里。门牌二十二号就在进去后圆环的右边。这幢屋子有着灰色的墙板、黑色的百叶窗，以及一道红漆门。车道上停了一辆休旅车。当我按门铃时，一只狗开始吠叫。

我本来有可能住在这里。这里也许会是我的家。在另一个人生里，我可能会直接走进门里去，而不是像个陌生人般走上前去。我可能会拥有楼上的一个房间，里面放满了骑马的缎带和学校毕业纪念册，以及像其他大人一样会留在童年住家的物品。我可能会知道厨房里放餐具的抽屉是哪一个，吸尘器摆在哪里，如何使用电视遥控器。

门打开了，茱莉·库波站在我面前。有一只猎犬在她脚边跳动。

“妈？”屋里传来一个女孩的声音，“是找我的吗？”

“不是。”她的目光没有离开我的脸。

“我知道你不想见我，”我很快地说，“我保证我会离开，再也不会和你说话。但是首先，你必须告诉我为什么。到底是因为什么，而让我如此……如此讨人厌？”

我一开口说话，我就知道这是个错误。家事法庭的梅西如果知道我来这里，可能会请人将我逮捕。每一个领养搜寻网站都强烈提醒被领养人不要这么做：埋伏在生母家，不尊重她的想法，逼她来接受你。

“瞧，我要说的是，”我说，“经过三十五年，我想，你欠我五分钟。”

茱莉走出来，关上她身后的门。她并没有穿外套，我可以听到那只狗在门的另一端吠叫。但是她没有对我说半个字。

我们每个人真正想要的，是被爱。那种渴望，会逼我们做出最恶劣的行为：例如，夏洛特坚信总有一天你会原谅她在法庭上所说的话。或者我追到埃平镇来的疯狂举动。事实是，我很贪心。我知道我的养父母那么想要我，但那还不够。我必须了解为什么我的生母不想要我，而在我了解以前，一部分的我永远会觉得自己是个失败。

“你看起来就像他。”她终于开口。

我盯着她，虽然她还是没有办法直视我的目光。是不是一场分手很难堪的外遇，使茱莉怀孕，而我生父拒绝支持她？她是否还继续爱着他，并且知道他们的孩子仍在世界的某处？即使她已经有了新生活，有了丈夫与家庭，这件事是否仍在暗自啃蚀着她？

“当时我十六岁，”茱莉喃喃地说，“我从学校骑单车回家，穿过树林时，他突然窜出来，把我击倒。他把一只袜子塞在我嘴里，把我的洋装拉起来，他强暴了我。然后他把我痛揍一顿，惨到我父母后来只能通过衣物来辨识出我。他把我丢弃在那里，任我流着血毫无意识。后来两名猎人发现我。”她抬起脸，终于直视着我的眼睛。她的眼睛很明亮，但她的声音很薄弱，“我好几个星期都没说话。但是就在我以为自己可以重新来过时，我发现自己怀孕了。”她说，“他被逮捕，警察要我作证，但我没办法。我无法忍受看着他的脸。后来，你出生了，我在你身上看到他的样子：黑头发，蓝眼睛，两只拳头挥动。我很高兴当时有一个家庭那么想要你，因为我并不想要。”

她深吸了一口气，颤抖着。“如果这不是你希望的重逢，那么我很抱歉。但是看见你，就让我所有的记忆全回来了，那是我努力想要忘掉的。所以，拜托，”茱莉·库波低声地说，“你可不可以别再来打扰我了？”

千万要小心你心里所想的，它往往会应验。我安静而缓慢地向后退。难怪她不想注视我，难怪她不欢迎我请梅西转寄给她的那封信，难怪她只想要我离开。换做是我，我也会想要这样。

我们只有那么多的共通点。

我开始走下通往我车子的石头阶梯，试着在泪眼婆娑中看清去路。走到阶梯底部时，我踌躇了一下，然后转身。她仍然站在那里。“茱莉，”我说，“谢谢你。”

我想，我的车子比我更早就知道我要开往何处。我开回我成长的那间老旧殖民风格白房子，那里有蔓生的玫瑰花丛，灰色的棚架从来都驯服不了那些玫瑰花。我把车子停在门前车道时，感觉心里有种东西爆开来。这个地方的前门橱柜里，堆放了许多相本，我的照片都在里面。我知道这个地方的食物残渣处理器如何操作。我知道这个地方的楼上卧室里，仍然放着我的睡衣、牙刷以及一些毛衣，以防万一。

这里是家，他们是我的父母。

此时将近晚上九点，天色已经暗了。我妈妈一定正穿着一件起毛球的袍子与拖鞋袜，吃着她的冰激凌宵夜。我爸爸一定正在转换电视频道，说以前的电视节目更像真人秀。我让自己从侧门进入屋内，在我成长过程中，这个门从来没上锁。“嘿，”我先大喊，免得他们被吓到，“是我啦！”

我走进客厅时，我妈妈站起来。“玛琳！”她拥抱我，“你在这里做什么？”

“我刚好在附近。”这是谎话。我特地开了六十英里的车来到这里。

“但是我以为你正忙着那个大审判的结案工作呢，”我爸爸说，“我们在新闻上看到你。资深记者南西·葛雷斯，让你伤心欲绝……”

我略微一笑。“我只是……我想见到你们。”

“你肚子饿吗？”我妈妈问。她忍了三十秒才问这个问题，已经算是破纪录了。

“不太饿。”

“那我帮你拿一点冰激凌，”我妈妈说，仿佛我刚刚说的不算数，“没有人吃不下一点点冰激凌！”

我爸爸拍拍他身边的沙发，于是我脱下外套，坐进椅垫里。这些不是我成长过程中使用的椅垫。我以前太常在椅垫上跳，它们早就扁得像松饼一样；几年前我妈妈才更换家具。这些枕头更软、更宽容。“你认为你们会赢吗？”我爸爸问。

“我不知道。结束前，谁也说不准。”

“她是什么样子？”

“谁？”

“那个欧基夫太太。”

我想了好一阵子，才开口说话。“她在做她认为对的事情，”我说，“我认为不能怪她那么做。”虽然我曾经怪过她，我心想。虽然我做了同样的事。

也许你必须离开，才能真正想念一个地方。也许你必须旅行，才能知道你的出发点是多么令人怀念。我妈妈坐在我身边的沙发上，递给我一碗冰激凌。“我最近迷上了薄荷巧克力碎片。”她说，然后我们同时举起汤匙，我们的动作如此一致，几乎像双胞胎。

父母，并不见得是生你的人。他们是你长大后想要成为的人。

我坐在我爸爸和妈妈中间，看着电视上的陌生人搬来了夏克式摇椅、满布灰尘的绘画、老式啤酒杯、缀有蔓越莓图案的玻璃盘。专家们告诉那些人，说他们把一些令人难以置信的珍贵物品视为理所当然。

艾米莉亚

我试着在网络上查了一下，但没人教你如果出庭作证该穿什么。不过我想，我肯定要让陪审团牢牢记住我。我的意思是说，他们在陪审时，大部分时候看到的都是一群真的很无聊的医生。和那些医生比起来，我打算让自己特别突出。

所以我把头发梳得高耸，更加映衬出它的深蓝色泽。我穿了鲜红色毛衣和紫色高筒运动休闲鞋，还有我的幸运牛仔裤，膝盖部分有破洞的那种，因为我不想错过任何机会。

真的很讽刺，即使演完了大复合，昨天晚上爸妈还是没有睡在同一张床上。妈妈陪你在医院里过夜，爸爸和我则回家。虽然盖伊·布克说他可以来接我去法庭，但我想我可以搭爸爸的便车，而假装我很不高兴被拖去。盖伊和我都认为，如果能把我出庭作证这个秘密隐藏得愈久愈好。

爸爸已经作过证，如今被允许坐到旁观席上，使我一个人被留在大厅里，这正好称了我的心意。我站在一名女法警旁边，浑身颤抖。“你还好吗？”她问。

我点点头。“胃不舒服。”然后我听到盖伊·布克的声音。

“辩方传艾米莉亚·欧基夫。”

“你不能传艾米莉亚。”玛琳争论。

布克耸耸肩。“为什么不？你自己都列在证人名单里。”

“除了激怒对方律师之外，是否有任何理由传唤此证人？”盖勒法官问。

“是的，庭上，”布克说，“欧基夫小姐握有法庭必须聆听的信息，事关不当出生官司。”

“好吧，”法官说，“传她进来。”

当我走向法庭前方时，我可以感觉到每个人都盯着我看。仿佛他们正在我身上戳洞，我所有的信心很快就泄光了。当我经过妈妈身边时，我听到她低声对玛琳说话，“你答应过的，”她说，“你告诉我说那只是以防万一……”

“我不知道他会这么做，”玛琳说，“你知不知道她会说什么？”

接着我已经进到小木笼里，仿佛我是让陪审团放在显微镜底下仔细检查的标本。他们拿给我一本《圣经》，要我以《圣经》起誓。盖伊·布克朝我微笑。“你能不能告诉我们你是谁，以备记录？”

“艾米莉亚，”我说。我必须舔一下嘴唇，因为实在太干了，“艾米莉亚·欧基夫。”

“艾米莉亚，你住在哪里？”

“新罕布什尔州，班克顿镇，史特莱克路四十六号。”他听见我的心跳吗？天啊，它就像我胸腔里的邦加鼓。

“你几岁？”

“十三岁。”

“你父母是谁，艾米莉亚？”

“夏洛特和西恩·欧基夫，”我说，“薇罗是我妹妹。”

“艾米莉亚，你可不可以用自己的话解释这件诉讼是关于什么的？”

我无法注视妈妈。我拉下袖子遮盖住伤疤，因为我的伤疤正在灼痛。“我妈妈认为派普应该要早一点知道薇罗会有问题，而且应该告诉她。因为那样的话，她就会堕胎。”

“你认为你妈妈说实话了吗？”

“抗议！”玛琳的反应如此之快，吓得我从椅子上跳了起来。

“不，我允许这个问题，”法官说，“你可以回答，艾米莉亚。”

我摇摇头。“我知道她没有说实话。”

“你怎么知道？”

“因为，”我尽可能让我要说的话微弱，“我听到她这么说。”

我不应该偷听的，但有时候，这是发现真相的唯一方法。而且——虽然我当然不会大声承认——我感觉有一点想要保护你。经过最近的骨折和手术，你的情绪似乎很低落。当你说出妈妈想把我丢掉这句话时，我的内心仿佛一下子都软化了。我们全都用我们各自的方法在保护你。爸爸四处狂吼，对任何增加你生活困难度的事情生气咆哮。妈妈，呃，她显然很笨，她赌上一切，只为了替你争取更多长远的利益。而我，我猜我只是用一副蚌壳把自己罩起来，所以当你受伤时，比较容易假装我没有感受到。

没有人要把你丢掉，妈妈说，可是当时你已经在哭了。

我很抱歉我的脚。我以为我只要很久都不弄断任何东西，你们会认为我就和其他小孩没什么两样——

意外常常发生，薇罗。没有人怪你。

你就会怪我啊。你希望你从来都没有我。我听到你这么说。

我屏住呼吸。我妈妈可以自编谎言，好让她夜里睡得安稳，但是她骗不了任何人——尤其是你。

薇罗，我妈妈回答，你听我说。每个人都会犯错……包括我。我们会说一些话，做一些事，是我们希望当初没这么说、没那么做的。但是你，你从来就不是错误。再过一千年，或者再过一百万年，我都不会后悔拥有你。

我感觉仿佛自己被钉在墙上。如果这是真的，那么过去这一年所发生的一切——官司，失去我最好的朋友，看着我的父母离异——全都是白费的了。

如果这是真的，那么我妈妈一直以来都在说谎。

夏洛特

凡事都有代价。你可能生了一个漂亮的小女婴，但是你知道她将会残障。你尽一切努力让这个孩子更快乐些，但是你却让你的丈夫及大女儿变得很悲惨。宇宙间没有一个秤可以让你衡量你的行动，当你得知哪个选择会破坏微妙的平衡时，为时已晚。

艾米莉亚一说完话，法官便转向玛琳。

“盖兹小姐，你要做交叉质询吗？”

“我没有问题要问这名证人，”她说，“但我想传唤夏洛特·欧基夫上证人席。”

我盯着她。她并没有透过低语或字条告诉我她要传我上去，于是我小心翼翼地站起来，不是很确定。艾米莉亚在一名法警的护送之下经过我身边。她在哭。“我很抱歉。”她用唇语说。

我僵硬地坐在木头椅子上。紧扣重点，玛琳反复向我耳提面命。但是我愈来愈记不得重点是什么。

“你记得你女儿刚刚说的那段对话吗？”玛琳问。她的声音像一颗子弹般袭击。

“是的。”

“当时是什么情形？”

“当时是这里第一天开庭之后，我们刚从医院把薇罗带回家。她弄断了股骨，情况很严重，必须动手术。”

“你很难过吗？”

“是的，”我说。

“薇罗难过吗？”

“非常难过。”

她走向我，一直等到我和她四目相接。我在她眼里看到同样的隐藏的担心，就像艾米莉亚步下证人席时我在她眼里看见的一样。前一天法庭清空时，我在西恩眼里也看到担心。我和你说出先前那段对话的晚上，我在你眼里也见着了——那是一种隐藏的恐惧，怕你自己可能配不上你挚爱的人。也许我也感受到那种恐惧，也许那就是为什么我在几个月前提起这项诉讼——这样一来，当你回头检视你的童年，你就不会怪我把你带进一个充满伤害的世界。但是爱并不是牺牲，也不是关于达不到某人的期望。就定义而言，爱会使你更好，而不是让你杰出优秀。爱，重新定义了完美——它应该要容纳你的特质，而不是排拒。

我们每个人真正想要的，是知道自己具有重要性。我们想知道，如果没有我们的存在，某人的生命就不会如此丰富。

“当你和你女儿进行那场对话时，夏洛特，”玛琳开始问话，“当你在这场诉讼进行期间说了那些话……你是否在说谎？”

“不是。”

“那么你在做什么？”

“我正在尽力，”我低声说，“我只是在尽力做到最好。”

派普

“刚刚那场答辩，”盖伊·布克向我靠过来，“是漂亮的一击。”他站起来，扣好他的西装外套，面对陪审团，开始他的结辩，“原告，”他说，“是个骗子。她说这场诉讼不是关于钱，但就连她丈夫都告诉你们，这的确是关于钱，而且他无法在这场官司中支持她。她说她希望自己的女儿从未出生，但是她又告诉她女儿相反的话。她告诉你们说，她希望有终止怀孕的选择权，所以她指责派普·芮斯，一名勤奋工作的医生。各位女士先生，这名医生唯一的错，就是不幸成为夏洛特·欧基夫的朋友。”

他摊开双掌。“不当出生。不当出生。光是讲出这几个字，就让你全身发痒，对吧？可是原告说她的女儿——她那美丽、聪明、喜欢知道琐碎知识的可爱小女孩——不应该存在。这名母亲不顾女儿的这些正面特质，而说它们无法抹去她患有成骨不全症的事实。但是你们都听到专家说了——他们都说身为医生的派普·芮斯，并无任何疏失之处。事实上，派普看到原告的怀孕情况出现复杂性后，她的确做了她该做的事：她召请某个可以处理情形的人。女士们先生们，而且为此，她使自己的生活被破坏，看着她的执业停摆，使她的职业与自信被剥夺。”

他在陪审团席前方停下脚步。“你们听到罗森布雷德医生说了一件我们大家都知道的事：终止一场原本期盼的怀孕，不会是任何人的第一选择。然而，当父母面对胎儿可能发展成身障孩子这个残酷的现实时，所有的选择都是差劲的。如果你发现你同情原告，那么你就是被她错误的逻辑给蒙骗了：你非常爱一个孩子，所以你控诉一名医生——也是你亲密的朋友——因为你相信这个孩子不应该被生出来。如果你相信她的话，你便是相信，妇产科医生应该决定哪一种身障值得活下来、哪些不值得。哪一种身障会被认为'缺陷太严重而不值得活'呢？现在，在胎儿被诊断出有唐氏症的病人中，百分之九十都选择堕胎，即使有数以千计的唐氏症人士过着快乐且有生产力的生活。当科学变得更先进时，会发生什么事呢？病人会不会选择拿掉未来会发展出心脏病的胚胎？或者拿掉那些以后成绩只拿B而非A的胚胎？或者那些以后不会成为超级名模的胚胎？"

他开始走回被告桌。"各位女士先生，不当出生这个概念名词，假设了每个婴儿都应该完美——而薇罗·欧基夫不够完美。但是我也不完美。玛琳·盖兹小姐也不完美。甚至连盖勒法官也不完美，虽然我承认他已算是几近完美了。我甚至可以大胆假设你们每个人都有某种缺陷。所以我想请你在考虑你的判决时，好好想一想，"布克说，"看看这场不当官司诉讼，然后做出正确的选择。"

当布克坐下后，玛琳站起来。"布克先生竟然会提到选择这个概念，真是讽刺，因为那正是夏洛特·欧基夫当初没有被赋予的。"

她站到夏洛特身后，夏洛特正低着头。"这个案子非关宗教。它非关堕胎。它非关身障人士的权益。它非关夏洛特是否爱她的女儿。它非关这些议题是否是被告方想要你们相信的。这件官司只攸关一件事：派普·芮斯是否在夏洛特怀孕期间提供了恰当的标准照护？"

经过这么多时间、这么多证人，我自己还是不知道答案。就算我看着那张第十八周的超声波照片，并且找到可疑之处，我也只会建议等等看会发展成什么样——而结果也会相同。我那么做，让夏洛特省了好几个月的担忧。但那让我成为一名好的妇产科医生，或是有疏忽的医生？也许我已经对夏洛特存在假设，就因为我太了解她，而我对另一个病人可能不会做相同的假设。也许我应该更仔细地寻找可疑迹象。

也许如果当时我做到了，那么被我最好的朋友控告，就不会是那么大的震撼。

“你们都听到证据了。你们都听到，第十八周的超声波里有异常现象，建议要做后续照护，以确定究竟是不是胎儿异常。就算一名医生不确定那个异常迹象代表着什么，她也有责任要更小心检视，并且找出可能性。在第十八周超声波之后，派普·芮斯并没有尽到她的职责，就这么简单。各位女士先生，而那就叫作职责疏失。”

她走向我。“后来出生的孩子名叫薇罗，她一辈子都需要特殊照护。这些照护很昂贵，很重要，很痛苦。它们必须持续进行，需求与日俱增，而且造成很大伤害。它们令人难以招架。随着年龄增长，情况更加恶化。你们今天的责任是判定薇罗是否值得过更好更富足的生活，具备她所需要的所有妥善的照护。她是否能得到她需要的手术？改装的交通工具？专家的照护？她是否能继续获得治疗与助步器材——这些本来都是欧基夫夫妇自掏腰包的开销，因此让他们债台高筑。今天，这些决定就在你手中，”玛琳说，“今天你有机会做出选择……这是夏洛特·欧基夫当初没有的。”

法官对陪审团说了一些话，然后每个人开始鱼贯走出法庭。罗伯走向分隔观众席与法庭前方的栏杆，把双手放在我肩上。“你还好吗？”他问。

我点点头，试着给他一个微笑。

“谢谢你。”我对盖伊·布克说。

他把一叠笔记本塞进公文包里。“先别谢我。”他说。

夏洛特

“你让我头晕。”当我走进会议室时，西恩说。艾米莉亚来回踱步，她的双手穿过像通了电流般的头发，她一看到我，就转身。

“我要说的是，”她说话语速很快，“我知道你们都想杀了我，但在法庭里做这件事不会是最明智的举动。我的意思是，这里到处是警察，更别提爸爸也在这里，而他有义务要逮捕你……”

“我没有要杀你。”我说。

她停止动作。“没有？”

我怎么会没有注意到，艾米莉亚有多美丽？虽然她的那头蓝发很荒谬可笑，但在刘海底下，是她那双像杏仁般的大眼睛。她的双颊是自然的粉红色。她的嘴巴是一道小弯弓。她不常吐露心思，仿佛有一条封口绳紧紧封住她的意见。我突然明白她长得不像我或西恩。她大部分的五官和你很像。

“不论你做什么……不论你说什么，”我开始说，“我都知道为什么。”

“但是我不想去波士顿！”艾米莉亚脱口而出，“那个愚蠢的治疗所。你们只是想把我留在那里。”

我望了一眼西恩，然后把目光移回艾米莉亚身上。“也许我们不应该没问你就做出那个决定。”

艾米莉亚眯起眼睛，仿佛她不太相信她所听到的。

“你也许对我们生气，但那并不是你告诉盖伊·布克说你要作证的真正原因，”我继续说，“我想你那么做，是为了保护你妹妹。”

“呃，”艾米莉亚说，“是的。”

“我也正试着保护你妹妹，所以我怎么会对你生气？”

艾米莉亚以飓风般的速度冲进我怀里。“如果我们赢了，”她贴在我的胸前低声地说，“我可以买一部水上摩托车吗？”

“不行，”西恩和我异口同声。他站起来，双手放在口袋中。“如果你们赢了，”他说，“我在想，我可能会搬回家，永远不离开。”

“万一我输了呢？”

“输了，”西恩说，“我还是在想，我可能会永远搬回家。”

我透过艾米莉亚的头顶注视着他。“不管怎样你都占便宜。”我说，而且我微笑。

在去迪士尼乐园的途中，在机场等转机时，我们在一家墨西哥餐厅用餐。你吃一份墨西哥烤脆饼，艾米莉亚吃一份卷饼。我吃的是鲜鱼包饼，西恩吃炸卷饼。它的微辣调味酱对我们来说都太辣。西恩说服我点一杯玛格丽特调酒（反正开飞机的人又不是我们）。我们聊到油炸冰激凌，那出现在甜点菜单上，听起来似乎是不可能办到的：冰激凌放进油锅里，难道不会融化吗？我们还聊到一旦抵达魔幻王国，我们应该先去玩哪些游乐设施。

回到那个时候，我们的面前延展出无限的可能性，就像一道红地毯。回到那个时候，我们全都专注于会发生什么事，而不是出了什么错。在我们走出餐厅时，那位女服务生——一个脸颊上有痘疤、戴鼻环的女孩——给了我们每人一个气球，里面填充的是氦气。“这有什么意义呢？”西恩说，“又不能把气球带上飞机。”

“并不是每件事情都要有意义，”我回答，我将手臂挽着他的，“轻松一点过日子。”

艾米莉亚用牙齿在气球颈部咬出一个洞，把嘴唇贴上去。她深吸一口气，然后注视着我们，脸上带着迷人的微笑。“哈啰，爸爸妈妈。”她说，但是她的声音又高又尖，像卡通猫的声音，根本不像艾米莉亚。

“天知道气球里面是什么……”

“拜托，妈，”艾米莉亚用颤音说，“氦气。”

“我也要玩。”你说，于是艾米莉亚拿起你的气球，示范如何吸气。

“我真的不认为她们应该吸进氦气……”

“轻松一点过日子，”西恩露齿微笑，然后咬破他那颗气球的一角，开始吸气。

他们全都开始对我说话，他们用声音演出一出喜剧，一阵鸟鸣，一道彩虹。“你也一起，妈，”你说，“你也试试。”

于是我照办了。我把氦气大口吞下去的时候，有一点灼痛。我可以感觉到我的声带滋滋作响。“也许这毕竟没有太糟。”我的声调像卡通人物。

我们唱了一首儿歌。我们背诵主祷文。当一名穿西装的男子拉住西恩，问他要走哪个方向才是行李提领处时，西恩深深地吸了一口气球，然后说：“跟随着黄砖路。”

我不记得我何时像那天一样尽情开怀大笑或觉得轻松。也许是氦气让我变得轻一些，让我觉得我可以闭上眼睛飞到奥兰多，不论有没有搭飞机。或者当时是因为，不论我们对彼此说什么，反正我们都不是自己。

四小时后，陪审团还是没有做出判决。西恩开车到医院去看你，而且刚才打电话说他在回来的路上，问我目前有没有任何消息。艾米莉亚在会议室的白板上写三行俳句。

救命，我显然被困住了
就在这个白板后面
请不要把我擦掉

今天的规则

就是再也没有规则

因为你的运气用完了

我走向厕所，这是今天休庭后我第三次到厕所来。我不需要上厕所，但是我让水流下水槽，泼一点水在脸上。我一直告诉自己，这没有什么大不了的，但那是个谎言。你把你的家庭带到瓦解的边缘，并不是为了好玩。在经历了这一切，却一点战利品都没有的话，对我来说会是个打击。如果我打这个官司是为了安抚我的良心，我又怎么能接受一个让我罪恶感更深重的结果?

我把脸上的水拍干，擦擦毛衣被弄湿的地方。我把毛巾丢进垃圾筒时，一间厕所传出冲马桶的声音。门打开，我从洗手台边退开，我意外地撞到正要从厕所里出来的人。“抱歉。”我说。然后我才明白，站在我面前的人是派普。

“夏洛特，你知道，”她轻声地说，“我也很抱歉。”

我注视着她，不发一语。在那么多可以注意的事情中，我发现她闻起来的味道不像从前。她换了香水或洗发精。

“所以你承认了，”我说，“你承认你犯了一个错误。”

派普摇摇头。“不，我没有。反正我犯的不是专业上的错。但是在个人层次上，呃……我很抱歉我们之间变成这样。我也很抱歉你没有得到你想要的健康婴儿。”

“你有没有发现，”我回答，“在薇罗出生后这些年来，你从来没有对我说刚刚那句话?”

“你应该告诉我，你一直在等这句话。”派普说。

“我应该不需要说的。”

我试着不去回想派普和我在溜冰场的看台上挤在一起，读着分类广告，试着将个人广告之间相互配对。当时我们会一起散步，用婴儿推车推着你，一路上滔滔不绝聊着，在冷空气中制造许多白色烟雾，不知不觉就走完三英里路。我试着不去回想，我曾经认为她比我的亲姐妹还亲，而且我希望你和艾米莉亚长大后也一样亲密。

我试着不去想起，但我还是想起了。

突然间，厕所门打开了。“你在这里啊，”玛琳叹了一口气，“陪审团回来了。”

她快步走出门，而派普迅速在水龙头底下洗手。我可以感觉到当我们再度走向法庭时，她跟在我后头半步远的地方，但是她的腿比较长，所以最后她还是赶上我。

我们并肩走进法庭时，数十台相机闪光灯亮起，我根本看不清去路。玛琳拉着我的手腕往前走。我想我听到派普小声说了一句再见，虽然有可能是出于我的想象。

法官走进来，我们全都坐下。“陪审团主席，”他转头面向陪审团，“你们做出判决了吗？”

那个女子很娇小，她的眼镜让她的眼睛似乎过分放大。“是的，庭上。在欧基夫控告芮斯的案子上，我们判定原告获胜。”

玛琳告诉过我，百分之七十五的不当出生案例，都是判被告获胜。我转向她，她抓住我的手臂。“获胜的是你，夏洛特。”

“还有，”陪审团主席说，“我们判定赔偿金额为八百万美元。”

我还记得我跌坐回椅子里，观众席一阵哗然。我的手指头都麻木了，我必须奋力呼吸。我记得西恩和艾米莉亚从栏杆后面爬过来紧紧抱住我。我听到一群特殊儿童的家长团体欢呼，他们在审判期间都坐在法庭后面的席位，我听见他们叫我的名字。我听到玛琳告诉一名记者说，这是新罕布什尔州有史以来最大一笔不当出生赔偿金，而且正义终于在今天获得伸张。我在人群中试图寻找派普，但是她已经离开了。

今天当我去医院带你回家时，我会告诉你，这一切终于结束了。我会告诉你，你接下来的人生，都将拥有你所需要的一切，即使我的生命结束了也不需担心。我会告诉你，我赢了，判决宣读了……虽然我并不真的相信。

毕竟，如果我赢得这场官司，为什么我的微笑会像鼓一样空洞，而我的胸腔仍太紧绷？

如果我赢了这场官司，为什么我感觉像是输了？

渗水：释放多余的水汽

在烘焙时，就像在生活中一样，当某事出错时，会有很多眼泪。调和蛋白只不过是把蛋白和糖打在一起。它本来是要立即食用的。如果你犹豫的话，水就会渗透到内馅和调和蛋白之间，而渗水的情况就会发生——在雪白山峰上形成小小的水珠。有关如何预防这种情形的说法有很多种——例如，只使用新鲜蛋白，或使用超细粒的糖，或加一点玉米糖浆来预先烹煮调和蛋白。如果你问我，我会告诉你，唯一的防止办法是：当你心碎的时候，不要烘焙。

柠檬蛋白派

1个派皮，盲焙过

馅料

$1\frac{1}{2}$糖粒

6汤匙玉米糖浆

少许盐

$1\frac{1}{3}$杯冷水

2汤匙无盐奶油

5个蛋黄

$\frac{1}{2}$杯新鲜柠檬汁

1汤匙柠檬皮渣

将派皮准备好。同时，在一个平底深锅里混合糖、玉米糖浆、盐、水。搅拌至均匀，然后将混料慢慢煮滚，不时搅拌。煮滚后，将锅子从炉火上移开，加入奶油。

在另一个盆子里，打进蛋黄。加少量前述加热过的混料，搅拌至均匀。把蛋黄混料加进平底深锅中，用中火煮滚，继续搅拌，直到变浓稠，大约两分钟。将锅子移离火源，加入柠檬汁和柠檬皮渣。

调和蛋白

6个大蛋的蛋白，置于室温下

少许塔塔酱

少许盐

$\frac{3}{4}$杯的糖

用低速，将蛋白、塔塔酱与盐混合搅拌至均匀。加快速度，直到形成不容易变形的峰丘状。拌进糖，一次放一汤匙。

将烤箱加热到一百八十摄氏度。把馅料加进派皮里，上面覆盖调和蛋白。务必将调和蛋白推展开来，让它碰触到派皮的边缘。烘焙十至十五分钟。让整个派冷却约两小时，然后放进冰箱，以防止它渗水。

或者只要想着愉快的念头就好了。

薇罗
二〇〇九年三月

我们学校每年都举行“一百庆祝日”。这个日子落在十一月底，我们必须带一百件东西，什么都可以。艾米莉亚念一年级时，她带去了一百个巧克力碎片饼干，但是等到她从校车下车回家时，只剩下五十三个。我带去了一份清单，列了七十五根我弄断过的骨头，以及二十五根还没有弄断的。

一百万，是一万个一百。我甚至想不到一万。也许森林里的树或一座湖里的水分子就有那么多数量。八百万甚至比那还多。冰箱上有一张蓝色大支票，上面就写了八百万这个数字，已经贴在那里有六个月了。

我爸妈常常谈起那张支票。他们说，我们现在使用的休旅车很快就会老得跑不动，我们必须用那笔钱买一辆新的，但是他们又找到一个方法让那辆老车保持运转。他们谈到，一些专门提供给像我这种孩子的营队，注册截止日期都快到了，所以他们必须把保证金汇过去。我的床头放了一些宣传手册。手册里有各种肤色的孩子，都像我一样罹患成骨不全症。他们看起来都很快乐。

也许离家去玩的孩子，都是那么快乐的。艾米莉亚就离开家一阵子，当她回家来之后，她又变回原来的棕发，也拾起了她的画架。她老是在画画——画我在睡觉时的样子，画咖啡杯和梨子的静物画，以及色彩很不真实的风景画。我必须很仔细地端详，才看得见她手臂上的银色疤痕，而且即使她发现我在端详，她也几乎不再把袖子拉下来遮住。

这天是星期六。爸爸赖在电视机前，观看波士顿曲棍球队的比赛。艾米莉亚在户外某处做素描。妈妈坐在厨房餐桌旁，独自玩弄她的食谱索引卡片。她有一百张卡片（但愿她是小学一年级学生，就有一百件东西可以带去展示了！），她决定把它们编成一本食谱。这是个折中办法，因为她再也不需要像以前替狄维尔先生烤点心时那么辛苦了。妈妈偶尔进厨房享受烘焙乐趣时，狄维尔先生还是会买走她的派、挞、蛋白杏仁饼干，但是现在她的大计划是出版这本书，然后把所有钱捐给成骨不全症基金会。

我们不需要钱，因为我们的钱都贴在冰箱上。

“嘿，”当我爬上椅子时，妈妈说，“怎么了？”

“没事。”一堆信摊在桌上，像一条鲜亮的围巾，吸引我的注意。

“这里面有一封信是给你的。”妈妈说。

那是一张卡片，里面是玛琳和一名男孩的合照，那个男孩年纪和艾米莉亚差不多。他有龅牙，以及巧克力肤色。他的名字叫安顿，她是在两个月前领养他的。

我们不再和派普来往，而且艾米莉亚与埃玛也不再是朋友了。她以前办公室建筑物门口的告示牌再也看不到她的名字。现在写的是美式整脊，葛瑞托·韩德曼。某个星期六早上，爸爸和我出去买贝果，看见派普在我们前面排队。爸爸向她打招呼，她问我情况如何，然而即使她试着微笑，看起来却很怪，就像一条铁丝被折得变形，再也无法真正直回来了。她告诉爸爸，她现在在波士顿的妇女免费健康中心打工，而她现在正要前往那里。然后她碰翻了收银台旁的一罐吸管。她急着离开，甚至忘了付钱，最后是把咖啡拿给她的那名女孩提醒她咖啡不是免费的。

我想念派普，但我认为妈妈更想念她。她现在没有什么朋友了。除了我、艾米莉亚和爸爸以外，她也没跟任何人来往了。

这其实令人很难过。

“你想烘焙吗？”我问。

妈妈转转眼珠子。“你该不会要说你又饿了吧？你才刚吃过午餐。”

我并不饿，但我很无聊。

她抬头看着我。“这样吧，去把艾米莉亚找来，我们可以商量出一个行动计划。也许是一场电影。”

“真的？”

“当然。”妈妈说。

现在我们有钱去看电影了。而且我们也可以出外用餐。我将会得到一部运动轮椅，这样一来，我就可以在体育馆里和同学一起玩踢球。艾米莉亚说，我们突然可以花钱的原因，是仍然贴在冰箱上的那张支票。学校里有些混蛋说我们变有钱了，但我知道那不是真的。我的意思是说，毕竟我爸妈并没有把支票拿去兑现。我们仍然开一辆生锈的破车，住同样的小房子，穿同样的衣服。很多零，并不能代表什么，真的，除了安全感以外——现在我爸妈可以小花一点钱，因为如果他们的基金用光了，还有个备案。那表示他们现在不常吵架了，这可不是你能在商店里买到的东西。我并不太了解银行账户，但至少我知道，除非把支票拿去兑现，否则它不可能带来什么用处。不过我爸妈似乎并不急着兑现。每隔几个星期，我妈妈会说我真的应该把那张支票带去银行，而我爸爸也会附和赞同，但是支票还是没有被兑现，支票还是贴在冰箱上。

我进入玄关的衣帽间，去拿我的靴子和外套，妈妈的声音在我背后响起。“小——心。”我接着她的话。“是，我知道。”

现在是三月，但天气仍然很冷，我的呼吸透过围巾，制造出一些奇怪的形状：一个看起来像一只鸡，另一个看起来像河马。我开始小心翼翼地走下通往后院的斜坡。雪已经都融光了，但是我的靴子踩在地上，还是会发出磨擦的声音。听起来像是磨牙声。

艾米莉亚可能是在树林里：她喜欢画那里的白桦树，因为她说它们很可怜，还说那么美丽的东西不应该死得那么快。我把双手埋进口袋里，把鼻子塞进围巾底下。每走一步，我都想起我知道的某件事：

一般女性在一生中会用掉六磅的口红。

三英里岛，其实只有两英里半的长度。

蟑螂喜欢吃邮票背后的胶水。

当我来到池塘边，我踌躇了一下。芦苇几乎和我一样高，我必须努力推开它们，而且不能让它们绊住我的手或脚。此刻是这几个月来我第一次没有正在愈合的裂口，而我打算保持这个状态。

爸爸曾经讲过一个故事，有一次他坐在巡逻警车里，他突然发现前面的车子都静止不动了。他减缓速度，把车停下来，然后打开车门，想看看发生什么事。可是他一踏上人行道，就摔得四脚朝天。他踩到融化的冰泥：他能安全地把车子刹住，还真是奇迹。

池塘上的冰就像那样：如此清楚，我几乎可以看见下面的野草和沙子，它就像一片玻璃。我小心翼翼地趴在上面，一英寸一英寸向前爬。

我不能到冰上玩，可是愈是被禁止，心里就愈挂念。

我不可能因为这样而受伤——我移动得很慢，而且我没有站起来。我的背像一只猫似的弯弓着，眼睛往下盯着冰面。鱼在冬天时都跑哪里去了？如果仔细看，是否看得见它们？

我移动我的右膝；我的右手。我的左膝，我的左手。我用力呼吸，并不是因为它是如此困难，而是我不敢相信它竟如此轻易。

池塘的冰面传来一阵呜咽声，仿佛天空正在哭泣。突然间，我周围的冰变成一张蜘蛛网，而我是困在蜘蛛网中央的虫子。

蚱蜢的血是白色的，蝴蝶是用后脚尝食物的味道，蜈蚣约有四千条肌肉……

“救命。”我说，可是我没办法同时大叫与呼吸。

水突然间吸住我。我试着抓住冰块，但是它碎成薄片；我试着游泳，但是没有救生衣，我就不知道该怎么游。我的夹克、裤子和靴子像一块海绵，而且好冷，冷得像冬天嘴唇的冻裂，冷得像吃冰激凌时的头痛。

犰狳可以在水面下行走。

被当作鱼饵的鲦鱼，喉咙里长了牙齿。

虾可以往后游泳。

你可能以为我很害怕。但是我可以听见我妈妈在我睡觉前为我讲一个故事：有一只土狼想要捕捉太阳。它爬到最高的树上，把太阳放进罐子里，然后带回家。不过那个罐子承受不住这么强而有力的东西，所以它爆开来了。明白吗，薇罗？当时我妈妈说，你就像充满了阳光的罐子，才会常常因为承受不住阳光而破裂开来。

我的头上有玻璃，以及天空中太阳泪汪汪的眼睛，我用拳头去捶打玻璃。冰块仿佛在我头上又闭合了起来，我无法穿越。我全身冻麻，我已经停止颤抖。

当冰水灌进我的口鼻，当太阳变得愈来愈小，我闭上眼睛，握起拳头，握住我所确知的一些事：

扇贝有三十五只眼睛，全部都是蓝色的。

鲔鱼一旦停止游泳，就会窒息。

我是被爱的。

这一次，破裂的不是我。

食谱：（一）准备一道菜的一组指令。（二）很有可能导致特定结果的某种东西。

遵照这些规则，你就会得到你要的：这是世界上最容易的处方。不过，如果你仔细观察一道食谱，当最后成果放在你面前，而你明白那不是你想要的，那么食谱就没办法造成什么不同了。

好一阵子以来，我所能看到的就是你往下沉的样子。我想象你的样子，你的皮肤是淡蓝色，头发飘散在你身后，像美人鱼一样。我会尖叫着醒来，用双手捶打着床垫，仿佛我可以打破冰块，把你拉回安全的境地。

但那不是你，你并不只是一副骨架而已。你不只是那样，只是更轻一些罢了。当西恩早晨把我拖下床、逼我去淋浴时，你是镜面上的水汽。经过一夜的寒霜之后，你是附着在我汽车挡风板上的冰晶。你是盛夏时，路面上蒸腾而起的热气。你从来没有离开我。

我不再拥有那笔钱了。毕竟那是你的钱。我把那张支票塞进你棺材的丝质内里，向你做最后一次吻别。

这些是我确知的一些事情：

当你以为自己是对的时候，你很有可能是错的。

会破碎的事情——不论是骨头、心，或是承诺——虽然可以拼凑回去，但再也无法真正完整。

还有，你可以想念一个你从来不认识的人。

我从和你在一起的每一个日子里，反复学习到这件事情。

薇罗的萨巴雍甜点，附有云朵

萨巴雍酱

6个蛋黄

1杯糖

2杯重奶油，打泡过

$\frac{1}{2}$杯淡味莱姆酒，或香橙干邑甜酒

在隔水加热的双层锅中搅拌蛋与糖。一旦完全混合，就加进发泡奶油。从炉火上移开，过筛，加入莱姆酒。

云朵

5个蛋白

少许盐

$\frac{1}{3}$杯糖

2杯牛奶或水

把蛋白和盐放进一个大盆里，以低速搅拌，直到平滑。慢慢增加搅拌速度，撒进糖。搅拌直到蛋白形成一个柔软的峰状——这就是调和蛋白，也就是你偶尔会休憩的云朵。同时，将牛奶或水以小火加热。拿一匙调和蛋白，轻轻滴进正在加热的液体里。将调和蛋白煮约二至三分钟，用一把汤匙将它翻面，再煮二至三分钟。把文火加热的调和蛋白放到纸巾上。云朵是易碎的。

棉糖

喷雾烤盘油

2杯糖粒

1茶匙玉米糖浆

将喷雾烤盘油喷在一张烘焙纸上，用纸巾将多余的油分擦掉。

把糖和玉米糖浆放在平底深锅中，用小火加热。偶尔搅拌，直到糖融化。把温度提高至大火，将混料煮沸，直到温度达到三百一十摄氏度（硬裂阶段）。移离炉火，让它稍微冷却。让糖浆变稠，约一分钟。

把一根叉子放进糖浆里，然后拿到烘焙纸上来回移动，制造出长条状。糖浆会立刻变硬。多加练习，就可以制作出蕾丝、旋涡，或英文名字母。

食用前，舀一些沙巴雍酱到浅碗中或一个大盘子，盖上两球煮过的调和蛋白。轻轻地把一些棉糖线绕在调和蛋白周围，不能放在顶端，否则调和蛋白会塌下来。

如果你可以忍受复杂的准备过程，那么这个食谱的成品，会是一件艺术品。最重要的是：处理每件事情都要很小心。这道甜点就像你一样，在瞬间就消失了。这道甜点就像你一样，是令人难以置信的甜美。

每次当我思念你到极点时，这道甜点便充满了我。

作者备忘录

薇罗的那些琐碎知识，部分来自《无用信息之书》（The Book of Useless Information），由诺尔・巴特曼（Noel Botham）与“无用信息协会”（Useless Information Society）编纂。

如果你想知道更多有关成骨不全症的信息，或是想捐款，请见网站www.oif.org。

致 谢

说我无法独立完成这本书，也许是陈腔滥调，却也是事实。首先，我要感谢成骨不全症孩童的父母们，谢谢他们邀请我进入他们的生命中稍作停留——我也要谢谢那些成骨不全症的孩子们，他们让我大笑，而且天天提醒我——力量绝对不只是精力的生理测量值。这些孩子包括：拉瑞尔·布莱斯登、瑞秋、塔伦·麦克利韦、马修、托尼、沙塔斯·莫斯、霍普、艾美·菲利普、乔纳森。感谢我的杰出医疗团队：马克·布里津斯基、大卫·图卜、约翰·费米诺、瑞贝卡、艾米莉·贝克、米歇尔·劳里亚、卡伦·乔治、史蒂夫·萨金特，以及我的法律顾问：珍妮弗·斯特尼克、莱斯·莱、克里斯·基廷、珍妮弗·萨金特。我感谢黛比·伯恩斯坦能与我分享她被领养的故事（并且让我大量使用）。我也感谢唐娜·布兰卡，感谢她重访那些痛苦的回忆，并且在我提出问题时能大方真诚地回答。谢谢佛劳瑞、吉雅昆、莫兰协助我创造了西恩的警察生活。至于其他领域的专业，感谢麦可·高德曼让我使用他绝妙的T恤标语，以及史蒂夫·阿斯派奇、斯蒂芬妮·莱恩、凯西·海明威、贾恩·施奈尔、福萨卡·莫莱、凯文·拉维尼、艾伦·威尔伯、辛迪·布泽尔、弗雷德·克劳。我也要特别指出阿垂亚出版公司付出的努力，让我的书籍如此成功；我很感谢卡罗琳·里德、朱迪斯·库尔、大卫·布朗、卡西林·施米得、麦龙·托瑞、沙拉·布莱海姆、劳拉·斯特恩、盖瑞·乌达、丽莎·科姆、克里斯汀·杜普雷斯、迈克尔·塞勒克，整个了不起的营销团队，以及每个努力工作的人。有他们的努力，才让我的书可以从书架上跃进读者的臂弯与心里。我要特别感谢我的秘密武器与公关奇才，卡米莉·麦克杜飞。感谢艾米莉·贝斯特，她总是让我觉得自己像明星（而且也努力让其他人认为我是）。感谢劳拉·格罗斯，今年我与她一起庆祝相识二十周年纪念——我将她视为另一个伙伴，其重要性与我的婚姻伴侣并列。感谢我母亲珍·皮考特，感谢她是第一个相信我可以撑这么久的人，也感谢她不论大笑或大哭都是在对的时机。

基于正确性的考虑，我应该说明，虽然奥玛哈确实举办了成骨不全症双年会，但我将日期稍作改变。另外，我也略微修正新罕布什尔州挑选陪审团的方式——并非像我在书中所写的由个人挑选，但那样读起来有趣多了。

我有两个特别的感谢。首先要感谢宛如我亲姐妹的凯蒂·戴斯蒙，她为我创造出书中夏洛特·欧基夫所写的食谱。如果您有幸受邀到她家享用晚餐：不要用走的，要用跑的。第二个感谢的是卡拉·雪瑞登，她是我所认识的最启发人心的女性之一：她是一名学者，研究身障青少年的身体形象与自尊。她是一名运动员——是打破世界纪录的游泳健将。她即将嫁给一位优秀可爱的男士。噢，对了，她也罹患第三型成骨不全症。谢谢你，卡拉，谢谢你向全世界展现——障碍本来就是要被破除的，没有人可以被身体障碍局限，没有什么事是不可能的。

最后，我要再度感谢凯尔、杰克与萨米，谢谢你们让我有个美满的家庭可以回去；我还要感谢我的幸福伴侣，我的丈夫提姆。

即使你此生是如此不顺，你是否仍想得到你想要的？

图书在版编目（CIP）数据

小心轻放的爱 / (美) 朱迪・皮考特著 ; 林劭贞译

. -- 北京 : 北京联合出版公司, 2017.4

（读客全球顶级畅销小说文库）

ISBN 978-7-5502-9835-4

Ⅰ. ①小… Ⅱ. ①朱… ②林… Ⅲ. ①长篇小说—美国—现代 Ⅳ. ①I712.45

中国版本图书馆CIP数据核字(2017)第031441号

HANDLE WITH CARE

by Jodi Picoult

小心轻放的爱

作者：[美]朱迪・皮考特

译者：林劭贞

责任编辑：徐樟　徐秀琴

选题策划：读客图书　021-33608311

特邀编辑：夏文彦　赵思婷

封面设计：刘倩

版式设计：陈宇婕

责任校对：绳刚　曹振民

北京联合出版公司出版

（北京市西城区德外大街83号楼9层　100088）

三河市龙大印装有限公司印刷　新华书店经销

字数 436千字　890毫米 × 1270毫米　1/32　16.5印张

2017年4月第1版　2017年4月第1次印刷

ISBN 978-7-5502-9835-4

定价：59.90元

如有印刷、装订质量问题，

请致电010-85866447（免费更换，邮寄到付）